KB043550

미쳐

1

미샤

1

신여리 장편소설

가하epic

미사 1

지은이 신여리
펴낸이 이형기
펴낸곳 도서출판 가하

초판인쇄 2017년 12월 7일
초판발행 2017년 12월 14일
출판등록 2008년 10월 15일 제 318-2008-00100호

주소 서울 영등포구 양평로 67, 1209 (당산동5가, 한강포스빌)
전화 02-2631-2846 **팩스** 02-2631-1846

www.ixbook.co.kr

ISBN 979-11-300-2492-9 04810
     979-11-300-2491-2 04810(set)

값 14,800원

벼랑은 늘 가파르고 좁은 길 끝에 있다.

화려한 날개의 새가 비상한다.

모호하던 뱀의 의식이 가다듬어진 건 피바다의 악취 때문이었다.

날름대는 혀끝으로 피의 미립자가 감지된다. 하얀 머리카락을 귀신처럼 휘날리는 남자가 벼랑 끝에서 그를 바라보고 있었다. 눈동자는 빨강. 적안은 흉포한 이들에게 나타나는 것이라는 통설에 걸맞게 기운이 흉흉했다.

'그'를 바라보는 뱀의 붉은 눈동자에 이기가 어렸다.

『나는 살아남을 거예요, 어머니.』

『어떻게?』

그의 흰 털이 벚꽃처럼 비산했다.

『혼자가 되더라도 상관없어요. 완전해질 수 있다면.』

붉은 눈의 살모사는 낭만을 꿈꾼다.

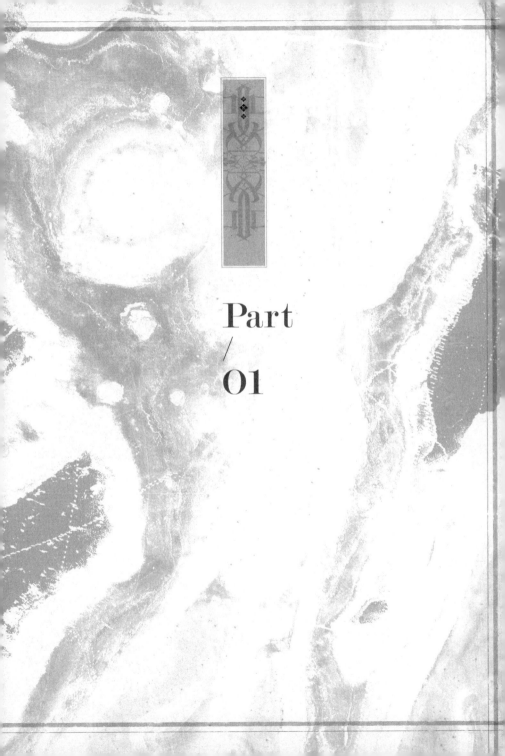

Part
/
01

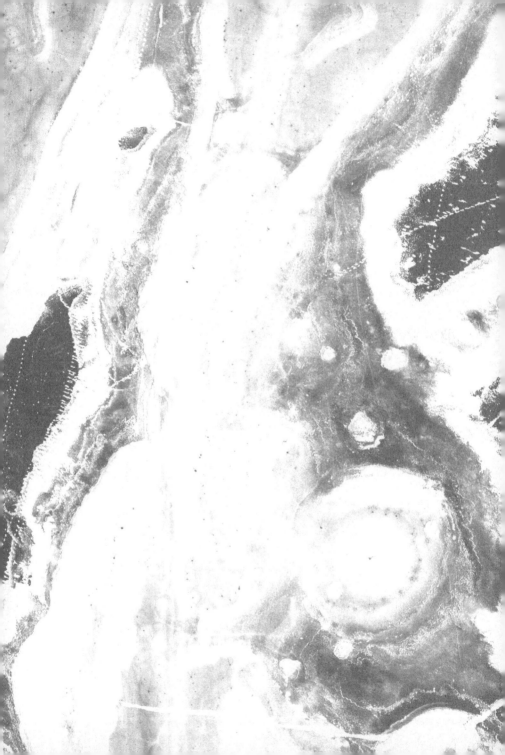

01
/
미사 美蛇

바로 몇 시간 전까지만 해도 미사는 이런 사람이었다.

까만 머리칼이 비늘만큼이나 아름다운 미사. 또렷하고 커다란 눈동자가 자랑인 미사. 친구랄 것은 없지만 친구는 필요치 않은 미사. 깨끗한 비늘을 기다리며 조금의 고통을 감내할 준비가 된 미사. 겨울이 많이 싫을 뿐인 미사.

미사를 수식하는 그 어떤 문장에도 '배반당한'이라는 단어는 없었다.

쏴아아.

빗소리가 아득했다.

뱀의 적절한 활동 온도는 약 30도. 동절기에는 활동 능력이 현저히 떨어진다. 나이 어린 뱀들이 사냥꾼에게 사냥당하는 시기가 바로 이 무렵이다.

혹한의 겨울.

이맘때의 그녀는 따뜻한 곳을 상상하곤 했다. 아프리카, 동남아. 그런 곳에서 살면 얼마나 행복할까.

'그럴 바에는 이민을 갈까?' 하는 유치한 상상에 빠져 있었을 때에는, '그'와 이런 대화를 나누기도 했었다.

「아프리카나 사파리, 이런 데는 참 좋을 거야. 거기 사는 녀석들은 행복하겠지?」

「대신 그 녀석들은 미개할걸. 전기도 없고 인터넷도 안 되잖아.」

「불편하긴 하겠다. 그냥 세상에 봄여름만 있었으면 좋겠어.」

「너도 참 유별나다니까.」

그리고 올해는 그녀가 겪은 모든 겨울을 통틀어 최악이었다.

가까스로 한강 둔치로 기어올라와 폐 속에 찬 물을 토해낸 그녀는 혼미해지는 정신을 다잡았다.

수화(獸化, 짐승의 모습으로 변하는 것을 의미)가 되지 않는 몸뚱이를 부둥킨 그녀는 젖은 땅에 얼굴을 처박고 고꾸라졌다.

풀잎 바스락거리는 소리가 날 때마다 그녀는 병적으로 흠칫거리며 몸을 웅크렸다.

뜯겨나간 왼 어깨의 피가 빗물에 섞여 땅을 거무죽죽하게 물들였다. 미사는 물감 번지듯 흐르는 핏물을 망창한 눈으로 바라보았다. '어떻게 해야 할까.' 하는 생각도 들지 않았다.

사준에게 물린 어깨의 살점이 떨어져나간 건 문제가 아니었다. 그녀가 허물벗기 중인 시기라는 것이 문제였다. 땅에 짓눌린 왼뺨의 피부가 문드러지듯 떨어져나갔다.

아주 먼 곳에서 들리는 도란도란한 연인들의 목소리에 소스라쳤다. 작은 소리도 그녀에겐 독니 같은 공포였다.

백내장에 걸린 듯 회탁한 눈동자를 반 가른 길쭉한 동공이 경멸감으로 불타올랐다.

'……사준.'

그녀를 이 꼴로 만든 것은 그녀의 오라비였다.

사준.

사준은 지금 혈안이 되어 제 식탁에서 도망친 그녀를 찾고 있을 것이다. 아니, 어쩌면 어슬렁어슬렁 귀가해 돌아가 축배를 들고 있을지도 모른다.

사준의 종(種)이 품고 있었던 본능을 간과한 것이 실책이었다. 목적 없는 살의를 띠던 사준의 눈은 붉은색. 흉폭한 기질을 가졌다 말하는 적안이었다. 그를 염려하던 용운의 말이 사무치게 와 닿았다.

「우리 미사, 살모하는 모든 것들에게 마음 놓지 말거라. 준이라고 다르지 않으니까.」

뱀이란 종들이 선천적으로 믿음이 적다는 걸 알면서도 용운은 누차 당부했다.

「녀석의 종은 쉬운 마음으로 감당할 만한 것이 아니다. 순수한 살모의 종, 순혈에 가까울수록 본능이 강하다는 것을 너 역시 알고 있겠지. 살모의 종들에게 유독 새끼가 없는 이유가 무엇인지 아느냐? 그 본능이 제 부모도 잡아 죽이거든. 인간들이 살모사를 살모사라 부르는 건 사실 그 미물들이 진짜 제 어미를 잡아먹기 때문이 아니야. 너희 일족들 때문에 붙은 이름이지.」

실제로 살모사들은 어미를 죽이지 않는다. 그러나 일족들은 그 어미를 죽이는 일이 적잖다 했다.

「살모종들이 많지 않기 때문에 세간에 널리 알려져 있지는 않지만, 살모종의 암컷들은 그래서 부러 자식을 낳지 않는다. 낳더라도 내버리고 도망치기 일쑤지. 어린 새끼들은 나약할 적 산짐승이나 들짐승 혹은 인간들에게 발각되어 살해당해. 그 때문에 살모의 종이 귀한 것이다. 준이도 태생은 귀하지. 성정이야 모르겠다만.」

낡은 판잣집 안에 오래된 다기를 두고 차를 따르던 소리가 떠오른다.

둔치의 흙무더기를 손톱으로 긁어쥔 미사의 몸 위로 차디찬 빗물이 툭툭 떨어져 내렸다. 비명이라도 지르면 나을지도 모르지만 그럴 수도 없었다. 인간들이 그녀를 발견하게 되면 일은 더 복잡해질 테니까.

어느 인간의 선량함은 그녀를 병원으로 인도할 것이다. 병원의 의사는 껍질이 벗겨지는 그녀를 치료하다 그녀의 신체가 보통 인간과 조금은 다르다는 것을 알게 될 것이다. 일족들 중 문제를 처리하는 자들이 수습을 할 테지만, 소문이 퍼지면 사준이 그녀의 행적을 알게 될 수도 있다.

'대체 왜, 대체 왜. 대체 왜…….'

몸뚱이는 죽음의 냉기 속으로 서서히 가라앉는데 가슴은 불같은 슬픔으로 뜨거워졌다. 마지막 겨울이 될지도 모른다는 예감이 들었다.

뱀아목과의 그녀에게 이 계절은, 이 겨울은 너무나 가혹하다.

푹 젖어 해초처럼 갈라진 머리칼 사이로 한강의 고즈넉한 정경이 비쳤다. 썩은 낙엽의 냄새에 얼굴을 처박았다. 목숨을 앗아가는 빗소리는 잔잔하고 잔인했다. 느리게 눈꺼풀을 내리닫았다.

'이대로 잠이 들면 다시 깨어날 수 있을까.'

껍질이 일어난 각막이 파르르 떨렸다.

'나도 자업자득인가.'

잡아먹힌 제 어미를 비웃을 계제가 아니었다. 자신의 상황에는 애도나 슬픔도 사치일 뿐이다.

이제야 알았다. 이제까지 그녀의 삶은 완벽하게 사준에게 통제당하고 있었다. 사준이 그녀를 배반했다는 사실 하나 때문에 제 손에 남은 것이 아무것도 없다는 것만으로도 그리 말할 수 있었다.

동족인 고산의 비웃음소리가 떠오른다.

「너 그러다가 한번 크게 다치지. 사준이 의지할 만한 녀석이냐고.」

그 멍청이도 사실은 저보다 똑똑했다는 게 분하다.

그녀는 다가올 죽음을 기다렸다.

찰박찰박.

물웅덩이를 헤치고 다가오는 또 다른 발소리가 들렸다. 인피 위의 비늘껍질이 우드득 올라온다. 미미한 땅울림을 눈치챘을 때 상대는 꽤 가까운 거리에 있었다. 흠칫한 그녀는 최대한 제 허물을 끌어안았다.

'누구지?'

걸음소리는 코앞에서 멈추었다.

미사의 눈동자에 빗물 젖은 남색 운동화가 비쳤다. 인간일까? 아니면 사준? 인간이어도 망하고, 사준이어도 망한다. 기적 같은 확률로 회생할 가능성이 있지만 그런 일이 벌어진다면 미사는 외려 이 세상을 의심할 것이다.

세상이 정말 미쳐 돌아간다고.

목소리가 빗소리에 섞여 울렸다. 비명도, 경계심 어린 고함도 아니었다.

"이거, 참…… 별일이네요?"

아프게 뺨 위로 떨어지던 빗물이 그쳤다. 미사의 눈꺼풀이 느릿느릿 들렸다. 둥그런 검은 우산이 우중충한 하늘을 가려주었다. 뱀의 것처럼 - 엄밀히는 뱀이지만 - 노랗게 변한 눈동자는 상대의 얼굴에 이르지 못하고 떨어졌다.

"살려……."

……줘. 말을 끝맺지 못한 채 세상이 암전했다.

그녀의 이름은 미사, 좋은 능구렁이, 나이는 150세 남짓.

생애 가장 최악의 겨울의 목전에서 그를 만났다.

인간들은 스스로를 만물의 영장이라 말하지만, 세상에는 오래전부터 그들보다 우월한 인간이 아닌 것들이 섞여 살았다. '사람'이되 '인간'은 아닌 영험한 능력을 지닌 자들. 그들은 종과 계파에 따라 족벌사회를 이루므로 일족이라 스스로를 분리했다.

60억 인간 속에 소수로서 존재한다.

한반도 내의 일족이라 알려진 것만 해도 서른여 종. 그리고 일족들 중에서도 가장 강하거나 가장 수가 많은 열두 일족을 통틀어 칭하는 것이 있다.

인간들은 그들을 12일족이라 불렀다.

대표적인 12일족은 아래와 같다.

자(子, 쥐), 축(丑, 소), 인(寅, 호랑이), 묘(卯, 토끼), 진(辰, 용), 사(巳, 뱀), 오(午, 말), 미(未, 양), 신(申, 원숭이), 유(酉, 닭), 술(戌, 개), 해(亥, 돼지).

미사는 십이지 중 사(巳) 일족, 그중에서도 뱀아목과에 속하는 암컷이다. 올해로 정확히 몇 살인지는 모르지만 얼추 150년 정도를 살았다.

뭐, 그 정도 살면 인생에 통달하거나 그럴 거라 추측하는 이들도 있겠지만, 현실은 그렇지만도 않다.

20대가 되면 어른이 될 거라 생각했던 10대가 정작 20대가 된 후에도 철딱서니 없는 것과 비슷한 맥락으로. 하기야, 그런 인생에 대한 통찰이나 고찰도 하는 사람만 하는 일이니.

미사는 고립되어 살아온 암컷 뱀에 불과했다.

미사의 정체, 정확한 '종족'은 능담 혹은 능사라 불리는 검은 구렁이다. 수화(獸化)한 본체는 몹시 까맣고 길다.

능담은 제 몸보다 큰 뱀을 삼켜 배 속에서 죽여 토해낸다는 속설이 전해질 만큼 위험한 뱀이다. 어린 왕자라는 소설 때문에 보아 구렁이가 가장 유명하다지만, 미사는 '나도 저 정도는 할 수 있는데?' 하고 코웃음 칠 수도 있는 사람이다. 다만 하지 않을 뿐. 아무리 뱀이라도 반은 인간과 흡사하므로 이지가 있는 이상 식성이나 취향은 있다. 고상함에 대한 각자의 미학도 있다.

미사가 속한 사 일족의 독특한 점이 두 가지가 있다.

첫째, 무리 생활을 하는 이들이 드물다는 것이다. 소수의 계파를 제외한 거의 대부분의 뱀들이 개인주의다. 그런 이유로 일족사회 내의 입지는 낮다.

둘째, 탈피기의 불문율이다.

모든 뱀은 허물을 벗는다. 개체마다 다르지만 몇 년에 한 번 일족들도 허물을 벗는다. 강한 뱀도 허물을 벗는 동안은 신체가 물렁해지고 무방비 상태가 된다. 그 시기는 적이 많은 뱀들의 치명적인 약점이 된다. 그래서 뱀들은 탈피기에는 동족을 공격하는 일을 지양한다는 불문율을 만들었다. 까마득한 옛날, 그런 '전통'이 없을 때에는 가관이었다고 한다.

뱀 한 마리가 탈피를 할 때마다 그동안 원한을 품었던 동족들이 우르르 몰려와 물어 죽이고, 찢어 죽이고, 때려서 죽이고…… 그뿐인가, 다른 일족들도 호시탐탐 그 기회를 노리니 아주 답이 없었던 것이다.

이해하기 쉽게 비유하자면 중환자실에 입원해서 산소 호흡기를 끼고 있는데 집단 폭행을 당해 죽는 거다.

가끔 그 전통을 무시하는 녀석들이 나오기는 하지만 대부분은 착실히 지켰다. 탈피기에 동족을 공격했다는 소문이 돌면 그다음 탈피기에 그 당사자가 타깃이 되는 일이 비일비재했기 때문이다. 미사도 마찬가지였다.

미사는 늘 전통을 잘 지켜왔기 때문에 지금의 상황을 더 받아들이기가 힘들었다.

마지막 기억은 그렇게나 소스라쳤다. 어린 시절 함께 자랐던 사준의 배 속에서 꿈틀대던 것은 생물학적 어머니인 시영이었다.

제 몸통보다 컸을 어미를 먹고도 모자라 그녀의 살까지 탐냈던 사준.

사준은 시영이 어릴 적 거둔, 미사와는 피가 섞이지 않은 형제다.

가족이라는 개념에 의미를 부여하지 않는다고 해도 가족이란 건 있어서 나쁠 것 없다 입버릇처럼 말하던 형제다.

그런 형제가 그녀를 배반했다.

「아아, 믿을 사람이 아무리 없어도 말이야. 역시 순진하다니까, 우리 미사는.」

빌어먹을 새끼. 혼재되었던 기억이 흩어진다.

02

/

정체 모를 무언가가 뱀을 주웠다

주전자가 우는 소리가 났다.

삐이이이.

의식이 수면 위로 두둥실 떠오른다. 나른했다. 미사는 더 이상 춥지 않다는 것을 깨달았다. 미사의 눈꺼풀이 힘겹게 들렸다.

'……살았어?'

특유의 기운이 어려 금색 빛이 돌던 홍채가 서서히 연갈색으로 바뀌었다. 연갈색 눈동자는 곧 까맣게 변했다. 세상이 부옇다. 각막의 탈피가 끝나지 않은 탓에 시력이 형편없었다. 그래도 한 가지만은 알겠다. 마지막 보았던 풍경과는 전혀 다른 풍경이었다.

'이게 무슨 일이야?'

상체를 들어 일으키려던 그녀는 통증의 홍수에 신음을 삼켰다. 여전히 그녀는 허물벗기 중이었다. 온몸의 살이 짓물러 있었다. 겨우 고개를 돌린 미사가 애써 잘 보이지 않는 눈에 힘을 주고 주위를 살폈다.

아이보리 빛 벽돌 무늬의 벽지를 따라 단조로운 액자 몇 개가 걸려 있다. 흔한 걸이 캘린더가 벽에. 열린 문 저편은 거실로 보인다. 거실에는 3인용 소파가 하나 길게 놓여 있다. TV 소리도 나는 것 같다.

집은 전체적으로 그리 넓지 않았지만…….

'집?'

분명 가정집이었다.

'대체 누가?'

허물벗기를 하는 사 일족을 보금자리까지 데리고 왔다는 건 평범한 인간이 아니라는 말이다. 인간이라면 목숨이 아깝지 않은 박애주의자이거나 실험정신 투철한 정신병자겠지.

박애주의자라면 환영이지만 정신병자라면 문제가 된다. 아니, 일단 인간이라면 어느 쪽이든 문제다, 사실.

두리번거리던 미사의 눈에 곧, 한 남자의 뒷모습이 흐릿하게 보였다. 나이는 얼추 스물을 갓 넘겼을까 싶은 인간형 성체였다.

'동족인가?'

미사가 바짝 긴장해 숨을 들이켰다. 그런데 그게 잘못된 건지 딸꾹질이 시작되었다.

딸꾹.

남자가 그녀를 알아차리고 방으로 들어왔다.

"일어났어요? ……몸은."

딸꾹.

어색한 침묵이 찾아왔다. 그녀의 지근거리까지 다가왔던 남자는 한심하단 듯 혀를 차며 몸을 돌려 나갔다. 부엌 가재도구가 덜그럭대는 것 같은 소리가 들렸다. 되돌아온 남자는 한 잔의 물을 건넸다.

"……가지가지 하시네요."

얼결에 잔을 받아 물을 마신 미사는 남자가 가까워진 틈에 그 생김새를 살펴보려 했다. 그러나 온전치 못한 시력에는 한계가 있다. 미사는 후각에 집중했다.

인간의 모습을 하고 있을 때라도 일족들의 오감은 인간보다 훨씬 좋은 편이다. 가장 두드러진 것은 달큰한 향과 비린내, 그리고 방향제와 우유 냄새다. 비린내는 그녀의 허물에서 나는 것이었다.

"옷은 세탁기에 돌렸는데 셔츠는 아무래도 회생불가더라고요."

남자가 들고 있던 그의 잔을 홀짝였다. 우유인가 보다.

'그런데…… 이 냄새는 뭐지?'

작위적인 향수 냄새는 아니었다. 아무리 정신이 없더라도 그 정도의 분별력은 있었다. 이것은 체취였다.

오만상을 쓰는 미사를 향해 코웃음 치는 소리가 났다. 문득 미사는 정신을 잃기 전에 맡았던 향기와 목하 그녀를 취하게 하는 향기가 똑같다는 걸 깨달았다.

겨우 입술을 벌렸다.

"……너 뭐 하는 녀석이야?"

"물 한 잔 더 줘요?"

강에 빠지고 비에 후려맞은 것이 바로 조금 전이다. 첫잔이야 얼결에 마시기는 했지만 물이라면 정말 신물이 올라왔다.

"그건 됐고, 너 뭔데 나를 도왔냐고."

미사의 본능이 갈피를 잡지 못하고 경계를 서성였다.

"그보다……."

남자의 손이 그녀의 드러난 어깨 위로 이불을 끌어올려주고 떨어졌다.

"……아직 몸이 많이 차갑네요. 뱀이 냉혈동물이라는 건 알지만 어차피 인간의 몸일 때에는 크게 차이 없는 거 맞죠? 사 일족은 처음 봐서."

미사는 위협적으로 보이기 위해 아미를 좁혔다. 맹인 같은 눈을 끔

뼈이자 눈알이 뻑뻑하게 아파왔다. 울고 싶다.

"너, 세 번 묻게 하면."

"그만 좀 물어봐요. 생명의 은인이라고 간단히 생각하면 될 걸 뭘 그렇게 경계하세요?"

"……."

"이름은 진태성이에요."

"이름을 물어본 게 아니잖아. 내가 뭔지는 알고서 지금 나를 도운 거야?"

"뱀들은 허물벗기 도와준 사람을 은인이라 여긴다는데 아니었어요?"

사 일족들은 허물벗기를 보호해준 자를 관대하게 포용하는 관례가 있다고들 한다. 하지만 반대로 생각해 허물벗기에 제 몸을 맡길 수 있을 사이라면, 관대하지 않은 것이 더 이상한 거다. 그녀가 사준을 믿어 그에게 허물벗기 지키미가 되어달라 부탁한 것처럼.

미사는 당장 상대의 정체를 알 수 없었고, 상대는 그녀의 정체를 알고 있다.

그 불균형은 그녀를 불편하게 했다. 남자는 계속 말했다.

"죽어가는 거 살려준 것치곤 그다지 좋은 반응은 아니네요. 일단 껍질이 다 벗겨진 후에 이야기하는 게 낫겠어요."

"……."

"독은 자연중화되는 거 맞죠? 처음보다 어깨 상태도 많이 나은 것 같은데. 허물은 잠든 사이에 꽤 많이 벗겨졌어요. 인간의 모습으로도 허물을 벗을 수가 있었네요. 처음 알았어요. 상상했던 것보다는 그렇게 흉하지도 않고."

남자가 침대 주위로 수북이 쌓인 녹진 허물더미를 가리켰다. 부끄

22

러운 기분이 들었다.

"청소비용을 청구하거나 하지는 않을 테니 걱정 마세요."

정체가 무엇인지도 모를 놈의 면전에서 허물벗기를 하고 있기에는 그녀는 지금 너무나 불안정했다. 믿었던 사준에게서 배반당한 직후였다. 생판 남인 타 일족을 믿을 수 있을 리가.

상대는 그녀의 불안을 읽어낸 것처럼 적절한 시기, 절묘하게 덧붙였다.

"안심해도 돼요. 여기는 당신한테는 안전하니까요."

미사는 더 따지지 않았다.

단지 저 정체 모를 녀석이 무슨 속셈이건 간에, 이 괴로운 탈피기가 무사히 지나가기를 바랄 뿐이었다. 당장 저 녀석이 제게 해코지를 하지 않으리라는 전제하에.

낯선 곳에서의 탈피는 긴 터널을 지나는 것처럼 암담했다. 부러진 손톱이 침대보를 찢었다. 그녀는 비명을 삼키며 떨어져나가는 피부를 바라보았다. 몸부림치는 내내 태성이라는 남자는 그녀와 함께 있었다.

감시하는 것 같기도 했고, 돌보는 것 같기도 했다.

"진통제 먹을래요?"

건네준 진통제를 먹고 죄 토해내자, 그는 더 이상 권하지 않았다.

그 후로도 그는 커튼 한번 걷지 않고 발소리를 죽여 다가와 간간이 그녀의 상태를 보고 돌아갔다. 그가 다가올 때마다 미사는 저보다 높은 그의 체온에 위로를 받았다.

하루 나절을 더 발악하듯 버티니 차츰 떨어져나가는 껍질의 양이 눈에 띄게 적어졌다.

그리고 새벽달이 뜰 무렵, 널브러진 미사의 눈꺼풀이 느리게 감겼다 뜨였다. 투둑 하는 소리가 났다. 시야가 탁 트였다. 드디어 각막에 붙어 있던 허물이 떨어져나간 것이다.

몇 날 며칠을 괴롭히던 통증도 서서히 가라앉기 시작했다. 몸의 피가 제대로 돌기 시작했다. 비늘 문양으로 변했던 피부도 서서히 평범한 인간의 것처럼 아물었다.

미사는 손을 둥글게 말아 주먹을 쥐었다.

오늘의 날짜가 어찌 되는지, 시간이 얼마나 지난 건지, 어떻게 된 건지 모른다. 확실한 것은 몸이 회복되기 시작했다는 것이다.

안도감이 북받치듯 치밀어 올랐다. 미사는 울 것 같은 기분으로 제 몸을 더듬었다.

살았다.

살아남았다. 날아갈 듯 기뻤다.

"이제 똑바로 보여요?"

내내 정체가 궁금했던 남자의 얼굴이 보였다.

"보여."

남자는 언뜻 회색이 도는 짙은 눈썹을 가지고 있었다. 살짝 찌푸려진 미간에 주름이 잡혀 있다. 인상을 자주 쓰는 편인지도 모른다고 생각했다. 인간의 얼굴보다 비늘의 아름다움을 더 높이 치는 그녀에게는 크게 의미 있지 않았지만, 용모도 전체적으로 번듯했다.

그러나 단순히 높은 코, 갸름한 얼굴형, 균형감 있는 몸의 맵시보다 유달리 미사의 눈을 끄는 게 있었다.

바로 눈이었다. 날카롭게 끝이 긴 눈매. 매서운 느낌은 없었다. 홍채가 신기하게도 맑은 회색이다. 까만 동공을 감싼 회색 홍채와 마주 보고 있는 동안 그녀는 참 묘하지 않은가 생각했다.

'근데…….'

미사는 미뤄두었던 고민을 시작했다.

'이 녀석 대체 정체가 뭐지?'

일족들은 본능으로 상대를 어느 정도는 가늠할 수 있었다. 그러지 못한 놈들은 일찍이 도태되므로 단명한다는 것이 정설이다.

지금은 사회 규율이 더 빡빡해져서 얼간이들도 그럭저럭 버틴다지만 미사는 얼간이는 아니었다. 한데 상대가 아주 감쪽같이 기운을 감춘 건지, 아리송하다.

한반도에 터를 잡고 사는 일족들은 대개 거기서 거기인데 눈앞의 녀석은 정말로 낯설었다.

"일어나서 씻을 수 있으면 씻고 와요. 옷을 줄 테니까. 아, 그리고…… 수화는 하지 마세요. 집이 엉망이 될 것 같으니까."

미사는 실오라기 하나 걸치지 않은 맨 몸뚱어리를 더듬거렸다.

"씻고 오면 옷 줄게요. 일단 뭐라도 입고 있어야지. 욕실은 저쪽이에요."

경계심이 역력한 미사에 반해 남자는 태연하기만 하다. 태성이라는 이름이었던가. 미사는 끝까지 태성에게서 눈을 떼지 못하고 욕실로 걸어갔다.

울긋불긋한 비늘 자국이 피부에 남았다. 하지만 며칠 안에 흔적도 없이 사라질 것이다. 일족의 재생능력은 인간들이 보기에는 괴물 같은 수준이다.

교통사고를 당하고도 상처 하나 없이 기적적으로 구조된 사람의 이야기를 들어본 적 있을 것이다. 99퍼센트의 확률로 일족이다. 1퍼센트의 여지는 정말로 세상엔 가끔 이해하기 어려운 일이 벌어지기도 하니까 남겨두고.

미사가 따뜻한 물로 헹구듯 몸을 씻고 나왔을 때 태성은 침실을 정리 중이었다. 커튼을 걷고 창을 여는 뒷모습이 묘하게 눈길을 사로잡았다.

그는 미사의 손톱에 죄 찢긴 시트를 보며 고민스러운 얼굴을 하고 있었다. 그러다가 시트는 그대로 쓰레기통에, 이불은 빨래통에 넣었다. 까끌거리는 허물까지 죄 모아 쓰레기통에 넣었다.

수건으로 몸만 가린 미사는 어쩔 줄 모르고 망부석처럼 서 있을 뿐이었다. 막 발을 떼려다 문 앞에 헐렁한 티셔츠 하나와 긴 트레이닝복이 개켜져 있는 것을 발견했다.

태성이 뒤돌아보지 않고 말했다.

"옷 그거 입으라고 꺼내둔 거예요."

"태성이라고."

"예?"

"태성, 태성…… 태성?"

태성은 멍하니 서서 제 이름만 곱씹는 미사에게서 관심을 거두고 하던 일을 계속했다. '왜 저래.' 하는 표정이다. 그러건 말건 미사는 그의 이름만을 곱씹었다. 가끔 저처럼 이름에 힌트가 들어 있는 일족이 있다.

"원숭이 성이야?"

무슨 말을 하냐는 듯 고개를 갸웃하던 태성이 피식 웃었다. 의외로 웃으니까 근사했다.

"아아, 제가 신 일족인 것 같아요?"

"글쎄."

"저도 글쎄요. 잠깐만 환기하고 창 닫을게요. 추우면 거실에 가 있어요. 속옷은 없어요. 암컷이 제 집에 오는 일은 거의 없어서."

미사는 노란 병아리가 그려진 박스터에 팔을 끼워 넣었다.

그의 옷에서도 단 향이 났다. 미사는 또다시 고개를 갸웃했다. 이와 비슷한 향기를 맡아본 기억이 있다. 헌데 기억을 더듬어도 이거다 하고 생각이 나는 게 없었다.

미사가 옷을 추려 입다 말고 크게 재채기를 했다. 에취.

허리를 세운 태성이 물기가 뚝뚝 떨어지는 미사의 검은 머리칼을 보고 말했다.

"머리부터 말려요."

"괜찮아."

"감기 걸릴 텐데."

미사는 고집을 꺾지 않을 듯 버티고 섰다. 크에치! 다시 재채기가 났다. 태성이 얕은 한숨을 내쉬며 다가왔다.

"고집부리지 말고요. 지금 창백해요."

"나 원래 얼굴 하얘."

"암컷들은 머리카락이 길어서 빨리 안 마르잖아요."

"됐어."

에취. 정말로 술(개)도 안 걸린다는 감기에 걸리려나 싶었다.

일족의 인간화한 몸은 인간과 비슷하면서 달랐다. 해독작용이 빨라 독특한 유흥문화가 형성될 만큼 튼튼하다. 재생능력도 뛰어나고, 기본적인 근력도 훨씬 평균적인 인간을 웃돈다. 그러나 가끔 바이러스성의 질병이나 위장병 같은 건 걸린다. 정신계 이능을 남발하면 정신병에 걸리는 녀석들도 있다.

태성이 다가왔다. 그는 한 걸음 앞에 멈춰 서서 정교한 세공품을 뜯어보듯 미사의 젖은 머리카락을 훑었다.

태성이라는 이 정체 모를 녀석의 눈빛은 기묘하게 미사의 무언가를 자극하는 것이 있었다.

"팔 아파."

"뭘 했다고요."

"근육이 자리 잡을 때까지는 원래 좀 쉬어야 해."

"안 내키는데." 하고 혼잣말로 중얼거리던 태성이 말했다.

"와봐요."

"오라니?"

"머리 대라고요. 말귀 굉장히 못 알아듣네요."

태성이 미사를 새 시트를 깐 침대에 걸터앉혔다. 남자의 손이 수건 너머로 그녀의 머리통을 잡고 흔들었다. 미사의 머리카락은 금세 봉두난발이 되었다.

"드라이기가 없어요. 지금 가뜩이나 상태도 안 좋을 텐데 빨리 말리는 게 좋아요. 머리로 빠져나가는 열량이 꽤 많거든요."

까탈스러운 성격인 것 같다. 미사의 작은 머리통이 이리저리로 마구 흔들렸다. 손길이 억셌다. 미용사처럼 섬세한 맛은 당연히 없었다.

'이 녀석 뭐야?'

눈앞이 산란해 정신이 쉬이 잡히지 않았다. 중간에 몇 번이나 뿌리칠까 했는데 타이밍을 놓쳤다. 예의 향기 때문이었다.

'이 향기는 뭐지, 정말?'

어디선가 분명 맡아봤는데.

"머리 이쪽으로 좀 더 기울여봐요."

"아, 정말."

"아, 이거 실례인가? 암컷한테 이러면."

미사는 태어날 때에는 뱀이었고 수화를 했을 때에는 이미 어른이었다. 개체의 성질까지 더러운 능사의 머리를 함부로 만질 수 있는 이는 사 일족에는 몇 없었다. 하지만 의외로 나쁘지 않다.

"실례까지는 아니고……."

"그러면 대요."

허락이 떨어지자마자 가차 없어진다. 이 녀석 대체 뭘까.

"자."

머리까지 다 말리고 나니 기분은 한결 좋아졌다. 남아 있던 잔 통증도 사라져 새로 태어난 기분이었다. 탈피를 했으니 새로 태어난 것이라고 해도 다를 바 없지만.

"고마워."

"됐어요."

시큰둥하게 대꾸한 태성은 수건을 또다시 쓰레기통에 넣어버렸다. 미사는 이번엔 불쾌해하지 않았다. 문득 실감이 들었다. 십중팔구 죽으려나 했는데 기적이 일어났다는 게.

'신이 정말 있는 걸까?'

종교인들을 비웃은 걸 사과해야 할지도 모르겠다.

'미안해요, 예수님, 미안해요, 부처님.'

물론, 믿지는 않지만 말이다.

탈피에는 큰 기력이 소모된다. 아예 껍질을 벗어내는 것이니 당연한 일이다. 그러므로 배가 고파지는 것도 당연했다. 말하는 것이 입 아플 만큼.

"배고프니까 먹을 것 좀 줘봐."

"……."

"왜?"

"아니, 되게 뻔뻔하다 싶어서."

태성은 피식 비웃었다. 미사도 그의 어처구니없다는 듯한 반응의 이유를 십분 이해는 했다. 그녀는 엄연히 다른 일족의 영역에 있다. 제집이 아니란 말이다. 하지만 태성은 별다른 첨언 없이 부엌으로 향했다. 접시가 달그락거리는 소리가 났다.

미사는 눈에 힘을 풀고 태성을 뜯어보았다.

'원숭이는 분명 아냐.'

인간은 확실히 아니고. 그럼에도 이놈이 위험하지 않다는 느낌이 드는 걸 보면 뱀의 상위 일족도 아닌 듯하다. 적어도 그녀를 위협할 만큼 오래 산, 혹은 태생적으로 위협적인 종은 아닐 것이다.

거의 느껴지지 않는 기운으로 미루어 보아 나이도 어린 듯하다. 물론, 반전으로 기운을 철저하게 갈무리할 줄 아는 강자일 가능성도 염두에 두어야 했다.

"아니, 그런데 너 정말로 정체가 뭐야? 계속 궁금하게……."

태성은 데운 타락죽을 내밀었다. 적당히 식은 죽에서 고소한 향기가 피어올랐다. 크게 미사의 식욕을 돋우는 종류의 것은 아니었다.

"고기는 없어?"

"며칠 굶었잖아요. 환자가 기운 차리자마자 그런 거 먹으면 탈 날 텐데. 진통제도 토할 만큼 힘들어했으면서 바로 고기부터 찾아요?"

"허물벗기가 병인 줄 알아?"

"우선 그거라도 먹고 얘기해요."

미사는 뚱한 기분으로 죽 그릇을 흘겼다. 세상에 갓 허물 벗은 뱀한테 달랑 죽 한 그릇 주는 허물벗기 지키미가 어디 있나. 엄밀히 말하면 그가 허물벗기 지키미는 아니지만.

"지금 다른 먹을거리가 없어요. 이것저것 챙겨두는 타입은 아니라서. 입맛이 없어도 일단 그거라도 먹는 게 나을 거예요."

김이 모락모락 오르는 죽 그릇을 바라보던 미사는 우울해졌다.

당장 시골 농장으로 달려가고 싶다. 단박에 소라도 한 마리 삼키고 편안한 동면에 든다면 그것보다 만족스러울 수 없을 것이다.

소리 내어 말하고 말았다.

"……소 먹고 싶어."

"소고기?"

"아니, 그냥 소."

태성의 눈썹이 붙을 듯 모였다. 질린다는 듯한 눈빛이 스쳐지나갔다. 그는 미사와 눈이 마주친 후에야 표정을 갈무리했다.

"돌았어요? 서울 한복판 아파트에서 어떻게 소를 찾아요? 서울 처음 와본 거예요?"

저 녀석, 의외로 말을 좀 막 하네.

"서울 생활 오래됐거든."

미사는 마지못한 얼굴로 죽 그릇을 비웠다. 배는 채워야 했다. 그녀는 지금 수화를 유지할 만큼의 기력도 없다.

일족들의 신체는 효율을 우선으로 한다. 종족에 따라, 나이에 따라 본체의 크기도 천차만별. 본체가 크면 클수록 기력이 더 요구되는 것은 자명한 진실이다. 대개 미사와 같은 오래 묵은 일족은 기력이 바닥

나면 최소한의 에너지로 유지되는 인간의 껍질로 변이한다. 반대로 어리거나 본체가 선천적으로 작은 일족은 부피가 작은 본체로 돌아가 기력을 회복한다.

"자요."

태성은 초콜릿과 우유를 다시 가져다주었다. 미사는 사양하지 않고 냉큼 전부 받아먹었다. 기분이 조금 나아졌다. 허기가 채워지지는 않지만 아쉬운 대로 만족해야지.

태성이 움직이자 공기 속에 또 희미한 향기가 섞여들었다.

"아."

불현듯 그녀는 향기의 정체를 짐작해냈다. 그녀가 맡아본 것 중 가장 흡사한 것을 빗대라면 사향이었다.

"너…… 축(소) 일족이야?"

"왜요?"

"네 냄새."

30년쯤 되었나? 민주화 물결이 막 시작되던 시기였을 것이다. 미사는 사향을 품은 축 일족을 만난 적이 있었다. 해외에서 선교사로 찾아온 외래종이었다. 굉장히 매력적인 수컷이었던 걸로 기억한다.

가물가물하기는 한데, 그때의 냄새와 흡사하게 느껴졌다.

"아, 뭐……."

태성은 묘한 표정으로 제 팔다리를 내려다보며 굼뜬 소리를 냈다. 마치 제 냄새가 눈으로 보이기라도 하는 듯이 훑는다.

일족들 사이에는 일종의 관습이 있다.

닭은 개를 싫어한다. 호랑이와 용은 상극이다. 말과 양은 잘 어울린다. 개는 한 가지 목적에 충성스럽다. 토끼는 호랑이를 두려워한다. 뱀은 용을 경외한다. 뭐 그런 것들…….

오랜 시간을 묵었거나 남다른 이능을 지닌 12일족의 웃어른들은 규율을 초월하지만 그럴 만큼 오래 묵은 이들은 드무니까.

보편화되어 불리는 12일족 말고도 다양한 짐승을 모태로 한 계파들이 많아 예외의 경우도 있지만 대개는 그렇다고 알려져 있다.

"음."

"맞아?"

저 녀석이 축이라면 사인 그녀를 두려워하지 않는다 해도 납득이 간다. 소들은 우직하고 멍청하다. 하지만 태성은 긍정도 부정도 하지 않았다.

"최대한 죽였는데도 아직 남아 있었나 보네요."

미사의 눈이 가늘어졌다.

'아닌가?'

알쏭달쏭한 수수께끼가 확실히 풀리지 않으니 의심만 깊어졌다. 미사는 돌아서려는 태성의 팔뚝을 탁 소리가 날 정도로 세게 쥐어챘다.

"……왜요?"

"너 내가 뭔지는 알고 도와준 거지?"

"말이라고, 지난 며칠 동안 당신이 벗은 허물 걷어치운 게 누구인데요. 일단 놓……."

말을 돌리고 있다. 처음에는 그냥 무시이려니 했는데 분명히 태성은 회피하는 것이었다. 미사가 태성의 옷깃을 움켜쥐어 침대 위로 넘어뜨렸다. 푹신한 매트에 처박힌 태성의 눈이 드물게 휘둥그레졌다.

미사는 그의 손을 없는 힘까지 끌어모아 움켜쥐고 그의 위로 올라탔다.

"왜 이래요?"

"말하고 가라고."

"암컷한테 이렇게 깔리는 거 처음인데 좋은 기분은 아니네요."

"처음부터 네가 축이었다면 '사'는 별로 좋아하지 않을 것 같은데. 살쾡이 쪽도 아닌 거 같고."

태성은 입술을 다물었다가 살짝 열어 한숨을 내쉬었다.

"……성질머리도 참."

미사가 마른 입술을 핥았다. 허기가 진 탓도 있지만 향기가 오묘해서 자꾸만 그녀의 허기를 건드리는 녀석이다.

"제대로 대답하지 않으면 잡아먹어버릴 거야."

미사가 이를 드러내며 씹는 시늉을 했다. 물끄러미 그녀를 바라보던 태성이 웃기 시작했다.

"농담인 줄 알아?"

"어이가 없어서."

태성은 그녀를 밀어내거나 하는 대신 침착하게 대꾸했다.

"중국 설화에는 물뱀을 구해줬더니 해신이 나타나서 금은보화를 안겨주고 갔다는 얘기도 있던데 그쪽은 다짜고짜 먹는다고 협박이네…… 사람 팔자가 이렇게 기구하다니까."

"지금 팔자타령 할 때가 아닐 텐데?"

"말 안 하면 어쩔 건데요."

"왜 말 안 하는데?"

"……물어보니까 말하기 싫어서요."

다시 회피. 비딱선을 탄 대답이 돌아왔다. 미사는 갈수록 오리무중인 이 녀석의 정체가 궁금해 몸이 뒤틀릴 지경이었다. 미사의 얼굴은 놀라울 정도로 깨끗하게 그녀의 감정을 드러냈다.

"비켜요. 감사까진 바라지도 않을 테니까 이럴 힘 있으면 내 집에서 나가시죠."

태성이 그녀를 가볍게 밀어냈다. 당연히 미사는 조금도 꿈쩍하지 않았다.

"왜 말을 안 해주는 건데?"

"말하면요? 뭐 달라져요? 내가 강하면 숙일 거고, 약하면 싸우려 들 건가?"

"……."

"내가 공격할까 봐 싶어서 하는 말이면 걱정 말고 비켜요. 공격할 거면 방까지 내주면서 구해주지도 않았어요."

"너, 나를 좀 무서워하는 게 좋을 텐데? 보아하니 고만고만한 녀석이라 숨기는 모양인데."

"이미 무서우니까 적당히 해요. 그리고 막말로, 내가 뭐든 간에 지금 당신 상황보다는 나은 거 같으니까 허세 그만 부리고."

무섭다는 녀석이 잘도 비꼰다.

미사가 위협 비슷한 시늉을 하고 있음에도 태성은 조금도 기운을 드러내지 않고 있다. 그런 반응은 '믿는 구석이라도 있나?' 하는 미사의 의심과 불안을 부채질했다.

미사는 폭력을 선호하는 편은 아니었다. 더군다나 그녀를 구해준 것이 확실한 은인과 싸울 생각도 없었다. 지는 기분이 들었지만 별수 없다.

미사는 엉금엉금 그에게서 내려왔다.

'수상한데.'

그러던 그때, 아득한 현기증이 일더니 눈앞이 핑 돌았다. 공복 경련이 일기 시작한 것이다. 탈피 중에도 심력 소모가 컸고, 탈피 직후에도 계속 허기를 무시했더니만 결국.

미사가 고꾸라지자 놀란 태성이 재빠르게 미사의 어깨를 붙잡아 지탱했다.

"왜 그래요?"

"배고파…… 배고파…….."

몸을 뒤트는 미사를 당혹스러운 눈으로 바라보던 태성이 조심스레 말했다.

"……저기요, 꼭 뭐, 고기 먹어야 되는 거예요?"

'괜찮아요?' 묻는 목소리가 아득하다.

쓸데없이 다정한 손길이 그녀의 뒷덜미에 닿는다.

이상한 일이다. '괜찮아요?' 하는 그 한마디에 제 안에 있는 줄도 몰랐던 서러움이 파도처럼 밀려들었다.

태성의 말처럼 그녀의 상황은 열악했다. 막말로 그녀는 지금 자신이 세상에서 가장 불행한 일을 겪은 것처럼 우울했다. 믿었던 사람에게 이유도 모른 채 배신당했다.

아무리 가족에 가치를 두지 않는 사 일족이라 해도 이지가 있고, 추억이라 이름 붙일 만한 기억들을 가진 한은 미련과 슬픔이 남기 마련이다. 미사는 그냥 그렇게 살면 되는 줄 알았다.

변해가는 사회 속에서 조용히, 있는 듯 없는 듯, 사준과 다른 동족들과 가끔 어울리면서 그렇게 살면 되는 줄 알았는데.

"왜 그래요?"

태성의 목소리가 마치, 그녀에게 무슨 일이 있었느냐 묻는 것처럼 들렸다.

"……괜찮아요?"

괜찮지 않았다. 전혀 괜찮지 않았다.

조금도 괜찮지 않아서 미사는 이불에 얼굴을 파묻은 채 고개만 저었다. 온몸이 아픈데, 그런 그녀를 지켜주었던 가족은 이제 없다. 낮

선 타인의 손길에마저 따뜻함을 느끼는 자신은 어디까지 떨어진 걸까.

어조가 달라졌다.

"괜찮아요."

"……."

"괜찮아."

낮은 목소리로 다독이기 시작하는 낯선 타인이 서러웠다. 가득 차 있던 수면에 한 방울의 온기가 떨어진다. 철철 넘치지 마라 끌어안았다. 그녀가 살아온 세계에서 이런 외로움은 묻어 지워야 할 것이었다. 드러내서는 안 된다.

잡아먹힌다.

03
/
그의 사정

　일족들은 적게는 인간의 두 배, 많게는 수십 배 이상의 수명을 지녔다. 그들은 긴 수명의 덕을 볼 수밖에 없다.

　예를 들면, 누군가는 오랜 시간 자연스럽게 쌓은 지식으로 임용고시를 통과해 교사가 되고, 누군가는 넘치는 시간 동안 연마한 악기 실력으로 천재라 추앙받으며 음악가로 데뷔를 하기도 했다. 기업체를 운영해 부를 끌어모으는 기득권층이 된 이도 있고, 태어난 터전을 일구며 사는 이들도 있다.

　그리고 태성처럼 사는 이들도 있다.

　대외적인 태성은 이렇다. 스물다섯의 대학생이다. 부모님은 이혼해 해외에 나가 사신다. 어린 시절 독립해 한강변의 전경 좋은 고층 아파트에서 혼자 지낸다. 개인적인 사정으로 군대는 가지 않았다. 슬슬 졸업과 취업을 준비해야 할 나이다.

　그 밖으로는 잘생겼다, 근사하게 생겼다, 점잖다, 착하다, 좋은 오빠다, 얌전한 친구다, 그런 평이 따라다닌다.

　인간이 아니라는 사실을 제외하고는 거의 대부분의 평가가 무난한 것이었다. 그의 삶도 평가만큼이나 무난했다. 어제까지만 해도.

　'난감하네.'

태성은 쓰러져 잠든 여자를 내려다보았다.

이 암컷은 뱀이다. 생전 처음 보는 사 일족을 앞에 두고서 그는 묘한 기분에 잠겼다. 온몸으로 괴롭다 떠는 동안, 여자는 단 한 번도 약한 소리를 하지 않았다. 그건 태성의 안에 있던 어떤 기억들을 일깨웠다.

'괜한 짓이었나.'

이 여자가 어림짐작한 것처럼 태성은 일족들 중 어린 축에 속하는 편이다. 그러나 다른 어린 그의 동족들과는 달리 여러 방면으로 마모된 사람이기도 하다. 그의 동족들 중 누군가는 그에게 '상식이 결여된 새끼'라며 손가락질을 했다.

아마 그가 이 암컷 뱀을 도운 것 역시 그 결여의 연장일 것이다.

태성은 느리게 얼굴을 문질렀다. 회색 눈동자에 피로가 어렸다.

'……잘도 자네.'

그날, 태성이 이 여자를 발견한 건 순전히 우연이었다.

늦가을 찾아온 태풍에 일기예보에서는 일주일 내내 비 소식을 전하고 있었다.

인적 드문 한강변을 거니는 건 소소한 취미였지만 비가 내리는 날까지 산책을 하지는 않는다. 하지만 그날은 그러고 싶다는 생각을 했고, 실행에 옮겼다. 세상이 짜증이 나 견딜 수가 없을 지경으로 우울해서.

「지난달 본가를 방문하라 했을 텐데.」

태성이 떠나온 본가의 일족들은 '대답 없음도 대답.'이라는 당연한 진리를 이해하지 못하는 사람들이었다.

그들은 태성이 조금 다르게 태어났다는 이유를 대며 주변인의 자리조차 내어주지 않았다. 내어주지 않으면서도 태성이 그 자리를 맴돌기를 바랐다. 다람쥐 쳇바퀴 구르듯이 끝없이.

태성은 딱 한 가지만 바랐다. 피차간의 망각과 거리. 하지만 무리를 짓는 일족들은 상대가 아무리 싫어도 포기할 수 없다는 의무감을 느끼는 모양이다. 태성은 이해할 수 없지만.

그날은 유달리 씁쓸했다. 친구들과 달리 담배도 피우지 않고 술도 좋아하지 않는 그로서는 걷는 것 말고는 할 수 있는 게 없었다.

좁은 창고 같은 방. 멸시와 경멸의 눈빛들. 그를 괴롭히던 사람들. 그를 짓밟는 어미의 기운. 그를 불쌍하다 말하며 다가오지 않던 사람들…… 웬만큼 떨쳐냈다 생각했던 조각이 그림자처럼 따라붙어 그를 찔렀다.

으스러지는 빗방울처럼 좋지 않은 기억을 밀어내며 걸었다. 발길이 닿는 대로. 끝없이. 계속.

이 문제의 암컷 뱀은 태성의 운동화가 축축하게 젖어갈 무렵 그의 세계에 등장했다. 처음에는 시체인 줄 알았다. '시체 신고는 몇 번이더라.' 그런 말도 안 되는 생각을 하며 휴대전화를 더듬더듬 찾았던 것 같다.

해초 같은 흑발을 늘어뜨린 여자는 살아 꿈틀거리고 있었다. 태성은 비늘무늬가 돋아난 너절한 피부와, 특유의 묘한 향기를 맡는 순간 알아차렸다.

비인간(非人間). 그와 비슷한 존재였다.

동족은 아니다. 그의 동족은 비늘이 없다. 발톱과 털이 있을 뿐이다. 태성은 조금 더 가까이 다가간 후 여자가 사 일족이라는 것을 깨달았다.

'미친 건가. 인간들이 보면 어쩌려고.'

첫 목격자가 자신인지조차 확신할 수 없을 만큼 탁 트인 곳이었다. 여자는 빗줄기 쏟아지는 한강변에서 제 껍질을 벗고 있었다. 아름다운 인간의 모습을 하고 있는 뱀이 먹이사슬의 밑바닥에서 꿈틀거리는 것은 거북스러웠다.

고개를 들 힘조차 없는지 머리를 축 늘어뜨리고 있는 천적.

태성은 상식 속의 사 일족을 떠올리며 되돌아가야 하는지 고민했다.

사 일족들은 호전적이고 교활하다 알려져 있다. 집단주의적인 행동보다는 개인주의적인 사상으로 주로 움직인다고.

'……참…….'

여자의 어깨에는 흉측한 물린 자국이 있었다. 중독된 것처럼 푸른 멍이 퍼지는 게 보였다. 다른 일족에게 공격을 당했거나 자신의 일족에서 내쳐졌다는 뜻이다. 일족쯤 되는 이가 짐승에게 당할 리도 없고, 보통의 인간이 살점을 뜯어먹힐 일은 없을 테니까. 이 근방에 카니발리즘을 실행하는 이가 있다면 그건 또 그것대로 소름이고.

어쨌든 그러므로 독을 사용하는 같은 일족에게서 내쳐졌다는 것이 조금 더 신빙성 있다.

'그냥 두고 가면 어떻게……. 죽나?'

빗물에도 아픈 듯 파르르 떨리는 등이 몹시 야위었다. 초라하게 쓰러진 여자를 내려다보며 태성은 많은 생각을 했다.

여자는 뱀이었다. 심지어 종도 모른다.

'어쩔까…….'

태성은 자신의 상황과 일족 간의 불문율과 본능적인 거부감을 저울에 올리고 한참을 고민한 끝에 결정했다. 기울여 쓰고 있던 우산을 어깨에 걸치고 여자를 안아올렸다. 무게감과 체온이 낯설었다.

정체 모를 암컷 뱀은 그의 집에서 허물을 벗었다. 괴로워 발버둥 치면서도 우는소리 한번 내지 않는 것이 인상 깊었다. 경계심을 품고 그를 노려보는 눈에는 초점이 없었고, 독기도 없었다.

암컷 뱀은 분한 것처럼 보이기도 했지만, 그보다는 슬퍼 보였다.

하루, 이틀, 허물들이 쌓였다.

태성은 묵묵히 견뎌내는 암컷 뱀에게 자신을 투영했다. 그래서였던 것 같다. 눈길이 가고 마음이 쓰이는 게. 확실히 자신도 제정신이 아니긴 한 모양이지, 자조하며 지켜보았다.

나중에야 알게 되었다.

그의 권태는, 뱀을 만나며 끝이 났다는 것을.

04

/

어느 뱀이 그에게 하는 부탁

미사가 자신이 기절했다 깨어난 것을 알아차리기까지는 그리 오랜 시간이 필요치 않았다.

'또.'

기가 막힌 심정으로 눈을 깜빡거려보았다. 천장에 달린 큰 접시처럼 생긴 형광등이 보인다. 세상이 흑백으로 덧칠된 것처럼 푸근히 어두웠다. 불이 꺼져 있었다. 어쩐지 어둡더라. 하지만 어두워도 밤눈이 밝은 일족이다.

'큰일이잖아.'

허물벗기를 마쳤더라도 이렇게나 기력이 달리면 문제가 된다.

얼마나 그렇게 넋을 놓고 있었을까. 반만 열린 문 밖에서 사각대는 소리가 들렸다.

침대를 벗어나 목을 내밀고 빠끔히 바깥을 살피는 미사의 눈에 태성이 포착되었다. 그는 소파에 길게 누워 책장을 펄럭대고 있었다. 간간이 필기를 하면서. 사각거리는 소리는 그의 펜 소리였다.

소파 옆에 켜놓은 스탠드 불빛을 고스란히 받은 태성의 왼뺨이 태연하게 밝았다.

태성은 그녀를 향해 눈길도 주지 않은 채로 말했다.

"배고프면 냉장고 열어보세요. 이것저것 사서 채워놨으니까. 요리해먹으려면 가스레인지 사용하시고요."

그 말에 미사는 슬그머니 거실로 향했다. 약한 모습을 보였다는 생각에 민망했던지라 발소리는 저절로 조용해졌다. 힐끔 눈을 굴려 거실을 돌아보니 벽 쪽에 놓인 수조가 하나 눈에 띄었다.

물만 가득 담긴 채 아무것도 살지 않는. 아니, 자세히 보니 금붕어두 마리가 살고 있다. 미사는 자신도 모르게 입맛을 다셨다. 태성이 중얼거린다.

"식용 아니에요."

눈치도 빠르다.

"냉장고 열어봐요. 시장 봐왔으니까."

부엌은 깨끗했다. 아이보리 컬러의 기역자 형 키친테이블 위로는 과일 바구니와 와인과 곁들여 먹기 좋은 치즈 따위가 놓여 있었고, 빈 꽃병이 하나 있었다. 왼쪽에는 커다란 냉장고가 있었다.

냉장고를 열자 가장 먼저 보인 것은 랩에 덮인 스테이크였다. 먹기 좋게 각설탕 크기로 썰려 있었다. 익힘 정도는 그녀가 가장 좋아하는 레어였다. 아예 날것도 그녀는 잘 먹는다. 스테이크 접시를 꺼내어 식탁 앞에 앉았다. 맛이 좋았다.

태성이 불쑥 말했다.

"……그거 먹고, 당신 어떻게 할 건지 얘기 좀 해요."

"아아. 그래."

입맛이 사라지려 한다. 최대한 천천히 먹었다. 그녀에게도 생각할 시간은 필요했으니까.

미사는 의심이 많은 편이라기보다는 무심한 편이었다. 사 일족 중에서도 유달리 폐쇄적이었는데 그 덕분에 인맥이라 할 것은 많지 않았다. 그녀를 좋아하는 동족들과, 어린 시절 떠돌듯 오가며 우연히 만났던 이들 몇을 기억하는 게 전부였다.

하지만 그 대신 혼자 떠돌아다니기를 좋아했다. 친분을 쌓지는 않았더라도 오며가며 만나본 일족들이 수두룩하다.

'그런데 정말로 쟤는 모르겠네.'

태성의 정체를 추측하는 건 미사에게 있어서 또 다른 난제였다. 괜한 반발심에 입을 다물고 있는 것 같은데, 제가 불안해하는 걸 즐기는 건가 싶어 배알이 뒤틀리기도 한다.

그러나 합리적으로 생각해보면, 역시나 답은 하나뿐이다.

'축이 맞나?'

본인이 모호하게나마 수긍하기도 했고.

경계심이 갈무리되고 난 자리에 남은 것은 호기심뿐이었다.

식사를 마친 미사는 태성이 앉은 소파의 테이블 건너편 바닥에 엉덩이를 붙이고 앉았다.

태성은 보고 있던 무언가를 덮고 미사를 마주 보았다.

"배는 좀 채웠어요?"

"저 정도로는 어림도 없지만 지금은 본체가 아니니까, 조금은."

"그나마 다행이네요."

깔끔하게 생긴 남자의 얼굴을 섬세하게 훑은 미사는 묘한 기분에 잠겼다. 렌즈라도 낀 듯 보이는 회색 눈동자가 계속 눈길을 끌었다. 미사도 암컷인지라 미적인 취향이 있다. 예쁜 것보다는 귀여운 걸 더 좋아하는 편이고, 조각 미남보다는 태성처럼 정갈한 얼굴이 더 근사하다 생각한다.

미사가 얼굴을 뜯어보는 것을 알아차린 태성이 슬며시 한쪽 눈썹을 들어올렸다.

"뭘 그렇게 봐요."

"널 그렇게 봐."

그렇게 말한 미사가 노골적으로 그의 입술을 응시했다. 태성은 뻔뻔한 미사의 태도에 말을 잃었다.

미사는 슬슬 웃으며 화두를 돌렸다.

"그런데 아까부터 뭐 하고 있던 거야? 책 봐?"

"필기요."

"왜 하는데?"

"해야 하니까요."

"왜?"

"뭐 그렇게 궁금한 게 많아요? 이제 기운 좀 차린 것 같으니 언제 나갈 건지 얘기해줘요."

"필기는 왜 해?"

"아주 멀쩡해 보이는데 이미 제 집에 이틀이 넘게 눌러앉아 계셨으니 나가주시면 좋겠습니다만."

"공부하는 걸 좋아하는 특이한 녀석인가 보네."

"언제 나갈 건데요?"

서로 하고 싶은 말만 하니 대화가 이루어질 리가 없다. 결국 태성이 한숨을 내쉬며 스프링노트 위로 눈길을 옮겼다.

그가 마지못한 목소리로 대꾸했다.

"기말고사 준비해요. 요 이틀 그쪽 수발드느라고 학교도 병결 냈어요."

"학교 다녀?"

미사가 아무렇지도 않게 소파에 쌓여 있는 책들의 제목을 훑었다.

책에 관심이 없어 몰랐는데, 태성의 책들은 꽤나 고급 서적처럼 보였다. 제목을 보니 '동물 사회학과 수의학'이라는 책도 있다.

'얘도 웃긴 애네. 수의학이라니.'

"너 아예 인간들 속에서 사는 녀석이구나."

그렇다면 힌트가 하나 더 늘어난 셈이다.

독신으로 이런 아파트에서 혼자 사는, 인간사회에 적응한 녀석. 개인주의적인 성향이 강한 일족일 것이다. 유명하게 알려진 12일족 중에는 진 일족, 사 일족, 축 일족 등이 있다. 그렇다면 역시나 축 일족인가 보다. 내심의 확신이 더욱 굳어졌다.

"보시다시피."

태성은 부러 그녀 쪽에 냉담한 태도를 고수하고 있었다. 그 태도가 종잡을 수 없이 미묘해서 묻지 않을 수가 없었다. 허물벗기를 하는 중에는 지금보다는 더 다정했던 것 같은데.

"왜 나를 구해준 거야?"

"……."

"나는 아직 너에 대해 제대로 들은 게 없어. 솔직히 이 정도는 대답해줄 수 있다고 생각해서 묻는 거야."

"목숨 살려준 게 추궁받을 이유가 될 줄 알았으면 안 구해줬을 텐데요."

태성은 심드렁한 혼잣말처럼 중얼거렸다.

"사람이 사람을 도와주는 데에는 별다른 이유가 필요하지 않다고 생각해요. 도와주기도 하고, 도움을 받기도 하는 거죠. 꼭 하나하나 따지고 들 필요는 없잖아요."

"……."

"의심이 굉장히 많은 편인가 본데, 그렇게 의심하면 이쪽도 불편해요."

태성이 조곤조곤 풀어놓는 그의 가치관엔 미사에게는 쉽사리 와 닿지 않는 부분이 있었다. 사람이 사람을 돕는다는 말은 사람이 사람을 짓밟고 올라서는 것이 당연하다는 말과는 공존할 수 없다. 그녀가 살아남은 뱀들의 사회는 후자의 가치관을 절대 우선시했다. 대가 없는 친절은 없다. 개중 정말로 선량한 자가 있을지 모르나 대개는 그렇다.

"말은 번드르르하네. 그래도 요즘 세상 흉흉해서 사람도 함부로 도와주면 안 되는 거 몰라? 괴담 같은 것도 많잖아. 할머니 길 안내 도와줬다가 납치당하고, 막 그런 거. 장기 팔리고, 새우잡이 배에 끌려가고…….""

"그래서 은인을 새우잡이 배에 팔아치우시겠다?"

"말이 그렇다는 거지만 내가 널 잡아먹으려 들지 아닐지 어떻게 알아? 네가 다른 속셈을 품고 나를 도운 거라면 그럴 수도 있지 않을까?"

태성은 한참을 훑듯 그녀를 응시하다가 지갑을 꺼냈다. 태성이 미사에게 보여준 것은 다름 아닌 파란 띠가 둘린 학생증이었다.

Y대학교 수의학과.

"불쌍한 동물 구해주는 게 제 전공이라서요. 정 못 믿겠으면 그냥 동정……이라고 생각해요. 편한 대로."

궤변 같은 말에 납득이 되어버렸으니 태성은 썩 현명한 변명을 했다 볼 수 있겠다. 미사는 일단 수긍했다.

수의대학생. 흔한 건 아니지만 일족들을 돕겠다는 괴팍한 사명으로 인간들 속에 섞여 의학을 배우는 놈들이 있었다. 의사가 되어 일족을 치료하려고. 그것이 단순한 선의에서 비롯된 것인지는 알 바 아니지만 태성이 그들과 비슷한 자라면 납득하지 못할 것도 없었다.

사 일족 중에서도 일족을 돌보는 의사가 있다. 미사가 아는 녀석 중에도. 반치라는 이름의 아주 돈독이 오른 독종 방울뱀이다. 실력은 꽤 좋다 소문이 났지만 변태 같은 녀석이다.

포르말린에 담근 인간의 내장이나 신체의 일부, 짐승들의 조각을 수집하는 취미가 있다 알려진 녀석. 예전에 어떤 녀석이 반치에게 몸의 이상을 보이러 갔다가 내장이 털려 죽은 사건도 암암리에 유명하다. 그때부터 미사는 반치에게 치료를 받느니 그냥 접싯물에 얼굴을 처박고 죽을 것이라고 공공연히 말하곤 했다.

미사가 엄지와 검지 끝을 모아 동그라미 모양을 흉내 냈다.

"쩐이 좋아서?"

태성이 피식 비웃었다.

"줄 돈이나 있어요?"

"아니면 만물평등의 박애주의자?"

"것도 아닌데요. 그리고 만물평등이랑 박애주의는 다른…… 아니다. 됐어요."

"아니면 머리가 어떻게 됐어?"

세 번째의 질문에야 비로소 태성은 영혼 없는 웃음을 되돌려줄 뿐이었다.

"나 참, 사람 살려준 게 미친놈이라는 소리까지 들어야 하는 일이에요?"

"방금 건 농담……. 그래서 공부는 재밌어서 해?"

"재미있는 것도 있지만 꼭 그래서 하는 건 아니고요."

"그러면 왜 해?"

대화가 다시 원점으로 돌아간다. 묘한 표정으로 그녀를 바라보던 태성이 되물었다.

"남 일에 원래 이렇게 관심이 많아요? 내가 들은 뱀들 이야기랑은 다른데."

"날 구해준 사람한테 관심 좀 보이면 안 돼?"

"구해준 사람 귀찮게 하는 건 돼요?"

이 녀석 조심히 말하면서도 할 말은 다 하는 타입인가 보다. 할 말이 없네.

태성이 미사에게 눈길을 한 번 주었다가 건성으로 대답했다.

"할 게 이거밖에 없어서요. 별 이유는 없어요."

거실 램프의 불빛이 깜빡거린다. 회색빛이 도는 까만 머리칼도 함께 깜빡거린다. 태성이 책에서 손을 떼고 램프를 살폈다. 불빛이 다시 되돌아왔다. 태성은 다시 책으로 관심을 돌렸다.

미사는 빤히 그의 행동 하나하나를 눈으로 좇았다.

"……너는 아무것도 안 물어보네."

허물벗기 중에 무슨 일이 있었는지, 왜 한강변에 물먹은 뱀 꼴로 널브러져 있었는지. 물어보려면 물어볼 것이 수두룩했을 터다.

"그쪽 일족 안에서 일이 있었던 거라고 생각하니까. 알아봐야 또 그쪽 사정은 제가 관여할 수 있는 문제도 아니고. 말해준다면 들을게요."

사준을 떠올리니 다시 속이 쓰라렸다. 미사는 씁쓸히 웃으며 삐딱이 턱을 괴었다. 새까만 머리칼이 흘러내렸다. 태성의 눈길이 언뜻 향하는 것이 보였다.

"왜 내 동족들 사이의 일이라고 생각해?"

태성의 눈이 물끄러미 미사에게로 옮겨갔다. 처음으로 받는 온전한 그의 집중이었다. 태성은 보면 볼수록 먹음직스럽다는 면에서 매력적인 녀석이었다. 정체를 모른다는 것이 더 그녀의 흥미를 돋우는 것도 같다. 도박을 좋아하는 편은 아니었는데 묘한 기분이다.

"아닐 수도 있잖아."

"그럴 수도 있고요."

"의외로 차갑네. 상냥한 줄 알았는데."

"사람 마음에 상처 주는 건, 보통은 가까운 사람들이니까요."

일침처럼 돌아온 대답이 너무나 적나라해서 미사는 반박할 힘을 잃고 말았다. 살짝 커튼이 열린 발코니 창틀이 눈에 들어온 건 우연이었다. 비가 내리고 있었다. 아직도.

한강 물을 겨우 헤쳐 죽음을 기다리던 그 순간도 어제처럼 생생히 떠올랐다.

빗소리 속으로 태성의 목소리가 섞여들었다.

"뭐…… 사연 없는 사람이 어디 있어요."

"너도 그런 사연이 있어?"

"있을 수도 있고, 없을 수도 있고."

제 정체도 모호하게 '그럴 수도, 아닐 수도.' 하며 넘기더니 또 비슷한 대답이다. 작게 웃은 미사가 반쯤 비꼬았다.

"애매모호 씨네."

"네?"

"너. 묻는 것마다 다 이것도 아니고 저것도 아니고 미적지근하잖아."

태성은 희미한 미소를 머금은 채 대꾸했다.

"무슨 말 하고 싶은지는 알겠는데, 남의 일에 신경 끄세요. 언제 나갈지나 얘기해요. 말 돌리지 말고요."

그의 말처럼 피차간의 사정을 논하는 건 의미가 없다. 미사가 겪은 일은 그와는 상관없는 일이다. 태성의 사연도 미사에겐 깃털만큼 가벼운 타인의 일에 불과할 것이다.

두 사람은 아직 별다른 접점도, 동지의식도 없는 관계니까. 그래도 기를 쓰고 정체를 숨기려는 기색은 얼마 없는 미사의 호기심을 바닥까지 긁어모으게 만들었다.

"오빠, 밀당이 장난이 아니신데요."

"암컷 뱀한테서 그런 애길 들으니 그런대로 끔찍하네요. 그리고 오빠라고 하기에는 그쪽이 저보다 더 오래 산 거 아닌가."

"수컷들은 오빠라고 하면 좋아하잖아."

"연하가 좋은 거겠죠."

'끔찍하면 끔찍한 거지, 그런대로 끔찍한 건 뭐람.'

태성은 그 말을 끝으로 침묵했다. 침묵이 축객처럼 느껴졌다. 정체 모를 일족의 영역 안에서 미사라고 편한 건 아니지만…….

장난기를 지운 미사는 한숨을 머금었다.

허물벗기는 무사히 끝냈지만 겨울은 여전히 큰 장애였다. 무엇보다도 당장 어디로 돌아가야 할지조차 결정할 수 없었다. 그녀는 긴 시간을 사준과 함께했다. 그녀는 사준의 일거수일투족을 모르지만 사준은 그녀의 일거수일투족을 잘 알았다.

"내 폰 없지?"

"모르겠는데 짐 한번 찾아보세요. 세탁바구니에 넣어뒀는데. 근데 물에 빠지지 않았어요?"

"못 쓰겠지?"

"상식적으로는 그렇죠."

휴대전화는 깔끔하게 포기했다. 불현듯 시선이 느껴져 돌아보니 태성이 그녀를 바라보고 있었다. 태성은 한참이나 그녀의 눈만 들여다보았다.

"뭘 봐."

"아."

"뭘 보냐고."

"……아니, 갑자기 왜 시비조예요."

잠깐의 간격을 두고 태성이 마지못한 사람처럼 물었다.

"갈 데 없어요? 보통, 여러 군데 있잖아요."

태성의 말에는 그름이 없다. 보통은 그렇다.

보통은.

"노숙자는 아니죠? 행색은 멀쩡해 보였는데."

"나이가 몇인데 집도 없겠어."

"아, 다행이네요. 갈 데는 있다고 하니."

아무래도 확실히 제가 나간다는 얘길 듣고 싶어 하는 기색이다. 큰소리를 치기는 했지만 기실 그녀는 갈 데가 없다.

도움을 청할 만한 사람?

아무리 더듬어 생각해도 용운 한 사람밖에 없다. 일족들 중 손꼽는 웃어른이다. 그러나 용운은 일족 간의 일에 개의하는 편이 아니었다. 위대한 존재들은 보통 그렇다. 도움을 주겠다고 해도 그에게 이런 초라한 모습을 보이고 싶지도 않고.

게다가 사준이 만약 그녀를 추적할 거라면, 그녀가 용운에게 접촉할 가능성도 충분히 고려할 것이다. 중간에서 부딪치기라도 하면 난감해진다. 그 과정에서 용운에게 폐를 끼치는 것도. 차라리 눈앞의 녀석에게 폐를 끼친다면 모를까.

인정하기는 싫지만 사준은 그녀보다 사회적으로도, 실제로도 강한 위치에 있었다. 제약회사에 들어가 부를 끌어모았다. 부하처럼 부리는 동족들도 미사가 아는 녀석만 서른 마리가 넘는다. 서울 내에 도사린 사 일족들의 거의 반 이상이 사준을 따른다는 뜻이다.

저들끼리는 친구라는데 미사가 보기엔 다른 녀석들이 사준의 따까리 노릇을 하는 것에 불과했다.

미사는 다시금 허탈한 기분에 빠져들었다. ……사준은 왜 시영을 먹었을까? 사준은 왜 자신을 먹으려 했을까? 사준은 또 자신을 잡으려 들까? 앞선 두 질문에 대한 답은 모르겠지만, 세 번째 질문에 대한 답만큼은 확실하다. 아마 높은 확률로 그럴 것이다.

사준은 아무 목적 없이 충동적인 짓을 벌이는 녀석이 아니니까.

'아무래도…….'

태성은 혼자 산다. 허물벗기도 도왔다. 여기 눌러앉아 봄까지만 버티는 것이 더 낫다. 판단은 금방이었다.

미사가 말했다.

"너 나랑 거래하자."

"거래요?"

"그래."

"거절할게요."

칼보다 더 단호한 대답이다. 이 녀석 봐라?

"왜?"

"뱀들을 누가 믿어요."

할 말 참 없게 만든다. 확실히 뱀들은 다른 일족들에 비해 신뢰도가 떨어지는 편이다. 교활하고 이기적이며 동족상잔까지 서슴지 않는다 알려진 만큼, 안 지 얼마 안 된 다른 일족이 그녀를 믿어주길 바라는 건 욕심이었다.

하지만 미사는 그런 동족들과도 완전히 어울리지 못한 별종에 속했다. 신의의 일족인 진의 용운으로부터 배운 것들을 가슴에 새기고 살았다. 약속의 중요성이라거나 하는 것들. 지켜야 한다기보다는 지키면 좋다 정도의 느낌으로. 그리고 좋은 건 나쁜 것보다 좋다는 논리로.

"나는 믿어도 괜찮은데."

미사는 그녀가 할 수 있는 한 가장, 우아하게 미소 지었다. 그녀는 일족들 내에서도 예쁜장한 편이다. 본체도 예뻐서 수컷 뱀들은 늘 그녀의 비늘을 찬양하곤 했다.

종이 다른 용운도 마찬가지였다.

「우리 미사야, 우리 미사야. 너 정도면 아주 아름답지.」

용운은 워낙 그녀를 예뻐했으므로, 콩깍지에 씌어 한 말을 착각한 것일 수도 있긴 하지만. 그런 이유에서 그녀의 미모는 인간이든 동족이든 수컷들에게 잘 먹히는 편이었다.

가까워진 인기척에 태성의 고개가 들렸다.

"넌 아직 내가 어떤 사람인지 모르잖아."

"……."

"서로 좀 더 알아갈 기회가 있으면 재미있을지도 모르고."

태성은 다가온 그녀를 피하거나 반기는 기색도 없이 바라볼 뿐이었다.

"원래 옷깃만 스쳐도 인연이라는데 너는 내 목숨을 구하기까지 했는걸. 내가 널 돌봐줄 수도 있어."

태성은 바짝 다가와 야살스레 웃는 미사의 속내를 알아차렸다. 미사는 내심 그의 이어질 말을 기대했다가, 그대로 굳었다.

"종이 꽃뱀인가 봐요?"

미사의 표정이 억울함으로 구겨졌다.

왜냐하면 꽃뱀은 미사보다 못생겼기 때문이다.

"아니, 꽃뱀이라니? 너 그거 굉장히 모욕적인 말이야."

여자는 '자신은 꽃뱀이 아니다.'라며 툴툴거렸다. 처음에는 뱀 암컷이 자꾸 눌러앉을 낌새를 보이는 것 자체에 불편한 기분뿐이었는데, 궤변을 늘어놓으며 슬쩍 접촉해오는 모양새가 가관이었다.

여자는 객관적으로 혹할 만한 아름다운 껍데기를 가지고 있었다. 본체가 어떤 모습일지는 상상이 가지 않지만, 적어도 현대시대의 미적기준에는 아주 부합할 만큼 예쁘장하다.

그럼에도 태성은 그녀와 자신의 차이를 명백히 알았으므로 매료되거나 하지는 않았다. 다만 다른 부분에서 귀엽다고 느꼈다.

'저렇게 티가 나게.'

어느새 여자는 뚱한 얼굴로 거울 앞에 서 있었다. 스스로의 외관에 자부심이 있는 것 같다. 너무 대놓고 저러니 웃지 않고 배기나. 꽃뱀이 아니라면 좋이 뭘까. 궁금해지긴 했다. 이런 생각을 하는 그를 안다면 그의 동족들은 기겁하며 손가락질을 할 것이다.

가늘게 뜬 눈으로 그녀를 응시하던 태성이 뒷목을 매만졌다.

"이봐요, 몸 상태는 괜찮아 보이는데 자꾸 말 돌리면서 빼는 게 갈데가 없어서 그러는 거예요?"

"있기는 해."

"있기는 한 건 뭐예요?"

"……."

"있는데 갈 수는 없다, 그런 뜻인가. 당신이 대체 무슨 일 때문에 그렇게 된 건지는 모르겠지만."

미사는 묵묵히 기다렸다. 그녀에게는 선택권이 없었다. 상대방의 정체도 모르는 지금 이 순간, 그녀가 할 수 있는 것은 태성의 호의를 사는 것뿐이다. 뒷일을 생각하는 것은 그다음이었다.

그러나 태성은 무언가를 더 말할 듯하면서도 말하지 않고 창가를 돌아볼 뿐이었다.

쏴아아아.

빗소리는 침묵의 간격을 비집고 들어왔다. 짧은 찰나, 태성의 회색 눈동자 위로 온갖 복잡한 것들이 떠올랐다 사라졌다. 미사는 그 기색을 분명하게 읽어냈으나 모른 체했다.

"……그래도 오래 눌러앉아 있으면 이쪽이 영 곤란하거든요."

"이쪽은 목숨이 걸렸거든."

"그쪽만 걸린 건 아닌 거 같은데."

"무슨 말이야?"

"농담이고."

태성이 다시 말을 돌렸다.

"당신 도와줄 사람이 전혀 없어요?"

"내가 탈피기에 이 꼴이 났다고 해도 지금은 탈피기가 다 끝나버렸고, 종주는 계율이 훼손당했다는 걸 알게 된다 해도 신경도 안 쓸걸. 무리 내에서 일어난 일이라고."

"사의 종주님은…… 아니, 그런데 뱀들도 따로 무리 지어요?"

"보통은 짓지 않지. 종주라고 불리는 늙은 할아버지가 있기는 하지만 살아는 있으시려나? 우리는 너희랑은 개념이 좀 다르니까."

"너희? 제가 뭔 줄 알고요."

"축이라며."

대수롭지 않게 답한 미사는 태성의 반응을 살폈다. 태성은 이번에

57

도 어김없이 맞다 아니다 대답을 주지 않고 그녀를 외면할 뿐이었다.

"만약에 신경을 쓴다 해도 날 공격한 녀석이 크게 벌 받지는 않을 거야. 희소종이라."

"뭐한테 당했는데요?"

팩, 고개를 돌린 미사가 입술을 다물었다.

태성이 질문을 달리했다.

"……그러면 당신은 종(種)이 뭐예요?"

"너부터 밝혀."

"싫은데요."

"그럼 나도 싫은데."

"여긴 내 집인데요. 싫으면 나가시든가. 저는 아쉬울 거 없으니까."

태성이 세게 나오자 미사는 발끈한 기색을 죽였다. 치고받고 싸울 것이 아니라면 상대방의 영역을 존중해야 하는 법이다. 일족들의 공생은 그렇게 이루어진다. 뿐만 아니라 미사는 지금 제멋대로 날뛸 만큼 몸 상태가 좋은 것도 아니었다.

계산을 해보았다.

태성이라는 녀석의 종은 묘하게 불투명하지만, 그녀를 쉽게 죽일 수 있었을 텐데도 살려주었다. 퉁명스럽게 굴지만 그녀에게 전혀 관심이 없는 것도 아닌 듯하다. 온순하고 야무져 보인다. 저런 녀석에게는 차라리 솔직한 게 더 나을 것도 같았다.

미사는 필요에 따라 빠르게 고집을 포기하고 저자세를 취했다.

"능담."

"능담이요?"

"그래."

"……능담이 능구렁이였나?"

태성의 눈빛에 경계의 표정이 스쳤다 사라졌다.

"사 일족의 능담이란 말이죠……."

태성은 곤혹스럽다는 기색을 감추지 않음으로써 미사의 가슴을 두근거리게 했다. 보통 인간이야 그림 속의 미녀 같은 반반한 외피로도 쉽게 구워삶을 수 있지만 상대는 일족이었다.

일족들은 겉껍데기보다 본체의 아름다움을 더 높게 치곤 했다. 아무래도 조금 전 유혹이 안 먹힌 건 본체가 아니라서 그럴지도 모른다. 이 자리에서 수화를 해서 내가 얼마나 아름다운 뱀인지 보여줄까? 까지 생각했다가 상대방이 원치 않으리라 여겨 금세 마음을 접었다. 애초에 뱀들은 다른 일족들 사이에서는 아름답다기보다는 징그럽다는 평이 많다.

"친구는요?"

"……."

"……부모님은요? 가족이나 친척……."

"없고, 없고, 모르고."

미사는 퉁명스러운 태도로도 꼬박꼬박 답했다.

"아니, 대체 몇 살인데 친구도 한 명 없어요, 그 나이 먹고."

"나는 세상을 왕따시키는 중이거든."

"말장난하지 말고요."

태성이 관자놀이를 매만졌다. 영 불편하다는 얼굴이다. 어떤 걸 고민하는 건지 미사로서는 알 길이 없었다. 그녀를 두려워했다면 구해주지 않았을 것이고, 그녀를 싫어했더라도 구해주지 않았을 것이다. 기껏 구해주고 보살펴줘놓고 이제 와 꺼림칙하다는 듯 내치는 저의를 모르겠다.

"내가 염치없는 말 하고 싶지는 않은데 이게 지금 거짓말이 아니라

나 겨울을 엄청 타거든. 얌전히 잘 있을 수 있어. 봄까지만?"

미사는 슬그머니 그에게 기대며 팔뚝을 쿡 찔렀다.

"뱀이 하는 약속을 어떻게 믿어요?"

"내 아름다운 비늘을 걸고."

잠깐 간격을 두고 태성이 낮게 웃었다. 즐거워서라기보다는 어이가 없다는 듯한 웃음이다.

"당신 비늘이 맹세에 걸 만한 가치가 있어요? 허물 한 번 벗고 나면 버려지는 거 아닌가."

"말꼬리 잡으려고 하면 끝이 없을 텐데, 이럴 거니? 그럼 우선 한 번 보고 예쁜지 안 예쁜지 확인해봐."

"하지 마요. 내 집에서 뱀 보기는 싫다고요."

질색한 태성은 신중히 고심하는 표정을 했다.

"대신 문제 일으키면 바로 나간다고 약속해요."

"예를 들어 어떤?"

"사이즈가 어떻게 될지는 모르겠지만 여기 아파트 애완동물 사육 금지거든요, 혹시라도…… ."

"수화하지 말라고? 무슨 말인지 알았어. 집에서 몰래는 가끔 괜찮아?"

"안 괜찮아요, 뱀 비린내 나는 거."

'텃세부리나.' 미사는 뚱한 표정을 지었다.

태성이 덧붙였다.

"대신 저도 수화하지 않을게요. 그러면 공평하죠."

애초에 미사는 태성이 정확히 어떤 종인지도 모른다. 공평하다는 말에는 어폐가 있었지만 지적하지는 않았다.

"그래, 노력할게."

"노력이 아니라."

"알았어. 노력할게."

태성이 슬며시 한쪽 눈썹을 올렸다. 다정하고 침착해 보이는 인상이 금세 사나워진다.

미사는 못 본 체했다.

너무 티가 나는 외면이라 태성은 고개를 절레절레 저었다.

"……그쪽, 이상한 데서 뻔뻔하네요."

정체 모를 무언가는 그해 초겨울, 뱀을 집에 들였다.

아니, 뱀은 그해 초겨울, 정체 모를 무언가의 집에 눌러앉았다.

일도 많고 탈도 많은 겨울의 시작이었다.

05

어느 밤의 고찰

날은 하루가 다르게 추워지고 있었다. 태성은 두툼한 외투를 걸치고 현관을 나섰다. 그의 등에는 커다란 백팩이 하나 얹혀 있다. 미사의 눈동자가 자석처럼 그를 따랐다.

태성은 정말 학교를 다닌다.

수의대생인 진태성. 미사가 일신을 의탁한 집의 호스트는 보면 볼수록 미스터리한 녀석이었다. 이것저것 물어보면 대답을 하기는 하는데 정작 본인에 대해서는 입을 딱 다문다. 태성의 특징이라 할 만한 건 사향 체취와 간혹 느껴지는 알 수 없는 이질감이 전부.

알아낸 거라고는 그가 반백 년 정도밖에 묵지 않았다는 것이다. 미사보다 까마득하게 어렸다. 일족사회에서 전쟁을 겪지 못한 세대는 아이 취급을 당한다. 그래서 미사가 '애네?' 하고 놀렸더니 그는 질색했다.

그가 나간 자리가 횅했다.

미사의 피부에 검은 비늘이 돋아나기 시작하더니, 눈 깜짝할 사이에 옷들이 흘러내린 자리에 검은 구렁이 한 마리가 남았다. 집에서 수화하지 말라고 했지만 태성이 CCTV나 감시 카메라를 제집에 달아놓을 만큼 안전과민증도 아닌 것 같고 – 아니, 오히려 그녀를 들인 걸 보면 안전에 대한 감각이 아예 없을 것으로 추정된다 – 요는 들키지만 않으면 되는 것이다.

인간형으로 끔찍하게 탈피를 마친 지 얼마 되지 않은 시점이라, 본체로 쉬는 것이 조금 더 편안했다.

이 집에는 사향이 떠돈다. 그 향은 몹시 매력적이라 자꾸만 태성을 떠올리게 한다. 맨질맨질한 검은 비늘이 형광등 불빛에 흑요석처럼 빛났다. 눈꺼풀 없는 금색 눈동자는 잘 녹여 둥글게 찍어낸 금 같다.

한참 거실 바닥을 배로 비벼 굴러다니며 기웃대던 구렁이가 고개를 들어 수조를 돌아보았다.

'배고픈데.'

태성은 엄밀히 말해 혼자 살지는 않았다. 금붕어 두 마리와 단출하게 셋이 산다.

수조 안의 호스 끝으로 기포가 보글보글 올라왔다. 금붕어들이 빠끔거리며 고개를 들었다. 암수 두 마리 모두 주황색이다. 머리에 개구리알 같은 장식이 없어 관상용으로는 보기가 좋았다.

태성은 이 녀석들을 설명할 때 개량종 진주린이라고 했다. 미사는 수중생물에 대해서는 아는 것이 많지 않아 그러냐 넘어갔지만 이름은 예쁘다고 생각했다.

미사의 종을 생각하면 의외라 할지도 모르지만, 미사는 물고기들을 징그럽다고 생각하는 사람 중 한 명이다. 제게 털이 없어서인지 털이 달린 귀여운 것들을 좋아했다.

'……'

배가 고프더라도 간에 기별도 안 갈 만큼 작은 금붕어를 먹지는 않을 것이다. 태성이 길길이 날뛸 것 같기도 하고, 징그러워서 입맛도 떨어지니까. 다만 혼자 있는 것이 심심해서 수조 앞으로 기어가 고개를 쭉 들어올렸다. 금붕어들이 뻐끔거리며 구렁이를 응시했다. 도망도 치지 않고 유유자적하다.

구렁이는 한참을 수조 앞에서 떠나지 못했다.

주말이다. 미사에게는 주말이니 평일이니 의미가 없었지만 같이 사는 태성은 아니었다. 샤워를 하고 나온 태성이 짜증 난 표정을 지었다. 미사는 산만해도 지나치게 산만할 만큼 부엌과 거실을 왔다 갔다 하고 있다.

"저 밖에 있을 때에도 하루 종일 이러고 있어요?"

"아니, 그건 아닌데."

미사도 자신이 꽤나 불안정한 상태라는 걸 알았다.

어쩔 수가 없었다. 아무것도 하지 않고 덩그러니 이 좁은 집에 앉아 있자면 지난 생각들이 그녀를 괴롭혔다.

그녀는 아직 타래를 잡지 못했다. 앞으로 어떻게 사준을 피해 살아가야 하는지, 아니면 사준과 맞서 싸워 보복을 해야 하는지. 이성을 지닌 사람이 가장 비논리적일 때가 있다는 말이 꼭 맞았다. 머리로는 '사준과 끝장을 봐야 비로소 끝난다.'고 명령하지만 마음은 '사준이 대체 왜 그랬나.' 하는 생각에 축 늘어진다.

그래도 어쨌든 뭐라도 해야지.

태성이 마치 그녀의 마음을 읽어내기라도 한 것처럼 타이밍 좋게 말했다.

"뭐라도 해요. 연락할 수 있는 사람들 있으면 연락해보고 좀 그래요. 매일 방에 처박혀만 있지 말고."

"오늘도 나가?"

"네, 도서관요. 그럼 다녀올게요."

대충 준비한 태성은 휑하니 나가버렸다. 미사는 멀거니 태성의 족적을 바라보았다. 기척에 귀를 기울였다. 걸음이 멀어지는 것이 느껴진다.

'역시 그러네.'

미사는 턱을 매만지며 고개를 비딱이 기울였다.

'흐음, 역시 그거야. 나 피해서 도망 다니는 거…….'

미사는 대학교를 다닌 적이 없다. 하지만 한반도의 교육기관이 주 7일간 학생들을 혹사시키지 않는다는 것쯤은 안다. 공부에 미쳐 주말에도 도서관엘 가는가 보다 생각하기에는, 태성의 열정은 딱 학업에 필요한 그 수준 이상에는 못 미쳤다.

대놓고 툴툴대던 태도 때문에 몰랐는데 이제 확신하게 되었다. 태성은 그녀를 거리껴 피하고 있다.

'하긴 불편하긴 하겠지.'

더 궁금해졌다. 태성이 그녀를 꺼리는 것이 종 때문인지 아니면 다른 이유가 있는 건지.

어슬렁어슬렁 태성의 침실로 들어가 옷장을 열었다. 혹시라도 그의 정체에 대한 단서가 있을까 해서였다.

미사가 불현듯이 의문을 품었다.

'그런데 축들이 개인 생활을 하던가……?'

미사가 아는 축 일족들은 대개가 시골에 머물거나 소규모로 무리 지어 핵가족화해 살았다. 개체 차이를 감안하더라도 본성이란 쉽게 무시할 만한 것이 아니었다.

옷장 안에는 단정한 그의 옷가지만 걸려 있을 뿐, 단서는 없었다.

거실로 나간 미사는 수조 앞에 섰다. 쑤욱, 자라처럼 목을 빼고 수조 안을 들여다보았다.

"너희는 너희 주인이 뭔지 알아?"

수조 가장 밑바닥에 주저앉은 금붕어들은 꼼짝을 않는다. 미사가 두 걸음 물러섰다. 그제야 파닥파닥 수면 위로 올라와 주둥이를 뻐끔거렸다.

"나보다 셀까? 나보다 약할까. 말해봐. 정말로 냉큼 먹어버리기 전에."

이런 생선들은 트럭으로 가져다 줘도 싫다 사양할 생각이지만, 그걸 저 붕어들에게 알려줘도 금세 잊을 것이다. 물고기들에게 말이나 걸고 있는 제가 한심해서 웃었다. 미련을 털어내고 태성의 침대에 엎드렸다.

정말로, 좋은 냄새가 나서 그만 까무룩 잠이 들고 말았다.

어느 찬란한 아침이었다.

「미사, 그만 자고 나와봐.」

깨액깨액 까마귀 소리에 수마를 밀어내고 굴 밖으로 기어나와보니, 새끼 멧돼지 한 마리가 놓여 있었다. 얼마 전 그녀와 갈등이 있었던 산등성이의 어린 멧돼지였다.

미사는 비늘이 조금 까지는 정도로 다쳤고, 때마침 나타난 사준의 기운에 새끼 멧돼지는 줄행랑을 놓았다. 그걸로 끝이 났다고 생각했었다.

그런데 지금 눈앞에 그 새끼 멧돼지가 있었다.

그리고 사준이 그 멧돼지의 곁에 나른히 일광욕을 하며 앉아 있었다.

그전부터 사준은 그녀의 보호자를 자처해왔다. 그리고 미사는 그의 호의를 받아먹는 데에 익숙했다.

지금과 달리 그때의 사준은 긴 머리칼이었다. 등허리까지 내려오는 머리칼을 묶고 앉은 그는 지식인이라기에는 거칠고, 귀한 가문의 오만한 도련님이라기에는 천박한 기품이 있었다.

그는 지식인과 도련님, 그 중간 어딘가에 위치한 사람. 보드라운 검은 머리카락, 붉은 눈동자가 유달리 맑았던 청년의 모습으로.

어떻게 된 영문인지, 새끼 멧돼지는 겁을 잔뜩 집어먹은 상태였는데 도망조차 치지 못했다. 묶인 것도, 다친 것도 아니니 기회야 충분히 있었을 텐데도 발발 떨기만 했다. 무슨 일이냐 물으니 사준은 웃기만 했다. 오히려 보고 있던 미사가 더 동정심이 일어나 그 멧돼지를 놓아주었다.

「왜 놔주는 거야?」

「내 일인데, 굳이 네가 그렇게 수고할 필요는 없어.」

다만 궁금해져서 물었다.

「어떻게 잡은 거야?」

「유혹했지.」

미사는 무언가에 집착하지 않지만, 궁금한 것을 채근할 정도의 끈기는 있었다.

「무슨 수로 해(돼지) 일족 계통을 네가 유혹해? 웃기는 소리 말고. 어떻게 잡았어?」

사준은 끝까지 대답하지 않았다. 언젠가 사준이 보여주었던 어느 사찰의 불상이 떠오르는 자상한 미소로 말했을 뿐이다.

「미사, 그렇게 순진해서 어떻게 하냐. 걱정이야.」

다시 눈을 떴을 때는 한밤중이었다.

거실이 밝았다. 서서히 정신이 깨어났다. 발소리가 났다. 상체를 일으키던 미사는 그녀의 몸에 얇은 담요가 덮여 있다는 걸 깨달았다. 그림자가 담요 위로 드리워 있다. 귀가한 태성이 그녀의 머리맡에 서 있었다. 묘한 눈길이었다. 태성의 눈동자는 회색이다. 미사는 기운이 갈무리되지 않은 날것 그대로인, 일족의 증거인 색안(色眼)을 보고 싶었다.

기운이 돌면 개체는 각각의 색깔을 띤다. 미사는 진한 금빛이다. 저녀석은 뭘까.

그녀를 내려다보고 있던 태성은 미사와 시선이 맞자마자 몸을 돌렸다.

"왜 그러고 서 있었어?"

"악몽을 꾸는 것 같아서, 깨울까 말까 고민하고 있었어요."

"아."

미사는 태성 때문에 깜짝 놀라 잊었던 꿈을 떠올렸다. 사준의 꿈이었다.

기억 속에 묻어두었던 것이 떠올랐다. 사준의 배신을 생각하면 사실, 악몽은 꿈이 아니라 현실이었다.

"악몽은 아니었어."

미사의 목소리는 그녀도 모르게 잠겼다.

태성은 미련 없이 부엌으로 가 냉장고를 뒤적였다. 미사는 그런 그를 향해 물었다.

"공부는 잘하고 왔어?"

"……그런대로요."

태성의 대답이 조금 끌렸다.

도서관에 갔다 돌아와 그가 느낀 것은 방 안에 들어차 있는 낯설 만큼 강한 사의 기운이었다. 눈이 목격한 것은 시체처럼 자고 있는 여자였고.

처음에는 정말로 죽은 줄 알았다. 가까이 다가가 그저 잠든 것임을 알았을 때 저도 모르게 가슴을 쓸어내렸다. 담요는 여자가 유달리 추위를 탄다는 것을 기억해내고 덮어준 것이다. 별다른 의도는 없었다.

미사는 중간부터 신음 비슷한 소리를 흘리며 중얼거렸다. 태성은 그녀의 표정이 신경이 쓰였다. 괴로워 않는 것도 아니지만, 그렇다고 썩 기분 좋은 꿈을 꾸는 것 같지도 않아서. 그러다 잠에서 깬 미사와 눈이 마주친 것이다.

태성은 과일 음료를 컵에 따른 후, 캔을 구겨 분리수거 봉투에 넣었다. 잔을 홀짝이며 눈동자만 들어 그녀를 바라보았다.

"무슨 꿈을 꿨는지 물어봐도 돼요?"

"꿈?"

미사가 되물었다.

질문하는 태성의 말투라거나 표정 때문이라기보다도 그가 개인적인 무언가를 묻는다는 게 의외였던 탓이다. 태성은 그녀를 집에 들인 후 거의 없는 사람 비슷하게 취급했다. 그가 그동안 미사에게 건넨 의문문 비슷한 말은 '종이 뭔데요?', '갈 데 없어요?', '식사는 했어요?' 정도뿐이다. 미사는 태성이 그녀의 이름조차 모를 거라 생각했다.

그녀는 말한 적이 없었고, 태성은 묻지 않았으니까.

"네, 싫으면 대답은 않아도 돼요."

"그냥 옛날에 있었던 일이야. 네가 태어나기도 전일걸. 아니, 네가 어릴 때인가."

"그런데 별로 좋은 기억이 아니었나 보네요."

현실이 악몽이 되어버렸기 때문에, 도리어 지저분한 오물처럼 들러붙은 추억이다.

태성의 말은 조금도 틀리지 않아서 미사는 애써 아무렇지도 않은 채 웃었다. 태성이 묘한 시선으로 바라보는 것이 옆얼굴로 느껴졌다.

그 다음 날부터였다. 태성은 조금씩 그의 일정을 알려두기 시작했다. 한두 마디씩 다른 사족을 붙이기도 했다. 자신을 불편해한다 생각했던 상대가 소소한 이야기의 물꼬를 먼저 튼다는 것은 미사에게는 나쁘지 않은 일이었다.

"저는 그럼 다녀올게요. 어지르지 말고 있어요."

"그래."

미사는 착한 아이처럼 답하며 소파에 얼굴을 묻었다. 태성의 기척이 멀어진다. 오늘따라 바람이 거세서 고층 아파트 창이 덜컹거리는 소리가 컸다.

째깍째깍. 벽걸이 시계의 울음소리가 난다.

태성이 그녀를 어느 정도 용인해준다는 게 모든 문제를 해결해주는 건 아니다.

실질적으로 중요한 건 이 겨울을 헤치고 어떻게 살아남느냐 하는 것과, 사준이 앞으로 어찌할 것인가에 대한 대비였다.

미사는 자신도 모르게 사준에게 물렸던 어깨를 매만졌다. 독기가 빠진 후엔 재생력이 어느 정도 돌아와 살점도 금방 아물었다. 그럼에도 그때의 감촉은 남아 있다. 송곳니가 살을 꿰뚫는 소리, 그녀의 비늘을 옥죄는 울퉁불퉁하고 습한 아가리, 붉은 사준의 눈동자, 어두운 그녀의 방, 어미의 피 냄새.

증오해야 할지, 슬퍼해야 할지조차 모르겠다.

미사는 벌떡 일어나 앉았다. 그러곤 태성의 노트를 잡히는 대로 꺼내 차근차근 적어내려갔다. 사준의 이상행동, 전조라고 할 만한 것이 무엇이 있었는지 따위. 그러나 잘 모르겠다.

사실 무언가 있었더라도 스스로가 신경 쓰지 않았을 거라는 걸 안다.

기억나는 것은, 사준이 간간이 소식도 닿지 않는 곳으로 사라져버리곤 했다는 것뿐이다. 어딜 갔다 오느냐 물었더니 '여행을 다니고 있어.'라며 눙치는 태도에 캐묻지 않았다.

이제 와 생각하니 이상했다. 그녀는 사준에 대해 아는 것이 정말 없었다. 그가 무슨 생각을 하고 살았는지는 더더욱 모르고. 그녀가 기억하는 사준이 정말 한순간이라도 진실된 적이 있었는지조차도.

「순진하다니까.」

그리 말하며 웃던 사준의 속내가 어떠했는지.

'……표백제.'

문득 미사는 사준의 오피스텔에서 간간이 나던 표백제 냄새를 떠올렸다. 누군가가, 무언가가 죽은 후에 남는 짙고 암울한 냄새가 안개처럼 깔려 있던 방. 꺼림칙할 것도 없지만 기분 좋게 받아들일 만한 것도 아니었다. 그럼에도 불구하고 미사가 사준에게 그에 관한 것조차 일언반구하지 않은 건, 사준이 똑똑한 녀석이기 때문이다.

인간사회에 녹아든 일족들이 지켜야 할 것은 여러 가지가 있다. 절대 다수인 인간들에게 알려질 만한 행동을 해선 안 된다. 인간을 잡아먹는다거나 하는 것도 그에 속한다. 그걸 모를 사준이 아니었으니까.

눈치는 챘다. 사준은 빈번하게 무언가를 '잡아먹고' 있었다.

사준 휘하의 부하들 몇이 사라졌을 때에도 그랬다.

「덕쇠는 어디 갔어? 한동안 안 보이네?」

「잠깐 출장 보냈어.」

「사팔이는?」

「사팔이가 누구…… 아, 주상이? 그 녀석은 휴가. 왜 걔네들을 찾아? 네가 신경 쓸 만한 녀석들도 아닌걸.」

미사의 등줄기가 돌연 오싹해졌다. 생각해보니 사라진 녀석들이 꽤 되었다. 친분은 딱히 없지만 오며가며 얼굴을 익힌 동족들이다.

'덕쇠, 주상, 우영, 사준, 사준, 사준사준사준사준…….'

강박적으로 사준의 이름을 뇌까리다가, 손가락 사이로 굴리고 있던 펜을 집어 던졌다.

미사는 태성이 빨아 개켜놓은 빨래를 정리했다. 빨래더미 속에는 그녀의 옷도 섞여 있었다. 바짝 마른 옷가지가 걸린 행거를 뒤적이던 미사가 침울한 한숨을 내쉬었다. 세탁 후에도 흙탕물이 빠지지 않았다.

그런데 주머니 안에서 낯설지 않은 쇠 감촉이 느껴졌다. 짤그랑 소리와 함께 손끝에 딸려 나온 것은 집 열쇠와 차 키였다.

미사가 살았던 아파트는 가양대교 인근의 등촌동에 있었다. 망원

한강지구에 위치한 태성의 아파트에서도 멀지 않았다. 참 멀리 도망쳤다고 생각했는데, 실제로는 겨우 다리 하나 건너로 도망친 것이었다.

미사는 우선은 차를 가지고 오기로 마음먹었다. 집을 통째로 옮겨 올 수는 없지만 차 키가 있다면 차는 가지고 올 수 있었다. 차에는 면허증도 있다. 신분증이라도 무엇 하나 있다면 도피든 뭐든 훨씬 수월해진다.

태성의 옷장에서 꺼낸 트레이닝복을 입고 모자를 썼다. 태성의 집에는 그녀의 발에 맞는 신발이 없다. 결국 삼선 슬리퍼를 신고 집 밖으로 나서야 했다.

바깥은 추웠다. 비는 거의 그친 뒤였지만 습했다. 잰걸음을 놀려 택시를 잡으려던 미사는 수중에 돈이 없다는 것을 깨닫고 좌절했다. 그녀는 거지였다. 버스를 탈 돈조차 없었다. 미사는 결연한 얼굴로 트레이닝복 지퍼를 목 위까지 쭉 끌어올렸다.

'이 정도 고난에 포기할 리가.'

걸었다.

가양대교를 건너 아파트로 향하는 길. 여정은 고되었다. 사준의 붉은 눈이 알알이 박혀 그녀를 주시하는 것 같았다.

등촌역 인근 아파트 대단지에 들어선 미사는 최대한 기척을 죽였다. 단지 뒤편의 모퉁이를 두 번 돌아 주차장으로 곧장 향했다.

동족의 기운은 느껴지지 않았지만 그녀의 차도 없었다. 주차장을 한 바퀴 쭉 돌아보았으나 역시나다. 차 키가 그녀에게 있었으니 다른 사람이 합법적으로 타고 갔을 리는 없다.

목숨의 위협을 받고 도망친 며칠 새 생판 모르는 차 도둑이 차까지 도둑질해간다? 그렇다면 정말 자신은 운이 더럽게도 없다는 뜻이 된다. 그 정도로 운이 없으면 정말 죽는 게 나을지도.

깔끔히 승용차는 포기했다.

미사는 콘크리트로 지어올린 번듯한 아파트를 올려다보았다. 그녀가 머물던 16층 발코니를 찾는 건 어렵지 않았다. 창가에는 그녀의 옷가지며 각양각색의 빨래가 탈피기에 이르기 전 널어놓은 그대로 걸려 있었다.

주머니 속에서 집 열쇠가 짤그락거린다. 잠깐이라도 집에 들어가서 필요한 걸 가지고 나오면 안 될까. 그러던 중 미사의 눈이 전봇대에 붙은 전단에 멈추었다.

실종자를 찾습니다.

이름: 한미사

나이: 25세

키: 167cm.

인상착의: 피부가 하얀 편, 까만 머리카락, 밝은 갈색 눈동자, 마른 체형.

◆친오빠가 애타게 기다리고 있습니다.◆

보호자 한사준: 010-xxxx-xxxx

가양 경찰서: 02-xxx-xxxx

혹시라도 사진의 인상착의와 같은 실종자를 보시면 연락 부탁드립니다. 사례 1,000만 원.

전단의 삼분의 일은 커다랗게 인화한 그녀의 사진이었다. 누군가의 팔에 안겨 웃는 얼굴. 저 사진을 찍었을 당시를 기억하고 있었다. 사진 속 웃는 제 목을 휘감은 팔의 주인이 누구인지도 잘 알고 있었다.

피식 웃은 미사가 중얼거렸다.

"……미친 새끼."

사준. 너 참, 염치도 좋다.

떠내려간 시간이 잿빛으로 역류했다.

살모사는 왕왕 제 어미를 죽이는 일이 벌어진다 해서 살모의 종이라 불린다 했다. 그리고 사준은 살모사다. 조금 특별한 살모사.

뱀들은 대개 타인의 눈을 개의치 않는 구석이 있다. 잠옷을 입고 밖을 돌아다닌다거나, 비난받을 만한 일을 아무렇지도 않게 한다거나…….

그러나 동족들과 달리 사준은 외부의 평판에 관심이 많은 편이었다. 대인 관계에도 유연했다. 그래서 그가 동족들을 아우르는 대장 노릇을 하기 시작했을 때에도 어색하지 않았다.

「미사, 상대를 이해하는 건 아주 중요한 거야. 상대가 무얼 원하는지를 이해하면 다루기가 쉬워지거든. 물론, 사실 그 이해라는 건 결국 표면적인 것이 될 테지만 우리에게 필요한 건 그런 것들뿐이지. 사실 그것보다 더 쉬운 방법이 있기는 하지만 네게는 그런 능력이 없으니까.」

피곤하게도 산다.

미사는 아무래도 좋다 생각했다. 굳이 사람을 이용해야 할 필요도, 조종해야 할 필요도 느끼지 못했다. 적당히 편안한 규범이 잡힌 사회에서 적당히 누릴 것을 누리며 사는 게 가장 이상적이라 생각했다.

아무래도 별난 시영이 거둬 키워서인 것 같다고 생각했다.

「시영이 너를 다 버려놓은 것 같아.」

「그런 말은 하지 마. 어머니가 서운해하시겠다.」

사준은 시영을 어머니라고 불렀다.

「미사, 나와 같은 살모의 종은 육친을 죽여 자신의 일부로 받아들이는 걸로 삶의 완성을 시작한대.」

늘 스스로의 종을 잊지 않고 살았던 사준은 시영을 '어머니'라 불렀다.

옛 기억 속의 단서를 짚어내는 건 이루 말할 수 없이 착잡한 기분을 불러일으켰다.

'……어미라.'

딱히 시영과의 이렇다 할 추억은 없었다. 시영은 홀로 속 편한 뱀이었다. 다른 뱀들보다 조금 더 어미답게 구는 면이 있어 간간이 찾아가기는 했지만 미사만큼이나 떠도는 것을 즐겨해, 자주 얼굴을 맞대진 못했다. 시영의 집을 지킨 것은 늘 사준이다. 미사는 시영보다 사준과 더 오랜 시간을 함께 보냈다.

네 어머니는 어떤 사람이야? 묻자 그런 대답이 돌아왔다.

「내 육친은 태어났을 때부터 죽어 있었어.」

「왜?」

「물어본 적 없어서 모르겠는데.」

「그러면 시체는 어떻게 했어? 너는 살모종들은 '그런 본능'이 있다고 했잖아.」

「글쎄다. 너무 오래전이라 기억이 안 나.」

사준이 그 시체를 먹었는지, 먹지 않았는지는 알지 못한다. 그러나 사준이 만일 시영을 어미로 각인했다면 그 때문에 시영을 잡아먹었는지도 모르겠다 새삼 깨달을 뿐이다.

허물벗기의 아픔 속에 허덕이던 그날의 기억이 되감겼다. 저보다 커다란 뱀을 삼켜 두툼해진 몸뚱어리를 이끌고 꾸역꾸역 저까지 물어뜯는 사준은 처음 보는 뱀이었다.

운 좋게 태성을 만나지 못했더라면 이미 그녀는 죽었을 것이다.

'……관두자.'

미사는 생각을 잘라냈다. 전단을 뜯어 무표정하게 주머니에 쑤셔넣은 후 성큼성큼 단지를 가로질렀다. 오는 동안 어떻게 발견하지 못했나 싶을 만큼, 제 얼굴이 전봇대에 다닥다닥 붙어 그녀를 바라보고 있었다.

뭐가 그리 즐거운지 해맑기도 하다.

'멍청한 년. 배신당할 줄도 모르고.'

새삼스럽게 다행이었다. 지금 그녀에게는 돌아갈 곳이 있다.

정체 모를 그 녀석의 집.

그 순간이었다. 낯설지 않은 기운이 뒷덜미를 엄습한다 싶더니 순식간에 바람이 일었다. 미사가 반사적으로 피하기도 전에 미지근한 손아귀가 그녀의 팔뚝을 잡아챘다.

"미사."

미사의 심장이 두방망이질치기 시작했다.

'맙소사.'

아무리 얼을 빼고 있었다고 해도 바로 지척에 이를 때까지 알아차리지 못하다니.

"놀라지 말고. 귀신 본 것도 아니고 그 웃긴 표정은 뭐야?"

뜯어내듯 상대의 팔을 쳐낸 후, 반사적으로 바닥을 박차고 뛰어오른 미사는 골목의 담벼락에 착지했다.

"너……!"

조금 전까지 그녀가 서 있던 자리에 까만 정장을 입은 사내가 서 있었다. 남자의 눈은 그 자체로 사안(蛇眼)이었다. 그는 사준이 데리고 다니는 졸개들 중 한 명이었다. 미사와 연배도 엇비슷했다.

"곽현."

미사의 눈이 샛노란 금빛으로 변색했다.

한때 곽현은 미사에게 '우리 짝짓기 할래?' 하고 형편없는 구애를 펼친 적도 있었다. 꽤 오랫동안 그녀를 따라다녔다. 하지만 미사가 거들떠도 보지 않자, 어느 순간 포기한 듯 떨어져나갔다. 미사는 그에 대한 악감정이 전혀 없지만 곽현은 아닐지 모를 일이다.

곽현이 희미하게 웃었다.

"우리 미사, 굉장히 오랜만이다?"

"징그럽게 친한 척이야."

"까칠한 것도 여전하네. 기운부터 우선 거둬. 다른 녀석들이 몰려오면 정말로 힘들어져. 내가 아니라 네가."

사준에게는 곽현 말고도 수많은 뱀들이 따른다. 곽현은 사준이 가까이하는 몇 없는 '진짜 친구' 비슷한 것이기도 했다. 이상하리만치 많은 뱀들이 사준의 앞에서 작아졌으나, 곽현은 의외로 강해서 비등함 비슷하게 자리를 지키고 있는 녀석이다.

"너 요즘도 사준이 흘리고 다니는 일 뒷정리나 하고 다녀?"

"언제나처럼이지. 이렇게 쓸데없이 가출한 상사 여동생도 잡으러 다니고 말이야. 어쨌든 네가 다시 올 줄 알았어."

미사는 내심 빈정거렸다.

'그러셨겠지.'

"만난 김에 묻자. 내 차는 대체 어디다 가져다 팔아먹었어?"

"사준이 가져갔어. 그 녀석 아파트 주차장에 곱게 모셔져 있을걸."

"아예 아파트도 통째로 뽑아가지 그랬어."

"집으로 돌아가지 않은 건 잘했어. 그 앞에도 몇 놈 대기하고 있으니까."

"날 도와주기라도 하려고? 왜 이렇게 같잖은 친절함이야? 이러니저러니 떠들어봐야 결국 넌 사준 새끼가 시키는 대로 배알도 없이 날 기다리고 있었다는 말 아니야."

미사의 눈빛이 날카로워지며 대류가 흔들리기 시작했다. 그에 반응한 곽현의 눈빛이 삽시간에 돌변했다. 서늘한 바람이 일기 시작했다. 그러나 금세 곽현은 맥이 푹 풀려버렸다. 당장이라도 공격할 것처럼 자세를 낮추던 미사가 순식간에 몸을 돌려 골목 반대편으로 도약한 것이다.

'저 녀석 봐라?'

곽현은 피식 웃고 말았다. 하여간 도망치는 거 하나만큼은 능구렁이다웠다. 그러나 곽현은 호락호락하지 않았다. 즉각 흙바닥을 박차고 껑충 뛰어 미사의 등을 걷어찼다. 미사가 균형을 잃고 담벼락에 부딪쳐 데굴데굴 굴러 멈추었다.

곽현은 미사가 정신을 차리고 다시 도망치기 전에 그녀의 몸에 올라타 목줄기를 움켜쥐었다.

"얘기도 하기 전에 도망부터 가는 거냐. 미사답지 않네."

"너 같으면 도망 안 가겠어? 지금 주위에 깔린 놈만 몇 명인데!"

"나 같으면 도망가겠지?"

"말이나 못하면."

"것보다, 나는 지금 너랑……."

곽현의 말이 끝나기도 전에 미사의 무릎이 곽현의 복부를 쳐올렸다. 튕기듯 날아간 곽현이 담벼락에 부딪쳤다. 쿵! 소리와 함께 벽돌가루가 우수수 떨어져 곽현을 뒤덮었다. 재빠르게 따라잡은 미사는 발로 곽현의 목을 꽉 밟아 누르며 조롱했다.

"너랑 볼일 없어."

"야아, 야, 미사."

그러나 기민하게 미사의 발목을 틀어 밀쳐낸 곽현은 쿨럭쿨럭 기침을 뱉어내며 일어섰다. 반동으로 미사가 휘청 흔들렸다.

"아오, 정말. 나 말 좀 끝까지 하게 둬라. 너 계속 이렇게 나한테 협조 안 하면 곤란해질 텐데?"

"지금보다 더 곤란해질 수가 있냐고. 사준의 시다 노릇 하는 너랑 할 얘기 없어."

미사는 다른 녀석들이 몰려오기 전에 곽현을 깨끗이 박살 낼 자신이 없었다. 아무래도 곽현이 호락호락 놓아줄 것 같지 않아, 그녀는 점점 초조해졌다.

"근처에서 재준이 대기 중이지?"

재준은 사준이 데리고 다니는 정신계 능력자다. 정신계 능력은 사용하는 이에게도 영향을 미쳐 위험성이 있지만 일족들에게는 꼭 필요한 능력이었다. 언론통제만으로는 해결되지 않는 일이 벌어질 때, 그들은 톡톡히 진가를 발휘한다.

그리고 지금 미사가 저런 걸 물었다는 사실은, 인간들 눈에 띌 수 있는 사고를 칠 준비가 되었다는 것과도 상통했다. 곽현이 뻐근한 턱을 매만졌다.

"이렇게 나올 줄은 알았지만, 정말 이렇게 나오니 섭섭하네. 내가 너한테 해코지하려고 하는 것도 아니고."

"양심은 어디다 팔아먹었어?"

"털 난 양심 누가 사가기나 하나."

넉살 좋게 받아친 곽현이 서늘히 입매를 당겨올렸다.

"재준이는 아니고, 상윤이 저쪽에서 대기 중이야. 이러지 말고, 상황이 왜 이따위가 됐는지는 잘 모르겠는데, 사준도 흥분 많이 가라앉아서 지금은 정신 차렸어. 같이 가서 정리하자."

"미쳤어?"

이게 무슨 태평한 소리란 말인가.

"너 한사준이 나한테 무슨 짓 했는지 몰라?"

"아는데. 알다마다. 아는데."

곽현이 눈 깜짝할 새 그녀의 정수리 위에서 떨어졌다. 재빠르게 몸을 굴린 미사가 오뚝이처럼 일어섰다. 심장이 목구멍으로 튀어올라오는 것처럼 느껴질 만큼 깜짝 놀랐다.

곽현의 손끝에서 푸른 기운이 일렁였다. 기가 차는 건 곽현에게서 살기가 전혀 느껴지지 않는다는 사실이다. 정말로 산 채로 잡아다 사준에게 바치려고.

곽현이 여유롭게 소매의 단추를 풀었다.

"아가씨, 그냥 우리 좋게좋게 해결하자니까. 사준이 네 생각 많이 해. 그날은 실수였나 보지."

미사의 입매가 비틀렸다. 미친 새끼.

06
/
태성 苔煋

태성은 인간들과 섞여 차근차근 단계를 밟아 고등학교, 대학교까지 진학했다. 그 덕에 '평범한 친구'들이 서넛은 되었다.

강의가 끝난 직후 절친한 친구인 규진이 물었다.

"오늘 어때?"

대학생들 사이에서 '오늘'이라는 말이 의문문의 부호와 함께 말미를 맺는다면 대개가 술과 관련되어 있다. 새내기에 가까울수록 잦은 빈도의 음주 탓에 흔히들 대학교는 먹고 놀자 대학교라 부르는 어른들도 많았다.

일반적인 수의학과는 6년제이나 태성이 재학 중인 학교는 서울 내 대학교 중 이례적으로 전문적인 커리큘럼을 보유하여, 빡빡하게 수학한다면 보통 대학과 비슷하게 4년제 졸업이 가능하다.

그러한 이점 때문에 입학 문턱이 높아 경쟁률도 치열하다. 하지만 그렇다고 공부벌레들만 입학하는 것은 아닌 듯하다. 학년별로, 과별로 편차는 천차만별이었지만 태성이 전공하는 학과는 애석하게도 일반적인 통념에서 벗어나지 못했다.

"야, 기말 준비하기 전에 꺾어야지."

"오늘? 갈까? 나 내일까지 리포트 써야 하는데. 실험보고서도 아직이고."

태성은 규진과 병훈을 뒤로한 채 책가방을 챙겼다.

규진과 병훈은 언제나처럼 옥신각신을 빙자한 우정 어린 대화를 나
누고 있었다.

"동물심리 실험보고서는 금요일까지 아니야?"

"등신아, 내일이 금요일인데."

"야, 괜찮아, 괜찮아. 한 잔만 하자."

"다음 주 발표도 있는데."

"야, 다음 주 발표는 주말에 준비하면 되잖아. 아, 단톡방에 공지 올
려놔야겠다."

조금의 농담과 조금의 진담이 섞인 혈기왕성한 대학생들의 대화였
다. 평소라면 한마디 거들었을 태성인데, 오늘은 그러지 못했다. 머릿
속이 다른 생각으로 꽉 차 있었기 때문이다.

이유인즉, 동물심리학은 태성이 가장 어려워하는 과목이었다. 인
간과 동물, 그 중간 어디쯤에 존재하는 그가 동물의 생태에 어려움을
느낀다는 게 모순적으로 보일 수는 있지만, 일족과 짐승은 또 미묘한
부분에서 다르다.

시간도 빠듯하고, 암컷 뱀을 혼자 두고 온 것도 못내 마음에 걸려 돌
아가려는데 규진이 그를 붙잡았다. 동기사랑 나라사랑은 그들 사이에
선 마치 마법의 단어처럼 엄청난 강제력을 가지고 있다.

"어디 가?"

"집 가야지. 오늘도 할 게 이렇게 많은데."

"무슨 개가 풀 뜯어먹는 소리야? 너 못 가. 동기사랑 나라사랑 모르
냐?"

규진에게서 벗어나는 일은 고등학교 시절의 학생주임에게서 도망

치는 것만큼이나 어려운 일이라는 것을 친한 친구들은 다 안다. 규진만 모르고 다 안다. 병훈이 낄낄거리며 웃었다.

정신을 차릴 새도 없이 태성은 전집에 끌려들어가 한자리를 차지하게 되었다. 안주 하나에 소주와 막걸리를 시켜 쉴 새 없이 잔을 기울이며 규진과 병훈은 떠들어대기 바빴다. 술이 입으로 들어가는지 코로 들어가는지 저들은 알까 몰라. 태성은 영 기분이 나지 않았다. 20분째 턱만 괴고 그들의 이야기를 들었다.

태성은 가장자리가 바삭바삭하게 익은 해물파전을 내려다보았다. 간간이 젓가락으로 음식을 뒤적거리기도 하면서.

"내가 그 얘기 했나?"

젓가락으로 파전을 뒤적이던 태성이 규진의 말에 가볍게 턱을 까딱여 리액션을 해주었다. 들었다 해도 할 것이요, 듣지 못했다 해도 할 것이다.

"걔 미쳤더라. 나랑 헤어지고 한 달 만에 다른 남자 만났더라니까?"

"이미 헤어진 애 뒷조사는 왜 하고 다니는데? 알아서 뭐 어쩌겠다고."

"페이스북에 뜨잖아."

"차단해, 그럼."

"아, 씨, 진짜 차단할 거야."

"뻥치시네. 안 하고 또 관음증 변태처럼 검색하고 다닐 거면서."

"야, 솔직히…… 기분이 단번에 어떻게 딱 끊어버리냐. 마음이 쉽지가 않잖아."

뻔한 이야기들이다. 이 또래 인간들의 주요 관심사는 보통 이성이었다. 취업, 군대, 축구, 연애. 태성은 매번 듣는 지겨운 얘기에도 싫은 내색 않고 맥주잔만 홀짝였다.

"그냥 걔 잊어버리고 다음 주에 나랑 같이 클럽이나 가자. 아는 형이 테이블 잡을 거랬어."

통통한 홍합살과 오징어 토막이 통째로 들어간 파전을 심드렁히 뒤적이던 태성은 유달리 외로워 보이는 뱀을 떠올렸다.

왜 그 뱀이 그리 보이는 건지 모르겠다. 죽어가는 걸 살렸다는 보람 때문일까. 자꾸만 신경 쓰는 것도 쓸데없는 오지랖이라 생각을 하는데 마음이 쓰였다. 제 주제에.

암컷 뱀은 아직 그가 '무엇'인지 모른다. 홀로 착각만 무성히 할 뿐이었다. 그건 조금 웃기고, 때때로 귀엽게도 보였다.

'밥은 먹었나……'

티는 안 냈지만 그 뱀 때문에 태성도 이래저래 생각이 많다.

뱀을 혼자 둬도 될까 하는 의구를 품기에는 이미 한참 늦었다. 그러나 만일 그 뱀이 손버릇이 나쁘다면 곤란할 것이다.

'가져갈 만한 게 뭐가 있나……'

값비싼 물건이라곤 노트북 정도가 전부다. 설마하니 숟가락까지 다 긁어가진 않을 테지. 아니, 어쩌면 미사가 그의 집을 탈탈 털어 도망치는 게 태성의 입장에서는 장기적으로 더 나을지도.

젓가락 끝을 노려보고 있던 태성은 문득 친구들의 대화가 멈추었다는 것을 깨닫고 눈꺼풀을 들었다. 규진이 투덜투덜했다.

"왜?"

"아니, 너는 먹을 거면 먹고 말 거면 말지 왜 이렇게 뒤적거려. 울할매가 그러면 복 나간다고 했어. 쥐 파먹은 것처럼 깨작깨작 뜯지 마, 인마."

"아, 뭐."

태성이 툭 젓가락을 내려놓았다. 가만히 턱을 괴고 그를 응시하던 병훈이 심드렁히 중얼거렸다.

"진짜 근데 얘 눈은 볼 때마다 신기하다니까. 나 한국인 중에 이런 회색? 이런 색 눈 처음 봐."

"내 눈이 뭐."

"너 진짜 혼혈 아냐? 그러니까 이렇게 기깔나게 생겼지."

혼혈이라는 말이 유달리 가시처럼 따끔거렸다.

"기깔나는 건 또 뭐야."

"간지 말이야, 간지. 그 뜻 아닌가?"

"취했냐, 아직 해도 안 떨어졌는데? 작작 마셔."

병훈이 하소연을 시작했다.

"누구는 태어날 때부터 번드르르하게 연예인 뺨치게 생겨가지고 여자가 들러붙는데, 누구는 한 번만 만나주세요, 만나줘요, 누나, 내가 밥 살게, 예쁜 후배님, 내가 술 살게, 부리나케 발품을 팔아야 하나. 세상 진짜 불공평해."

"겨우 그런 걸로."

"겨우우우? 겨우라고 했냐? 빨리 좋은 여자 만나야 결혼을 하지. 야, 저기 보이지, 저 여자 두 명? 아까부터 계속 너 힐끔댄다."

"안 보여."

"봐봐."

"싫어."

태성은 고집스레 고개를 돌리지 않고 버텼다. 병훈이 낄낄거렸다.

"얘 게이일지도 몰라."

"뭐래."

"근데 왜 그래?"

"뭐가?"

"인기도 많잖아."

"애가 지 얘길 하는 걸 들어본 기억이 없어."

규진이 핀잔을 놓는 것을 시작으로 친구들의 관심은 오직 태성의 다음 말에 집중되었다.

태성이 곤란한 표정으로 얼버무렸다.

"마음 가는 사람이 아직 없으니까."

"마음이 굳이 훅 가지 않더라도 만나다 보면 괜찮을 수도 있지 않냐? 너 예쁜 애들한테도 인기 많잖아. 무슨 배부른 소릴 하고 앉았어."

"예쁜 게 그렇게 중요해?"

"까는 소리 한다. 예쁜 게 최고야."

태성이 고개를 저었다.

"뭐, 그래라. 아무튼 난 모르겠다. 그리고 나도 인기 별로 없어. 쳐다보는 게 인기냐."

"이보세요, 진태성 씨. 내 친구지만 진짜 재수 없다. 겸손한 척도 말이 안 되면 이렇게나 재수가 털려요. 그러고 보니 지난번에 김지수가 너한테 고백한다고 했었는데 거절했냐?"

"그게 누군데?"

태성이 금시초문이란 표정을 지었다.

"안 했어?"

규진은 오매불망 태성앓이를 하는 여후배를 떠올렸다.

"와, 세상에. 누군지도 몰랐어?"

태성이 후배들에게 딱히 살가운 편은 아니라는 걸 알았지만 가끔은 너무 무심하지 않나 싶다.

"아이고, 불쌍한 지수."

대화의 흐름이 좋지 않다. 감지해낸 병훈이 눈치 빠르게 화두를 돌렸다.

"어쨌든! 연애는 좋은 거라고!"

혈기왕성한 대학생의 우렁찬 외침은 일순 술집 전체를 고요하게 했다. 병훈은 죄송하다며 사방으로 고개를 주억댔다.

혀를 찬 규진이 다시 태성에게로 관심을 돌렸다.

"뭐, 씨씨는 원래 거지같은 거니까 그렇다 치고, 소개라도 해줄까?"

"됐어."

"예쁘고 몸매 짱인데."

규진은 태성과 친해진 지 3년째였다. 그런데 단 한 번도 태성이 연애를 하는 것을 본 적이 없었다.

"공부하기도 바빠."

"네 상판이 아까워서 그런다. 넌 나중에 정자은행에 유전자 기부해야 해."

"뭐라는 거야."

태성이 피식 웃었다. 병훈이 끼어들었다.

"야, 그러면 나 소개 해줘."

"넌 꺼져."

아무래도 오늘의 화제는 다른 때보다도 유독 이성에 집중된 것 같다. 겨울이라 그런가 싶었지만 꼭 그런 것만은 아닌 것 같다.

봄은 생명이 움트니 산뜻한 인연을 맺을 수 있는 계절, 여름은 뙤약볕처럼 화끈한 연애를 할 수 있는 계절, 가을은 쓸쓸한 우수를 달래주기 위한 연애가 필요한 계절, 겨울은 추운 손을 달래줄 수 있는 사랑이 필요한 계절. 그러다 보면 인간들은 1년 내내 연애를 해도 모자랐다.

'연애……'

새삼스럽지도 않은 이야기였다. 입안이 소태라도 씹은 양 쓰다.

태성은 일족이다. 인간과의 교배는 우선적으로 금기시되고 동족과의 결혼을 장려받는다. 그러나 문제는 태성이 첫 숨을 인간의 껍데기로 내뱉은 일족이라는 것이다. 그 말인즉, 태성의 혈통이 불분명하다는 것과 맥을 같이한다.

친구들이 그런 걸 짐작해 한 말은 아니겠지만, 실제로 그는 혼혈이다. 아버지가 누구인지 모르는. 태성의 어린 시절은 정체 모를 아버지에 대한 구설수와 폄하와 편견 때문에 고초로 점철된 나날이었다.

태성이 속한 일족은 이종교배에 엄격했다. 아니, 이종교배라는 걸 생각도 하지 못하는 이들이 더 많다. 동족들도 반겨주지 않는 태성이 외부에서 짝을 찾을 수 있을 리가 없다.

그는 한순간의 장난 같은 감정을 위해 지금의 삶을 위태롭게 하지는 않을 것이다.

규진이 잔을 대번에 비워내며 툴툴댔다.

"선비도 이런 난 선비가 없네. 하이고."

"나도 그런 사람 좀 있었으면 좋겠는데."

"오는 여자 다 마다하고도 배부른 줄 모르지. 그럼 나한테 여자 꼬시는 법이라도 좀 알려줘봐."

태성이 반쯤 진심을 담아 핀잔을 놓았다.

"다시 태어나야 할걸?"

"얼굴이 대수냐! 남자는 능력이야!"

소리친 규진이 재수 없다며 그의 잔을 채우다 퍽 인상을 구겼다. 생각해보니 태성은 능력 면에서도 모자람이 없었던 탓이다. 가정환경이 좋지 않다는 이야기가 있지만 요즘 같은 시대에 부모의 이혼은 흠도 아니다. 부모가 경제력이 있으니 태성이 저렇듯 번듯하게 알바도 하지 않고 사는 게 아닌가. 머리도 좋고, 성실하고, 쟨 대체 빠지는 게 뭐지?

규진은 우울해하며 말을 바꾸었다.

"아냐, 됐어. 다 필요 없어! 우정이 최고야!"

술자리는 생각보다 이른 10시 반 무렵 파했다.

규진이 순식간에 인사불성이 되어버린 덕이었다. 같은 방향인 병훈이 규진을 챙겨 돌아갔다.

망원으로 돌아온 태성은 얼룩진 노란 낙엽을 밟으며 느려지는 걸음을 보챘다. 결국 과제도 하지 못했고 시장도 보지 못했다.

아파트 단지에 이른 그는 습관처럼 자신이 사는 층을 올려다보았다. 불이 꺼져 있었다.

'자고 있는 건가.'

차라리 그게 나을지도 모르겠다. 괜히 신경이 쓰이는 것도, 불편한 것도 좋지 않다.

그런데 아파트 문앞에 이른 순간 태성은 예상 밖의 상황에 직면했다.

'뭐야.'

간이 떨어질 뻔했다.

왜 이 추운 날씨에, 긴 검은 머리칼을 치렁치렁 풀어헤친 여자가 현관문 앞에 웅크리고 있는 건가. 귀신의 존재를 믿는 건 아니지만 귀신은 아닌지 의심스러웠다. 자세히 보니 실루엣이 낯익었다. 암컷 뱀이었다.

아파트 복도라고는 해도 외풍만 덜 들 뿐이지 몹시 추웠다.

"여기서 뭐 하고 있는 거예요?"

가까이 다가가서 본 여자의 모습은 처참했다. 그의 것이 분명한 트레이닝복은 찢겨 있었고, 슬리퍼도 한 짝뿐이었다. 눈에 띄는 상처는 없었지만 핏자국은 있었다.

구기듯 몸을 움츠리고 있던 여자가 눈을 떴다 다시 힘없이 감아버린다.

"이봐요."

태성이 다급히 여자의 어깨를 흔들어 깨웠다. 뜬금없이 복도에서 죽어버리기라도 한다면 곤란한 건 태성이었다. 차게 식은 여자의 체온에 밀려오려던 일말의 노곤함마저 모조리 도망쳐버렸다.

'아니, 다쳤으면 들어가 있기라도 하……'

태성은 커버가 반쯤 올라가 있는 도어록의 키패드를 발견하고 짧게 신음했다. 그녀에게 집 비밀번호를 알려준 적이 없었다. 이 여자는 그의 휴대전화 번호도 알지 못했다. 애초에 외부에서 그에게 연락할 수단도 없을 테지만.

"정신 차려요, 저……"

태성은 문득 그녀의 이름을 모른다는 것을 깨달았다.

급한 대로 여자를 침대에 눕혔다. 손발이며 전신이 얼음장이었다. 시체도 이렇게 차갑지는 않을 터다. 태성은 냉정하게 생각했다. 이 정도는 버틸 것이다.

우선 그녀의 몸을 이불로 꽁꽁 덮어주고 전기장판을 켰다.

"괜찮아요?"

태성의 회색 눈에 맥없이 늘어져 희미하게 눈을 뜨고 있는 여자의 모습이 꽉 찼다. 태성이 저도 모르게 언성을 높였다.

"아니, 무슨 일이에요? 밖에는 왜 나간 거예요? 집 비밀번호도 모르면서 나가긴 왜 나갔어요?"

여자가 꺼질 듯 자그마한 목소리로 중얼거렸다.

"잔소리는."

"사람 간 떨어지게 하고서 무슨."

보일러 온도를 확인하기 위해 태성이 자리에서 일어나려던 찰나였다. 여자의 차가운 손이 그의 손목을 감싸쥐었다.

"보일러 온도 더 높여줄게요. 따뜻한 차라도 가져올 테니까…… 일단 속부터 녹여야."

"속상해."

"알겠으니까, 잠깐…… 놔봐요."

"나 진짜 우울해. 잠깐만 있어."

여자의 목소리가 젖어 있었다.

"왜 울어요."

떨쳐내면 떨쳐지지 않을 정도도 아니었건만 태성은 어찌하지 못하고 어정쩡하게 앉았다.

"누가 울어."

"그쪽이요."

"화나 죽겠네."

"……."

"억울해 죽겠어."

"저……."

태성은 입술을 멈추었다. 무어라 불러야 할지 모르겠다. 그러나 지금 '이름이 뭐예요?' 묻는 것도 이상할 것이다. 손바닥에 뜨뜻한 물기가 느껴졌다. 왜 이리 마음 한쪽이 싸해지나.

태성은 뱀과 자신의 거리를 알고 있다. 그런 주제에 불쌍한 건 또 못 지나쳐서 이리 좁아지는 거리가 두려웠다. 이 여자의 이름이 궁금해졌다.

차게 식은 여자의 손등을 풀어주며 태성이 얕은 한숨을 내쉬었다.

"피는 뭐예요. 어쩌다 다쳤어요?"

암컷 뱀은 시체처럼 미동이 없다. 잠들지 않았다는 것을 알려주는 게 분한 것처럼 간헐적으로 씩씩대는 숨소리뿐이다.

"무슨 일 있었는지 물어보면 안 돼요? 이봐요."

"……."

"멍청하게 왜 비밀번호도 모르면서 밖에 나갔냐고요. 다치고 오지라도 말든가요. 사람 가슴 철렁하게 하고서 아무 말도 안 하면 어떻게 해요."

"너 내가 나갔으면 좋겠다고 생각하면서."

"그렇기는 한데, 나갈 거면 아예 가든가요."

"서운하게 부정도 안 하네?"

"뱀이랑 한집에 있는 거 누가 좋아한다고."

"……어린게 되바라져서. 됐어, 그러면 신경 쓰지 마."

"걱정이 되잖아요."

미사가 말끄러미 눈을 올려떠 태성을 바라보았다. 태성은 툭툭 뱉으면서도 사람의 가슴을 움직이는 재주가 있었다. 태성에게서 괜찮으

93

냐 위로받았을 적에도 그랬고, 지금도.

적어도 미사는 그렇게 느꼈다.

"나 오늘 여기서 잘래."

이불에 얼굴을 묻은 미사가 조그만 목소리로 말했다.

오늘 미사는 곽현과 치고받았다. 작신작신 두드려주고 싶었지만 곽현도 약한 편이 아니었던 데다 다른 녀석들까지 몰려올 낌새가 보여 허겁지겁 도망쳐야 했다. 몸에 난 상처는 태성의 집에 도착할 즈음에는 거의 아물었지만 마음에 난 상처는 쉽사리 아물지 않았다.

"나 참."

태성이 한숨을 내쉬었다. 골치가 아프다는 듯한 눈빛으로.

미사의 이불을 고쳐 덮어준 태성이 몸을 일으켰다. 미사의 손이 그를 붙잡지 않았다면 곧장 돌아 나갈 수 있었을 터였다.

"나갈 거야?"

문득, 미사의 외로움이 선명하게 가슴을 열고 들어와 그를 두드렸다. 태성은 제 주제에 이 여자를 안쓰러워하고 있다는 사실이 우스웠다. 그는 동족들로부터의 배척이 어떤 느낌인지 사실 누구보다도 잘 알고 있는 사람이다. 괜히 제 일처럼 속이 쓰려 왼 가슴을 문질렀다.

그러다, 태성의 회색 눈동자가 어느 한곳에 멈추었다.

다시는 입을 수 없을 정도로 찢긴 트레이닝복 주머니였다. 맨들거리는 종이가 삐져나와 있었다.

미사가 잠든 건 얼마 지나지 않아서였다. 조용히 일어난 태성은 내내 그를 거슬리게 하던 트레이닝복을 집어들었다. 주머니에 든 종이 뭉치를 꺼내 펼쳤다. 고적한 어둠 속에 서서 구겨진 지면을 훑었다.

실종자 수배 전단이었다. 전단 한가운데에서는 제 앞에 널브러진 여자와 똑같은 얼굴의 사람이 해사하게 웃고 있었다. 마치 다른 사람처럼 활짝 핀 얼굴로. 웃는 얼굴이 예뻤다.

'미사······.'

미사. 참으로 뱀다운 이름이다.

'실종자 전단이 붙은 거면 찾는 사람이 있다는 건데······.'

태성의 눈은 전단 말미에 쓰인 또 다른 이름에 멈추었다.

'사준······.'

가족이 간절히 그녀를 찾고 있다는 내용. 한 장의 종이가 전달하는 것은 그 절실함뿐이었다. 복잡다단한 추측들이 스쳐지난다. 태성은 여전히 그녀의 사정이 무엇인지 모른다.

침대 맡에 선 태성은 무심코 잠든 암컷 뱀의 이마를 짚어보았다. 차갑다. 추위를 많이 탄다고 했던 것이 기억이 났다.

초라하게까지 보이는 여자의 울분은 그의 가슴 밑바닥에 가라앉아 있던 기억과 감정의 찌꺼기를 휘저었다. 이 암컷 뱀은 아마 그가 무엇인지 알고 나면 깜짝 놀랄 것이다.

"잘 자요, 미사 씨."

방을 나서서 문을 닫았다. 궁금증만 커가는 밤이다.

태성은 묘한 기분으로 암컷 뱀의 원래 모습은 어떨까 상상했다. 수조 안의 보니와 클라이드가 그를 바라보고 있다는 걸 깨달은 후에야 생각을 멈추었다. 보니와 클라이드가 그를 비웃고 있는 것처럼 느껴져서.

까만 발톱이 흙바닥을 짓이긴다. 저 먼 남쪽에서 불어오는 바람에 하얀 털이 휘날렸다. 맹수는 망망대해 같은 들판에 서 있다. 눈은 붉은빛.

눈꺼풀을 한 번 깜빡이는 사이에 강 건너에서 강 이편으로 뛰어넘었다.

'이제 곧, 이제 곧…….'

맹수의 그르렁거림 사이에는 억눌린 바람이 새겨져 있다. 그에게, 어쩌면 꿈속의 타인에게. 태성은 자신이 서 있는 곳이 어디인지조차 몰랐다. 안개처럼 부옇게 시야가 흐려졌다. 어쩌면 이 세상이 물안개로 가득 찬 것인지도 모른다.

이름 모를 키 큰 풀들을 피해 강가를 따라 걸었다. 센 물살이 가라앉는 순간 붉은 눈동자가 그를 마주 보았다. 놀라 뒷걸음질 쳤다.

'조금만 더.'

가슴이 크게 뛰기 시작했다. 숨을 쉴 수가 없다. 그는 뒷걸음질 치고, 뒷걸음질 쳤다. 물 위로 기어올라온 짐승은 조금도 젖지 않은 채 그르렁 긁는 울음소리를 냈다. 본능이 경고했다. 도망치라고.

다리는 굳어지고, 수면에 비친 거대한 맹수는 붉은 눈을 번뜩이며 물에서 기어올라온다. 털은 조금도 젖지 않은 채다. 어슬렁어슬렁 다가온다.

그는 깨달았다. 먹힐 것이다.

늦건 빠르건 간에.

어슴푸레한 박명이 눈에 들었다. 그 위로 한 쌍의 붉은 눈동자가 헛것처럼 어린다.

'또…… 이 꿈.'

등줄기를 섬뜩하게 하는 붉은 눈동자가 잔상처럼 남아서 눈을 비볐다. 온몸에 닭살이 돋아 있다. 소름이 가시지 않는다. 태성은 화장실로 들어갔다. 거울에 비친 자신의 얼굴을 보았다.

검은 머리카락, 회색 눈동자, 언제나와 다를 바 없는 생김새다. 저도 모르게 눈가를 어루만져보았다.

공포가 가시기까지 걸리는 시간은, 꿈이 뇌리에서 기화하는 데에 걸리는 시간과 같았다. 아니, 잔여감은 조금 더 길게 지속되었다. 형광등이 깜빡거렸다. 고개를 젖히고 천장을 올려다보았다.

'……피곤하게.'

컨디션이 영 좋지 않았다.

날은 하루가 다르게 추워졌다. 저녁에는 비가 올 거라고 했다. 아침부터 날이 구물구물한 게 꼭 그의 컨디션 같았다. 태성은 후드의 지퍼를 고쳐 올렸다.

'영 그러네.'

그 꿈을 꾸는 날이면 으레 몸이 좋지 않다. 기운이 반발하듯 그를 괴롭히곤 했다. 어제와 그제는 특히나 잠자리가 불편했기 때문인지 더 피곤했다.

수업이 끝나고 학교 정문을 빠져나온 태성은 지하철역으로 향하는 대신 버스 정류장으로 향했다. 그가 도착한 곳은 학교에서 세 정류장 정도 버스를 타야 도착하는 대학교 근처의 번화가였다. 화장품 브랜드 점포들이 즐비해 있고, 패스트푸드 체인점이 골목마다 있고, 대로 좌우로는 편의점이, 그리고 중간중간 레스토랑의 전단과 홍보지가 붙어 있다.

호객행위를 하고 전단을 나눠주는 이들을 예의 바르게 거절한 그는 골목골목을 지나쳐 인적이 드문 어느 카페에 이르렀다.

세련된 인테리어의 카페 앞에서는 커다란 삽살개 한 마리가 테라스의 말뚝에 묶여 자고 있었는데, 마치 의도한 것처럼 카페의 이름은 'THE DOG'이었다. 개.

카페의 이름이 개인 건 이 카페의 주인이 개를 키워서가 아니었다. 개를 사랑해서도 아니고.

딸랑.

안으로 들어가자 젊고 훤칠한 남자가 앞치마를 두르다 말고 그를 반갑게 맞았다.

"어? 태성이 아냐?"

왁스로 반듯하게 넘겨서 올린 머리칼이 잘 정돈된 느낌을 주는 시원스러운 웃음의 소유자였다. 태성도 반갑게 그에게 인사했다.

"견우 형, 잘 지냈어?"

"오랜만이다. 할 말 있어서 온다더니 그게 바로 오늘이었어? 어, 비지금 안 와? 우산 거기다 둬."

"잠깐 그쳤어. 이따가 밤에 또 내린다네."

"지겨워 죽겠네. 이놈의 비. 킁킁."

견우가 습관처럼 코를 킁킁거렸다. 카페의 이름이 개인 건 이 카페의 사장이 개이기 때문이다.

일족의 나이는 외모로 판단하기 어렵다. 견우는 겉보기에야 20대 초반, 많이 쳐봐야 중반 정도로 보이는 청년이지만 실제로 반백 년을 살아온 태성보다 십수 년은 더 살았다.

20대 초중반이나 겨우 되어 보이는 태성도 스스로가 기억하는 삶의 햇수만 50은 더 되었다.

물론 사변 이후에 태어난 그는 다른 십이지들 사이에서는 '전쟁을 겪어보지 못한 세대'라며 한참 어린 꼬마 취급을 당하곤 했지만 말이다. 지난번에 미사가 그런 말을 해서 괜히 불쾌했던 것이 기억이 난다.

또 그들은 노화 역시 제각각이다. 인간들처럼 한 해 한 해 나이를 먹어가는 것은 그들에게는 해당사항이 없다. 어떤 일족에겐 유년기가 없고, 어떤 일족에게는 노년기가 없다.

어제까지만 해도 열 살짜리 꼬마였던 녀석이 오늘 만나니 스무 살짜리 어른이 되어 있다는, 스무 살짜리 어른과 나란히 해변을 산책하고 있었는데 그 끝에 이르니 어느새 할머니가 되어 있었다는 그런 믿기 어려운 경험담들도 일족들 사이에서는 간간이 떠돈다.

몇백 해를 묵은 태성의 어미조차도 아직 30대 초중반처럼 보인다 하면 이해가 빠를까.

"그나저나, 이야, 얼굴 잊어버릴 뻔했어, 인마."

견우가 유쾌한 목소리로 말했다.

견우는 객관적으로 남자답게 잘생긴 남자다. 은은한 갈색 빛이 도는 눈동자는 늘 따뜻했고 미소는 그림 같았다. 일족에게 있어 외모라는 것은 보호색과 비슷하게 여겨지므로, 사실 평균 이하의 용모를 지닌 이를 찾기가 더 어렵다.

"중간고사 끝나고 한번 찾아오고 싶었는데, 미안. 바빴어."

"서운할 뻔했다?"

"마음에도 없는 말은."

태성이 피식 웃었다. 태성은 견우를 제하고는 교분을 나누는 일족이 몇 없었다. 때문에 태성이 견우를 알고 친해지게 된 건 정말 큰 행운이었다.

견우는 재작년쯤 태성이 대학교 새내기일 때 만났다. 학교 동기들과 축제 뒤풀이를 하기 위해 대학가로 나왔다가 우연찮게 서로가 일족임을 알아보고 말을 튼 것이 시작이었다.

견우는 목양견이라 알려진 레트리버 종인 만큼 순한 편에 속한다. 성질이 둥글어서인지 다른 일족들과도 적당히 교류를 하고 지낸다고 했다. 태성에 비하면 일족들의 생태나 돌아가는 상황에 대해 아는 것이 월등히 많은 사람이다. 오늘 태성이 견우를 찾아온 것도 사실은 그때문이다.

견우가 가볍게 태성의 머리를 헝클었다.

"살이 왜 이렇게 빠졌냐?"

"그래? 좀 바빠서 정신없이 지냈더니 그러네. 형은 좋아 보인다."

"티 났어?"

"무슨 좋은 일 있어?"

"어, 일단 자리로 가자. 오늘 한가해."

"매일 한가하잖아. 여기 장사 안 되는 거 다 아는데."

언제나처럼 한산한 카페를 스윽 둘러본 태성이 자리에 앉았다.

"말을 해도 그렇게 하냐."

그렇게 툴툴대면서도 부정은 않는다.

"커피 줄까?"

"아니, 커피는 됐어. 오늘 몸이 영 별로라······."

"어, 웬일이냐? 몸 관리를 어떻게 했길래."

"그냥 따뜻한 차 좀 줘."

견우는 케이크니 디저트니 하는 것들을 이리저리 내어 들고 그의 건너편에 앉았다.

"유통기한 확인해야 하는 건 아니지?"

"주는 대로 먹어, 인마."

"고마워."

"요즘 뭐 하고 살았냐? 반년 만인가?"

"그럭저럭 열심히 살았지. 형은?"

"얼마 전에 애경이가 새끼를 낳아서 나도 정신없었지."

담담히 듣고 있던 태성의 눈이 커졌다. 애경은 술 일족의 비글로 견우의 아내다. 견우가 양볼을 붉히며 머쓱하게 웃었다.

"그러니까 연락 자주 했어야지. 내 새끼들 엄청 귀여워. 보여주고 싶어 죽겠다. 눈도 못 뜬 새끼일 때 한번 보러 와. 애경이 닮았어."

"······와, 몇 마리?"

"다섯 마리."

"애경 누나가 고생했네. 장인어른도 좋아하시겠다. 이번에 점수 좀 땄겠다. 축하해."

"아, 장인께서는 뭐 나 같은 거 눈에나 차시겠냐······."

견우가 말끝을 흐렸다.

견우의 장인인 덕훈은 꽤 무서운 사람이다. 애경과 결혼을 할 때에도 견우가 크게 고생을 했다고 들었다.

"그나저나 형이 아이 아빠라니, 실감 안 나네. 축하해. 조금 더 일찍 찾아왔어야 했는데. 연락이라도 좀 주지."

"나도 정신이 없었다. 축사는 애경이한테 전해줄게. 다음에 한번 우리 집에 놀러 와."

"누나가 싫어하지 않을까?"

"그렇지 않아. 너 신경 많이 써."

태성은 어깨를 으쓱했다. 견우야 아니라고 하지만 애경은 태성에게 냉담한 편이었다. 견우는 애경의 데면데면한 태도를 두고 '비글이 지랄견이기 때문.'이라고 하는데 꼭 그런 이유만은 아닐 것이다. 애경은 태성의 모호한 정체에 대해 견우보다 조금 더 예민한 게 분명하다. 더 강하니까.

태성은 모호하게 입꼬리를 당겨올리며 가타부타 대답하는 대신 차를 홀짝였다.

"맛 괜찮네."

"당연하지, 누구 가게인데. 이거도 먹어봐. 케이크도 새로 들여왔는…… 어?"

태성에게 포크를 내밀던 견우가 벌떡 일어섰다.

"뭐야, 이 냄새?"

견우가 다시 코를 킁킁거리기 시작했다. 태성이 떨떠름한 표정으로 그를 올려다보았다. 견우는 그들이 앉은 테이블 주위를 한 바퀴 뺑 돌았다. 바닥과 벽과 천장을 번갈아 보았다.

"이게 무슨 냄새지?"

태성은 모른 체 고개를 삐딱하게 기울였다.

견우가 태성에게로 얼굴을 들이밀었다.

"뭐야. 너한테서 나는 냄새인데? 비린내 나잖아. 재래시장이라도 다녀왔냐?"

"뭐."

견우는 노골적으로 불편한 내색을 했다.

"……아니, 근데 이거 생선 비린내가 아닌 거 같은데."

'하여간 개코.'

태성이 팔을 들어 킁킁거려보았다. 견우가 당장이라도 코를 움켜쥘 기세로 오만상을 찌푸렸다.

"너 뭔 짓 했어?"

귀신같기도 하다. 간단히 몇 가지 물어보고 얼굴 보고 안부나 전할까 하고 찾아온 건데, 이렇게 불쾌한 얼굴로 득달같이 물어보니 또 머쓱했다.

"……뱀."

"……뭐?"

"뱀."

견우가 마치 개소리를 들었다는 듯이 고개를 갸웃했다.

"뭐라고? 네가 애완동물로 뱀을 키워?"

"비슷……은 아니고."

"아니라고?"

"어쩌다 보니 사 일족이랑 얽혔어."

견우는 못 들을 것을 들어버린 사람처럼 허연 얼굴로 더듬더듬 되물었다.

"뭐어……?"

"응."

견우의 목소리가 급히 낮아졌다.

"너 괜찮아? 어떻게, 습격이라도 당한 거야? 무슨 일이야?"

"별건 아니고."

"사라니! 별거 아닌 게 아니잖아!"

"어쩌다 보니까……."

태성의 태도가 평소와 달리 조심스럽다는 걸 알아차린 견우가 심각한 표정으로 "설명해." 하고 분위기를 잡았다.

태성은 간단하게 다친 뱀을 구해주었다, 집에 들였는데 갈 곳이 없다고 한다 정도로 이야기를 마쳤다. 견우의 얼굴은 아주 가관이었다.

"너 미쳤지? 미쳤지!"

반대편에 앉아 있던 유일한 손님 커플이 놀라 그들을 바라보았다. 태성이 어색하게 대신 웃음으로 무마했다.

"죄송합니다. 일 보세요."

그러나 정작 사장인 견우는 손님 따위는 안중에도 없이 질식할 것 같은 얼굴로 더듬거렸다.

"너, 너, 너, 아니…… 죽고 싶어 환장한 게 아니고서야 어떻게 뱀을."

"……어쩌다 보니까? 그렇게 됐어."

"네가 무슨 보살이냐? 나이팅게일이야? 제인 구달이야?"

셋 다 아니지만 부정할 수도 없어서 태성은 쓰게 웃었다. 그 역시도 이미 제가 얼마나 기함할 만한 짓거리를 했는지 자각하고 있는 터다. 오늘 아침에 '다녀올게요.' 하고 말하니 '잘 다녀와.' 하고 손을 흔들어주던 암컷 뱀이 떠올라 속이 이상했다.

견우가 크게 호흡을 고르고 물었다.

"종은 뭐야?"

"능담."

"능구렁이 말하는 거야?"

"응, 수화한 건 한 번도 본 적이 없어서 사실인지는 모르겠지만 아마 그런 걸로 거짓말은 하지 않았을 것 같아."

아니, 했으려나? 사 일족들의 말을 쉽게 믿지 말라는 속설이 괜히 있는 건 아닐 터다.

"새끼?"

"적어도 새끼는 아니고."

견우는 그가 아는 능담에 대한 정보를 뇌리에 정렬했다.

'능담, 능담?'

사 일족에 대해서는 크게 알려진 바가 없다. 워낙 개인주의적인 놈들이라 다른 일족들과의 교류가 많지 않기 때문이다. 종주는 따로 있지만, 종주마저 베일에 싸여 있으니 말 다 했다.

"조선 능담, 아니, 한반도 능담 십이지 중엔 코끼리도 삼켰다 뱉었다는 놈이 있어. 그리고 너 그 유명한 그림 못 봤냐, 거, 모자처럼 불룩해서 웬 상꼬맹이가 모자! 모자! 그랬던 그거······!"

"견우 형, 그거 어린 왕자 얘기잖아. 한반도 얘기 아닐걸."

"그만큼 위험하다는 거지. 한입거리도 안 될 놈이 대체 무슨 배짱으로 뱀을 들었어? 이 멍청한 새끼야."

"적당히 허세 좀 부렸더니 나에 대해 혼자 억측이 난무하던데."

태성은 저도 모르게 피식 웃었다. 그런 모습은 꽤 귀여웠다.

어지간히 둔감한 게 아니라면 태성의 반쪽이 어떤 기운을 품고 있는지쯤은 느낄 수 있을 텐데. 하기야, 태성과 같은 혼혈이 많지 않은데다 태성은 제 동족들도 꺼려할 만큼 묘한 기운을 타고났으니 정신 없는 암컷이 제대로 알아차리지 못할 수도 있다.

"그래서 그 점은 별로 걱정은 않고 있고."

어쩌면 정말 자신이 어딘가 이상해서 그저 무감한 걸지도 모른다는 생각을, 귀퉁이에서는 살짝 하고 있다.

"걱정해야 하는 거 아니냐."

"나더러 축이냐고 묻더라고. 그래서 대충 넘겼거든."

"축? 웬 축?"

"난 아무 말도 안 했는데 혼자 사향종 축 일족으로 착각하더라고."

견우의 일장 잔소리가 더 길어지기 전에 태성이 재빠르게 소기의 용건을 꺼냈다.

"그래서 말인데, 형, 사 일족에 대해 아는 사람들이 몇 있지 않나……? 혹시 사준이라는 이름 들어봤는지 궁금해서 물어보고 싶어서. 안부도 전할 겸, 겸사겸사."

"사 일족이야? 어, 들어본 이름 같기도 하고."

미사에게 가족이 있고, 미사를 애타게 찾고 있다는 것을 알게 된 날부터 했던 고민이었다. 지난 며칠간은 그냥 속으로만 생각했는데, 오늘 한동안 잊었던 꿈을 꾸기 시작하면서 태성도 행동을 취할 필요성을 느꼈다. 그 꿈이 시작되면 제 몸 상태가 얼마나 엉망이 되는지 알고 있기 때문이다. 자칫 부러 숨긴 제 정체를 들킬 수가 있다.

"사준, 사준…… 사준. 들어본 이름인데. 그거 혹시 네가 구해줬다는 그 말도 안 되는 뱀 새끼야?"

"아냐."

"아닌데 왜 물어."

"그냥 좀 궁금해져서. 요즘 사 일족에 무슨 일 있는지도 궁금하고."

"그놈들은 신경 쓸 것도 없어. 네 정체 모를 때 쫓아내. 그놈들이 얼마나 이기적인데. 다른 동족들 뒤통수치면서 사기 치는 게 일상이야."

견우의 저런 견해가 실제로 다른 일족들이 사 일족에게 가지는 보편적인 인식이었다. 태성도 미사를 만나기 전까지만 해도 뱀들은 입을 쩍쩍 벌리며 무작정 달려드는 흉포한 종인 줄로만 알았다.

"아, 그래, 사 얘기 하니까 생각나네. 얼마 전에도 뭔 일이 난 거 같던데."

"무슨 일?"

"서울 쪽에 사는 뱀 새끼들이 뭔 일 칠 거 같더라. 담군이 그랬으니까 사실일 거야. 아, 담군 기억하지?"

담군은 애경의 아버지, 그러니까 즉 견우의 장인어른이 데리고 있는 비서다. 술(개) 일족들의 연락책을 맡고 있는 자로 예전에 태성이 한번 술 일족의 영업장에 초대받아 갔을 때 만났다.

"응, 기억해, 그분. 그런데 사 일족은 개인주의 아냐?"

"거의가 그렇지. 특별한 일이 없을 때에는 거의 그렇다더라. 그런데 무리 지어 사는 놈들도 있는 것 같기는 해. 서울에도 그런 무리가 있고."

"특별한 일이라는 게 사 일족 내의 불문율을 말하는 거지? 탈피 때나 그런 거."

"탈피기 때 그놈들 잘못 건드리면 피 본다는 건 오피셜이지. 예전에 어떤 덜떨어진 반편이 같은 게 허물벗기 중인 뱀 한 마리를 공격했다가 그 지역 일족들 사이에서 전쟁이 난 적도 있고."

"동족끼리는?"

"보통 안 건드린다던데."

"탈피 때 건드리면?"

"처벌받는다는 말도 있기는 하지만 딱히 그런 얘기에 대해서는 들은 적이 없어서. 애초에 사 일족이 종주권이 큰 녀석들이 아니잖아. 걸려도 대충 경고만 하고 끝나는 것 같기도 하고. 그런데 왜 그놈들

껍질 벗는 걸 그렇게 물어봐? 설마 같이 산다는 뱀이 너희 집에서 껍질이라도 벗고 있는 거야?"

'아니, 이미 벗었는데.'라고 솔직하게 말해줄 수도 있었지만 태성은 웃음으로 능쳤다. 견우가 머리를 벅벅 긁었다. 왁스로 잘 정돈되어 있던 머리칼은 금세 뻣뻣한 까치집처럼 뻗쳤다.

"……네가 스스로 앞가림 잘하는 거 알기는 하는데, 위험한 놈한테 동정심 주지 마. 오랜만에 와서 그런 간 떨어지는 소리를 하냐."

태성이 한숨을 닮은 웃음소리를 내며 턱을 괴었다. 그도 지금 자신이 무슨 생각인지 모르기는 마찬가지다.

"사준이라는 놈 한번 알아봐줘? 네가 구해줬다는 그 뱀은 이름이 뭐야. 그 뱀도 알아볼까? 아니, 그냥 그 뱀 나갈 때까지 우리 집에서 살래?"

"그렇게 위험하진 않은데."

"넌 안전불감증이야."

몹시 날카로운 지적이 딱히 틀린 말도 아니라서, 태성은 그저 힘없이 웃었다.

"그냥 알아만 봐줘. 다른 데에는 말하지 말고."

"내가 어디 말할 데가 있다고. 그 일족이랑 얽혀서 피 보기도 싫고……."

"나만 하겠어."

견우의 눈빛에서는 술 일족 특유의 집착이 배어났다. 목양견의 특성 탓인지 제 주위 사람들의 안전에 유달리 집착하는 편이다. 오히려 성격이 시원시원한 건 그의 부인인 애경 쪽이다.

그때, 태성의 휴대전화가 울렸다. 확인해보니 저장되어 있지 않은 전화번호였다.

"잠시만."

카페 입구로 나온 태성을 발견하고 카페 앞에 묶인 개가 그르렁거렸다. 태성은 슬며시 그 개를 피해 난간에 붙어 섰다. 견우와 교류한지가 몇 해째인데 여전히 그만 보면 저렇게 왈왈거린다.

"여보세요."

수화기 너머에서 들리는 건 나이 든 남자의 목소리였다.

— 저, 망원아파트 905동 1904호 사시는 분 맞죠?

"예, 맞습니다. 실례지만 누구시죠?"

— 아, 이렇게 전화 드려서 죄송합니다. 망원아파트 경비원인데요.

'경비?'

무슨 일이 생긴 걸까. 이사 올 때 이삿짐센터 차를 대는 문제 때문에 통화했던 것이 경비실과 연락한 마지막이었다.

태성은 주위 주민들에게 폐를 끼친 적도 없고, 층간소음 문제를 일으킨 적도 없고, 분리수거를 제대로 하지 않은 적도 없었다. 택배를 주문하고 오래도록 잊어버린 적도 없었다. 아니, 학기 초에 인터넷 서점을 통해 책을 주문하는 걸 제외하면 택배 자체를 받을 일이 없었다.

— 그쪽 집 발코니에서 커다란 구렁이가 발견되었다고 신고가 들어왔는데 혹시 뱀⋯⋯.

"⋯⋯예?"

— 뱀 말입니다. 뱀 키우십니까?

말문이 막힌 태성이 침묵했다.

— 혹시나 해서 말씀드리는데, 우리 아파트는 애완동물을 기르지 못하는 금지조항이 있다는 거 동의한 후 입주하셨지요? 아까 신고 받고 119에서 출동했는데⋯⋯.

이건 또 무슨.

애완동물은 기르지 않는다고 딱 잘라 말했으나 경비는 믿는 기색이 아니었다.

전화를 끊은 태성은 터덜터덜 카페 안으로 들어왔다. 가뜩이나 몸 상태가 좋지 않은데 이런 얘기까지 들으니 뒷골이 당겨 어지러울 지경이다.

아무래도 그가 집을 비운 사이 미사가 수화해 방 곳곳을 누비고 다닌 게 분명했다. 집으로 돌아갈 때마다 가끔 사의 기운이 짙게 느껴질 때가 있었다. 제가 없을 때 수화를 해서 돌아다니는 건가 의심은 했지만 구태여 묻지는 않았다. 아니, 하지만 생각이라는 게 있다면 창가로는 가지 말았어야지.

도심에 자리 잡은 일족들의 기본적인 규율은 인간의 눈에 띄지 않는 것이었다.

"무슨 전환데 그렇게 심각한 얼굴로 받다 오냐?"

견우가 물었다. 태성은 의자에 앉는 대신 주섬주섬 내려놓았던 가방을 챙겼다.

"아파트 관리인이 잠깐 일이 있다고. 오늘은 먼저 돌아가볼게. 일이 생겨서."

"뭐? 야, 뭐가 그렇게 급한데."

"그런 게 있어."

"너 지금 그냥 도망가려는 거 아니지?"

"그런 거 아니야."

"그럼 이거라도 먹고 가. 너 주려고 꺼내왔는데 다시 쇼케이스에 넣을 수도 없잖냐."

미처 손도 대지 않은 음식들이 아쉽게 달콤한 향기를 뽐내고 있었다. 치즈케이크며 커피번이며 타르트까지 맛깔스러운 음식들이 올망

졸망 그의 손길을 기다리는 것처럼 보였다. 한참을 고민하듯 머뭇거리던 태성이 짤막히 말했다.

"그러면 포장해줘, 형."

그렇게 말하면서도 머릿속에는 한 가지 걱정뿐이었다.

'아, 정말. 그 암컷 어쩌지?'

미사의 하루는 몹시도 단조로웠다. 부엌에 가 날달걀로 배를 채우거나, TV를 켜놓고 멍하니 앉아 있거나, 금붕어 두 마리에게 말을 거는 것이 전부다.

태성이 아파트 도어록 넘버가 '1213'이라 알려줘서 나갔다 올 수도 있었지만, 집 밖으로 나가는 일은 손에 꼽았다.

'흐음.'

미사는 텅 빈 집에 오도카니 앉아 시간을 보내는 것도 곧 지루해져서 아파트 안을 정리했다. 거실을 쓸고 닦은 후, 침실의 이불을 털고…….

한참을 부산스럽게 돌아다니던 미사가 탁자 앞에서 멈추었다. 탁자 위에 놓인 구겨진 전단을 보니 속이 뒤숭숭했다.

'이게 왜 여기에 있지?'

주머니에 넣어두었던 실종자 전단이다.

한사준.

한미사.

주민등록상 그들은 한씨라고 등록되어 있다. 어미인 시영이 그때 연애놀음을 하던 어느 인간 남자의 성씨를 따온 것이다. 어쩌면 사준과 그녀를 잇는 건 의미 없이 갖다붙인 그 한 글자뿐인지도 모르겠다. 처음부터 그랬던 건지도 모르겠다.

미사는 까만 머리카락을 한데 묶어 올리며 창가로 걸어갔다. 빛 한 점 들지 못하게 두툼한 카키색 커튼을 발름 들추어보았다.

초겨울, 비는 부슬부슬 그쳤다 내렸다를 반복했다. 저 아래로는 굽이굽이 흐르는 한강이 보인다. 태성은 무리와 함께 어울리지도 않고 학생놀이나 하는 주제에 어떻게 이런 전경을 지닌 아파트에 사는 건지 모르겠다. 딱히 다른 일을 하는 것 같지도 않은데.

곽현이 했던 말들이 문득 떠올랐다.

「사준은 내가 말려줄 테니까, 그냥 같이 가서 화해부터 하자.」

곽현은 사준이 살모한 흥분으로 실수했다는 식으로 포장했다. 그러나 미사는 아직도 선득하게 기억한다. 사준은 진심으로 그녀를 적대하고 있었다. 곽현은 그 자리에 없어 모르는 것이다.

그녀도 사준을 한번 만나보기는 해야 한다는 건 안다. 그러나 당장은 모르겠다. 시영을 먹은 것을 단순히 '살모종이잖아.' 하며 대수롭잖게 넘기려는 곽현도 증오스럽고, 그런 짓을 한 사준을 생각만 해도 이가 갈린다.

'다 미쳤지.'

사준이 탈피 중인 그녀를 공격했다는 걸 다른 동족들은 모르는 걸까. 그럴 리가 없는데. 어째서 사준의 주위에 꼬인 뱀들은 본능 이상으로 충직한 건지. 사준이 인복이 있는 건지, 아니면 정말 제 동족들이 글러먹은 녀석들인지 모르겠다.

미사가 손등을 두어 번 쥐었다 폈다. 그 위로 매끄러운 비늘이 돋아났다. 천천히 몸을 부풀렸다. 떨어진 옷가지 위로 검은 비늘로 촘촘히 덮인 긴 구렁이 한 마리가 똬리를 틀었다. 뱀의 몸뚱이는 태성의 침실을 삼분의 일이나 채울 만큼 거대했다.

능담.

발코니로 향한 구렁이는 둥글고 새까만 이마로 떨어지는 햇살을 받
았다. 혀를 날름거렸다.

'냄새 좋다.'

태성은 정말 좋은 냄새를 품고 있다. 편안한 이불 냄새 같기도 하
고, 측백나무 향 같기도 하고…….

머리를 내리고 햇살 아래 몸을 풀었다. 잠깐만 그러고 있을 셈이었
는데 잠이 들어버렸다. 웬 앙칼진 비명이 아니었다면 그대로 동면했
을지도 모를 만큼 깊은 잠이었다.

꺄아아! 뭐야! 악과 비슷한 비명에 발코니 바닥에 늘어져 있던 구렁
이의 머리가 스르륵 들렸다. 이웃집 여자가 파랗게 질린 얼굴로 비정
상적으로 큰 뱀인 그녀를 손가락질하고 있었다.

구렁이도 내심 많이 놀랐다.

당연하겠지만, 한바탕 난리가 났다.

태성이 성난 경비원으로부터 전달받은 뱀의 인상착의는 상상만으
로도 아주 끔찍할 정도였다. 영화 '아나콘다'에 나오는 그 아나콘다 같
은 새까만 뱀이라고 했다. 눈동자는 금색.

거기까지 말했을 때, 태성은 간혹 금빛 이채를 띠던 미사의 눈을 연
상할 수밖에 없었다.

그러니 그 여자가 맞다. 아닐 수가 없지. 아니, 아무리 생각이 없어
도 사람들 보는 곳에서 수화를 했겠어 했는데, 정말 한 모양이다. 만

일 그도 모르는 새 미사가 또 다른 뱀을 들인 거라면 모를까.

어느 쪽이든 끔찍하긴 마찬가지다.

그나마 다행인 것은 신고를 받고 119가 출동해서 왔을 때, 미사가 인간의 모습으로 문을 열어주고 방 안을 확인시켜주어 의혹만 남긴 채 끝이 났다는 거다.

로비에 앉은 태성은 긴 고민에 빠졌다.

너무 섣부른 행동이었나 싶다. 누군가와 함께 산다는 것조차도 익숙하지 않은데 하물며 뱀이라니. 그 여자에게 자꾸만 물렁하게 마음이 약해지는데, 동정심으로 살아남을 수 있을 만큼 이 세계는 녹록하지 않다. 견우의 말대로 자신이 너무 무딘 거다.

태성은 그의 무리를 떠나 이곳에 정착하기 위해 부단한 노력을 했다. 그의 어미 되는 여자와 크게 부딪치기도 했다. 하나부터 열까지 전부 그의 노력에 의해 이루어진 쾌거다. 사실 이미 뱀을 집에 들인 순간부터 그의 동족들이 꼬투리를 잡을 빌미를 제공한 것과 같다. 그런데 인간들까지 얽혀 문제를 일으키기 시작한다면 정말로 할 말이 없다.

구해줄 때까지만 해도 목숨만 붙여놓으면 어련히 알아서 나가겠거니 생각했다.

그다음에는 자꾸만 마음이 약해져서 내버려두었다. 하지만 이 이상 제가 흔들거리고 물렁대는 것도 싫고, 간 졸이기도 싫었다.

입술을 꽉 깨문 태성이 미간을 문질렀다.

태성은 부엌 테이블 위에 견우가 포장해준 디저트 봉투를 내려놓았다. 거실은 텅 비어 있다. 미사는 이제 제 방인 것처럼 그의 침실에 눌러앉아 있었다.

침실 문을 연 태성은 맥없이 늘어져 있는 미사를 뾰족한 시선으로 응시했다.

"얘기 들었어요."

졸고 있던 미사가 고개를 들었다.

"뭐가? 오늘 잘 지냈어?"

"지금 안부 주고받을 기분 아니에요."

비스듬히 상체를 일으킨 미사가 궁한 표정을 지었다. 걸리는 게 있는지 약간 주눅이 든 것도 같다.

"들었어?"

"그럼 못 들었겠어요? 전화까지 왔던데요. 119도 왔었다고요?"

"내가 잘 해결했는걸."

"해결이 아니잖아요, 그건. 겨우 덮은 거지. 약속했던 거 잊었어요?"

태성이 부러 더 가시 돋친 투로 쏘아붙였다.

미사는 다짜고짜 뾰족하게 쏘아대는 태성을 의아한 눈빛으로 응시했다. 오늘따라 태성은 유달리 예민해 보였다.

"잊은 건 아닌데, 탈피한 지 얼마 안 되어서 몸이 너무 피곤했어. 원래 인간형으로 탈피하지 않고 본체로……."

"그건 당신 사정이죠."

태성의 기세가 범상치 않은지라, 미사는 눈치 빠르게 한발 물러나 슬며시 빠져나가려 했다.

"미안, 이번에 처음 그랬어. ……노력한다고 했지, 완전히 안 한다고는 안 했잖아."

"지금 말장난하자는 거예요?"

"네가 지금 다짜고짜 성질만 부리잖아."

"처음 아니잖아요."

잠깐 말문이 막힌 사람처럼 입술을 다문 미사의 눈동자가 천장 쪽을 향해 굴렀다.

'뭐야, 얘 집에 CCTV 설치해놨나?'

그러나 천장은 깨끗했고 적어도 그녀의 눈 닿는 곳에 카메라로 추정될 만한 물건은 없었다.

"이번이 처음인데?"

이미 태성은 미사의 수화가 처음이 아니라는 심증이 있었다. 역시 뱀은 뱀인가 보다. 눈 하나 깜짝 않고 거짓말을 하는 게.

마른세수를 한 태성이 신음 섞인 목소리로 축객했다.

"아무래도 미사 씨, 그냥 갈 데 찾아서 나가는 게 피차 좋을 것 같아요. 이래저래 불편하기도 하고."

미사는 그제야 그가 화가 많이 났다는 걸 알아차렸다.

"다음부터는 안 그럴게."

"됐어요."

미사에게 느껴질 만큼 태성의 심장은 빠르게 뛰고 있었다. 저렇게 가슴이 뛸 만큼 화가 났다면 좋지 않은 징조였다.

"내가 진짜 조심할게. 실수였어."

태성의 표정은 점점 더 찡그려졌다.

뭐 저런 칼 같은 애가 다 있어? 아니, 어찌어찌 잘 무마했는데도 이렇게 화를 낼 일인가. 나이도 어린 게 대체 종이 뭐기에 제게 이리 사납게 구는지 모르겠다.

미사는 괜히 뾰족해지려는 입술을 오므리며 팔짱을 꼈다.

"싫어."

태성은 대책 없이 버틸 낌새를 보이기 시작하는 미사를 황당하다는 눈으로 바라보았다.

"뭐 이런 게 다 있어."

"이런 거? 너 지금 이런 거랬어?"

"여기 당신 집 아니거든요."

"그런데?"

태성은 기가 막혔다. 그런데? 하고 되묻는 품새가 정말로 더 버티고 눌러앉을 모양이었다.

"이봐요, 집주인이 나가라고 하면 나가는 거예요."

"못 나가. 손님을 내쫓는 건 대체 어디서 배워먹은 버르장머리니?"

"누가 손님인데요."

"네가 나를 집에 들였으니 내가 손님이지."

'와, 미치겠네?'

첩첩산중이었다. 저런 뻔뻔한 암컷에게 준답시고 견우에게서 케이크를 받아왔던 자신이 세상에 둘도 없는 얼간이였다.

"막말로 손님이 행패부리면 주인은 쫓아낼 수 있거든요."

"누가 행패를 부렸다고 그래. 나라고 폐 끼치고 싶어서 그런 거 아니잖아. 속 좁게 그러지 마, 응? 내가 잘못되면 너도 꿈자리 사납지 않겠니?"

"한 번 살려줬으면 됐지, 두 번 살리라고요?"

"살리는 김에 그냥 세 번도 살려주면 뭐 어때. 정 그렇게 싫으면 힘으로 쫓아내보든가."

그렇게 말하는 미사의 눈빛이 서서히 매서워지는 것이, 정말 한번 붙어보자는 것처럼 보였다. 태성은 그도 모르게 반걸음 물러나며 시선을 비껴 피했다.

"……와, 진짜. 내가 미쳤지. 내가 왜 그런 짓을 해서."

"아무튼 그런 줄 알아. 다음엔 더 주의할게."

미사는 종종걸음으로 태성의 방에 딸린 화장실로 걸어갔다.

태성은 얼빠진 눈으로 미사의 낭창낭창한 뒤태를 바라보았다. 제 옷을 입고, 제 집에서 자고, 제 침실을 마치 본인의 공간처럼 사용하는 미사를 보고 있자니 드는 생각은 딱 하나였다.

"능구렁이라는 거 거짓말이죠? 역시, 꽃뱀 맞죠?"

미사가 팩 고개를 돌려 태성을 쏘아보았다.

순간적이긴 했지만 살의까지 느껴졌다.

"내가 말했지, 능담이라고. 세에상에, 어떻게 꽃뱀 따위에 비교를 해?"

태성은 관자놀이를 문질렀다. 가뜩이나 컨디션이 별로인데 이런 유치한 공방이나 하고 있자니 세상만사가 괴롭다.

잘못 들였다. 집에 꽃뱀을 들였다. 이대로 저 뻔뻔함을 다 받아주다가는 제 껍질까지 벗겨먹을 것이 자명했다.

자신의 정체가 뭔지도 모르는 상황에서 저 모양 저 꼴로 나오는데, 정체를 들킨다면 협박은 떼놓은 당상이었다. 그런데 미사가 뜬금없는 포인트를 짚어 항변했다.

"내가 더 예쁘거든?"

"……뭐라고요?"

"꽃뱀 같은 것보다 내가 더 예쁘다고."

"지금 상황에서 그걸 말이라고 하는 거예요?"

"사실을 알려주는 거야."

화장실로 피신해버리는 그녀를 바라보며 태성은 얼이 빠졌다. 숨이 턱턱 막혔다. 불쌍하다고? 생각해보면 미사보다 더 불쌍한 것은 미사에게 보금자리를 침략당한 자신이었다.

무전취식, 정신위협, 주민신고!

태성이 입술을 가볍게 물었다 풀었다.

"당신이 가져온 실종자 수배 전단 봤는데, 당신 오빠가 당신 찾고 있더라고요. 당신도 알고 있죠?"

쾅! 소리가 나며 발칵 문이 열렸다. 화장실 문이 부서지는 줄 알았다. 미사가 눈을 사납게 치켜뜨고 그를 노려보았다. 눈동자는 어느새 금빛이었다.

태성이 다시 반걸음 물러났다. 여태까지 미사라는 여자의 종을 알고도 상식선의 경각심뿐이었는데, 이번에는 정말로 이 여자가 공격할 수도 있겠구나 하는 체감이 들었다.

순식간에 다가온 미사가 태성의 팔뚝을 홱 낚아챘다. 매가 쥐를 사냥하듯 날쌘 손길이었다.

"너, 그거 협박하는 거야?"

"……."

"지금, 날, 한사준에게 팔아넘기겠다고 협박한 거냐고?"

"……이봐요, 미사 씨. 내가 뭔 줄 알고 그렇게 당당하게 살의를 보여요."

화드득 일어나는 불편을 가라앉힌 태성이 부러 깔보는 듯한 미소를 그렸다.

그러자 미사의 반응은 즉각이었다. 얼굴이 붉어졌다. 성이 나는데 섣불리 행동했다가 곤란해질 수도 있지 않은가 하는 셈을 하는 모양새였다. 한참을 바라보던 태성이 저를 붙잡은 미사를 밀쳐내고 뒤돌아 나갔다.

"피곤하니까 내일 마저 얘기해요."

거실로 나온 태성은 침실 방문을 꽉 닫고 문에 기대어 쪼그렸다.

'…… 진짜 공격하려 한 거 같은데.'

공격당할 뻔한 것도 자신이고, 배은망덕한 것도 저쪽인데 왜 이렇게 마음이 불편한지 모르겠다.

'괜히 세게 말했나.'

하지만 거듭 생각해도 결론은 같았다. 내친김에 정리하는 게 나았다. 제가 자꾸만 뱀 암컷을 신경 쓰는 건 정말 주제넘은 짓거리다.

온몸이 후끈거리는 것을 태성이 알아챈 것은 얼마 지나지 않아서였다. 컨디션이 정말 최악이다. 그의 아침을 불쾌하게 깨웠던 꿈이 떠올랐다. 가슴이 두근거렸다.

'……아, 정말. 일진 최악이네.'

무릎에 힘을 주어 일어선 태성은 지체 없이 움직였다. 가방을 치우고, 견우의 가게에서 가져온 케이크들을 냉장고에 넣었다. 냉장고 안을 살피던 태성의 표정에 맥 빠진 기색이 어렸다. 음식들은 아침에 정리하고 간 그대로였다. 마음 안쪽이 이상하게 묵직해졌다.

닫힌 침실 문을 바라보았다. 뱀은 한 번 먹이를 삼키면 몇 주에서 몇 달까지 아무것도 먹지 않아도 된다고는 하지만 인간의 몸은 다르지 않겠나. 태성이 그런 것처럼, 미사도 그럴 것이다. 그런데 대체 굶긴 왜 굶는단 말인가. 괜히 더 신경 쓰이게.

고개를 돌린 태성이 목소리를 높여 물었다.

"오늘 아무것도 안 먹은 거예요?"

대답은 돌아오지 않았다. 자고 있는 것은 아닐 테니까 무시당한 것이다. 태성도 두 번 권하지 않았다.

태성은 소파에 길게 드러누워 수조 안을 헤엄치는 보니와 클라이드를 응시했다. 두 마리의 금붕어들은 유유히 물속을 유영하고 있다. 조금의 걱정도 없어 보인다.

「지금, 날, 한사준에게 팔아넘기겠다고 협박한 거냐고?」

미사는 그렇게 말했다. 억울하게도 태성은 팔아넘긴다거나 하는 생각을 추호도 한 적이 없다. 마치 그를 인신매매범인 것처럼 몰아세우는 것이 불편하면서도, 찜찜하다.

태성이 오른 팔뚝으로 눈가를 내리누르듯 가렸다.

회색 눈동자에 진한 피로가 알알이 박혔다. 기운이 불안하게 흔들거린다. 내장이 짓눌리는 것처럼 아프다. 몸을 둥글게 말았다. 몰려오는 피곤 때문에 눈을 뜨고 있을 수가 없었다.

깊은 어둠이 깔렸다. 왼팔이 소파 아래로 축 늘어졌다.

세상에는 꺾을 수 있는 고집이 있고, 꺾을 수 없는 고집이 있다. 미사는 진지한 선택의 기로에 섰음을 받아들였다. 처음 태성이 그녀의 거취를 두고 고민할 때에는 꺾일 걸 알고 생떼를 부린 것이다. 하지만 조금 전의 태성은 후자의 태도를 취했다. 진짜로 나가지 않는다고 버티면 태성은 사준에게 제 소재를 팔아넘길지도 모른다. 입 밖으로 그 말을 뱉은 이상 가능성은 있다는 뜻이다.

보통 때라면 답은 간단했을 것이다.

그렇다면 나가면 된다.

하지만 지금은?

안 된다.

집도, 차도, 돈도, 안전하다 확신할 수 있는 인맥도 없다. 계절은 겨울이다. 용운을 찾아가고 싶어도 용운의 연락처가 적힌 수첩은 그녀의 보금자리에 있다. 용운 말고 떠오르는 몇몇은 사준과 어떤 형태로든 연결이 되어 있으므로 믿음이 가지 않았다.

창밖의 칼바람 소리가 위잉위잉 울렸다.

째깍째깍.

째깍째깍.

침대 맡 시계 초침소리가 귓전에서 울렸다. 가만히 도사리던 미사가 고개를 들었다.

'……어쩔 수 없지.'

그에게는 미안하지만 약간의 협박이 필요할 때였다. 저쪽은 조금 불편하고, 조금 번거롭고, 조금 눈치가 보이는 것이 전부라 해도 이쪽은 생명이 걸린 일이다. 그리고 협박은 저쪽이 먼저 하지 않았나.

제가 무엇인 줄 알고 살의를 보이냐 묻던 태성의 자신만만함이 조금 걸린다. 그러나 종이 무엇이든 간에 일단은 그녀보다 한참 어린 녀석이다. 그리고 홀로 살고 있는 일족.

굳게 닫힌 방문을 노려보던 미사의 금안에 이기가 돌았다.

'죽이지만 않으면 되잖아.'

태성은 저를 살려준 것에 고마워해야 한다. 만일 그가 그녀의 탈피기를 지켜주지 않았다면 미사는 정말 그냥 그를 먹어버리고 이 집을 차지했을 터이다.

미사가 있던 자리에 금세 한 마리의 새까맣고 맨들맨들한 구렁이가 똬리를 틀었다. 예민해진 혓바닥이 향기를 감지했다. 평소와 달리 태성의 기운이 묘하게 날카로웠다. 태성도 그녀를 공격할 준비를 하는 것일 수도 있다. 문 너머에서 이상하리만치 빠르게 박동하는 태성의 심장소리가 파동으로 전해졌다.

구렁이는 재빠르게 침실 문 앞으로 기어갔다. 거대한 몸체가 소리

없이 어둠을 가로질렀다.

거실은 이미 암암한 어둠에 잠겨 있었다. 인기척은 없었다. 소파에
이불이 한 겹 덮여 있을 뿐이었다. 구렁이는 고개를 길게 들어올렸다.
그녀의 것이 아닌 기운이 예리하고 날카롭게 요동쳤다. 태성 특유의
향기가 유달리 짙었다. 바짝 긴장이 되기 시작했다.

뱀이 혀끝으로 감지하는 후각 능력은 뛰어난 편이다. 태성의 냄새
는 분명 이 근방에서 났다.

소파 아래까지 기어간 구렁이는 소파에 걸린 옷가지를 발견하고 고
개를 흔들었다. 허물처럼 널브러진 옷을 본 순간 미사는 태성이 수화
했음을 직감했다.

'뭐야.'

그는 이 근방에 있었다. 심장의 진동이 표피를 적시고 있었다. 그래
서 더 긴장감이 고조되었다. 은신이라도 하지 않고서야 이토록 안 보
일 리가 없다. 은신을 했다면 그녀의 위협을 눈치챈 것이므로 상황이
더 좋지 않다.

구렁이는 몸을 움찔거리며 소파 주위를 빙빙 돌았다. 혹시나 싶어
기운을 풀어내보았다. 금빛의 입자가 보드라이 번져나갔다. 하지만
부딪치는 기운은 없다. 수조의 기포 소리만 보글보글 울릴 뿐이다.

태성은 어디에도 보이지 않았다. 구렁이는 불현듯 소파 아래로 몸
을 구겨넣고 싶은 충동에 시달렸다. 그러다 멈칫했다.

'어라?'

목을 높이 세운 검은 구렁이의 고개가 갸우뚱 기울었다. 갸웃갸웃.
숨소리가 코앞에서 나고 있었다.

쌔액, 쌔액.

'뭐야……?'

검은 구렁이가 널브러진 옷가지 말고는 아무것도 없어 보이는 소파를 내려다보았다. 쌔액 쌔액. 아무것도 없다 생각했던 셔츠가 작게 오르내리고 있었다. 그 속에 무언가 숨 쉬는 게 있는 것처럼.

한참을 오르내리는 이불을 응시하던 구렁이의 고개가 화들짝 뒤로 젖혀졌다. 분명히 무언가 있다.

미미하게 숨을 부풀렸다 꺼뜨리는 것이.

태성의 것이라 생각했던 빠른 심장소리와 작은 숨소리는 그곳에서 나고 있었다. 향기도.

'……뭐야, 이거?'

가만 보니 이불 사이로 손톱만큼 아주 작은 무언가가 보였다.

아주, 작고, 작았다. 어둠 속에서 형형히 빛나던 구렁이의 눈동자가 가느스름해졌다.

'……이거 발이야?'

작은 분홍빛 발이 이불 밖으로 살짝 삐져나와 있었다.

혹시나 하는 생각에 살짝 혀끝으로 셔츠의 목 부근을 끌어내렸다. 눈꺼풀이 있었다면 껌뻑껌뻑했을 것이다.

'뭐야, 이거!'

충격에 빠진 구렁이가 뒷목을 홱 뺐다. 소파 테이블에 걸려 절그럭 소리가 났다. 그 소리에 지레 놀라 다시 목을 움츠렸다. 육안으로 보고도 믿기지가 않았다.

소파에 누운 것은 다름 아닌 손바닥만 한 쥐 한 마리였다.

보송보송한 털로 뒤덮인 자그마한 쥐는 흰 배를 드러내고서 가쁘게 숨을 쉬고 있었다.

'쥐였어?'

12일족 중에는 설치류종이 있다. 그들을 통칭 자 일족이라 부른다. 쉬운 말로 쥐다. 상상했냐고? 전혀. 저를 주워오고, 허물을 벗는 과정을 침착하게 지켜봤던 녀석이었다.

보통의 자 일족은 그러지 않는다.

아니, 못하는 게 맞다.

자 일족은 십이지라 일컬어지는 가장 위세가 강한 열두 일족 중, 개체는 가장 약하지만 머릿수는 가장 많은 놈들이다. 무리를 지어 생활하는 놈들이다. 공통적으로 여태까지 만나봤던 자들은 전부 그녀만 보면 자발적으로 몸을 낮추거나 벙어리가 되거나 줄행랑을 놓았다.

태성은 어떤 태도였나. 전혀 맞지 않다.

뿐만 아니라 자라는 것을 보고도 믿기지가 않는 것이, 태성에게서 느껴지는 기묘한 이질감은 먹이사슬 밑바닥에 있는 종의 것이 아니다. 분명히. 사인 그녀의 경계심을 건드릴 만한 무언가다.

혼란스러웠다. 미사는 그가 어쩌면 여태까지 겪어본 적 없는 또 다른 일족이라 그런가 보다 생각하기까지 했다. 생전 처음 보는 생김새의 쥐이기는 하다만……

'대체 이게 어떻게 된 거야?'

미사는 얼떨떨한 기분으로 소파 아래로 몸을 낮추었다.

이 정도 크기면 아무리 제깟 것이 난장을 쳐도 미사의 비늘에 상처조금 내는 것이 반항의 전부일 터다. 미사는 그동안 태성이 그토록 당당하게 굴었던 것이 떠올라 더욱 혼란스러웠다.

일족들은 지성체다.

눈만 마주치면 서로를 잡아먹거나 하지는 않는다. 과거에는 그랬던 적도 있었다지만 현대에는 아니다. 워낙 사회 체계가 발달해 웬만하면 마찰을 피하는 걸 미덕으로 삼았다. 아무리 사소한 갈등이라도 일족 간의 문제로 번지면 뒤처리가 아주 귀찮아지기 때문이다.

특히나 요즘에는 카메라나 CCTV도 많다. 인간의 기억이야 어떻게든 시간이 걸려도 지우거나 조작할 수가 있지만, 기계에 담긴 것은 지울 수 없다. 그건 현상 자체를 기록하기 때문이다.

현대사회에서 일족들이 더 자유를 억압당하는 것은 수많은 스마트폰과 카메라가 도처에 깔려 있기 때문이다. 일일이 통제할 수가 없는 개개인들의 물건이다. 일족들 중 문명화된 도시를 떠나 은거하는 이들은 대부분 그런 절대적인 '눈'을 꺼려해서이다.

어찌 되었건 일족 간의 다툼이 많이 완충된 상황이라고는 해도, 사(뱀)는 자(쥐)의 천적에 속한다.

보통 짐승들과 서열 매김 방식이 완전히 같지는 않더라도 일족과 금수는 닮은 구석이 있다. 힘의 유무를 떠난 영혼에 새겨진 그림자였다.

쥐는 뱀을 먹지 못한다. 뱀은 쥐를 먹기도 한다.

쥐는 뱀을 두려워한다. 뱀은 쥐를 위협한다.

'보통의 쥐'는 뱀을 피한다.

실제로 저 작은 몸뚱이는 한입에 삼켜버리면 배 속에서 발버둥치는 느낌도 들지 않을 것이다.

문득 처음 그녀를 들였을 때 태성이 했던 말이 떠올랐다.

「안심해도 돼요. 여기는 당신한테는 안전하니까요.」

미사는 갑자기 마음이 바다처럼 넓어졌다. 조금 전까지 그녀를 불안케 했던 모든 문제들이 별것 아닌 것처럼 느껴졌다.

'……진짜 웃긴 녀석이었네? 쥐 주제에 뱀인 걸 알고도 나를 집에 들였어?'

무엇보다도…….

널브러져 혀만 날름대던 미사가 슬그머니 고개를 들어 태성을 내려다보았다.

'귀여워⋯⋯.'

미사는 귀여운 것에 약하다. 작은 쥐에게는 치명적인 귀여움이 있었다. 보통 쥐보다는 크지만 그래도 형편없이 조그맣다.

사람의 새끼손톱만큼 작은 발가락은 핑크빛이다. 발랑 하늘을 향해 드러누워 흰 배를 오르락내리락하는 자그마한 태성은 인간형이었을 때의 태성보다 훨씬 사랑스러웠다.

미사의 가슴이 귀여운 인형을 보았을 때처럼 콩닥콩닥했다.

'⋯⋯배, 보들보들할 것 같아.'

뱀 무서운 줄 모르고 따박따박 저 하고 싶은 말만 하고 그녀를 무시했던 남자가 이렇게 귀여워 보일 줄 몰랐다.

'세상에, 이 발가락 봐⋯⋯.'

길게 찢어진 눈이 분홍빛으로 빛나는 작달막한 쥐의 발가락에 머물렀다. 간간이 꼬물거리는 모습에 절로 비명이 날 것 같았다.

커다란 고개를 이리저리 움직이며 슬며시 코끝으로 태성의 분홍빛 발가락을 톡 건드려본 구렁이가 소리 없이 데굴데굴 바닥을 구르며 웃었다.

기다란 몸체로 뒹굴뒹굴하던 미사는 스르륵 소파로 기어올라가 부엌으로 향했다. 배가 고파져 저 귀여운 쥐를 답삭 먹어버리면 놀릴 기회도 없을 테니까.

시커먼 구렁이는 아무것도 입지 않은 나신의 여자로 되돌아왔다.

부엌의 냉장고를 열었다. 냉장고 안엔 온갖 먹을거리가 풍성했다. 고기류와 소시지가 유독 눈에 띄었다. 그녀는 허리를 숙여 냉장고 안의 음식들을 쭉 훑어보았다.

'어, 케이크다.'

미사는 옹기종기 놓여 있는 치즈케이크와 초코케이크, 타르트를 발견했다. 허기가 졌다. 케이크들을 꺼냈다.

치즈케이크는 남겨두었다.

이튿날, 얼굴에 떨어지는 햇살에 태성이 눈을 떴다. 눈꺼풀이 몹시 무거웠다. 잠에서 깨고도 한참이나 정신을 차리지 못하고 찜찜함에 잠겨 있었다. 눈을 꿈뻑꿈뻑해보았다. 사물이 흐렸다가 차츰 뚜렷해졌다.

태성은 기억을 더듬었다.

'언제 잠들었지?'

눈이 피곤해 소파에 몸을 누인 이후의 기억이 없다. 눈꺼풀을 몇 번 깜빡이자 시야가 완전히 맑아졌다. 그러던 태성의 눈이 순식간에 휘둥그레 뜨였다.

'……뭐지?'

거인처럼 커다란 여자가 그를 바짝 가까이서 내려다보고 있었다. 넋이 나갔다. 상대의 투명한 검은 눈동자를 바라보던 태성이 입술을 벌렸다. 아니, 벌렸다고 생각했다. 찍찍. 찍! 얼마나 놀랐느냐 하면, 그답지 않은 욕지거리가 절로 치밀어오를 만큼 놀랐다.

『이런 미친!』

자어(子語)가 튀어나왔다.

쥐는 용수철처럼 튕겨 발딱 네발로 도망쳤다. 투다다닷.

어떻게든 좁은 곳으로, 소파 틈새로 피하려 했다. 사고보다 빠르게 몸이 움직였다. 하지만 그래봐야 손바닥 안이었다.

미사가 생그럽게 웃으며 물었다.

"잘 잤어, 애기야?"

씨익씨익. 히익히익. 농담을 섞지 않고 쥐는 숨이 멎을 뻔했다.

하룻밤 사이에 미사가 거인이 되었을 리는 없으니 지금 제 몸뚱이가 작아졌다는 말이었다. 그의 몸뚱이가 작아질 이유는 하나뿐이다. 심장이 쪼그라드는 것과 동시에 터질 듯이 뛰는 기분이 들었다. 애초에 그 둘이 동시에 벌어질 수 있는지에 대한 가능성은 차치하고.

미사의 손가락이 소파 가장자리로 파고들려는 그의 꼬리를 무례하게 잡아올렸다.

"어딜 가."

대롱대롱. 세상이 흔들렸다. 긴 꼬리를 쥔 미사는 지난밤 그가 누웠던 자리에 똑같이 등을 붙이고 누웠다.

"너, 이제 보니 사향 계통의 쥐였구나. 앙큼하게 나를 속였네. 쥐에도 그런 종이 있다는 거 처음 알았어. 이걸 그냥 먹어버릴까? 아주 맛있을 것 같은데."

미사가 입을 작게 벌려, 그대로.

앙.

쥐의 보들보들한 등을 물었다. 세게 깨문 것은 아니었다. 입술 사이로 가볍게 끼운 정도였다. 하지만 쥐, 그러니까 태성의 패닉은 가볍게 끝나지 않았다.

깩깩꺅꺅깩! 찍찍꺅꺅!

할퀴고 긁고 몸을 뒤틀었다. 태성이 거의 정신이 나가기 직전, 미사가 쏙 빼냈다.

"장난이었어."

쒸익쒸익. 태성이 분홍빛 발바닥을 마구 휘저으며 앙증맞은 앞니를 드러냈다. 미사에게는 전혀 위협이 되지 못했다. 아무리 몸부림을 쳐도 그는 시래기처럼 미사의 손에 잡혀 대롱거리고 있을 뿐이었다.

미사가 자지러져라 웃기 시작했다.

"아, 진짜. 놀랐어? 잠깐 물었다고 그렇게 놀라?"

'아, 망했구나.'

반항을 멈춘 태성의 작고 까만 눈동자에 우울한 빛이 뱄다. 뭔가를 생각할 겨를도 없었다. 컨디션이 안 좋기는 했지만 왜 하필 이 타이밍인가.

"응? 냉큼 먹어버릴까? 어떻게 먹어줄까. 우리 태성이 간은 참 클거야. 그치? 맛은 보장 못 하겠지만."

눈 뜨자마자 영면하게 생겼다.

미사의 손가락이 툭툭, 쥐의 보송보송한 털로 덮인 배를 문질렀다. 검지 끝을 세워 보들보들한 뱃가죽을 살살 긁는 손길에 쥐는 자지러졌다.

가까스로 정신을 수습한 태성이 콱 미사의 손가락을 물었다. 점점 부피가 커지더니 삽시간에 헐벗은 남자로 되돌아왔다.

미사가 그를 들고 있던 터라, 그는 달랑 셔츠만 하나 입은 미사의 몸 위로 떨어졌다.

"아, 귀여웠는데."

얼결에 태성에게 깔린 미사가 웃음을 그치고 태성을 올려다보았다. 태성의 갈라진 목소리가 말을 씹어뱉었다. 벌렁거리는 심장이 가라앉을 줄을 몰랐다. 기운이 불안정할 때에는 가끔 이런 일이 생기기도 한다. 하지만 오늘은 아니었다. 오늘은.

태성이 침음하며 머리를 싸맸다.

"와…… 진짜, 미치겠네."

"미칠 것까지 있어?"

"미치겠다, 진짜. 아침부터 이게 무슨 짓이에요."

미사의 천진하게 보이기까지 하는 맑은 시선이 그의 중심부에 이르러 웃음기를 머금었다.

"아침부터 무슨 짓 하고 싶어 하는 건 너 같은데. 너 어제는 되게 피곤했나 보다. 수화까지 하고."

"아, 아니, 이건…… 아, 진짜. 아, 진짜, 아."

"지금 되게 야한 거 알아?"

고개를 숙여 미사의 다리에 바짝 닿은 자신의 하반신을 내려다본 태성의 얼굴이 시뻘겋게 달아올랐다. 피가 거꾸로 솟구치는 듯했다. 태성은 지금 당장이라도 쥐구멍을 찾아 도망치고 싶었다.

미사에겐 아무런 사심도 없다. 자신의 꼬리를 걸고 말할 수 있었다.

태성은 허둥지둥 옷가지로 몸을 가렸다. 미사가 놀리듯 물었다.

"너 지금 쥐 주제에 뱀한테 관심 있는 거야?"

"미치지 않고서야."

"쥐 주제에 뱀을 들이다니 미친 게 아니고 뭐야."

태성이 황급히 셔츠에 팔을 꿴 후 주섬주섬 바지를 입었다. 그러곤 재빠르게 옷매무새를 가다듬었다. 하얗게 변했다가 푸르게 물들었다가 다시 붉어지는 태성의 안색을 가만 들여다보던 미사가 의뭉을 떨었다.

"이제 보니 너 여태까지 먹힐까 봐 내 눈치 보느라고 도망치고 피하고 그랬던 거였구나. 원래는 성격 나쁘지?"

"아닌데요."

"아니긴 뭘. 내 입에 물려서 발악하는 게 볼 만하던데."

"대체 아침부터 이게 무슨 난리예요?"

"하긴 무섭기는 했겠다. 네 사이즈를 보니까⋯⋯."

턱을 손끝으로 톡톡 건드리며 눈동자를 움직여 태성을 훑던 미사의 시선이 옷으로 가린 하반신에 머물렀다. 이미 가리고 있었지만 태성은 더욱 열심히 가리며 쏘아붙였다.

"이봐요."

"어? 무슨 생각을 하는 거야? 수화한 네 크기 말이야."

놀리고 있다. 분명 이 여자는 놀리고 있다. 이렇게 될 줄 알고 차라리 들키기 전에 이 여자를 내보내야겠다 생각했던 것이다.

태성이 죽고 싶은 기분이 되건 말건 상관없다는 듯 미사가 능구렁이처럼 말했다. 아니, 그녀는 실제로 능담이니 능구렁이답게 말한 것이겠지.

"세상물정을 모르는 쥐 도련님이셨나. 어쩌려고 집에 뱀을 들였대? 전혀 그런 느낌이 없었는데. 나한테 너무 당당하게 굴어서 자일 거라고는 상상도 못 했네."

'그러게요. 댁을 왜 데리고 들어왔을까.'

솔직한 심정을 삼킨 태성이 불안하게 미사의 움직임을 주시하다가, 문득 곁눈에 비친 어수선한 키친테이블을 돌아보았다. 부엌 식탁 위에는 소시지 껍데기와 케이크 케이스들이 대강 널려 있었다.

미사가 대뜸 말했다.

"치즈케이크 남겨놨어."

그럴 리는 없겠지만 어투며 음색이 마치 칭찬해달란 듯이 들렸다. 태성이 미사를 돌아보며 이건 또 뭐야 하는 표정을 지었다.

"왜 그런 얼굴이야? 쥐들은 치즈를 좋아한다며."

"뭐예요, 선심 쓰듯이."

"선심이지. 은혜고 자비 아냐? 먹어, 치즈케이크. 네 몫이야."

뻔뻔한 미사의 선언에 태성이 자포자기의 심정으로 비웃었다.

"뭐, 최후의 만찬이니 먹고 떨어져라 이거예요?"

"네 생각은 어떤데?"

"……."

"저게 너무 맛있어서 먹다 죽으면 네 마지막 만찬이 될 수도 있긴 하겠다."

태성의 눈꺼풀에서 힘이 빠졌다. 모호한 미사의 태도가 의미하는 것이 무언지 가늠해보려는 듯 이리저리 머리를 굴렸다. 턱을 치켜든 미사가 태성을 깔보듯 내려다보며 입술을 당겨 웃었다.

"아, 내가 무슨 짓이라도 할 줄 알았니?"

미사의 손가락이 태성의 턱을 슬며시 당겼다.

태성은 눈에 힘을 주고 미사를 노려보았다. 그의 머릿속은 여전히 바빴다. 이미 밑천이 다 까발려진 상황이니 무슨 말을 해도 비웃음만 살 터다. 그렇다고 바짝 낮추기에는 기분이 더럽고, 지금 물러나면 이 암컷이 더 기고만장해질 것이었다.

몰아치는 번민에 휩쓸려 뻣뻣하게 굳어 있는데, 그의 입술 위로 촉촉한 무언가가 스쳐지나갔다.

할짝.

그 감촉이 사라지고도 한참을 인식하지 못하고 있던 태성의 얼굴이 서서히 벌게졌다.

미사가 그의 입술을 혀로 핥았다!

'저 뱀이 혀로 핥았어!'

"무슨!"

미사는 그보다 100년은 더 산 구렁이답게 햇수를 가늠하기 어려운 깊은 금빛 눈동자로 그의 눈을 응시했다. 입술을 혀로 핥으면서.

"어쩐지 처음부터 맛있어 보이더라니."

"미쳤지. 미쳤어."

미사의 빨간 혀가 날름댈 때마다 소름이 끼치는 한편 더 암담해졌다.

미사가 대범하게 그의 무릎 위로 기어올라왔다. 그러곤 자연스럽게 목을 휘감아 당겼다. 태성은 뒷목이 부러져라 버티려 했지만 무리였다.

"너 큰일 났어."

"……."

"이제 어떡할 거야?"

태성이 저도 모르게 침을 꼴깍 삼켰다. 짜증이 나는데, 그대로 다 표현했다가는 암컷 뱀이 무슨 짓을 할지 모른다. 태성은 목숨이 위태로웠던 여러 상황을 겪어보았지만, 통째로 먹혀본 적은 없었다.

미사는 오히려 더 다정하고 부드러운 목소리로 소곤거렸다.

"들어봐. 내가 어떤 뱀인지 알려줄게."

"……."

"먹이는 가리지 않는데, 그렇다고 아무거나 먹는 건 또 아니거든."

저절로 미사의 붉은 입술로 눈길이 갔다. 태성이 저도 모르게 침을 꼴깍 삼켰다. '지금 무슨 뱀 수작이에요?' 하는 핀잔이 목구멍까지 차올랐다 삼켜졌다.

"그리고 너처럼 조그마한 게 아니라 커다란 걸 더 좋아해. 꽃뱀은 당연히 아니고 안 좋은 사정이 있어서 지금 갈 곳이 없어지기는 했지만, 그래도 날이 풀리고 나면 정리가 될 거야."

"……."

"그리고 우리는 허물벗기를 지켜준 사람에게는 관대한 편이야. 그럴 만한 녀석들에게만 허물벗기 때 몸을 맡기니까 사실 관대할 수밖에 없기는 해도. 나는 너한테 여러모로 고마워하고 있어. 은혜는 갚을게."

태성이 젖 먹던 용기까지 끌어내어 웃었다.

"……은혜 갚고 싶으면 그냥 나가주면 되는데."

"너 밑천 다 드러난 거 알지?"

미사가 얄밉게 웃으며 선언했다.

"계속 나가라고 그러면 너 먹어버리고 내가 여기서 눌러살 거야."

"고맙다면서요."

"응, 나 여기 좀 머물게."

"나는 싫은데요?"

"나는 좋아. 귀여워. 나 귀여운 거에 약해."

어제는 진지하게 듣는 체라도 하더니, 오늘은 그의 말 따위는 완벽히 개무시했다.

태성은 말을 잃었다.

그래, 만만해 보이기도 하겠지. 만만하겠지.

"거절은 거절할래."

세상모르고 자는 동안 달려들지 않은 건 천만 다행이지만 그렇다고 안도해야 하나. 태성이 사납게 마른세수를 하며 일어섰다.

"어디 가?"

"세수하려고요. 현실이 더 악몽이네, 미친."

답지 않게 욕지거리까지 입에 담는 게 태성이 어지간히 놀란 모양이지 싶어 미사는 더 키득키득 웃었다. 태성은 미사의 한마디에 어정쩡하게 멈춰 섰다.

"분홍 발가락."

움찔한 태성이 고개를 돌려 미사를 돌아보았다. 미사의 눈이 가느스름해져 그를 향해 웃고 있었다.

"진짜 귀엽더라. 너, 정말 귀엽더라."

잠깐 멍하니 그녀를 바라보던 태성이 퍼뜩 정신을 차리고는, 발을 탁 구르며 신경질적으로 신음했다.

"내가 가만히 있을 줄 알아요?"

"그럼?"

"당신 오빠 번호 나한테 있어요."

"네가 그러면 나 정말로 위험해."

담담한 미사의 목소리에 태성이 외려 말을 잃었다.

"당장 사준한테 연락하면 진짜 나 죽을지도 몰라."

"……."

"너도 위험할 수도 있어. 뭣보다 사준은 나랑 다르게 간식으로 쥐를 먹는 것도 아주 좋아할 거야. 시험해보고 싶으면 해보든가."

"……."

"두 번만 살려줘. 세 번까진 바라지 않을게. 너희가 내 동족에 대해 알고 있는 게 뭐든, 나를 어떻게 생각하든 상관없어. 하지만 우리도 화도 낼 수 있고 고마움을 느낄 줄 알고 그래. 은혜 갚을 테니까."

저렇게 말하니 또 물러터진 동정심이 인다. 대답을 머뭇거리자 미사가 표정을 바꾸어 또다시 협박을 덧붙였다.

"안 그러면 나 네 친구들 다 먹어버릴 거야."

둥둥 수조 안을 떠다니는 두 마리의 금붕어를 가리킨다. 저를 먹어버린다 협박하는 게 아니라 관상용 금붕어를 먹어버린다는 협박은 어떻게 해석해도 장난이었지만 태성은 발끈했다.

136

"보니랑 클라이드한테 손대기만 해봐요."

"웃기지도 않아. 누가 금붕어한테 이름까지 지어주니?"

"내가요."

태성은 신경질적으로 화장실로 향했다. 세수부터 하고 생각해야겠다.

미사가 깔깔거리며 소파 위에서 자지러졌다. 미사의 눈에 수조 안을 떠다니던 금붕어 한 마리가 슬그머니 가장자리로 몸을 피하는 것이 보였다.

"농담이야. 너희 징그러워서 안 먹어."

미사는 선심 쓰듯 말해주었다. 금붕어들이 알아들었을 거란 생각은 하지 않지만.

화장실에서 물소리가 났다. 가만 귀를 기울이니 태성의 빠르게 뛰는 심장 박동이 느껴졌다. 그의 정체는 아주 작고, 아주 귀여운 사향쥐였다.

분홍색의 조그만 발가락을 가진 멍청할 만큼 착한 녀석. 아주 맛있을 것 같은.

서울 도심에 위치한 거대한 콘크리트의 감옥.

M 컨벤션 센터 빌딩의 꼭대기에 현란한 간판이 걸려 있었다.

광일제약.

광일제약은 지난 10여 년간 급부상한 중견 이상의 기업이었다. '약과 독은 한끝 차이'라는 독특한 지론으로 차근차근 명성을 쌓고 있다. 사업 초반에는 보톨리눔을 비롯해 갖가지 성분을 조합한 피부과 약이며 성형에 관련된 의약제품들을 줄줄이 출시해서 큰돈을 벌어들였다.

수년간 기반을 쌓고 몇몇 중소 제약사들을 강제 합병해서 주식시장에 상장한 그들은 점점 더 거대해졌다. 뛰어오른 주가는 그들을 부유하게 해주었다. 광일제약은 최근 이윤이 크게 남지 않는 이유로 다른 제약회사들이 외면하는 불치병의 특효약을 개발하는 데 힘쓰고 있었다.

젊은 CFO(Chief Financial Officer, 약칭 부사장)인 한사준의 평가는 대범한 박애주의자로 탈바꿈했다. 이사회는 사준이 해외로부터 공수해오는 각종 독의 특효약들을 비롯해 독특한 방식의 운영을 꽤나 반기고 있었다.

젊은 나이에 CFO라는 중책을 맡긴 것 역시 사준이 다른 사람을 설득하는 데에 유능했고, 또 간혹 법에 저촉되지 않는 선에서 행해지는 독특한 업무처리 방식이 효율적이었기 때문이다.

게다가 외모지상주의의 현대문명 사회에서, TV에나 나올 법한 샤프하고 준수한 용모를 한 젊은 부사장의 존재는 세간의 이목을 끌었다. 이름 있는 잡지사에서도 두어 번 그를 취재해보고 싶다는 요청을 해오기도 했었다.

딸랑. 회전문이 돌았다.

두 남자가 강남 인근의 고급 호텔 커피숍에 마주 앉았다.

사준과 최근 광일제약의 커다란 스폰서 중 하나인 M사의 사장 김호연이었다. 호연은 금색 핀을 고쳐 꽂으며 굳은 얼굴로 말했다.

"일단은 그편이 낫지 않은가 의견이 모였습니다."

계약 체결을 위해 서류를 꺼내들던 사준이 움직임을 멈추고 호연을 바라보았다.

며칠 전까지만 해도 당장 계약을 마무리할 것처럼 굴던 호연이 이제 와 발을 빼는 것은 이상한 일도 아니었다. 인간을 상대로 하는 장사에서는 무엇도 믿어선 안 되었다. 차라리 일족들이 신의가 있는 편이다. 이미 예상했던 경우의 수 중 하나였음에도 불구하고 사준은 신경이 날카로워졌다.

"이번 판매 루트에 관해서는 전적으로 우리에게 맡기겠다고 하신 걸로 아는데요?"

"하지만 하반기 실적이 우리가 기대했던 것보다 부진해서, 우선 이쪽도 금년도 재무회계를 확인하고 결정할 수밖에요. 부사장님의 능력이야 당연히 믿지만 숫자놀음에 익숙한 양복쟁이들을 잘 아시지 않습니까?"

"하반기 실적 부진을 카드로 내미실 줄은 몰랐는데요. 이미 알고 계신 것처럼, 지금 진행 중인 사업은 단기간 내에 눈에 보이는 흑자를 끌어낼 수 있는 게 아닙니다. 사장님, 아시는 분이 그러시니 당황스럽습니다."

호연은 이미 이런 자리에는 도가 튼 너구리답게 헛기침으로 분위기를 돌리더니 쓸데없는 경제 불황이니 뭐니 하는 이야기들을 늘어놓기 시작했다. 다 무시한 사준이 다시 한 번 부드럽게 말했다.

"사장님의 뜻도 이해가 가고, 지금 무슨 걱정을 하시는지도 알겠습니다. 하지만 올해 안에 협력안에 서명을 해주셔도 본격적인 프로젝트는 내년 하반기에나 가능할 텐데 아예 서명을 내년 상반기로 미뤄버리시면 저희도 곤란합니다. 준비기간이 지나치게 길어지면 기존 계약이 체결되어 있던 병원들에서도 뒷말이 나올 거고요. 초기 단계인 치료약 개발은 연구뿐만 아니라 차질 없이 진행되는 모습을 보이는 게 중요합니다. 그래야 다른 투자처들도 마음을 놓을 수 있을 테니까요. 보건복지부에 관련해서 이미 계획안이 올라간 게 올해 상반기였습니다."

"하지만 이쪽도 조금 더 넓은 시각으로 지켜봐야 할 필요가 있다는 입장이라."

사준의 표정이 난감하게 구겨졌다.

"아시다시피 단기 실적보다는 장기적으로 셈을 해야 되지 않겠습니까. 이번에 공격적으로 마케팅하지 못한 건, 동남아 쪽 복지에 우리 광일에서 지원하기로 한 의료 서비스를 언론에 공개해서 그 이미지를 굳히기 위함이었습니다."

"좋은 일을 하는 것은 의당 격려받아야 합니다만, 그게 투자자들의 실익으로 이어지는 건 아니지요."

"저는 오늘 계약 체결 서명을 해주신다 해서 나온 건데요. 또 이렇게 예정도 없이 기한을 연장하겠다고 하신다면…….”

거기까지 말을 하던 사준이 입을 다물었다. 벌써 반년을 끌어온 계약이 또다시 무기한으로 미뤄지는 것은 안 될 일이었다. 사준은 서글서글한 눈 안에 사욕이란 칼을 품은 호연을 가만 바라보았다.

“별수 있겠습니까. 저 혼자만의 결정도 아니고.”

“최종 권한은 사장님이 가지고 계시죠.”

“감투가 전부입니다.”

호연은 능글맞게 책임을 회피했다.

“이렇게 하죠.”

사준이 손을 들어 흔들었다. 호텔 커피숍 입구에 서 있던 검은 정장을 입은 말쑥한 남자가 즉각 다가왔다. 그는 사준이 개인적인 용도로 고용한 비서 겸 보디가드라 알려진 재준이었다.

사준이 넥타이를 살짝 푸르며 싱긋 웃었다.

“재준아, 사장님께서 오늘 계약서에 기쁘게 서명을 하실 건데.”

“예.”

“무슨 소리입니까?”

재준은 사준의 뜻을 알아차리고는 호연을 일으켜 세웠다. 호연이 퍽 불쾌하다는 기색으로 물었다.

“내가 언제 서명을 하겠다고 했…….”

“잠깐만, 실례하겠습니다.”

얼마 후, 화장실로 끌려갔던 호연은 넋이 나간 얼굴로 돌아 나왔다. 그리고 멍청하니 사준의 맞은편에 다시 앉아 주섬주섬 만년필을 꺼내었다. 그리고 그는 서명했다.

사준은 서류를 챙겨 일어났다.

호연에게 의례적인 인사를 남기는 것도 잊지 않았다.

"시원한 필체입니다. 연락드리죠."

사준은 부쩍 가벼워진 기분으로 콧노래를 흥얼거렸다. 구겨진 정장을 고쳐 입으며 뒤따라 나온 재준이 피식 웃으며 중얼거렸다.

"이런 걸로 그만 좀 부려먹으시죠. 요즘 '그 일' 때문에 가뜩이나 기력 달리는데 말입니다. 그분한테 먹힌 녀석들 몫의 일까지 도맡아야 하는 상황 아시면서."

"소라도 한 마리 사줘?"

"지난주에 먹은 거 아직 소화도 안 됐습니다."

사준이 빙그레 웃으며 재준의 어깨를 탁탁 두드렸다.

"그래, 수고했어. 조금만 더 고생해."

사준과 눈을 맞추던 재준이 묘한 기분으로 고개를 끄덕였다.

살모사는 다른 뱀들과 다르게 포유동물처럼 새끼인 채로 태어난다. 그리고 살모사들이 최초로 각인하는 것은 그의 어미다. 어미를 살해하는 것이 살모사 새끼들을 완성시키는 어떠한 관문이라 말하는 이도 있다. 살모종의 개체 수가 적은 것이 그 때문이라는 말은 그런 이유에서 그럴듯하다.

그러나 반대로 해석하자면 제 목숨조차 버릴 수 있는 완전한 모성의 산물이 바로 살모의 종이라는 것이다. 한데 사준의 최초의 기억은 생모가 아니었다.

사준이 태어났을 때 그의 생모는 이미 죽은 뒤였다.

낙엽으로 뒤덮인 낡은 사당. 삐걱거리는 썩어버린 마룻바닥. 붉은 천이 늘어져 걸려 있다. 눈 껍질을 벗고 세상을 인식했을 때, 사준은

142

최초로 각인했다.

하얀 머리카락을 가진 살아 있는 어떤 존재.

갓 태어난 사준은 본능적으로 알았다. 감히 눈조차 맞출 수 없을 만큼 위대하고 위험한 존재였다.

어미의 시체를 바라보며 피투성이 손가락을 빨던 백발의 사내가 쪼그려 붉은 점박이의 새끼 살모사를 굽어보았다. 사내의 어깨 너머로 이끼 낀 불상의 눈알이 보였다. 자애로운 불상의 미소에 사준은 얼어붙었다.

「또, 또야.」

등 뒤에서 또 다른 걸음 소리가 들렸다. 꼬리부터 으스러지는 것 같은 강력한 기운이 느껴졌다. 차마 두려워 뒤돌아보지 못했다.

「가뜩이나 희소한 종을 건드렸다고 소문이 나면 너라도 각오해야 할 텐데.」

「네가 갉아먹은 내 목숨만 벌써 스무 개가 넘는데, 이제 와 내 걱정을 하는 거냐?」

쭈웁, 손가락을 빨아먹는 소리가 났다. 백발 사내의 피투성이 손가락이 흰 골무를 낀 것처럼 바뀌었다. 등 뒤도 포식자, 눈앞도 포식자. 갓 세상에 난 어린 살모사에게 있어 맞부딪치는 두 기운은 고문과도 다를 바 없었다. 정신이 으스러지는 것만 같았다.

그 두 기백에 짓눌린 어린 살모사를 가여워해주는 이는 없었다. 목 안으로 삼키는 듯한 웃음소리가 났다.

「남은 목숨은 몇 갠데?」

「말해주면?」

「죽여야지. 죽을 때까지. 네 정신 나간 행태가 조마조마해서 눈 뜨고 볼 수가 있나.」

「너 그것도 병이다? 정의의 사도 놀이는 삼국시대에 충분히 하지 않았나?」

「언제 적 얘길 그렇게 정답게 하냐.」

붉은 눈을 요사하게 휘어 웃으며 사내는 불상의 무릎 위에 비스듬히 앉았다. 흐트러진 도포 자락이 사각사각거렸다. 등 뒤에 섰던 누군가의 손이 그를 들어올렸다.

「그래서 이건…….」

눈꺼풀이 없어 눈조차 감지 못하는 것은 불행이었다.

「……갓 태어난 새끼 앞에서 어미를 죽이다니, 너도 참 인정머리 없다니까.」

「태어나기 전에 죽였으니 보지 못했을걸. 저건 그러고도 살겠다고 제 모체의 배를 찢고 나왔으니 동정의 가치도 없지.」

「얼마 전엔 동족까지 살해했다며?」

「생판 모르는 놈 죽이는 게 그래도 어미 먹는 새끼보다는 낫지 않누?」

그리고 광소. 하얀 머리칼의 사내만이 암흑 속을 어른거렸다. 피투성이 손을 빨아대던 입술과 형형히 빛나던 붉은 눈동자와 청량한 음성…….

결코 그에게 호의적이지 않은 손길이 금방이라도 그의 머리통을 으스러뜨릴 것만 같았다. 백발 사내에게서 죽임을 당하건, 얼굴조차 보지 못한 존재에게서 죽임을 당하건 결과는 같았다.

「그건 왜 챙겨?」

「살모종은 얼마 남지 않았으니까.」

「네 수집벽은 점점 심해지는 것 같다니까.」

「수집이 아니야. 이건 살아 있는 녀석이라고. 종주들의 인내심이 어디까지일 거라 생각하기에 이리 막나가는 거야.」

낄낄낄 웃는 소리가 났다.

「날 죽이려면 과리쯤은 데려와야 할걸. 아, 이미 그놈은 죽었지.」

「죽었다고 봐야지, 일단은.」

웃음소리가 음흉하게 표피를 할퀴었다. 자잘한 공기의 파동에 온몸이 부서질 것만 같았다. 꼬리부터 올라오는 형언할 수 없는 충동에 잡아먹힐 것만 같았다. 정신조차 잃지 못했다.

그것이 사준의 최초의 기억이었다.

회사로 돌아가기 전, 사준은 근처 오피스텔로 차를 돌렸다. 부드럽게 밀려나가는 자동차에 몸을 싣고 달리는 동안 그의 가슴은 두근거린다. 두려움인지, 기대감인지 모를 것으로.

오피스텔에 차를 댄 사준은 로비의 도어록에 키카드를 댔다. 문이 열리고 짐승의 아가리처럼 벌어지는 자동문 안으로 들어갔다. 요동치는 기운을 뒤쫓아 걷고, 걷고, 걷는 동안 사준의 입가의 미소는 점점 짙어졌다.

문이 열렸다. 소파 하나뿐인 빈집이다.

사준은 현관을 지나쳐 들어갔다. 최고급 가죽을 무두질해 만든 값비싼 소파에 늘어진 붉은 머리칼이 흔들거렸다. 몸을 쭉 뻗고 누운 청년은 사준의 등장에도 아랑곳 않고 발가락을 느리게 까딱까딱하며 천장만 바라보고 있었다.

사준은 청년이 조금 더 열정적이기를 바라는 입장인지라, 요 근래 꼼짝도 않고 누워만 있는 저이가 염려가 되었다.

"왜 꼼짝도 않으십니까."

"귀찮으니까. 구경도 질렸거든."

시큰둥한 대꾸는 오만함이 철철 흘러넘쳤다.

사준은 커튼을 활짝 열어젖히며 웃었다.

"이거이거, 조금 더 기운을 내주셔야 저도 기운이 날 텐데요. 금방 소식 드릴 수 있을 겁니다."

저물어가는 햇살이 따사롭다. 그러나 그가 바라는 붉은빛에 이르려면 조금 더 시간이 필요할 것이다.

"금방이 그 금방이 맞아야 할 거야. 난 정말 지겹거든. 그렇다고 약해빠진 너희를 붙들고 씹어댈 수도 없고 말이야."

하지 못한다는 의미가 아닌, 할 가치가 없다는 의미라는 것쯤은 사준도 잘 알고 있다. 저 상대는 사준이 예상했던 것보다 훨씬 까다롭고, 긍지 높았다. 진 일족이 으레 그렇다는 걸 간과한 대가다.

그럼에도 사준의 목적을 위해서는 꼭 필요한 존재다.

"용운 님과도 곧 만나실 겁니다."

"그냥 찾아가면 안 되나? 어디 있는지 안다며?"

"용운 님이 워낙 이리저리 돌아다니시는 분이라. 그리고 요즘 세상이 무서워서요. 재회의 준비는 해야 하지 않겠습니까. 휴대전화 잘 가지고 계십시오."

"의뭉스럽게 굴지 마라. 그런 놈 딱 질색이니까."

"이런."

"너 딱 질색이라고."

"슬프네요."

"말하는 본새하고는. 아무튼 좀 더 부지런하게 굴어."

"아무렴요."

저 사내는 사준이 오랜 시간 물밑에서 숨죽이고 작업해 이루어낸

146

결과였다. 사준이 다시 만들어낸 살아 있는 재앙이다.

"과리 님의 명이신데."

이제 더 이상은 죽었다고 볼 수 없는, 살아 있는 재앙.

"사준 행아아, 과리 님한테 다녀오셨어요?"

막 사무실로 돌아온 사준을 맞이한 건 상윤이었다. 상윤은 겉모습은 어리지만 100년 가까이 묵은 밀뱀이었다.

"웬일로 네가 여기에 있어?"

"아아, 보고드릴 게 있어서. 빨리 하고 나갈래요. 소름 돋아요."

상윤은 고소공포증이 있다. 높은 곳을 싫어해 사준의 사무실에도 자주 드나들지 않는 녀석인데, 오늘은 어째 자리를 지키고 있다.

사준의 의문이 무색하지 않도록 상윤은 지금 꾹 참는 중이었다. 전면이 통유리로 된 벽으로는 시선도 주지 않으려 애쓰고 있다.

그도 그럴 것이 30층이 넘는 높이의 공간이라는 건 그냥 하늘에 있는 것과 다를 바 없었다.

햇빛도 잘 차단되지 않을뿐더러, 뻣뻣하기만 한 콘크리트의 숲을 고스란히 드러낸다. 그 풍경에서 모던함이나 세련됨을 찾는 이도 있겠지만 상윤이 보기에는 삭막한 현대화가 낳은 폐허에 불과했다.

'뱀은 자고로 배를 땅에 붙이고 기어다니는 게 최고다.'라는 게 상윤의 지론이다. 캡모자를 돌려쓴 상윤은 도회적인 생김새와 반대로 의외로 시골스러운 생각을 지닌 청년이었다.

"에에, 과리 님과 무슨 일 있는 건 아니죠? 들킨 거 아니죠?"

"그랬다면 지금쯤 과리의 손에 내가 갈기갈기 찢겨 있겠지."

"과리 님도 의외로 단순해서, 진짜 신기했어요. 진 일족들은 다 엄청나게 예민한 줄 알았는데 바로 코앞에 있는 걸 모르네."

"쉿, 말은 조심해야지."

상윤이 합 입을 다물었다. 사준은 와이셔츠의 매무새를 가다듬으며 중얼거렸다.

"그보다…… 녀석들은?"

상윤은 사준의 심부름꾼 노릇을 하는 것으로 어언 두 해를 발품을 팔아 뛰어다녔다. 자연히 사준이 여러 가지를 생략한 질문이 무언지 알았다.

"세 마리, 반발하는 놈들은 잡았습니다. 이번에 미사 누나가 그렇게 됐다고 지랄하던 녀석들도 곧 조용해질 것 같아요. 근데 아직 종주께서 아무 말도 없으신 거 맞습니까?"

"동면 중일걸."

"그나마 다행이지만."

"하지만 뭐, 눈치 좀 채면 어때."

'이미 일은 벌어졌는데.'

비릿하게 웃은 사준이 터벅터벅 걸어 소파에 앉았다. 상윤은 전면의 통유리창 쪽으로는 시선조차 주지 않고 꿋꿋하게 주절거렸다.

사준은 과리가 완벽하게 의식을 찾자마자 그동안의 모든 계획을 실행에 옮겼다. 그 계획 중에는 어미인 시영을 잡아먹는 것도 있었다.

사준을 따르는 뱀들은 예상했다. 다만, 미사까지 공격하는 것을 예상하지 못했을 뿐. 그 시기에 하필 탈피를 한 미사도 운이 나쁘다.

"그냥 미사 누나랑 화해해도 되지 않아요? 사준 형님이 충동조절장애가 와서 실수로 미사 누나까지 덮쳤던 거……."

"그렇게들 떠드나?"

사준의 시선이 짙어졌다.

"곽현 형아가요. 실수 아니에요?"

눈이 붉은 이채를 띠는가 싶더니 무형의 힘이 청년의 옆통수를 후려갈겼다. 쿠당탕탕. 상윤이 나동그라졌다. 겉보기엔 혼자 나자빠진 것처럼 보였다.

불시에 기습을 당한 상윤이 아야, 옆통수를 붙잡으며 끙끙거렸다.

"실수라면 실수고 아니라면 아니겠지. 하지만 그런 식으로 까불지 말고 할 얘기 있으면 해."

"예고도 없이 때리는 건 너무하잖아요."

"살살 쳤잖아."

"그래도 행님이 때리는 게 보통입니까!"

한심하다는 듯 상윤을 바라보던 사준이 피식 웃었다.

"아, 행님, 내 가슴에 스크래치!"

과장된 어투로 칭얼거리던 상윤은 몇 가지 지하 실험실의 상황을 설명한 후, 줄행랑을 놓듯 사무실을 떠났다.

고개를 젖힌 사준이 레코드판을 바라보았다. 손등에 푸른 핏줄이 돋았다. 판을 고르는 손길은 느리지만 끊임이 없었다. 판 긁는 소리가 잠깐 불편하게 울리더니 음악소리가 진동했다.

I stand alone in the darkness
나는 어둠 속에 혼자 서 있어요

The winter of my life came so fast
내 삶의 겨울은 빠르게 찾아왔어요

Memories go back to childhood
기억들은 어린 시절로 돌아가고

Today I still recall……
아직도 내가 기억하고 있는 건……

외국 유명 가수의 곡이었다. 사무실 한가운데 놓인 전축 위에서 레코드판이 빙빙 돌았다.

알파카 털로 만들었다는 소파는 희다. 미사의 기운처럼 맑은 빛은 아니었다. 소파로 돌아가 길게 누운 사준은 햇살을 피해 팔뚝으로 눈가를 덮었다.

입술이 음악을 따라 흥얼거렸다. 음질이 조금 떨어지는 것이 더욱 마음에 들었다.

사준은 이제 겨우 서른 중반쯤 되었다 알려져 있지만, MP3 플레이어나 최신형 스피커를 통해 듣는 음악보다는 전축과 레코드판을 이용하는 것이 더 편안할 나이였다. 그는 가끔 레코드판으로 존재하지 않는 노래를 사비를 들여 제작하기도 했다.

사정을 모르는 인간들은 레코드판을 제작하는 데에 CD 값보다 많은 돈을 지불하는 그를 희한하다는 눈으로 바라보곤 했다. 그의 껍데기에 환상을 품은 부하직원들은 최신식 사무실 한가운데에 놓인 골동품 전축과 레코드 장을 고상한 취미의 산물이라 떠들어댔다.

사준은 자신의 정확한 나이를 알지 못한다. 200년은 더 살았을 것이라 추정할 뿐이다. 태어나자마자 용운에 의해 그의 보금자리 중 한곳에 처박혀 기억도 나지 않을 만큼 오랜 세월을 숨만 붙어 버렸다.

나이가 제대로 헤아려지기 시작한 것은 시영과 함께한 후부터였다.

미사를 만난 후부터. 미사는 매해 인간의 외피를 쓰게 될 날을 헤아렸고, 해넘이를 기억했다.

까마득히 오래전, 세상을 도탄에 빠뜨렸다 알려진 과리를 그의 손으로 일깨웠다. 이미 돌이킬 길은 없다. 그는 모든 과거를 청산하고 완벽하게 이상적인 자신을 이룩하는 것만이 목적이다. 그에 필요하다면 제 동족들 따위 수십 마리도 죽일 수 있다.

전화기가 울렸다. 비즈니스 상대가 아니란 것을 알아차린 즉시 사준의 음성에 나른한 피로가 스며들었다.

"응, 그래…… 아아, 미사는?"

얼마 전 미사를 발견했다는 이야기가 있었다. 미사가 근방으로 한 번쯤은 되돌아올 것을 알아 애들 몇을 붙여두었는데, 예측은 적중했지만 결국 잡지 못한 모양이었다.

곽현이 최초의 발견자라고 했다. 곽현은 30년이 넘게 함께해온 친구지만, 사실 사준은 그조차도 믿지 않는다. 곽현이 미사에게 품었던 호의를 생각하면 일부러 놓아주었을 가능성도 크다.

"그렇군. 전에 말했던 장소들은 이미 마크했고."

미사도 생각이 있다면 사준이 아는 이에게로 도망치지는 않을 터다.

'어디로 도망갔을까…….'

친분조차 많지 않은 아이가 염려가 된다. 조금 초조해졌다. 결핍이 아우성친다. 분명히 곽현의 말처럼 화해를 청하고, 더 커다란 문제 없이 미사와의 관계를 정리할 수 있을 것이다. 그러나 사준은 그러고 싶지 않았다. 그녀는 시영의 딸이었다. 미사에게는 시영의 일부가 유전되어 있다.

사준이 입술을 문지르다 웃었다.

'어디로 가셨을지, 우리 미사는.'

처음 미사가 도망쳤을 때에는 곧 찾아낼 수 있을 거라 생각했다. 그런데 웬걸, 미사는 감쪽같이 사라졌다. 어디선가 시체로 발견되었을지도 모른다고 생각해 신고들을 주시했지만 소득이 없었다.

가능성이 그나마 있었던 사 일족의 의사, 딸랑이 반치를 족쳐봤지만 그에게도 찾아가지 않았다고 했다. 입버릇처럼 '딸랑이에게서 치료를 받느니 죽지.' 이를 갈았던 그녀이니 어쩌면 당연한지도. 사준 본인과 사이가 나빠 교류를 끊었던 또 다른 동족인 고산과 혜융에게도 찾아가보았다. 그러나 그들도 전혀 모르는 기색이었다.

곰곰이 생각에 잠겨 있던 사준이 느리게 운을 뗐다.

"용운 님은 요즘 뭘 하신다나?"

용운의 이름이 거론되는 순간 흐 하고 숨 들이켜는 소리가 수화기 너머에서 넘어왔다. 겁 많은 녀석이 "에, 저…… 사준 형님. 아무리 그래도 진 일족은 좀……. 저희 중에 그만한 깜이 되는 녀석이 없어서." 하고 허둥지둥 변명을 붙인다.

사준은 낮게 웃었다.

"난폭한 분 아니시니 얼쩡댄다는 이유만으로 잡아 죽이지는 않으실 거야. 관심받는 걸 좋아하시는 분이기도 하니까. 일단 최대한 힘닿는 데까지 살펴봐."

전화를 끊은 사준은 소파의 팔걸이에 뒷목을 기대고 눈을 감았다. 자상한 미소가 그려졌던 입가는 이내 일자로 바뀌었다. 음악이 얼러주었던 속이 다시 뒤집힐 것 같았다. 아직도 그의 배 속에서 시영이 요동치는 기분이 든다.

구기듯 제 몸을 껍질 안에 밀어넣어 살이 전부 터져버릴 것만 같다. 이미 죽어버렸을 것이 자명한데 사준은 토해내고 싶은 충동을 느끼고 벌떡 일어나 앉았다.

충동조절장애. 동족들은 농담처럼 말했지만 사준은 그 단어가 지금 제 상태를 아주 정확하게 표현한다는 데에 동의했다. 다만 그들의 예상과 다른 점은 일시적인 충동이 아닌 오랫동안 참아 벼른 충동이라는 것이다. 사준의 세로로 갈라진 동공이 소파 테이블 위에 놓인 액자로 향했다.

속초 앞바다에서 산책을 하던 미사를 불러세우고 찍은 사진이었다. 까만 머리카락이 바닷바람에 흔들거리고, 그와 함께 사준의 눈도 흔들렸던 시간이 작은 인화지 안에 갇혀 있다. 이미 시간도 감옥에 갇혔다.

인터폰이 고적하게 잠들었던 사무실 공기를 흔들었다.

— 부사장님, 5시 만남이 약속되어 있었던 윤오철 씨가 방문하셨는데요.

날카롭게 갈라졌던 사준의 동공이 차츰 원형으로 되돌아왔다.

"기다리라고 하세요. 준비하고 나갈 테니까."

무엇이 옳고 무엇이 그른지는 알고 있다. 너무나 잘 알아서 그는 이성을 부수기로 결심했다. 재미있는 것은 이성은 언제나 본능을 이기지 못한다는 사실이다. 본능은 이성을 합리화해줄 만큼 강력하다. 죄책감을 느낄 필요도 없다.

넥타이를 고쳐매고 입가를 당겨 웃는 시늉을 한 사준은 턱을 돌리듯 문질렀다. 공기처럼 울리는 남자의 음침한 노랫소리가 그의 뒷덜미로 스며들었다.

근래에 기운을 너무 많이 써서인지 관자놀이 안쪽이 바늘로 찔린 듯 쑤신다. 꼭 통증만큼의 양으로 가슴 안에 잠재우고 있던 열망이 운다. 이래서 인간들은 음악을 좋아하는 것일지도 모른다.

가사 한 줄, 한 줄 공감가지 않는 것이 없으니까. 가끔은 너무나 와 닿아 역겨워.

사무실의 문고리를 당기며 표정을 바꾼 사준은 곧 다정다감하고 젠틀한 한사준으로 되돌아왔다.

이제 그는 그의 진짜 어미를 잡을 것이다.

그러지 않으면 재앙을 제 앞마당에 들여놓은 보람이 없지 않은가.

09

/

큰 뱀과 작은 쥐가 한집에 있어

'저 암컷, 무슨 닭이랑 원수졌나.'

유(닭) 일족들이 보면 치를 떨 것이다. 미사가 간식 삼아 호로록 마시는 날달걀의 개수는 상상을 초월했다. 집 안의 달걀이 남아날 날이 없었다.

생각만 해도 느글거린다는 표정으로 보고 있으니 미사가 권했다.

"맛있어. 너도 먹어볼래?"

"……됐어요."

미사가 날달걀을 먹는 것이 가장 소름 끼치는 이유는, 빤히 그를 보며 입맛을 다시다가 눈이 마주치면 냉장고로 향하기 때문이었다. 처음에는 우연이겠거니 했는데, 그런 일이 서너 번쯤 반복되다 보니 기우라고 웃어넘길 수가 없었다.

그를 볼 때마다 '맛있겠다.' 하고 생각하는 게 맞을 것이다.

그럼에도 태성이 모른 채 미사를 용인하고 있는 것은 미사가 의외로 그를 호스트로 깍듯이 대했기 때문이다. 먹는 시늉을 한다거나, 슬그머니 곁에 다가와 놀래는 장난도 하지 않았다. 먹는 값을 하려는 건지, 아니면 저 좋아서 하는 것인지는 모르겠지만 살림도 곧잘 했다.

부엌 싱크대 앞에서 설거지나 음식물 쓰레기를 두고 끙끙대는 미사를 보고 있으면 이상하게 귀여워 보이기도 했다. 그러다 보니 집안일이 자연스럽게 분담되었다.

'나도 미친 거고.'

오늘도 미사는 부엌데기처럼 싱크대 앞에 서 있다. 통통통통. 도마 두드리는 소리가 났다.

"또 뭐 만드는 거예요?"

"당근 볶음, 숙주무침."

태성은 끼니를 간단히 해결하는 걸 선호하는 편이다. 혼자 사는 자취생들이 으레 그렇듯이. 툭 까놓고 말해 그의 부엌은 인스턴트 보관소였다.

"전부 풀이네요. 육식만 할 것 같은데."

태성의 말에 박힌 뼈를 알아차린 미사가 뭉근하게 비웃었다.

"그렇게 따지면 난 날것만 먹어야지. 그리고 너도 이것저것 먹잖아."

"우리는 원래 잡식이에요."

"아, 그건 그렇다."

이제는 아무렇지도 않게 스스로를 드러낼 정도가 되었다. 여전히 좀 꺼림칙하긴 해도 미사가 별 반응 없이 넘기니까 태성도 덤덤해졌다.

살아온 세월이 있어서인가, 미사는 의외로 요리를 잘했다. 미식가가 아닌 태성조차도 범상한 솜씨가 아니라는 걸 금세 알아차릴 정도였다. 미사는 정작 본인의 요리가 맛있는지 없는지에는 관심이 없어 보였지만.

"할 일 없이 심심할 때 이것저것 배워봤어. 시간은 차고 넘쳤으니까."

"그래요."

태성은 좋게 말하면 인생을 달관한 사람이었다.

냉정한 형제들, 그를 조롱하고 멸시하고 기피하는 일족들 사이에서 살아남기 위해서는 필수적인 일이다. 상대방을 관찰하는 것도 여상한 습관이었다. 그 탓에 간혹 삐딱선을 탈 때도 있지만 보통 무난히 받아들이는 법을 실천했다.

'흐음.'

미사가 찬장을 열어 발뒤꿈치를 들고 손을 젓는 것이 보였다. 뭘 꺼내려 하는 건진 모르겠지만 키가 닿지 않는 듯했다. 그녀의 뒤로 다가간 태성이 긴 팔을 뻗어올렸다.

"이거요?"

"아니아니, 그 옆에, 사프란."

찬장 위의 마른 사프란 잎이 담긴 통을 집어주다 눈이 마주쳤다. 평소와 다르게 둥그렇게 올려뜬 눈동자에 태성은 그녀와의 거리가 지나치게 가까웠음을 의식하고 한 걸음 물러났다.

"어디다 쓰려고요? 사프란 많이 넣으면 안 돼요. 독성 있어요."

"나도 알아."

미사가 플라스틱 통을 채갔다. 태성은 싱크대 옆에 기대어 프라이팬에 기름을 두르는 미사를 응시했다.

"친오빠랑 싸웠어요?"

미사가 멈칫하더니 다시 아무 일도 없었다는 듯 당근을 달달 볶으며 대꾸했다.

"비슷해."

"흐음."

"그러니까 그걸로 협박할 생각은 접어둬. 진짜로 나 화나면 네 집이고 뭐고 때려부수고 도망칠 테니까."

태성은 미사가 구겨서 버린 실종자 전단을 떠올렸다. '사랑하는 오빠가 기다리고 있다.' 대충 그 비슷하게 적혀 있었다.

"사정은 잘 모르겠지만 미사 씨 찾고 있다는 것도 그렇고, 화해할 수 있으면 화해하는 게 좋을 거 같은데…… 개인적인 생각이고, 이래라저래라하는 걸로 받아들이지는 마요."

"날 먹이 삼으려고 찾는 걸걸."

"……."

"왜 그러는 건지는 나도 모르니까, 그렇게 보지 마."

살아온 세계가 달라서인지, 동족이 자신을 먹으리라 말하는 미사가 많이 당황스러웠다. 태성의 일족은 갓 출산한 어미가 스트레스를 받아 자식을 죽이는 경우는 있어도 먹이로 삼지는 않는다.

"사 일족은 진짜 동족도 먹어요?"

"너희는 안 먹어?"

가끔 햄스터 종들이 새끼를 먹는다는 이야기가 있긴 하지만 웬만하면 그런 일은 벌어지지 않았다. 적어도 태성이 아는 한에서 그의 동족이 동족을 먹었다는 이야긴 들어본 적이 없었다.

"안 먹어요. 미사 씨도 동족 먹어본 적 있어요?"

"있지, 왜 없어. 그럼 너도 없어?"

"……우리는 그러지는 않아서요. 배고파서?"

"아니, 마음에 안 들어서?"

"그런 이유로?"

"그러면 안 돼?"

너무 당연하다는 듯한 대답에 할 말이 없다.

"뭐, 꼭 그런 이유만은 아니지만, 너도 동족이라고 늘 사이가 좋은 건 아닐 거 아니야. 직계 피가 이어진 가족도 마찬가지고."

태성은 느릿느릿 고개를 끄덕여 수긍했다. 미사는 프라이팬을 가볍게 손목 스냅으로 흔들며 물었다.

"쥐들은 다산한다고 들었는데, 형제 있지?"

"……뭐."

"사이좋아?"

태성에게는 이름도 채 기억 못 할 많은 형제가 있다. 그의 어미가 낳은 이부형제들이다. 하지만 좋다고는 말할 수 없을 것이다. 괜히 불편한 기분이 들어 말을 돌렸다.

"그다지요. 그보다 미사 씨, 프라이팬에서 기름 타는 냄새 나는데."

"아!"

미사의 관심이 프라이팬 위로 쏟아지는 효과는 톡톡히 보았다. 까맣게 탄 기름을 닦아내며 미사는 유난스러운 울상을 지었다. 탄내를 피해 거실로 나온 태성은 제 동족들을 떠올렸다.

미사와 함께 지내는 것에 따라오는 직접적인 페널티나 불편은 그렇다 치고, 그의 동족들이 알면 어찌 반응할까 하는 것이 요 며칠 동안의 고민이다.

"태성아, 기름 다 썼어."

"아, 아래에서 두 번째 서랍 열어봐요. 거기 있는 박스에 선물용 식용유 들어 있어요."

어쨌든, 이렇게 조금씩 주고받는 것으로도 시간은 흘러가고, 일상은 그럭저럭 돌아간다.

"그럼 나가 있어. 귀찮으니까."

여기 내 집 부엌인데. 그렇게 말하려다가, 어차피 부엌에서 할 일이 딱히 없기도 해서 태성은 거실로 돌아나왔다.

태성이 소파에 앉아 TV를 보고 있으니, 미사가 뱀처럼 소리 없이 다가와 그의 얼굴에 접시 하나를 들이밀었다. 이런저런 고민에 빠져 있다가, 뒤늦게야 미사의 인기척을 알아차린 태성이 퍼뜩 몸을 젖혔다.

"아, 놀랐잖아요."

태성의 미간이 찌푸려지건 말건 상관없다는 듯 미사는 무작정 접시를 들이밀었다.

"일단 이거 먹어봐."

수제 커스터드푸딩이었다. 탱글탱글하게 윤이 나는 푸딩 위에 말린 사프란 잎이 들어 있다. 이것 때문에 사프란이 필요했던 모양이다.

"이런 건 언제 만들었대."

"오늘 오전에 미리 만들어둔 거야. 사프란은 데커레이션이고."

미사는 스푼으로 한술 떠올려 그의 입에 들이밀었다. 태성은 얼결에 받아먹었다. 이 암컷은 너무 스스럼이 없다.

"이런 것도 할 줄 알아요?"

"가끔. 서양 쪽 베이커리가 들어오기 시작하면서부터 쌀보다 밀가루 먹는 데 더 푹 빠져서 제과제빵 배우다가 디저트까지 넘어갔었지. 시간도 많았겠다."

"어, 의외로 맛있게……."

만드네요, 태성은 나머지 어절을 목 안으로 삼켰다. 미사가 소감도 듣지 않고 홱 몸을 돌려 벌써 부엌에 가 있었기 때문이다. 이럴 거면 대체 왜 먹인 건지도 모를 일이다.

'……흠.'

입안에 남은 단맛을 음미하며, 태성은 미사의 옆얼굴을 뚫어져라 바라보았다. 하루 종일 부엌을 떠나지 않는 건 아무래도 과한 것 같기도 하고, 미사 스스로 말하는 그녀 자신의 상황을 생각하면 이럴 때가 아니지 않은가 싶기도 해서.

미사는 봄이 되면 나아질 것이라는 희망적인 답을 내린 적이 있지만, 그 말이 시간만 흘려보내면 된다는 뜻은 아닐 터였다. 무슨 일이든 준비가 중요한 법이다.

"그나저나 어떻게 할 거예요?"

"뭘?"

"그냥…… 뭐, 이런저런 준비 같은 것도 해야 하지 않아요? 있을 데, 알아는 보고 있는 거고요?"

"너 성격 은근히 급해."

"내가 언제 까칠했다고 그래요. 미사 씨가 하루 종일 집에 처박혀서 부엌에만 있으니까 물어보는 거예요."

냉장고 문짝에 가린 미사의 표정은 보이지 않는다. 대답도 없다. 미사는 또 다른 식재료를 꺼냈다.

이미 만들어두고 손도 대지 않은 요리가 식탁과 냉장고에 가득 널려 있다. 이 이상은 아무리 그래도 낭비가 아닐까. 하지만 어쩐지 미사가 그러는 이유가 이해하지 못할 것도 아닌 듯해서, 말리지는 않았다.

그러나 그것도 딱 그날 밤까지의 일이다. 일찌감치 잠이 들었던 태성은 한밤중의 인기척에 놀라 눈을 떴다. 노곤한 채 침대에 누워 가만히 촉각을 기울이니 거실 밖에서 말소리가 들렸다.

귀신 같은 건 믿지 않지만, 처음에는 귀신인가 싶을 만큼 흐린 목소리였다. 솔직히 조금 많이 오싹했다.

"……잖아. 용운 님이 그때 그러셨단 말이야. 화를 낼 필요가 없다고. 그런데 지금 너무 답답해서 견딜 수가 없어. 뭔가가 내 목 안쪽에 꾹꾹 눌러박힌 것 같아. 잠이 안 와."

슬며시 침실의 문을 열었다.

벌어진 문틈 사이에 드리운 것은 검은 장막 같은 어둠이다. 일족들의 눈은 인간의 눈보다 훨씬 좋았다. 태성은 거실에 서 있는 미사를 충분히 식별할 수 있었다. 그를 등지고 소파의 등받이에 기대어 서 있는 미사는 밤보다 새까만 머리칼을 하고 있었다.

처음에는 단순히 뱀이라는 생각에 예쁘다거나 하는 느낌을 받지 못했는데, 미사는 아름답고 고혹적이다.

평소보다 훨씬 낮은 목소리로 그녀는 고백했다.

"그냥, 전부 다 꿈이었으면 좋겠다는 그런 생각, 내가 하게 될 줄 몰랐네. 너희는 안 답답하니?"

태성은 문간에 기대어 가만히 숨을 죽였다. 그에게도 꿈이길 바랐던 수많은 순간이 있었으므로 감히 공감했다. 그러나 그녀가 말을 걸고 있는 수조 안의 보니와 클라이드는 어땠을지 모를 일이다.

그 이튿날도 미사는 부엌을 뒤적였으나 요리는 하지 않았다. 자의가 아닌 타의로 할 수 없게 된 것이다. 재료가 없다며 칭얼대는 미사에게 태성은 "어제 만든 것들이나 먹어요."라고 퉁명스럽게 대답했다.

자투리 재료들을 모아 뭐라도 해볼까 하고 중얼대는 미사를 태성이 강제로 소파에 끌어다 앉혔다. 솔직히 암컷 뱀을 앞에 두고 자신이 뭔가 잘나 동정을 할까 싶지만, 천성이 그런 것은 어쩔 수가 없나 보다.

"왜 그래?"

"그냥, 미사 씨 좀 쉬라고요. 어제부터 하루 종일 요리만 하려고 하니까."

"취미인데."

"취미도 쉬어가며 해요."

얼결에 소파에 나란히 앉은 미사가 어깨를 으쓱였다. 미사의 고개가 비스듬 기울어 태성의 어깨에 닿았다. 태성은 피하지 않고 슬며시 미사에게 마시고 있던 캔맥주를 건넸다.

"마셔요."

"배만 부른데."

일족들은 이런 술에는 취하기 어려운 생체 구조를 가졌다. 해독 작용이 빠르기 때문에 그들을 취하게 하는 술은 특수한 공정을 거쳐야 한다. 소주나 고량주로도 취기를 얻기가 어려운데 맥주라니, 그저 배부른 음료일 뿐이다.

태성이 말했다.

"기분이라도 내요. 그리고 의외로 씁쓸한 거 먹으면 기분이 나아져요. 미사 씨는 담배도 안 피우죠?"

"……어…….."

"요즘 계속 숨어만 있으니까 스트레스 발산할 데가 부엌에서 요리하는 일밖에 없다는 건 알겠는데."

태성은 왠지 모르게 저답지 않은 긴장을 했다. 별말도 아닌데, 괜히 미사를 마주 보기가 어려웠다. 부러 뉴스로 시선을 돌렸다. 거의 항상 그랬지만 오늘도 어김없이 좋지 않은 소식들만 가득하다. 누가 비리를 저질렀다거나, 살인사건이 일어났다거나 하는 것들. 하지만 하나도 귀에 들어오지 않는다.

정면에 시선을 고정한 태성이 무심한 체 중얼거렸다.

"미사 씨, 하고 싶은 말 있으면 보니랑 클라이드한테 말 걸지 말고 대화가 통하는 사람한테 해요. 혼자 떠들지 말고."

"보니랑 클라이드?"

"금붕어들이요."

미사는 "아아." 살짝 뺨을 붉혔다. 한창 금붕어들에게 말을 걸고 있을 때, 태성이 잠에서 깼다는 건 알았다. 태성의 육감보다는 미사의 감각이 더 예리하므로 당연한 일이다. 하지만 태성이 신경 쓸 거라고는 생각하지 않았다.

"……하고 싶은 말이 딱히 있어 한 건 아닌데."

"하고 싶은 말이 없는 사람이 한밤중에 수조에다 대고 말을 해요?"

미사는 그런 태성의 호의가 묘하게 사랑스럽게 느껴졌다.

쓸데없는 간섭이기는 해도 의외의 구석에서 세심하고 다정한 태성은 같이 지내기에 나쁘지 않은 상대다. 쥐 주제에 그녀를 무서워하지 않는 것도 매력 포인트고. 아니, 애초에 이런 식으로 완전한 '타인'과 함께해본 기억이 드물어서. 낯선 기분이 든다.

미사가 태성이 마시다 건네준 맥주캔을 홀짝이며 중얼거렸다.

"누구 침 묻어 있어서 더 맛있네."

대번에 태성이 질색하는 표정으로 일어섰다. 미사가 키득거리며 따라 일어서자 태성이 손을 휘휘 젓는다.

"그런 지저분하고 징그러운 말 할 거면, 따라오지 마요."

"무슨 말을 했다고? 그리고 뭐가 지저분한 말이야, 맛있다는 게."

미사는 능청을 떨며 태성의 허리를 꽉 안아 붙들었다. 태성이 대경

실색해 "뭐 하는 짓이에요?" 하며 까칠하게 굴었지만 확 밀어내거나 하지는 않았다.

"그러면 우리 오늘 밤에 서로를 알아가는 시간을 가져볼까?" 하는 미사의 농담에 태성은 5초 정도 늦게 확 얼굴이 벌게졌다.

미사는 며칠 만에 정말로 기분 좋게 웃었다.

술이 한 잔 들어가자 긴장이 풀리기라도 한 건지, 미사는 느긋한 목소리로 사연을 꺼냈다.

"탈피를 할 때에는 몸이 늘 좋지 않으니까 누군가 곁에 있어주면 위로가 돼. 그래서 올해의 허물벗기는 사준한테 부탁했어. 무슨 일이 있다면 좀 돌봐달라고. 어차피 이틀 정도면 끝이 나는 일이고 별문제는 없을 거라고 생각했는데."

"……."

"갑자기 사준이 나를 공격했어. 그래서 도망쳤던 거야. 사준은 굉장히 오랫동안 알았던 사이고."

"알았던? 형제 아니에요?"

"아니, 어머니가 주워다 기른 뱀이야."

미사는 맥주캔을 홀짝이며 말했다. 해가 다 저물어 이슥한 어둠이 깔린 밤의 이야기다. 태성은 식탁에 팔꿈치를 기댄 채로 덤덤히 이야기를 들었다. 놀란 얼굴도, 동정하는 얼굴도 아닌 그야말로 속 모를 눈빛이라 미사는 오히려 더 마음 편히 말할 수 있었다.

"친형제는 아니네요."

"뭐, 그렇지. 내 어미가 낳은 새끼가 나 말고도 두엇 더 있다 들은 것 같은데 죽었을 거야. 겨우 두엇밖에 새끼를 치지 않은 건 내 어미가 일족들과 어울리는 것보다 인간들과 어울리는 걸 더 좋아해서일 거고."

그래서 시영은 별종이라 불렸다. 미사도 별종이라고 생각했다. 하지만 지금 와서 떠올려보니 그다지 이상한 일은 아닌 것 같았다. 그간 미사가 지켜봐온 태성도 인간들 사이에 홀로 녹아들어 살고 있었기 때문이다. 태성은 별종이라기보다는 여러 부분에서 많이 관대한 것처럼 보였다. 듬직하기도 하고.

"그렇구나."

"너는?"

"저는요?"

"너는 왜 혼자 살아?"

태성의 시선이 자연스럽게 수조로 향했다. 수조 안에는 두 마리의 금붕어가 있다.

"혼자 살고 있지 않은데요. 내 친구들이랑 같이 살아요."

"저 녀석들이 네 친구야?"

"네. 보니랑 클라이드요."

미사는 수조에 시선이 머문 태성의 눈동자를 응시하다가, 목 안으로 웃고 말았다.

"보니랑 클라이드, 네가 붙인 이름이야?"

"내가 아니면 누가 붙여줬겠어요. 내 집의 물고기한테."

"틱틱거리지 좀 말고."

태성이 상체를 틀어 수조를 응시했다. 두 마리의 금붕어가 수면 아래를 유유히 헤엄치고 있다. 조금 작은 고기가 큰 고기의 배 아래를 간질이듯 따라 헤엄쳤다. 태성이 희미한 미소를 머금었다.

"원래 두 마리였어요."

"수조는 저렇게 큰데."

"꼬리에 흰 무늬가 큰 암놈이 클라이드, 주황색이 좀 더 진한 쪽이 보니예요."

"보니 앤 클라이드, 영화 제목 아니야?"

"뭐, 거기서 따온 게 맞아요."

물고기에게도 비늘이 있다. 뱀과는 조금 다르지만 태성이 이런 비늘 달린 물고기를 좋아한다면, 수화한 자신의 모습도 예쁘다고 하지 않을까 하는 생각이 들었다. 공주병이라고 해도 상관없었다. 미사는 제 비늘에 자부심이 넘쳤으니까. 어찌 되었건, 새삼 깨달았다. 태성은 이름까지 붙여줄 만큼 이 물고기들을 아끼고 있었다.

턱을 괸 미사는 수조에서 눈을 떼지 않고 물었다.

"그거 한반도판 제목이 '우리에게 내일은 없다'라는 거 알아?"

"한반도라고 하니까 미사 씨 진짜 늙은이 같아. 원제목이 뭔지는 나도 알아요."

"엔딩도 우중충한 범죄 영화인데 왜 하필 그 이름이야?"

태성이 웃는다. 당연히, 허세 가득한 수컷들처럼 평론가에 빙의해 '살아서도 함께하고, 죽을 때에도 같이 죽는 동반자잖아요.' 따위의 대답이 돌아올 거라 생각했던 미사는 심드렁한 그의 설명에 괴고 있던 팔을 내렸다.

"멍청하잖아요."

"……응?"

"조금만 생각해도 그렇게 살면 안 된다는 걸 알 텐데, 그러지 못하고 동반자살을 했으니까."

미사가 작게 입술을 벌렸다.

"네가 저 금붕어들 예뻐하는 줄 알았는데."

"예뻐해요. 그렇지만 멍청한 건 멍청한 거죠. 주인도 못 알아보는 걸."

맞는 말이기는 한데 태성은 의외로 신랄한 구석이 있어서 가끔 미사를 당황시켰다.

보글보글 솟아오르는 기포를 피해 요리조리 지느러미를 놀리는 녀석들은 지금 제 주인이 자신들의 지능을 욕하고 있다는 걸 알기나 할까. 알 리가 없다. 아니, 안다 해도 상관없을지도 모르겠다. 금붕어는 기억력이 3초라는 이야기가 있다. 무서운 게 뭔지도 3초면 까먹는다는 말이다.

미사가 뚫어져라 수조만 보고 있으니 태성이 덧붙인다.

"혹시나 해서 하는 말인데, 먹을 생각 하지 마요."

"안 먹어. 비린내 나는 물컹한 금붕어를 누가 날로 먹는다고 그래. 배고픈 것도 아니고."

"배고파도 안 돼요."

"왜? 네 간식이야? 고양이가 생선을 먹지, 쥐가 생선을 먹니?"

"농담 아니고."

"능담이에요."

"그런 개그 재미없어요. 그냥 손 안 댄다고 약속이나 해요."

조금 전까지 '보니와 클라이드는 멍청해서 보니와 클라이드예요.'라고 시니컬하게 중얼거리던 태성은 고집스레 확답을 들으려 들었다. 미사는 태성의 그런 노파심이 참 유난스럽다고 조소했다. 이미 먹으려 했다면 태성이 없을 때 홀랑 잡아먹었을 터였다.

"뭐, 그래. 안 건드릴게. 넌 정말 바보 같다 해야 하는 건지, 착한 건아닌 거 같은데…… 어쨌든 자 일족이라는 게 안 믿길 정도야. 실제로보지 않았으면 확실히 안 믿었을 거야."

"꼭 '이래야 한다'는 건 없다고 생각해요. 정답이 어디 있어요, 수학문제 말고요. 예술은 보는 사람에 따라 받아들이는 형태가 다르고,

과학조차도 각각의 변수에 따라서 값이 달라지니까. 어떤 질문은 평생 답을 들을 수 없는 것도 있고, 질문하지 않아도 답이 보이는 것도 있고, 그런 거죠."

태성이 덧붙이며 다시 미사에게 시선을 옮겨왔다.

분명히 어린데, 어른스러우면서도 위태로운 느낌이 나는 분위기였다. 미사는 태성에게서 간혹 느껴지던 이질감을 다시 한 번 감지했다. 태성을 특정 지을 수 있는 가장 확실한 것은 단연 주위 사람들을 기분 좋게 해주는 향기지만, 그보다 더 은밀한 무언가가 있었다.

빈 맥주캔을 구겨 내려놓은 미사가 그를 물끄러미 응시했다. 대체 이 녀석은 뭐기에 이토록 쉽게 그녀를 받아들이고, 이토록 쉽게 그녀의 마음을 두드렸을까.

"네 발 보고 싶다."

"발?"

"수화한 네 발."

태성은 뚱한 표정을 짓더니 팩하니 고개를 돌려버렸다. 그게 귀엽다 싶어 미사가 소리 높여 웃으며 그에게 다가갔다.

"어때, 우리 서로 보여주기 할래?"

"내가 손해인 거 같은데요. 나는 미사 씨 수화한 모습 그다지 보고 싶지 않은데."

"나 예뻐."

미사가 부러 태성의 고개를 돌리게 해 눈을 맞추며 슬며시 웃었다. 태성의 시선은 미사의 눈동자에서 아래로 떨어져, 그녀의 입술에 닿았다. 의도한 건 아니었으나 침묵과 맞붙은 미묘한 기류는 어딘가를 간질였다.

마른 입술을 살짝 핥은 태성이 뒤늦게 그녀를 밀어냈다.

"아무튼, 장난치지 말고요. 아까 사실 하고 싶은 말이었는데, 미사 씨 요리하는 거요. 집에서 할 게 그런 것밖에 없다는 건 알겠지만 정 뭣하면 책이라도 읽고 근처 산책이라도 하고 그래요. 재료 동나는 건 둘째치고, 남은 음식 다 버려야 하잖아요."

"맛있잖아."

"미사 씨는 정작 안 먹잖아요. 남으면 음식물 쓰레기밖에 안 돼요. 미사 씨가 요리하면서 들인 정성도 다 버리게 되는 거예요. 요리는 관상용이 아니니까."

먹지 않고 만들기만 한 음식이 수두룩했다. 미사는 조금 불퉁한 표정을 지었다. 하지만 태성의 말이 딱히 틀린 것도 아니라서 그냥 "노력해볼게." 하고 답했다. 반쯤은 생각이 태성의 향기에 머물러 있었던 것도 같다. 미사가 슬며시 태성의 머리를 슥슥 문질렀다. 평소에는 꽤나 정 없어 보이던 태성의 회색 눈동자가 스윽 올려뜬다.

손바닥에 감기는 머리칼이 기분 좋았다. 태성의 귀여운 모습도 떠오르고, 수화한 그의 보드라웠던 털도 떠오른다. 미묘했다. 태성도 기분이 나쁘지는 않은 모양인지, 얼마간 그러고 있다가 일어섰다.

"늦었네. 내일도 학교 가야 해서, 이제 자야겠어요."

"아, 나 상처받았어."

"왜요?"

"유혹했는데 안 넘어왔잖아."

미사가 과장된 어조로 중얼거렸다. 태성이 걸음을 멈추고 고개를 갸웃했다. 이건 또 무슨 헛소리인가 하는 표정이다.

"유혹?"

조금 전의 기류가 묘했음은 태성도 알 것이었다.

반쯤 장난이기는 했지만 태성처럼 담백하게 외면해버리는 수컷은 또 처음이라 미사는 어깨만 으쓱했다. 여태까지 그녀가 알아온 자 일족들과 달리 꽤나 성질머리가 있어서 조금 다를까 했는데 역시나 쥐라서 그런가 보다 하며.

"……에, 유혹요?"

"응."

"……언제요?"

그러면서 외려 불쾌하다는 듯 눈살을 찡그리기까지 한다. 뜬금없었지만 미사는 태성이 꽤나 귀엽지 않나 생각했다. 못마땅한 것도 같고, 민망해하는 것도 같고, 대체 저 암컷이 언제 유혹 같은 걸 했나 생각해보는 것도 같은 표정으로 태성이 설명했다.

"저, 미사 씨. 미사 씨는 어떤지 모르겠지만 저는 여러 가지로 좀, 막혀 있어요."

"무슨 말이야?"

"제 본가는 유교 가풍이 전해 내려오는 곳이기도 하고, 뭐, 미사 씨가 예쁘기는 하지만 그렇다고 해서 제가 미사 씨와 뭔가가 있는 것도 아니고요. 미사 씨 나쁘게 생각하는 건 아니고, 그냥 가볍게 휘청휘청 넘어가는 것도 좀 아닌 거 같고……."

그 말이 뭐 별거라고 저렇게 설명까지 하나.

표정이 차분해서 잘 몰랐는데, 태성은 생각보다 더 당황한 기색이었다.

횡설수설 말을 잇는 동안 얼굴이 점점 벌게지는 것이 눈에 띄게 보였다. 표정은 딱딱한데 얼굴은 붉으니 그 괴리감이 더 웃기다.

뱀들은 대개가 알파형 수컷들이다. 내가 더 잘났니, 내가 더 세니 하며 떠드는 유치한 이들이 많았다. 미사는 태성과 같은 반응이 신기하면서도 조금도 기분 나쁘지 않고 좋았다. 제 사소한 장난에도 진지하게 반응하는 태성은 까칠하게 굴어대도 애였다.

"왜 웃어요."

"농담이었는데 그걸 또 세상 진지하게 받아들이니까."

"그런 농담 하지 마요. 사람 놀리는 거 아니에요."

태성은 어째 빈정이 상한 것 같은 표정으로 휙 자리를 떠나버렸다. 그러나 미사는 포기하지 않고 태성의 뒤를 조르르 쫓았다.

"발 보여줘."

미사의 장난스러운 요청에 태성은 결국 짜증을 부렸다.

"내가 무슨 장난감이에요? 아까부터 왜 자꾸 놀리고 그래."

그러나 미사가 끈질기게 들러붙어 옆구리를 찔러대자 마지못해 승낙했다.

미사는 그날, 수화한 작은 쥐를 안고 잠들었다. 이상하게 고민거리가 씻겨나가는 것 같은 기분이었다. 기분 좋게 잠든 미사를 물끄러미 바라보던 자그마한 쥐는 한참 후에야 곤한 잠에 빠졌다.

십이지라 불리는 열두 일족 중 뱀에게 가장 안전한 것은 쥐였다. 그리고 태성은 쥐다.

미사는 태성이 제공해주는 안전과 안락함 속에서 조금씩 안정을 찾아가고 있었다. 태성은 지난번 미사의 사연을 들은 후로 여러모로 세심히 그녀를 신경 써주었다. 선천적으로 착한 건지, 아니면 단순히 주위에 대한 배려심이 넘쳐나는 건지 모르겠다.

"아, 지각, 지각이다. 아, 차 밀리면 안 되는데."

"기왕 늦은 거 천천히 가지, 그냥?"

"안 돼요. 30분 이상 늦으면 결석 처리된단 말이에요."

미사는 '그게 대수야?' 하는 표정으로 멀뚱멀뚱 바라봐주었으나, 태성은 '매우 대수'라는 듯한 얼굴로 달려나갔다.

'멍청이.'

태성은 참 바보 같을 정도로 학업에 열심이었다. 매일매일 수업시간에 맞춰 일어나 준비를 하고 단정하게 차려입고 나가는 그는 누가 보더라도 모범생이다.

미사는 미사의 일을 시작했다.

요 며칠 그녀가 가장 먼저 하는 일은 광일제약에 대한 소식을 살피는 것이다. 인터넷을 켰다. 뉴스란을 뒤적였다. 그러나 뉴스가 전해주는 것은 한정적인 것들뿐이다.

일족들 간의 네트워크망이 형성된 홈페이지가 있다는 이야기를 얼핏 들은 기억이 나서, 열심히 해당 커뮤니티를 찾아보았으나 알아내지 못했다.

태성은 외려 '그런 데가 있대요?' 하고 되묻기까지 했다. 이리저리 검색 엔진을 돌려보았지만 결국 얻을 수 있는 소득은 그로테스크한 취향을 가진 고스족 사이트, 늑대인간이나 뱀파이어를 추종하는 이들의 사이트뿐이었다. 그래서 포기.

그녀가 접근할 수 있는 가상 근접한 자료는 공식적인 사이트에 기사 형태로 기재된 사준의 회사 사이트를 살펴보는 것이다. 뉴스의 링크를 통해 해당 사이트에 접속했다.

[광일제약 홈페이지]

헤르메스의 지팡이 무늬를 본떠 그린 투박한 마크가 가장 먼저 눈에 띄었다. 지팡이를 에워싼 뱀 그림은 우연일 것이다. 미사는 관련 기사들을 찾아보다 말고 한 페이지 통째로 사준에 대해 기록된 웹 페이지에서 시선을 멈추었다.

네모난 사진이 있고, 그 아래로 사준에 대한 거짓 정보들이 줄줄이 적혀 있다.

한사준, 제약계의 신예. 서른다섯의 젊은 CFO, 와튼 스쿨 졸업, 석박사 학위 취득, 경영학 전공…… 수많은 거짓이다. 장생하는 일족들의 삶은 이처럼 대개가 거짓된 자아 위에 쌓인다.

그래서 하나부터 열까지 편법 없이 공부하고 시험을 준비하며 학교 생활에 성실히 임하는 태성이 특이한 것이다.

'……흠.'

화면에 뜬 사준의 얼굴은 단정히 잘생겼다. 세간에서 말하는 다정스러우면서도 믿음직한 용모다. 태성이 의외로 까칠하게 잘생긴 청년이라면, 사준에게서는 부드러운 가죽 안에 억눌린 마초 같은 남성미가 도사리고 있는 것이 느껴진다.

'광일제약의 부흥을 이끌어낸 젊은 사업가, 한사준'이라는 문구가 눈에 띈다. 확실히, 사준이 입사했을 당시 광일제약은 큰 규모가 아니었다. 사준이 입사해 종족들의 이능을 끌어다 쓰면서 급속도로 커졌다.

제약회사는 기본적으로 바이러스나 질병을 무찌를 약을 연구하는 곳이다. 때때로 독은 백신이 되기도 하니 강력한 독니를 가진 그에게는 아주 좋은 직업이다. 게다가 사준은 드물게도 무리를 만드는 데에 익숙한 사 일족이다. 각종 뱀독을 구해오는 것도 어렵지 않았을 것이다.

미사는 힘없이 자조했다.

'하여간 위장 한번 잘해.'

다만 이제 와 생각하는 거지만 아직도 이해하기 어려운 부분이 있다. 사준이 어떻게 동족들을 수족처럼 부리는지에 관한 것이다. 사준은 특별히 나이가 많은 축에 속하는 일족도 아니다. 강하고, 희소한 살모의 종이라고는 하지만 뱀들의 이기적인 본능을 산산이 부숴버리기에는 턱없이 모자랄 것이다.

성품 때문에? 사 일족은 간디도 비웃을 수 있는 이기적인 족속들이다. 그런 녀석들이 사준의 성품에 감화되어 순식간에 휘하로 끌려들어가지는 않았을 것이다.

특히나 사준과 함께하는 녀석들 중에는 인간불신에 절어 있는 놈들, 말 그대로 제 본성을 이기지 못하고 날뛰며 개, 고양이 따위를 죽이는 걸 취미로 삼는 녀석들도 많다. 저보다 약한 것들을 철저하게 밟고 올라서는 이들이 사 일족이다. 그런데 어떻게 사준은 그 녀석들을 수족처럼 부릴까.

한때 어린 녀석에게 지나가듯 물어봤더니 '그냥 그렇게 되던데요?' 하는 멍청한 대답만 돌아왔던 기억이 난다.

딸깍. 딸깍. 딸깍.

마우스 커서 소리만 요란하다.

인터넷 기사에는 광일제약이 모 계열사와 새로 계약을 했다거나, 상장 주식의 주가가 몇 퍼센트 상승했다거나, 제3국의 의료업체와 그들이 어떤 교류를 하고 있는지 따위의 영양가 없는 것들만 널려 있다.

'오늘도 없네.'

미사는 흘러내린 머리칼을 높이 묶은 후 비딱하게 턱을 괴었다. 사준에 대한 특별한 기사는 없다. 까만 눈동자가 착잡한 앙금의 찌꺼기를 품은 채로 화면에 머물렀다.

미사는 후환을 남기지 않는 사준의 성격을 안다. 사준이 자신을 공격했을 때에는 끝장을 볼 생각으로 덤벼들었을 것이다. 치밀한 녀석이다.

미사는 눈이 뻑뻑해질 즈음 노트북을 덮었다.

때마침 초인종이 울렸다. 깜짝 놀라 현관문을 바라보았다. 시계를 확인했지만 태성이 나간 지 두 시간도 되지 않았다. 태성이 벌써부터 돌아오지는 않았을 터였다.

딩동.

다시 초인종이 울렸다. 왠지 모를 싸한 직감에 미사가 숨죽여 현관으로 다가갔다. 발뒤꿈치를 들고 걷는 모양새는 도둑고양이와 다를 바 없었다. 슬그머니 현관문에 난 렌즈 구멍에 눈을 가져다댔다.

둥그렇게 굽은 시야에는 아무것도 보이지 않았다.

'뭐야?'

그 순간 가벼운 무언가가 튀어 오르는 소리가 아주 작게 울리는가 싶더니 다시 딩동, 하는 소리가 났다.

가슴이 벌렁벌렁하기 시작했다.

'뭐야?'

분명 문 앞에는 아무도 없었다.

딩동.

소름이 끼쳤다. 보통의 방문객이라면 몸을 감출 이유가 없었다. 미사는 허둥지둥 뒷걸음질 쳤다. 조금 전까지 사준과 그녀의 동족에 대한 생각으로 가득 차 있었던지라, 억측은 쉬웠다.

적이 기운을 갈무리하고 도사리고 있는 걸지도 모른다. 벽에 바짝 붙어 초인종을 눌러대며, 눈을 희번덕 빛내면서 문이 열리길 기다리고 있을지도 몰랐다. 귀를 기울이고 최대한 오감을 예민하게 갈고닦아도 느껴지는 것이라고는 기묘한 타닥거리는 소리와…….

딩동.

초인종 소리뿐이다. 현관문에 귀를 가져다대는 순간 쇠 긁는 소리
가 났다. 귓속이 할퀴어진 것처럼 적나라한 소름이 올라왔다.

'뭐야.'

숨죽여 현관문을 노려보았다. 얼마 지나지 않아 기척이 멎었다. 초
인종 소리도 멎었다. 호흡을 고른 미사가 천천히 현관문을 열었다. 끼
이이이, 소리마저 음산하게 들렸다.

미사는 얼떨떨한 표정이 되었다. 텅 빈 복도에는 고적한 한기만 자
욱하게 내려앉아 있었다. 뼛속까지 시린 한기였다.

다만, 묘한 냄새가 났다.

태성이 마지막 수업까지 마치고 돌아왔을 때는 7시쯤 된 저녁 시간
이었다. 현관문을 연 태성은 협탁 램프 하나 켜지지 않은 어두운 거실
풍경에 고개를 갸우뚱했다.

"미사?"

미사가 그의 집에 들어온 이후 그의 집은 항상 불빛에 점거되어 있
었다.

목도리를 풀고 도톰한 모직 코트를 벗어 소파 등받이에 내려놓은
태성이 주위를 둘러보았다. 인기척 하나 느껴지지 않는다. 무덤처럼
조용하다. 묘하게 곤두선 긴장감이 공기를 묵직이 짓누르고 있었다.
태성도 서서히 경계심을 곤추세우기 시작했다.

그때였다.

"태성아, 여기."

획 고개를 돌려보니 금붕어들의 수조 아래 웅크린 실루엣이 보였다. 태성은 수조 아래의 좁은 공간에 틀어박혀 있는 것이 미사라는 것을 그제야 알아차렸다.

팟, 불을 켜자 그의 코트를 입고서 웅크리고 있는 미사가 눈에 들어왔다.

어안이 벙벙했다. 이 여자가 오늘 갑자기 왜 이러나. 미사의 얼굴에는 감추지 못한 불안이 짙게 번져 있었다.

"거기서 뭐 해요?"

태성의 목소리에 비로소 미사가 바닥을 더듬으며 기어나왔다. 태성이 무어라 더 말하려던 찰나였다.

미사가 와락 그의 허리를 안았다. 깜짝 놀란 태성이 밀어내기 위해 반사적으로 손을 들었다가, 달달 떨리는 그녀의 손을 알아차리고 멈추었다. 태성의 손은 미사의 머리로 내려앉았다.

"추워요? 집 안에서 코트는 왜 입고 있는 거예요."

"너 왜 이렇게 늦게 왔어?"

"오늘 오후 수업이……."

태성은 무심코 설명하려다 말끝을 흐렸다. 그의 귀가 시간에 대해 미사와 약속한 바는 없었다. 태성은 늘 그의 스케줄대로 살았고, 미사도 그의 생활 패턴에 대해서는 크게 개의치 않는 편이었다.

오늘은 정말로 이상한 날이었다.

"무슨 일이라도 있었어요?"

태성이 제게 바짝 달라붙은 미사를 난감한 표정으로 내려다보다가, 천천히 그녀의 머리를 쓸었다.

"조금 전에."

미사는 그의 손길에 묘하게 차분해지는 것을 느꼈다. 정체 모를 이가 초인종을 누르고 사라져버린 후 미사는 불현듯 엄습해온 공포에 질렸다. 정확히 무엇이 두려운 건지도 몰랐다. 자신이 무언가를 두려워하고 있는 것인지에 대해서도 확신할 수 없었다.

그러나 외상 후 스트레스 장애라도 생긴 것처럼 미사는 꼼짝도 할 수 없었고, 늘 마음이 불안하면 그랬듯 어두운 곳으로 기어들어갔다.

태성의 집은 그저 집일 뿐이다. 시멘트벽과 철로 만든 현관문만이 안과 밖을 가르고 있을 뿐, 결계와 같은 보호막도 아니었다. 마음만 먹는다면 인간조차도 쉽게 뜯어버리고 들어올 수 있는 형편없는 바람막이다.

하지만 그래도 태성은 이 집에 권리를 행사하는 주인이었다. 불청객을 몰아낼 수 있는 자이고, 그녀를 위협하지 않는 사람이다. 태성이 돌아온 것을 확인한 후에야 불안이 풀렸다. 이상하다, 참.

"귀신……."

"예?"

"귀신에 홀린 것 같아."

태성이 어처구니없다는 듯한 표정을 지었다.

"귀신 같은 게 어디 있다고 그래요. 무슨 일인지 설명을 해봐요."

태성이 미사에게 고개를 기울여 눈을 맞추었다. 키가 머리 하나는 더 커서 이렇게 해야 겨우 눈이 맞았다.

'이걸 솔직히 말해야 하나.'

미사는 고민했다. 귀신이 있다고 믿는 건 아니지만, 아까는 정말로 이상했다. 선뜻 입을 열지 못하고 주저하는 미사를 채근하며 태성이 어깨를 두드려주었다.

"무슨 일이냐니까요. 괜찮으니 말해봐요."

미사는 입술만 잘근잘근 씹고 있었다. 그가 오기 전부터 잔뜩 씹혀 있던 입술이다. '아프지 않나.' 태성이 예고 없이 그녀의 입술을 엄지로 눌러 벌리게 했다.

"입술 그만 깨물고요."

얼결에 미사가 입술을 벌렸다. 미사의 눈이 조금 커지자 태성이 손을 뗐다. 태연한 체하지만 그도 조금 멈칫한 것 같았다. 그는 자연스럽게 말을 이었다.

"귀신에 홀렸다는 그런 말도 안 되는 소리는 뭐고, 왜 이렇게 창백하게 질려 있어요. 궁금하잖아요. 왜 그런지 차분히 얘기해봐요."

미사는 마지못한 사람처럼 운을 뗐다. 지금 생각해도 너무 이상해서 말하지 않을 수가 없었다.

"아까, 초인종이 울렸거든."

"아, 누가 왔어요?"

"……누가 안 왔거든?"

"무슨 소리예요? 문을 안 열어준 거예요?"

"아니, 내가 초인종 소리가 나서 가봤는데, 아무도 없었어. 아무도 없는 걸 분명히 보고 있는데 또 초인종 소리가 나고…… 이상한 소리만 났어. 나가봤는데도 아무도 없고. 분명 기척은 있었어. 일족의 기운은 아니었는데, 있는데, 없었다니까."

미사는 태성이 오기까지 수많은 생각을 해야 했다. 말도 안 되지만 귀신일 가능성, 사준이 보낸 사람일 가능성, 곽현과 마주쳤을 때 미행이 붙었을 가능성…… 도망쳐야 하는 건 아닐지.

가장 좋은 건 이 아파트에 사는 키 작은 어린아이가 장난으로 초인종을 누르고 도망친 것이라는 시나리오다. 하지만 제 눈으로 본 게 있어 그건 아니란 걸 잘 안다. 틱틱. 틱탁. 기기긱. 뭔가 튀는 듯한 소리와 현관문을 긁던 소리가 아직도 기억에 선명하다.

소름이 돋아 어깨를 떨었다.

"이건 무슨 말이에요. 이상한 소리요?"

"가볍게 막 튕기는 소리, 손톱으로 긁는 소리 같은."

솔직히 무슨 꿈이라도 꿨냐 되묻는다 해도 할 말이 없을 정도로 미사의 설명은 두서가 없었다. 그러나 태성은 과연 배운 녀석이라 그런지, 의외로 제대로 알아들은 기색이었다.

"으음, 튕기는 소리?"

"막, 작은 게 통통 뛰는 거 같은 소리 있잖아. 그런 거."

실체가 무언지 보이기라도 했다면 이렇게 소름이 끼치지 않았을 것이다. 상대가 강했다면 도망쳤을 것이고, 약하다면 그녀가 잡아 붙들어 정체가 무언지 밝혀낼 수도 있었을 터다. 그런데 귀신이 곡할 노릇을 겪고 나니 혼란스럽기만 했다.

"그래서 지금 이렇게 겁먹은 거예요?"

"……그거 때문에 겁먹은 게 아니라."

"뱀인데도 거짓말은 되게 못하네."

태성의 놀리는 듯한 목소리에 미사는 살짝 콧잔등을 찡그렸다. 하지만 그러면서도 왠지 모르게 안도가 되었다.

"미사 씨, 안 어울려요, 이런 모습."

"네가 나에 대해 뭘 안다고."

괜히 퉁명스레 말하며 안은 팔에 힘을 주었다.

"내 허리 끊어지는데요. 아무리 내가 만만해도 그렇죠, 너무 막 들러붙네."

태성이 지나치게 센 미사의 힘에 약간 목 졸린 소리를 내며 웃는다. 머뭇머뭇 미사의 머리를 밀어내는 태성의 눈빛이 가라앉기 시작한 건 얼마 지나지 않아서였다. 태성의 눈빛에 묘한 이기가 돌았다. 사실 태성은 미사가 한 말을 조금도 허투루 듣지 않았다.

짐작 가는 것이 있었다.

"미사 씨, 상황 좀 보고 올 테니까 잠깐만요."

"아까 너 나간 지 얼마 안 되어서 있었던 일이야. 기운도 내가 확인하려 했는데 별로 느껴지는 게 없었대도."

"그래도요. 뭐, 별일 아닐 거예요. 나 좀 봐봐요."

미사가 불신 어린 표정으로 턱을 들었다. 태성이 미사의 뺨을 툭 손가락으로 튕기며 설명했다.

"솔직히 지금, 미사 씨 좀 의외라서 귀엽게 보이는데."

"나 지금 장난치는 거 아니야."

"나도 장난 아니에요. 어쨌든 내가 살펴볼 테니까 안심하고 있어요."

태성은 저도 모르게 미사의 입술을 문질렀던 자신의 엄지손가락을 혀로 핥았다. 빈말이나 장난이 아니었다.

"흐음."

태성이 현관으로 나와 가만히 팔짱을 끼고 섰다. 낡은 벽에는 흠집이 가득하다. 게슴츠레 뜬 회색 눈동자가 훑듯 주위를 살폈다. 확실히 미사의 말대로 일족의 기운이랄 것은 거의 느껴지지 않았다. 그럼에도 짐작이 가는 것이 한 가지 있었다.

초인종의 버튼을 물끄러미 바라보던 태성이 다시 안으로 들어갔다.

'곤란한데.'

짐작이 맞다면 일이 번거로워질 것이었다.

거실로 돌아간 태성이 물었다.

"무슨 소리는 안 났어요? 우는 소리 같은 거."

미사가 대번에 질색했다.

"소름 돋잖아, 울음소리라니."

"놀리려는 게 아니라 진지하게 묻는 거예요. 뭐 짐승 소리라거나, 그런 거요."

"아무 소리도 못 들었어. 일족은 아니었대도."

태성은 다시 번민에 빠졌다. 미사의 귀는 당연히 인간들보다 좋을 것이다. 아마도, 미사가 듣지 못했다면 아닐 수도 있다.

"음, 일단은 그래요. 별일은 아닌 게 맞으니까 미사 씨는 신경 쓰지 마요."

미사는 무릎을 모으고 소파에 앉았다. 태성은 태연하기만 하다. 그녀보다 약해도 한참 약한 녀석이었다. 뱀인 그녀를 두려워하는 기색도 없고, 저렇듯 늘 여유로워 보이는 모습이 은근히 암컷의 본능을 건드리는 구석이 있다.

태성은 쉽사리 안심하지 못하는 미사의 어깨를 툭툭 두드렸다.

"뭘 그렇게 뚫어져라 보고 있어요. 뭐든지 미사 씨가 신경 쓸 만한 건 아닌 거 같으니까, 그만 생각해요."

"어떻게 알아?"

"그냥 나 믿어요."

"너처럼 약한 애를 어떻게 믿어?"

'이 여자도 참.'

이렇게 대놓고 아픈 데를 찌르니 위로해주려던 마음까지 싹 가신다. 괜히 비딱한 심산이 튀어나오려 했지만 무릎을 당겨 안고 빤히 그를 바라보는 눈이 가여워서 참았다.

"미사 씨보다 약하기는 하지만, 미사 씨도 그런 건 알잖아요. 약한 녀석들은 눈치가 빨라야 살아남는다는 거."

미사는 조금 납득했다. 태성의 말이 맞다. 뭔가 더 있는 것 같지만, 저 녀석 은근히 말을 잘한다.

태성은 다른 생각에 잠겨 있었다.

'……어쩐다.'

한동안 잠잠하기에 이대로 넘어가게 되나 싶었는데, 예전에 했던 걱정이 슬슬 현실로 다가오는 느낌이었다.

태성의 뒤에서 TV 소리가 났다. 고개를 돌려서 보니 미사는 어느새 화면에 집중하고 있다. 의외로 단순한 구석이 있는 여자다.

조금 전에 닿았던 미사의 손길이 생각나 살짝 가슴이 두근거렸다. 정말 왜 이러나 모르겠네.

태성이 돌아온 후 미사는 빠르게 안정을 찾았고, 태성도 대강 씻고 옷을 갈아입은 후 거실에 앉아 책을 폈다. 부엌에 서 있던 미사가 목을 빼고 물었다.

"……또 학교 과제야?"

"예습요. 지금 바쁘니까 말 걸지 마요."

"너 점점 성격 나온다. 그렇지?"

미사가 능글능글 물었다.

"에이, 아니죠. 제 성질대로 했으면 미사 씨가 여기에 있지도 못했겠죠. 막말로 진짜 못된 게 누군데. 꽃뱀이라는 말이 괜히 나온 게 아니라고 했어요. 땡전 한 푼 안 내면서 내 집에 눌러앉아서 하루 종일 날달걀만 호록거리고 있고."

"네가 진짜 꽃뱀을 못 만나봐서 그래. 걔네 못생겼어."

"미사보다 예쁜 뱀은 없겠죠, 예. 본인 주장."

심드렁히 대꾸한다.

왠지 빈정이 상한다. 미사가 눈을 가늘게 뜨고 쓴소리를 고르고 있는데 태성이 먼저 물었다.

"근데 왜 예쁜 여자들한테 꽃뱀이라 그래요?"

"글쎄? 인간들이 붙인 거잖아. 종류마다 조금씩 다르기는 한데, 걔네는 그냥 칙칙하게 얼룩덜룩한 애들이야. 잘 모르는 애들은 꽃뱀이라 하니까 무슨 꽃무늬 비늘이라도 있는 줄 알더라. 폰 줘봐. 보여줄게."

미사가 다가와 태성의 주머니에서 휴대전화를 꺼내 가져갔다. 그의 주머니에 쑥 손을 밀어넣고 더듬거리는 품새가 자연스러워서 태성이 떨떠름한 표정을 지었다.

외간 남자라기도 좀 그렇지만 수컷의 주머니에 함부로 손을 넣는 품새가 영락없이 그를 애 취급하는 모양새였다.

미사가 휴대전화를 뒤적이는 동안 태성은 책으로 관심을 돌렸다.

"아, 그리고 미사 씨, 별일이야 없겠지만 혹시라도 다음에 나 없을 때 또 아까처럼 초인종 울리면 바로 나한테 전화해요. 절대 문 열어주지 말고요."

태성이 턱짓으로 벽걸이 TV 아래 서랍에 놓인 인터넷 전화를 가리켰다. 미사는 고개를 끄덕이면서도 영 찜찜하다는 내색을 했다. 콧잔등이 찡그려진 것이 꽤 귀엽다.

미사는 곧 태성의 휴대전화로 검색한 꽃뱀 사진을 들이밀었다. 태성이 엉겁결에 고개를 빼고 보았다. 확실히 투박한 뱀 사진이다.

"아, 이게 꽃뱀이에요? 의외로 투박하네요."

"나는 이 녀석들이랑 달라."

"별로 안 궁금해요. 솔직히 제 눈에 뱀들은 다 똑같고."

"너 저기 징그러운 물고기들도 키우잖아."

"보니랑 클라이드요? 에이, 쟤네는 나풀나풀한 지느러미라도 있잖아요. 이런 뱀이랑 비교하면 안 되죠. 그리고 미사 씨가 징그럽다고 말하는 거 좀 웃기지 않나."

"물고기들은 징그러워."

"뱀은 아니고요?"

어쩐지 자존심이 상한 얼굴이라 태성은 뒤늦게야 마지못해 덧붙였다.

"뭐, 미사 씨는 예쁠 거 같기는 해요."

팔짱을 낀 미사가 그의 옆자리에 앉아 묘한 웃음기를 머금은 시선을 보내왔다. "엎드려 절하면 기꺼이 받아주지." 하고 중얼거린다. 태성은 제가 낯간지러운 말을 했다는 걸 깨닫곤 머쓱하게 웃었다.

"나 바쁘다는 거 진짜니까, 저리 가요. 거슬려요."

"시건방지기는."

미사는 태성의 목을 와락 끌어안고 저도 모르게 뺨을 앙 물어버렸다. 태성이 깜짝 놀라 소리쳤다. 살짝 문 것이 아니라 정말 세게 물었다. 태성이 깜짝 놀라 고개를 피하려 했지만 미사가 더 집요했다.

"미쳤어요? 얼굴 치워요. 진짜 소름 돋았으니까."

태성이 팔을 문지르며 몸서리치는 시늉을 했다. 미사는 피식 웃으며 고개만 절레절레 저었다. 어느새 불안은 가장 깊은 밑바닥으로 가라앉았다. 태성의 옆에서 그녀는 자신의 안전을 의심하지 않았으므로.

IO

/

보니 앤 클라이드

태성의 일상이 하도 지루해 보여 저까지 늘어지는 기분이었다. 미사는 헐렁한 태성의 셔츠만 입은 채 늘어져 있었고, 어김없이 태성은 두꺼운 책을 넘기고 있었다. 두 사람 모두 각자의 일에 몰두하고 있으니 초침 흐르는 소리가 들릴 만큼 고요하기만 했다.

그런데 태성이 갑자기 책을 내려놓고 자리에서 일어섰다. 금붕어 수조로 걸어가 한참을 서 있는다. 까똑 하고 울리는 소리에 미사가 고개를 들어 뒷덜미를 향해 말했다.

"태성아, 너 또 뭐 왔어."

태성은 수조 안의 금붕어에 시선을 고정한 채였다.

왜 그런가 하니, 보니의 상태가 어쩐지 평소와 달랐다. 지느러미는 힘이 없었고 몸도 수평으로 떠 있는 것이 아니라 기울어진 채였다. 중심을 잡지 못해 흐늘흐늘 떠다니는 것 같다.

태성은 심각한 표정으로 수조의 온도계를 확인하고, 여과기며 히터를 다시 꼼꼼하게 살폈다. 그러고는 찬장에서 수질 정화제를 꺼내 몇 방울 탔다. 지금 물갈이를 해줄 수는 없다며 안타까움을 담뿍 담은 목소리로 중얼거렸다.

"안 되는데……."

최대한의 조처를 다 한 태성이 터덜터덜 소파로 돌아와 책을 들었다. 그렇지만 처음처럼 집중하는 기색은 아니었다.

미사는 태성의 옆얼굴에서 묘한 기색을 읽어냈다. 평소보다 차갑고 딱딱했다. 말을 붙이기도 어려운 분위기였다. 그런데 태성이 먼저 말을 걸어왔다.

"아까 뭐라고 했어요?"

"아, 너한테 카톡 왔다고."

"누가 보낸 건지 봤어요?"

목소리가 여전히 좋지 않다. 분위기를 풀기 위해 미사가 장난스럽게 받아쳤다.

"민주12? 열두 살짜리 민주?"

"12학번 민주라는 거예요. 뭐래요?"

"오빠 뭐 하냐고 묻는데?"

"나중에 내가 답장할 테니까 무시해요."

미사는 심심풀이로 태성의 친구 목록을 살폈다. 그녀에게는 친구랄 것이 많지가 않다. 공적인 일 외의 친교를 위해 인간과 교류한 적이 없었다. 그녀는 누군가와 함께 지내는 것에 익숙하지 않았고, 사준이 특별한 케이스였다. 이렇게 끊임없이 태성에게 연락을 하는 인간들이 신기했다. 그걸 다 받아주는 태성도.

"오빠오빠오빠오빠오빠…… 태성아태성아태성아태성아…… 인기 많구나? 인간 여자 취향이야?"

"그런 거 아니에요. 먼저 연락하는 걸 어떻게 해요."

"네가 착실하게 일일이 다 상대해주니까 그렇지. 아니다 싶을 때에는 딱 끊어버리는 게 미덕이라고. 굳이 불편하게 받아줄 이유가 뭐 있어."

"불편할 게 뭐 있어요. 다들 그렇게 하는 건데."

"자 일족들은 우리랑 다른 의미로 폐쇄적이라 들었는데."

태성의 회색 눈동자가 느릿하게 들려올라갔다. 의도치 않게도 시선이 미사의 흘러내린 셔츠 안의 살결에 머물렀다.

"……그보다 앉든가, 다른 걸 입든가 해요."

"왜?"

엎드린 미사의 길고 늘씬한 다리가 흔들거렸다. 흘러내린 셔츠 안쪽으로 가슴의 윤곽이 훤히 보였다. 미사는 고개만 갸우뚱할 뿐이었다. 태성이 평소보다 예민한 게 맞는 모양이다 내심 생각하면서.

태성은 보는 둥 마는 둥 펼치고 있던 책을 신경질적으로 덮었다.

"전부터 얘기하려 했는데, 다른 사람이랑 같이 생활하면 어느 정도 거리 유지는 필요한 거 아니에요?"

"누가 아니래?"

"나 의식 좀 하라고요."

미사가 갑자기 소파에 얼굴을 푹 박더니 어깨를 떨며 웃기 시작했다.

"아니, 그게 웃을 일이에요?"

"아, 어떡해. 네 옷들이 다 큰걸."

평소에도 미사가 몸에 걸치는 것이라고는 커다란 셔츠와 헐렁한 반바지가 전부였다. 태성의 키가 180cm가 넘는데 미사는 고작 160cm 중후반에 불과하다. 살도 별로 없는 야리야리한 몸매다. 태성의 옷이 맞지 않을 수밖에.

갑자기 무슨 재미있는 생각이라도 난 것처럼 태성의 휴대전화를 만지작거리던 미사가 돌연 휴대전화를 쑥 내밀었다.

"이런 거 어때? 인터넷에 보면 남자들이 좋아하는 룩이라는데."

"뭐라는 거야, 대체. 이 뱀이."

화면에는 '남자친구에게 예쁘게 보이고 싶은 여자들의 겨울 패션!' 이라고 대문짝만 하게 박혀 있다. 헐렁하면서도 스포티한 의상의 사진 아래에는 이런 설명이 덧붙어 있었다.

[보일 듯 말 듯 맵시를 드러내는 내추럴함이 심쿵 포인트!]

남자들이 좋아하는 룩이라는 건 엄밀히 말하면 '남자들을 유혹할 만한 차림'이라는 의미였다. 흔히들 남자들이 설레어 하는 포인트가 그런 데 있기 때문이다. 미사와 그는 그런 관계가 되기에는 이상해도 한참 이상하지 않은가.

"이번엔 장난에 안 넘어가요. 상대 잘못 골랐어요."

"잘 고른 거 아냐? 네가 이 집 호스트인걸. 집주인한테 잘 보여야 오래오래 편안히 머물지."

"호스트라고 해도 미인계는 아니죠. 미적 감각이 많이 다르지 않나."

"나 의외로 인기 많은데."

태성이 물끄러미 미사의 이목구비에 슥 눈길을 주며 중얼거렸다.

"저번에도 말했잖아요, 예쁘다고. 예예, 미사 씨 예쁠 거라고. 일단 지금 얼굴은 확실히 예쁜 편이죠."

"어머, 추파 던지는 거야? 추파 던질 때 좀 웃기라도 해줘야 믿음이 가지."

"……대체 말이 왜 또 그리로 튀어요."

태성은 미사의 뻔뻔한 대답에 고개를 저으면서도 입술은 웃고 있는 자신이 한심했다. 하지만 정말로 미사는 미인이라 자평해도 될 만큼 예쁜 외모를 갖고 있다.

일족들에게 있어 외모는 보호색이기에 거의 대부분이 평균치 이상이라고는 했지만, 그중에서도 독보적인 편이었다. 살짝 위로 향한 곡선의 눈매와 하얀 피부에 또렷한 선홍빛 입술이 도드라진다.

청순한 건 아니고, 도회적인 섹시함에 더 가까울 것이다.

그건, 취향의 차이를 떠나서 그의 주관에도…….

'……아니, 내 취향이 미친 건가?'

생각을 멈춘 태성은 문득 의문을 품고 말았다.

이건 심각한 일이다.

어쨌든, 문제는 태성이 그녀에게 끌린다는 걸 인정하기엔 그녀의 종이, 그의 무리가 천적이라 일컫는 뱀이라는 것이 큰 장애였다.

미사의 본체를 보기 전까지만 해도 막연히 '종이 다른 여자' 정도로 생각을 했는데 며칠 전 보고야 말았다.

초인종 사건이 있은 이튿날이다.

정확히는 이튿날 한밤중, 불 꺼진 욕조 안의 거대한 검은 구렁이를 목도하고 말았다. 커다랗다는 건 짐작했지만 솔직히 금색 눈동자를 반짝이며 그를 올려다보는 검은 구렁이는 몹시 낯설어서 태성은 기겁할 만큼 놀랐다. 오죽이나 크고 긴지 욕조를 채우고도 꼬리가 삐져나와 있었다. 몸을 씻고 싶어 그랬다며 미사가 변명을 덧붙였지만 태성의 머릿속에 남은 건 미사의 본체의 잔상뿐이었다.

그러나 태성은 그 문제로 미사와 분쟁을 일으키지는 않았다. 이미 제 정체도 까발려졌고, 딱히 미사가 그를 위협하거나 하지 않으리라는 걸 이제는 안다.

하지만 보기 전 막연히 상상했을 때와 실제로 보았을 때의 괴리감은 컸다. 사실 오늘 아침까지만 해도 태성은 미사의 얼굴 위로 검은 구렁이를 겹쳐 보았다. 미사는 태성의 번뇌를 알아차리고 괜히 서운한 티를 냈다. 애교 같지도 않은 애교와 함께.

「나 진짜 예쁜 편이야.」

「…….」

「정말 내 비늘은 최고로 예쁘거든.」

「장난하는 것도 아니고.」

「따라 해봐. 미사 씨는 참 예쁘시네요.」

「……좀 떨어져서 얘기해요. 제발 부탁이니까.」

미사는 끈질겼다. '나 예뻐, 나는 정말 예뻐.'를 반복적으로 들었더니 세뇌라도 당한 것 같다. 지금은 충격이 조금 가셔서인지, 아니면 정말 세뇌를 당한 건지, 꽤 우아하고 위엄이 있어 보였던 것도 같다고 생각…….

'……하는 내가 진짜 미친 거지.'

고개를 저은 태성은 흘낏 미사를 바라보았다.

"바지라도 좀 긴 걸 입든가요. 긴 바지 많잖아요. 춥다고 그렇게 방 구석에 틀어박혀서는 그렇게 벗고 다니는 거 안 이상해요? 계속 그러면 보일러 온도 낮출 거예요. 안 그래도 미사 씨 때문에 이달 관리비 폭탄일 텐데."

"왜, 한여름에 에어컨 켜놓고 이불 속에 누워 있는 거랑 똑같은 건데."

"별로 예쁘지도 않은 다리."

미사는 이번에야말로 충격을 받은 표정을 했다.

"아니, 너, 내 다리가 얼마나 잘빠졌는데……!"

"비늘 다음에는 다리예요?"

"봐."

냉큼 몸을 들어앉힌 미사가 길고 흰 다리를 쭉 뻗어 태성의 허벅지를 콕콕 찔렀다. 발끝이 슬그머니 허벅지를 타고 뱀처럼 꼬물거렸다. 태성은 깜짝 놀라 엉덩이를 옆으로 옮겨 피했다.

"왜 이래요, 징그럽게. 진짜 내외 좀 하자고요, 우리."

"뱀아목과한테 징그럽다는 말은 그다지 욕처럼 안 들려. 하도 많이 들어서. 물론, 내가 징그럽다는 말을 인정한다는 건 아니니 오해하지는 말고."

태성이 헛웃음을 금치 못하고 미사를 밀어냈다.

"농담도 참."

미사는 불퉁한 눈빛으로 태성을 흘기다 침실로 들어갔다. 부스럭 소리가 나는가 싶더니 곧 무릎까지 오는 태성의 카고 바지를 입고 나왔다. 허리가 가늘어 흘러내릴 것 같다며 일자 눈을 하고 투덜거렸다.

"됐지?"

태성은 흔들리지 않았다.

"뭐, 아까보단 낫네요."

비록 지금은 본가에서 나와 살지만, 태성은 유교정신이 뼛속까지 단단한 자 일족의 본가에서 어린 시절을 보냈다. 모계사회인 탓에 마초 같은 성향은 많지 않았다. 그래도 암컷과 수컷의 유별함에 대해서는 많이 들어왔다.

그동안 부러 미사를 이성으로 의식하지 않으려 애썼기에 참았지, 그의 눈에 거슬렸던 건 몹시 많았다.

'역시…… 역시.'

여전히 거슬리는 게 있기는 하다.

"더 작은 옷 없었나."

"응, 네 옷들이 다 커서 흘러내리는 건 내 잘못 아니야."

"찾으면 있을 텐데……. 아, 아니다. 차라리 미사 씨, 나가서 옷이라도 사와요."

"돈이 어디 있어서?"

태성이 지갑에서 카드 하나를 꺼내어 툭 내려놓았다. 물끄러미 카드를 바라보던 미사가 웃기 시작했다.

"왜요?"

"드라마에 나오는 남자 주인공처럼 '사고 싶은 거 다 사.' 하는 대사 하나만 더 날리지."

미사는 안 그럴 것 같은데도 여러 가지 병을 가지고 있다. 공주병으로도 모자라 이제는 드라마퀸 병도 있는 모양이다. 내심으로 혀를 찬 태성이 능청스럽게 받아쳐주었다.

"맨날 내 옷 주워입지 말고 사고 싶은 거 다 사요."

"착하기도 해라. 네 카드로 쇼핑을 하라는 말이지?"

"네, 장난 아니고 내 옷 그렇게 입고 다니는 거 이제 그만해요. 나간 김에 다른 필요한 것들도 사고요. 그러고 보니 필요한 것들도 있을 거 아니에요. 여기 머무는 동안에라도."

"너, 여자한테 카드 함부로 주는 거 아니라고 못 배웠어? 파산이 무섭지 않으신가 본데."

"무섭네요."

놀리는 듯한 미사의 투에도 태성은 시큰둥했다. 미사가 웃음을 그치고 물었다.

"그런데 이래도 돼? 네가 번 돈은 아닐 거 아냐."

"이제 와 신세 지기 싫다느니 그런 소리 하려는 건 아니죠?"

"당연히 그건 아니지."

"그러면 그냥 써요. 어차피 이미 걸렸으니까."

"걸리다니, 뭐가?"

태성은 가타부타 대답하지 않았다. 미사는 물끄러미 카드를 바라보다가 권유했다.

"내 집에 옷 많은데."

"미사 씨 집에 못 간다면서요."

"그래도 조만간 한번 가보기는 하려고."

"가도 돼요?"

"필요한 게 있어서."

"뭔데요?"

"전화번호부. 내가 물에 빠지면서 휴대전화도 다 버리게 됐잖아. 아무래도 연락 드려볼 분도 있고."

태성은 미사가 누군가를 높여 말하는 걸 처음 보았다. 꽤 의외였다. 미사는 태성의 그런 시선을 어떻게 해석한 건지 헐렁한 바지를 쭉 끌어올려 고쳐앉았다.

"아, 그리고 걱정 마. 집에만 들어가면 비상금으로 숨겨놓은 돈도 가져올 수 있어. 그러면 사실 이런 카드 같은 거 빌릴 필요 없거든. 내가 너보다 돈 많으니까."

"그 잘난 통장 구경이나 합시다."

작게 웃은 미사가 능청스레 말을 돌렸다.

"네 무리는 너한테 돈만 줘?"

막 비딱하게 책장을 넘기던 태성이 멈칫하더니 간격을 두고 대꾸했다. 목소리는 평이했지만 미사는 찰나의 머뭇거림을 놓치지 않았다.

"비슷해요."

"자(子)들은 무리를 짓는다고 들었는데."

"그런 사람도, 이런 사람도 있는 거죠. 그리고 미사 씨도 소문의 사 일족들이랑은 많이 다른데요. 거짓말도 다 티 나고, 무서운 것도 못 참고."

"너 지금 시비 거는 거지."

"편견이라는 거죠. 혼자 사는 자 일족이 있을 수도 있고. 같이 사는 걸 더 좋아할 수도 있고."

하지만 미사는 정말로 가끔, 태성의 정체를 의심했다. 태성이 자 일족이라는 걸 믿지 못하는 건 아닌데, 믿기지가 않는다고나 할까.

미사는 긴 삶을 살아왔다. 인맥도 좁고 고만고만하지만 자 일족들을 오며가며 만나본 적이 있다. 자 일족들은 대개 그녀보다 나이가 훨씬 많지 않고서야, 미사를 두려워하곤 했다.

"그러고 보니 너, 한 번도 힘을 쓰는 걸 본 적이 없는데."

"힘? 무슨 힘이요."

"너는 무슨 색이야?"

그 말에 비로소 태성이 "아." 짧게 신음했다.

미사가 묻는 것은 기운의 색이었다. 기운이 흘러나오기 시작하면 미사는 노란빛을 띤다. 금색에 가깝다. 일족들은 대부분 고유의 성질이 있어서 조금씩 다르다. 그런데 미사는 한 번도 태성이 힘을 쓰는 것을 본 적도 없을뿐더러, 그의 색안을 본 적도 없었다.

태성의 눈은 언제나 회색이다. 맑은 회색. 가끔 어두운 곳에서는 한없이 짙어 보이기도 한다.

"글쎄요."

"또 수수께끼니? 처음에도 그러더니."

"그것도 글쎄."

얄밉게도 태성은 어깨만 으쓱할 따름이었다.

"나에 대해 많이 궁금해해봐요."

"밀당이야?"

"뭐래."

의뭉스럽게 웃은 태성이 순순히 시인하자 되레 미사가 할 말이 없어졌다. 태성은 참 이상한 데서 그녀를 자극하는 재주가 있다.

그날 새벽, 결국 보니가 배를 까뒤집고 둥둥 떠 죽은 것이 발견되었다. 미사는 멀거니 흔들리는 물고기를 바라보았다. 낙엽처럼 덧없는 짧은 삶의 물고기였다. 태성이 내내 신경을 많이 썼던 것이 떠올랐다.

시각이 야심했으나, 그래도 밤 내내 수조에 사체가 둥둥 떠다니는 것도 꺼림칙해서 미사는 얕게 잠들어 있던 태성을 깨웠다.

"태성아, 보니가 죽었어."

미사의 말이 끝난 후에도 태성은 한참이나 잠에 취한 듯도, 생각에 잠긴 듯도, 상심한 듯도 한 눈으로 천장만 올려다보았다.

꿈쩍도 않는 그의 곁에 앉아 지켜보자니 태성이 눈을 뜬 채로 잠든 것은 아닐까 의심할 지경이었다. 미사가 "자는 거 아니지?" 하고 옆구리를 쿡쿡 찌르자, 태성이 몸을 일으켰다.

거실로 나온 태성의 뒤를 미사가 느리게 쫓았다.

태성은 오후에 보니를 돌봐줄 때의 열성적이고 간절했던 태도와는 달리 건조하기만 했다. 뜰채로 보니의 사체를 건져냈다. 펄떡펄떡 뛰는 건강한 클라이드도 함께.

"걔는 살아 있는데."

쏴아아아. 변기 물 내려가는 소리가 천둥 같다. 이윽고 변기 속에서 허우적거리던 클라이드와 죽어버린 보니는 빙빙 도는 수압에 이끌려

하수구 저편으로 끌려갔다. 깔끔한 끝이었다.

미사가 뜰채를 물로 씻는 태성의 뒷덜미에 대고 물었다.

"멀쩡한 애는 왜 보냈어?"

그녀를 향해 작게 웃은 태성은 묵묵히 뜰채를 닦고, 수조를 비우고, 모래와 자갈을 씻어낼 따름이었다.

미사는 발코니로 나가는 태성을 따라 나섰다. 둘은 나란히 섰다. 태성은 발코니 저편으로 보이는 도심의 낡은 야경을 바라보고 있었다. 저 아래는 시커먼 강물도 흐른다.

"속상해?"

고작 금붕어잖아 하는 말은 삼켰다.

난간에 팔꿈치를 대고 턱을 괸 태성은 창 너머를 바라볼 뿐이었다. 무슨 생각을 저리도 깊게 하나. 미사는 태성의 속을 잘 모르겠다. 어쩌면 태성은 솔직한 것만큼이나 비밀스러운 녀석인지도 모른다는 생각이 들었다. 말하지 않는 것들은 도대체가 짐작이 되지 않는다는 점에서.

발코니의 공기가 차갑다. 미사가 살짝 어깨를 움츠릴 때였다. 처음으로 태성이 입술을 뗐다.

"들어가 있어요. 괜찮으니까."

"……."

"그냥, 정말 괜찮아요."

"차라리 쥐를 키우지 그랬어. 너는 자어도 하니까 이야기도 통할 거고, 물론 그 녀석들의 지능은 기대할 수 없겠지만 더 오래 살았을 텐데."

"싫어요. 저와 같은 종들은."

태성의 음성은 냉정하고 차가웠다. 미사는 그런 단호한 부정에 아무런 첨언도 할 수 없어 침묵했다.

일순 선명하게 파고든 동족혐오. 뱀조차도 제집에 들였던 쥐가, 동족인 쥐를 제집에 들이기 싫다고 말한 것이다. 처음으로 알아차린 태성의 그런 모습이다.

"······혼자 지낸 지 얼마나 됐어?"

"5년? 좀 더 된 거 같기도 하고."

창밖에서 시선을 거둔 태성이 미사를 부드럽게 떠밀었다.

"신경 쓰지 말고 들어가 있어요."

"나도 바람 쐬는 거야."

미사를 응시하는 태성의 눈 안에서는 수많은 만감이 엇부딪치고, 뒤엉키고 있다. 아무리 미사가 심드렁하다 하더라도 알 수밖에 없을 만큼 선연한 감정이었다. 미사는 비로소 태성의 외로움이 깊다는 것을 알았다.

"새 물고기들을 데려와. 청승맞게 그러지 말고. 겨우 물고기인걸."

"······뭐, 겨우라고 한다면 그렇겠지만 영 마음이 그러네요."

"차라리 여러 마리를 데려와. 그러면 한두 마리 죽어도 티도 안 날걸? 수조도 큰데 달랑 두 마리가 뭐야. 클라이드가 보니 바가지를 긁어서 그렇게 된 걸 수도 있어."

태성이 낮게 웃음을 터뜨렸다. 미사 딴엔 위로를 한답시고 열심히 떠드는 게 그에게는 내심으로 고마웠다.

하지만 그는 지금 딱히 보니와 클라이드의 죽음 때문에 우울한 게 아니었다. 여러 가지로 부러 생각을 미뤄두었던 단상들이 하나하나 떠올라서 마음이 조금 횅해졌을 뿐이다.

"······수족관에 갔을 때, 항상 같이 붙어다니던 녀석들이었어요. 이상하게 보니가 헤엄치는 방향으로 클라이드가 따라다니는 걸 봤어요.

몇 시간이고 가만히 서서 지켜보는 동안 저 물고기들에게도 대단한 지능이 있는 건가 싶을 만큼, 꼭 사람 같더라고요. 그래서 데려온 거예요. 혹시라도 다른 사람이 따로따로 분양을 받아가면 가엾잖아요."

"······아아."

"그래서 같이 보내준 거고. 뭐, 그냥 처음부터 그럴 생각으로 데려온 거였어요. 이게 이상하게 들릴지는 모르겠지만."

미사는 새삼 태성이 낯설게 보였다. 태성 스스로 자각하고 있듯이 멀쩡히 살아 있던 물고기마저 같이 하수구에 내버리는 것이 상식선의 행동은 아니었다. 그녀가 느끼는 기묘함은, 물고기 한 마리가 가진 생명의 가치 경중 때문이 아니었다. 그저 태성이라는 저 녀석의 어딘가가 심히 비틀린 게 아닌가 하는 생각이 들었을 따름이다.

미사의 침묵을 어떻게 받아들인 건지, 태성이 희미하게 웃으며 저편의 어둔 풍경으로 눈을 돌렸다.

"미사 씨, 전에 집에 들어갈 필요가 있다고 했던 거 같은데, 연락할 수 있는 사람이 있다고요?"

"······아."

"한번 가봐요."

미사는 태성이 꺼낸 화두에 머뭇거렸다. 갑작스럽기도 했거니와 선뜻 결정하기 어려운 일이었다. 저라고 제 보금자리가 아쉽지 않겠나. 물건이라도 하나, 옷이라도 한 벌, 돈이라도 한 푼 챙겨 나오고 싶지 않은 게 아니었다.

태성이 부드럽게 강권했다.

"같이 가봐요."

"······같이?"

"네."

"너한테는 오히려 더 위험한 일이야."

"그래도."

"갑자기 왜?"

평소와 달리 차분히 가라앉은 회색 눈동자가 기묘했다. 태성은 나직한 한숨을 내쉬며 관자놀이를 긁적였다. 어째서인지 미사는 그의 손끝, 시선, 숨의 간격, 그 모든 것에서 신경을 뗄 수가 없었다.

"미사 씨도, 언젠간 떠날 텐데 그전에 최대한 도와주고 싶어서요."

"……."

"제가 뭐, 약하기는 하지만 망봐주는 일 정도는 할 수 있을 거예요."

순간적으로 그와의 거리가 멀어진 느낌이었다.

조금쯤은 짐작할 수 있었다. 보니와 클라이드가 떠난 밤, 태성은 세상에 존재할 모든 이별에 대해 이야기한다. 맞는 말이었다. 미사도 언젠가 떠날 것이다. 그녀가 태성과 함께 머무는 것은 순전히 당장 갈 데가 없다는 사실 하나, 그 때문이다.

태성이 먼저 몸을 돌려 안으로 들어갔다.

"잘 자요."

미사는 우두커니 태성의 뒷모습을 바라보았다.

처음으로 뱀은 무리에서 떨어져나온 쥐의 외로움이 궁금해졌다. 보니와 클라이드에게 새로운 모험이 펼쳐지던 밤에.

II
/
미스터리

　태성이라는 녀석이 신경 쓰이기 시작했다. 그러나 미사는 이게 정확히 어떤 기분인지 알 수가 없었다. 태성이 갑자기 그녀의 집에 가보자고 한 것도, 위험할지도 모를 일을 자청해 돕겠다 하는 것도 쉽사리 믿음이 가지 않았다.

　가양대교를 건너 걷는 동안 달달 떠는 미사를 바라보며 태성이 바람을 막아주었다. 산책도 아니건만 걸음은 계속 느려졌고, 태성은 주저하는 미사에게 몇 번이나 "괜찮을 거예요." 하고 뜬구름 같은 위로를 해주었다. 미사는 비록 자신의 상황이 열악하지만 태성에게서 위로받을 만큼은 아니라고 생각했다.

　아파트 단지 근처에 도착한 태성이 손가락을 몇 번 까딱하자, 어디 숨어 있었던 건지 모를 작은 쥐들 몇 마리가 달려와 섰다. 태성이 쪼그려 앉아 무언가를 말했다. '무언가를'이라고 말하는 것은 그게 자어였기 때문이다.

　쥐들의 말을 알아들을 재간 따위 미사에게는 없었다.

　태성이 단순히 보통 자의 일족이 아닐지도 모른다고 내심 의심했던 미사는 유연하게 쥐들과 소통하는 태성을 보며 스스로의 억측이 과했구나 생각했다. 어떤 이야기가 오간 것인지는 모른다.

쥐들이 산발적으로 흩어지고 태성이 일어섰다.

"얼마 전까지 일족이 드나들었다고는 하는데, 그제부터는 못 느꼈대요. 지금 움직이는 사 일족의 기운은 미사 씨 말고는 없나 봐요. 혹시 몰라 입구 쪽을 살피고 있으라고 했어요."

"쟤네가 감이 좋으면 얼마나 좋다고 확신을 해."

"그럴 수도 있겠지만, 그래도 여기까지 왔잖아요."

미사는 저 멍청해 보이는 시궁쥐들의 말을 믿어야 하는 건가 진지하게 고민했다. 태성이 순진한 건지, 아니면 자신이 의심이 많은 건지 모르겠다.

"······진짜 오지랖인데. 너까지 같이 올 필요는 정말 없었는데."

"일단 가봐요. 그만 투덜거리고. 지금 내가 용건이 있어서 여기 온 게 아니잖아요."

태성이 미사의 손을 잡아끌었다. 아무렇지도 않게 그녀의 손을 잡는 태성의 체온은 늘 미사보다 뜨거웠다. 멀뚱멀뚱 그의 손을 바라보던 미사가 곧 생각을 털어냈다.

'······죽기밖에 더 해.'

미사는 못 이긴 척 태성의 뒤를 쫓았다.

아파트 단지에 진입하고 경비원의 눈을 피해 엘리베이터에 오르는 동안 그들은 이런저런 이야기를 나누었다. 미사에 비해 태성은 대연했다. 미사는 이쯤 되니 저놈이 사준에게 저를 팔아넘긴 건 아닌가 하는 의심까지 들 정도였다.

만일 사 일족에게 발각되어 일이 터지면 더 위험한 건 자 일족인 태성이었다. 그런데 저 녀석 왜 저렇게 태연해? 처음에는 긴장을 풀기 위해 하는 말인가 했는데, 전혀 아니었다.

"미사 씨는 그러면 150년 정도 살았다고 했잖아요. 고향이 어디예요?"

"기억 안 나. 남쪽 어디일 거야. 너는?"

"저는 서울이에요. 제가 태어났을 때에는 한양이라고 했지만."

"왜 무리랑 안 살고 떨어져 있는데? 네 무리는 어디에 있고?"

엘리베이터의 버튼을 턱짓한 태성이 말했다.

"몇 층이에요?"

미사가 대신 16층을 눌렀다. 그러자 태성이 16층의 버튼을 다시 눌러 끄더니, 그 아래 15층을 눌렀다. 미사가 무슨 짓이야? 하고 묻자 심드렁하게 대답했다.

"혹시 모르잖아요. 한 층 정도는 걸어 올라가요."

저런 걸 보면 걱정하지 않는 건 아닌 거 같은데.

미사의 알쏭달쏭한 눈빛을 태연히 외면한 태성이 조금 전까지의 대화를 이어나갔다.

"제가 속해 있던 무리는 강 건너 산에 있어요."

"속해 있던?"

"뭐······."

"수수께끼 좋아해?"

"안 좋아한다니까요."

"좋아하네, 뭐. 왜 과거형이야?"

엘리베이터가 열리자 태성이 부드럽게 눈짓했다.

미사는 갑자기 훅 차가워진 복도 공기를 얕게 들이마시며 걸어나갔다. 두 사람은 비상계단으로 향했다. 비상계단은 깨끗이 물청소가 되어 있었다. 태성이 먼저 앞장섰다.

"너도 쫓겨난 거야?"

통로에 그들의 목소리가 반사되었다. 습하고 추운 동굴에라도 들어온 것 같았다.

"……대체 왜 그런 걸 물어요?"

"너에 대해서 궁금해하지 마?"

"관심도 없으면서. 괜히 지금 무서우니까 계속 말 거는 거잖아요."

본능이라는 게 그렇게나 사람을 휘둘러댄다.

솔직히 전혀 공포감이 느껴지지 않는다는 것이 오히려 거짓말일 터다. 그녀의 집은 이미 보금자리가 아니었다. 그곳에서 사준에게 공격당했으며, 이 근방에서 곽현과 부딪쳤다. 곽현 같은 녀석이야 컨디션만 좋으면 흠씬 두드려 패 죽일 자신이 있지만 사준은 아니었다.

"너 내 뒤통수치려는 건 아니지?"

"어떻게요."

"사준에게 날 팔아넘긴다거나."

태성은 기가 막힌다는 표정으로 미사를 바라보다가, 미사가 생각보다 훨씬 더 긴장하고 있음을 깨닫고서 한숨 섞인 웃음소리를 냈다.

"이렇게 의심이 많으신 분이 왜 그렇게 배신을 당했대요."

"농담 아니야."

"나쁜 생각으로 돕겠다고 한 거 아니에요. 도와주고도 욕먹으면 정말 맥 빠질 거 같으니까 의심은 그쯤 하고."

"너 잘못하다간 죽을 수도 있어. 내가 너한테 물렁하게 대한다고 사 일족을 만만하게 보는 모양인데."

"그건 아닌데."

"그러면 왜 이렇게 태연해?"

"일이 생겨도 미사 씨 도망칠 시간 정도는 벌어줄 능력은 되니까요."

미사의 입술이 오므라들었다. '아무리 생각해도 그건 좀 아닌 거 같은데?'라고 대꾸하려 했지만 태성이 워낙 진지해 별달리 말하지는 않았다. 딱히 그걸로 갑론을박하는 게 영양가가 있는 것 같지도 않았고.

"내 걱정보다 네 걱정을 해야지."

"뭐, 먹히지만 않으면야 죽기밖에 더 하겠어요."

태성은 묘한 중얼거림을 남긴 채 앞장섰다. 전혀 거리낌 없는 걸음걸이다.

사람의 강함은 마음의 강함이라고 했던가. 힘으로 우열을 정하는 이들의 세계에서 사는 동안 미사는 '마음'의 강함이라는 것을 조소했지만 태성을 보니 전혀 얼토당토않은 말은 아니었구나 하는 생각이 든다.

태성은 역시 좀 어딘가 이상했다.

"그. 연락처 찾으면 도움 청할 사람은 있는 거죠?"

"도와달라고 말하기는 좀 그렇지만 한번 연락은 해봐야겠지."

"찬밥 더운밥 가릴 계제 아니시잖아."

"그래도 자존심이 있지."

"미사 씨, 자존심이 남아 있어요?"

놀리는 듯한 투에 미사는 태성의 어깨를 짝 소리가 나게 때렸다. 태성이 엄살을 부리며 어깨를 문질렀다. 그녀가 머물렀던 집의 대문이 보이기 시작할 즈음, 미사가 툭 뱉어 말했다.

"고마워."

"……."

"어떻게든 나 쫓아내려고 열심인 건 아는데, 그래도."

희미하게 웃은 태성이 어깨를 으쓱했다.

"저기 맞아요? 1609호."

현관문 앞에 선 미사는 기가 막힌 표정을 지었다. 집 열쇠가 바뀌어 있었다. 전혀 다른 열쇠 구멍이 박혀 있다. 혹시나 제 멍청함이 하늘을 찔러 호수를 잘못 떠올렸나 고개를 들어보지만 이곳이 그녀의 집이 맞았다.

'미친 거 아니야?'

이런 짓을 할 놈은 사준밖에 없다.

미사의 명의로 된 이 집을 제 마음대로 팔아버릴 생각을 한 것일지도 모른다. 물욕이 많은 놈이 아니라고 생각은 하지만, 미사는 이제 사준이 누구인지 모른다. 그녀가 알던 사준은 더 이상 없었으니까.

"열쇠였어요? 열쇠였다고 말을 하지. 없죠?"

태성에겐 부러 설명하지는 않았다. 설명해봐야 제 기분만 안 좋아질 게 뻔했다. 그렇다고 현관문을 뜯고 들어가자니 경비 시스템이 알람을 울릴 것이다.

생각해보니 사준이 그래서 이딴 짓거리를 했는지도 모르겠다는 생각이 들었다.

"너 열쇠 형태로 기운을 운용할 수 있어?"

"……음, 미사 씨 핀 같은 거 없죠?"

"영화 너무 많이 본 거 아니야?"

"내부 구조도 어떻게 생겼는지 모를 열쇠 구멍에 맞게 기운 형상화를 하는 건 나보다는 더 오래 산 미사 씨가 잘하지 않을까요."

태성의 말은 꽤 그럴듯해서 납득할 만했다. 하지만 문제는 미사에게 그런 능력이 전무하다는 것이다.

"……나 섬세한 부분은 젬병이야."

"이 험난한 세상 대체 어떻게 살아온 거예요."

"너는 그렇게 시건방져서 이 험난한 세상 어떻게 살아남았니?"

태성이 피식 웃더니 미사를 가볍게 뒤로 밀어냈다.

"제가 한번 해볼게요. 이 정도는 해볼 만하니까. 뒤에 서 있어요."

반걸음 물러선 미사는 물끄러미 태성의 등을 바라보았다. 허리를 기울여 문의 열쇠 구멍을 들여다보던 태성의 주위로 약한 기운이 어렸다. 문고리를 쥔 태성의 손끝에서 기묘한 열기가 일어났다.

강철이 벌겋게 달아오르기 시작했다.

문고리가 통째로 녹아내린 건 순식간이었다. 기운을 얼마 운용하지도 않은 것 같은데, 그 파동에 비하면 놀랄 정도로 큰 영향력이었다.

태성 스스로도 조금 놀랐다. 그는 문득 고개를 들어 복도 저편을 바라보았다. 어디선가 시선이 느껴지는 듯하다. 하지만 지금 이 아파트 복도에 서 있는 것은 미사와 그 둘뿐이었다.

미사의 목소리가 정신을 일깨웠다.

"……문짝 네가 물어내."

"무전취식하는 돈 받아야겠네요."

흘깃 뒤돌아 그녀를 바라보는 태성의 눈동자가 붉었다. 그러나 눈 깜짝할 사이에 다시 평소의 회색 눈으로 돌아왔다. 미사가 눈을 휘둥그레 떴다가 빠르게 깜빡였다.

'어?'

"너."

분명 적안이었다. 미사와 눈을 마주친 태성이 눈가를 문질렀다. 그것이 마치 미사에게는 숨기려는 것처럼 보였다. 분명 잠깐이었지만 붉은색이었다. 붉은색은 위험한 녀석들에게서 으레 발현된다는 드문 기운이다.

태성이 조용히 문을 열었다.

"빨리 찾아요."

미사가 얼결에 떠밀려 들어갔다.

미사가 사는 아파트는 겉보기에는 낡았지만 나름대로 고급 아파트였다. 각 아파트 단지 입구, 로비, 비상계단과 복도마다 CCTV가 달려 있어 보안도 철저한 편이다.

"아, 진짜 지겨워 뒈지겠네."

어두컴컴한 아파트 지하의 보안실에 앉은 상윤이 책상에 양발을 올린 채 축 늘어졌다. 그의 옆자리에는 넋을 잃은 보안요원이 멍하니 앉아 있었다. 나이 든 보안요원의 눈은 CCTV를 향해 있으나 실제로 받아들이는 정보는 없었다. 상윤은 CCTV에는 시선도 주지 않고 턱을 괴었다.

"아재, 거슬리니까 저어어어기 구석에 앉아 있어요."

20대 초중반쯤 되어 보이는 어린 청년이 제 관자놀이를 툭툭 밀어대는데도 보안요원의 표정에는 변함이 없었다. 보안요원은 홀린 듯 자리에서 일어나 보안실 구석의 의자에 앉았다.

상윤은 사준의 무리에 속하는 뱀 중 한 명이다. 재준만은 못하지만 상윤 역시 정신계 능력에 특화된 싱그러운 새싹이다. 근래 그의 임무는 미사의 아파트를 감시하는 것. 그 혼자만 감시하는 건 아니다.

문이 열리며 곽현이 모습을 드러냈다.

"제대로 보고 있냐?"

고개를 젖힌 상윤이 칭얼거렸다.

"형, 나랑 밤낮 교대하면 안 돼? 나 피부 관리도 받는 거 알잖아. 의자에서 자는 거 진짜 짜증 나. 허리도 아파."

"개소리는."

"차라리 예쁜 암컷이랑 같이 있으면 재미도 보면서 시간 죽이기 딱인데."

몇 날 며칠을 이 어두컴컴한 보안실에서 숨죽인 채 지내려니 좀이 쑤실 만도 했다. 곽현은 쓰고 있던 후드의 모자를 툭툭 털어 벗으며 건방지게 책상에 올라와 있는 상윤의 다리를 구둣발로 밀어냈다.

"아, 드럽게!"

"네 머릿속보단 깨끗해."

그들은 닷새마다 한 번씩 다른 녀석들과 교대해 이곳을 지키는 일을 하고 있다. 미사가 도망친 후 처음 보름 정도는 근방에 일족들 몇을 풀어 골목골목을 감시하거나 미사의 방에 앉아 기다렸다. 그러나 한 차례 미사를 놓친 후에는 전략을 바꾸었다.

추적을 포기한 척하며 미사가 다시 그녀의 보금자리로 기어들어오기를 기다리기로. 언제라도, 한 번쯤은 분명히 다시 돌아올 것이라는 사준의 예견에 따른 계획이다.

그러나 이러니저러니 해도, 보안실에 쳐둔 결계를 미사의 방 주위에 쳐두고 실거주지에서 잠복을 하는 것이 더 편안한 일이었다. 음침한 구석자리에 앉아 번쩍대는 모니터만 보는 것보다는 훨씬 낫다.

지금 그들이 이렇게 지하에 처박혀 있는 것은 상윤이 되도 않는 고소공포증을 주장해, 5층 이상의 고도에서는 숙면을 취할 수 없다는 개소리를 한 탓이다.

"이 골방에 처박힌 게 누구 때문인데."

"형 때문이지."

"얼씨구."

"형이 미사 누나를 놓쳤잖아."

상윤이 짜증스럽게 곽현을 쏘아보았다.

"형이 놔주지만 않았어도 지금 이러고 있지 않아도 됐을걸."

"누가 놔줬다고."

"아무리 미사 누나라고 해도, 형이 잡을 생각이 있었으면 끝까지 따라갔겠지. 처음 발견했을 때 종우한테 알리기라도 했든가. 아니, 지금 이거 감시 자원한 것도 다른 계산 때문 아니야?"

곽현이 감시를 자원한 것은 다른 이유는 아니었다.

곽현은 점점 도를 지나치고 있는 사준이 염려스러웠다. 사준이야 어찌 생각할지 모르겠지만 그는 사준을 친구라고 생각했다. 미친 듯이 싸우며 쌓아왔던 우정이다. 결국 제가 사준보다 급이 떨어진다는 걸 인정해 휘하로 들어가기는 했지만 미사를 좋아하기도 했고, 사준도 정신을 좀 차렸으면 싶고…… 하여 어지간하면 둘이 다시 화해했으면 바랐다. 다른 녀석들이 미사를 잡겠다 설쳐대어 상황을 더 악화시키지 않았으면 바랐다.

"내가 하고 있는 다른 생각은 지금 네 대가리를 터뜨려버리는 거 말곤 없는데."

"뭐야, 지금 싸우자는 거야?"

"장난질 말고 네가 할 수 있는 게 있냐?"

"우씨, 형, 진짜!"

곽현은 신경질적인 상윤을 무시하고 자리에 앉았다. 어둠 속에서도 선명하게 피어나는 적대감이 치열하게 맞부딪쳤다. 두 사람은 CCTV에서 완전히 관심을 거두고 서로를 노려보았다.

만일 상윤이 보안요원의 뇌를 곤죽으로 만들 수 있는 정신계 능력을 지니지 않았다면 적어도 그와 함께 감시 임무를 하러 오지는 않았을 것이다.

상윤은 어린 나이에 비하면 꽤 강한 축에 속해서 시건방이 하늘을 찔렀다. 조금 멍청한 다혈질이라도 차라리 곽현을 윗사람 대접하는 약한 녀석들이 더 다루기가 쉽다.

그때였다. 곽현의 휴대전화가 울렸다. 공교로운 타이밍에 사준으로부터 전화가 왔다. 정적이 깨지고, 살의의 교환이 정체되었다. 곽현이 전화를 받았다.

"받았어."

– 상윤이가 문자를 보냈던데. 네가 뒷수작을 부리는 거 아니냐고.

사준의 피곤한 목소리가 넘어왔다. 곽현의 눈이 순식간에 뱁새처럼 찢어져 상윤에게 향했다. 저, 저, 저 얌체 같은 새끼. 또 언제 헛소리를 떠들어댄 건지.

상윤이 의기양양한 표정으로 턱을 치켜들었다. 곽현은 정말 저 새끼의 턱주가리를 부숴버리고 싶은 충동을 느꼈다.

– 상윤이 녀석 야리지 말고.

"이쪽 감시하는 CCTV라도 붙였나?"

– 내가 그리 한가한가.

상윤이 토끼처럼 눈을 둥그렇게 뜨며 귀를 쫑긋 세우는 게 느껴졌다. 곽현은 상윤의 머리를 콱 잡아 밀어내며 혀를 찼다.

"귀신같은 놈이라니까. 그리고 뒷수작은 무슨 뒷수작. 넌 저 배알도 없는 새끼 말을 믿어?"

– 내가 누굴 믿는다고.

완벽한 불신의 표명은 새삼스러울 것도 없지만, 매번 들을 때마다 곽현의 기분을 이상하게 했다.

저렇게 대놓고 '아무도 안 믿어.' 하는데, 이상하게 그들은 사준에게 강력한 믿음을 가지는 불균형 상태에 있다. 사실 가끔은 홀린 것 같다는 생각이 들 정도다.

상윤이 수화기 너머에서 넘어온 소리에 "에이, 혀엉, 나는 좀 믿어라아아." 하며 농담을 섞은 우는소리를 냈다. 곽현이 무뚝뚝하게 말했다.

"내가 뒷수작 부리고 있는 것처럼 보이면 그냥 때려치우라고 하든가."

— 그 정도는 아니고.

곽현은 정말 상윤을 패죽이고 싶다는 충동에 사로잡혔다. 저건 벌써부터 싹수가 저렇게 노래서 염려가 안 될 수가 없다. 저게 더 강해져서 곽현 자신을 넘어서기 전에 죽이거나, 한번 제대로 밟아줘야 쓰겠다.

상윤이 팔을 휘저어댔다.

"형, 형, 형, 나도, 나도 바꿔줘."

"비켜, 이 새끼야. 네 사랑 사준한테 문자질이나 해."

"아, 왜, 왜왜! 심심하단 말야!"

"징그러운 새끼야, 너 지금 여기 놀러 온 거 아니거든! 눈깔 돌리고 감시나 해!"

— 소득은?

곽현이 신경질적으로 상윤의 머리를 강제로 돌리며 이를 갈았다.

"없어, 사준. 뭐…… 미사도 머리가 있는데 다시 오겠어? 실종신고해서 계좌도 다 막혔겠다, 미사 차는 네가 가지고 갔는데."

아무리 생각해도 시간 낭비였다. 곽현은 최대한 대수롭지 않다는 듯한 투로 진의를 내비쳤다.

"굳이 미사를 잡겠다고 이럴 필요는 없잖아."

— 그냥 시키는 대로나 해.

사준은 요지부동이다. 하기야, 과리까지 눈을 떴으니 이제 사준도 물러설 곳은 없을 것이다. 그 와중에 미사가 계속 마음에 걸리니 어떻게든 처리하려 하는 거고.

"내가 네 시다 노릇 하고는 있지만, 그 말투 좀 그렇다?"

그때 상윤의 손가락이 곽현의 허리를 쿡쿡 찔렀다.

"저, 곽현 형아."

"넌 닥치고 있어. 지금 통화 중인 거 안 보이냐. 피부 관리 같은 거나 받지 말고 예의범절부터 배워."

"아니, 형."

평소라면 발끈해 쫑알거렸을 상윤이 묘한 목소리로 채근했다.

"아, 이 등신 같은 게 왜 자꾸 찔러대."

전화기를 귀에 댄 채 고개를 돌린 곽현이 CCTV 화면으로 눈을 옮겼다. 그의 허리를 찌르던 상윤의 손가락이 우측에서 아래로 두 번째, 두 칸의 CCTV 구간을 가리켰다.

곽현은 낯선 남자를 앞세우고 걸어 들어오는 늘씬한 미녀의 뒷모습을 발견하고 말을 잃었다.

정말 애통하다.

우리 미사는 정말 학습능력이 없나?

어떻게 저렇게 당당하게 다시 찾아올 수가 있지. 그녀가 오길 기다린 입장에서 할 말은 아니지만 내심 미사가 오지 않길 바랐던 터라, 곽현의 기분은 순식간에 저조해졌다.

― 소식이 있나 보네.

"다시 연락할게. 끊는다."

곽현이 휴대전화를 내려놓았다. 상윤은 신이 났다.

"저거 누구야? 저거 뭐야? 어? 지금 현관문 따는 거야? 형, 쟤 적안인데? 적목현상인가? 아닌 거 같은데."

　CCTV를 통해서는 상대의 기운을 가늠할 수 없지만, 카메라 렌즈 때문에 생긴 적목현상은 분명 아니었다. 적안은 위험한 일족들에게서 자주 발현된다 알려져 있다.

　문고리를 순식간에 녹여낸 젊고 잘생긴 남성형 일족이 미사를 돌아본다.

　'미사 저 계집애는 대체 어디서 저런 걸 데려와 달고 다녀?'

　생각해보면 미사는 위험한 이들과 특히나 잘 어울렸다. 진 일족인 용운과 장난을 치는 걸 보고 있으면 아주 기겁할 정도였다. 미사의 말로는 어릴 때부터 알아 그리 무섭지 않은 거라던데 곽현으로서는 이해할 수 없는 대범함이다. 이번에는 대체 어디서 저런 붉은 눈을 꾀어낸 건지.

　곽현의 눈동자에 서늘한 이기가 어렸다.

　'질투 나네.'

　태성은 칙칙한 갈색 커튼과 숲 사진들이 전시되어 있는 미사의 집 안을 둘러보았다.

　의자가 단 두 개뿐인 식탁 하나와 2인용 소파 하나, 어수선하게 널려 있는 잡지들, 말라죽은 꽃이 꽂힌 꽃병, 벽에 붙은 플라스틱 회색 서랍들까지.

　열대지방의 사진들이 곳곳에 걸려 있고, 사람 사진은 겨우 한두 장 찾을 수 있었다. 그의 집과 달리 책장은 반 이상 비어 있었고 커다란 스테레오 하나가 놓여 있다. 소파는 뱀가죽 무늬다. 묘하게 소름이 끼쳤다. 동족을 잡아먹는 일족들이라더니, 깔고 앉는 것도 동족이 아닌 가 하는 생각에.

전체적으로 태성의 집에 비하면 몹시 너저분한 모양새였다.

"의외로 지저분하네요."

"이 정도면 양호하지."

미사가 그의 집에서 청소나 요리에 열의를 보였던 것만 보았을 때에는 무척 깔끔한 것 같았는데, 꼭 그런 것만은 아닌 모양이다. 이래서 남자고 여자고 속은 뜯어봐야 안다는 말이 있는 것이다.

벽에 붙은 디즈니 시계를 발견한 태성이 저도 모르게 웃었다. 귀여운 걸 좋아한다더니, 저 벽시계를 포함한 집 안의 장식들은 대부분 귀여운 동물 모양이다.

한편 미사는 그녀가 도망쳤던 날과 크게 다르지 않다는 사실에 안도하는 중이었다. 침실의 문은 반쯤 뜯겨 있다. 혹시나 하고 촉각을 곤두세웠다. 다른 인기척은 없다.

"잠깐만 기다려."

미사가 서랍을 뒤적이며 수첩을 찾는 동안 태성은 어슬렁어슬렁 냉장고를 열어보았다. 냉장고는 거의 비어 있었다. 찬장을 여니 인스턴트식품들이 쏟아져 나왔다.

"혼자 살 때에는 요리 안 해먹었어요?"

"그냥 가끔만."

거실로 나온 태성이 팔짱을 끼고 미사를 응시했다. 연락처들이 적힌 수첩을 찾는 게 쉽지가 않은지 미사는 서랍을 하나, 둘, 셋, 죄 열어 뒤지고 있다.

"도와줄까요?"

"아니, 괜찮아."

서랍 안의 속옷을 휘휘 집어 던지는 품새가 몹시 건성이었다. 미사의 속옷 하나가 태성의 발치로 획 날아들었다. 태성의 미간이 슬며시 좁아졌다. 좀 의식해달라고 말한 게 언젠데 그새 까먹고.

발끝으로 속옷을 구석자리로 밀어낸 태성이 붙박이 옷장을 턱짓했다.

"온 김에 입을 옷들도 챙겨요."

"알았어."

"빨리 해요."

"괜찮을 거라더니 갑자기 왜 그렇게 보채. 나도 지금 열심히 찾고 있다고."

태성은 더 채근하는 말을 하는 대신 조용히 감각을 곤두세웠다.

얼마 지나지 않아 태성의 눈빛에 묘한 불편함이 어리기 시작했다. 태성이 닫힌 현관문 쪽으로 흘끔 눈길을 주었다.

'……아, 설마.'

종이 약한 일족일수록 상대를 탐지하는 능력이 뛰어나기 마련이다. 태성은 일단 반이나마 자 일족이었고, 어릴 때부터 무수한 적의와 악의에 단련되어 적대감쯤은 순식간에 파악할 수 있었다. 그가 미사를 스스럼없이 대하는 것도 미사에게서 진심 어린 살의가 느껴지지 않기 때문이라는 걸 미사는 아직 잘 모른다.

현관문을 열고 들어오는 순간까지도 적의는 느껴지지 않았는데, 조금 전부터 대류가 조금씩 바뀌는 게 느껴졌다. 아직까지 기인지 아닌지 확실하지는 않지만 묘하게 예감이 좋지 않았다.

미사는 투덜대며 서랍을 뒤지느라 아직 느끼지 못한 듯했다.

그러던 문득 미사도 그 기운을 느낀 것처럼 움직임을 뚝 멈추었다. 미사가 고개를 들어 현관이 아닌 막힌 벽을 바라보았다. 그 너머를 투시라도 하는 것처럼 빤히.

"보여요?"

"……그럴 리가. 나 천리안 아니야."

가능성이 있다고는 생각했지만 정말 아직도 이 근방에 죽치고 있지는 않을 거라 생각했다. 자신이 안일했나 싶다. 아무리 시간이 넘쳐흐르는 장생종들이라지만.

"미사 씨, 우리 정문으로 너무 당당하게 들어온 거 같은데 비상구나 곁문으로 나갈 수 있죠?"

"응. 복도 저쪽 끝에 비상계단."

"보채기 싫은데 빨리 해야 할 거 같네요."

미사는 의외로 패닉에 빠지지 않고 침착했다. 기운이 더 가까워지는 느낌이 없었기 때문이다. 그들은 최대한 기운을 죽였으므로 이미 발각된 건 아닐 가능성이 컸다. 그렇게 생각했는데 얼마 지나지 않아 띵 하는 소리가 났다. 엘리베이터 문이 열리는 소리였다. 문이 열리면 누군가가 탈 것이고, 금세 닫힐 것이다.

그리고 엘리베이터의 버튼이 눌리고…….

"아, 찾았다."

급히 서랍 가장 밑바닥 안쪽에서 낡은 수첩을 하나 꺼내든 미사가 주머니에 쑤셔넣었다. 그리고 급히 옷 두어 벌을 종이봉투에 쓸어 담기 시작했다.

기운이 가까워진다. 띵. 엘리베이터 소리가 가까운 곳에서 울린다. 또다시 문이 열리는 소리가 났다. 띵. 그들이 있는 층이다.

태성이 재빠르게 미사에게 다가와 손목을 잡아챘다.

"다 챙겼어요? 당신 일족, 진짜 집요한가 봐요."

"내가 그럴 거라고 했잖아. 나가자."

"저 기운 미사 씨 동족 맞죠."

"누군지도 알 것 같은데."

곽현의 기운이었다. 아니, 곽현은 아예 이 근방에 세를 놨나. 왜 제가 찾아올 때마다 지키고 있는지 모를 일이었다. 이미 한번 곽현과의 싸움에서 밀렸던 적이 있었기에 미사는 더 속이 끓었다. 지난번엔 어쩐지 쉽게 그녀를 '놓쳐주었는데' 이번에도 그러라는 법은 없었다.

게다가 한 명 더.

"잠깐만."

발코니로 달려간 미사가 아래를 내려다보았다. 캡모자를 쓴 청년이 껑충거리며 그녀를 올려다보고 있었다. 인간의 시력으로는 닿지 못할 터였으나 미사도, 상윤도 서로를 식별할 만큼 선명히 인식하고 있었다.

'곽현 새끼는 이제 상윤이 저놈이랑 베스트 프렌드라도 된 모양이지.'

지난번에도 재준이 아닌 상윤을 데리고 왔다 했었다. 상윤은 귀엽지만 포악한 녀석이다.

"두 마리야. 더 있을지도 모르지만 일단은."

"미사 씨, 엘리베이터 쪽에서 오는 거 같으니까 우리는 비상계단으로 가요."

아마 저 아래에서 기다리는 녀석은 그들이 땅으로 도주할 것을 먼저 대비한 것 같은데, 그래도 이쪽도 둘이고 저쪽도 둘이다. 뭣보다도 태성은 자 일족이므로 몸을 작게 해 도망치는 것이 어렵지 않았다.

"너 수화하면 눈에 안 띄게 금방 도망칠 수 있지?"

작으니까.

태성은 미사의 물음에 대답하는 대신 빠르게 앞장서 걸었다.

문을 나서자마자 더욱 선명하게 사 일족의 기운을 느낄 수 있었다. 미사는 태성을 끌고 비상계단을 향해 달려갔다.

그런데 비상구 문을 여는 순간, 농담이 아니라 심장이 쿵 떨어질 뻔했다.

"여, 미사."

곽현이 호젓한 비상구 앞에 서 있었다.

태성은 당황했다. 분명 엘리베이터를 타고 올라오는 걸 느꼈는데 어째서 여기에 있는 걸까. 세 마리 이상이라면 정말로 일이 커질 것이었다.

"넌 어떻게 그렇게 예상을 못 벗어나냐."

곽현이 미사를 향해 손을 뻗는 순간 태성이 미사를 홱 끌어당겨 반대편으로 달려갔다. 온 촉각을 곤두세웠다. 엘리베이터로 내려가면 1층의 다른 사 일족과 마주칠 테니…….

건물 반대편에도 비상구는 있을 터였다.

"어딜 가."

곽현이 어슬렁어슬렁 따라오는 기척이 느껴졌다. 태성은 여유작작한 적의 태도가 더 불안을 부채질한다는 걸 깨달았다. 미사는 "옥상으로 일단 도망쳐서 옆 건물로 넘어가자." 하고 말했다.

"그것도 괜찮겠어요."

다시 방향을 틀어 옥상으로 향하려는데 어느새 따라잡은 곽현이 태성을 그대로 걷어찼다. 휘청거리며 날아간 태성이 두꺼운 쇠문에 뒷머리를 부딪치곤 신음했다.

출입구를 등지고 선 곽현이 주먹을 우드득 풀었다.

"미사, 나 질투 나게 이 녀석은 뭐야."

짜증이 잔뜩 난 얼굴이다. 좋다고 졸졸 따라다닌 암컷이 웬 듣도 보도 못한 녀석과 붙어 있으니 수컷의 입장에서 짜증이 날 수밖에. 가뜩이나 학습능력의 부재인 것처럼 또다시 돌아와버린 것도 답답한데.

미사는 주저앉은 태성에게 달려가 일으켰다.

"일어나. 내가 저 녀석은 잡을 수 있으니까 너……."

이미 옥상으로 가는 길은 곽현이 막고 있다. 아니, 옥상뿐만이 아니라 그들은 지금 반대편 비상구 쪽으로도 갈 수 없었다. 층도 고층이라 수화하기 전에는 뛰어내리기도 요원했다. 뒤통수를 매만진 태성이 얕은 한숨을 내쉬며 물었다.

"……만약에 저 아래에 있는 뱀도 올라오면 이길 수 있어요?"

"……저거 웬만해서는 못 올라올걸?"

미사가 조금 떫은 목소리로 중얼거렸다.

상윤은 고소공포증이 있다는 소리를 하곤 했다. 그런 주제에 사준의 고층 사무실에는 뻔질나게 드나들어서 일관성 없는 놈이라며 욕한 기억이 난다. '못' 올라가는 게 아니라 '안' 올라가는 것이니 사실 확신은 금물이었다. 뭣보다도 상윤은 정신계 능력자다. 태성과 같은 어린 자 일족을 주무르는 것쯤이야 쉬울 것이다. 문제는 곽현이다.

태성이 미사의 손목을 잡고 다시 엘리베이터 쪽으로 내달리기 시작했다. 하지만 다섯 걸음도 채 떼기 전에 곽현에게 당하고 말았다.

"윽!"

곽현이 태성의 뒷목을 찍어 눌렀다. 떨어진 철골에 얻어맞은 것처럼 육중한 압박감에 태성이 휘청거리며 앞으로 고꾸라졌다. 곽현은 미사의 손목을 잡았던 태성의 손을 짓이겼다. 태성이 신음하며 손끝을 떨었다.

"얘 뭐야? 적의도 없잖아."

"곽현, 걔는 그냥 나 따라온 거야."

"왜 따라와? 이거, 죽고 싶대?"

곽현은 미사보다 태성에게 더 관심이 기울어 있었다.

미사로부터 쏘아져 나온 날카로운 기운이 곽현의 가슴팍을 할퀴었다. 그러나 곽현은 가볍게 두어 걸음 물러선 것으로 충격을 완화했다.

간신히 상체를 일으킨 태성은 짓이겨졌던 팔을 문지르며 신음을 삭였다. 곽현의 기운이 어느새 일대를 꽉 채우고 있었다. 미사가 밀릴 것 같지는 않았지만, 이길 만한 상대 같지도 않았다.

미사는 괜찮다는 식으로 말했지만 태성은 아래에 있는 사 일족도 신경이 쓰였다. 그가 물리적으로 도움이 되지 않는 상황에서 하나 더 올라온다면.

쾅! 그러는 사이 미사의 사나운 기운이 쏘아져 곽현을 저 멀리로 밀어냈다. 벽이 흔들리는 느낌이 들 만큼 강한 기운이었다. 태성은 순간 숨이 턱 막히는 것을 느끼고 겨우 진정했다. 멀찍이 선 곽현을 다시한 번 가늠한 태성이 홱 미사의 손목을 끌어당겼다.

얼결에 허리를 숙여 몸을 기울인 그녀의 얼굴을 똑바로 보고 말했다.

"너 괜찮⋯⋯."

"벽 기어서 내려갈 수 있어요?"

"⋯⋯응?"

"도망칠 수 있으면 일단 미사 씨 먼저 도망쳐요."

"수화하면 인간들 눈에 띌 거야. 대낮이라고."

태성은 수화하면 작아져 오히려 눈에 띄지 않지만 미사는 그 반대였다. 얼얼하게 아린 손등을 매만지던 태성의 입술 끝이 뒤틀렸다.

"그건 미사 씨 동족들한테 처리하라고 해요."

터덜터덜 걸어온 곽현은 어처구니가 없다는 듯 웃었다. 수습이야 결국 어떻게든 되기 마련이지만 카메라에 찍히거나 하는 일만큼은 늘 상 조심해야 한다. 막나가는 사준도 기계들의 눈만큼은 주의하는데 저 어려 보이는 녀석이 철딱서니 없는 소릴 하고 있다.

태성이 미사를 떠밀며 속삭였다. 곽현이 듣지 못하길 바라지만, 정말 듣지 못할지는 모르겠다. 하지만 들어도 상관은 없었다.

"미사 씨 동네니까 잘 도망갈 수 있겠죠?"

"무슨 소리야. 도망쳐도 네가 먼저 도망쳐야지."

"저 아래에 있는 사람, 강해요?"

"아니. 그 녀석은 그냥."

병신이야, 라고 말하려던 미사는 상윤의 특기를 떠올리고는 짜증 나는 표정을 지었다. 태성을 먼저 보낸다고 해도, 상윤과 태성이 마주치면 태성은 100퍼센트 상처 하나 없이 사로잡힐 가능성이 컸다. 상윤은 정신계 능력자니까.

"일단 혼자 도망쳐요. 나는 알아서 갈 테니까."

태성은 급박한 상황에도 담담했다. 어제 보니와 클라이드가 죽은 후부터 묘하게 침체되었다 싶었는데 자살하고 싶을 만큼 우울했던 건가, 그런 순수한 의문이 들 만큼.

이쯤 되니 다시 의심이 빼꼼 고개를 든다. 힐끔, 열 걸음 가까이로 다시 다가온 곽현에게 시선을 준 미사가 읊조렸다.

"너 진짜 수작 부린 거 아니지."

"이런 상황에서 농담으로 시간 버리지 말고 가요. 어차피 따로 흩어지는 게 더 도망치기 쉬워요. 우리 집에 가 있어요."

"까고 있네."

곽현이 끼어들었다. 아무리 봐도 저보다 약해 보이는 수컷이 미사를 챙겨대는 것이 고까웠다.

미사가 선뜻 발을 떼지 못하자 태성이 다소 신경질적으로 말했다.

"죽고 싶어서 미사 씨 집에 들르자 한 거 아니니까."

점점 짙어지는 곽현의 기운에 미사의 기운까지 더해지자 여간 불편한 게 아니었다. 잠깐 호흡을 고른 태성이 침착하게 말했다.

"미사 씨, 제 체취는 갈무리 안 되는 거 알죠."

그의 말대로였다. 그에게 밴 체취 같은 사향은 기운과는 다르다.

"미사 씨가 아무리 도망친다 해도, 같이 가면 나 때문에 잡혀요. 그리고 나한테도 미사 씨가 같이 있는 게 도망치기가 더 어려워요. 같이 온다고 했을 때, 이런 상황 생길지도 모른다는 건 생각했다니까요. 그러니까 일단 가요. 가능하면 택시 타고 집에 가 있어. 미행 안 붙게 조심하고요."

태성이 그녀의 주머니에 지폐를 구겨넣으며 떠밀었다.

"내 종이 뭔지 알잖아요. 미사 씨가 걱정할 필요 없어요."

그 말은 아마 진실일 것이다. 태성의 종을 생각하면 함께 도망치자는 말은 오히려 미사가 그에게 폐를 끼치는 것이다.

"이따가 보자. 바로 도망쳐. 어차피 저 녀석 있는 거라고는 힘밖에 없어."

미사는 점점 가까워지는 곽현의 기운과 날뛰기 시작하는 그녀의 본능과 상반된 태성의 차분히 가라앉은 분위기 사이에서 갈팡질팡하다가 수긍했다.

"그리고 저 아래 녀석은 정신계 특화야. 아래 녀석이랑은 절대 마주치지 말고. 가능하면 내가 처리할 테지만 혹시 모르니까."

곽현은 의외로 반대편 비상구 쪽으로 달려가는 미사를 뒤쫓거나 하지는 않았다. 다만 태성을 유심히 살필 뿐이었다. 그는 신중한 편이고, 잘 모르는 것에는 방심하지 않을 만큼의 연륜도 가지고 있다.

옷을 탈탈 털며 일어선 태성이 뻐근한 눈가를 문질렀다.

'뭐, 어쩔 수 없나.'

이런 상황까지 오길 바란 건 아닌데. 솔직히 그도 조금은 무서워지기 시작했다. 본능의 공포라기보다는 이론과 합리가 안겨주는 공포였다.

"너 어떤 종이냐."

"그게 궁금합니까."

"그래, 존나 궁금해. 뭔데 미사한테 껄떡거려?"

태성은 이게 자신답지 않은 짓이었다는 건 알고 있다. 변덕을 부릴 만한 입장도 아니면서 변덕을 부린 건 치기일 수도 있다.

하지만 미사를 만난 후, 태성은 제가 누군가에게는 도움이 될 수 있는 사람이라는 사실에 내심 기분이 좋았다. 지난밤, 반년 가까이 그의 외로운 집을 지켜주었던 보니와 클라이드를 보내고 난 후 더 결심이 섰다. 그 가여운 물고기들에게는 아무것도 해주지 못했더라도, 미사를 돕는 방법은 여럿 있었다.

그리고 미사의 상황은 단기간에 해결되어야 했다.

얼마 전 미사 홀로 있는 집에 찾아와 초인종을 누른 건, 그의 동족이 부린 쥐들일 가능성이 컸다. 십중팔구 그럴 것이라 예상하고 있으므로 조만간 곤란한 일이 생길 터다. 태성은 따로 나와 살고 있다 해도 자 일족에 소속되어 있다. 미사와 그가 함께 있다는 걸 알면 동족들이 법석을 떨어대리라.

미사를 돕는 데에 조금 더 적극적으로 나선 것도, 그런 일이 생기면 미사는 다시 오갈 데 없이 추운 바깥으로 내몰릴 것이기 때문이다. 꼭 그럴 필요까지는 없었겠지만, 기왕 도와준 것, 마지막 모습이 우울하지 않았으면 했다. 미사에게 혹시 모를 상황에 대비한 비상연락책이 있길 바랐다.

정말로 그녀를 도와줄 수 있는.

"너 좀 이상한 녀석이다?"

"그런 거 같아요. 요즘 특히나 좀 이상해진 것 같기도 하고."

쥐 주제에 뱀 암컷에 끌리는 것부터가 정신이 살짝 이상하다는 증거라고 생각한다. 태성이 느리게 눈을 감았다 떴다. 회색 눈동자가 붉은 장막을 뒤집어쓴다.

적안.

곽현은 잠깐 멈칫했다.

'이거 진짜 적안이었네.'

워낙 기운이 모호하고 약해 보여 CCTV 상의 적목현상인가 했는데 확실히 아닌 모양이다.

"종이 뭐냐? 이름은."

"말해주면 쫓아올 거잖아요. 제 개인적인 결정이니까 제 동족에게는 해가 되지 않았으면 좋겠어요."

"멍청한 녀석은 아니네."

미사의 기척은 이미 아래로 향했다. 곽현은 상윤에게 전화를 걸었다. 그래도 일은 일이니까.

"야, 미사 내려가는 거 알지. 뻘짓하지 마라."

상윤이 뭐라 떠들어대는데 무시하고 끊어버린 곽현의 눈이 섬뜩한 이채를 발했다. 거의 그와 동시에 태성의 흉부에 어마어마한 타격감이 쏟아졌다. 휘청 옆으로 밀려나며 아슬아슬하게 급소를 피해 벽을 짚은 태성이 다시 몸을 바로 세웠다.

"견딜 만하네요."

"몸빵이 취미냐? 눈은 벌겋게 하고서."

곽현의 눈빛에 의혹이 짙어졌다.

'반사 신경은 있지만 움직임도 더디고, 기운도 고만고만하고, 눈만 벌게? 얘 대체 뭐야? 사향 냄새부터 해서…… 이런 녀석 처음인데.'

기운이 약한 것치고는 흔들림이나 동요도 별로 없다. 곽현은 이번 엔 조금 더 진지하게 손을 내질렀다. 태성이 재빠르게 무릎을 굽혀 숙였지만 그때를 놓치지 않고 무릎으로 차올렸다. 턱을 직격당한 태성이 곽현의 정강이를 팔꿈치로 후려쳤다.

곽현이 휘청하는 사이 태성은 재빠르게 반대편으로 달려가기 시작했다.

'의외로 힘은 또 있고.'

그러나 놓칠 곽현이 아니다. 대강 미사와 나누던 이야기로 미루어 보니, 수화하면 도망치기 수월해질 거라고 했다. 사각으로 숨어들어 수화하게 둘 리가.

단숨에 바닥을 박차고 뛰어오른 곽현이 태성의 뒷덜미를 찍어 눌렀다. 쿠당탕탕.

두 사람은 관성을 이기지 못하고 바닥에 널브러진 채로 복도 끝까지 쭉 미끄러졌다.

대성은 그들을 측면과 정면에서 비리보는 CCTV를 불편한 듯 올려다보았다. 수화해서 도망치면 저자에게 잡히지 않을 자신이 있는데 아무래도 사각지대가 없다. 그러는 사이 곽현이 태성의 목덜미를 잡아올렸다.

"CCTV 있는데, 문제 되지 않겠어요?"

"아, 말 안 했나? 지금 이 아파트 보안실에는 얼빠져서 벽만 보는 인간 하나 빼곤 아무도 없어. 내가 미사와 네 녀석이 온 걸 어떻게 알았겠냐. 다 문명의 이기 덕분이지."

'……아.'

태성은 쓸쓸히 CCTV를 올려다보았다. 지금 수화를 할까. 어차피 저들이 조치를 취해놓았다면 상관없었다. 그럼에도 한 가지 걸리는 건 저자의 눈앞에서 수화를 했다가는 그 불똥이 자 일족에게까지 튈까 봐서이다.

곽현이 태성의 머리를 그대로 들이받았다. 골이 으스러지는 것 같은 충격에 태성은 그대로 나동그라졌다.

'큰일이네.'

태성은 길게 숨을 내뱉었다.

곽현의 그림자가 그의 머리 위로 드리웠다. 태성이 물었다.

"미사 씨는 왜 잡으려 하는 거예요?"

"가족 문제야. 너는 뭔데 미사 때문에 죽으려는 건데? 정분이라도 났나? 저 지지배 밖에 나가서 수컷 홀리고 다녔나."

"그럴 리가."

곽현은 웃기만 했다. "하긴 저 녀석 사교성이 영 없어서." 중얼거린다. 딱히 살기등등한 적의는 느껴지지 않았지만 그렇다고 태성을 놓아줄 것 같지도 않았다. 이런저런 계산 끝에 태성은 몸에서 힘을 빼고 포기했다. 불안은 마음 한구석으로 치워 밀었다.

"한 가지 부탁하고 싶은 게 있는데."

"부탁?"

"뱀들은 그대로 삼킨다던데, 지금 나를 아예 먹을 생각이에요?"

"그럴 수도 있지."

"저 맛없을 텐데."

"그래 보여."

"시체는 남겨줄 수 있을까요?"

태성의 진지한 요청에 곽현이 외려 당황했다. 이놈 뭐 하자는 수작이지?

"죽이는 건 되고?"

"……뭐, 달가운 건 아닙니다만. 제 일족 특성을 생각하면, 먹으면 더 곤란해지실 겁니다."

곽현이 어깨를 느릿이 문질러 풀었다.

적안의 일족들은 대개 강하고 난폭하다 알려져 있다. 속설일 뿐이지만 눈앞의 이 녀석은 정말 이상했다. 기운도 이상하고, 태도도 이상하고. 독이라도 품었나?

"너 진짜로 종이 뭐냐?"

진심으로 궁금해 던진 질문에 돌아온 것은 다른 말이었다.

"최대한 깔끔하게 가죠."

그때 휴대전화가 울렸다. 곽현은 차분하게 정돈되어 있던 분위기를 깨는 전화벨 소리에 살짝 눈살을 찡그렸다. 태성이 말했다.

"받으셔도 돼요. 안 도망갈게요."

이쯤 되니 정말로 곽현 쪽에서 당황스러울 지경이다. 상대가 여유로우면 '혹시 뭐 함정인가.' 하는 의혹이 들기 마련이다. 곽현은 흘낏 사방을 살핀 후 떨떠름한 표정으로 전화를 받았다.

상윤의 화통 삶아먹은 목소리가 쩌렁쩌렁 울렸다.

― 곽현 형! 형아! 미사 누나 미쳤다! 씨바아알!

귀가 따가웠다.

"아, 깜짝아. 왜 소리를 질러대. 그리고 전화질할 정신이 있어? 뻘 짓 말고 잡으라니까."

― 씨, 씨팔, 찻길 한복판에서 수화했다고! 와! 차 뒤집어졌어! 불났

다! 저 누나 제정신이야? 미친! 결계! 곽현 형! 결계!

"……나 지금 아파트 안이거든?"

— 재준 형 올 때까지 나 저 목격자들 하나하나 못 따라다닌다고! 미사 누나 도망간다고! 나 뭐부터 해야 돼? 형, 아, 씨, 돌겠네! 저 누나는 왜 갈수록 나사가 빠져! 누가 사준 행님 동생 아니랄까 봐!

"……이 등신아."

사람들의 비명과 자동차 경적이 마구잡이로 뒤엉킨다. 곽현이 뒷머리를 긁적였다. 미사가 대범한 면이 있기는 하지만 그래도 지킬 건 지키는 암컷인데, 어지간히 도망치고 싶었나 보다.

현대문물은 그게 문제다. 휴대용 카메라나 CCTV 같은 것이 허락 없이 찍어대는 것. 인간의 기억이야 기를 쓰고 조작한다 쳐도 한 번 웹 같은 데에 올라가면 어디까지 퍼질지도 모르는 데다가, 삭제해도 데이터 자체는 남는다. 상윤이 패닉에 빠진 것도 당연했다.

"금방 갈 테니까, 일단 미사부터 쫓아."

— 어차피 수습할 거면 나도 수화해도 되나? 이미 미사 누나 일 쳤는데, 내가 수화한다고 혼낼까?

"어차피 하고 싶은 대로 할 거잖아. 수습은 재준이 녀석한테 하라고 해. 그 새끼 사무실에 늘어져 앉아 있는 거 꼴 보기 싫었는데 잘됐지 뭐."

경적이 멀어진다.

통화를 종료한 곽현이 부드럽게 입꼬리를 올려 미소를 흉내 냈다.

"네 정체가 뭔지 좀 궁금하긴 한데, 상황이 이러네."

"미사 씨는 잘 도망갔대요?"

"잡을 거야. 그리고 너는, 미사랑 얽힌 네 잘못이니까 원망은 말고. 내가 생각하기에 미사는 옆에 붙어 있기 힘든 암컷이거든. 고생한다."

태성은 희미하게 웃었다.

"그러지는 않을 테니까."

"그게 유언이라면."

곽현은 주저 없이 손을 치켜들었다.

I2
/
붉은 눈

피 한 방울 묻지 않은, 처음과 똑같은 차림의 곽현이 단지 앞 4차선의 대로를 바라보았다. 상윤은 미사에게 물렸는지 뱃가죽에 구멍이 나 피칠갑을 하고 있었는데, 그 와중에도 중구난방 뛰어다니며 허둥거렸다.

미사가 도망치는 것을 대비해 1층에서 대기하고 있던 상윤은, 아파트 옆 비상계단을 내려오자마자 무지막지한 기세로 내려친 미사에게 한 방에 녹다운이 되었다.

그도 그럴 것이, 상윤은 몸빵이 아닌 브레인이다. 정신계 능력을 위주로 사용하는 녀석이란 뜻이다. 그러나 미사는 정신계 능력이 잘 먹히지 않는 아주 뚜렷한 자아를 가진 암컷이었고, 상윤은 그런 미사를 겨우 붙들고 늘어졌지만 질질 끌려다닐 뿐이었다. 곽현은 코빼기도 안 보이고!

겨우 정신을 차렸을 때, 미사는 상윤을 그대로 빠르게 차들이 질주하는 차도에 내던져버렸다.

「으아아아!」

아무리 쉽게 안 죽는다지만 차에 빵빵 치이면 몸이 곤죽이 되기는 마찬가지다. 회복이 인간보다 훨씬 빠를 뿐이다.

갑자기 튀어나온 상윤으로 인해 도로는 아수라장이 되었고, 그 아수라장 사이를 질주해 달려가는 검은 구렁이까지 가세하니 아비규환이다. 경적과 사람들의 웅성거림과 비명에 귀청이 떨어져나갈 지경이었다.

놀란 자동차들은 연쇄 추돌사고를 일으키며 멈추었고, 사람들은 차에 치인 상윤에게 달려와 그를 에워쌌다.

「아, 괘, 괜찮다니까요.」

턱이 작살난 채 웅얼거리니 그 말에 신빙성이 있어 보였겠냐마는.

전복한 차에선 불길이 치솟고, 신고를 받은 소방차가 출동하고, 도로는 통째로 통제되었다.

결국 상윤은 곽현에게 한번 전화해 지랄을 하고, 미사를 쫓기를 포기했다. 몸은 급속도로 나아지고 있는데 사람들이 그를 염려한답시고 들러붙어 떨어지질 않으니 돌아버릴 지경이었다.

「아, 내 팔자야.」

그래서 상윤은 급하게 사준 무리 내에서 최고의 정신계 능력자라 알려진 재준에게 전화를 했다. 유언을 남겨야 한다는 개소리를 하니 사람들은 쉽게 전화를 빌려주었다.

재준과 사준이 함께 있었던 건지, 상황 설명이 끝나자마자 사준으로부터 명령이 내려왔다.

「그냥 있어라. 재준이 보낼 테니 그다음에 같이 뒷정리 하고.」

곽현은 사람들 사이에 둘러싸인 상윤을 대충 들쳐업었다. 사람들이 놀라 기겁했다. 차에 치인 사람을 그렇게 다뤄선 안 된다며 뜯어말리려는 이도 있었다. 그러건 말건, 어차피 재준이 오면 다 수습될 인간들이었다. 곽현은 사람들을 뿌리치고 빠르게 단지 안쪽의 음지로 몸을 옮겼다.

"가관이네, 진짜. 그냥 확 마 뒈져버리지."

"아, 씨, 형!"

곽현은 피떡이 되어 있는 상윤을 향해 혀를 찼다. 그 와중에도 캡모자는 놓치지 않고 고쳐쓰고 있다.

'저 새끼는 정말 답이 없어.'

상윤은 부러진 뼈를 다시 맞추고 찢긴 살을 움켜쥐었다. 얼마간 기다리니 조금쯤은 운신이 가능해진 것처럼 비틀비틀 일어선다.

"아, 진짜 혼나겠네."

동분서주하며 수선을 떠는 인간들이 쫙 깔렸다. 미사가 이걸 노린 것 같기도 하다. 그녀는 도망쳐버리면 끝이지만 결국 혼나는 건 상윤과 곽현일 테니까. 게다가 정신노동까지.

"뭣 좀 먹어야 될 거 같은데."

"아서, 재준이 올 때까지. 눈알 똑바로 뜨고."

상윤의 갈라진 홍채를 지적한 곽현이 혀를 쯧 찼다. 그 수컷을 처리하는 동안 상윤이 잠깐이라도 미사를 붙들고 있어주길 바란 제가 병신이다.

"미사부터 잡으라니까."

"사준 형님이 재준이 형 올 때까지 수습하고 있으랬어!"

"그래?"

"형, 그 한 놈은? 적안이었던 애, 걔는? 나 지금 미치겠는데 그거 형이 벌써 먹었어?"

곽현이 어깨를 으쓱했다.

"뭔지도 모를 녀석인데 먹긴 뭘 먹어."

미사와 함께 나타났던 그 청년은 굉장히 이상한 녀석이었다. 반항을 하기는 했지만, 너무 약해서 사실 힘도 별로 들지 않았다.

먹지만 말아달라, 그런 유언까지 덤덤히 떠들어대서 곽현은 괜히 찝찝해 그의 숨이 끊어진 것만 확인하고 내려왔다.

그런데 아직도 영 꺼림칙한 게 느낌이 참 묘했다. 이렇게 뒤끝 더러운 살인은 오랜만이라. 혹 저놈의 종이 꽤나 동족 보호에 집착하는 녀석들이어서 문제가 커지는 건 아닌가 하는 생각이 뒤늦게 들었다.

뭐 어차피 지금 사준은 다른 일족들과도 척을 질 각오를 마친 것 같으니 개의치 않겠지만.

"나 지금 힘 달리는데 내가 가서 먹고 오면 안 돼? 어차피 시체 처리해야 하잖아."

"그러든가. 시체는 미사 집에 옮겨놓고 왔어."

그러다 아파트 어느 한쪽을 가리키며 인상을 찌푸린다.

"아, 형, 잠깐만. 미친, 저기 아파트 창문에서 카메라 들고 있는 저 새끼도 잡아야 되겠지?"

"줌인 기능 좋다, 요즘."

"아놔, 나 진짜 저 카메라 부숴버리고 아까 그 새끼 먹고 온다."

"늑장 부리지 마."

고개를 돌린 곽현은 저 멀리 뒤집힌 차를 바라보았다. 절뚝절뚝 걸어가는 상윤을 뒤로한 채 그쪽으로 다가갔다. 그러곤 인간 몇의 도움을 선동하여 눈을 가린 후, 거뜬히 뒤집힌 차를 바로 세웠다. 인간들은 박수를 치며 난리가 났다.

이어 곽현은 크게 다친 인간을 차 문을 뜯어내어 끌어냈다. 대충만 정리해두면 나머지는 인간들과 재준이 알아서 정리할 것이다.

그리고 10분쯤 지났을까, 또다시 전화벨이 울렸다.

"왜 자꾸 전화질이야."

─ 형, 아까 개 죽여서 어디다 뒀어?

"미사 집에 버려뒀다니까."

– 나 지금 미사 누나 집인데, 없는데?

곽현이 눈살을 찡그렸다.

'뭐?'

그는 분명 숨통을 끊었다. 살아 있는 걸 죽인 경험이 한두 번도 아닌
데 정말 죽은 것과 죽어가는 것을 구분하지 못할 리가 없었다.

'내가 실수했나?'

곽현이 의아함을 느끼고 확인을 위해 몸을 돌리려는 찰나, 저 멀리
서 사 일족 무리 네 명이 모습을 드러냈다. 새까만 양복을 걸친 기묘
한 분위기의 사람들이 나타났음에도 결계 안 시간의 흐름이 멈춘 공
간에 갇힌 인간들은 그들에게 눈길도 주지 않았다.

깐깐해 보이는 업무용 안경까지 쓰고 있는 재준은 단지 앞 4차선의
난장판을 흘긋 흘겨본 후 혀를 찼다.

재준은 사준의 가장 충직한 꼭두각시다. 친구 노릇을 하려는 곽현
과 부하 노릇을 하려 하는 재준의 사이가 그다지 좋지 않은 건 당연하
다.

"미사 한 마리 수화를 못 막아서…… 얼간이들아."

"내 탓 아니야. 상윤이 새끼가 멍청하게 당한 거지."

"애초에 상윤이가 미사를 물리력으로 어떻게 이긴다고 미사를 상윤
이한테 맡겨. 상윤이 능력으론 미사 머릿속에 닿지도 못하는데."

"아아, 내 탓이지, 내 탓이야. 기가 막히게도 책임전가를 해대는고
만. 하여간 끼리끼리라고."

곽현이 비꼬건 말건 상관없다는 듯, 재준이 턱을 기울여 따라온 부
하들을 향해 명령했다.

"깨끗이 정리해."

정신계 능력자들은 사람을 들었다 놨다 하는 데에 특화된 터라 대체적으로 저렇게 오만하다.

재준은 재빠르게 더 단단한 결계를 열고, 인간들의 기억 조작부터 시작해 사고 수습까지 일사불란하게 실행하는 부하들을 등졌다.

"상윤이는? 그 녀석 말을 들어보니 미사 말고 한 녀석이 더 있었다고?"

곽현은 그제야 조금 전까지 상윤과 통화하고 있었다는 사실을 상기해냈다. 그리고 상윤이 했던 말도.

「그놈 시체 없는데?」

죽은 게 아니었다면 제 감이 몹시 형편없어진 것이다.

아, 창피해.

곽현은 미사의 아파트를 올려다보며 귀를 붉혔다.

푸른빛은 날카롭게 그를 꿰뚫었다. 암전된 세상이 온통 푸르게 물들 만큼 강력했다. 갈비뼈 어딘가가 부러진 듯하고, 등허리가 꺾인 것도 같다. 뒤집힌 내장이 피를 움큼씩 토해냈다.

몽환적인 세계 속에서만큼은 태성도 우아한 하얀 털과 매서운 발톱이 있었다. 눈 깜짝할 사이에 강 건너에서 이편으로 뛰어넘는다. 망망대해 같은 초원이었다. 저 멀리 한 폭의 수묵화 같은 산등성이가 보였다.

태성은 자신이 서 있는 곳이 어디인지조차 몰랐다.

이름 모를 높은 풀들을 피해 강가를 따라 걸었다. 센 물살이 가라앉는 순간 붉은 눈동자가 그를 마주 보는 것이 보였다. 그르렁. 지레 놀라 뒷걸음질 쳤다.

가슴이 크게 뛰기 시작했다. 태성은 뒷걸음질 치고, 뒷걸음질 쳤다. 물 위로 기어올라온 짐승은 조금도 젖지 않은 채 그르렁 긁는 울음소리를 냈다. 물속에서 도사리고 있던 하얀 맹수의 눈이 그를 좇았다.

내재된 '자'의 본능이 경고했다. 도망치라고. 하지만 다리는 굳어지고, 눈앞의 거대한 맹수는 붉은 눈을 번뜩이며 다가온다. 먹힐 것이다. 저처럼 약한 쥐 따위 한입에.

제 어미의 악의보다 하잘것없는 살수는 금세 잊혔다. 물 먹은 듯 무거운 몸뚱이의 신경이 깨어나는 것이 느껴진다. 순식간에 세상이 새카매졌다.

'모처럼이네.'

공동(空洞) 같은 어둔 의식 속을 들여다보며, 태성은 그렇게 생각했다.

곽현은 물리적인 능력에만 특화되어 있기에 태성이 몸을 잘 피하면 충분히 도주할 가능성이 있었다. 그러나 상윤은 정신계. 태성처럼 어린, 약한 녀석이 정신계 능력에 사로잡히면 그야말로 독 안에 든 쥐 꼴이 된다. 해서 미사는 피해 도망치는 대신 상윤을 차도에 그대로 집어 던졌다.

무작정 수화하여 거대한 아가리로 콘크리트 바닥에 처박은 후에야 일이 좀 커졌구나 싶었지만 벌어진 일은 벌어진 일이었다.

인간들 사이에 내던져진 상윤은 그녀를 쫓아오지 못했다.

미사는 재빠르게 어둔 그림자 속으로 숨어들어 입안에 삼키고 있던 옷가지를 토해내고 수화를 풀었다. 그 난잡한 와중에도 잃어버리지 않은 짐가방을 뒤져 옷부터 추려 입었다. 다행스럽게도 그녀를 쫓아온 인간은 없었다.

숨을 헐떡이며 주저앉은 미사가 입술을 잘근잘근 씹었다. 멀리 그녀의 아파트가 보였다. 태성이 정말 곽현에게서 도망칠 수는 있을까. 태성은 먼저 집에 가 있으라고 했으나 떠날 수가 없었다.

태성이 정말 죽고 싶어 그런 짓을 한 게 아니라면 자신이 있어서일 거라고 생각은 하지만 그래도 모를 일이다.

한참이나 근처를 떠나지 못하고 서성거리다가, 동족들의 기척이 더 많아지는 것을 깨닫고 억지로 몸을 돌렸다.

'어쩔 수 없어. 잘 도망쳤을 거야.'

태성의 아파트에 도착했을 때는 이미 해가 다 저문 초저녁이었다. 안전지대라 여겨지는 망원동 근처에 들어서자마자 살을 엘 듯한 추위가 그녀를 엄습했다. 파랗게 질린 입술을 떨며 현관문을 열고 들어섰을 때, 미사는 믿기 어려운 광경에 눈을 끔뻑였다.

"태성아?"

피투성이가 된 옷가지가 바닥에 지저분하게 널려 있고, 태성은 그 옷들 위에 주저앉아 숨을 헐떡이고 있었다.

우당탕탕, 막 태성에게 달려가려던 미사가 멈추었다. 태성의 주위로 흉포한 기운이 맴돌고 있었다.

"택시 타고 오라니까 걸어온 거예요?"

"……너, 너."

미사는 소름 끼치게 붉은 눈동자를 발견하곤 말을 잃었다. 언뜻언뜻 보였던 적안이다. 착각인가 싶을 만큼 매혹적이었던 적안이 미사를 똑바로 응시하고 있었다.

태성은 이미 알고 있다는 듯 눈가를 문지르며 부연했다.

"놀랄 거 없어요. 잠깐 있으면 돌아오니까."

"너 어떻게 된 거야."

"내가 죽은 줄 알고 그 남자가 내려간 사이에 비상계단으로 도망쳤죠."

미사가 손을 뻗으려는 순간 태성이 사납게 말했다.

"지금 손대지 마세요. 이게, 가끔 나도 감당이 잘 안 돼서."

뭐가 감당이 안 된다는 말인지 미사는 직관적으로 이해하지 못했다. 자세히 보니 태성의 몸은 식은땀 범벅이었다. 대강 상처들을 물수건으로 닦아낸 태성이 무릎을 당겨 얼굴을 파묻었다.

과도한 재생력을 감당하지 못해 그의 피부 안에서 요동치는 기운이 느껴졌다. 갈기갈기 찢긴 것처럼 살을 비집고 흘러나오는 붉은 기운은 뜨거울 정도의 열기를 품고 있었다.

똑딱똑딱.

시계 초침소리에 홀린 듯했다.

멍하니 그를 바라보던 미사의 눈살이 서서히 찌푸려졌다.

"너, 수화해서 도망친 게 아니었어?"

"뱀 앞에서 쥐가 되는 것만큼 멍청한 짓이 어디 있어요? 내가 수화하면 내 일족들까지 말려들 수도 있는 일인데."

"그래서 죽기 직전까지 얻어맞은 거야?"

태성은 엷게 웃기만 했다.

"괜찮아요. 내 재생능력이 워낙 좋아서 걱정할 만한 일은 없었어요."

"너 진짜 죽을 수도 있었어. 무슨 대책이 있어서 그랬던 것도 아니고, 그냥 도박을 한 거였어?"

"미사 씨, 그냥 내가 미사 씨 도와주고 싶어서 그랬던 거니까 귀 울리게 소리 지르지 마요."

미사는 태성의 저런 태연함을 믿을 수가 없었다. 저게 말이 되나?

소파 아래 앉아 있던 태성이 가누기 힘든 듯 뒷목을 젖히며 짧게 신음했다. 상처의 흔적은 없어졌지만, 여전히 피 얼룩이 묻어 있는 매끄러운 상반신이 커튼 새로 스며드는 달빛을 은은히 받았다.

"값싼 목숨으로 유세 떨 생각 없어요. 미사 씨도 그냥."

"와, 너 진짜 미쳤구나. 나를 집에 들일 때부터 보통 놈 아니구나 했는데, 너 진짜 제정신이 아니구나. 너 진짜……!"

곽현은 힘으로도 미사와 비등해질 수 있는 뱀이다. 그런데 처음부터 도망칠 생각이 없었다니. 태성이 살아 도망친 것은 거의 기적이었다.

태성이 작게 웃었다.

"웃긴 왜 웃어."

"기분이 좋아서 그래요."

"대체 뭐가 지금 기분 좋……."

"뭔가 쓸모가 있어진 기분이라."

지금의 태성은 분명 평소와 달랐다. 농담처럼 긴네온 음성에 담긴 건 명백한 즐거움이었다. 소름 끼칠 정도로 평온해 보였다.

미사는 핀잔을 그치고 태성의 뺨에 묻은 피를 문질러 닦았다. 그래도 깨끗하게 지워지지 않아서 수건을 적셔왔다.

미사는 그의 곁에 무릎을 꿇고 앉아 태성의 옷가지를 강제로 벗겨낸 후, 피를 닦아주었다.

"미사 씨 의외로 의리 있네요."

"의외?"

"그렇게 고마워하는 표정 지을 필요 없는데."

태성의 적안이 물끄러미 그녀를 응시했다. 미사는 왠지 모를 거북스러움을 느끼고 눈을 피하고 말았다. 뱀이 쥐를 두려워해 뒷걸음질하는 꼴이다. 태성의 손등에 남은 상처를 닦아내며 입술을 꾹 다물었다.

"꺼림칙해요?"

약간의 간격을 두고 미사가 고개를 저었다.

"조금 당황한 것뿐이야."

"내가 먼저 가자고 했던 거고, 위험할 수도 있다고 미사 씨는 경고했었고, 내가 그래도 같이 가주겠다고 했던 거고, 지금 무사히 귀가까지 했잖아요. 문제없잖아."

목소리는 평소보다 부드러웠으나 낮았고, 평소보다 다정한 듯했으나 위험한 온도를 품고 있었다. 붉은 눈동자가 제 얼굴, 손바닥, 손목 어딘가에 닿을 때마다 미사는 저도 모르게 움찔했다.

'……진짜, 뭐지?'

낯설어서 숨이 죽었다. 가만히 제 손길을 느끼는 태성은 평소와 다를 바 없는 얼굴인데. 미사는 약하게 경련하는 태성의 손끝을 응시하다 중얼거렸다.

"……처음 내 앞에서 허세부릴 때 알아봤어야 했는데. 너, 정말 자가 맞아?"

"봐놓고서도 묻는 거예요?"

웃음을 그리기도 버거워 태성은 입꼬리를 매만졌다.

이상한 일이다. 웃음기가 사라진 태성은 몹시 지쳐 보였다. 공기가 점점 더 무거워진다. 그건 피 냄새에 섞인 태성의 냄새가 가라앉고 있기 때문만은 아닐 것이다.

미사는 다시 물었다.

"너…… 너, 자가 맞는 거야?"

"그럴 수도 있고, 아닐 수도 있고."

"그런 대답이 어디 있어. 수수께끼 그만 좀 해."

미사가 자신도 모르게 볼을 살짝 부풀리며 태성의 허벅지를 꼬집었
다.

아야, 짧게 신음한 태성이 비스듬 소파에 기댄 채 웃었다.

"눈…… 이거 가끔 그래요. 기운이 회복되면 다시 원래대로 돌아와
요."

"적안이야."

"그게 전부예요."

"……."

"적안에 대해서 말들이 많지만, 저는 그렇게 강하지도 않고 막무가
내도 아니니까. 오히려 그래서 오해를 많이 받아서 힘들었던 적도 있
어요. 그러니까 미사 씨라도 그렇게 이상한 눈으로 보지 마요."

미사는 더 이상의 추궁을 포기했다. 태성은 그녀가 괴롭히지 않아
도 충분히 힘들어 보였으니까.

이상한 일이다. 왜 자신의 목숨이 위험할지도 모른다는 사실을 외
면하고 그녀를 도왔을까. 왜 지금도 돕고 있을까.

"세 번."

"……?"

"세 번 살려줬네."

처음은 사준에게 쫓기던 그녀를 구해주었다.

두 번째는 차가운 겨울 세상으로 그녀를 축객하려던 마음을 바꾸어

주었다.

그리고 세 번째. 벌써 세 번이나 태성에게서 도움을 받았다. 왠지 가슴 안쪽이 뜨뜻미지근해지는 느낌이 들어서 미사는 부러 더 퉁명스럽게 말했다.

"침대에 누워."

"조금만 더 쉬다가요."

"그러면 나한테 기대."

"무거울 텐데."

태성은 그렇게 말하면서도 거절하지 않고 미사의 어깨에 쓰러질 듯 기댔다. 미사는 부러 태성의 눈을 보지 않기 위해 시선은 정면에 둔 채로 그의 등을 어루만졌다.

"오늘 네 행동을 나는 이해하지 못하지만, 그래도 고마워."

미사의 손끝이 등허리를 다독이듯 쓸어내렸다.

태성은 눈을 감고 웃었다. 멋지게 방해꾼들을 물리친 것이 아닌, 제 목숨을 미끼 삼아 속여 도망친 것이 전부인데도 미사는 크게 감명했다는 투였다. 진심 어린 염려가 느껴진다. 무얼 염려한 걸까.

태성은 곧 생각을 그쳤다. 자신보다 하찮은 것이 함부로 몸뚱이를 굴려대는 데에서 기인한 동정심이든, 아니면 그동안 쌓인 친밀감으로 하여 진심에서 우러난 걱정이든 간에.

미사의 손가락이 기울어진 그의 척추를 따라 어를 때마다, 온기에 기대고 싶은 충동이 인다. 죽음에서 깨어난 지 얼마 되지 않아서 그런 모양이다. 불시에 치고 올라오는 충동을 아무렇지도 않은 얼굴로 감추기가 어렵다.

"그만 만져요."

"내가 언제 만졌다고 그래, 난 두드린……."

"나 오늘 잘했어요?"

"그래."

"미사 씨도 무사히 도망쳤다니 다행이에요."

미사의 고맙다는 말이 듣기 좋아요, 그렇게 중얼거린 태성이 말했다.

"너 진짜…… 무슨 착한 사람 병이라도 걸렸니?"

고개를 바로 들어 미사를 응시하는 태성의 입가에 희미한 주저가 어렸다. 미사는 지나치게 가까운 거리에서 마주 보게 된 것에도 아랑곳 않았지만, 태성의 눈은 오직 미사에게만 이르러 있었다.

본체는 그보다 커다란 검은 뱀이다. 그보다 두세 배는 더 오래 살아남았지만, 철딱서니라고는 두세 배는 더 없는 암컷이다. 그의 붉은 눈동자를 보고도 조금 꺼려할 뿐, 먼저 다가와 어루만져주는 암컷. 뱀 암컷에게 끌릴 만큼 멍청한 쥐는 답이 없다.

아무리 생각해도 그렇다.

하지만 조금씩 쌓인 호감은 분명하다. 그러지 않았더라면 구태여 제 목숨 버려가며 이럴 리가 없다. 아무리 제 목숨이 싸구려 동전 한 닢만큼 하찮은 것이라도. 미사의 생각만큼 그는 이타적인 사람은 아니었다.

"왜 그렇게 보……."

미사의 뒷목이 확 끌어당겨졌다.

태성의 조금 갈라진, 나직한 목소리가 맺어졌을 때.

"결국 암컷한테 잘 보이려고 그러는 걸 보면 나도 수컷 맞나 봐요."

입술이 닿았다. 아니, 닿는다는 어휘는 그의 입맞춤을 표현할 수 없다. 삼켰다. 그것은 부드럽게 벌려 삼키는 입맞춤이었다.

미사는 포개지는 입술 사이로 흘러드는 따뜻한, 어쩐지 자조적인 숨소리에 자신도 모르게 눈을 감았다. 이해할 수 없는 수컷이다. 뱀을 집에 들인 쥐, 뱀을 허락해 불편을 감당하는 쥐, 뱀 때문에 죽을 뻔한 쥐.

어쩌면 그렇기 때문에 제게 키스하는 그가 이상하지 않았던 건지도 모르겠다.

태성은 하나부터 열까지 미사가 이해할 수 없는 행동만을 반복했다.

뒷목을 으스러져라 붙잡힌 미사가 입맞춤에 응했다. 스치다, 얽히며, 범람하듯 밀려드는 그의 입맞춤을 받아 삼켰다. 입술이 조금의 틈도 없이 맞물렸다. 기울어진 고개로 인해 턱이 스치고, 치열이 가볍게 맞부딪친다. 숨결은 더 거칠어졌다. 점점 젖혀지는 몸을 간신히 지탱하던 미사는 곧 입술을 뗀 태성을 물끄러미 올려다보았다.

태성의 얼굴은 살짝 상기되어 있었다. 그것이 부끄러움 때문인지 아닌지는 잘 모르겠다.

얼마간 그리 미사를 바라보던 태성이 천천히 몸을 세우고, 그녀를 바로 앉혔다.

"왜 받아줘요."

어이없다는 듯이 웃는다.

"뭐야. 먼저 해놓고."

"그래도."

"첫 키스도 아닌데. 그러면 지금 드라마에 나오는 여자들처럼, 네 뺨이라도 칠까?"

살짝 숨을 고른 미사가 정말 따귀를 칠 듯 손바닥을 올려 보이자, 태성이 재빠르게 그녀의 손목을 잡아내렸다.

"농담한 거예요. 아무리 싫어도 뺨은 좀…… 그냥 상 줬다고 생각해요."

그는 조금의 수줍음도 비치지 않는 미사의 얼굴을 물끄러미 바라보다가 손가락으로 그녀의 이마를 가볍게 두드렸다.

"완전 이상한 표정이네. 정말 나 괜찮아요. 오히려 오랜만에 몸도 좀 개운해진 거 같고."

잔뜩 두드려 맞아놓고서 몸이 개운해지다니. 제정신인가.

"진짜 너 이상하다……."

"이상해서 싫으면."

사향을 바른 것 같은 목소리가 달큰하게 귓속으로 녹아들었다. 어느새 그의 눈동자는 다시 평소의 회색으로 되돌아와 있었다. 목소리나 기운도 훨씬 안정된 것 같다.

"잡아먹는다고 또 협박해보든가요. 그땐 정말 수화해서 도망칠 거지만."

자리에서 일어난 태성이 방으로 돌아갔다.

"좀 자고 일어나면 나을 거예요. 내일 낮까지 안 일어날 수도 있는데, 정오에 수업 있으니까 혹시라도 아침에 나 안 일어나면 깨워줘요."

닫힌 문 너머로부터 태연한 요청이 울린다.

뭐라고 해야 할까. 분명 저건 쥐인데, 처음 삼켜지듯 입맞춤 당하는 순간 왠지 모를 위협을 느꼈다. 태성은 정말 자 일족인가? 치워두었던 의문이 다시 살아났다.

문득 미사는 바닥에 떨어진 태성의 피 묻은 옷가지를 향해 눈을 내렸다.

'아니…… 그런데, 정말로 곽현한테서 도망친 거라면.'

곽현이 태성이 죽었다 생각해 그를 버리고 갔다고 했나? 곽현은 꼼꼼한 녀석이었다. 숨이 끊어진 것을 확인하기 전엔 등을 보이지 않았을 것이다.

미사는 갑자기 태성의 입맞춤에 속수무책으로 비벼졌던 입술에서 열기가 피어나는 것을 느꼈다.

'뭐야……'

미사는 입술을 문질렀다.

태성이 무사하다는 것에 안심한 탓도 있지만, 갑작스러운 입맞춤에 묘하게 간지러운 기분이었다.

그날 밤 이불 속에 기어든 미사는 한숨도 자지 못했다. 머릿속이 점점 복잡해지기만 해서.

13
/
상부상조

오늘의 마지막 수업이 진행되고 있었다.

태성은 강의실의 고장난 시계를 바라보았다. 교수님의 머리 위에 장식처럼 걸린 시계의 바늘은 7시 16분쯤 되는 어중간한 위치에서 멈추어 있었다. 고장이 난 지 꽤 되었다고 신고했었는데, 아직도 고치지 않은 모양이다.

교수님의 목소리가 웅웅 떠돌았다.

얼마 전 꽤 큰 사고가 있었는데도 불구하고 세상은 언제나처럼 돌아간다. 그 후, 미사와의 관계를 말하자면 태성의 충동적인 선택이 가져온 어색한 기류는 며칠이 지난 지금 썩 희석되었다. 애초에 미사는 스킨십 자체에는 별다른 의미를 두지 않는 것 같았다. 태성과 정반대로.

태성의 눈동자가 책상 위에 올려둔 휴대전화로 옮겨갔다. 액정의 시계가 4시 30분을 알려준다. 요즘처럼 수업에 집중하지 못한 적도 처음이다.

심드렁히 책상 아래로 휴대전화의 문자메시지 목록을 넘기던 태성의 눈동자가 멈추었다.

[강서 형]

그로부터도 연락이 끊긴 지가 꽤 되었다.

아무래도 조만간 일이 벌어질까 싶었다. 태성은 지난 며칠 잊고 있던 문제를 다시 떠올렸다.

'눈감아주려는 건가.'

아마도 그럴 리는 없을 것이다. 근래 간간이 낯선 기운이 느껴지는 걸 생각하면. 조심해서 나쁠 것은 없다.

사실 태성이 지금 가장 걱정하는 것은 미사의 동족이 아닌 그 자신의 동족이다. 미사의 문제로 인한 본가와의 접촉은 지금 태성이 가장 바라지 않는 것이다.

태성이 뻐근한 뒷목을 매만졌다.

'계속 피곤하네.'

그들의 신체는 기본적으로 튼튼하다. 딱히 운동을 하지 않아도, 잠을 좀 덜 자도 괜찮았다. 그리고 뭣보다도 얼마 전에 다시 세포단위로 재생되며 몸 상태가 퍽 좋아졌다고 생각했는데, 아니었다. 가만히 앉아 제 안의 흩어진 기운을 더듬고 있자니 속까지 불편해지는 기분이다.

그의 눈이 다시 멈춘 시계에 자석처럼 끌려갔다. 교수님이 그를 호명했다.

"내 머리 가발이다, 그래. 진태성, 부담스럽게 뭘 그렇게 봐."

"죄송합니다, 교수님."

"요즘 왜 이렇게 빠져 있어? 애인한테 보약이라도 한 첩 지어달라고 해."

같은 수업을 듣는 배연이 손을 번쩍 들고 반박했다.

"교수님, 태성 오빠 애인 없는데요!"

교수님은 "저건 뭐야. 너 태성이 좋아하냐?" 하고 농담으로 시원하게 받아쳤다. 그러자 배연이 발끈하기라도 한 것처럼 "아닙니다! 전 썸 타는 다른 오빠 있습니다!" 하고 당당하게 소리쳐서 한바탕 교실을 웃음바다로 만들었다.

저를 두고 하는 얘기에도 태성은 남 일처럼 웃기만 했다.

50분이 되자 교수님은 칼처럼 수업을 정리했다.

"오늘은 여기까지."

"감사합니다, 교수님."

교수님의 말이 떨어지자마자 학생들은 일제히 짐을 챙겨 일어났다.

태성은 마지막까지 남아 필기를 마치고 확인까지 한 후 가방을 챙겼다. 배연이 팔랑거리며 다가왔다.

"오빠오빠오빠! 태성 오빠, 이번 과제 다 했어요?"

"……."

"오빠?"

"어?"

"왜 넋을 놓고 있어요?"

기계적으로 가방을 챙기던 태성은 눈앞을 오가는 벙어리장갑에 놀라 고개를 들었다.

목도리를 돌돌 두르고 완전 중무장을 한 배연은 평소와 다름없이 메이크업까지 완벽했다. 간혹 동기들이 우스갯소리로 쟤네는 지각과 화장 중에서 화장을 고를 애들이라고 놀리던 것이 생각났다.

"무슨 생각을 그렇게 하길래요."

"아, 미안. 뭐라고 했어?"

"오빠, 내일 생태학 발표 과제 어떻게 했냐고요."

'과제가 있었나?'

가만히 기억을 더듬던 태성이 살며시 미간에 고랑을 팠다.

지난주에 과제가 있었다. 미리 논문을 읽으려 했는데, 얼마 전부터 너무 정신이 없어서 까맣게 잊었다.

오늘 아침에 나올 때에도 그 논문이 책상 위에 고스란히 엎어져 있는 걸 봤는데 왜 생각을 못 했을까.

"아니, 오늘 하려고."

"에에? 하나도 안 했어요? 오빠가 웬일로? 논문은 다 읽었어요?"

태성은 "아직." 하고 짤막하게 답했다.

"주제는 정하신 거 맞죠?"

"……아니, 큰일 났다. 너는 정했어?"

"네, 저는 조류 생태학으로 갈래 잡았고, 주영이는 포유류 쪽으로."

"PPT 발표도 그렇고 내용도 그다지 겹치지 않는 게 좋을 텐데."

"전 이미 세희랑 준호 오빠랑도 겹쳐서 그냥 포기했어요. 병훈 오빠는 양서류 생태 쪽으로 발표한다던데."

하룻밤을 꼬박 새워야 할지도 모른다. 갑작스레 일정에 끼어든 과제에 태성의 표정이 어두워졌다.

"고마워. 너 아니었으면 정말 깜빡 잊고 안 할 뻔했네."

"고마우면 밥 사줘요."

"밥?"

"네, 밥 사줘요. 밥, 밥, 저기 망둥이네 집 가서!"

여자 후배들은 참 사교성이 좋다. 한두 번 겪는 것도 아니지만 이럴 때면 어떻게 대답해야 하나 항상 고민이었다. 인사치레처럼 하는 말인지 아닌지도 모르겠고.

태성은 일단 고개를 끄덕이는 것으로 답했다.

배연은 용건이 더 남은 사람처럼 주뼛거렸다.

"아! 있죠, 지수도 같이 가도 돼요?"

지수라는 이름이 요즘 부쩍 자주 들리는 것 같은데, 태성은 지수가 누구인지 잘 알지 못했다. 하지만 거절하기도 그래서 일단은 알았다 답했다. 배연이 방실 웃으며 인사했다.

"그러면 오빠, 안녕히 가세요! 연락 줘요!"

태성은 강의실을 벗어났다. 복작거리는 회색 복도를 가로지르던 그가 문득 주위를 둘러보았다. 성큼 다가온 겨울을 피해 목과 손을 꽁꽁 싸맨 여학생들이 그의 시선을 빼앗았다.

노란색, 검은색, 빨간색, 보라색…… 촘촘하게 짠 털목도리를 둘둘 두른 여학생들은 추운 줄도 모르고 크게 웃거나 복도를 뛰어다니고 있었다.

입김이 하얗게 번진다. 벌써 11월 말이다. 기말고사는 보름 정도 남았다. 벌써 한 해가 이만큼 지나갔구나 하는 생각에 괜스레 숙연해졌다.

낙엽이 지천인 도회지의 풍경이 새삼스럽다. 인간들만큼 감성적이지는 않겠지만, 그래도 이런 계절이 도래하면 쓸쓸함 정도는 느낄 수 있다. 그렇게 적적하게 귀가하는 길, 예상치 못한 상대로부터 전화가 왔다.

견우였다.

"아."

— 아가 뭐냐? 첫인사가? 살갑게 좀 받아봐.

"여보세요."

— 내 여보는 애경인데요?

견우의 목소리는 언제나처럼 유쾌했다.

"금슬 자랑은 다른 데 가서 해. 배 아파. 무슨 일이야? 형?"

— 아, 전에 네가 알아봐달라고 한 거……

길다면 긴 이야기가 이어지고, 태성의 걸음은 저절로 멈추었다. 거리의 멈춘 시간이 보도블록 위에 서 있는 그를 스쳐지났다.

빠아앙. 멀지 않은 대로에서 울리는 경적에 눈을 한 번 깜빡였다. 호객행위를 하는 어떤 사람의 생계를 위한 아우성에도 한 번. 약한 바람에도 쉬이 몸을 굴리는 낙엽들의 소리에도 한 번. 그런 것들이 서서히 그의 안으로 스며들었다.

"그래. 고마워, 형."

태성은 담백한 목소리로 전화를 끊었다. 견우가 일러준 것들은 태성으로서도 이미 어느 정도 짐작할 수 있는 이야기였다. 사 일족들의 동태와 한사준이라는 뱀에 관한 것. 미사로부터 들은 이야기에 조금의 디테일이 더해졌을 뿐이다.

지하철을 타기 위해 역으로 향하던 태성은 충동적으로 어느 길거리 상점에 들렀다. 상점에서 나온 그의 손에는 종이가방이 들려 있다. 가방에는 하늘색 목도리와 하얀 벙어리장갑이 한 켤레 담겨 있다.

정신을 차리고 보니 이렇게 되었다.

긴장이 되는 것도 같고…… 뭐라 설명해야 할지 모르겠다. 보니와 클라이드를 보내던 밤에 태성은 이미 언젠가 미사가 그의 집을 떠날 것을 다시 한 번 되새겼다. 딱히 정을 붙이고 싶지가 않은데도 자꾸만 무의식은 반대로 흘러간다.

그는 패스트푸드점에서 간단한 세트 메뉴를 시켜 먹은 후, 다시 집으로 출발했다.

저녁 시간대의 지하철은 몹시 붐볐다. 태성은 쇼핑 봉투를 든 채로 내내 서서 가야 했다. 사람들은 모두가 무심해서 서로에게 눈길 한 번 주는 법이 없다. 시선을 던지는 것 자체가 무례라고 생각하는 것처럼.

– 이번 역은 망원, 망원역입니다. 내리실 문은⋯⋯.

의미 없이 틀어놓은 낡은 라디오 소리처럼 잡음 사이에 섞여 울리는 안내방송. 그 위로 걱정에 찬 견우가 당부한 말들이 덧씌워졌다.

「한사준, 대충 17세기 말쯤에 태어난 걸로 추정되는 뱀이라는데, 너 알지? 살모하는 것들. 엄청 희귀하잖아. 암컷들이 죽을 각오 없이 낳지를 않으니까. 그런데 20년 전쯤부터 본격적으로 사회활동을 시작했나 본데⋯⋯ 얼마 전에 300년도 더 묵은 능담을 한 마리 잡아먹었대. 사 일족들 사이에서 동족상잔이야 뭐 별일 아니긴 한데, 잡아먹힌 능담이 그를 100년 넘게 애지중지 길러준 뱀이었다네. 어미사냥이냐 아니냐로 얘기가 분분한데 내막까지는 모르겠어. 그리고 비슷한 시기에 사 일족 능담 한 마리가 사라졌대. 그 능담이 너희 집에 눌러앉았다는 그 뱀이 아니었으면 좋겠는데⋯⋯ 어쨌든 그 뱀은 잘 도망쳤고, 먹힌 건 확실히 아닌 것 같아. 한사준이 전단까지 뿌려가면서 찾고 있다더라고. 아, 이것들보다 중요한 건, 사준이라는 그 뱀이 이번엔 또 다른 의미로 크게 소문이 난 모양이야.」

미사의 비밀을 몰래 관음하는 것 같은 기분이 들었다.

「무리를 모아서 다른 일족들을 무차별적으로 잡아 죽이고 있다던데. 대체 요즘 뭐가 어떻게 돌아가는지 모르겠어.」

「다른 일족들이랑도 마찰이 있었어요?」

「그래, 그리고 얼마 전에는 아예 대낮에 뱀들이 수화하고 도로를 뒤집어엎어서 난리가 났다는데. 그래서 우리 장인어른께서도 심기가 많이 불편하신가 봐.」

무슨 사건을 말하는지 짐작이 가는지라 태성은 살짝 찔렸다. 견우
에게 솔직하게 말할 수는 없는 노릇이다.

견우와의 통화는 그 정도였다. 전화를 끊은 후 태성은 생각보다 상
황이 복잡하게 돌아가는구나 싶어 입안이 썼다.

저들의 세계는 태성이 이해할 수 없는 종류의 것이었다. 길러준 어
미를 잡아먹고, 여동생처럼 지내온 이를 공격하고…… 아마 사준의
무리라고 하는 건 미사의 아파트에서 만난 그자와 같은 이들일 것이
다.

문득 한가로운 생각이 들었다.

미사는 뭘 하고 있을까.

현관문 앞에 선 태성은 습관처럼 도어록 넘버를 누르다 마음을 바
꾸었다.

딩동.

초인종이 울리자 우당탕탕 달려오는 소리가 들렸다. 미사는 저렇게
요란하게 제 흔적을 뿌리고 다녔다. 언젠가부터 그런 것 같다.

문이 발칵 열렸다.

"어서 와."

태성은 미사의 헐벗은 차림에 떨떠름하게 말끝을 흐렸다. 춥다고나
하지 말지. 겨우 허벅지에 닿는 헐렁한 후드티 하나만 입은 차림이었
다. 정말 고칠 줄 모르는 버릇이다.

미사의 집에서 챙겼던 몇 벌 안 되는 옷은 도망치는 와중에 다 잃어

버렸다. 결국 소득은 수첩 하나뿐이었다. 뭐 그렇다며 미사는 여전히
그의 옷을 입었다.

"들어가요. 다른 사람이 지나가다 보면 어쩌려고."

"오자마자 잔소리야?"

"나도 입 아파요, 같은 말 반복하기."

태성의 회색 눈동자가 느리게 훑었다. 올려묶은 머리 아래로 드러
난 하얀 목선과 쇄골의 굴곡이 눈길을 끌었다. 까만 옷과 대비되어 더
욱 도드라졌다.

미사가 그의 손에 들린 종이가방을 궁금하단 듯 훔쳐보았다.

"시장 봐왔어?"

"아뇨, 별건 아니에요. 일단 들어가요. 밥은 먹었어요?"

"아니, 너 기다렸는데."

신발을 벗고 막 거실에 가방을 풀었다. 태성이 미사를 바라보았다.

"왜요?"

"밥 먹으려고."

"나를요?"

태성의 농담에 미사가 작게 웃으며 부엌 식탁을 가리켰다.

"봐봐, 다 차려놨어."

태성은 식탁 위의 상차림에 작게 입술을 벌렸다.

아무것도 담기지 않은 두 개의 밥그릇과 두 쌍의 수저. 그리고 그 사
이를 경계처럼 나누는 갖가지 반찬과 요리들이 랩에 덮여 있거나 뚜
껑이 씌워진 채 놓여 있었다. 전혀 생각지 못했다.

그러다 퍼뜩 묘한 사실을 깨닫고 눈을 가늘게 떴다.

"근데 왜 전부 다……."

'치즈밖에 없는 건데.'

식탁 위의 음식들은 얼핏만 보아도 치즈 계란말이, 모차렐라 치즈로 덮은 제육볶음, 치즈 가루를 뿌린 샐러드, 그리고 생 치즈 조각들이었다.

허리를 양손으로 짚은 미사가 의기양양하게 말했다.

"네가 뭘 좋아하는지 몰라서 그냥 쥐들이 좋아한다는 걸로 전부 준비해봤어."

태성은 기가 막혔다. 놀리는 건지, 진담인 건지.

"제 식습관 여태까지 봐놓고서 이제 와서 무슨. 애초에 쥐들이 치즈를 제일 좋아한다는 것 자체가 편견이라고요."

"그래서 싫어?"

"아니…… 싫다기보다는 그냥 좀 어색해서 그러죠."

식재료의 80퍼센트가 치즈라는 문제보다 더 큰 근본적인 괴상함이 있었다. 같이 식탁머리에 앉아 밥을 먹은 적이 있기는 하지만, 밥을 같이 먹으려고 기다리는 건 여전히 이상하게 느껴졌다. 아직 익숙해지지 않은 것이 남았나 보다.

태성은 자신과 미사 중 누가 더 이상한지 모르겠다고 생각했다. 고민들이 서서히 밀려나는 듯한 기분이었다. 누군가 이렇게 그를 기다려준다는 게 좋다는 생각이 노골적으로 들기 시작했다.

"이럴 거면 전화라도 좀 해주지."

"왜? 너 밥 먹고 왔어? 진짜?"

태성은 외투를 벗어 내려놓으며 고개를 저었다.

"아니에요. 씻고 나올 테니 먼저 먹어요. 그리고…… 아, 저거 한번 먼저 열어봐요."

미사가 태성이 내려놓은 종이가방을 집어들었다.

"이거?"

미사는 귀여운 테이프로 밀봉된 가방을 상하좌우로 흔들었다. 경계심 가득한 눈초리였다.

"이것들 뭔데?"

"궁금하면 열어봐요. 어차피 열어볼 거면서 뭘 또 캐물어요."

태성은 잠기려는 목소리를 애써 가다듬었다. 미사는 종이가방에 담겨 있던 하늘색 목도리와 하얀 벙어리장갑을 보고 크게 웃기 시작했다.

"뭐야, 이거? 선물이야?"

"요즘 밖에도 좀 나가고 그러잖아요. 그리고 이번 주말에 옷 사러 같이 나가요. 몇 벌 더 장만해야 할 것 같으니까. 미사 씨 핑계 안 들으려면."

"아, 귀찮은데."

미사는 거실 거울 앞에 서서 친친 목도리를 감았다. 오죽이나 어설픈지, 미사의 목에 털 달린 뱀 한 마리가 똬리를 튼 것처럼 보였다. 태성은 깁스라도 한 것처럼 엉성한 솜씨를 흘기며 그녀에게 다가갔다.

"누가 보면 목 부러진 줄 알겠네."

"깁스라기에는 너무 예쁜 깁스인걸."

"나보다 나이 많다고 재더니 하는 것 보면 영 허당이네요. 목도리도 하나 제대로 못 매고."

"그냥 감기만 하면 되지."

"이리 와서 목 내놔봐요."

태성이 손을 뻗어 그녀의 목에 감긴 목도리를 풀어냈다. 간간이 목덜미를 스칠 때마다 기묘한 기분이 그의 손끝을 물들였다. 미사는 얌전히 서서 온전한 그의 다정함을 받았다.

선 키가 그의 가슴팍에 겨우 닿았던지라, 미사의 목소리는 조금 낮게 울렸다.

"따뜻하네. 좋다."

태성은 그녀를 말끄러미 내려다보았다. 미사의 길고 짙은 갈색 속눈썹 아래로 드리워진 엷은 그림자가 유려했다. 기분이 이상했다. 얼굴이 조금 화끈거리는 기분이 들었다.

시선을 알아차린 미사가 의아한 얼굴로 고개를 갸우뚱했다.

"뚫어진다."

태성은 당혹감을 가슴 깊숙이 밀어누르며 헛기침했다.

"예뻐?"

"……."

"예쁘냐니까?"

"예쁘네요."

미사는 그의 속도 모른 채 기분 좋은 양 목도리를 만지작댔다.

"뭐, 너한테서 칭찬 들으니 기분은 좋네."

그늘 없이 웃는 여자가 그로서는 전혀 상상도 할 수 없을 만큼 치열한 세계에서 살아왔다는 게 새삼 믿기지가 않았다. 태성은 미사의 입술을 빤히 응시하다가 그녀와 눈이 마주치곤 고개를 돌려버렸다. 간지럽다. 어딘가가.

태성은 조금 짜증이 났다. 충분히 배가 부른 상태에서의 식사인 데다, 온통 치즈뿐이라 얹힐 것 같다. 애초에 쥐가 치즈만 먹는다는 발상은 어디서 나온 거야. 그렇다면 치즈가 한반도에 유입되기 전의 쥐들은 모두 굶어 죽었어야 한다.

놀리는 거라고밖에 생각할 수가 없다. 여태까지 태성이 가리지 않고 먹는다는 것을 미사는 쭉 보아왔으니까.

그럼에도 꿋꿋하게 불평 한마디 없이 그릇을 비워냈다. 제가 바보 같다 느껴질 정도로 열심히. 미사가 반 공기도 비우기 전이었다.

태성이 자리에서 먼저 일어났다.

"설거지는 이따가 제가 할게요."

"당연하지. 근데 벌써 다 먹었어?"

"지금 좀 바빠서."

"왜?"

"과제해야 해요."

양치와 세수만 한 후 다시 거실로 나왔다. 바지런히 소파 테이블 위에 논문들과 개인 과제용 노트북, 그리고 필기노트 등을 꺼내 늘어놓았다. 미사는 깨작깨작 밥을 먹으면서 그를 흘끔거렸다. 시선이 신경쓰이긴 했지만 태성은 모른 체했다.

50페이지는 더 될 논문들에는 그로서는 듣도 보도 못한 영어와 어려운 어휘들이 곳곳에 도사리고 있었다.

[생태학은 '생물과 환경의 관계를 논하는 과학'이라고 정의되어 있다.]

[박물학적(博物學的)인 개체의…… 생물군집 또는 생태계의 통일 원리를…… 군생태학(群生態學)에 있어서는 그 주류를…….]

[동물 사회학에서는 포유동물과 조류, 양서류, 파충류 등의 세분화된…….]

시대를 망라하고 전문지식은 늘 어렵게 적혀 있기 마련이었다. 비문학들은 대체 왜 그렇게 어렵게 쓰여 있는 건지 모르겠다.

논문을 속독으로 다 읽은 후 시계를 보았을 때 굵은 바늘은 11시를 가리키고 있었다. 태성이 형광펜 뚜껑을 닫으면서도 끝까지 시선을 논문에 고정한 채 중얼거렸다.

"내 얼굴 닳아요."

미사는 아직도 그를 쳐다보느라 여념이 없었다. 지난번 입맞춤 이후로 좀 데면데면하게 구는가 싶더니 이젠 없었던 일이 된 것 같다.

"아까워? 잘생긴 얼굴 닳을까 봐?"

"네. 아까워 죽겠어요. 그러니까 그만 좀 쳐다봐요. 신경 쓰여서 집중을 못 하겠어."

"능구렁이 앞에서 능글대기는."

'미사가 더 능글맞잖아요.'

목 안으로 웃음을 삼킨 태성이 다시 어수선한 지면 위로 관심을 돌렸다. 펜 끝으로 턱을 툭툭 때리며 가늘게 뜬 눈으로 논문을 노려보았다.

처음에는 포유동물을 주제로 삼으려 했었다. 포유동물은 그에게 가장 익숙한 것이었다. 그러나 이미 포유동물이나 조류 등으로 주제를 정한 이들이 여럿이었다.

논픽션으로 발표를 한다는 건 자료가 한정되어 있다는 말이다. 비슷한 내용의 발표만 줄줄이 나오면 후반 타자는 높은 점수를 기대할 수 없다.

지리멸렬하게 재미없는 논문들의 글귀에서 도망쳐 고개를 돌리니 휴대전화에 열중하는 미사가 보였다. 외투 주머니에 넣어두었던 건데 대체 언제 챙겨간 건지. 고동색에 가까운 검은 눈동자가 반짝거리는 것 같다. 요즘 착시현상이 자꾸 일어나는 것 같아 제 정신이 걱정이 된다.

미사는 지난번 사건에 대해 이야기하지 않았다.

견우와 했던 통화가 생각나서, 한 번쯤 먼저 말을 꺼내볼까 싶었지만 선뜻 꺼내기는 어려웠다. 아무래도 심각한 상황일지 모르는데, 잘 알지도 못하면서 떠들기 싫었다. 딱히 해줄 만한 말도 없었고.

태성의 집요한 시선을 알아차린 미사가 고개를 들었다. 도둑질이라도 하다 걸린 기분이 들어서 태성은 시선을 거두고 펜으로 휘갈겨썼다.

'과제부터 끝내고 생각하자.'

미사의 본체는 새까만 구렁이, 크기는 두말할 것도 없다.

태성은 다른 생각에 잠겼다. 구렁이. 뱀. 파충류?

'……파충류.'

필치에 약간의 주저가 어렸다.

[주제, 파충류의 생태에 관해.]

홀린 듯 해보자 싶은 결심이 들었다. 그러나 결심도 잠시, 개략적인 개요를 짜는 과정에서 태성은 크게 후회했다. 파충종에는 문외한이었다. 단순한 겉핥기 지식으로는 좋은 점수를 받기 어렵다.

곰곰이 생각하던 태성이 물었다.

"미사 씨, 일족 말고 진짜 뱀들에 대해서 좀 알아요?"

"진짜 뱀들?"

"네."

"웃겨, 걔네. 뒤로 못 기는 거 알아?"

미사가 깔깔 비웃었다. 태성은 누워서 침 뱉는다는 말을 떠올리며 떨떠름하게 되물었다.

"……미사도 뱀 아니에요? 그럼 뒤로 못 기겠네."

"이쪽은 지성체잖아. 수화하면 좀 불편해지기는 해도 아예 못 기는 건 아니고. 또, 그런 멍청한 녀석들과 동등하게 취급받기에는 우아하고 아름답단 말이야."

대체 저 이중잣대를 어떻게 받아줘야 할는지. 태성의 입장에서는 크기가 작기라도 한 보통 뱀이 더 귀여운 축이었다.

어이가 없어 티격태격할 생각도 들지 않았다. 바랄 걸 바라는 게 낫겠다. 이미 시간을 많이 소모했다. 이제 와 주제를 바꾸려 한다면 꼬박 밤을 새우고도 모자랄 것이 뻔했다. 밀고 나가는 수밖에. 혼자서라도 어떻게든 하면 B는 받을 수 있을 것이다.

밤이 새도록 소파 테이블에 앉아 개요를 정리하고 리포트를 써내려 갔다.

뱀에게는 야콥슨이라는 기관이 있는데, 혀를 날름대는 행위는 후각의 보조를 위해서라고 한다.

태성은 새로운 사실을 알게 된 기분이었다. 일전 화장실에서 수화한 미사를 목격했을 때 저를 보며 혀를 날름거렸던 것은 입맛을 다신 게 아니었던 모양이다.

또, 뱀은 눈과 코 사이에 열을 감지하는 기관이 있다고도.

미사가 그래서 추위에 민감한가? 코 사이라는 말에 태성이 무심코 인중을 만지작거렸다. 눈만 움직여 미사의 인중을 보았다. 인간형이니 상관이야 없겠지만, 본체의 생물학적 구조가 많이 다르다는 게 새삼스럽다.

뱀도 종류가 참 많았다. 대륙유혈목이라는 온순한 성격의 뱀, 꽃뱀이라 불리는 유혈목이, 물뱀이라 불리는 무자치, 나무 타기를 좋아하는 누룩뱀, 그리고 출혈독을 지녔다는 살모사.

'살모사…….'

태성이 펜을 멈추었다.

미사를 잡아먹으려 했다는 뱀, 살모사.

미사를 처음 발견했을 때의 상처는 십중팔구 살모사의 독니 자국이었을 것이다. 쇠살모사, 까치살모사, 종류도 많았다. 살모사는 특이하게 알이 아닌 새끼인 채로 태어난다고 한다. 일반적으로 뱀들이 알에서 태어난다는 것을 생각하면 많이 독특했다.

아마도 미사의 형제인 그자도.

'태어나자마자 어미를 죽인다고 해서 살모사라는 이름이 붙었다. 하지만 실제로 뱀들은 어미를 죽이거나 먹는 일이 거의 없다. 와전된 소문이다.'

태성은 모른 체 시치미를 떼며 물었다.

"살모사가 어미를 먹는 거 아니었어요?"

미사의 움직임이 뚝 멎었다.

"……살모종은 왜?"

"아니, 여기 실제로 먹지 않는다고 쓰여 있길래."

"일족들 중에는 그런 녀석들이 있지. 우리 사 말고도 살모종들이 더러 있지 않나? 잘 모르겠어."

"아아."

미사의 목소리가 은근히 날카로워서 태성은 더 묻지 않았다.

얼마간 활자들과 씨름을 하고 있으려니 잠이 쏟아졌다. 무거운 눈꺼풀을 이기지 못하고 고개를 기울였다. 아주 잠깐만 쉴 생각이었는데 눈을 떴을 땐 이미 아침이었다.

펜 소리, 종이 넘기는 소리, 노트북 타이핑 소리가 어느새 멎었다.

고개를 든 미사의 눈동자에 엎드려 자고 있는 태성이 보였다. 집에 오기 전에 뭘 잔뜩 먹었는지, 배가 부르다는 얼굴로도 꾸역꾸역 잘 먹던 모습이 훈훈했다. 괜히 그런 모습이 귀여워 보여서 더 강권했다는 건 비밀이다.

미사는 보들보들한 실들이 아라빅 문양처럼 얽힌 하늘색 목도리와 손등에 작은 체리무늬가 수놓인 하얀 벙어리장갑을 만지작거렸다.

'진짜 모르겠다니까.'

그녀의 집에 다녀왔던 이튿날, 잠깐 그에 대해 이야기를 나눈 것이 전부다. 그 후 태성과 미사는 정말로 아무 일도 없었다는 듯이 서로의 일상 밖으로 한 발자국씩 물러났다. 입을 맞췄던 것도 그냥 묻고 지나갔다. 그날은 아무래도 목숨을 위협당했던 상황 때문에 태성도 조금 흥분했었구나 하고 생각하는 것이 쉬웠다.

자정이 훌쩍 넘었다. 소파로 걸어간 미사가 태성의 건너편에 엉덩이를 붙이고 앉았다.

태성과 함께 있으면 이상하게 안심이 된다.

그건 그가 자신에게 안전한 종이기 때문만은 아닐 것이다. 낮 내내 온갖 부정적인 생각과 추측이 떠올라 불안했었다. 요리를 다시 하기 시작한 것도 잠깐이라도 잊기 위해서였다. 그러다 보니 온통 치즈요리 일색이 되어버렸다.

태성과 같이 있으면 늘 평범한 인간과 발맞추는 그의 페이스에 감화되는 것처럼 미사도 평범해지는 기분이었다. 일족의 기준에서는 그게 특이한 것이니, 어쩌면 자신도 특이해지는 건지도.

'잘도 자네.'

미사는 허리를 숙여 태성의 얼굴을 들여다보았다. 늘 건조한 빛으로 뜨여 있던 눈동자는 꼭꼭 숨겨져 있다. 이번엔 붉은 눈일까. 회색 눈일까.

문득 눈꺼풀을 열어보고 싶다는 생각을 했다.

태성의 뺨으로 떨어지려는 제 머리칼을 귀 뒤로 쓸어넘기던 그녀는 미완성의 과제들을 발견했다.

'흐응……?'

태성의 필기 노트 한가운데에 적힌 과제명은 파충류의 행동심리학이었다. 작은 웃음이 났다.

큰 카테고리에는 '뱀'이라 쓰인 정갈한 글씨가 보였다. 그 위에 동그라미가 하나 쳐져 있었다. 아래에는 자잘한 뱀의 분류와 정리, 일반적으로 알려진 뱀의 습성, 종별로 지닌 독 등의 정보가 적혀 있었다.

본인이 인간들 사이에서 지내는 것을 즐기기라도 하면 납득이 될 텐데. 지켜보니 꼭 그런 것만도 아니라 더 특이한 것 같다.

'……흐음.'

최대 수명의 차이는 조금씩 있지만 자 일족도 3, 400년은 거뜬히 살 것이다. 여유를 부려도, 아니, 게으름을 부려도 일족들이 이룰 수 있는 건 충분히 많았다. 특별한 이유가 없다면 장생의 일족들은 대개 편안한 삶을 추구한다.

'어려서 그런가…….'

조심조심 그의 팔꿈치에 깔린 노트를 빼들었다. 태성의 건너편 자리로 가 엉덩이를 붙이고 앉았다. 팔랑팔랑. 무릎 위에 팔꿈치를 대고, 턱을 괴었다.

미사의 검은 눈동자는 지루한 기색 없이 그의 노트 필기를 훑어내렸다.

뱀들의 성향에 대해 태성이 나름대로의 소견을 풀어놓은 구절이 눈에 들어왔다. '온순한 뱀(특이한 뱀, 능구렁이?)'이라고 적혀 있다.

능담은 온순한 뱀은 아니다. 능담 중에서도 유하고 별종 같다 알려졌던 어미 시영도 본성은 포악한 뱀의 그것이었다. 그런 점에서는 일반 뱀과 일족 사이에 다를 게 없다.

살짝 벌어져 있는 태성의 입술이 그녀의 눈길을 끌었다. 입술을 맞댄다거나 하는 행위는 사실 그 행위 자체엔 특별한 의미가 없다. 맞닿은 순간에 속에서 일어나는 전기적인 신호, 이를테면 이성적인 흥분이나 관심, 만족감 같은 것이 의미의 전부다.

지난번에는 태성이 먼저 그녀에게 키스했다. 기분 좋게 입술 끝을 늘여 웃으며, 겁도 없이 뱀의 입술에 입 맞추었다.

미사가 슬그머니 그에게로 얼굴을 기울여보았다. 중독성 있는 향기가 코끝을 간질인다.

사향이라니. 암컷들이 마구 꼬일 테지.

미사는 태성의 손가락을 슬그머니 건드려보았다. 태성이 수화했을 때의 모습이 연상된다. 자그마한 핑크색 발가락. 아기 같은 손톱. 눈은 동글동글한 회색. 코도 발바닥과 비슷한 분홍빛. 자그마한 코를 킁킁 움직일 때마다 얼마나 귀여워 보였는지 모른다.

가만 그의 기분 좋은 냄새를 음미하던 미사가 고개를 더 안쪽으로 기울였다. 그가 깨지 않도록 조심조심 입술을 아주 가볍게 맛보았다.

촉촉하고, 부드럽다.

충동에 후회는 없었다.

"으음."

뒤척이는 그의 등에 가볍게 머리를 기댄 미사가 작게 키득거렸다.

이 쥐는, 귀엽고 고마웠다.

딱딱한 테이블에 엎드려 있던 태성의 고개가 번쩍 들렸다.
'몇 시지?'
전광석화에 가까운 속도로 시계를 확인한 그는 7시를 가리키는 시
곗바늘에 숨을 헉 들이켰다. 발표는 11시 반이었다.
'망했다! 언제 잠든 거지.'
태성이 더듬더듬 손을 뻗어 널브러진 자료 논문들을 한데 모았다.
노트가 보이지 않았다. 분명 테이블 위에 올려두었는데 어디로 사라
진 건지 귀신이 곡할 노릇이었다. 그러다 노트북 건너편에서 노트의
귀퉁이를 발견하고는 움직임을 멈추었다.
노트는 하얀 팔꿈치에 깔려 있었다. 옆에는 동그란 정수리가 실처
럼 가느다란 흑발을 늘어뜨리고 있었다.
소파가 아니라 왜 여기서 미사가 자고 있는지, 노트가 왜 그녀의 팔
에 깔려 있는지, 의문이 생겼지만 당장은 그런 게 중요한 게 아니었
다.
태성은 그녀가 깨지 않게 조심스럽게 노트를 끌어당겼다. 입이 바
짝 말랐다. 한참을 늦었다. 시간은 절대 못 맞춘다. 그래도 정리한 만
큼이라도 발표는 해야 했다. 하지 않는 것보다 조금이라도 하는 게 더
낫다. 급히 노트를 펼친 태성의 움직임이 뚝 멈추었다.
노트에는 지난밤 그의 필기에 더해 구체적인 주석과 첨삭이 아기자
기하고 귀여운 필체로 빽빽하게 적혀 있었다.
'어.'
태성의 회색 눈동자가 느리게 미사의 정수리에 맺혔다. 이상한 기
분에 빗장뼈 안쪽이 간질거렸다. 이루 말할 수 없는 미묘한 느낌이었

다.

태성은 차분히 필기 내용을 훑었다. 미사가 해놓은 정리는 몹시도 구체적이고 실제적이었다. 동물 생태학과는 조금 다른 느낌으로 감정적인 표현 부분이 적혀 있기도 했지만 그가 시작도 하지 못하고 잠든 파충강과 뱀목, 뱀아목의 구분까지 상세히 되어 있었다.

대본을 정리하고 PPT만 만들면 될 정도로 완벽했다. 이 정도로 꼼꼼하게 했다면 대체 몇 시쯤에 잔 걸까.

'아.'

그렇게나 학교생활에 집착한다 비웃어놓고서는, 제가 대신 정리를 해놓았다.

무의식적으로 입가로 손을 가져간 태성이 신음했다. 솟구치는 간지러운 기분을 참아 누르기 위해 주먹을 꾹 쥐었다 폈다.

한참을 머뭇거리던 태성의 손끝이 그녀의 흐트러진 머리칼에 닿았다. 손끝에 걸린 까만 머리칼을 가만히 바라보다가, 살짝 힘주어 작게 한 움큼 당겼다. 부드러운 실처럼 손바닥을 간질였다.

헛기침을 두어 번 하고 소곤소곤 불러보았다.

"미사 씨."

미동 없는 그녀의 하얀 얼굴이 눈에 새겨진다. 미사는 정말 예쁘다. 많이 예뻐서 인기가 엄청 많을 것이다.

'……아니, 이렇게 예쁘지 않았는데.'

태성은 진지한 고민에 빠졌다.

'역시 취향의 문제인가.'

그의 얼굴이 확 달아올랐다. 귀로 열이 몰리는 게 느껴졌다.

슬그머니 꼬물거리려는 손을 아래로 숨겼다. 몸을 옆으로 돌린 태성이 무릎을 당겨 안고, 그 사이에 머리를 파묻었다.

'아으, 왜 떨려. 미쳤지, 내가…….'

집중되지 않는 정신을 애써 부여잡고 PPT 제작까지 전부 다 마무리했을 때는 9시가 넘은 시각이었다. 밥을 먹고, 씻고 나가면 딱 충분해 보였다.

미사는 그때까지도 엎드려 자고 있었다. 가방을 멘 태성은 팔짱을 낀 채로 소파 테이블 곁에 섰다. 맨바닥에 엎어져 자는 여자가 시체 같다. 안아서 옮겨줘야 할까를 고민하다 큰맘 먹고 손을 뻗었는데 하필이면 그 타이밍에 미사가 고개를 들었다.

어색하게 멈춘 손을 거둔 태성이 머쓱하게 뺨을 긁었다.

"……뭐 해?"

"아니, 올라가서 자라고요."

"아."

입이 찢어져라 하품을 한 미사는 소파 위로 엉금엉금 기어올라가 엎어졌다. 그 모습이 공포 영화 '링'의 귀신 사다코를 방불케 했다. 미사가 얼굴을 소파에 처박고 있는 모양새가 웃겼다.

허탈하게 웃은 태성이 현관문에 이르러 신발을 고쳐 신을 때였다.

"……벌써 나가?"

미사가 소파에서 고개만 든 채로 그를 바라보았다. 눈과 얼굴에 여전히 잠기운이 덕지덕지 붙어 있었다.

"벌써 아니에요. 지금 가도 아슬아슬해요. 다녀올게요."

하지만 아슬아슬하단 사람치고 능장을 부리며 한참 뜸을 들이던 태성이 넌짓 물었다.

"오늘 끝나면 바로 올 건데, 뭐 먹고 싶은 거 있어요?"

"너 말고?"

"……당연한 말을. 또 그런 징그러운 농담 한다."

태연한 대꾸에 작은 웃음소리가 되돌아왔다. 미사가 새침하게 입술을 모으며 말했다.

"보답은 선불로 받았어."

"뭐가요?"

"한입."

"……예?"

'한입?'

태성이 고개를 갸우뚱했다. 느른히 입매를 당겨 웃은 미사가 능치듯 덧붙였다.

"궁금해? 나도 수수께끼야."

"뭐야. 없으면 말고요. 나야 편하지."

태성이 혀를 내두르며 현관문을 나섰다. 두근거림을 들킬세라, 빠르게 문을 닫았다.

요 며칠간의 피로가 싹 잊힌 발걸음이 가볍다.

14
/
그 남자의 이야기

미사의 아파트 근처에서 벌어졌던 일은 인터넷 뉴스에도 뜨지 않을 만큼 철저하게 묻혔다. 그러니 소식을 알아보고 싶어도 알 길이 없었다. 물론, 한 달이 넘도록 사준이 그녀의 아파트를 감시하고 있다는 걸 알았으니 이제 근시일 내에는 다신 가지 않을 것이다.

미사는 소파 테이블에 놓인 수첩으로 시선을 주었다. 저 수첩에는 그나마 미사가 '기억할 만한 사람'으로 분류하여 적어놓은 연락처가 예닐곱 정도는 되었다.

문제는 선뜻 연락할 엄두가 나지 않는다는 것이다. 사준과 관계가 안 좋은 녀석은 미사 자신과도 사이가 별로였고, 용운쯤 되는 사람에게 연락을 하자니 그에게 폐를 끼치는 것 같아서 고민이 되었다.

해가 저물어갈 무렵에아 주섬주섬 옷을 꺼입었다. 추울까 봐 네 벌 정도를 껴입으니 몸이 눈덩이마냥 둥그레졌다. 거울을 뽀독뽀독 닦았다. 그 앞에 서서 태성이 선물해준 모자를 푹 눌러쓰고, 마찬가지로 선물받은 목도리를 둘렀다. 장갑도 꼈다.

결국 눈과 미간을 제외한 나머지는 꽁꽁 감춰진 우스꽝스러운 모양새가 되었다. 누가 보면 범죄자인 줄 알겠다.

태성에게 말을 하지는 않았지만 근래 들어 미사는 묘한 기척을 감지했다. 다른 일족의 기운이었다. 최대한으로 갈무리해 숨죽인 기운. 여간 신경 쓰이는 게 아니었다.

기운을 최대한 갈무리한 미사는 산책 겸 아파트 단지를 한 바퀴 돌았다. 가벼운 걸음으로 깡충거리며 걷는 그녀를 주시하는 인간은 없었다. 적어도 그녀가 느끼기에는.

중간에 그녀가 예전에 이용했던 은행도 한번 들렀다. '분실했는데 카드 재발급 받을 수 있을까요. 혹시 계좌가 닫히거나 하지는 않았나요?' 떠보듯 묻자 은행원은 이상하다는 듯 답을 돌려주었다. 과연, 그녀의 계좌는 전부 동결이었다. '본인이세요? 신분증 부탁드려요.' 하는 말에 어떻게 자신을 증명해야 할지 몰라 그냥 도망치듯 나왔다.

그리 걷고 걷다 도달한 곳은 아파트 단지 옆의 공원이었다.

'고민되네, 정말.'

이렇게 시간을 죽이는 것만이 능사가 아니다.

그때였다. 어디선가 음악 소리가 났다. 공원에서 추운 겨울날 버스킹을 하고 있는 젊은 청년 두 명의 기타 소리에 발이 이끌렸다.

외국 명곡들을 제법 맛깔나게 부른다. '포에버(forever)'. 한때 그녀가 열정적으로 들었던 노래도 불렀다. 기타를 치는 청년 앞에는 작은 바구니가 있다. 그 안엔 천 원짜리와 동전이 들어 있다.

미사는 주머니를 뒤져보았다. 하지만 땡전 한 푼 없다.

외출을 하게 된 목적도 잊고, 빈털터리가 된 스스로의 신세를 다시 한 번 상기한 미사는 긴 한숨을 내쉬었다.

'정말 용운 님한테 손을 벌려야 하나.'

이미 태성에게는 충분히 폐를 끼치고 있다. 태성이 착해서 망정이지, 다른 녀석들이었다면 어땠을지 상상조차 하기 싫을 만큼. 사준과의 문제도 빠르게 해결되지 않을 것이 분명하니 방편을 찾아야 하기는 했다.

선택지가 점점 좁아진다.

견우는 거의 매일 태성에게 전화로 안부를 물었다. 과하다 싶을 정도의 걱정이었다. 태성은 견우의 채근을 이기지 못하고 결국 미사의 이름을 불었다. 수화기 너머에서 펄펄 뛰는 견우를 달래는 건 정말 힘들었다.

어차피 예상하고 있었으면서 괜히 화낸다.

- 넌 미쳤어! 내가 그럴 줄 알았어! 넌 미쳤어!

"응, 나도 고마워. 사랑해, 형."

- 내 사랑은 애경이뿐이야!

"그래, 알았어, 그래그래."

'왈왈!'

'복실이 너 거기다 똥 싸면 안 된다고 했지!'

수화기 저편에서 넘어오는 강아지들의 짖는 소리에 태성은 안 들리는 체 능청을 떨었다.

"아, 나 이제 수업 가야 돼. 나중에 다시 연락하지."

- 야, 너 잠깐…… 태성아, 잠까…….

못 들은 척 전화부터 끊었다. 별수 있나. 잔소리를 듣는다고 상황이 바뀌는 것도 아닌데.

무엇보다도 오늘은 기분이 좋은데.

미사를 생각할 때마다 가슴이 떨리는데.

계속 미사의 이야기를 하고만 있으면 심장이 남아나질 않을 거다.

"오늘 태성이 준비가 아주 좋았다. 고생했나 보네?"

간을 졸이게 했던 발표도 한 치의 실수 없이 마무리가 되었다. 내일과 모레는 휴일이었다. 한동안은 중요한 과제도 없다. 완벽해, 완벽한 평일의 마감이다.

"오빠, 조사 완전 철저히 했나 봐요?"

"우와, 진짜, 이 교수님이 칭찬하시는 거 처음 봐. 교수님도 칭찬할 줄 아시는 줄 몰랐네. 과제 몰랐다고 하시더니 거짓말이었죠? 태성 오빠 그럴 줄 알았어."

"너 좋겠다. 너 이번 학기 성적 잘 나오겠네."

태성은 일일이 부러움의 찬탄을 받아주는 대신 뭉뚱그려 웃었다.

「독특한 관점에서 정리를 한 거 같은데, 정말 고생했다.」

늙은 하마 같던 교수님의 칭찬이 여전히 귓가에 남았다. 미사가 받아야 할 칭찬이었다. 반칙한 것 같은 느낌이 있지만 좋은 게 좋은 거라 생각하기로 했다. 정말로 기분이 좋았다.

"오빠, 다음번에 제 PPT 좀 봐주세요. 포유동물 발표 준비하는데……."

"응, 내가 얼마나 도움이 될지는 모르겠지만 도와줄 수 있는 게 있으면 해줄게. 메일로 보내."

"네, 이따가 연락드릴게요!"

태성이 후배들의 인사를 받으며 강의실 뒷문으로 향하는데 규진의 목소리가 뒷덜미로 날아들었다.

"헤이, 태성, 또 어딜 그렇게 급하게 집에 가려 하셔. 오늘 어때? 기분도 째지겠다."

"오늘은 진짜 안 돼."

"왜. 안 되는 거 아닌 거 다 알…….."

태성이 단호하게 말했다.

"진짜 안 돼. 약속 있어."

"무슨 약속?"

"그런 거 있어."

평소보다 강경한 태도가 의심스럽다는 눈빛이었다. 게슴츠레한 눈으로 흘기던 규진이 그의 옆구리를 쿡 찔렀다.

"왜, 꿀단지라도 숨겨놨냐? 너 요즘 연애하냐?"

태성이 눈살을 조프리며 중얼거렸다.

"아냐, 그리고 나 어제 발표 때문에 밤새웠다. 피곤해. 술은 정말 안 돼."

"그러면 밥도 안 먹고 갈 거야?"

"아무래도…….."

정작 밤을 지새운 것은 아침까지도 비몽사몽하던 미사였지만.

규진에 더해 배언까지 가세했다.

"아, 맞아! 오빠, 우리 밥 사준다고 했잖아요. 오늘 발표도 완전 잘하셨는데 지수랑 저 밥 사주세요. 같이 밥 먹고 가요."

"미안. 오늘은 어려울 것 같고, 나중에 보자."

가차 없는 태성의 거절에 배언이 얼떨떨한 표정을 지었다. 배언의 몇 걸음 뒤에 서 있던 지수의 얼굴이 시무룩해졌다. 지수의 얼굴을 돌아보며 혀를 차던 규진이 툴툴거렸다.

"너 요즘따라 왜 이렇게 바빠? 단톡방에도 잘 안 나타나고."

변명의 여지가 없는 불만이었다. 근래 친구들과 교류가 뜸해진 건 어쩔 수 없었다. 집에 가면 휴대전화는 거의 미사의 손에 쥐여 있다.

"야아, 꿀단지라도 숨겨났냐고."

규진이 끈질기게 채근했다. 태성은 다정하게 웃으며 규진의 어깨를 꽉 쥐었다.

"안 가르쳐줘. 다음에 날 잡아서 놀자. 오늘 진짜 피곤해서 그래. 완전 피곤해. 죽겠어. 나 죽는다, 죽어."

"누굴 꼬시려 들어. 눈웃음치지 마라, 이놈아."

"꼬신다고 네가 넘어오겠냐?"

"징그러운 소리."

너털웃음을 지은 태성은 거듭 다음을 기약하며 그대로 강의실을 빠져나갔다.

미사는 보답이 필요가 없다고 했지만 태성은 뭐라도 해주고 싶었다. 이렇게 누군가에게 뭔가를 퍼주고 싶다는 생각을 한 건 처음이라 어떻게 다스려야 할지도 모르겠다. 집 내주고, 지갑 내주고, 목숨 내주는 꼴이 아주 호구를 방불케 한다. 그래도 오늘은 명분이 있으니까.

미사가 단 음식을 의외로 잘 먹는 걸 기억해낸 태성은 망원역 근처 프랜차이즈 베이커리에 들러 간단한 디저트 케이크를 샀다.

좋아했으면 좋겠다.

분주하던 그의 걸음이 느려진 것은 단지 입구에 들어선 직후였다. 아파트 입구로 곁길, 작은 놀이터에 두꺼운 회색 파카를 입고 모자를 쓰고 온몸을 가린 여자가 보였다. 뚱뚱해 보일 정도로 싸맨 모습이었다.

도저히 알아볼 수 없게 꽁꽁 싸맸는데도 그가 알아볼 수 있었던 것은, 그가 사주었던 목도리와 똑같은 것을 엉성하게 감고 있었기 때문이다.

미사는 벤치에 앉아 발장난을 하고 있었다.

벌떡 일어났다가 다시 앉아서 고개를 갸웃거리다가, 손을 비볐다가. 뭘 하는 건지 모르겠다. 가만히 보고만 있어도 좀 웃겨서 조금 더 지켜볼까 했다가 마음을 바꾸었다. 날이 춥다.

"미사, 여기서 뭐 해요?"

미사가 그를 알아보고 일어섰다.

"어, 벌써 왔어?"

"오늘은 좀 빨리 왔어요. 근데 대체 몇 겹을 입은 거예요?"

세상에, 누가 보면 진짜 굴러다니는 공인 줄 알 것이다. 깡마른 몸을 저렇게 부하게 보일 수 있는 것도 재주라면 재주다.

"춥잖아."

"추운데 왜 밖에 앉아 있고?"

태성이 주위를 둘러보았다. 지나는 사람 하나 없었다.

"아니, 그냥……."

"그냥?"

"그냥 산책?"

눈과 코밖에 보이시 않았나. 헷치, 미사가 짧게 재채기했다.

"감기 들어요. 지금 안 들어갈 거예요?"

"먼저 들어가."

태성은 들고 있던 케이크 상자를 흘끔 바라보았다.

"아무 일 없이 시간만 축내고 있는 거면 그냥 같이 들어가요, 오는 길에 조각 케이크 사왔으니까."

미사가 반색했다.

"와, 이따가 들어가서 먹을 테니까 꼭 내 거 남겨놔."

정말로 밖에 더 있을 생각인 모양이었다. 단순히 바람을 쐬러 나온 건 아닌 듯한데…… 미사의 고집에 수긍해 고개를 끄덕인 태성이 아파트 입구를 향해 걸었다.

미사는 그의 뒷모습을 빤히 바라보다가 반대로 돌아섰다. 그녀는 근방 어딘가에서 잡힐 듯 잡히지 않는 기운을 찾아내기 위해 벌써 한 시간째 단지 주위를 배회하고 있었다. 태성에게 말하면 혹시라도 그가 걱정할까 봐 참고 있다.

그런데 그때였다. 걸음소리가 성큼성큼 가까워졌다. 웬 악력이 그녀를 낚아채는 바람에 깜짝 놀라 돌아섰다. 태성이 그녀의 손목을 붙잡고 있었다.

"어, 왜?"

"아니, 정말 어디 가는데요?"

"그냥 산책이라니까. 시간 때우는 중이야."

태성은 시계를 보았다. 아직 6시밖에 되지 않았다.

"음, 그냥 산책이면 미사 씨, 나도 같이 해요."

얘가 오늘 왜 이래?

"그리고 나온 김에 나랑 같이 저 상가 좀 들렀다 오죠. 살 것도 많고."

고개를 갸우뚱하던 미사는 태성이 가리키는 방향을 바라보았다.

아파트 단지 입구에서 조금 떨어진 곳에, 세련된 디자인으로 리모델링된 커다란 상가 건물이 우뚝 서 있었다. '쇼핑은 너 혼자 하지.'라는 말이 목구멍까지 올라왔다가, 어쩐지 크게 울리는 태성의 심장소리에 삼켜졌다.

딸랑.

한산한 가게 카운터에서 스마트폰으로 놀고 있던 점원이 도어벨 소리에 고개를 들었다.

굴러다닐 듯 퉁퉁한 여자와 한 남자가 나란히 들어오고 있다. 여자 – 인지 아닌지도 제대로 분간이 가지 않는 괴생명체 – 에게는 눈길도 가지 못했다. 점원은 태성을 휘둥그레 뜬 눈으로 바라보았다.

'무슨 연예인이야?'

반듯하게 생긴 얼굴이나 비율 좋은 몸, 캐주얼하게 입은 의상 같은 것들도 눈길을 끌 만했지만 다른 것보다도 태성의 회색 눈동자는 렌즈로는 표현할 수 없는 묘한 색깔이었다.

이곳은 단지 근처 상가의 옷가게였다.

"그렇게 우스꽝스럽게 다니는 거 눈길 끌어요. 한번 보기라도 해요."

목소리까지 근사하다. 홀린 듯 멍청하게 태성을 바라보던 점원이 뒤늦게 일어섰다.

"어, 어서 오세요."

점원의 목소리가 저절로 가늘어졌다. 태성은 까딱 고개만 움직여 반응했다. 태성이 미사를 데리고 온 곳은 단지 상가 내에 위치한 옷가게였다. 엉겁결에 끌려들어온 미사는 엄청 크진 않지만 그렇다고 작지도 않은 규모의 가게 안을 두리번거리며 툴툴거렸다.

"왜 갑자기."

"코트랑 새 옷들 좀 봐요."

"안 사도 된다니까."

"그냥 사요."

"내가 거지도 아니고."

"거지 맞잖아."

태성의 무덤덤한 일침에 미사의 눈매에 슬며시 힘이 들어갔다. 그러나 미사는 더 툴툴대는 대신 매대를 둘러보기로 마음을 고쳐먹었다.

"여자친구 옷 사주시려고요?"

미사와 태성의 대화를 주워듣던 젊은 여점원이 저도 모르게 아쉬운 눈빛을 하며 끼어들었다. 예리한 점원의 눈은 이미 두 사람을 스캔하고 비교 분석까지 마친 후다.

'저 여자는 대체 뭐람.'

남자에 비해 여자는 떨어져도 한창 떨어졌다.

뚱뚱해 보이는 여자의 얼굴은 모자와 목도리에 거의 반 이상이 가려 눈과 미간밖에 보이지 않았다. 눈은 예쁘지만 여자는 눈만 예쁘다고 능사가 아니다. 툭 밀면 굴러다닐 것 같은 몸은 혀가 절로 차졌다.

잠깐 멈칫하며 미사를 돌아본 태성이 간격을 두고 부정했다.

"여자친구는 아니고요."

"여자친구라니."

미사는 재밌다는 듯 웃으며 태성의 옆구리를 쿡 찔렀다. 의외로 딱딱하네? 농담조로 덧붙였다.

점원은 '그럼 그렇지.' 하고 생각했다. 저렇게 근사한 남자 옆에 저런 여자가 붙어 있을 리가 없다.

"어머, 그렇구나. 죄송해요. 쭉 보세요."

점원이 무슨 생각을 하는지도 모른 채로 미사는 설렁설렁 진열대를 둘러보았다. 태성의 눈이 그녀를 좇았다. 대충 고르는 옷들이 죄 까만색이다. 암컷들은 스스로를 꾸미는 걸 좋아한다고 했는데, 꼭 그런 것도 아닌지 열정이 없다.

미사가 투덜거렸다.

"그냥 대충 살아도 되는데."

"뭘 또 대충 살아요. 진짜 사람이 왜 그렇게 게으르냐. 꼼꼼히 봐요. 원래 옷 같은 건 만져보고 사는 게 좋은 거예요."

"의외로 깐깐하다니까."

"꼼꼼한 거라고 좋게 말하면 안 되나."

"그거나 이거나."

가만히 선 태성은 제게 꽂히는 점원의 시선을 피해 비치된 의자에 앉았다. 부담스러웠다. 3분쯤 지났을까, 미사가 낭랑히 말했다.

"다 골랐어."

태성의 눈빛에 수상쩍은 의심이 피어났다. 자리에서 일어선 태성이 그녀가 꺼내놓은 옷들을 눈으로 죽 훑었다.

계절이 계절이니 당연하지만 네 벌 모두 두꺼운 긴팔이었다. 문제는 색깔이었다. 셔츠도 까만색, 치마도 까만색, 티셔츠도 까만색, 터틀넥 스웨터도 까만색. 무늬조차 없었다.

그리고 까만 코트를 가리킨다.

"코트는 저길로 하자."

'어이가 없네.'

"장례식장 가요?"

"네 장례식?"

"재미없고."

"그런 것치고는 웃고 있는데."

"기가 막혀도 웃음이 나는 거 알죠?"

자세히 보니 똑같은 디자인인 것도 있었다.

턱을 매만진 태성은 하얀 미사의 얼굴과 대조되는 새까만 머리칼을 번갈아 바라보았다. 본인이 원하는 스타일이 그렇다면 왈가왈부할 문제는 아니었지만, 쥐 잡아먹은 것처럼 붉은 입술에……. 거기까지 생각하던 태성은 생각을 정정했다.

새빨간 입술에 머리끝부터 발끝까지 새까만 옷을 입은 미사의 모습을 상상하니 아무래도 이건 아니지 싶다.

"미사 씨도 암커…… 아니, 여자인데, 옷 같은 거 관심 없어요? 꾸미는 거."

"뭐 어때. 어차피 집 밖으로 나갈 일도 별로 없을 텐데. 빨래도 귀찮잖아."

"빨래를 미사 씨가 하나. 세탁기가 하지."

"빨래를 세탁기가 너나. 내가 널지."

저렇게 한마디도 안 진다. 피식 웃은 태성은 관자놀이를 긁적이며 매대를 둘러보았다. 미사야 얼굴도 예쁘고 몸매도 잘빠졌으니 까만색도 잘 어울리겠지만.

태성이 가만히 옷들을 뒤적이다 셔츠 하나를 꺼냈다.

"미사한테는 이 파랑색도 더 잘 어울릴 거 같아요."

"난 까만색이 좋은데."

"전부 새까만 것만 위아래발끝까지 맞춰 입고 다닐래요? 차라리 해녀복을 입든가요. 아, 그래, 그러면 우리 해녀복 사러 갈래요?"

"잘 나가다가 꼭 그렇게 삐딱하게 굴더라, 너."

미사가 눈을 가늘게 뜨고 비꼬는 태성에게 투덜거렸다. 그러건 말건 태성은 다시 벽에 걸린 옷가지들을 뒤적거리고 중간중간 옷들을 미사의 몸에 맞춰보며 품평했다.

"이건 회색도 예쁜데요. 이 니트 카키색도 괜찮은데 바꾸는 건 어때요."

"그래? 그러네."

"바지는요? 청바지는 스노진도 괜찮을 것 같은데 한 벌 더 골라요. 겨울 내내 입을 거 아니에요?"

"어차피 밖에 나갈 일도 별로 없을 거라니까?"

"아무리 그래도요. 그리고 코트는 저 까만 거 말고 애시그레이 컬러가 더 나은 거 같은데. 재질 한번 만져봐요. 마음에 드는지, 아닌지."

미사는 아무래도 좋다는 듯 어깨를 으쓱할 뿐이었다. 하지만 정말 옷들을 잔뜩 고르지 않으면 집요하게 물고 늘어질 기세라, 설렁설렁 훑기는 했다.

태성은 '나 관심 없어요.' 티를 숨기지 않고 내는 미사의 모습에 얕은 한숨을 내쉬었다. 옷걸이를 달그락대는 미사의 정수리가 보였다. 태성이 그녀를 따라가려는 찰나, 볼을 붉힌 점원이 다가왔다.

"들어보니까 남성분께서 패션 센스가 있으신가 봐요. 손님도 한번 골라보세요. 태가 좋으셔서 뭘 입어도 잘 어울리실 것 같은데. 남성복은 저 앞쪽에 있어요."

"아뇨, 저는 괜찮아요. 그냥 대충 아무거나 집지 말고."

태성은 건성으로 점원의 말을 흘리며 건너편 진열대 앞에 선 미사에게 말을 던졌다. 미사는 볼멘 목소리로 태성에게 "그래그래." 답을 되돌렸다. 자기 돈도 아니고 남의 돈 쓸 거면서 저렇게 귀찮아 죽겠다는 태도면 이쪽이 기분이 상하는 법이다.

그런데 자꾸만 점원이 그의 곁을 맴돌며 깔짝깔짝거렸다.

"혹시 근처 사세요?"

"아, 네."

"……여동생분 이름이 특이하네요."

"여동생도 아니에요."

저보다 100살은 더 먹었을 텐데 여동생이라니.

"아, 같이 사시는 것 같길래. 죄송해요. 사이가 좋아 보이셔서."

점원이 슬쩍 떠보는 것이 느껴졌다. 대체 이 점원은 서비스 정신은 어디다 갖다 버렸는지, 미사가 대강대강 옷걸이를 헤집는데도 전혀 그녀를 거들 생각이 없는 듯했다.

자꾸만 미사와 그의 관계를 에둘러 물어보는 속셈이 뻔해 내심 짜증이 났다. 태성에게 이런 관심을 보이는 인간 여자들은 이 여자가 처음이 아니었다.

학교에서는 보는 눈들이 많아 다들 조심하지만 술집, 카페, 길거리 같은 곳에서는 여자들도 꽤 대범해진다. 태성은 새삼스러운 불편함을 느꼈다.

한 칸 건너에서 미사가 작게 웃는 소리가 났다.

"응? 어머, 언니, 우리 사이좋아 보여요?"

"네, 사이좋아 보이시는데요?"

"잘 지내려고 하고 있어요. 그런데 쟤가 잘 안 넘어오죠."

미사의 낭랑한 대꾸에 점원이 머쓱하게 웃으며 태성을 힐끔 돌아보았다. 대답 없는 태성은 애가 타는 눈길이었다. 태성이 퉁명스레 말했다.

"쓸데없는 말 말고요."

이렇게 대놓고 접근하려는 여자들은 받아주면 받아줄수록 귀찮아진다. 태성은 부러 점원에게 시선을 주지 않고 고개를 돌려 창밖을 바라보았다. 쇼윈도 밖은 여실히 겨울의 느낌이 풍겼다.

가만 그러고 있는데 문득 태성의 눈에 무언가가 감지되었다. 태성이 저도 모르게 한 걸음 앞으로 걸어갔다. 도저히 무시하기 어려울 만큼, 아스팔트 열기에 피어나는 아지랑이처럼 허공이 어그러진 것이 보였다.

태성이 쇼윈도로 다가가자 정체불명의 '무언가'가 움직였다. 그리고 그 안에서 자그마한 물체 하나가 튀어나오더니, 빠른 속도로 그가 있는 가게 앞으로 달려왔다. 날다람쥐였다.

'이런…… 하필.'

태성이 미사를 돌아보았다.

옷걸이에 걸린 옷들을 설렁설렁 뒤적이던 미사가 시선을 느끼고 고개를 들었다. 미사의 눈길이 아주 언뜻 태성을 스쳐 쇼윈도 밖으로 향했다. 하지만 그 이상의 반응은 없었다.

"왜?"

"아니에요."

최대한 아무렇지도 않게 대답한 태성은 다시 쇼윈도 밖을 내다보았다. 유리창 앞에 붙어 서 있는 날다람쥐가 빤히 그를 올려다보고 있다. 미사가 귀엽다고 말할 만큼 자그마한 양발을 찰싹 유리에 댄 채로. 일족의 수화한 모습이 아니라 사역된 쥐였다. 명령을 이행할 때까진 떠나지 않을 것이다.

결국 태성은 한숨을 내쉬며 얼굴을 쓸었다.

"……저, 잠깐만요. 옷 고르고 다 입어보고 있어요."

"어디 가?"

"화장실. 아, 그리고 누나, 저 여자분이 고른 옷들 한 번씩 다 입혀보고 아무거나 막 지르지 못하게 봐주세요. 미사 씨, 천천히 봐요."

'누나?'

근사한 젊은 청년의 누나라는 말에 점원은 대놓고 양뺨을 붉혔다. 미사가 그런 점원을 가늘게 뜬 눈으로 흘겼지만 점원은 그런 시선조차 튕겨낼 만큼 단단한 자신만의 세계에 빠져 있었다. 그러는 동안 태성은 밖으로 나가버렸다.

묘한 표정으로 옷걸이를 짚은 미사가 고개를 빼고 점원에게 물었다.

"근데, 화장실 밖에 있어요?"

"아뇨, 상가 안에 있는데……."

태성이 사라진 쇼윈도 밖을 바라보는 미사의 눈초리가 가늘어졌다. 하지만 곧 새침하게 다시 옷가지를 살피는 시늉을 했다.

점원이 미사에게 다가왔다.

"일단, 손님, 다 고르셨어요? 탈의실로 안내해드릴게요."

"……아, 뭐, 그냥 계산이나 해주면 돼요."

"아니에요, 저 남성분께서 입어보고 고르라고 당부하셨고…… 뭣보다 한번 입어보고 어울리는지 보고 구매하시는 게 더 나을 거예요. 이쪽으로 오세요."

점원은 온몸을 꽁꽁 싸맨 미사의 팔을 끌었다. 미사는 못 이긴 척 끌려가면서도 흘끔 쇼윈도를 흘겼다.

낯선 기척을 감지한 것은 태성뿐만이 아니었다. 밖에서 뭔가 묘한 것이 느껴져서 대강 옷을 골라 산 후, 태성을 집으로 보내고 흔적을 쫓아보려 했는데 태성이 더 빨랐다.

태성이 말도 않고 나가버린 것은 예상 밖이었다.

'아는 사람이라도 온 건가.'

아무래도 근방을 맴돌던 기운은 제가 아니라 태성 쪽을 감시하는 시선이었던 건지도 모른다. 태성의 동족과 관련된 일이라면 미사가 관여할 이유가 없다. 외려 관여하지 않는 게 더 낫다.

그러는 사이 점원이 미사를 탈의실 쪽으로 밀었다. 미사는 부한 몸으로 엉거주춤 끌려들어갔다. 점원의 팔에 걸린 갈아입을 옷만 대여

섯 벌이었다. 태만했던 점원은 그제야 미사가 고른 작은 사이즈의 옷
들을 발견하고 말했다.

"이거, 아가씨한테는 안 맞으실 텐데? 사이즈 좀 큰 걸로 바꾸세요.
착용할 때 늘어나면 곤란하니까."

태성에게 사근사근 말할 때와는 판이하게 다른 어투였다.

무슨 소리인가 고개를 갸우뚱하던 미사가 곧 작게 웃었다. 그녀는
지금 아래로는 트레이닝복 두 벌, 헐렁한 바지 두 벌까지 총 네 벌을
껴입었다. 양말도 두 켤레나 신었다. 상체는 민소매티, 셔츠, 후드티,
니트, 파카까지 총 다섯 벌을 껴입었으니 당연히 그리 보일 수밖에.

본능적인 직감이 떨어지는 인간들은 대개 외모로 판단하고는 한다.
그 온도차는 어쩌면 당연한 것인데도 괜히 고운 눈으로 보이지 않았
다.

"태성이 마음에 들어요?"

"뭘, 아, 이름이 태성이에요?"

"응, 태성이에요."

"그렇구나."

"애가 괜찮죠."

"아니, 뭐, 손님이 참 근사하다는 생각은 했죠, 음. 대학생? 두 분은
친구예요?"

처음에는 최소한 시치미 뗄 낌새라도 보이더니만, 말을 이을수록
노골적으로 군다. 미사는 온통 태성에게 정신이 팔린 점원을 향해 은
근한 비웃음을 흘렸다.

"친구는 아니고요."

"그러면요?"

"뭔 거 같아요?"

점원은 미사의 냉소적인 음성에 기분이 상한 모양으로, 퉁명스레 받아쳤다.

"그야 저는 모르죠. 아, 그 사이즈 말고 두 치수 정도 큰 거 가져다 드릴게요."

"됐어요. 이 사이즈 괜찮아요."

"입다가 늘어나면 그쪽이 다 배상하셔야 해요. 전부 사실 거예요?"

"이거 내 몸에 맞고도 남을 텐데."

"손님, 불쾌하게 해드리려는 건 아니지만 제가 보기에 손님께서는 66사이즈나 조금 크게 나온……."

미사는 모자를 벗고 목도리를 둘둘 풀어냈다. 뭔가 더 부정적으로 말하려던 점원이 드러난 미사의 갸름한 얼굴에 말을 멈추었다.

조막만 한 얼굴에 어떻게 이목구비가 다 들어 있는지 모를 일이었다. 날카롭지만 묘한 색기가 흐르는 눈매, 높은 코, 붉은 입술, 아마도 점원이 태성에게 정신이 팔려 있지 않았다면 조금은 짐작해낼 수 있었을 것이다.

"왜요?"

점원은 미사의 얼굴에 얼이 빠진 표정을 짓다가, 황급히 그녀의 몸을 위아래로 훑었다. 부하고 둔해 보이기만 했는데 저런 미모라니. 뭣보다도 얼굴에 살이 하나도 없다.

"나 예쁜 거 나도 알아요. 그보다는 이 옷들 좀 받아줄래요?"

미사가 새침데기처럼 말하며 파카를 벗었다. 점원은 미사가 훌렁훌렁 옷을 벗어내는 것을 바라보았다. 한 겹, 두 겹, 세 겹, 네 겹…… 양파 껍질처럼 벗어도 벗어도 계속 나오는 도톰한 겨울옷에 기가 막힐 지경이었다. 맞지도 않는 두껍고 큰 옷을 몇 벌이나 껴입은 건지.

"이거 전부 태성이 옷인데."

미사가 네 겹째 니트까지 벗으며 놀리듯 말했을 때 점원은 실연이라도 당한 얼굴이 되어 있었다.

확실히, 여자가 껴입고 있던 옷은 전부 남성용이다. 역시 현실에는 반전이란 없나 보다. 선남선녀라는 세상의 보편적인 법칙을 왜 잊었는지.

미사의 가벼운 걸음걸이에는 왠지 모를 압도감 같은 것이 묻어 있었다.

"있지, 마음대로 판단하고 마음대로 생각하는 건 좋은데."

점원은 온도 없이 자신을 바라보는 미사의 눈동자를 피하고 말았다. 놀랄 정도로 예쁜 외모라거나 차가운 인상 때문이 아니었다. 어쩐지 뒷덜미가 서늘한 기분이다.

그런 점원을 바라보던 미사가 빙그레 웃었다.

"저 녀석, 당신이 감당할 만한 녀석이 아니거든. 귀엽고 깜찍하고 착하긴 해도."

"넘보다뇨, 무슨 말씀을……."

"아까 보니까 계속 태성이한테 깔짝거리던데…… 아무리 하찮아도 너 같은 인간한테는 과분하지."

마지막 말은 혼잣말에 가까웠지만 그래서 더 신랄하게 들렸다. 당황한 점원은 아까 태성과 함께 있을 때와는 판이하게 다른 무례한 태도의 미사를 바라보았다.

미사는 이미 탈의실로 들어가고 있었다. 낭창낭창 허리를 흔드는 엉덩이엔 꼬리라도 달려 있는 것만 같았다. 그게 어떤 꼬리인지, 점원은 영영 알지 못할 터다.

점원의 얼굴이 찡그려졌다.

'예쁜 것들이 싸가지가 없어.'

그런 불만은 '역시나 서비스직은 정말 벌어 먹고살기 힘들다.'는 생
각으로 이어졌다.

날다람쥐의 속도는 태성의 보속보다 빨라서 태성의 걸음도 덩달아
급해졌다.

동족이 근처에 있다 확신하고 났더니 분명히 감지된다. 그의 본가
에서 그를 감시하라 보냈을 '자' 일족이다.

'역시, 그냥 넘어가질 않네.'

좋지 않은 기억이 떠올라 자꾸만 목이 말랐다. 껑충대거나 깡충거
리면서도 멈추지 않고 보도블록을 따라 깡충대며 뛰어다니는 날다람
쥐를 발견한 행인들이 웃었다. 잔망스러운 날다람쥐는 "어, 저거 다람
쥐야?" 하며 사진을 찍는 이들에겐 포토존에 선 배우처럼 위풍당당하
게 가슴을 내밀어 포즈까지 취해주었다.

'저러다 인터넷에 뜨겠네.'

그러다가 조금 가까이 다가온다 싶으면 재빠르게 화단에 숨거나 가
로수로 기어올라가거나 하며 동에 번쩍, 서에 번쩍 한다. 정신 산만하
다.

태성의 걸음이 멈춘 곳은 그가 사는 아파트 단지의 담벼락 안이었
다. 날다람쥐는 임무를 제대로 완성했다는 데에 뿌듯함을 느끼는 양
몇 번 찍찍 소리를 내더니 냉큼 나무 위로 사라져버렸다.

시선이 느껴졌다.

조경수 그늘 아래에 선 태성이 침착하게 말했다.

"나와보세요."

태성이 짜증 어린 투로 반복했다.

"음침하게 숨어 있지 말고요. 왔으니까 나오라고요."

얼마 떨어지지 않은 곳의 공간이 우그러지더니, 허공에 흐릿하게 인영이 그려졌다. 1초도 걸리지 않아 한 남자가 모습을 드러냈다. 태성의 표정이 그와 함께 어두워졌다.

'역시나.'

막상 확인하고 나니 맥이 빠졌다.

"여태까지 제 뒤를 따라다닌 겁니까? 하나 더 있는 거 같은데."

태성이 사내의 대각 뒤로 시선을 옮겨갔다. 시선이 닿은 곳에도 역시 공간의 어그러짐 현상이 나타났다. 보다 젊어 보이는 사내가 튀어나왔다. 감시자가 한 명도 아니라 두 명이었다.

후천적인 거부감과 함께 걱정이 시작되었다. 그동안 태성을 방치하던 본가에서 사람을 붙일 이유를 떠올리자니, 역시 미사밖에 없다.

태성이 먼저 물었다.

"지난번에 내 아파트에 방문했었습니까?"

남자들은 대답하는 대신 슬쩍 시선을 내렸을 뿐이다. 그게 더 확실한 답이었다. 미사와 조우하지는 않았다 했으니 미사의 존재를 확실히 아느냐 모르느냐가 관건인데, 아무래도 안다고 생각하는 편이 더 합리적일 것이다.

먼저 모습을 드러낸 정면의 사내가 그에게 가볍게 턱을 까딱였다.

"오랜만입니다, 태성 도련님."

"처음 보는데 뭐가 오랜만입니까?"

"잊으셨을 수도 있지요. 저는 강서 님 곁에서 몇 번 뵀습니다. 조일연이라고 합니다."

강서의 부하라는 말에 태성의 가슴이 조금 더 묵직해졌다.

293

강서는 그의 이부형제다. 태성을 몹시 싫어하는. 화서의 가장 나이 든 자식 중 한 명으로 300살을 훌쩍 넘겼다. 자라는 존재에 대한 긍지가 대단한 사람이다.

"왜 불렀습니까."

"지난달에 본가 방문도 하지 않으셨고요. 화서 님께서 안부를 궁금해하셨습니다."

말이야 안부지, 일연은 죄목을 읊듯 말했다.

저들이 그걸 빌미라고 내세울 줄은 몰랐다. 태성이 본가에 가봐야 좋은 꼴 못 보는 건 거의 모든 동족들이 알았다.

"어머니가 그럴 리가 없는데."

"예의상의 인사치레에 그렇게 말꼬리를 잡으시면 곤란합니다."

태성의 어미인 화서는 집착적으로 태성을 학대했다. 태성의 독립에도 분개했으나 태성이 자 일족과 함께 있는 것도 경멸했다. 태성은 어미가 그런 의미에서는 참 어리석다고 생각했다. 그렇게 꼴 보기가 싫다면 아예 잊어버리고 살면 되는데 그러지도 않는다.

화서가 그에게 입히는 상처보다, 화서 본인이 스스로의 마음에 입히는 상처가 더 컸다. 태성은 자꾸만 피차 상처만 남기려는 어미를 이해할 수가 없었다.

"형이랑 어머니는 잘 지내시고요? 민아 누나는."

"다들 안녕하십니다."

"그럼 됐네요. 나도 안녕하니까."

일연은 다분히 비협조적인 태성의 태도에도 아랑곳 않고 꿋꿋이 말했다.

"본가에서 기다리십니다."

"아, 그거 말인데, 당분간 본가에 갈 일은 없을 겁니다."

미사의 냄새가 밴 채 본가로 가면 동족들이 난리를 칠 것이 뻔했다.

"화서 님의 허락을 받으셨습니까?"

"지금 강서 형 명령으로 온 거예요, 아니면 어머니 명령으로 온 거예요?"

"요 근래에 일족들 사이에 사건이 많습니다. 수상쩍은 짓을 하고 계신다기에 강서 님께서 살피라 하셨습니다."

"수상쩍은 짓?"

다친 뱀 한 마리 구해준 것이 태성이 근래에 했던 기행의 전부였다. 어쩌면 정신 나간 짓이고, 어쩌면 수상쩍은 짓이 맞다. 하지만 먹혀도 이쪽이 먹히는데, 이렇게 몰래 숨어 감시할 만큼 수상쩍은 짓은 아니지 않나?

태성이 저도 모르게 비웃는 투로 쏘아붙였다.

"수상쩍은 짓을 하는 건 어떻게 알았고요?"

"밤 말을 듣는 아이들이 많지 않습니까. 그리고 도련님은 늘 요주의 대상으로 보호받고 계시는 분이니까. 그리고 얼마 전엔 다치기도 하셨다 들었는데 염려가 되지 않을 수 없지요."

태성은 불안의 자리를 빠르게 차지하는 분노를 느꼈다.

그가 죽기를 바라는 동족들이 부지기수일 터인데 염려하는 척을 한다니, 비웃지 않을 수가 없는 말이다. 한술 더 떠 보호라니? 보호라는 말은 어폐가 있다. 그의 동족들은 그를 이질이고 이단이며 위험이라 치부해왔다.

차라리 '네가 혼자 밖에서 무슨 짓을 할지 몰라 오래전부터 감시를 해왔다.'고 한다면 이토록 불쾌하지 않았을 것이다.

일연이 물었다.

"……아까 같이 있던 '것'은 뭡니까?"

"취조라도 하는 겁니까? 내가 '밖'에서 누구랑 같이 있든 상관없잖아요."

"잘은 모르지만 도련님의 신변에 위해가 될 것 같은 느낌입니다. 걱정이 되어 그렇습니다. 상위종으로 느껴지던데요."

아직 미사가 정확히 무언지까지는 파악하지 못한 모양이었다. 하기야, 미사의 정체를 파악할 수 있을 만큼 가까운 거리까지 다가왔다면 미사가 먼저 알아챘을 것이다. 저들도 본능적으로 그녀의 영향권 안에 들어가면 안 된다는 것을 느꼈겠지.

태성은 손을 느리게 저었다.

"위험할 일 없으니까 신경 끄고 돌아가세요."

"그 암컷은 정체가 무엇입니까?"

"알면요."

"도련님의 신변에 이상이 생기지 않도록 이쪽에서도 조치를 취해야겠지요."

"아주 대단한 관심이네……. 내 신변에 이상이 생기기를 제일 바라는 건 강서 형일 것 같은데요. 형에게는 따로 연락할 테니 나를 좀 내버려둬요."

더 얼굴 맞대고 싶지도 않았다. 단호히 일별한 태성이 뒤돌았다. 그러나 한 걸음도 떼지 못하고 멈춰 섰다. 정확히는 멈춰 세워진 것이다.

희미한 무언가가 돌풍처럼 일어났다.

눈 깜짝할 새 그의 뒤로 다가온 사내가 그의 손목을 '무언가'로 휘감아 쥐었다. 일족들의 눈에만 보일 법한 묘하게 뭉친 회색 기운이 수갑처럼 고정되었다. 망을 보던 다른 사내도 합류했다.

"실례하겠습니다, 도련님."

눈 깜짝할 새 실 같은 기운들이 그물처럼 태성의 몸을 묶었다. 적대감 섞인 기운이 파도처럼 밀려들었다. 태성은 불쾌감을 감추지 못하고 일연을 바라보았다.

"이곳 상황은 설명을 듣기에도 여의치 않은 듯합니다. 자리를 옮기는 것이 좋겠습니다."

"도심 한복판에서 무력행사라도 하려고요?"

"필요하다면 그리 하라 강서 님께서 명하셨습니다."

태성이 자조적으로 웃었다.

"그쪽, 조일연이라고 했죠."

"예."

"아, 귀에 익은 것도 같다 했더니…… 누군지 알겠네. 들은 적 있습니다. 주머니쥐라고 했지. 진짜 강서 형님한테 충성스럽네요…… 기분 참 별로군요."

의외로 난폭한 태성의 언사에도 일연은 움푹 파인 보조개에 미소를 머금고 대꾸했다.

"우리라고 좋겠습니까. 도련님한테 손대고 싶어 하는 일족이 어디에 있다고."

태성이 이를 꽉 물었다. 비난조가 아니라서 더 속을 건드리는 말이었다. 등 뒤에서 그를 쥐고 있던 사내가 뒷목을 잡아 젖혔다. 태성은 붙잡힌 채 입술만 당겨 웃으며 씹어뱉었다.

"하여간, 말 참 함부로 해요."

"익숙하시지 않습니까."

"그게 싫어서 내가 뛰쳐나왔잖아."

"그래도 여전히 자에 소속되어 계시니 감당하셔야지요."

태성은 본가에서든 여기에서든 구질구질하게 미사에 대해 설명하고 싶은 생각은 추호도 없었다. 해봐야 좋은 말도 듣지 못할 것이다.

무엇보다도 그는 스스로가 변명해야 할 만큼의 잘못을 한 적이 없다. 미사를 구해준 것이 그들 동족에게 해가 된 것도 아니었다. 미사 때문에 지출이 조금 늘었지만 쩨쩨하게 그걸 물고 늘어질 만큼 가난한 일족도 아니다.

하지만 당장 뾰족한 묘안이 있는 것도 아닌지라, 태성은 한발 물러났다.

"알겠고, 알겠으니까, 일단 이거 풀고 얘기하죠."

"얌전히 이쪽 지시를 따라주신다면……."

그런데 문제는 전혀 다른 방식으로 해결되었다.

"이야, 여기여기 장관이네. 쥐들이 정기모임 하나 보다."

묘한 기운이 섞인 인기척에 바투 경계심을 일깨운 일연이 촉각을 곤두세웠다. 태성의 시선도 그리로 향했다.

"살금살금 배회하면서 기를 쓰고 숨으려 들던 녀석들이…… 웬일로 드러냈나 했더니만."

발소리의 주인은 새로 산 청바지에 검은 니트를 걸치고 파카를 입은 흑발의 여자였다. 미사.

양손엔 종이가방과 태성의 가방이 한가득 들려 있었다. 하늘색 목도리를 둘둘 두르고서 걸어오는 품새가 우아했다.

울타리를 사이에 두고 그들과 눈이 마주친 미사가 상쾌한 어조로 물었다.

"태성이 너는 화장실 간다더니 여기가 화장실이니? 어딜 갔나 했는데 혼자 집에 가려고 한 거야?"

"아…… 미사 씨."

태성은 조금 당황한 어조로 그녀를 부르다 말고, 정말로 뜬금없이 물었다. 생각보다 지나치게 빨랐던 탓이다.

"아, 그거 다 입어보고 계산은 하고 온⋯⋯."

"당연하지. 도둑질은 안 해. 점원이 너한테 아주 넋이 나갔더라. 기분 나빠서 몇 마디 해주고 왔어."

순식간에 훌쩍 울타리를 뛰어넘은 미사의 긴 다리가 태성의 뒤에 서 있던 사내의 얼굴을 직격했다. 가뿐하게 얼굴을 계단 삼아 내려온 미사가 쥐고 있던 쇼핑백을 그대로 일연의 낯짝에 휘둘렀다.

"윽!"

어마어마한 힘으로 날아든 종이가방에 일연이 직격당해 나가떨어졌다. 단지 내의 정원으로 향하는 계단에 부딪친 일연이 신음했다.

태성이 그도 모르게 눈살을 찌푸렸다.

"아, 그렇게 휘두르면 어떡해요! 거기 케이크도 있는데!"

"아, 그러게. 네 가방 휘두를걸."

"⋯⋯."

"뭐, 잔소리는 나중에 하고."

가볍게 태성의 목덜미를 잡아 일으킨 미사의 아미에 주름이 갔다.

"별것도 아닌 녀석들이잖아, 이거. 네 친구들 일이면 그냥 무시할까 했더니. 넌 왜 저런 녀석들한테 끙끙대고 있어."

처음 미사의 발도장이 얼굴에 찍힌 사내가 이를 드러냈다. 앞니가 툭 불거지기 시작하고 손톱을 날카롭게 세우고 있었다. 하지만 미사는 그에겐 관심도 주지 않은 채 나자빠진 일연에게로 관심을 돌렸다. 일연의 적의가 더 강했던 탓이다.

태성의 몸을 휘감았던 실 같은 기운도 일연의 것이었다.

미사가 여유롭게 물었다.

"여기서 난장판 벌이면 너희 일족이 수습하는 거야? 나 정신억압

못 하거든. 결계술 같은 것도 잘할 줄 몰라."

일연은 미사가 등장한 직후부터 바짝 얼어 있었다. 길게 갈라진 여자의 눈동자를 목도한 후에야 확신했다. 멀리서 뭔가 이상하다는 생각을 했을 때까지는 긴가민가했는데 이 기운은, 분명 뱀이다.

'역시, 사, 뱀의 일족.'

멀리서 지켜볼 때와는 달리 코앞에 닥친 기운이 대단했다. 일연의 눈빛이 섬뜩하게 번뜩였지만 그에 반해 몸은 솔직하게 떨렸다.

그와 같은 순수종의 자 일족에게 살기를 띤 사 일족은 존재 자체가 위협이었다. 암컷의 발소리는 그의 귀를 잡아먹는 것 같았고, 암컷 주위의 공기는 들이마시는 것만으로도 온몸의 털이 곤두섰다.

"사준이 보낸 게 아니라서 다행이긴 한데."

"미사 씨."

"우리 쇼핑은 이걸로 끝이다. 태성아?"

미사가 고개를 좌우로 비스듬 꺾었다. 작위적인 미소가 걸려 있는 모양새가 외려 그녀를 흉흉하게 보이게 했다. 미사는 태성에게 양손에 들고 있던 가방들을 던지듯 떠안겼다.

태성은 일연의 떨리는 다리를 눈동자만 내려 응시했다. 엉거주춤, 선 것도 주저앉은 것도 아닌 이상한 자세였다. 미사가 다가갈수록 일연은 뒷걸음질했다. 그러다 낡은 돌계단에 걸려 휘청거렸다. 일연은 재빠르게 뒤로 굴러 자세를 바로 했다.

"재주도 참 하찮기도 해."

일연이 예상치 못한 것은 이미 그 자리에 미사가 쪼그려 앉아 기다리고 있다는 사실이었다.

'대체 언제?'

눈 깜짝할 새다. 미사에게 뒤를 잡힌 일연이 은신해 몸을 돌리기도 전이었다. 미사의 차가운 손이 일연의 뒷목을 움켜쥐었다. 붙잡혀버려 은신도 할 수 없었다.

미사가 눈을 부라리자 말 그대로 옴짝달싹도 할 수가 없었다.

"쳇바퀴는 그만 처도시고요."

"이…… 잇……!"

100년은 채우지 못했더라도 일연 역시 자의 경비대 중 한 명이었다. 그런데 속절없었다. 미사의 눈동자가 순식간에 노랗게 변하는가 싶더니 동공이 길쭉해졌다. 미사의 관심 밖에서 주춤주춤하던 다른 사내가 재빠르게 수화해 도망가기 시작했다.

"아, 저, 미사 씨, 괜둬요. 일단 말로……."

"너한테 못되게 굴었잖아."

순식간에 허물처럼 남은 옷가지에 태성이 난색을 표했다. 이 사달의 보고가 들어갈 것이다. 태성이 관자놀이를 긁적였다.

'미사 씨…… 진짜 악당 같아.'

"왜 깔짝거렸어? 태성이는 왜 공격해, 응? 내 거 건드리는 거 아주 아주 싫어해. 뱀들은 욕심쟁이란 말이야. 얘기 못 들었어? 우리 태성이는 귀엽기라도 한데, 너는 귀엽지도 않은 주제에 멍청하기까지 해서 어쩌니……."

미사의 눈썹 끝이 정녕 가엾다는 듯이 축 처졌다. 일연은 옴짝달싹 못하고 굳은 채 눈으로 태성을 돌아보았다. 태성은 일연의 시선이 내포한 경멸을 알아차리고 난감한 표정을 지었다.

"미사 씨."

"그래, 자고로 '자'들이라면 이런 반응이 와야 밟고 굴리는 맛이 있지."

그게 제 앞에서 할 말인가. 태성은 괜히 내심 울컥했다.

일연이 애처롭게 다리를 떨며 손에 기운을 모았다. 그러나 얇은 실처럼 뻗어 미사의 팔을 옭으려던 기운은 제대로 닿기도 전에 뚝뚝 끊겨 추락했다.

"……당신, 사, 사가 아닙니까. 도련님은 왜……!"

귀엽사리 고개를 갸우뚱하던 미사가 이내 일연을 향해 샐쭉 웃어 보였다.

"일단 태성이랑 내가 어찌 아는지는 네가 알 바 아니고. 예, 맞습니다. 사입니다. 너는 죽고 싶은 겁니까? 눈 좀 깔아주실래요?"

일연이 저도 모르게 눈을 내렸다. 식은땀은 물론이거니와 살갗이 오돌오돌 올라왔다.

태성은 부러 그녀에게 알리지 않고 혼자 나갔다. 자신이 있으니 나간 것일 터다, 그리 생각하며 무시하려 했는데 얼마 지나지 않아 공격적인 파동이 느껴졌다.

크게 대단한 기운도 아니었지만 거슬렸다. 미사는 탈의실에서 빠져나와 대충 골랐던 옷을 쓸어담아 결제를 하고 나왔다. 이질적인 기운을 찾는 건 쉬웠다.

익숙해진 태성의 향기만 쭉 따라오면 되었다. 그렇게 태성과 그의 동족들을 발견한 것이다.

솔직히 스스로도 놀랐지만, 가장 먼저 든 생각은 이것이었다.

'주제넘게 감히 누구를 괴롭혀?'

태성에게는 마음의 빚이 있는 만큼, 약간의 애착이 생긴 것 같기도 하고.

"내가요, 크게 힘쓰면 안 되는 상황이라 가만 조용히 처리하려 했더니 아주 주제를 몰라. 아주아주 몰라요. 왜 쥐대가리라는 말은 없고 새대가리라고 하는지 모르겠다니까."

"저, 미사 씨, 나도 듣고 있거든요."

"아냐, 너는 귀여우니까 됐어."

일연은 신음했다. 함께 감시임무를 받았던 부하는 이미 도망갔다. 의리가 없다 비난할 수는 없었다. 비상시 행동지침에 따른 것이다. 천적을 만났을 때 그 위험을 알리는 것은 최우선 이행 사항이다.

태성은 이마를 짚은 채 손쓸 새도 없이 악화된 상황에 한숨을 내쉬었다.

"그쯤 하면 된 것 같아요. 내 형이 진짜 미사 씨 잡으러 올지도 모르니까."

"형? 형제? 그래봐야 너랑 비슷하게 허약한 녀석 아니야?"

"무시하지 마요. 그러다 큰코다친다니까."

정말로 강서가 알면 가만있지 않을 거다. 강서는 300년은 훨씬 더 묵은 사나운 친칠라였다. 미사에게 댈 수 있을지는 모르겠지만 쥐도 궁지에 몰리면 고양이, 아니, 뱀을 물 수 있는 법이다. .

미사는 자신감이 과한 면이 있다.

"보내줘요."

"왜 벌써 보내. 작신작신 두드려 패주고 싶은데."

"아니, 하지 마."

태성이 미사의 양팔을 꽉 잡았다.

"하지 마. 보내줘요."

"하지만."

"하지만 아니고요. 하지 마. 보내줘요. 착하죠."

"으응……?"

미사가 멈칫 태성을 올려다보았다. 태성의 표정이 하도 단호하여 미사는 저도 모르게 고개를 끄덕거렸다. 그런데 뉘앙스가 좀 미묘했다.

'근데 얘 지금 날 개 다루듯 말한 거야?'

고개만 돌린 태성이 일연에게 빠르게 말했다.

"그쪽, 가봐요. 강서 형한테는 아무 말도 안 했으면 좋겠는데 어차피 말할 거라 생각하니 별말 덧붙이지는 않겠습니다."

"도련님…… 미치지 않고서야, 어떻게 뱀과."

일연이 저도 모르게 씹어뱉었다.

'아니, 저 새끼가?'

미사가 도끼눈을 뜨는 것에 반해 태성은 무덤덤하게 모욕을 흘려넘겼다. 미사에게서 또다시 적의가 흘러나오는 걸 발견한 태성이 반복해 만류했다.

"아니야, 그거 아니야. 하지 마요."

미사가 저도 모르게 눈을 끔뻑이며 태성을 돌아보았다. 맥이 쭉 빠졌다. 왜, 그 있잖은가. 주인이 애완견에게 '물어와.' 하는 그런 어투. 꼭 그런 어조였다.

"너 이제 보니 착한 게 아니라 멍청한 거구나."

"정말 멍청한 건 여기서 내 동족 건드려서 본가를 지키는 경비대 무리가 우르르 쫓아오게 만드는 거고요."

"어차피 얘 보내도 쫓아오는 거 아니야?"

"그건 내가 해결할 테니까. 토 그만 달고."

태성이 짜증을 낸다. 적반하장이 아닌가 싶어 미사는 얼떨떨했다.

'근데 내가 왜 지금 얘한테서 허락을 받고 있지?'

떨떠름한 기분에 잠겨 있던 미사가 일연을 향해 마지막 으름장을 놓았다.

"마음 바뀌기 전에 가. 이번만 봐준다."

일연은 그때까지도 옴짝달싹못하고 미사를 바라보다가, 미사가 눈을 부라리는 순간 공지가 빠져라 도망치기 시작했다.

회색 주머니쥐 한 마리가 아파트 단지 울타리 사이로 달려들어간다. 기척은 눈 깜짝할 새에 사라졌다.

'……하아.'

태성은 주위부터 살폈다. 다행히 근방에 인간은 없었다. 하지만 혹시 모를 일이다. 가방을 고쳐들고, 두 마리의 쥐가 남긴 옷을 주섬주섬 집어올리던 태성이 한숨을 내쉬었다.

"뭐가 다행이라고 한숨이야. 대체 저것들 뭐야? 너희 동족 아니야? 조금 전에 도망간 쟤는 징그럽게 생겼네. 근데 너 도련님이야?"

"하나씩 물어요."

"다 대답해. 너 똑똑하잖아."

"이 정도로 끝난 게 다행인 거고, 내 동족 맞고요, 저자는 주머니쥐예요. 생긴 건 나랑 크게 차이도 없을 텐데."

"넌 귀엽다니까."

몸을 돌리려던 미사가 멈추었다. 그제야 생각이 난 모양이었다.

"아…… 근데 쟤네가 사준한테 이르지 않겠지?"

헛웃음을 삭인 태성이 모호하게 대꾸했다.

"거참, 생각하시는 게 빠르기도 하다. 우리는 뱀 싫어해요. 사 일족이랑 교류하거나 하는 일은 없을 거예요. 아마."

"아마?"

"확신은 못 하겠는데, 일단……. 그보다는 내 동족들이 좀 꽉 막힌 사람들이니까. 그러지는 않을 거라고 생각하고 있어요. 내가 해결할 테니까 미사 씨는 그냥 신경 쓰지 마요. 그리고 긴가민가해서 말 안 했는데 지난번에 초인종 눌렀던 거, 아마도 내 동족이 사역한 쥐였을 거예요.”

“뭐?”

“미사 씨가 상위종인 건 짐작했을 거고, 섣불리 접근하기 뭣하니까 사역한 들쥐라도 보냈을 거예요. 짐작을 하긴 했는데 확실하지는 않아서 말하지 않았어요.”

“야, 내가 그날 얼마나 놀랐는데.”

“걱정할 필요 없다고 말했었잖아요.”

태연히 대꾸한 태성이 어깨를 으쓱였다. 저 녀석 진짜 가끔 얌체 같다. 미사가 새침하게 몸을 돌려 걸으며 말했다.

“별로 물어볼 생각은 없었는데, 오늘 일은 물어봐야겠다. 너 도련님이야?”

“내가 그래 보여요?”

“아니, 쟤네가 너를 물로 본다는 건 알겠는데 왜 도련님이라 부르는 건지 궁금해서.”

“……우선 들어가서 얘기해요.”

지친 얼굴을 한 태성이 손을 저었다. 아직 그의 손목엔 일연에게 묶였던 사슬 기운의 흔적이 벌겋게 남아 있었다. 미사는 왠지 그게 마음에 들지 않았다.

집으로 돌아온 태성은 들고 있던 종이가방들을 거실 한구석에 내려놓았다. 미사는 옷은 거들떠도 보지 않고 망가진 케이크만 들고서 소파에 앉았다.

“씻고 앉지.”

"깨끗해. 새 옷이잖아."

태성은 먼지와 흙이 묻은 옷을 갈아입었다. 얇은 셔츠에 팔을 끼우며 나오던 태성이 말똥말똥 그를 바라보는 미사의 시선을 의식했다. 말려올라간 옷자락을 대충 끌어내렸다.

그새 미사는 망가진 케이크 한 조각을 다 먹은 것도 모자라, 케이스까지 핥고 있었다. 태성이 케이크 케이스를 뜯어내듯 빼앗아 들었다.

"어, 왜."

"또 사먹으면 되는데 왜 더럽게 플라스틱을 핥고 있어요. 거지예요?"

"새삼스럽게. 내가 돈이 어디 있니. 인정하긴 싫지만."

"아까는 거지 아니라며."

"생각해보니 네 말대로 거지가 맞는 거 같아. 지금 당장 돈 없으면 거지지 뭐. 거지가 별것도 아니고."

미사는 어깨를 으쓱하며 소파에 몸을 기댔다. 배가 부른 표정이 나른했다. 태성은 고개만 절레절레 저었다. 마음이 무겁다.

미사가 동족을 둘이나 쫓아 보냈으니 조만간 본가에서 반응이 올 것이다. 아마도 '그 골칫덩이 진태성이 또다시 문제를 일으켰다.' 이런 반응일 테지. 솔직히 말하고 싶지는 않았다. 그러나 미사가 당장 그의 집을 떠날 것이 아니라면 알아둬야 할 일이다.

미사의 옆자리에 앉은 태성이 목소리를 가다듬고 말했다.

"물어봐요."

"아무거나?"

"아무거나."

"너도 동족들한테서 도망치고 있어?"

태성은 솔직히 답했다.

"그건 아니에요."

"아까 그 녀석들, 뭔데 널 감시하고 있었어?"

태성이 목 안으로 헛웃음을 삼키며 고개를 저었다.

"그건 아니고…… 일단, 제가 동족들이랑은 조금 달라서 미운털이 박혀 있는 상황이라고 해야 할까."

"웬 미운털?"

태성은 막상 말하려니 조금 긴장이 되는 걸 느꼈다.

"……제 동족들과 제가 잘 어울리지를 못해서요."

"네 성격 때문에?"

"성격 문제가 아니라……."

미사가 흐음, 콧소리를 내며 태성을 바라보았다.

"……감시도 그래서 붙었을 거예요. 이렇게 대놓고 따라다니다가 모습을 보인 건 이번이 처음이기는 한데."

"역시 너, 보통 쥐는 아니라고 생각했어. 묘하게 냄새가 나더라고, 냄새가."

살짝 턱을 들어 킁킁거리는 시늉을 한 미사가 바로 물었다.

"강서라는 형제는?"

"……제 이부형제예요."

"이부형제라면 엄마가 같고 아빠가 다르다는 말이지?"

"예. 전에 말했던가요. 우리 일족은 모계사회라 이부형제들이 많아요."

태성이 속한 자 일족은 암컷이 무리를 이끄는 모계사회다. 대대로 종주는 늘 암컷이 도맡아왔다.

미사가 빤히 태성의 눈을 관찰하듯 응시했다. 오늘 다른 자 일족들과 마주치고 나니 새삼 드는 의문이 있었다.

"너 아까 봤지? 네 친구들."

"친구 아닌데요."

"내가 조금 겁주니까 꼬리 말고 줄행랑을 놓았잖아."

"그렇게 강한 녀석은 아니었어요."

"너도 그렇잖아. 아니, 너는 좀 이상하긴 한데 뭐가 이상한 건지 내가 아직 잘 모르니까 그 점은 제쳐두고."

태성이 말문이 막힌 것처럼 입술을 일자로 다물었다.

"네가 말한 것처럼 오래 묵은 것들은 분명히 위험해. 특히나 너희 같은 근본이 나약하고 작은 일족들은 오래 묵은 만큼 강하다는 반증이 되어주니까 상위종들보다 더 까다로울 때가 있지."

"그런데요?"

"근데 너는 처음부터 좀 이상했어."

"그냥 이상하다는 말을 빼놓으면 설명이 안 되는 거죠?"

"네가 이상한 걸 어떡해? 말이 안 되거든, 그거."

태성은 말없이 턱을 매만지며 수긍했다.

미사가 두렵지 않느냐 묻는다면 두렵다고 말할 것이다. 상식적으로 두려운 것이 맞기 때문이다. 하지만 본능에 따른 것이냐 묻는다면 그렇다 답하지 못하겠다. 어쩌면 너무 어릴 때부터 죽음의 문턱을 넘나들며 간신히 살아남은 적이 많아 본능에 무뎌진 것인지도 모른다. 그런 생각을 하며 태성이 괜히 고칠 것도 없는 옷매무새를 단정히 했다.

"뱀을 만나는 건 이번이 처음이라…… 라고 해도, 미사 씨가 믿을 거 같지는 않네요. ……별로 좋은 얘기는 아니라 말하기가 그런데, 그전에 하나 물어볼게요. 미사 씨한테는 그게 중요한 문제예요?"

"중요해."

"왜요?"

"너한테 관심이 많으니까."

대답은 장난 같았다. 그것이 외려 태성의 마음을 더 편안하게 했다. 태성은 미사의 눈길이 지나는 자리마다 열이 몰리는 기분을 느끼며 자연스럽게 시선을 내렸다.

누군가에게 선뜻 꺼내기 어려운 이야기는 마음을 한번 다지자, 의외로 쉽게 흘러나왔다.

태성은 서울 근교 자 일족의 종주인 화서가 낳은 마지막 새끼였다. 종주의 아들이라면 으레 대단하다 여길지 모르지만 전혀 그렇지 않았다. 귀한 대접을 받기는커녕 그의 유년기는 자그마한 골방에서 완성되었다. 본가 한옥 건물 어딘가에 위치한 공간이었다.

낡은 짚단이 어수선히 흩뿌려져 있고, 곰팡이가 슬어 공기가 퀴퀴했다. 요강 하나와 쟁반 두어 개, 땅에 떨어진 숟가락, 말라붙은 우유가 담긴 그릇. 가로세로 길이가 손바닥 두 뼘 정도가 되던 창.

그곳에서 태성은 늘 혼자였다. 태어난 이래 혼자가 아니었던 적이 없었다.

배척의 시작점은 다름 아닌 그의 어미였다. 아니, 어미라고 했다.

「치워버려라.」

화서라는 이름은 지난 수백 년 동안 서울 근교의 자 일족을 아우르는 왕의 이름. 종주인 화서가 그를 재앙이라 부른 순간부터 태성의 도태는 약속된 것이었다.

태성은 그의 이름조차도 큰누이인 민아로부터 받았다. 민아는 클 태에 별 성 자를 주고 싶었다 했으나, 그를 싫어하는 다른 일족이 호적에 제멋대로 다른 한자를 갖다붙인 것으로 안다.

화서는 태성에게 최소한의 먹을 것으로 연명하는 것만 허락했다. 어린 일족들 사이에는 그를 꺼리는 풍기가 전염병처럼 번져나갔다.

시중을 드는 일족원들은 그가 사는 창고 근처에 발걸음을 하는 것도 불쾌해했다. 그것으로 그친다면 그럭저럭 외롭게 버텨낼 수 있었을 터인데 화서는 서너 달에 한 번씩 태성을 학대했다. 어린 새끼는 어미의 악의를 감당하기엔 여렸다. 부서지고, 망가지고, 상처가 났다.

단 한 번도 다정한 말을 건네준 적이 없었다. 화서가 그에게 드러내는 악의는 독이었다. 때때로 실체화한 날카로운 기운이 그를 해치기도 했다.

그 결과 태성은 전혀 성장을 이루지 못했다. 그는 죽지 않고 상처를 재생시키는 것만으로 가지고 있는 모든 기운을 죄 소진해야 했다. 그는 점점 약해졌고, 점점 희망을 잃어갔으며, 점점 조용해졌다.

참으로 얄궂은 것이, 화서는 백치처럼 골방에서 지내는 태성에게 죽음조차도 허락지 않았다.

늘 화서의 뒤에 병풍처럼 서 있던 민아가 상처를 돌봐주는 역이었다.

민아는 화서의 후계자로 언젠가 새로운 종주가 될 암컷이었다.

「네가 어머니를 좀 이해해주렴.」

민아는 괜한 걱정을 한 것이었다. 골방 하나만이 세계의 전부라 믿던 태성에게는 그런 관심마저도 소중했다. 아무리 기대 한 자락 남지 않은 어머니라 할지라도.

나이를 조금 더 먹은 후에야, 본가의 일족들이 저를 두고 떠드는 말을 알게 되었다.

「네가 왜 미움받냐고? 잡종이니까 그렇지.」

잡종이라 그렇다고 했다.

「잡종이잖아.」

「왜 화서 님은 살려두시는 거지?」

「어차피 죽길 바라시는 거면 죽이면 될 텐데.」

어린 시절의 태성은 잡종이라는 말을 이해하지 못했다. 민아에게
물었다.

「민아, 민아, 나 자, 잡종이 뭐요?」

태성에게 말을 가르쳐준 것은 일족 내에서 큰 어른이라 불리는 도
롱 노인이었다. 제대로 말도 배우지 못해 더듬대는 그를 민아는 안쓰
럽게 바라보았다.

「뭐요? 가 아니라 뭐예요? 라고 물어야 하는 거야. 그리고 잡종……
이라는 말은 피가 섞였다는 뜻이야. 다른 아이들의 말에 신경 쓸 필요
없어. 너는 그냥 이대로만 있으면 돼. 그들을 너무 미워하지 마. 조금
만 더 이해해주렴.」

민아도.

「아이야, 본디 군집하는 이들은 다른 것을 용납하지 못한다. 그건
그들의 잘못은 아니야. 조금만 참고 이해하거라. 너는 너대로 가치 있
으니까.」

도롱 노인도.

모두가 태성에게 이해하라 말했다. 태성은 이해가 무언지도 몰랐
다. 아마 그 시절, '이해'라는 단어의 의미가 무언지 알았다면 이리 냉
소했을 것이다. 이해할지, 하지 않을지의 선택권이 있는 상황에서야
그런 조언이 타당한 것 아니겠느냐고.

어느 날 회색 눈의 청년이 찾아왔다. 그는 강서였다. 경멸스러운 눈

으로 태성을 노려보던 강서는, 몇 마디의 악담에도 태성이 반응하지 않자 폭력을 선택했다.

죽기 직전까지 맞았다. 어머니인 화서의 폭행과는 또 다른 성질의 학대였다.

「너 같은 녀석이 내 동생이라니, 우리와 같은 '자'라고 우기고 싶어? 창피한 줄 알아. 네가 '자'로 수화한다면 몰라도, 수화조차 아직 배우지 못한 병신.」

태성은 그날 처음으로 미움이라는 것을 배웠다. 이해하고 싶지 않았다.

「너 때문에 민아 누님까지 어머님께 밉보이면 네가 책임질 거냐?」

「내가 뭘 잘못한 거야?」

「네가 잘못한 거지, 그러면?」

「미워, 형, 미워.」

「형이라니. 뭔지도 모를 새끼가.」

강서를 중심으로 뭉친 다른 형제들의 핍박도 심해졌다.

태성은 악의가 두려웠다. 매일 밤 붉은 눈의 포식자에게 잡아먹히는 꿈을 꾸었다.

그래서 어느 하루, 저를 학대하러 온 어미의 치맛자락을 잡고 물었다.

「왜 내가 잡종이에요? 잘못했어요?」

피 묻은 비단신이 태성의 손을 밟아 망가뜨렸다.

「죽지도 않고.」

죽게 내버려두지 않는 것은 어머니가 아니냐 처음으로 반항하고 싶었다. 그러나 무언가를 더 말하기도 전에 학대는 태성을 제압했고, 목소리는 전부 신음이 되었다. 몸도, 마음도 아픈 날이었다.

정말 이번엔 죽을지도 모르겠다. 그리 생각하며 몸 뒤틀던 새벽, 또다시 꿈을 꾸었다. 붉은 눈의 하얀 털을 가진 맹수가 그를 잡아먹기 위해 아가리를 벌렸다.

살기 위해 꿈으로부터 도망친 태성은 처음으로 수화했다.

그는 아주 작고 가냘픈 쥐였다. 사향을 품은 사향쥐.

「우리 일족이 맞기는 했군. 그런데 사향쥐라고?」

태성은 언젠가 창 너머로 달려가던 사향쥐의 모습을 기억해냈다. 그리고 자신이 수화한 모습이 꼭 그럴 것이라는 사실에 두근거렸다.

이제는 잡종이라고 따돌림받지 않을 수도 있다, 내심 그리 생각했던 적도 있었다. 그러나 상황은 전혀 나아지지 않았다. 오히려 더 반대로 악화되었다. 그전까지만 해도 태성을 경계하며 미워하던 일족들은 그 후부터는 아예 대놓고 멸시하기 시작했다.

"혼혈."

제게 집중된 미사의 시선을 피해 태성이 조심스레 말을 이었다.

"혼혈이래요. ……태어날 때부터 인간의 모습이었거든요."

일족은 보통 동족들과 피를 잇는다.

상성 때문이다.

순혈의 일족은 애경과 견우의 아기들처럼 태어날 때에는 부모를 닮은 짐승의 모습이다. 그들이 인간의 모습을 배우는 데에는 적게는 수년, 많게는 십수 년의 세월이 걸린다. 하지만 가끔 그런 일이 있다. 처음부터 인간의 아이처럼 태어나는 새끼.

태성이 그러했다. 어미인 화서의 다리 사이를 비집고, 수 시간의 산고 끝에 강제로 세상으로 떠밀려 나왔다.

민아가 해준 이야기를 들어보면 그는 잔뜩 두드려 맞은 것처럼 시꺼먼 얼룩을 온몸에 단 인간 아기의 모양이었다. 팔 두 개, 다리 두

개, 까만 머리카락을 가진. 산파를 비롯해 도롱 노인까지도 몹시 놀랐다고.

화서는 갓 태어난 아기를 안아볼 생각조차 않고 피 흐르는 다리로 산실을 나섰다. 큰누나인 민아가 달려나가 무슨 영문이냐 물었을 때에도 화서는 아무 말도 하지 않았다고 했다.

태성의 아버지의 존재는 화서 혼자만 알고 있는 비밀이었다.

"미사도 알겠지만······."

거기까지 말한 태성이 잠깐 목소리를 다듬었다.

"혼혈들이 인간의 형상으로 태어난다는 기록은 간간이 있으니까, 미사가 이상하다고 말하는 건 그래서가 아닐까 생각해요."

"아."

태성은 그 후로도 수십 년을 고립된 채 버티고 버티다, 수년 전에야 본가를 떠났다. 때문에 경험이 없는 태성으로서는 다른 일족이 혼혈에 대해 어떤 감상을 지니는지 알지 못했다. 말을 하는 동안 입술이 조금 말랐다.

다행이라 해야 할지, 미사는 혐오스럽다거나 하는 기색을 보이지 않았다. 외려 신기하다는 눈이다.

"혼혈은 정말 흔하지 않은데, 그러면 네 나머지 반은 뭐야?"

"잘 몰라요."

"몰라?"

"네, 어머니는 자가 확실하지만 아버지 쪽 종은 뭔지."

태성은 마른 입술을 다시 뗐다.

"잘 몰라요."

"어떻게 몰라?"

"어머니가 말해주지 않으셨으니까."

"왜?"

태성이 대답하지 않자 미사는 다른 것을 물었다. 어지간히 궁금하다는 듯한 눈으로.

"어머니만 아시겠죠."

수화의 모습이 쥐라면 분명 그는 자 일족이다. 그러나 일족들은 한번 태성에게 박힌 인상을 지우지 않았고, 그를 받아들이지 않았다. 그의 어머니가 늘 태성에 대해 모호한 태도를 취했기 때문에.

"그런데 혼혈인 게 왜 문젠데."

"원래 우리가 폐쇄적이기도 하지만, 어머니가 말해주지 않았으니까 문제가 된 거죠."

"계속 말해봐."

자 일족들은 외부 일족에 대한 경계가 심하다.

태성의 존재를 꺼림칙하게 여겼던 일족원들은 저들끼리 태성의 정체를 유추하기 위해 머리를 굴렸다 한다. 그중 가장 많이 회자되었던 것이 화서가 태성을 밴 채로 그들의 무리로 돌아왔던 시기의 이야기였다. 인근의 모든 일족과 인간들이 악몽처럼 진저리를 내던 시기.

한창 남한과 북한이 분단되어 빨치산이니 프락치니 뭐니 하며 포화의 연기가 끊이지 않을 때였다. 어수선한 인간들의 싸움을 틈타 규칙을 지키지 않는 일족들이 속출했다. 그중 가장 크게 문제가 된 건 어느 인(寅), 즉 호랑이 일족이었다.

어느 날 갑자기 나타난 호랑이는 낮이면 인간의 껍질을 쓰고 온갖 살인을 저지르고 다녔다. 화약고에 불을 질러 민가를 태우고 일족이란 일족은 닥치는 대로 물어죽였다. 그자가 지난 곳은 폐허만 남았다. 밤이면 비쩍 마른 시꺼먼 짐승 가죽을 뒤집어쓰고 산세를 뒤집고 다녔다. 우연찮게 그의 눈에 띈 일족들은 눈 깜짝할 새에 잡아먹히거나 살해당했다.

당시 호랑이가 드나들었던 산 중 하나가 자 일족이 숨은 근거지였다. 쥐들도 무차별적으로 학살당했다.

호랑이의 포효가 일으킨 돌풍에 쥐들의 가옥도 속수무책으로 부서졌다.

「이대로는 안 되겠구나.」

분란을 일으키고 다니는 호랑이를 벌해달라 인 일족사회에 호소했지만 기약 없는 기다림일 뿐이었다.

결국 화서는 이름조차 알려지지 않은 인 일족의 폭군을 막기 위해 몸소 산을 떠났다. 목숨을 잃을 수도 있는 일이었다. 일족 모두가 화서의 치맛자락을 붙잡고 만류했지만 뒤도 돌아보지 않고.

화서는 산 아래로 내려가자마자 실종되었다. 말 그대로 바람처럼 사라져버렸다. 자 일족들은 무언가 잘못되었음을 감지했다.

호랑이는 여전히 포악하게 산 아래를 지배했고, 산세 속의 쥐들은 주인을 잃었다.

시간이 흘러 호랑이의 횡포가 극에 달했다 판단한 영웅이 나섰다. 오(말) 일족의 웃어른인 가하람이었다.

두 마리의 검은 짐승이 맞붙었다. 산이 뒤집히고, 강물이 바뀌고, 계절이 바뀌었다.

호랑이가 패배했다. 피투성이 호랑이는 절뚝절뚝 도망쳤다. 그러자 평화가 찾아왔다.

하지만 자 일족은 평화를 기뻐할 수도 없었다. 우두머리 없는 평화란 무정부 상태와 같았기 때문이다. 종주인 화서의 실종은 그들에겐 진행 중인 비극이었다.

서울의 자 일족 무리는 화서를 기다리며 몇 달을 암흑 속에서 살았다. 그러다 결국 가장 장성한 딸이자 강력한 능력을 타고난 민아가 차기 종주가 되어야 한다 여론이 일었다.

한 달이 지나고 두 달이 지나도록 화서의 흔적조차 찾지 못하자 결국 민아도 승계를 준비하기로 했다. 화서가 돌아온 것은 민아의 종주 승계가 결정된 지 보름 후였다. 강력한 일족의 재생력으로도 감당할 수 없을 만큼 엄청난 부상을 당한 채였다. 거의 난자당한 모양새로.

「화서 님!」

쥐들은 한바탕 뒤집어졌다.

민아는 깨끗하게 종주 승계 의식 준비를 무산시켰다. 그들은 화서의 치유에 온 힘을 다했다. 화서는 차츰 나아졌다.

그런데 일족들이 또 한 번 술렁일 만한 사건이 벌어졌다. 화서의 수태 소식이 전해진 것이다.

대체 누구의 새끼란 말인가?

화서는 침묵으로 모든 의문을 잘라냈다.

자 일족은 모계사회다. 그리고 화서는 모든 쥐들의 왕이다. 그녀의 침묵을 강요로 부술 수 있는 이는 아무도 없었다. 배 속에 든 새끼가 누구의 씨인지는 모르겠지만, 화서를 호위하기 위해 따라갔던 자의 근위대들 중 한 명이겠거니 그렇게 여겼다.

태성이 인피를 뒤집어쓰고 태어나, 화서가 매정하게 광에 가두어버리라 말하기 전까지.

쥐들은 번민을 시작했다.

아이의 아비가 누구이기에?

태성이 만약 '자'가 아니라면 자 일족 무리는 재앙을 끌어안고 있는 것이다. 그런 식으로까지 이야기는 확대되었다. 어린아이들은 어른들의 말을 그대로 떠들었다. 그의 이부형제들은 유독 예민하고 날카롭게 태성을 경멸했다.

「이상해. 소름 끼쳐. 어머니는 왜 우리에게 말해주지 않을까?」

「만약 저놈을 죽여도 된다고 허락만 떨어지면 내가 손을 댈 거야.」

「민아 누나만 아니었더라도 진즉 죽었을 텐데.」

「아니야. 어머니가 살려두라 하셨잖아.」

초라한 창고에 갇힌 채 끝없는 비난을 듣는 것은, 일종의 정신적 고문이었다.

"……우리 무리 사이에선 그런 얘기가 있어요. 아무도 어머니한테 대놓고 묻지는 못하지만 아마 어머니가 원치 않았던 임신이었던 건 아닌지……"

태성의 말은 점점 느려졌다. 어디까지 말을 해야 할까. 잇는 동안에도 고민스러웠다.

"종주쯤 되는 이가 원치 않는 아이를 가질 수 있어? 이해가 잘 안 가는데."

"그렇기는 하죠. 강한 분이니까."

"자 일족의 종주라면, 그래, 너희 일족이라도 무시할 수는 없겠지."

머리가 조금 큰 후 태성은 딱 한 번, 어미를 붙들고 물었다.

「대체 왜 나를 낳으셨어요. 그냥 죽이지.」

화서는 온기 하나 없는 눈으로 말뚝 같은 비수를 박았다.

「괴물 같은 놈. 나는 이미 너를 낳지 않기 위해 모든 일을 다 했다. 널 수십 번이나 죽이려 했다. 모르겠느냐.」

태성은 그 무렵 더 이상 '어머니'라는 단어에 아무런 의미도, 애틋함도 느끼지 못했다.

"어머니는 당신께서 실종되셨던 몇 달에 대해서는 한마디도 하지 않으시니까 추측만 무성한 거죠. 부친의 종이 무언지 모르는 상황에서 어머니는 저를 가둬두고 최소한의 접촉만 가능하게 하셨고, 태어날 때부터 인간의 형태였으니 제가 각성했을 때 혹여 동족이 아닌 다른 무언가는 아닐까 염려가 될 수밖에 없다고 생각은 해요. 결국은 '자'가 되었지만…….”

“…….”

“쥐들은 겁이 많아요.”

“아.”

“겁 많은 이들이 뭉쳐서, 한 가지 물결에 휩쓸리면 얼마나 맹목적으로 잔인해질 수 있는지 미사는 잘 알지 못할 거예요.”

미사는 턱을 괴었다. 그녀로서는 혼혈이라는 것과, 어미의 홀대가 이룩한 고립의 상관관계를 단박에 이해하기는 힘들었다.

미사는 제 아비가 뭔지 기억도 나지 않았다. 어미와 같은 능담일 가능성이 크지만 시영과 아비에 대해 이야기를 나누어본 기억이라곤 거의 없다. 아비란 싹을 틔우는 데에 필요한 씨앗일 뿐인지라.

저들 일족 내의 일에 왈가왈부할 자격도 없지만, 부러 복잡하게 생각하지 않기로 했다.

“그래서 혼자 사는 거구나. 차라리 너한테는 잘된 일이네.”

“뭐…….”

태성은 수긍했다. 처음으로 본가를 등지고 자유라는 이름의 외면을 받아들인 날을 기억한다. 세상은 상상보다 단단하고, 추측보다 향기롭고, 생각보다 따뜻하고, 아름다웠다.

“본가에는 도롱 옹이라는 큰 어른이 계세요. 마음씨 좋은 분이죠. 그분이 저에게 인간 세계를 알려주셨어요. 제가 알고 있는 일족 간의 불문율이나 상식, 그런 것도 전부 그분에게서 배웠죠. 그 후에 허락을 받고 본가를 떠났어요. 그 후로는 서너 달에 한 번씩만 들러요.”

그가 본가를 떠날 각오를 굳힌 것은 도롱 노인의 격려가 컸다. 일족들 속에서 부대끼며 상처를 쌓는 것보다 다른 세계에서 스스로에게 울타리가 있다 믿으며 사는 편이 더 낫다, 세상은 네가 생각하는 것처럼 편협한 이들로만 가득하지는 않다고.

"나왔으면 버려야지 왜 찾아가?"

"어머니가 조건을 거셨어요."

"널 싫어한다면서 왜 찾아오라고 하는 건데? 왜 감시를 해? 그냥 무시하면 되잖아."

태성도 미사의 의견에 일부분은 동감하는 바였다.

본가에 머물 때에는 쳐다도 보고 싶지 않다는 듯이 그토록 홀대하고 괴롭혔는데, 막상 떠나려 하니 '너는 그래도 우리 무리다.' 하며 그를 잡아두려 하는 어머니는 모순덩어리였다.

지금은 홀로도 잘해낼 자신이 있지만, 당시 태성은 화서를 거역하고 홀로 나와 독립할 능력조차 없었다.

그래서 조건부 독립을 했다. 꼬박꼬박 본가에 들른다는 조건. 근래에는 그 조건을 어기고 있고, 강서가 언짢아하는 건 그 부분이었다.

"우두머리로서의 최소한의 책임감이 아닐까요?"

"책임감이 있었다면 왕따를 시키면 안 되지."

미사는 긴 이야기를 가볍게 정리해버렸다.

"뭐…… 그들에게는 꺼림칙할 수밖에 없다고 생각해요. 지금은 어느 정도 이해하니까."

"너를 따돌리고 괴롭혔던 애들을 왜 감싸줘? 아니면, 그래도 동족이라고 남이 쓴소리 하는 건 싫다…… 그런 건가?"

"그런 건 아니에요. 사실인걸요. 어떤 관점에서 보면 미사 씨의 말도 다…… 맞는 말이긴 한데. 미사도 왕따면서."

"나는 내가 세상을 따돌리는 거지. 아 다르고 어 다른 거야."

냉소적인 말들을 뱉어내는 미사의 입술은 부드러운 호선을 그리고 있다. 달리 시선 둘 곳을 찾아 눈을 내렸다. 길고 까만 머리카락이 미사의 고개가 기우는 방향으로 흔들거린다. 뱀 같다. 미사가 나직이 속살거리듯 물었다.

"나름대로 고충이 있네. 혼쭐내주고 싶지는 않아?"

"농담도."

"내가 대신 괴롭혀줄까? 봄이 되고 상황 좀 나아지면 한 번쯤 난장판을 쳐줄 수도 있는데."

"진짜 그렇게 우리 무시하다가 큰코다친다니까요."

위로일까. 비웃음일까.

어느 쪽이든 상관없을 테지만 태성의 귀에는 위로처럼 들렸다. 태성은 웃음을 삼키며 미사의 눈을 바라보았다. 그러나 웬걸, 태성의 입가에 걸려 있던 희미한 미소는 빠르게 사라졌다. 농담을 건넨 것이 무색하도록 미사의 얼굴엔 웃음기가 없었다.

"네가 그런 취급을 당했다는 게 왠지 기분이 나빠."

"……."

"그러면 네 색안은? 붉은 눈이었잖아. 적안을 지닌 녀석들에 대한 얘기는 너도 알 텐데."

"증명되지 않은 속설이잖아요. 적안의 일족은 위험하다거나, 난폭하다거나, 포악하다거나……."

태성의 말이 전혀 틀린 건 아니었다. 그러나 대번 수긍하기에는 걸리는 게 많다는 듯한 표정이다.

미사는 입안으로 낯선 이름을 곱씹었다.

'화서, 화서…….'

계속 그렇게 반추하다 보니 들어본 적이 있는 것도 같다. 그리고 태성이 말한 인(호랑이) 일족의 횡포가 무엇인지도 어렴풋이 기억나는 듯하고. 그 시절, 미사는 지금의 대전 쪽에 머물고 있었다. 사준과 함께. 사준이 윗동네의 사건에 관심을 보였기에 그녀도 덩달아 기억하고 있었다.

'그게 태성네 무리가 있던 근처에서 있었던 일이구나…….'

그리고 태성의 이야기를 듣는 동안 어렴풋이 짐작하게 된 것도 있다.

혼혈종은 많지 않다. 종의 특이성에 대해서도 알려지지 않았다. 상성이 다른 개체들이 만나 새끼를 밸 가능성은 극도로 희박하기 때문이다.

하지만 일단 눈앞의 태성이 혼혈이라 한다. 반은 쥐이고 반은 무엇인지 모르는 종. 보통 한쪽으로 각성을 하게 되면 그쪽의 특징을 따른다 알려져 있지만 태성의 경우에는 모호하다.

만에 하나 나머지 반쪽이 영향을 주는 것이라면, 적어도 쥐 따위는 씹어먹을 포악한 종일 것이다. 어미의 혈통이 좋아 쥐 일족의 형태를 갖추었다 해도, 저 안에는 분명 다른 것이 도사리고 있다 보는 것이 타당했다.

그러나 그렇다고 치면 또 모순이 생긴다. '뱀들을 두려워하지 않는 어떤 종'이라면 근본적으로 쥐보다는 기운이 강한 것이 당연하다. 그렇다면 우열의 법칙에 따라 태성은 쥐가 아닌, '그 종'이 되었어야 한다.

미사에게 있어 태성은 수수께끼다. 알쏭달쏭한 수수께끼를 푸는 느낌이었다.

"화서라는 어미가 사향쥐야?"

"친칠라예요."

"그런데 너는 친칠라가 아니니까, 네 아빠가 친칠라일 수도 있는 거 아니야?"

"그건 아닐 것 같아요. 외조부가 사향쥐라 들었어요."

미사가 더 깊은 이야기를 묻기 전에 태성이 정리했다.

"뭐, 그런 재미없는 얘기예요. 그러니까 이제 와서 잘잘못을 따질 이유는 없죠. 말한 것처럼 왜 그랬는지 이해는 하니까요. 미사 씨도 신경 쓰지……."

"널 그런 식으로 대우한 녀석들을 왜 이해해."

태성이 입술을 다물었다. 뱀의 것처럼 기다랗고 노란 미사의 홍채가 태성의 회색 눈동자를 사로잡았다. 마주 본 눈동자에 빨려들어갈 것만 같다. 시간이 멈춘 것도 같다. 태성은 한참 후에야 간신히 입술을 뗐다.

"미사는 아마 잘 모를 거예요. 이해하지 않으면 정말로 나 혼자만 덩그러니 남게 되는데."

"넌 지금도 혼자잖아."

"……말을 해도."

"하지만 네가 혼자라서, 나 같은 똑같이 혼자인 사람을 만나고, 혼자인 사람과 같이 머물 수도 있어. 혼자가 아니었다면 그러지 못했겠지."

"그건."

"그랬다면 나는 이미 죽었겠지."

태성은 빤히 미사를 응시했다.

"위로예요?"

"위로가 아니라 사실인걸. 혼자인 걸 받아들일 줄 아는 사람은 혼자가 아니라고 자기합리화하는 사람들보다 낫다고 생각해. 너, 음……
혼자 여행 다녀본 적 있어?"

"재미있겠다고 생각하긴 하지만, 혼자 다녀본 적은 없어요."

싱긋 웃은 미사가 "나는 예전에는 혼자 여행을 다니곤 했었는데."
하며 운을 뗐다.

"혼자 여행을 다니는 사람을 보면 인간들이 꼭 하는 말이 있어."

"뭔데요?"

"'왜 혼자 다녀요? 심심하지 않아요?' 하는 말. 하지만 그 사람은 바
보인 거지. 내가 혼자가 아니었다면 나는 그 사람들과 그렇게 이야기
를 나누지도 않았을 테니까. 그 사람은 내가 혼자라고 생각해. 분명히
나와 그 사람은 그 순간 속에 '함께' 있었는데."

태성이 입술을 살며시 당겨 물었다.

"……이 순간 속에, 당신과 나는 '함께' 있는 거예요?"

"나는 지금 너에게 말하고 있잖아."

"…….."

"이렇게 이야기를 하다가, 어느 순간 맞지 않는다고 생각하면 어울
리지 않으면 그만이야. 하지만 반대로, 오래오래 알고 지내게 될 수도
있지. 이야기가 장황해진 것 같지만, 그러니까 다른 녀석들보다는 너
를 먼저 생각하라는 말이야. 너는 그냥 그렇게 태어난 거고, 그 녀석
들은 그냥 그런 녀석들인 거겠지. 그러니 너도 그냥 화를 내도 괜찮은
거 아냐? 그러다가 네가 혼자가 되어버려도, 혼자라서 가능한 것들이
분명히 존재할 거고, 설사 그렇다 해도 너의 모든 순간이 혼자일 리는
없으니까. 지금처럼."

태성이 허탈하게 웃었다. 가슴이 벅차오르는 이유를 알 수가 없다.
조곤조곤 떠드는 미사는 아주 예뻐 보여서 티가 날까 봐 부러 딱딱하

게 뱉었다.

"그냥이라니. 너무 쉽게 말하는 거 아닌가."

"네가 그런 취급을 당하는 게 기분 나빠서 하는 말인걸."

세상에는 이유도 인과도 없이 벌어지는 일들이 있다. 하지만 '그냥'을 이해하지 못하는 사람들은 늘 원인을 찾고 인과를 따진다. 자신 혹은 타인에게 잘잘못의 굴레를 씌우지 못하면 안 되는 사람처럼 강박적이다.

미사는 대개가 책임전가를 위한 것이라고 생각한다.

어찌 보면 태성은 스스로를 지키기 위한 방법을 잘 모르는 아이 같다. 제 목숨을 중요하게 여긴다면 미사를 도와서도 안 되었고, 지난번 곽현과 마주쳤을 때 도망치지 않고 버텨서도 안 되었다. 그 점이 사랑스럽지만 걱정이 된다.

어린 껍질 안에 어른스러운 얼굴이 있고, 어른스러운 얼굴의 눈동자는 어린아이의 것 같다.

"왜요?"

"뭐가?"

"왜 미사 씨가 기분이 나쁜데요."

별안간 찌르고 들어온 질문에 미사의 입술이 다물렸다. 솔직히 모를 일이다. 한참을 침묵하던 미사는 솔직하게 답했다.

"그냥 이유는 모르겠어, 별로 기분이 좋지 않았는걸. 너는 너만 이해해. 그게 제일 좋아. 그래야 네가 안 아파."

태성의 시선은 그녀에게 멈추어 있다. 때때로 태성은 그녀의 말의 진위여부를 확인하려는 듯 탐색하는 듯한 눈빛을 보낼 때가 있었다. 천천히 내려가, 제 입술 언저리에 이르는 것이 느껴졌다.

오늘따라 미사는 태성의 그런 시선이 조금 간지럽다 느꼈다.

"뭘 그렇게 봐."

"미사 씨 입술요."

"왜?"

"……그냥, 예뻐서요."

태성의 귓불이 살짝 붉어졌다. 민망함을 감추기 위해서인지 태성은 조금 빠른 어조로 중얼거렸다.

"그래도 나한테는 심각한 일인데, 미사가 그렇게 말하니 참 쉽네요."

"내 상황을 생각하면, 네 일이 대수도 안 되는 건 뻔하잖아."

악의 없는 핀잔에 태성은 고개를 끄덕이고 말았다. 생각해보면 미사가 처한 상황은 분명 그러했다. 간혹 그 사실을 잊게 되는 것은 미사 그 자신이 원인과 인과를 따져 스스로를 소모하는 사람이 아니기 때문이다. 오히려 때때로 미사는 자신에게 그런 일이 벌어지지 않았던 것처럼 태연하다. 아마도 타고난 본성 차이일 테지만.

태성은 잠기려는 목소리를 가다듬었다.

"……뭐, 그렇죠. 미사 씨가 지금 남한테 훈수 둘 때는 아니니까."

태성의 손이 미사의 손등으로 뻗어왔다. 주저하는 듯하던 손끝이 닿자, 감싸는 건 순식간이었다. 미사는 느리게 눈꺼풀을 내려 그의 큼직한 손을 내려다보았다.

"잡아도 돼요?"

그가 물었다.

"이미 잡았잖아."

"은혜 갚을 거예요?"

"오늘 한 번 갚은 걸로 치는 거야?"

미사는 장난기 어린 미소를 띤 채로 태성의 뒷말을 기다렸다.

"오늘 고마워요."

"별말씀을."

"조금 전에 사실 약간 반한 것 같은데."

미사가 뜻 모를 눈빛으로 그를 바라보았다. 태성이 숨을 작게 들이마셨다 뱉으며 말했다.

"미사 씨 믿어도 돼요?"

"안 된다고 하면?"

"더 반하지 않게 노력해야겠죠."

"된다고 하면?"

태성의 엄지가 미사의 손등을 느리게, 꾸욱 문질렀다. 어른스러운 얼굴로 희미하게 미소 지어 보인다. 하지만 혼란스러워 보였다.

"글쎄요. 모르겠어요."

늘 옛날 생각을 하면 우울하곤 했는데, 미사에게 털어놓은 지금 의외로 그의 기분은 산뜻했다. 조금 전부터였다. 아니, 아까부터, 아니, 그보다 훨씬 전 언젠가부터인지도 모른다. 미사를 바라보고 있으면 가슴이 간질거렸다.

태성은 원수 집안의 딸과 사랑에 빠지는 여느 영화의 주인공을 이해하지 못했다. 복수를 위해 잠입한 스파이가 복수 대상과 사랑에 빠지는 것도 이해하지 못했다.

「너는 너만 이해해.」

그는 여전히 이해하지 못했다. 가슴이 두근거린다. 가슴이 두근거리는 이유조차도 이해하지 못하는데, 그가 뭘 이해할 수 있을까.

낯설다.

자신이 낯선 건지, 그녀가 낯선 건지. 아직 잘 모르겠다.

"해봐요. 그다음 두고 보면 되잖아요."

목소리가 뜻하지 않게 갈라졌다. 미동 없는 미사의 손등을 만지작대던 태성이 눈꺼풀을 들어 미사의 눈동자를 똑바로 직시했다. 미사는 태성이 잡아끄는 손을 떨쳐내지 않았다.

대신 새침한 고양이 같은 눈매를 살짝 치켜올린 채 그를 바라보았다. 불쾌해서가 아니라 흥미로워하는 듯한 눈이다.

"침묵은 긍정이라고 배웠는데."

태성은 눈동자를 들어 그녀를 응시했다가, 살짝 내렸다. 미사의 손을 쥐었던 태성의 손에서 힘이 풀리는 것이 느껴졌다.

태성은 엷게 웃고는 거리를 벌리며 일어섰다.

"늦었네요."

미사는 무의식적으로 고개를 돌려 발코니 너머를 응시했다. 지금은 겨우 저녁 8시를 막 넘겼을 뿐이다.

태성은 간격을 두고, 낭패라는 듯 뇌까리며 돌아섰다.

"아, 진짜 늦었나."

알 수 없는 말을 중얼거린다. 평소보다 낮은 목소리로 "가서 쉴게요." 인사한 그의 걸음 소리가 멀어졌다.

대충 세수를 하고 나와 침대에 등을 붙였다. 긴장이 풀려서인지, 몸은 무겁고 가슴 안쪽은 요란하다. 묵은 이야기를 꺼내는 건 크건 작건 용기가 필요한 일이었다.

태성은 약간의 물기가 남은 얼굴을 문지르며 얕은 한숨을 내쉬었다.

'아, 정말 왜 이래.'

얼마간 시체처럼 누운 채 숨을 고르던 태성이 팔을 뻗어 협탁의 휴대전화를 들었다.

오늘의 일은 사실 작지 않은 사건이었다. 휴대전화의 연락처를 느린 손끝으로 넘기던 태성은 '민아 누나'라고 쓰인 이름에 이르러 멈추었다.

연락을 주저하던 손끝은 한번 마음을 먹자 언제 그랬냐는 듯 자연스러웠다. 문자 발송 버튼을 누르고 휴대전화를 툭 던져 내려놓았다.

침실 밖에서 미사의 인기척은 들리지 않는다.

가만히만 있어도 온 관심이 얇은 벽 저편으로 향하는 자신이 이리도 바보 같을 수가 없었다. 그의 동족들이 한 말처럼 그는 잡종이며, 별종이었다. 그러지 않고서야 미사를 생각하는 것만으로도 이렇게나 기분이 좋을 리가 없지 않은가.

그날 밤, 쥐는 거실에서 잠든 여자의 곁에 누웠다. 여자는 게슴츠레 눈을 떴다.

"이리 와."

잠결에 미소 짓는 여자의 입술 곁에 몸을 말고 기댔다.

에덴에 사는 어느 뱀의 속살거림도 이보다 달지 않았을 것이다.

"자자."

장님 쥐는 사과를 베어물 수밖에.

잠결에 중얼거리는 그녀를 빤히 바라보던 투명한 회색 눈동자의 쥐가 슬그머니 몸을 돌리고 앉았다. 얕은 잠에 취한 여자의 손끝이 축 늘어진 꼬리를 어루만진다. 손끝이 기분 좋았다. 쥐는 천천히 그 손안에 기대어 웅크렸다. 눈을 감았다. 심장소리가 빠르게 울린다.

분홍색의 발가락을 고물거리며 비스듬 괴고 있던 턱을 돌렸다. 졸음이 밀려온다. 그 쥐는, 누군가의 품에서 잠들어본 적이 없었다. 더 이상 미사가 위협적으로 느껴지지 않았다. 그녀가 변한 것은 아닐 것이다. 변한 것은 그일 것이다.

'좋은 게 좋은 거잖아.'

잠이 드는 그 순간까지 어떻게 해야 할지 모르겠다는 생각만 반복했지만, 무의미한 시간은 아니었다.

서울권의 자 일족 대부분은 도심 한복판 산 중턱에서 살고 있다. 그들이 유구한 세월을 들여 이룩한 도시 한가운데에는 큰 기와 저택이 한 채 있었다. '한양파 자의 본가' 규모는 경복궁 저리가라 할 만큼 컸다. 산에 이만한 부지를 일군 것도 기함할진대, 어찌 인간들에게 들키지 않고 살 수 있었는가 하면 도롱 노인의 결계가 산 주변을 뒤덮고 있기 때문이다.

그 담장 안쪽.

"너, 너, 꼬리 치우지 못해!"

"끼야아!"

탈곡을 하느라 여념이 없는 세 여성의 주위를 깡충거리던 지붕쥐 새끼 두 마리가 담벼락 새 쥐구멍으로 달려들어갔다. 쏙 사라지기까지 1초도 걸리지 않았다.

"하여간."

"거기 장작 좀 더 잘게 쪼개봐."

"돗자리만 다시 깔고."

그들의 하루는 보통 늦저녁에 시작해 이른 아침에 마무리된다.

세 마리의 쥐들이 짬짬이 나무를 하고, 멍석 같은 지푸라기 돗자리를 다시 반듯하게 깔고서, 그 위의 흙을 털었다.

인간과 짐승의 중간 형태로 귀는 쫑긋 섰으며 주둥이가 살짝 돌출되었다. 엉덩이에서는 꼬리가 길게 늘어져 어중간하게 붙어 있었다. 아낙 쥐들은 털이 빠지지 않도록 라텍스 장갑을 끼고 있었다. 머리 덮개까지 갖춘 모양은 꽤 우스꽝스러웠다. 꼬리는 먼지떨이처럼 멍석 위를 붓질했다.

얼마 떨어지지 않은 곳에서 주위를 요란히 뛰어다니는 작은 아기 쥐들을 빵빵 걷어차는 소리가 났다.

아낙 쥐들은 "또네, 또야." 하고 웃었다. 대청마루에 앉은 바짝 깎은 머리의 사내가 엉덩이를 뿡실대며 도망치는 쥐들을 못마땅하다는 듯 흘겼다. 그의 손은 딱딱히 굳은 보이차 덩어리를 부수고 있었다.

그의 앞에는 두 마리의 쥐가 엎드려 있었다.

일연의 옆에 머리를 처박고 있던, 가장 먼저 도망쳤던 사내가 외쳤다.

"강서 님. 태성, 그놈이 배은망덕하게 뱀과 손을 잡고 우리를……."

강서가 쥔 날카로운 차송곳이 굳은 뭉치를 찍었다. 까드득 소리가 날 때마다 찻잎 가루가 우수수 떨어졌다. 강서는 죄 쓸어 모아 주머니에 담은 후 천천히 다도판을 정리했다.

"종주의 아들을 그리 함부로 불러도 된다고 누가 그러든."

흥분해 떠들던 부하는 금세 움츠러들었다. 일연은 함부로 입을 놀린 부하를 옹호해주는 대신 부연했다.

"강서 님, 보통 뱀이 아니었습니다."

"우리 앞에서 하찮은 뱀이 어디 있다고."

"적어도 100년 이상은 더……. 그리고 '미사'라 불렀습니다."

일연은 차근차근 기억나는 것들을 읊었다. 미사와 태성이 친근해 보였다는 것부터, 미사가 그들을 어떻게 협박했는지까지의 세세한 이야기였다. 일연의 이야기가 끝이 났을 때 강서는 삐딱하게 턱을 괴고 있었다.

'그놈이 결국 또 문제를 일으키는군.'

태성과 관련이 되면 늘 분란이 생긴다. 강서가 그를 싫어하는 것은 당연했다. 가뜩이나 요즘 같은 시기에.

강서의 시선은 한 달째 꽉 닫힌 화서의 침전으로 향했다.

"……일단 돌아가 있어. 좀 알아보고 다시 부를 테니."

어미인 화서는 태성을 낳은 이후 급속도로 쇠하여 이제는 껍데기만 겨우 유지하는 정도의 힘밖에 남지 않았다. 화서를 간병하느라 민아는 밤낮으로 몸을 혹사한다.

강서는 온 일가에 폐를 끼치고도 모자라 저 홀로 살겠다 출가해버린 태성을 생각했다.

'……진즉 죽었어야 했는데.'

그를 생각할 때면 늘 그런 생각뿐이다. 요즘은 부쩍 더.

고운 상아색 저고리와 남색 한복 치마가 반듯했다. 건너편에 단아하게 쪽머리를 하고 앉은 화서는 향로를 매만지고 있었다. 화서는 30대 초반으로 보이는 단아하고 아름다운 용모의 여자였다. 초췌한 안색의 그녀를 바라보는 민아의 눈빛에 걱정이 어렸다.

"가보거라."

자 일족의 수명은 대충 500살 정도가 평균이다. 그러나 화서는 일족의 평균수명을 훨씬 뛰어넘은 700살에 이른 늙은 쥐였다. 이제 말년을 바라보고 있는 그녀의 눈빛에 회한이 어렸다.

"예, 향을 조금 더 피우고 갈게요. 힘드시면 말하세요, 종주님."

민아는 둥근 청동화로로 다가가 꼬챙이로 숯을 옮겼다. 말려 뭉친 쑥 묶음이 타들어가며 진한 향기를 피웠다.

근래 들어 화서의 건강이 몹시 걱정이 된다. 유언과 같은 말을 반복하는 것은 단순히 나이 든 이의 노파심에서 기인한 것이 아니었다.

일족들은 자연스럽게 제 끝을 알게 된다. 살해당하는 것이 아니라면, 끝이 다가오고 있다는 것쯤은 짐작할 수 있다. 그런 점에서는 죽을 때가 되면 제 고향으로 머리를 돌리는 짐승들과 똑같았다. 일족을 짐승도 인간도 아닌 종족이라 할 수밖에 없는 근거 중 하나였다.

화서가 다시 눈을 감는 것을 지켜보던 민아는 발소리를 죽여 밖으로 나왔다. 강서가 문간에 기대어 서 있었다. 조금 전부터 강서가 이곳에 서 있었다는 걸 알았던지라 민아는 놀라거나 하지 않았다.

민아가 턱짓하자 강서가 그녀의 뒤를 어슬렁어슬렁 따라 걸었다.

강서의 간단한 보고를 들은 민아가 한숨 섞인 목소리로 대꾸했다.

"그래, 난감하기는 하구나."

강서가 태성에게 멋대로 일족원을 붙였다는 사실은 처음 알았다. 여전히 강서는 태성이 언제라도 그들을 배신할 수 있을 거라 믿는 모양이다. 강서를 이해하지 못하는 건 아니다. 태성은 그들 일족과는 성향부터가 많이 달랐다. 혼자 지내는 것을 외로워하지 않는 자 일족이란 돌연변이였다.

"차라리 잠깐이라도 태성이를 다시 본가에 들이는 건 어떨까? 근래 사회 동태도 좋지 않아 보이고……."

"제 발로 나간다 한 모지리 새끼를 왜 그리 끼고도는지 모르겠습니다."

"애는, 말도 참. 협박당한 걸 수도 있잖아. 그렇다면 우리가 도와줘야지."

"그건 아닌 것 같던데. 지난달에 본가에 돌아오지 않은 것도 그 뱀과 관련이 있을 수도 있고."

"이유가 있지 않을까?"

"어떤 이유든 간에 뱀과 사통하다니 말도 안 되는 소리지요. 화서님께서도 진노해 죽이라 하실지도."

민아는 강서를 고요한 눈으로 돌아볼 뿐이었다. 일족들은 집단의식에 휩쓸려 가끔 중요한 진실을 놓치곤 했다. 강서도 마찬가지였다. 많은 일족들은 화서를 오해한다.

화서는 아름답고, 위대한 자(子)들의 우상. 여린 살을 단단한 껍질 안에 숨기고 오랜 시간 일족들을 위해 살았다. 일생을 일족을 위해 헌신한 화서가 일족을 위해 한 것이 아닌 단 한 가지는 태성을 낳은 일이었다.

하지만 화서가 후회를 하느냐 묻는다면 민아는 대답하기 어렵다 생각했다.

"아니야, 어머니한테는 우선 확실해진 다음에 아뢰자."

그리고 그만큼 강한 태성에 대한 오해.

태성은 착한 아이였다. 삐뚤어진 부분도 있고 그들 일족에게 사랑을 느끼지 않는 것도 사실이지만, 그래도 태성은 화서가 낳은 마지막 아들이며 그녀의 막냇동생으로, 동족을 아끼는 마음은 분명히 있다.

심히 안타까울 뿐이다. 태성은 어릴 때부터 생사를 넘나들 만큼 극심한 학대를 당하기까지 했다. 특별한 '능력' 때문에 죽음에 대한 경계심도 옅은 녀석이다. 생에 대한 의지가 박약하니 본능이 얄팍하고, 본능이 얄팍하니 뱀과 함께 어울리는 것이 얼마나 잘못된 일인지 모르는 것일 터다. 가만히 민아의 반응을 주시하던 강서가 눈치 빠르게 물었다.

"내가 알아야 할 게 있는 건가?"

어떻게 대답하면 좋을까 고민하던 민아는 솔직하게 대꾸했다.

"사실, 어제 태성이한테서 연락 받았어. 당분간은 좀 지켜보자."

"그놈이 염치도 없이 누님에게 먼저 연락을 했단 말입니까?"

"그래. 내가 잘 타일러볼게."

늦은 밤, 태성으로부터 안부를 빙자한 연락이 도착했다.

태성은 간단히 그의 사정을 설명했다. 그리고 말미에는 자신이 잘 지내고 있으며, 아무 걱정 할 필요가 없다 덧붙였다. 민아는 태성이 뱀과 함께 있다는 사실에 놀라기는 했지만 그에게 내색하지는 않았다. 뱀의 이름을 전해들었을 때 평소와 다르게 조금 많이 당황했더라도.

사 일족들의 최근 동향은 위험하다. 본디 잘 뭉치지 않는 그들이 한 덩어리가 되어 다른 약한 일족들에게 위해를 가하고 다니고 있다. 어쩌면 미사라는 이름은 생각보다 심각한 골칫거리가 될지도 모른다.

"그 뱀이 누구인지도 아시지요."

강서가 슬며시 허리에 차고 있던 총신을 만지작거렸다. 민아라 해도 미사라는 이름만큼은 적의의 대상이 되는 것을 막아줄 수 없었다. 그럴 생각도 없었다.

"강서야, 위험한 물건은 부디 사용할 때 조심하렴."

"……."

"도구를 사용해 쉽게 사람을 상처 입히는 건, 응당 느껴야 할 책임

336

감을 느끼지 못하게 할 거야. 그건 아주 소인배 같은 짓이란다.”

강서는 그 총으로 태성을 쏘아죽이고 싶어 하는 제 마음을 들킨 것 같은 기분에 더욱 표정을 굳혔다. 민아는 이내 더 먼 곳으로 시선을 옮겼다.

“……그리고 지금은 그보다는, 사 일족 무리가 더 문제니까.”

15
/
사준 2

공사장 뒤편의 골목은 쑥대밭이 되어 있었다. 미처 반죽되지 못하고 쌓여 있던 콘크리트 가루가 먼지처럼 흩날렸다. 커다란 트럭은 태풍이라도 맞은 것처럼 넘어져 있었다. 작신작신 으스러진 나무의 잔재가 디딜 틈 없이 깔려 있고 그 위로 붉은 핏물이 진득했다.

찌거억. 검은 구두가 핏물로 끈적이는 잔해를 딛고 나아갔다.

남자의 오른팔은 피투성이였다. 사준 본인의 피는 아니었다. 사준은 쥐고 있던 남자의 목을 그대로 꺾었다. 독에 의해 수화의 기회도 갖지 못한 추(雛, 비둘기) 일족이었다.

평소 서울 도심에서 흔히 보이는, 어린아이의 팔뚝보다 조금 작은 통통한 돼지 비둘기들보다 훨씬 거대한 비둘기들의 시체가 널려 있었다. 도심에 숨죽인 채 존재하는 그들의 둥지를 습격한 것은 다른 이유에서가 아니었다.

사준은 입가에 튄 핏방울을 느릿하게 혀끝으로 핥으며 중얼거렸다.

"그냥 못 봤으면 못 봤다고 하지…… 굳이 까불어서…….”

그 순간, 소리 없이 일어난 그림자가 순식간에 사준의 뒷덜미로 달려들었다.

"너 같으면, 그렇게 쳐들어오는 놈한테 친절하겠……!”

마지막 적은 말 한마디 제대로 끝마치지 못하고 얼어붙었다.

눈앞에 서 있던 사준이 순식간에 거대해지더니 머리가 뾰족한 한 마리 뱀의 형상이 된 것이다. 유려하게 목을 돌린 뱀이 그대로 달려든 사내의 허리를 물어뜯었다. 으아아아! 퍼드덕거려보지만 벗어날 수 없었다.

꿀꺽. 통째로 사람을, 아니, 일족을 삼켜버린 사준의 붉은 눈동자가 주위를 둘러보았다. 회색 동공을 둘러싼 붉은 홍채가 번들거렸다.

배가 부르다.

집채만 하다는 말이 어울리는 크기. 고작 2, 30년 묵은 비둘기 따위 는 한입거리도 되지 않는다. 몸통의 길이는 30미터를 넘었다. 최근에 는 먹은 것이 많아 하루가 다르게 성장하고 있으니 조만간 40미터는 훌쩍 넘는 길이에 도달할 것이다.

짤랑짤랑.

아무도 없는 줄 알았던 길목에서 소리가 났다. 사준은 배 속의 비명 을 음미하다 말고 고개를 치켜들었다. 긴 혓바닥이 냄새를 감지하려 쉿쉿거렸다.

결계는 여전하다. 주위에 세워두었던 졸들의 기척도 그대로였다. 이 참극을 보고 인간들이 야단법석을 떨지 못하도록 펼쳐둔 결계가 그대로라면, 데리고 온 졸개는 멀쩡히 제 위치에 있다는 뜻이었다.

그렇다면 저 인기척은 본디 결계 안에 있던 추 일족의 남은 생존자 거나, 혹은.

"준이."

온통 깃털과 솜털과 핏물로 범벅된 공사장의 뒷골목이었다. 저편의 실체를 드러내지 않은 목소리가 말을 걸어왔다.

"이런 멍청한 녀석아."

그들보다 훨씬 우월한 자라는 뜻이다.

"준아."

사준이 커다랗게 아가리를 벌려 소리가 나는 방향으로 구불구불 쾌속 돌진했다. 단단한 뱃가죽은 죽은 새의 시체와 인간형 껍질로 죽은 시체들을 마구잡이로 짓뭉갰다. 그러는 동안에도 뱃가죽의 비늘에는 상처 하나 남지 않았다.

살모사가 엄청난 속도로 골목 저편을 향해 기어가다 말고 멈추었다. 뱀의 미간 위에 한 사내가 사뿐히 내려앉았다. 미동을 멈춘 뱀의 새빨간 눈동자가 사내를 좇았다.

남자는 노랗게 탈색한 머리칼을 하고 귀에는 금귀걸이를, 목에는 굵은 사슬 형태의 금목걸이를 차고 있는 캐주얼한 후드티 차림의 20대 청년이었다. 청년이 미동할 때마다 사슬 같은 금목걸이가 짤랑짤랑 부딪치며 소리를 냈다.

"내 앞마당에서 이 난리를 치는데 이 몸이 모른 체할 거라 생각지는 않았겠지?"

순식간에 거대한 뱀을 받치고 있던 지면이 푹 꺼져 무너졌다.

놀란 사준이 허우적대며 꼬리를 휘둘러 제 미간을 방석 삼아 앉은 청년을 후려쳤다. 그러나 청년은 줄넘기라도 하듯이 가볍게 그의 꼬리 위를 딛고 뛰었다가 다시 미간에 앉았다.

머리를 흔들어 떨치려 했지만 콘크리트 바닥이 순식간에 모래가 되어 몸통을 삼키는 중이었다.

사준은 유사에서 도망치기 위해 배를 밀어 기어가려 했지만, 그의 배가 닿는 곳은 전부 다 모래가 되어 거대한 뱀의 몸체를 지면 아래로 끌어내렸다.

사준은 크게 꼬리를 휘둘러 골목의 담이며 쌓여 있던 벽돌, 공사장의 목재들을 후려쳤다. 철골이 무너지며 아수라장이 되었다.

"호오?"

청년은 놀란 기색 없이 흐음, 콧소리를 내더니 들고 있던 금목걸이를 풀어 사준의 머리를 내리쳤다. 어마어마한 압력이 벼락처럼 미간을 꿰뚫었다.

거대한 살모사의 머리가 순식간에 모래 속에 처박혔다. 정신을 차리지 못하는 사이 뱀의 꼬리는 경련하듯 떨렸고, 뱀은 아주 착실히 모래 속으로 가라앉았다.

청년은 부서지지 않은 골목 바닥을 딛고 섰다.

"빨리 기어나오지 않으면 이대로 묻어버릴 테니 그리 알거라."

거대한 뱀을 빨아들이듯 삼켜버린 모래는 잠잠했다. 청년이 손가락을 들어 딱 소리가 나게 부딪치려는 찰나였다.

모래 속에서 사람의 손이 쑥 튀어 올라왔다. 사준은 욕지거리를 씹어뱉으며 힘겹게 모래 위로 한 뼘씩, 한 뼘씩 기어올라왔다.

"나 참."

사준이 비틀거리며 일어서는 순간, 바닥은 언제 모래로 변했냐는 듯이 순식간에 단단한 골목의 돌바닥으로 바뀌었다. 그전의 풍경과 다른 것이 있다면 피투성이로 널브러졌던 시체들이 사라지고 부서진 잔해들까지도 전부 깨끗이 치워졌다는 것뿐이다. 대지에 삼켜졌다.

"저에게만 야박하시다니까."

사준이 목구멍까지 잠긴 모래를 컥컥 뱉어내며 빈정거렸다. 그가 정신을 차리는 동안 청년은 부드럽게 눈꼬리를 당겨 웃을 뿐이었다. 엷은 미소를 띤 사준이 구두 속을 꽉 채운 모래를 털어내며 말했다.

"용운 님, 너무하시는 거 아닙니까? 오랜만에 만나자마자……."

청년은 용운이었다. 한반도 내에 몇 없는 진 일족. 바로 용이다.

탈색으로 노랗게 만든 머리칼 하며 액세서리까지. 온통 껄렁껄렁한 20대의 양아치를 연상케 하는 생김일 뿐이었지만, 그 속이 얼마나 깊고 그가 얼마나 두려운 자인지는 사준이 가장 잘 알았다.

무엇보다도 용운은 미사, 그리고 그의 어미 노릇을 했던 시영과 오랜 연고가 있던 자였다.

슬그머니 주머니에 손을 넣은 사준이 휴대전화를 매만졌다. 용운의 눈이 흘깃 거기로 향했다. 제 손짓을 눈치챌세라 사준이 먼저 입술을 뗐다.

"지키고 있던 애들은 어떻게 하시고 오셨습니까. 죽이시지는 않은 것 같은데."

"얼라들이 금세 이 몸에게 홀딱 빠져서는 그냥 지나가게 해주던데?"

용운이 톡톡 관자놀이를 건드렸다. 사준은 납득했다. 진 일족을 막아설 용기 있는 녀석은 없었을 것이다.

"머릿속 건드리신 거 돌아가실 때 풀어주셔야 합니다. 쓸 만한 놈이 있어서요."

"여전히 말하는 본새가 정내미가 뚝뚝 떨어지는구나. 오랜만인데 철 좀 들지 그러냐."

"철이야 이미 지독하게 들어버려서. 그 방향이 잘못되어 문제지요."

"알고는 있어? 거, 알고 있다니 더 문제네."

조롱하는 용운의 어미에 씁쓸함이 배어 있었다.

용운이 훌쩍 사준의 코앞에 다가와 섰다. 사준은 본능적으로 눈을 내리깔았다.

"소식은 들었다. 크게 한탕 했다지?"

"……."

"시영이는 잘 있나? 안부 좀 전해줄래?"

공기가 끔찍할 정도로 갑갑하게 정체되었다. 용운의 기운이 압살할 듯 그들의 간격을 잠식했다.

사준은 애써 입매를 당겨 웃었다. 아니, 미소라기엔 지나치게 작위적이라, 겨우 끌어올려 표정을 굳힌 모양새였다.

그의 본성을 아는, 그보다 강한 자의 앞에서는 언제나 긴장이 된다. 용운은 늘 사준을 불신 어린 눈으로 보곤 했다. 처음부터 지금까지. 똑같은 사 일족이라 해도 미사와 시영에겐 늘 귀엽다 귀엽다 하였으나 사준에게만큼은 엄격한 잣대를 들이밀었다. 사준은 그와 관계없는 이의 시선에 휘둘릴 만큼 심약하지는 않았지만 가끔은 그런 생각을 한다.

'자신에게 무슨 죄가 있어서?'

살모종으로 태어난 것은 그의 잘못이 아니었다. 살모종을 이해하지 못하는 저들의 잘못이 아닌가.

떨리는 볼을 감추기 위해 뺨을 매만지며 사준이 한발 물러섰다.

"고작 그런 비난을 위해 귀한 몸 걸음하신 건 아닐 거라 생각하는데요."

"비난은 무슨, 비웃으러 온 거지."

"뭘 말입니까?"

"그리 태생에 집착하더니 결국 이리 정신을 놓았구나 하는 생각. 미물이란 어찌나 나약하고, 쉽게 흔들리고, 얄팍하여 꺾이는지."

오래전부터 사준과 용운은 알고 있었다. 사준은 살모의 종인 자신의 태생에 집착했다. 시영을 먹고 난 후에 미사까지 죽이려 든 것을 보면 정말 고삐가 한순간에 풀려버린 것이 맞다.

"미사는 어찌했어?"

"소식 들으셨을 것 같은데요."

"정말 도망쳤나?"

"적어도 아직 저는 미사를 잡지 못했습니다. 미사가 용운 님에게도 연락하지 않았나 보군요."

"그래, 네가 시영을 잡아먹었다는 이야기를 듣고 혹여 나를 찾아오지는 않으려나 이제나저제나 기다렸는데."

사준이 이상한 일은 아니라는 듯 고개를 저었다.

"용운 님 앞에서 추한 꼴을 보이고 싶어 하지 않는 아이니까요."

용운이 혀를 쯧 찼다.

"이 모든 상황이 갑갑하다. 뭣보다도 그 어린것이 무슨 죄가 있어서 너는."

"그냥 그러고 싶어서요. 그리고 제게도 시간이 별로 없어서 말입니다. 이제 참을 필요도 없어졌고."

사준은 이제 스스로의 사심을 숨기지도 않았다.

"저는 바우를 찾을 겁니다. 만약 용운 님이 도와주신다면 좀 더 빠르게 마무리가 될 수도 있을 거라고 생각해요."

바우, 백발적안의 인 일족. 감히 사 일족인 그는 댈 수조차 없는 웃어른이다.

용운은 어슬렁거리듯 사준의 주위를 걷다 말고 멈추었다. 그의 낯이 순식간에 일그러졌다. 이 녀석이 대체 무슨 생각을 하고 있는 건지.

"너 정말로 정신이 나갔느냐?"

"예전에도 여쭌 적 있지 않습니까."

그런 적이 있기는 하였다. 그러나 용운은 '바우라는 용운 님의 오랜

친우분은 지금 어디에 계십니까?' 하는 물음에 별 쓸데없는 것을 묻는다며 무시했다.

"온전치는 않죠."

사준의 도사린 살의에 송곳니가 돋아난다.

용운은 제게까지 살기를 보이는 사준을 빤히 응시하다가 순식간에 사준의 왼 턱 부근을 후려쳤다. 사준은 기민하게 팔을 들어 막았지만, 무형의 힘이 그를 골목 벽 끝까지 내팽개치듯 밀어냈다. 나뒹굴지 않고 버티는 것이 할 수 있는 전부였다.

"뉘 앞이라고 눈을 부라려, 웅?"

"……그래서, 직접 여기까지 오신 걸 보면 저를 막아보시려고요?"

"막아? 막는다고?"

용운이 큰 소리로 웃었다. 헤아릴 수 없을 만치 오랜 세월을 산 그와 고작 200여 년 조금 더 산 사준의 격차는 천지의 거리처럼 멀었다. '막는다'는 말은 어폐가 있다.

"여전히 오만한 점이 귀엽다니까. 그게 너희의 매력이지만. 그래서, 바우를 찾으면 뭐 어쩔 셈이냐? 네가 예전부터 의뭉스럽다는 건 알았더라도 바우를 찾아 죽을 자리로 기어들어가려고 할 줄은 몰랐다. 그리고 칩거한 바우를 찾아내는 것이 목적이라면 왜 다른 일족들까지 공격하는데? 요즘 너희 때문에 오만 곳이 떠들썩해."

사 일족 무리는 얼마 전에는 신(원숭이) 일족들의 새끼 몇을 잡아 죽였다. 그리고 오늘 사준은 거의 홀로 추 일족의 둥지를 털고 있다.

사준은 정말로 이해가 가지 않는다는 표정으로 고개를 갸웃했다.

"세간 일에는 무심함이 덕이라고 말하셨던 분이 왜 이렇게 관여하려 하시는지 모르겠군요. 저를 걱정하는 건 아니시지 않습니까. 그렇다고 저 날개 달린 것들을 걱정하시는 것도 아닐 테고."

"네가 과하니 그런 것이다. 연락이 오기도 했고."

"연락?"

용운이 주머니에 손을 넣더니 플립형의 낡은 휴대전화를 꺼내어 들었다.

"요즘은 세상이 너무 좋아져서, 연락이 너무 쉽게 닿는다는 말이야. 그렇다고 이걸 없애버리자니 내가 답답하고. 안 받자니 신경이 쓰이고. 신의 종주가 너를 비롯한 네 무리 전부를 잡아죽이라 여론을 조성하고 있어. 아무래도 결론이 내려지기 전에 차라리 내가 한번 작신작신 패서 꺾어버리는 게 낫지 싶어 나섰다. 살모의 종은 귀하니까. 넌 귀한 재원이란 말이지."

"이거…… 자랑스러워해야 하나."

"아마도 지금 너를 포함해 한반도 내에 살모의 종이 열댓 마리도 남지 않은 것 같으니 그럴 만도 해. 이렇게 일이 커져서 만족스러우냐?"

"예, 바쁘신 용운 님도 직접 나서시고. 상황이 바라는 대로 흘러가고 있어 기쁩니다."

용운의 눈살이 찡그려졌다. 이런 의뭉스러운 대답은 예상 밖이다.

용운이 목을 한 번 매만질 때마다 금목걸이가 짤랑짤랑 부딪치는 소리가 났다.

"……뭐, 이 몸이 요즘 음악에 심취해 있어 바쁘기는 했지."

"인기 좋으시던데. 지난번 발매하신 곡 저도 잘 들었습니다."

인간사회에서 인간들과 어우러져 살고 있는 용운은 지난 몇 년간 언더 뮤지션의 길을 걷고 있었다. 요즘도 콘서트다 뭐다 바빠 이제야 사준을 찾아오게 된 것이다.

"제 취향은 아니었지만."

천연덕스러운 사준의 부연에 용운의 눈빛이 서서히 굳었다.

"어떻게 그렇게 변함이 없으신지 궁금할 정도네요."

"나 정도 살다 보면 변하는 게 더 이상하지. 너도 나처럼 여흥을 즐길 줄 알았다면 좋았을 텐데 말이다. 내 말이 무슨 뜻인지 알겠어?"

용운은 원래 저런 사람이다. 농담처럼 헐렁헐렁하게 말한다 해도 진 일족이었다. 조금의 빈틈도 없었다.

"뭐…… 주위에 폐 그만 끼치고, 멈추어라, 준아. 그간의 정을 생각해."

사준이 어깨를 떨며 웃었다.

"네 성정이 악한 걸 알고도 시영의 곁에 너를 남겼던 것은 네가 귀한 존재이기 때문이었다. 너도 절제력이 있다 믿었고."

"귀하다……."

"100년이 넘도록 견딘 것을 이제 와 이리 무용지물로 남기기엔 아깝지 않으냐? 네 주제로는 그 몸이 죽고 죽어 골백번 죽고 죽어 넋이라도 있고 없고…… 만날천날 대들어봐야 나는 물론이고 장로라 불리는 녀석들 중 가장 어린 축 녀석조차도 이기지 못할 거다. 회동을 하게 되면 그때에는 너도, 널 졸졸 따라다니는 녀석들도 곤란해질 거야. 나중에 후회해봐야 늦는다."

용운이 입을 다물었다.

"제가 그리 귀한 종이라면 지금도 귀하게 여겨주세요. 바우는 어디 있습니까? 이렇게 들쑤시면서 인 일족과 연관이 있는 이들을 하나하나 다 잡아 족쳐도 괜찮겠지만, 기왕이면 빠르고 깨끗한 마무리가 좋을 거라고 생각해서."

"네 동족들은 전부 동의한 일이냐?"

"동의하지 않더라도 그 녀석들은 따를 수밖에요."

사준은 정말이지, 나이도 어린 것이 속내는 시커멓고 의뭉스럽기가 한이 없었다. 용운은 피로가 몰려오는 것을 느끼며 신음했다.

"바우 그놈은 사라진 지가 언젠데 그걸 내게 묻고 있어. 소문을 들었으니 나도 네가 왜 바우를 찾으려는지도 짐작은 간다만 소용없다. 네 진짜 어미는 이미 네가 태어났을 때 죽었잖아. 널 집어온 것이 나였다. 잊은 게냐."

달 붉은 밤이었다. 사준은 한참을 말이 없다.

용운이 한 발을 뗐다. 가뿐한 걸음걸이였음에도 어마어마한 위압이 느껴졌다.

"더 말할 것도 없겠다. 그래서 반성은 않겠다고?"

반걸음 물러선 사준이 희미한 미소를 머금었다.

"반성해야 할 만큼 큰 잘못을 한 기억이 없어서. 그리고 저는 가능한 일과 불가능한 일을 분별할 줄도 아는 놈입니다. 제가 감히 용운 님께 맞설 수는 없겠죠."

사준이 손가락을 들어 하늘을 가리켰다.

사준의 손가락이 가리키는 방향을 따라 고개를 젖힌 용운이 순식간에 하늘을 뒤덮는 어마어마한 구름을 발견하고 표변했다.

하찮기만 한 사 일족의 결계 저편, 남쪽의 하늘에서 시꺼먼 기운이 감지되었다. 그리고 그것이 무엇인지 확인도 하기 전에 붉은 무언가가 쏜살처럼 그의 몸을 덮쳐 엄습했다.

그 모든 것은 1초도 걸리지 않아 이루어졌다.

쿠아앙! 인간들의 눈가림을 위해 쳐졌던 결계는 산산조각 났다.

부서진 흙의 잔해가 먼지처럼 일어났다. 튕기는 것처럼 어마어마한 힘에 널브러진 용운이 멍하니 턱을 벌렸다.

사준은 용운의 목을 짓이긴 붉은 머리칼의 사내를 향해 휴대전화를 흔들어 보였다.

'붉은 머리카락?'

눈앞이 산란하다. 붉은 머리카락이 휘날렸다. 쇳소리처럼 가는 음성이 다정함을 가장해 안부를 건넸다.

"오랜만이네, 우리 용용이."

운석이라도 떨어진 것처럼 움푹 파인 땅 깊숙이에 등을 대고 누운 용운의 눈동자가 귀신처럼 머리를 늘어뜨린 적발의 사내에게 멎었다. 사준의 목소리가 조용히 울려퍼졌다.

"늦으셨습니다. 걱정했잖습니까."

용운의 표정이 처음으로 일그러졌다.

"과…….”

"내가 보고 싶었어?"

"과리.”

잊었던 공적. 이미 죽어 토막 나 있어야 할 동족. 용운은 그답지 않게 충격을 받고 입술을 벌렸다. 그런 용운의 얼굴을 물끄러미 들여다보던 사준이 음산하게 조롱했다.

"이거 참…… 멋진 재회이지 않습니까?"

붉은 미립자가 번져 달빛마저 붉다.

16

/

낯선 방문객들

애경은 강아지 다섯 마리를 돌보느라 매일매일 말라갔다. 제 어미 속도 모르고 아직 인간화하지 못하는 새끼들은 뽈뽈거리며 잘도 뛰어다닌다. 보송보송한 털이 금세 지저분해지는데도 찝찝하지도 않은가.

'에휴.'

뻐딱하게 앉은 애경이 뻐딱하게 턱을 괴었다. 새끼를 낳고 나면 세상이 달라진다더니, 정말 그런 모양이다. 저것들을 또 어찌 씻기나. 한참을 고민하다가 그냥 남편인 견우에게 시켜야겠다 마음먹었다. 곧 견우가 카페를 마감하고 돌아올 시간이었다.

애경은 근래에 걱정이 많았다. 말을 하긴커녕 이조차 제대로 나지 않은 새끼들을 돌보는 것도 그렇지만, 견우가 유난스럽게 태성에게 집착하기 시작했기 때문이다. 자식 돌보는 것도 힘든데, 육아를 돕기는커녕 태성 걱정뿐이다.

가만 듣고 있자면 정신 차리라고 견우를 패주고 싶었다.

'태성이가 어련히 잘하려고.'

견우의 말에 의하면 태성이 위험한 일에 휘말린 것 같다고 했다. 뱀을 집에 들였다느니 어쨌다느니.

애경은 태성을 걱정하지는 않았다. 태성은 다른 자 일족들과 다른 구석이 있다. 성격적인 면이 아니라, 분명히 무언가 다르다. 아마도 혼혈이라 그런 것일 터다. 애경은 태성을 마주할 때면 느껴지는 묘한 껄끄러움 때문에 늘 퉁명스레 굴곤 했다.

'그보다, 지금 그 녀석들이 문제냐고.'

이쪽은 육아 때문에 허리가 끊어질 지경인데 대체 누굴 걱정한단 말인지.

또다시 강아지들 중 누군가가 사고를 쳤다. 화장실 앞에 덩그러니 똥을 싸놓은 것이다. 짜증이 머리끝까지 치밀어 오른 애경이 눈에 힘을 주고 강아지들을 노려보았다.

"저거 누구 응아야."

왕왕…….

강아지들은 모른 체 눈을 깜빡일 뿐이었다.

"너네 하나하나 엉덩이를 뒤집어 까서 확인하기 전에, 누구인지 가리켜."

꿈뻑꿈뻑 눈치를 보던 강아지들이 슬그머니 발을 들어 어느 한 방향을 가리켰다. 약속이라도 한 것처럼.

말랑한 분홍색 발바닥들이 향한 끝에는 소파 위에 앉아 헥헥거리며 '나는 모르겠는데?' 능청을 떠는 둘째 북실이가 있었다. 북실이는 고개를 갸우웃하며 발칙하게 깽깽거렸다.

물론 애경에겐 전혀 통하지 않았다.

"연지 이 지지배가? 아무 데나 싸면 된다고 했어, 안 된다고 했어."

애경이 훈육에 들어갈 때면 잔망스러운 강아지들은 부러 귀를 추욱 늘어뜨리며 애교를 부려댔지만 먹힌 적은 거의 없었다. 아빠인 견우에게는 꼬리 한 번만 흔들어줘도 온갖 떡고물이 떨어지는데 말이다.

"큰놈, 북실이, 왕방울 눈, 점박이, 분홍코. 차례로 앉아."

다섯 마리의 강아지들이 태어난 순서대로 엉덩이를 내리고 앉았다.

입을 헤벌린 강아지들의 꼬리는 프로펠러처럼 흔들렸다. 저런 애교에 넘어갈 줄 알고?

애경이 '다시 한 번 이 집의 규칙을 어기면 너희는 큰 곤란에 빠질거야.' 하는 엄격한 훈육을 시도하려던 찰나였다.

전화벨이 울렸다. 당연히 견우일 거라 생각했다.

"여보세요? 견우야, 나 지금 바쁜……."

– 애경아, 소식 들었어?

어딘지 조급한 목소리에 애경은 휴대전화를 귀에서 떼고 발신인의 이름을 보았다.

[담군]

담군은 그녀의 아버지가 아끼는 부하 중 한 명이다. 담군이 다짜고짜 연락을 했을 때에는 보통 나쁜 소식이다. 애경은 차분히 표정을 갈무리했다. 강아지들이 들을까 조심스레 자리를 옮겨 방으로 들어오려다 한마디 했다.

"너희 꼼짝도 하지 말고 있어!"

왈! 하고 일동 떼창을 한다.

'하여간 귀엽기는 귀엽다니까.'

방문을 닫아 건 애경이 물었다.

"뭔데?"

– TV 켜봐.

애경이 슬쩍 눈살을 찡그리며 침실 TV를 켰다. 서울 도심 내 의문의 폭발 사고에 대한 뉴스를 전하고 있었다. 가스 폭발이라는 네 글자가 눈에 들었다. 영상 속의 밤하늘이 유달리 불그스름하다.

"어떤 채널?"

ㅡ 네가 지금 보고 있는 뉴스.

담군의 말을 들은 애경이 가만히 뉴스 속보가 전하는 풍경을 응시했다.

"……저거 무슨 일이야? 보통 놈의 짓이 아니잖아."

ㅡ 사 일족이 이번에 사고를 아주 제대로 친 모양이야. 그리고 아무래도 소문을 들어보니 진이나 인쯤 되는 일족이 관여된 거 같은데…….

진이나 인이라며 모호하게 말했지만, 서울 근교는 진의 영역이다. 진과 앙숙인 인 일족은 발붙이지 못했다. 인 일족이 살고 있다는 이야기는 들은 적도 없다. 그렇다면 진 일족일 가능성이 크다. 진이라니.

고작 사 일족 따위가 진 일족을 상대로 저런 깽판을 칠 수가 있나? 애경은 좋지 않은 예감에 눈을 찌푸리고 화면을 뚫어져라 노려보았다.

사 일족.

견우가 늘 걱정하는 태성이 떠오르고, 태성의 집에 들어앉았다는 사 일족이 떠오르는 건 당연한 수순이었다. 암컷 뱀이라고 했던가.

태성은 미사를 빤히 관찰했다. 소파에 얼굴을 묻은 채 곯아떨어진 미사는 태성의 기척에도 정신을 차릴 기미가 없다.

미사의 머리맡에 앉은 태성이 턱을 괴었다.

'등 결리지 않나?'

태성의 아파트는 큰방과 작은방, 거실, 그리고 부엌으로 이루어져 있었다. 작은방은 박스와 짐이 쌓여 있어 창고 대용으로 쓰이고 있다. 조만간 그 방을 비우고 침대를 하나 더 들여놓아도 좋겠다.

오전 7시.

가볍게 재킷을 챙겨 한강 산책을 나섰다. 윤슬이 반짝이는 강물을 바라보았다. 거무튀튀하게까지 보이는 강물이 굽이굽이 흐르고 있다. 물결은 뱀 비늘 같고, 강은 뱀의 몸통 같다.

한강을 보고 뱀 껍데기를 생각할 지경에 이르다니. 자신도 참 그렇다. 망한 취향이다.

산책까지 하고 돌아왔는데도 미사는 자고 있었다. 태성은 간단히 샤워를 하고 방을 정리했다. 미사는 9시쯤 귀신처럼 일어났다. 산발을 한 머리를 벅벅 긁으며 입이 찢어져라 하품을 하더니 화장실로 향했다. 세수를 하고 양치를 하는 소리가 들렸다.

"아아아아."

가글을 하는 소리도 났다. 그녀의 가글 소리가 꼭 염소 소리처럼 들렸다.

염소처럼 우는 뱀의 가글 소리에 가슴이 떨린다니.

미사에게 조금 특별한 감정을 가졌다는 것을 자각한 후로는 그녀의 사소한 것 하나하나가 신경이 쓰였다. 미사는 언제나와 같지만.

화장실에서 나온 미사는 수건을 대충 소파 위에 던진 후 부엌으로 향했다. 초인종이 울린 것은 그때였다.

딩동.

"누구 오기로 했어? 내가 나가볼게."

부엌으로 향하던 미사가 방향을 바꾸어 어슬렁어슬렁 인터폰 앞으로 걸어갔다.

태성은 가끔 결혼을 한 인간들의, 정확히는 부부의 삶을 상상하며 미사와 자신의 생활 방식을 비교해보곤 했다. 같이 음식을 만들어 밥을 먹고, 한집에서 씻고 자고, 가끔 술 한잔을 나누고, 누군가 오면 집주인과 손님을 구별하지 않고 저렇게.

괜한 생각인 것을 알면서도 멈출 수가 없다.

그러는 동안에 인터폰 앞에 도착한 미사는 빤히 그들을 방문한 사람들을 들여다보고 있다. 태성은 작은방을 정리하기 위해 걸음을 옮기며 물었다.

"저는 방 치우고 있을게요."

미사는 눈을 끔뻑거렸다. 현관 카메라에 찍힌 것은 웬 사납게 생긴 여자와 남자였다. 여자를 앞세우고 숨듯 서 있는 남자가 허옇게 뜬 얼굴로 카메라를 흘끔거린다. 어쩐지 느낌이 묘하다 싶어 현관으로 다가가니 확실히 기묘한 기운이 느껴졌다.

'……뭐야?'

미사는 현관문의 체인을 풀지 않은 채 살짝 문을 열었다.

바로 앞에 서 있던 남자가 기겁하며 물러섰다. 머리를 하나로 올려 묶은 여자가 부리부리한 눈으로 미사를 내려다보았다. 키가 컸다.

미사는 본능적인 경계심이 일어나는 것을 느끼고 말없이 여자를 노려보았다. 허우대 멀쩡하게 크고 잘생긴 남자가 여자의 양팔뚝을 쥐고 서 있었다.

'애네 뭐지?'

남자는 안달복달하는 모양새였다.

"애, 애, 애경아……."

"좀 놔봐, 여보야. 창피하게 이러지 말고."

"창피해? 너 지금 내가 창피해?"

"그러면 안 창피해? 다 큰 수컷이 암컷 붙잡고 숨어 있는데."

"야아, 상처야. 이 서방님 상처받는다고!"

암컷 수컷 하며 이 꼴값을 하고 있는 커플은 분명 일족이었다. 노랗게 물든 미사의 동공이 쭉 찢어졌다. 이 느낌은 뭘까, 뭘까, 뭘까. 고민은 길지 않았다. 미사의 입술 끝이 비틀렸다.

"개?"

낯선 남자의 연갈색 눈동자에도 살기가 돌기 시작했다. 앞세운 여자의 뒤에 숨어서. 아주 가관이다.

여자가 싸늘히 말했다.

"그쪽이 태성이 동거녀인가요?"

'동거녀?'

미사가 대꾸하기도 전이었다.

"어…… 견우 형, 애경 누나?"

언제 나온 건지, 먼지떨이를 든 태성이 미사의 등 뒤에 서 있었다. 태성은 체인 록을 사이에 두고 현관에서 서로를 노려보는 미사와 견우를 당혹한 얼굴로 번갈아 보았다.

태성이 간단히 소개했다.

"미사 씨, 인사해요. 견우 형이랑 애경 누나예요."

"내가 왜."

미사는 온몸으로 그녀의 불호를 드러냈다.

'개는 싫어.'

태성의 지인이라니 내쫓을 수도 없어 마주 앉게 되었지만 싫은 건 싫은 거다.

허우대 멀쩡한 쫄보는 견우라는 이름이었고, 싸가지 없는 표정으로 동거녀 따위를 운운했던 여자는 애경이란 이름이었다.

둘은 부부라고 했다.

견우는 긴장을 놓지 못하고 미사를 주시하고 있었다. 그에 반해 애경은 사지가 멀쩡하게 붙은 태성을 확인한 후 "뭐야, 잘 살고 있잖아." 하며 신경질적으로 말했다.

위아래, 손톱 하나하나까지 뜯어보듯 훑는 모양새가 고까웠다.

"흐음, 이쪽이 그."

애경은 미사의 존재 자체에는 크게 거부감이 없어 보였다. 확실히 미사가 느끼기에도 견우라는 남자보다는 애경이라는 개의 기운이 더 강했다.

견우가 애경의 손목을 붙든 채로 응원했다.

"역시 내가 부인 하나는 잘 뒀어. 비글 만세."

어이가 없다.

"비글이야? 그 녀석들이 진짜 그렇게나 지랄 맞다던데."

"건드리지만 않으면 괜찮아요."

애경이 빙그레 웃으며 미사의 빈정거림을 받아쳤다. 태성과 견우는 난처한 기색으로 서로를 바라보았다.

대체 오늘 왜 갑자기 찾아오겠다 한 건지 모를 일이다. 겉으로 티는 내지 않지만 태성의 눈에 애경은 심기가 매우 불편해 보였다.

"태성이는 잘 지내고 있나요?"

"보면 알잖아."

"초면부터 반말이라니. 역시 뱀들은 예의가 없어요."

"새삼스럽게. 꼬우면 너도 하세요."

미사의 능청에 애경이 쯧, 혀를 차며 일어섰다.

"태성아, 그보다 커피나 좀 줄래?"

"아, 가져올게요."

"아니야. 초대받은 손님도 아닌데 같이 가자. 도울게."

애경이 태성을 따라 일어나 부엌으로 향했다. 자리를 뜨며 친근히 이야기를 나누는 애경과 태성의 뒷모습을 흘기던 미사가 불만스러운 표정의 견우에게 들으란 듯 비꼬았다.

"태성이는 성격도 좋지, 개랑도 친구를 먹었네. 나중에는 고양이랑도 놀겠어."

"뱀이 지금 그런 말 할 자격 있습니까?"

"너 몇 살이니, 개새끼야?"

"먹을 만큼 먹었습니다. 새끼는 아닙니다. 얼마 전에 새끼도 본 애 아빠라고요."

견우가 의기양양하게 말했다. 미사의 노랗게 물든 눈동자는 여전히 쭉 갈라진 채였다. 견우도 온 촉각을 곤두세우고 있다.

부엌에서 태성과 애경이 주거니 받거니 이야기를 나누는 소리가 들렸다. 흘끔 부엌에 시선을 준 미사가 소파에 푹신히 기대어 앉았다.

"개새낀지 개놈인지 내 배 속에서 확인해볼까? 보니 대가리에 피도 안 마른 것 같은데."

"흥, 호락호락하겠습니까?"

"못 할 건 뭐야?"

"레트리버 견종이 목양견이라 유명하긴 하지만 사냥견에도 속한단 건 들어보셨나? 아, 뱀은 머리가 쥐방울만 해서 뱀 대가리라죠."

"쫄아가지고 지 와이프 앞세워서 온 쫄보 주제에 젠체는."

미사의 비웃음을 들은 애경의 코웃음소리가 넘어왔다. 견우가 툴툴거렸다.

"아휴, 저건 누구 편이야."

부인에게 잡혀 사는 남편의 입장에 만족하며 살기는 하지만 가끔은 지나치게 기가 센 애경이 야속하다.

"내 남편한테 이 드러냈다간 후회하게 해줄 테니 그리 알아요."

애경이 쟁반을 받쳐 들고 나왔다.

태성은 구색을 맞추기 위한 핑거 푸드로 마들렌 몇 개와 초콜릿을 꺼내어 왔다. 미사는 소파 팔걸이에 한쪽 겨드랑이를 걸치고 팔을 늘어뜨렸다.

"태성아, 넌 왜 이런 근본도 모를 외래종이랑 노는 거야."

애경은 미사의 모욕이 들리지 않는 것처럼 우아하게 쟁반을 테이블에 내려놓았다. 대신 견우가 톡 쏘아붙였다.

"출생지는 한국이거든요."

"네 고향을 내가 알 바야? 안 물어봤고, 안 궁금한데?"

"외래종이라며."

견우가 억울하다는 듯 몸을 부들부들 떨었다.

"와, 진짜 뭐 이런 게 다 있어……."

"개장수들은 뭐 한대. 이런 냄새 나는 개 안 잡아가고."

"땅꾼들은 왜 댁 같은 뱀 안 잡아갔대요."

"이 개새끼 말본새 참 예쁘네."

소파의 양쪽 가장자리에 앉은 견우와 미사의 티격태격은 끝도 없었다.

곤란한 건 태성뿐이었다.

'아, 난감하네.'

애경은 처음에 몇 마디 한 것을 제하고는 시종 조용했다. 예리한 눈으로 미사를 관찰할 뿐이었다. 애경이 미사를 평가하고 있다는 걸 알아서 태성은 더 속이 탔다.

견우와 애경은 태성이 가진 몇 없는 소중한 인연이었다. 미사가 견우, 애경과 친해질 수는 없을 거라 생각하지만 서로를 싫어하지는 않았으면 좋겠다. 미사가 조금만 물러나주면 그래도 심각한 상황까지 이르지는 않을 텐데, 처음 그를 대할 때와 달리 미사는 견우와 애경에게 적대적인 감정을 감추지 않았다.

묘한 신경전 속에서 따뜻한 커피를 홀짝이던 애경이 겨우 입술을 뗐다. 때는 이미 견우와 미사 사이의 악감정이 갈 데까지 치달은 후였다.

"미사라고 했죠?"

차분하고 고상한 말투였다.

"사 일족은 이기적이기는 해도 그만큼 폐 끼치는 일은 지양한다던데. 광역 민폐가 보통이 아니시네요."

"그쪽 저 아세요?"

미사가 코웃음 쳤다. 태성이 옆에서 객관적으로 보기엔 아주 얄미운 대꾸였다. 조마조마하다.

"예, 요즘 덕분에 제가 아주 골치가 아파요. 제 남편이 태성이를 각별하게 생각해서 매일 우는소리를 하거든요."

미사는 슬그머니 태성을 째려보았다. 태성의 동족인 자 일족들도 그녀를 한 번 목격했으니 이제 와 크게 중요한 문제는 아니지만 혀가 절로 차졌다.

태성은 차마 할 말이 없어 모른 체했다.

미사가 말했다.

"내가 무슨 해코지라도 할까 봐?"

의미심장한 뉘앙스에 견우가 고개를 돌려 태성을 바라보았다. 태성이 이실직고했다.

"미사 씨는 이미 알아. 걸렸어. 얼마 전에는 본가에서 온 사람들도······."

"왔었다고? 그런데 네 본가에서 가만 둔단 말이야? 하여튼, 정말!"

"······아무튼, 이런저런 일이 좀 있었는데."

분통을 터뜨리는 견우를 바라보는 태성의 입안은 씁쓸하기만 했다.

태성은 더 자세히 설명하는 대신 조용히 입을 다물었다. 그러자 가만히 듣고 있던 애경이 견우 대신 말을 받았다.

"그렇다면 말이 빠르겠네요. 태성이 만만하게 보고 여기 남아 있는 거예요?"

"그렇다면 어쩔 건데?"

"태성이 죽고 그쪽 죽고 나 사는 거죠."

이 기집애 말하는 거 봐라? 피식 웃은 미사가 손가락을 빙빙 돌렸다.

"내가 뭔지 정확히 모르는가 본데."

"나도 너만큼은 오래 살았어요, 뱀년아. 모르긴요."

일별하는 애경을 끝으로 일동 정적에 빠졌다.

"왜?"

애경은 제가 무슨 말을 했냐는 양 새침한 손길로 커피를 홀짝일 따름이었다. 미사가 작게 웃음을 터뜨리고 말았다.

"그러면 한번 가려볼래?"

"해볼래요?"

순간 짙어지는 기운에 테이블 위의 차받침이 달달달 떨렸다.

충직한 개와 교활한 뱀은 상성이 극점에 있다. 진짜 서로 물어 죽이겠다고 하면 곤란하다. 애경은 스스로도 말한 것처럼 만만찮은 비글이었다. 정말로 적으로 돌리면 피곤한 사람이었다. 그리고 혼자인 미사와 달리 애경은 뒷배도 단단하다.

미사에게도 호락호락하지 않을 것이다.

"너, 따라 나와."

"어머, 무서워라."

"애경 누나도, 미사 씨도 그만해요. 여기 내 집이거든요."

"너 왜 저 개년은 누나고 나는 씨야?"

"개년이라니……."

"그럼 뭐라 부르니? 나더러 뱀년이라며?"

"아니…… 어감이 참."

애경이 비웃는 소리를 냈다.

"성질머리가 상상 이상으로 별로네요."

"개 같은 거에 밀리는 건 이쪽도 자존심이 상하지."

"너 몇 살이에요?"

"그러는 그쪽은 얼마나 장수하셨는데요?"

"엇비슷하게 먹은 것 같은데, 그 정도 살았으면 세상 돌아가는 이치쯤은 알아야 하지 않나? 하여간 뱀들은 사교성이 없다니까요."

대화는 애경과 미사 그들만의 리그가 되었다.

견우는 흥미진진한 표정으로 애경을 향해 주먹을 불끈 쥐어 보였다.

"역시 내 부인, 아줌마가 되더니 더 세졌어!"

태성이 한숨을 내쉬며 슬며시 그의 주먹을 잡아 내려주었다.

'형, 좀.'

미사는 불쾌한 기색을 감추지 않고 태성에게로 화살을 돌렸다.

"낄 데 못 낄 데 구분 못 하고 꼬리에 모터 달고 다니는 개한테서 이

362

런 조언을 듣다니, 살다 보니 별일이 다 있어. 안 그래? 태성아?"

여난이 별건가. 이런 거지. 태성은 난처하게 웃었다.

"나한테 왜 이래요. 난 좀 빼줘요."

아무래도 미사와 애경이 사이가 좋아지길 바라는 건 무리인 것 같다 판단한 태성이 슬며시 발을 뺐다. 이 상태에서 더 악화만 되지 않아도 다행일 것이다.

"그러니 요점부터 해요. 대체 사 일족인 당신이 태성이 집에서 뭐 하는 거예요? 바쁜 시간 쪼개서 들른 거예요. 애들 젖 주러 가야 해."

"내가 실제로 이런 말을 하게 될 줄은 몰랐는데."

"뭔데요?"

"빙쌍년이 바로 너 같은 애를 두고 하는 말이구나."

애경이 슬며시 턱을 치켜들었다.

"자주 들어요."

"내가 해코지할 생각이었으면 진즉 했겠지?"

"무슨 약점이라도 잡았어요?"

"약점?"

"태성이가 그쪽을 집에 두는 이유가 있을 거 아니에요."

괜히 마음이 불편해진 태성이 나서서 부정했다.

"미사 씨 좋은 사람이에요, 애경 누나. 약점 잡히고 그래서 같이 지내는 거 아니에요."

애경의 둥그런 눈매가 서서히 가늘어졌다. 역성까지 드는 것이 참 답답하단 눈빛이 떠오른다. 애경의 도회적인 아름다운 용모 어디에서도 지랄견의 풍모는 찾을 수 없었지만 위태로운 분위기는 분명히 있었다. 강한 자의 여유도.

애경이 커피잔을 내려놓았다.

"태성이 네가 안전하다고 확신해?"

"당사자 앞에 두고 정말 잘도 떠드네."

"그렇다면 내 남편한테 확실히 말해주면 좋겠는데. 일 터지기 전까지라도 마음 편하게요."

"아니, 애경아, 일이 터지면 안 되지……."

"어쩌겠어? 사 일족이 뒤통수치는 게 하루 이틀 일도 아닌데 최악의 상황은 가정해야지."

"애경 누나, 걱정해주는 건 고마운데……. 미사 씨도 애경 누나 말에 마음 상해하지 마요."

미사는 별말 없이 애경의 눈만 응시하고 있었다.

푸른 기운은 지워졌지만 살의는 여전했다. 태성은 미사의 눈치를 살피느라 바빴다. 견우가 태성의 기묘한 낌새를 알아차리고 턱을 만지작거렸다.

'왜 이렇게 못 감싸서 안달이야?'

애경이 물었다.

"당신, 정신계가 특기인가요?"

"아니, 그쪽에는 재주가 별로 없어."

미사가 건조하게 답했다. 태성은 거의 제가 사과하기 직전의 표정이었다.

일침을 날린 것은 애경이었다.

"그러면 태성이 너, 혹시 이 뱀한테 반했니?"

태성은 별안간 찌르고 들어오는 한마디에 그도 모르게 입술을 굳혔다.

"아니, 누나. 갑자기 그렇게 물으면."

"뭐, 수컷들이 얼굴 밝히는 거야 이상한 것도 아니니까."

미사의 용모는 일족들 중에서도 독특하게 매력적인 편이었다. 사일족 특유의 퇴폐적인 분위기까지 있어서 순진한 청년 몇 홀리는 것쯤이야 별문제도 없을 것이다. 애경은 그렇게 판단을 마쳤다.

태성 같은 외톨이에게는 특히나 잘 먹힐 것이다. 조금의 친절에도 쉽게 경계를 푸니까.

"어…… 아니, 미사 씨가 예쁘기는 하지만, 그런 거랑은 상관없어요."

당연히 부정할 거라 생각했던 태성의 대답이 모호했다. 가시방석에라도 앉은 것처럼 미사의 눈치를 힐끔 살피기까지 한다. 견우의 표정이 구겨지는 것을 시작으로 애경이 혀를 쯧 차며 한숨을 쉬었다.

"견우야, 내가 말했잖아. 태성이도 답 없는 별종이라니까. 제 팔자제가 꼬는 꼬락서니를 왜 네가 수습해주려고 해."

미사가 작게 웃으며 태성의 허리를 끌어안았다.

"귀여운 것."

그런 속닥거림을 들은 견우가 떡 입을 벌렸다. 애경이 어이가 없다는 듯이 웃기 시작했다.

"하아? 태성이 네 취향이 이런 뱀이었어?"

"이런 뱀은 뭐니. 듣는 뱀 기분 나쁘게."

"암컷을 만나는 걸 본 적이 없는데 하필이면 처음 우리한테 보여주는 암컷이."

"아, 정말. 애경 누나, 미사 씨, 제발. 그만 좀!"

만류하는 태성의 얼굴은 벌겋게 익었다

태성은 결국 거실을 떠나버렸다. 그런 태성을 멍청하게 바라보던 견우가 재빠르게 일어나 따라갔다.

미사와 죽을 맞춰 낄낄거리던 애경이 피식 웃더니 서서히 표정을 정돈했다. 조금 전까지 농담을 주고받았던 것이 거짓인 것처럼 표백된 표정이었다.

"……뭐, 대충 어떻게 된 건지 짐작은 가네요, 이제 보니. 태성이만 별종인 게 아니라 그쪽도 둘 다 별종이었네. 그럼 용건 하나는 이 정도로 마무리하고."

"잘 가."

"하나라고 했지 끝났다고 안 했는데요."

미사는 애경이라는 개의 성질이 호락호락하지 않다는 것을 첫 대면에서부터 알아차렸다. 오래 얼굴 보고 있기 싫은데 용건이 여럿이라 하니 불편하다. 심드렁한 표정으로 들었다.

"요 근래 사 일족들이 벌이는 일에 대해서 그쪽에게 몇 가지 묻고 싶어서요."

"……내 동족들?"

"네, 뭐 오늘 방문은 태성이 안부도 안부지만 그것보단 사실 당신을 만나보고 싶어 온 거예요."

사실 이번 방문은 애경이 먼저 견우에게 제안한 것이었다.

얼마 전까지만 해도 기현상을 보이기 시작한 뱀들에 대한 이야기도 별 대수롭잖게 여겼건만, 붉은 달이 뜨던 밤에 벌어진 커다란 사고가 매스컴을 타고 회자되기 시작하자 무시할 수가 없었다.

게다가 태성의 동거 뱀이 바로 미사였다. 근래 문제를 일으키고 있는 살모사 사준과 형제 관계였다고 했던 능담. 동명이인일지도 모른다는 안일한 안도로 넘기기에는, 일족의 개체 수가 그리 많지 않다. 미사라는 이름도 특이하고.

애경이 손을 들어 가볍게 허공을 저었다. 놀라울 정도로 부드러운 기운의 운용이었다. 부엌 식탁에 앉아 늘어진 태성과 그런 태성을 달래던 견우는 소파 주위로 결계가 생겼다는 사실조차 알지 못했다.

"진지한 이야기를 하려나 보네? 아니라면 힘자랑 하고 싶어서?"

"유치하게 농담 따먹기나 하는 건 이야기가 끝난 후로 미루죠."

무슨 이야기를 하시려고 이렇게 분위기를 잡으실까, 코웃음을 치기는 했지만 미사의 귀는 은연중에 쫑긋 섰다. '사 일족의 동향'에 관해서라면 십중팔구 사준이 거론될 것이 확실했기 때문이다.

태성은 정보에 빠른 편도 아니고 미사도 마찬가지였다. 인터넷이나 다른 개체로 얻을 수 있는 일족에 관한 정보는 몹시 극소했다. 때문에 이 암컷 개가 제 발로 찾아와 최근 돌아가는 상황을 알려준다면 거절할 이유는 없었다.

그러나 웬걸, 잔뜩 기대하게 만들더니 애경은 어처구니없이 본인의 근황을 늘어놓기 시작했다.

"아, 내가 얼마 전에 새끼 다섯 마리를 낳았어요. 오죽이나 손이 많이 가는지 잠이 좀 부족해서 요즘 좀 예민해요."

"어머, 축하해. 그런데 나한테 축하해달라 그런 얘기를 하는 건 아닌 것 같은데."

"물론이죠. 그러니까 말이 좀 싸가지 없더라도 참아달라는 이야기죠. 짧게 끝내고 싶은 건 이쪽도 마찬가지니까."

애경은 의뭉스러운 미소를 띤 채로 결혼반지를 빙빙 돌렸다.

"근래 당신 일족이 저지르고 다니는 일에 대해 미사 씨가 어디까지 아는지 궁금해요."

"내 동족들이 저지르고 다니는 일이 뭔데?"

"규율 파괴, 살인, 협박 등등 요즘으로 치면 강력범죄들이죠."

"늘 있어오던 건데."

"그게 수면 위로 드러났으니 이젠 늘 있어왔던 일이라며 넘기기는 어렵지 않을까요."

미사는 사준이 자신을 배신하고, 사 일족 내의 불문율인 허물벗기 지키미는 공격하지 않는다는 규범을 어긴 것이 일족사회 내의 문제가 될 만큼 큰 것인가 하고 눈살을 찡그렸다. 사 일족들 내에서는 아마도 사준의 그런 행실을 비난하는 이가 있을지 모른다. 하지만 다른 일족 들과는 관계없는 일이다.

"얼마 전에 사준이 해(돼지) 일족의 일가를 죽였어요. 신 일족의 어린 원숭이 중에도 당한 녀석들이 여럿 있고, 그제는 매스컴에도 떴던 서울 도심 내의 폭발 사고에도 역시 관여되어 있다고."

미사의 입술이 작게 벌어졌다.

보통 일족들이 일으킨 사고는 방송되거나 신문에 실리기 전에 차단 된다.

미사의 아파트 앞에서 벌어졌던 '검은 구렁이 동물원 탈출 사건'이나 '아파트 단지 앞 4차선 도로에서 벌어진 연쇄추돌 사고' 같은 것들이 몇 개의 기사만 남기고 사그라진 것도 매스컴들을 좌우하는 이들중 일족이 존재하기 때문이다.

놀라지 않을 수가 없다. 사준이 협잡을 시작했다는 건 짐작했지만 저렇게 미친 짓들을 했을 줄은 몰랐다.

"다른 일족들의 사정에 관여치 않는다는 불문율이야 사실 강제사항도 아니고, 내 남의 오지랖이 태평양처럼 넓으니 그냥 편하게 말할게요. 사 일족에 대해서는 나도 보통 세간에서 아는 만큼 알아요. 워낙 비밀스러운 족속들이고 의심이 많은, 이기적인 종들이라죠."

"그 정도면 필요한 건 잘 아는 것 같은데."

"여태까지는 그냥 각자 조용히 살아왔다는 것도 알고."

사 일족은 다른 일족들과의 교류가 드물고 무리를 짓지 않는 특성 때문에 배척을 당해왔다.

한곳에 오래 머물면 그 장소까지도 약점 중 하나가 된다고 생각하는 종들이다. 미사만 해도 이제는 쓸모없어진 은신처가 열 손가락으로는 세지도 못할 만큼 많다.

"태성이가 갑자기 뱀을 들였다는 얘기부터 해서 근래 떠들썩한 사건, 실종, 이래저래 끼워 맞춰보니 그쪽 정체가 짐작이 가더라고요. 이름을 들은 후에는 확신했고. '한미사.' 지금 한창 난동을 부리는 살모사가 수배 전단까지 뿌린 그 뱀이구나?"

애경은 연기하듯 말끝을 올리며 능글맞게 웃었다. 굳어지는 미사를 살피는 눈빛은 사냥개의 것처럼 흉포했다.

"한사준, 한미사 남매. 아주 민폐인데 그 점에 대해서는 어떻게 생각해요?"

쥐구멍에라도 들어가고 싶다. 태성은 괜히 부끄러웠다.

"뭐, 뭐, 뭐야. 너 대체 저 뱀이랑 뭐야?"

"……형, 그냥 넘어가자."

식탁에 얼굴을 처박은 태성이 고개를 저었다. 미사가 좋은 건 좋은 거고, 같이 있으면 편한 것도 편한 거고, 미사를 돕고 싶은 것은 돕고 싶은 거다.

이쯤 되니 미사의 저 능글능글함이 짜증이 났다. 자신만 당황하는 것 같아서.

슬쩍 고개를 들어 거실 쪽을 바라보니 애경과 마주 보고 있는 미사는 또 다른 얼굴이다. 태성에게는 한 번도 보여준 적 없는 무거운 진

지함. 무슨 이야기를 하는 걸까 싶어 슬며시 귀를 세워보았지만 이상하리만치 조용하기만 했다.

'결계?'

태성이 고개를 갸웃하며 상체를 바로 했다. 그의 집에서 따로 결계까지 치고 대화를 나눌 이유가 있나. 거실의 분위기를 아직 알아차리지 못한 견우가 시야를 가리며 채근했다.

"야, 빨리 말 못 해?"

"형, 좀. 그냥 넘어가자니까. 별거 아니라고, 정말…….."

별일이야 없겠거니 싶지만 견우가 짖는 소리만 큰 개인 것과 다르게, 애경은 짖기도 전에 물어버리는 개다. 태성이 노파심에 물었다.

"미사 씨, 애경 누나가 공격하진 않겠죠?"

"애경이는 걱정 안 되냐?"

"애경 누나가 보통인가, 뭐."

견우는 혀를 찼다. 서운하게 자꾸만 뱀만 챙긴다. 의외로 정말 협박당하거나 하지는 않은 것 같아서 마음은 놓였지만 상황이 영 이상하지 않나.

"너 진짜 저 뱀한테 반했어? 야, 진짜배기는 저 가죽 속에 있는 거 알지."

"봤어. 일단은 미사 씨 도와주기로 마음먹어서 그런 거고, 미사 씨랑 나랑은 정말 아무 사이도 아니야. ……아직. 그런…… 저런 사건이 좀 있긴 했어도."

아직? 태성은 스스로가 말하고도 당황했다. 아직이라는 말은 쓸데없이 왜 붙였지. 아니나 다를까, 견우가 말꼬리를 물고 늘어지기 시작했다.

"아직? 아지이익? 그러면 곧 무슨 사이가 될 거란 말이냐? 너 제정

신이야? 저 정도 묵은 뱀이면 너처럼 작은 녀석은 한입거리 간식밖에
안 될 거라고."

"형이 모르는 게 있어서 그러는 거니까 너무 걱정하지 마."

"뭔데."

"말해주면 아는 게 되잖아."

"야, 말장난 할래?"

견우가 빽 소리쳤다. 그도 그럴 것이, 태성이 이런 태도라면 여차하
면 애경을 앞세워 태성을 구해내려던 제 각오가 우스워지지 않나. 아
닌 게 아니라 태성은 참 사람의 간을 졸이게 하는 재주가 있다. 남다
른 녀석. 처음부터 그랬다.

견우가 태성을 처음 본 것은 몇 해 전쯤이었다.

근처 대학교들이 전부 축제 기간이었을 것이다. 견우는 한창 애경
에게 구애 활동을 펼치는 중이었다. 그날은 크게 걷어차였다. 애경과
데이트를 하던 도중 지나가던 솜방망이 같은 암캐인 비숑 프리제를
보고 넋을 놓은 것이 발단이었다.

보통 사람이라면 개가 귀여워서 눈길을 주는가 보다 하겠지만, 견
우와 애경은 보통 사람이 아니었다. 애경은 성질이 사나운 비글의 특
성을 완전히 물려받은 일족이었다.

다른 암캐에게 눈길을 준 대가로 대학로 한복판에서 걷어차인 견우
는 애경의 화를 풀어주기 위해 늦저녁까지 선물들을 찾아 헤매고 있
었다.

꽃은 줘봐야 그 자리에서 다 물어뜯어버릴 여자고, 액세서리는 목
줄 같은 느낌이라며 싫어했다.

한참을 고민하던 그는 대학로 변화가 구석에 위치한 동물병원 앞에
섰다. 쇼윈도 안의 강아지들을 보며 '화 풀라는 의미로 개 껌을 사다줄

까.' 생각했다. 하지만 애경의 사이즈에 맞는 개 껌은 존재하지도 않는 데다, '나 대신 이거나 씹어.' 하는 것처럼 보일 수 있으므로 패스.

갓난쟁이 같은 암캐한테 눈을 준 대가가 참 가혹했다. 털을 자로 잰 듯이 둥글게 깎아놓은 모양새가 신기해서 본 것뿐인데.

모 동물병원 앞의 쇼윈도 안에는 입원 중인 강아지뿐만 아니라 고양이도 여럿 있었다. 고양이들은 쇼윈도 앞에 서 있는 견우를 보자마자 발톱을 세우며 갸르릉거렸다. 새끼 강아지들은 신기한 듯이 팔짝거리며 크고 똘망똘망한 눈을 깜빡였다. 귀엽다.

'애경이랑 저런 새끼를 낳으면 좋을 텐데…….'

태성과 조우한 것은 그때였다.

태성은 인간들과 함께 있었다. 기운이 미약해 처음에는 일족인지조차 긴가민가했다.

「야, 진짜 유정이 예쁘지 않았냐? 돌리걸 애들 예쁜 거 알고 있었지만 실제로 보니까 와, 얼굴이 태성이 너만 하다니까?」

「누가 김경주 입 좀 막아라. 연예인 처음 보냐? 그리고 유정보다 베니가 더 예뻐. 여자는 생머리지.」

「너넨 대체 몇 살인데 아직도 아이돌에 환장을 해?」

흔한 대학생들처럼 보였다. 회색 눈동자의 기묘한 녀석을 제외하면.

「태성이 너 좀 빨리 걸어. 2차 가다 술 다 깨겠다.」

태성도 본능적으로 그를 알아보았는지, 눈이 마주치자 고개를 까딱여 인사를 했다. 웬 인사? 위험한 느낌은 아니었는데 위화감이 들었다.

'이상하다. 저거 대체 무슨 일족이지?'

일족들은 본능적으로 서열을 가늠한다. 때문에 서로의 정체를 모른다고 해도 크게 마찰이 있을 일이 없다. 일반적으로 그렇다.

견우는 발이 넓었다. 성격도 유한 편이라 교류하는 일족이 꽤 많았다. 그런데 저런 이상한 느낌의 뭐가 뭔지 모를 종은 처음이다.

태성이라는 녀석이 무리에서 떨어져 조심스레 그에게 다가왔다. 다가올수록 묘하게 기분 좋은 향기가 났다.

「안녕하세요.」

견우가 코앞에 서 있는 동안에는 얌전을 빼던 쇼윈도 안의 동물들이 난리가 났다. 구석에 들어가 몸을 말아버리고, 야옹거리고, 멍멍 짖어대고, 구르고, 뒹굴고…….

'대체 얘넨 왜 이러지?'

한참 생각하던 견우가 쇼윈도를 손가락으로 튕기며 물었다.

「실례가 아니었으면 좋겠는데…… 너 종이 뭔데 애들이 이래?」

태성은 시원한 대답 대신 엷게 웃었다. 묘하게 향기가 나는 것이 신기했다. 견우는 개코였다. 사향이다. 사향을 대표하는 건 사향고양이다. 그러나 태성에게는 고양이 특유의 날카로운 기운은 없었다. 쥐? 하지만 사향소라기에는 기운의 성질이 전혀 달랐다.

'위험한 느낌은 아닌데…….'

견우는 대강 그렇게 눈 점을 쳤다.

「자'예요.」

그게 제일 놀라운 반전이었다. 위험분자 느낌이 아니라고는 생각했지만 자 일족일 줄이야.

「어어, 그래? 나한테 용건 있어?」

「처음 봐서요.」

「뭘 처음 봐?」

「술 일족이요.」

태성이 스스럼없이 붙여오는 말에 견우도 조금 마음을 놓았다. 다짜고짜 시비를 걸어대는 타입은 아닌 모양이다 하면서.

「인간들이랑 어울리는 거야? 친구들?」

「대학교 친구들이에요.」

「학교도 다녀? 어디 학교?」

「Y대학교 수의학과예요.」

「왜?」

「그냥, 시간 때우기죠, 뭐. 여기서 뭐 하세요? 저 끝에서부터 보니까 계속 가만히 서 있으시던데.」

아리송한 대답 대신 바로 이어진 질문이, 어쩌면 말을 돌린 것일지도 모르겠다는 걸 깨달은 건 한참 후였다. 무얼 하고 있었냐는 태성의 한마디에 견우는 제 현실을 다시 상기해냈다.

견우는 술이라도 취한 것처럼 애경과 있었던 일을 늘어놓았다. 비송이 귀여운 걸 어떡하냐, 내가 뭐 아무 암컷한테나 눈 돌리는 놈도 아닌데 잠깐 시선 한 번 줬다고 어떻게 그렇게……, 암컷들은 왜 그렇게 질투가 많은지 모르겠다…….

어차피 한 번 보고 말 녀석이라는 생각 때문인지도 몰랐다. 그리고 태성은 이야기를 잘 들어주는 편이었다.

태성과 헤어진 후 견우는 떨떠름하게 현실로 돌아왔다. 속에 쌓인 울분을 털어낸 그의 뇌리에는 우연히 길 가다 마주친 유순한 일족은 남아 있지 않았다. 코에 냄새가 익어 그와 함께 있는 동안 사향내가 뱄다는 건 의식도 못 했다.

「어머, 이 눈치라고는 쓰려야 쓸 데도 없는 자식아, 그새 무슨 짓을 하고 왔어?」

태성의 사향 내음이 발단이 되었다.

애경을 찾아갔다가 또다시 바람의 의혹을 샀다. 애경은 견우의 친분 관계를 죄 꿰고 있었다. 난데없이 묻혀온 다디단 사향 내음에 견우는 압력밥솥이 찌그러져라 얻어맞았다.

애경은 '개 버릇 남 못 준다더니! 어떤 년이냐!' 고래고래 악을 썼고, 견우는 애걸복걸하다시피 아니라고 해명했다.

「암컷이 아니라 수컷이었어.」

견우의 해명은 조금의 소용도 없었다. 결국 견우는 무고함을 증명하기 위해 태성의 학과를 찾아갔다.

그때 애경도 태성이라는 기묘한 존재를 알게 되었다.

「무리 짓는 종이 외떨어져서 저렇게 산다고?」

애경은 견우에게 오지랖이 태평양이라며 툴툴대지만, 어떤 면에서는 더 섬세하고 정이 많았다. 인생 선배의 연륜인지, 애경은 견우조차 알아차리지 못한 태성의 일면을 간파했다.

「대체 저거 뭐야?」

「자 일족이지 뭐겠어.」

「자 일족이라고? 듣고 나니 그런 것 같기도 한데 좀 다르지 않아? 너 멍청하게 속은 거 아니야?」

「날 속여서 뭐 하는데.」

「……아니, 초대해서 물어보지 뭐. 잡것 냄새 배는 건 싫지만 내가 오해한 것도 있으니까 한번 대접은 해야지.」

「굳이?」

「혼자 사는 이유는 모르겠지만 외로울 거 아니야. 넌 어쩜 그렇게 정이 없니? 나까지 정나미가 떨어지려 한다.」

견우는 무리를 짓는 습성이 있는 녀석들이 무리를 잃으면 느낀다는 어마어마한 공백감을 완전히 이해하지는 못했다. 그는 혼자였던 적이 없었으니까.

그래서 태성을 생각하면 더 안타까웠다.

견우는 태성이 작은 가족의 울타리가 주는 행복을 느꼈으면 바랐다. 뱀 같은 것에 위협당하지 않고, 보금자리라 불릴 수 있는 그들의 집에서. 보석 같은 한 사람을 찾아내길 바랐다.

분명 있을 텐데, 누군가 한 명쯤은 있을 텐데. 태성은 그런 부분은 포기한 사람처럼 보였다.

"저 뱀 너한테 엄청 친한 척하던데 원래 저래?"

"원래…… 원래 그래."

"너는 저 뱀을 믿냐?"

태성의 침묵은 긍정의 뜻과 상통했다.

견우가 푹 한숨을 내쉬었다.

"미쳤어, 너 미쳤어."

그 와중에도 태성은 미사에게서 좀처럼 눈을 떼지 못했다. 의외로 분위기가 나쁘지 않은지 미사가 웃는 것이 보였다. 그게 비웃음이었다는 사실은 차치하고.

태성의 입가에 저도 모르게 웃음기가 걸렸다.

"몰라. 난 지금이 좋아."

미사와 함께 있으면 외롭지 않다. 1차원적인 이유라고 할지라도 그게 사실이었다. 아니, 외롭지 않을 뿐만 아니라, 때로는 더 가까워지고 싶다. 그의 복잡한 심경을 견우는 이해할 수 없을 것이다. 견우는 그와 종이 다른, 멀쩡한 사람이니까.

견우가 확 콧잔등을 찡그렸다.

"목숨 아까운 줄을 몰라, 네가."

누군가를 좋아하게 되는 증거라며 사람들이 흔히 하는 말이 있다.

조금 더 이야기를 나누고 싶고, 자꾸만 눈길이 가는 게 당연하다고.

부엌 의자에 앉은 태성이 등받이에 등을 기대며 뺨을 매만졌다. 미사에게서 시선을 떼는 것조차도 아쉽다. 다른 외부 사람들의 방해 없이 쭉 이렇게 지내면 좋겠다는 생각까지 들 정도였다.

호의에서 시작된 호감은 급속도로 커졌다.

때때로 태성이 스스로에게 놀랄 만큼.

"대체 왜? 아니, 하고 많은 안전한 암컷들 두고 왜 하필? 왜?"

"형은 애경 누나가 왜 좋은데?"

"너 지금 진짜 저 뱀 좋다고 시인한 거야?"

태성은 어깨를 으쓱하며 답을 회피했다. 푹 한숨을 내쉰 견우가 말했다.

"말 돌리긴. 야, 아무리 그래도 사람은 결국 비슷한 종끼리 모여 살아야 되는 거야. 인간들 격언 중에 유유상종이라는 말이 왜 있겠어. 너도 알잖아, 그런 말들이 허튼 소리가 아니라는 거."

그럴지도 모르겠다.

하지만 그래도.

"……있잖아, 형."

"뭐, 인마."

"나 처음 들었거든."

아직도 그날을 생각하면 가슴이 따뜻하게 달아오른다. 음절, 어조, 무엇 하나 허투루 흘려보낼 수 없었다.

"처음 듣는다니?"

견우가 더 설명을 요하는 눈길을 보냈지만 태성은 시선을 외따로 옮길 뿐이었다.

이해하고 흘려보내라는 말보다, 이해하지 말라는 말이 더 위로가

될 줄은 몰랐다. 원망하고 화를 내고 좌절하기에는 이미 무뎌져버렸
지만, 그래도.

「너는 너만 생각해.」

「너는 그냥 그렇게 태어난 거야.」

「그 녀석들이 그냥 그런 녀석들인 것처럼.」

수많은 말들을 기억한다.

미사는 그를 결함품 취급하지 않았다. 어쩌면 자신은 미사 못지않
게 이기적인 걸지도 모른다.

태성의 눈동자는 어느덧 미끄러져, 거실 구석에 놓인 수조에 이르
렀다. 보니와 클라이드가 살던 수조는 여전히 비어 있다. 이제 집에
돌아오면 미사가 있는 것이 이상하지 않아져서, 외로움을 느끼지 못
한 지 좀 되어서, 새로 들여오지 않았다.

그는 혼자 살고 있지 않았다.

"난, 미사 씨가 떠날 때까지 미사 씨를 도와줄 거야. 좋으니까."

태성은 당당하게 위로하는 그녀가 좋았다. 그 한마디만으로도, 미
사를 구해준 건 정말 잘한 일이 되었다. 아마도 그녀는 모를 것이다.
결코 모를 것이다.

애경은 진지한 목소리로 말했다.

"사 일족들이 무리 짓기 시작했다는 이야기는 수년 전부터 들렸죠."

미사는 조용히 기억을 더듬었다. 사준이 광일제약에 입사할 무렵
즈음부터였다. 그전에도 예닐곱 마리가 사준의 뒤를 졸졸 따라다니며
졸개 노릇을 했지만, 그 후에는 아예 대놓고 무리를 이루었다. 개체

수도 많지 않은 사 일족들이 사준을 중심으로 뭉쳤다. 탈피기의 동족을 공격하면 안 된다는 불문율을 어기고도 사준이 저토록 활개를 칠 수 있는 건, 아마도 서울 근교 다수의 사 일족들이 사준을 따르기 때문일 것이다.

"사 일족이 요즘처럼 회자된 일이 그다지 많지 않아서 다른 일족들도 주시하고 있는 상황이에요. 사준이라는 뱀이 누군지라거나 궁극적으로 무슨 목적으로 움직이는지는 모르지만, 어디까지 할 수 있는 사람인지는 알죠."

"그냥 평범한 가정주부는 아닌 모양이네."

흥미롭다는 시선을 보내오는 미사를 향해 애경은 어깨를 으쓱했다.

"뭐…… 음지에서 한가닥하는 분을 알아요. 그래봐야 깡패라는 걸 좀 좋게 말하는 것뿐이긴 해도. 이번에 한사준이 저지른 일 때문에 그분에게도 폐가 된 모양이에요. 그래서 저한테도 얼마 전 다시 한사준의 소식이 닿았고…… 원래 미사라는 당신 이름을 듣고도 그냥 무시하려고 했었는데, 아무래도."

"개치고는 계산적인데."

"술 일족도 일족 나름이죠."

미사가 빙그레 쌍년이라 부를 만큼 우아한 미소를 지우지 않은 애경이 계속 말을 이었다.

"아까 지나가듯 말했지만 얼마 전에 한사준이 신 일족의 어린아이를 죽였어요. 뉴스에서는 외국인 노동자와 시비가 붙어 칼에 맞아 죽었다고 하던데 말이 안 되는 얘기죠. 그날 실종된 녀석 둘이 더 있어요. 전부 신 일족. 그래서 한바탕 싸움이 났다고 해요."

"……그 녀석은 원래 원숭이들을 싫어했으니 이상할 일도 아니네."

한반도 내의 신 일족들은 일제 강점 이후로 불어났다. 그 때문인지

애국심이라고는 머리카락 한 가닥만큼도 없어 보이는 사준도 원숭이들을 몹시 싫어했다.

"원래 예정되어 있었던 공격이라는 뜻인가요?"

"나는 모른다니까. 근데 그 녀석이 아무리 미쳤더라도 믿는 구석 없이 다른 일족들을 막무가내로 공격할 리는 없어."

"무언가 다른 꿍꿍이가 있다는 말이겠죠?"

미사는 섣불리 대답하지 못하고 입술을 문질렀다.

솔직히 애경의 말은 다 거짓 같았다. 뱀들은 타자의 삶에 관심이 없다. 그냥 눈앞의 이득과 생존을 위해 협잡을 벌이고 살았을 뿐이다. 그런데 이제는 하나로 똘똘 뭉쳐서 답지 않은 싸움을 붙이고 다닌다니.

"다른 일족들은 어떻게 생각하는지 모르지만, 일단 저한테 소식을 전해준 제 동족은 협박의 본보기성 살인이라 단정했어요."

"왜?"

"피살당한 신 일족이 마지막에 한사준과 만났을 때, 그자와 어떤 정보들을 두고 마찰을 빚었는데 그 정보가."

"정보가?"

"어떤 일족에 대한 것이라고 하더군요. 그리고."

"그리고?"

"시원하게 목숨이 날아간 거죠. 뻔하지 않나요?"

가늘게 웃은 애경이 손날로 목을 긋는 시늉을 했다.

미사는 떨떠름한 표정으로 애경을 바라보았다.

"미사 씨에게는 다행이겠지만 아직까지 태성이는 그다지 존재감이 없는 일족이죠. 정보상들의 물망에 없어요. 당연히 한사준이 찾는 당신과 함께 지내는 것도 모르고 있겠죠."

"……."

"태성이가 이렇게 꽉 막힌 생활을 하는 걸 다행으로 아세요. 뭐……
그게 아니라도, 자의 종주가 내버린 사생아의 집에 순수 혈통인 능담
이 붙어 있을 거라고 누가 생각하겠어."

어쩌면 태성이 그녀를 구해준 것은, 이번 겨울 그녀가 가질 수 있었
던 최고의 행운이었는지도 모른다. 그 점만큼은 미사도 반박할 수 없
었다.

뱀과 쥐가 사이좋게 한 지붕 아래 산다. 객관적으로 정말 웃긴 얘기
였다. 혼혈이니 뭐니를 떠나서 일단은 그래도 수화를 하고 나면 쥐가
아닌가.

"일단 나는 아직 너희 개들을 믿어도 좋을지, 잘 모르겠는데."

"우리 개들은 의리가 있죠."

"나에게 지킬 의리는 없을 테지만 태성이에게 지킬 의리는 있다는
뜻이겠지?"

애경은 산뜻하게 고개를 끄덕이며 수긍했다.

"그래요. 당신이야 어찌 되건 알 바 아니지만 태성이는 우리 부부한
테는 그래도 좋은 친구거든요."

"친구라니 재미있네. 쥐인데."

"쥐도 쥐 나름이고."

"혼혈이란 것도 알아?"

애경이 멈칫했다. 애경과 견우가 태성이 무리에서 떨어져 살게 된
내막을 알게 된 것은 태성을 알고도 해를 넘긴 후였다.

태성이 미사를 옹호하는 태도에서 진정성이 느껴져 더 참견하지 않
겠다 마음먹기는 했지만 과하게 미묘했다. 의외로 갑을 관계가 아니
라 동등한 호스트와 게스트처럼 보이는 것도.

애경은 견우와 달리, 태성이 누군가와 친밀한 관계를 맺는다면 그게 누구라도 상관없다고 생각했다. 솔직히 의리 없이 제 동족을 내치고 차별하는 자 일족이 오히려 더 별로라고 생각하는지라.

"태성이랑 사이가 나쁘지 않다는 건 알겠는데, 정확히 어떤 관계인지는 모르겠네요. 이거 시비 거는 거 아니니까 대답해볼래요?"

"좋은 관계지."

"태성이가 마음에 들어서?"

"싫지 않으니 잘 지내겠지."

태성의 집에는 그의 사향이 곳곳에 묻어 있다. 처음 견우가 바람이 났다 오해하게 한 독특한 사향내. 대체적으로 사향종들의 향기는 이성을 유혹하는 데에 효과적이라 알려져 있고, 그건 아마 일족에게도 비슷하게 적용될 것이다.

견우와 달리 애경은 어쩌면 미사라는 뱀 암컷이 태성에게 먼저 혹했을 수도 있다는 가능성도 열어두고 있다.

"그냥 여자 대 여자로 얘기하는 거예요. 태성이는 상황도 좀 특이하고 하니까."

"태성이 색안, 너도 본 적 있어?"

태성 쪽으로 시선을 둔 미사가 불쑥 물었다. 애경이 고개를 저었다.

"본 적 없어요. 워낙 태성이가 약하고, 기운 자체가 모호하니까."

그 말에 미사의 기분은 더 누그러졌다.

"그건 왜 묻죠?"

"그냥 궁금해서."

게슴츠레 뜬 눈으로 미사와 부엌 쪽의 태성에게 번갈아 시선을 주던 애경이 고개를 저었다. 뱀을 상대하는 건 피곤하다.

"됐어요. 용건으로 돌아가서, 아까 사준이 어느 일족을 찾고 있다고 했잖아요."

"그래."

"사준의 어머니에 대해서 묻고 싶은데. 아는 거 있어요?"

"……어미? 시영 말하는 거야?"

"시영이라는 그 능담, 죽었다는 거 사실이에요?"

미사는 불현듯 드는 어미에 대한 생각에 입술이 무거워졌다. 아무리 신경 쓰지 않는다고 해도, 마음이 먹먹해지는 건 어쩔 수 없나 보다.

꽉 잠긴 목소리로 겨우 대꾸했다.

"응."

"그러면 얼마 전에 제 어미를 통째로 삼켰다는 사준이 어미를 찾고 있다는데 이걸 어떻게 해석해야 하는 거죠?"

"……어?"

"그의 생모가 살아 있나요? 아니, 사준이 혼혈이에요?"

이건 또 무슨 헛소리야.

"뭐?"

"어미 말이에요."

"……어미?"

미사가 울렁대는 기분을 억누르며 차분히 말했다.

"그 녀석의 생모는 내 어미인 시영이 그 얼간이를 거둬오는 얼간이 짓을 하기도 전에 죽었어. 사준이 태어나기도 전에 죽었다고. 그리고 그 녀석이 왜 혼혈이야. 순혈이라고."

"들리는 소문으로는 아닌 것 같던데요."

"사준 그 새끼가 말했는걸."

"그게 진실이라면 사준이 혈안이 되어 제 어미를 찾아내라 난동을 부리진 않았겠죠. 당신도 상황을 잘 모르는 모양이네요. 이번에 사준이 그런 짓을 하기 전까지만 해도 당신이랑 사준의 사이가 나쁘지 않았다고 들었는데……. 하긴, 진짜 사이가 좋았으면 지금 이런 꼴이 되어 도망치고 있었겠어."

툭명스럽게 중얼거린 애경이 손을 툭 털었다.

뭉친 것처럼 정체되어 있던 공기가 일시에 부드럽게 풀어지기 시작했다. 태성과 견우가 어느새 시선을 그들에게 향하고 있었다. 견우는 뒤늦게야 애경이 결계를 사용했다는 걸 알아차리고는 "뭐야, 무슨 비밀 얘기라도 했어?" 하며 태평히 물어왔다.

분위기가 묘하다 싶은 생각에 견우가 경계의 눈초리로 미사를 흘기며 다가왔다. 태성도 뒤따라 나왔다.

"애경아, 무슨 얘기 했어?"

"별거 아니야. 그냥 요즘 문제들 얘기."

태성이 미사의 곁에 다가와 서서 빤히 그녀를 내려다보았다. 태성의 시선은 애경이 눈꼴시다 싶을 정도로 미사에게 집중되어 있었다.

'별꼴이야.'

내심 냉소한 애경이 코트를 챙겨 들었다.

"용건 끝났어. 견우야, 가자. 비린내 밴다. 태성이도 조만간 연락하자."

태성은 애경과 견우가 방문했던 흔적들을 치우고, 청소를 하고, 설거지를 했다. 그러는 동안 미사는 배를 깔고 엎드려 있었다. 태성이 미사의 옆자리에 엉덩이를 붙이자 미사가 뱀처럼 구물구물 기어 태성의 무릎에 머리를 베고 누웠다.

"애경 누나랑 무슨 얘기 했어요?"

"별거 아냐."

"정말요?"

"정말."

"미사 씨의 비늘을 걸고?"

둥그렇게 눈을 올려뜬 미사가 입술을 오므렸다. 이제 저런 식의 농담도 할 줄 알게 되었다. 그만큼 그녀를 가깝게 생각한다는 의미처럼 느껴져 의외로 기분이 좋았다. 고개만 살짝 튼 미사가 그의 회색 눈동자를 가만히 들여다보았다. 붉은 기라고는 전혀 없는 태성의 홍채는 맑기만 하다.

태성의 아버지 쪽 종은 무엇일까.

미사는 가만히 태성의 무릎을 매만지다가 툭 뱉어 물었다.

"네 아버지 쪽이 어떤 종인지 궁금해."

"저도 그래요."

조금 머뭇거리는 듯한 차가운 손이 그녀의 이마에 닿는다. 부드러운 저음의 목소리가 미사의 감기려는 눈꺼풀 위에 살포시 내려앉았다.

"말 안 해줄 거예요?"

"해주면 뭐 해줄래?"

"지금보다 더 잘해줄 수는 없을 거 같은데."

"네가 뭘 잘해줬다고."

"먹여주고 입혀주고 재워주고."

"먹어주지 입어주지 자주지."

농담으로 받아친 미사의 입매가 가볍게 올라갔다.

미사는 태성이 '뻔뻔하다.'거나, '말을 마요.' 하는 식의 반응을 보일 거라 생각했다. 그러나 이어진 태성의 목소리는 전혀 다른 화제를 끌어올렸다. 태성의 시선은 그의 무릎을 어루만지는 미사의 손끝에 머물고 있었다.

"아무리 제가 편해도 남녀가 유별하다고 그랬는데."

미사가 작게 웃었다.

"그러면 내 머리 치우면 되잖아."

"그러기는 싫네요."

"왜 싫어?"

"그냥, 기분 좋아서요."

나직하게 중얼거린다.

태성은 가끔 이렇게 고백하듯 진심을 내보이곤 했다. 첫 인상은 경계심이 많은 녀석이었는데. 어느 순간부터, 어느 기점부터. 달라졌다. 정확히 뭐가 어떻게 달라진 것인지는 설명할 재간이 없으나 분명히.

그것을 의식하게 될 때면 미사는 묘한 기분에 잠기곤 했다.

미사는 늘 그녀보다 강한 이들을 경계하며 살아왔다. 그녀보다 약한 일족과는 태생적으로 어울릴 수 없었다. 그들은 미사가 언젠가 그들에게 해를 끼칠 거라는 편견을 가졌으므로.

하지만 태성은 그녀에게 있어 경계해야 할 것과 무시해야 할 존재의 교집합 그 어딘가에 존재하는 것처럼 느껴졌다.

때때로 낯선 간지러움이 느껴질 때마다 미사는 태성의 분홍색 발가락을 떠올렸고, 사랑스럽다고 생각했고, 물어버리고 싶다는 충동을 느꼈다. 지난번엔 물었다가 태성이 아주 화를 냈었지.

미사의 침묵을 어떻게 해석한 건지, 태성은 조금 간격을 두고 조심

조심 물었다. 대번에 미사의 미간을 찡그리게 할 만한 화제를.

"미사 씨 동족들에 대해서 이야기했어요?"

"……."

"딱히 조심히 이야기 나눌 만한 건 그런 것밖에 없을 것 같은데."

"똑똑하기도 하셔라."

미사의 목소리가 불퉁해지자 태성이 부드럽게 미사의 이마를 문질렀다.

"걱정돼서 묻는 거예요."

"신경 쓰지 않아도 된다니까."

"미사 씨가 너무 속이 편한 거 같아. 아직도 그 수첩에 있는 친구들한테 연락 안 했죠? 고민만 잔뜩 하다가."

슬며시 이마를 어루만지던 태성의 손이 멈추었다.

왠지 모를 불편한 기분이 들어 미사는 태성의 시선을 피해 눈을 내렸다. 미사의 이마를 덮은 태성이 나직이 덧붙였다.

"강요는 아니에요. 뭐, 미사 씨의 마음이기는 하지만 그래도……."

"뭐, 급할 건 없잖아. 사준이 여기까지 찾아올 것도 아니고."

"촌각을 다투는 일까지는 아니지만요."

"아직 겨울이기도 하고."

"……."

슬쩍 눈을 올려떠서 보니 태성은 그다지 미덥지 않다는 표정이었다. 미사는 물끄러미 태성의 입술을 응시하다가 덧붙였다.

"또, 상황을 보니, 조만간 일이 생길 것 같기도 해."

"일이요?"

"내 동족들이 사건사고를 일으키고 다니는 것 같은데, 다른 일족들이 가만히 두고 보기만 할 거라는 생각은 안 드네."

"왜요?"

태성이 지적한 것처럼 수첩을 가져온 이후, 미사는 그 안에 들어 있는 용운의 전화번호를 들고 몇 날 며칠을 고민했다. 그러나 역시나 결론은 사준과 그녀 사이의 개인적 일로 용운에게 폐를 끼칠 수는 없다는 것이다.

용운은 그녀를 귀엽게 여겨주는 웃어른이지만 그녀를 도울 이유도, 보호해줄 책임도 없는 사람이다. 제가 멍청해서 사준을 믿었다가 그 꼴이 난 것을. 여태까지는 그렇게 생각해서 연락을 참았다.

그러나 이제는 생각이 조금 바뀌었다.

애경이 사준이 저지른 일에 대해 이야기했을 때 미사는 강하게 직감했다. 일족사회에서 서로를 시살하는 일은 왕왕 벌어지지만 그건 수면 아래에 갇혀 있을 때나 암묵적으로 허용이 된다.

언론을 통제하기 어려운 수준의 사건사고를 일으켜 매스컴에 회자된다면 십중팔구 청소당한다. 사준이 아무 생각 없이 그런 짓을 저지를 녀석이 아니라는 사실이 찜찜하지만, 지금 사준은 자신의 무덤을 파내려고 있는 것이다.

"멍청한 짓을 하고 있으니까 대가를 치르는 거지."

"멍청한 짓?"

몸을 틀어 세운 미사가 태성의 무릎 위로 올라앉았다. 태성이 저도 모르게 뻣뻣하게 굳었다. 미사는 가끔 이런 돌발행동으로 어찌할 바를 모르게 한다.

"뭐 해요?"

"재미없는 얘기는 그만하고, 태성이 너, 나한테도 누나라고 해봐."

"나 참."

"그 개한테는 잘도 누나누나 했잖아. 왜, 못 하겠어?"

'못 하겠지?' 그런 눈빛이다.

태성의 입술 끝이 비딱하게 올라갔다.

"내가 못 할 거 같아서 그래요? 누나?"

미사는 너무나 쉽게 나온 '누나' 소리에 되레 말을 잃었다. 태성이 꿋꿋하게 싫다 버틸 거라는 생각으로 놀리기 위해 던진 말이었는데. 미사는 괜히 입술을 오므리며 불만 어린 눈빛을 했다.

"왜요. 또 불러줄까요, 누나?"

"재미없어."

"내려와요, 누나."

태성이 부드럽게 미사의 몸을 밀어냈다. 미사가 투덜거렸다.

"아, 됐어. 그만해. 안 어울린다. 너 가끔 보면 성격 꼬였어."

"뭘 새삼스럽게 그래요. 미사 씨만큼 꼬였겠어요."

상체를 바로 해 태성의 어깨에 팔을 걸친 미사가 교태스럽게 웃었다.

"나랑 저 개들이 물에 빠졌어. 그러면 누굴 구할 거야?"

"미사요."

"내가 더 좋아서?"

"술 일족들은 수영 잘하니까요."

심드렁한 대답에 미사가 태성의 어깨를 짝 때렸다.

"나도 수영 하거든?"

툴툴거린다.

살짝 삐죽이는 입술이 예뻐서 태성은 괜히 두근대는 가슴을 가라앉혔다.

키스하고 싶다는 생각은 불쑥불쑥 그를 긴장시켰다.

상냥하게 오고가는 시선 속에 담긴 복잡한 감정들의 기저에 욕망이라는 것이 도사리고 있음을 그녀도, 태성도 알았다.

"좀 떨어져요. 나도 수컷이라고요."

그렇게 말하면서 도리어 팔은 허리를 감아 안았다. 그의 허벅지에 올라타 있던 미사의 고개가 기울었다. 묘한 미소를 머금은 미사는 살짝 내리깔린 태성의 눈꺼풀을 응시할 따름이었다.

"귀여워서."

"그게 다예요?"

"고마워서?"

"당연한 거고."

"내가 뭐라고 말하기를 바라는데?"

"멋있다거나, 믿음직스럽다거나, 설렌다거나, 매력 있다거나."

태성은 본인이 말하고도 말도 안 된다고 생각했던지 고개를 돌려 웃기 시작했다. 미사는 그런 태성을 빤히 들여다보다가 그의 목을 휘감은 팔에 힘을 주었다.

"좀 떨어지래도요."

"지금 편한걸."

태성은 미사의 눈에 떠오르는 어떠한 욕심을 읽어냈다.

"미사 씨한테는 나, 먹음직스러워 보여요?"

긍정도 부정도 전부 정답이었다.

미사의 손끝이 태성의 뺨을 부드럽게 쓸었다. 대체 태성은 무엇이기에 이렇게나 기묘한 기분을 느끼게 할까. 조심스러운 듯 보였다가도 노골적이고, 의뭉스러운 듯했다가도 솔직하고. 웬만한 일에는 관심조차 주지 않았을 텐데.

불현듯 떠오르는 입맞춤의 기억에 저절로 입술이 메마르는 기분이 들었다. 그날의 입맞춤이 아쉽다.

"왠지, 질투나."

"뭐가요?"

"네 사향은 암컷들을 꾀는 용도잖아?"

넌 이렇게 다른 암컷들을 꾀어내겠지. 중얼거리는 미사의 눈동자에 소유욕 비슷한 것이 도사리고 있었다.

'그런 사실은 잘 모르겠어요.' 그렇게 대답하려 했지만, 목 안으로 신음 같은 떨림만 삼켜졌다. 낮게 숨을 죽인 태성이 눈동자만 내려 그녀의 손길을 좇았다.

가슴이 너무나 요란하게 뛰어서 부끄러웠다. 미사도 들었을 것이다. 이렇게 가까이에서, 그녀의 예민한 귀가 알아채지 못할 리가 없었다.

"더……."

태성이 간신히 소리 냈다.

"조금 더, 만져도…… 더 만져도 돼요?"

머뭇거림은 잠시였다. 미사가 답하기도 전에 그의 커다란 손이 대범하게 뻗어왔다. 충동을 앞세운 사춘기의 청소년처럼.

처음이 어려웠을 뿐이다.

두 번째는, 언제나 처음보다 능숙한 법이다.

처음에는 떨리는 입맞춤이었다. 새털처럼 스치던 입술이 닿았다가, 떨어졌다가, 조금 더 용기를 얻어 맞붙었다. 갈 곳을 몰라 머뭇거리던 혀는 어느새 자연스럽게 얽혔다. 태성에게 있어 그건 굉장히 꿈 같은 일이었다. 그와는 전혀 다른 타인과 내밀하게 접촉한다는 건, 분명 아주 낯선 일이다. 점점 더 대범해지는 입맞춤은 어느새 집요하게 바뀌었다.

집요해지는 게, 미사의 상상 이상으로 심해져서 조금 당황스러워지기 시작했다.

"아, 음."

미사는 숨이 찰 정도로, 빈틈없이 달려드는 태성의 무게에 신음조차 간신히 흘릴 따름이었다. 태성의 손이 미사의 옷자락 안으로 기어들어왔을 때, 비로소 조금 놀란 표정을 했지만 막지는 않았다. 태성은 스스로가 무얼 하는지도 모르는 것처럼 더듬거렸다. 매끄러운 허리를 꽉 쥐어 당기는 손끝에서 열이 피는 듯했다.

거기까지 진행되었을 때 미사는 조금 놀랐다. 태성은 멈출 낌새가 없었다.

"어, 잠까…….'

말 한마디 완성할 수도 없었다.

만져도 되느냐는 말에 무언의 허락을 하기는 했지만, 어느새 정신을 차리고 보니 미사는 태성의 아래 깔려 누워 있었다. 턱 끝까지 차오른 숨을 헐떡이며 눈을 동그랗게 뜨고 태성을 올려다보았다.

정신없는 입맞춤을 멈춘 태성이 살짝 턱을 당기며 중얼거렸다.

"눈, 계속 뜨고 있을 거예요?"

밭은 숨결이 뺨을 간질였다. 태성의 손은 어느새 그녀의 등허리에까지 이르러 있었다. 물끄러미 시선을 내리던 태성의 얼굴이 조금 붉어졌다. 민망함을 내색하지 않으려는 듯 표정을 굳히지만 홍조는 솔직하다.

미사가 그의 입술을 살짝 물었다 놓으며 다시 물었다.

"물에 빠지면 누굴 먼저 구할 거야?"

"미사요."

"개들은 수영을 잘하니까?"

태성이 고개를 저었다.

"미사가 더 중요하니까."

미사는 그런 태성의 괴리감 역력한 태도에 제 이성마저 얄팍해지는 걸 느꼈다. 등에 닿은 태성의 손가락 감촉이 소름 끼치도록 그녀의 본능에 불을 질렀다.

이대로 태성을 삼켜버리고 싶었다. 조금 더.

"눈 감아요." 하는 속삭임만으로도 희열에 몸이 떨렸다.

"감을까?"

"감아봐요."

미사의 등이 바닥에서 살짝 떨어진 그 찰나, 태성의 손끝이 그녀의 후크를 끌러냈다.

그 감촉이 유달리 선명하게 느껴졌다.

"정말로 해도 돼요?"

태성은 계속 물었다. 하지만 우습게도 그는 미사에게 대답할 기회를 주지 않았다. 계속해서 쏟아지는 키스에 미사는 정신을 차릴 수가 없었다. 피하려 고개를 돌려도 집요하게 따라붙는 입술은 노골적인 욕망을 고스란히 드러냈다.

묵직하게 짓눌러오는 무게에 생경한 이유로 가슴이 쿵쾅거렸다.

"정말로, 괜찮아요?"

"아, 난."

"괜찮아요?"

겨우 호흡하는 사람처럼 밭게 내쉬는 숨결에 섞여드는 목소리가 미사의 귀를 자극했다.

하지만 따뜻한 체온, 조급한 만큼이나 조심스러운 키스, 부드럽게 쓸리는 살갗이 조금도 싫지 않았다. 점점 태성은 과감해졌다. 옷 속으로 밀어넣은 커다란 손으로 그녀의 맨허리를 더듬대던 그가 물었다.

"벗겨도, 되죠?"

동의를 구한 것은 확실히 아닌 모양이다. 왜냐면 이미 그 말이 끝날 무렵에는 거의 끌려올라갔던 미사의 상의가 반강제로 벗겨진 후였기 때문이다.

이불을 끌어 덮은 태성이 신음 섞인 목소리로 물었다.

"추워요?"

"……그러면, 응, 다시 입혀줄 거야?"

태성이 낮게 웃으며 갈라진 목소리로 속삭였다.

"싫다고 하면 입혀줄게요."

거짓말.

태성은 미사에게 대답할 기회를 주지 않았다.

입맞춤으로 앗아갔다.

거짓말쟁이. 속으로 생각했었던 것 같은데 저도 모르게 호흡에 섞어 뱉은 모양이었다. 목덜미에 입술을 누르던 태성이 낮게 웃으며 말했다.

"네, 거짓말이었어요."

미사가 작게 터뜨린 웃음은 다시 그의 입맞춤에 삼켜졌다.

"그래도 정말로, 싫으면 그만할게요."

새빨간 거짓말.

그래도 기분이 좋으니 하얀 거짓말이라고 생각해줄 셈이다.

"우리 그냥 침대로, 가요."

미사가 거부하지 않을 것을 확신한 순간부터 태성은 조금 더 과감해졌다. 두 사람은 대체 누가 누굴 벗긴 건지, 아니면 스스로 벗은 건지, 아니면 여전히 몸에 걸친 게 있는 건지조차 분별하지 못할 만큼 어지러운 격류에 휩쓸렸다.

그리고 끝끝내 벌거벗은 채 이불 위를 뒹굴다가 태성은 처음으로 멈추었다. 발갛게 상기된 얼굴로 그녀의 손목과 팔꿈치에 입 맞추면서. 잔 신음을 흘린다.

"저 처음인데."

처음이라며, 조금 서툴러도 이해해달라 민망한 얼굴로 중얼거린다.

교미가 처음이라고? 눈을 휘둥그렇게 뜨는 미사의 얼굴을 피해 태성이 그녀의 윗가슴을 부드럽게 혀로 핥았다.

"처음, 처음인데."

어지간히 흥분한 모양이었다.

"혹시라도 싫거나, 아프거나 하면."

말해요. 속삭이는 것과 동시에 그녀를 벌리고 들어왔다.

이 쥐새끼, 새빨간 거짓말! 거짓말쟁이!

그만, 그만, 잠깐만. 몇 번이나 그렇게 말했지만 태성은 멈추지 않았다.

본래의 종이 자그마한 쥐라는 편견이 기저에 깔려, 은연중에 무시했던 것이 실책이었다.

미사는 태성의 초조한 욕망을 온몸으로 받아들이면서, 몇 년 만에 처음이라 해도 좋을 만큼 몸이 풀어진 상태였다.

그런데도 숨이 막히고 괴로워 중간에 몇 번이나 도망치고 싶었다.

"아, 태성…… 아, 아! 잠까…… 웃."

그녀의 다리를 한계까지 밀어 벌리고 장골이 으스러져라 밀어붙일 때에는 아무 생각도 할 수가 없을 지경이었다. 그사이에도 끊임없이 쏟아지는 키스에 온몸의 껍질이 벗겨지는 것 같은 착각마저 들었다.

태성은 중간중간 신음하며 멈추었다가도, 미사가 숨 돌릴 만하면 다시 더 깊은 곳까지 달려들었다.

미사는 수컷이 어쩌지 못하고 흘리는 신음이 그렇게나 자극적이라는 걸 처음 배웠다. 중간부터는 조금 감정이 격해졌는지 "좋아요. 너무." 하고 띄엄띄엄 고백했다. 이미 태성도 제정신이 아닌 것 같았다.

정말 어떻게 이렇게 된 거지.

결국 이성이 점멸하기 시작할 무렵부터 미사는 "잠깐만." 하는 애원이 점점 늘었고 태성은 "조금만 더요." 하는 양해가 늘었다.

"나, 나, 더 못 참겠어요, 미사."

잔뜩 거칠어진 목소리가 경종처럼 울려온다. 몸이 구겨져라 끌어안는 그가 누구인지도 잊었다. 미사는 땀에 흠뻑 젖은 그의 날갯죽지를 끌어안으며 어느새 그보다 더 열정적으로 그에게 매달렸다.

'……나 미쳤나 봐.'

태성이 그녀를 놓아주었을 때는 이미 늦저녁이었다. 추위조차 잊고 헐벗은 채 밭은 숨만 내쉬는 미사의 몸 위에 이불을 끌어올린 태성이 베갯잇에 얼굴을 묻었다.

"미치겠네."

중얼거린다.

그건 미사에게 하는 말인 것도 같았고, 그저 자조적인 혼잣말인 것도 같았다.

미사는 고개만 살짝 돌려 엎드린 태성의 옆얼굴을 바라보았다. 시선을 느낀 태성이 슬며시 얼굴을 들었다. 땀에 젖은 얼굴까지 예쁘기가 그지없다. 온몸의 진이 다 빠져 그때까지도 멍한 표정을 하고 있던 미사는 이어진 그의 뒷말에 결국 웃고 말았다.

"……화난 거 아니죠?"

이렇게 끈질기게 굴 거면 소심한 내색이라도 하지 말든가. 당최 모를 녀석이다.

미사의 웃음이 잘게 터지자 태성은 다시 한 번 그녀에게 입맞춤을 시도해왔다. 아직도 그럴 힘이 남아 있냐, 중얼거린 미사는 새침히 몸을 빼 그를 등지고 누웠다. 태성의 팔은 포기하지 않고 그녀를 뒤에서 끌어안았다.

"또야?"

미사는 어느새 또다시 기립한 그의 것을 깨닫고 아연하며 기듯 침대 아래로 내려와 화장실로 도망쳤다.

아무래도 어려서인지, 생각보다 혈기가 왕성했다. 태성은 낮게 웃으며 조금 전까지 그녀가 누워 있던 옆자리를 두드렸다.

"아무 짓도 안 할게요. 나도 힘들어요."

'잠깐만 멈추라.'는, 스스로가 생각해도 애처롭던 부탁에, 번번이 '조금만 더요.' 하고 그녀를 어르던 태성이었다. 미사는 더 이상 태성의 저 말을 믿지 않았다.

태성은 새빨간 거짓말쟁이였다.

"미사, 조금 더 좋아해도 돼요?"

"안 돼."

"알았어요."

새빨간 거짓말. 미사는 그의 거짓말을 모른 체 미소 지었다.

찰나와 찰나 사이를 채우는 포만감만으로도 그녀는 만족했다.

17

/

데이트가 하고 싶네요

이러니저러니 해도 태성은 학생의 신분이었다. 심지어 꽤나 건실한 학교생활을 하는 학생이다. 오늘도 어김없었다.

"미사 씨, 다녀올게요."

"응, 그래. 잘 다녀와."

"음⋯⋯."

현관 앞에서 머뭇거리던 태성이 미사의 머리를 슥슥 문질렀다. 미사는 부쩍 다정하게 구는 태성의 손길을 아주 당연하게 만끽했다.

충동적으로 몸을 섞은 이후부터였다. 태성은 전보다 훨씬 노골적으로 다정하게 굴었다. 미사도 태성이 싫지 않았던 데다가 그날은 나름대로 특별한 경험이라고 생각해서 만족했다. 다만, 태성은 미사의 생각보다 훨씬 스스로의 감정을 숨길 줄 몰랐다.

"없는 동안 사고치지 말고 있어요."

"내가 무슨 사고를 친다고."

태성은 현관을 나서기 전에 덧붙였다.

"최대한 일찍 올게요."

"굳이 그럴 필요 없는데."

농담조로 대꾸하자 살짝 눈을 가늘게 뜨고 그녀를 노려보다가 휙

나가버린다.

화가 나서라기보다 민망해서라는 걸 이제 미사는 잘 안다.

태성이 학교에 간 후, 홀로 남은 미사는 소파에 엎드려 누웠다. 그리고 엎드린 채 노트북을 켜고 웹사이트를 열었다. 그녀가 하는 것은 최근 서울 근교에서 벌어진 사건들을 찾아 살피는 것이다.

미사는 인터넷 뉴스를 한 편 한 편 클릭했다.

[근처 주택의 민가까지 불길이 번져 중태에 빠진 주민 두 명의 생사는 여전히 불투명한 상황이며…….]

'흠…….'

미사는 인터넷 뉴스를 통해 동족이 벌인 일들로 추정되는 기사와 영상들을 확인했다.

요즘 분명히 일족이 관여되었을 것 같은 사고가 자주 업데이트 되고 있다. 붉은색의 달이 떴니 마니 하던 밤부터. 붉은 달의 밤에 있었던 '가스 사고'. 영상이 비추는 지반이 움푹 파여 무너진 건물은 농담으로라도 우연한 사고라고 하기 어려웠다.

그리고 오늘은 청담동 일대가 폭격이라도 당한 것처럼 폭삭 주저앉았다는 기사가 가장 먼저 눈에 띄었다. 세 명의 인명 피해가 났으며, 한창 공사가 진행 중이던 지역이라 사고의 여파는 더 컸다고.

'이것도 이쪽 사람들 때문인가.'

턱을 괴고 화면을 바라보는 미사의 눈빛에 짜증이 어렸다.

'이 정도 규모면 아주 작정들을 하셨나 본데.'

인간사회에서 벌어지는 일들 중 커다란 재앙이라 일컬어지는 것들은 일족에 의한 것들이 많다. 근래 일어나는 일들도 일족들과 관여되어 있을 가능성이 컸다.

사준이 그녀를 공격했다는 사실 하나만이 문제가 되는 게 아니었다. 사준을 따르는 사 일족들까지 관련되었다면 전쟁이다. 그리고 사 일족은 필패할 것이다.

아무리 포악하고 강한 살모종이라 할지라도 고작 200년 묵은 놈을 중심으로 뭉쳐 있는 무리다. 일족사회에 끼칠 수 있는 악영향은 미미할 수밖에. 헤아릴 수 없이 오래 살아남은 강자들이 은둔하며 존재하는 곳이 바로 일족들의 사회가 아닌가.

진짜배기라 할 만한 일족들은 따로 있다. 그들은 인간사회에 크게 관여하지 않는 자들이다. 하지만 하찮은 어린 일족이 저렇듯 활개를 치고 다니면 그래도 내버려둘까.

미사는 곰곰이 생각에 잠겼다.

'……어미. 사준의 어미라고 했나.'

아무리 생각해도 말이 안 되는 일이다.

'왜 죽은 어미를 찾아?'

미사는 그의 생모가 죽었다고 들었다.

사준이 제 입으로 그렇게 말했다. 그가 태어났을 때 그의 육친은 이미 죽은 상태였다고. 양모였던 시영은 그 새끼가 이미 먹어버렸다. 그에게 있던 두 마리의 어미는 전부 죽은 셈이다. 아니면, 그 새끼는 대체 엄마가 몇 명이기에.

시영을 생각하니 갑자기 속에서 뭉친 울분이 꿈틀거렸다. 그래도 저를 낳아준 자라고 새삼스러운 슬픔이 일었다. 왜 그리 터무니없이 사준에게 당해버렸는지.

'……정말 용운 님한테 연락을 해봐야 하나.'

미사는 여전히 고민 중이었다.

제가 알지 못하는 사준을 알고 있을 만한 사람, 그녀가 찾아 물어도 안전할 수 있는 사람은 그뿐이었다. 하지만 이런 일로 도움을 청하기에는 용운은 너무 대단한 자다.

　한참의 고민 끝에, 미사는 태성의 집 전화기를 들었다. 수첩을 뒤져 번호를 눌렀다. 그러나 연결음만 이어질 뿐, 상대방으로부터의 답은 돌아오지 않았다.

　참을성이 없다고 할지 모르겠으나 두 시간 정도 전화기만 바라보고 있자니 문득 그런 생각이 들었다.

　'전화번호 바꾸셨나?'

　용운은 인간사회에 성공적으로 녹아든 진 일족이다. 음악을 한다. 늙지 않는 외모라거나, 그가 근래 택한 직업적인 이유로 연락처를 바꾸는 건 이상한 일이 아니었다.

　미사는 뚱한 얼굴로 다시 수첩을 뒤적였다. 전화번호뿐만 아니라 주소도 몇 개 적혀 있다. 고민을 거듭하던 그녀는 더 이상 시간 낭비하지 않기로 했다. 쇠뿔도 단김에 빼라고 했으니 차라리 그냥 찾아가보는 게 나을 것이다.

　문제는 제가 용운에게 찾아갈 것을 사준이 예상하고 동족들을 풀어두었을 경우인데.

　'……아무리 그래도 용운 님 근처에.'

　진 일족인 용운의 주위에 뱀을 풀어놓는 멍청한 짓은 않을 것이다. 용운 님이 그걸 가만둘 리도 없고. 감시하는 녀석이 있다고 해도 일정 거리 안으로는 접근하지 못할 것이 자명하다.

　'괜찮겠지.'

　거기까지 생각했을 때 집 전화가 울리기 시작했다. 혹시나 용운이 부재중 전화를 발견해 연락을 준 걸까 하는 생각에 후다닥 달려갔다.

전화기 화면을 확인한 미사의 눈에 실망과 의문이 동시에 스쳤다.

학교에서 한창 수업을 듣고 있을 태성의 문자였다.

괴테가 그런 말을 했다고 한다.

[우리만이 사랑할 수 있고, 이전에 그 누구도 우리만큼 사랑할 수 없었으며, 이후에 그 누구도 우리만큼 사랑할 수 없음을 믿을 때 진정한 사랑의 계절이 찾아온다.]

강의실에 앉은 태성은 무심코 펼친 책의 첫 구절에 시선을 고정했다. 붙박인 것처럼 좀처럼 눈을 뗄 수가 없었다.

사랑. 그는 이제껏 살면서 사랑이라는 것에 대해 진지하게 생각해본 적이 없었다.

반절짜리 쥐에게는 사랑이란 꽤나 먼 세계의 이야기다. 동족 외의 존재를 인정하지 않는 자 일족 중에서 그를 사랑해줄 이는 없기 때문이다.

태성은 그래서 감정을 주고받는 방법을 제대로 배우지 못했다. 좋은 걸 좋다고 말하는 것도, 싫은 걸 싫다고 말하는 것도 그에게는 그다지 의미 없는 일이었다.

그런데 요즘은 매일매일 스스로가 새롭다. 제 삶이 아닌 미사의 삶을 생각하는 자신이 낯설었다. 처음엔 걱정이었지만, 지금은 달랐다. 미사만 생각해도 가슴이 두근거리고, 속이 간지러워지고, 자꾸만 만지고 싶고……. 상대가 뱀이라는 걸 알고도 이러니 정말 문제지만.

저도 수컷이었다. 욕망을 이기지 못하고 미사와 몸을 섞었다. 미사와 맞닿아 있는 내내 했던 생각은 그것이었다. 차라리 이대로 먹혀버리고 싶다. 좋아 죽을 것 같다.

처음부터 지금처럼 침착할 수 있었던 건 아니었다. 그날, 관계가 끝나고 정신이 든 직후부터 태성은 앞으로 그녀와 어색해지면 어떡하나 내심 크게 걱정했다.

그러나 좋아해야 하는 건지, 슬퍼해야 하는 건지, 미사는 그날 일에 대해 크게 신경 쓰는 기색이 아니었다. 오히려 민망해하는 그를 귀엽다는 듯이 바라보기까지 했다. 살짝 자존심이 상했다.

기억은 늘 이렇게 의도치 않은 순간에 되감긴다. 알몸의 미사를 안았던 순간을 상기하는 태성의 귓불이 다시 은근히 붉어졌다.

"진정한 사랑의 계절이 찾아온다."

태성이 고개를 들었다. 어느새 다가온 병훈이 그의 책상 앞에 팔꿈치를 대고 앉아 구절을 읊고 있었다.

"넌 왔어? 진정한 사랑의 계절은 이 몸에겐 언제 온대?"

"그걸 왜 나한테 물어, 넌……. 아니다. 됐다."

"넌 뭐 말을 하다 마냐? 더 궁금해지게. 요즘 뭐, 연애라도 해? 수상쩍은데. 얼굴은 왜 이렇게 벌게?"

"……수상쩍긴 뭘."

최대한 당황하지 않은 체 능친 태성이 대놓고 책을 덮었다.

"명언집이라니, 하다하다 이제 명언 공부까지 하려고?"

"아니, 그냥 보는 거야."

"명언이라는 게 거의 다 거기서 거기 아니냐."

다른 의미로 맞는 말이었다.

"한두 문장 안에 의미를 담았다는 점에서 대단한 거지. 단순히 거기서 거기라고 말하기에는 좀 어폐가 있고.”

“얼씨구, 누가 선비 아니랄까 봐.”

태성은 의미 없이 웃었다. 그는 책을 통해 보는 다채로운 세상을 좋아했다. 그는 누리지 못한, 누리지 못할 것들, 생각해본 적도 없는 이야기들이 책 속에 가득했다.

“그나저나 날이 추워서 그런가, 옆구리가 시려 죽겠다.”

“……관둬. 연애타령 언제까지 할래? 취업 생각이나 하시지.”

“연애시집 보고 있던 건 너면서? 근데 너 진짜 요즘 연애 하냐?”

“무, 무슨 소리야.”

허라도 찔린 기분이다. 태성은 빠르게 고개를 저었다. 그게 병훈에게는 더 이상해 보였나 보다.

“뭐야, 뭐 훔쳐 먹다 들킨 애처럼.”

미사를 생각하니 다시 속이 간질거렸다. 미치겠네, 정말. 스스로의 정신상태가 걱정이 될 만큼 태성은 미사에게서 벗어나지 못하는 자신의 사고를 느꼈다.

“아니면 뭐야. 요즘 이상해.”

“뜬금없는 소리는.”

주머니 속에 넣어두었던 휴대전화를 꺼낸 태성이 시계를 확인하는 시늉을 했다. 다음 수업까지 40분가량의 공강이 있다. 병훈이 책에서 시선을 떼고 물었다.

“뭐, 아님 됐고. 근데 내일 토요일인데 뭐 하냐? 클럽 가자.”

“너나 가.”

“야, 나랑 가야 된다니까. 너랑 있으면 예쁜 여자애들이 많이 꼬이잖아.”

“나한테 꼬이는 거지 너한테 꼬이는 거 아니잖아.”

"야, 너랑 잘해보려고 접근하는 예쁜 애들 중엔 나한테 관심 보이는 애들도 있거든."

"가뭄에 콩 나듯이?"

"그래, 가뭄에도 가끔 콩이 나. 콩고물 떨어지는 거 내가 좀 받아먹 겠다는 건데. 준호 형이 테이블 잡아준댔어. 너도 맨날 학교 집 학교 집만 왔다 갔다 하면 성격 버린다. 가끔 여자도 만나고 데이트도 하고 해야지, 이 연애 고자야."

남이 연애를 못하건 말건. 괜히 토라진 기분이 되어 태성은 병훈에 게 손을 휘휘 저었다. 병훈은 빠르게 포기하고 다른 친구에게 눈길을 돌렸다.

"오늘 클럽 갈 파티원 모집한다!"

대자보라도 내걸 기세다. 교재를 챙기던 태성의 손이 문득 느려졌 다.

'……데이트.'

연애라거나 그와 비슷한 낯간지러운 상황 속으로 자신을 끌고 들어 가려는 생각은 없었다. 미사는 뱀이고 그는 자신이 무언지도 잘 모르 는 반 푼어치 쥐다. 비록 그런 일이 있었고, 그 후에 미사도 조금 더 호 의적으로 대해주고는 있지만 태성을 진지하게 생각하지는 않을 것이 다. ……하지만 가끔 바깥바람을 쐬어주는 것도 좋을 것 같다. 그래, 약간은 핑계였다.

태성은 휴대전화를 들고 긴장 어린 눈을 빛냈다. 전화를 하자니 용 기가 나질 않았다. 스스로가 왜 이러는지도 사실 잘 모르겠다. 좋은 건 좋은 거고, 함께 외출을 하자고 하는 건 또 별개의 문제다.

'문자 사용할 줄 아나……?'

그의 집에 설치된 인터넷 전화는 문자 서비스가 가능했다. 미사가 확인을 할지는 미지수였다.

태성은 곧 생각을 정리했다. 제 관심사가 아닌 일에는 무심한 편이니, 아예 신경도 쓰지 않을지도 모른다. 만약에 문자를 보내도 미사가 확인하지 못한다면 나중에 집에 가서 몰래 삭제하면 될 일이다.

문자 한 통 보내는 게 대체 뭐라고, 창을 켜는 데도 용기가 필요했다. 투명할 정도로 맑은 회색 눈동자가 비장하게 액정을 노려보았다.

병훈과 티격태격하며 몇 시에 만날지, 뭘 먹고 갈지, 뭘 입을지 따위를 이야기하던 규진이 그런 태성을 발견하고 중얼거리는 소리가 들렸다.

"쟨 폰에 무슨 원수 졌대? 왜 저렇게 노려봐, 갑자기? 보이스 피싱이라도 당했냐?"

떠들건 말건 무시했다. 심호흡과 함께 속을 고른 태성이 꾹꾹 엄지손가락으로 버튼을 눌렀다.

[미사 씨, 뭐 해요?]

전송을 눌렀다. 그리고 1분, 2분, 3분······.

오지 않는 답장에 뭔지 모를 기분으로 뛰던 가슴이 돌이 될 무렵이었다.

[집.]

집으로 문자를 했는데 당연히 집이겠지. 뭐 하냐는 물음에 단조롭게 돌아온 동문서답에도 태성은 긴장했다.

'오늘 나랑 같이 영화'까지 썼던 태성이 휴대전화를 그대로 엎어 덮었다.

'아, 진짜…….'

거절당하면 어쩌지. 아니, 애초에 그냥 바람 한번 쐬자고 말하려는
건데 거절이 무슨 상관인데. 태성은 주저앉아 책상머리에 이마를 기
댄 채 한참을 고민했다. 일족들의 사회에서는 지금 별의별 난리가 나
고 있다는데 태평하게 미사와 데이트를 하고 싶다 이러고 있는 저도
참 소갈머리 없다.

'뭐 하는 거람…….'

"야, 왜 그래?"

"고민 중."

"무슨 고민?"

"데이트."

무심코 중얼거리던 태성이 아차 하고 고개를 들었다. 병훈과 규진
이 귀신이라도 본 얼굴을 하고 있었다.

"뭐시라?"

"뭐라고!"

한바탕 난리가 났다.

"저거 뭐야! 저거 여자 생긴 거야?"

"누구야, 누군데! 사진 보여줘. 예쁘냐?"

태성은 농담이라며 얼버무렸다. 하지만 한번 쌓인 의혹은 쉽사리
해결되지 않았다.

급기야 규진이 책상에 놓인 태성의 휴대전화를 확 빼앗아 들었다.
태성이 벌떡 일어났다.

"내놔."

"이야, 뭐야, 지금 영화 보자고 하려고?"

"야, 밀어붙여! 밀어붙여!"

옆에서 병훈이 신이 나 손뼉을 쳤다. 폭풍 같은 난리가 벌어졌다.

"누른다? 누른다!"

"야, 하지…….'

"눌렀다!"

규진이 의기양양하게 소리치며 태성에게 휴대전화 전면을 내보였다. 태성은 멍하니 액정에 뜬 문구를 바라보았다.

[미사 씨, 뭐 해요?]

[집.]

여기까지는 태성과 미사가 주고받은 문자다. 문제는 그다음.

[오늘 나랑 같이 영화 볼래? 자기?]

의기양양한 표정의 규진을 응시하는 태성은 말을 잃은 표정이었다.

"어떠냐! 이렇게 한번 돌직구를 날려주는 걸로 여자를 심쿵하게 해야…….'

아무 소리도 들리지 않았다. 태성은 살면서 이렇게 당황해본 적이 없었다.

자기? 자기? 영화 볼래? 자기?

미쳤어! 이미 주워 담을 수도 없었다.

"……야, 이 미친놈아!"

"아으아아아! 놔! 야!"

"이 미친 자식아! 무슨 짓이야!"

귀까지 새빨개진 태성이 규진의 목을 잡고 헤드록을 걸었다. 병훈과 규진은 깔깔거리며 "미사? 미사가 이름이야? 이름 특이하다!" 하고 저들끼리 떠들 뿐이었다. 태성은 벌렁거리는 가슴을 움켜쥐었다. 이게 뭐야! 엎질러진 물이었다. 답을 기다릴 수밖에.

반쪽짜리 쥐가 뱀에게 데이트를 신청하는 건 그런 것이기 때문이다.

답이 오지 않는다. 처음부터 승낙을 기대한 건 아니었다. 미사는 집 밖을 돌아다니며 문화생활을 하는 사람이 아니다. 그리고 결정적으로 오늘내일은 눈이 내릴 거라는 예보까지 있었다. 미사가 밖으로 나오기를 기대하는 것은 한여름에 눈이 내리길 바라는 것처럼 가능성이 무에 수렴해 보였다.

조금만 생각해보면 그런 결론이 난다. 아니, 그런 이유를 찾지 않더라도 우연한 충동으로 살을 섞었다고 그녀와 자신이 무슨 사이가 된 건 아니었다. 태성은 그날이 처음이었고, 내심 그녀와 더 가까워지고 싶다고 생각하고 있지만 미사는 태성이 처음도 아닐 것이고 큰 의미를 부여하는 것 같지도 않았다. 그런데 자기라니, 미사가 얼마나 어이없어할까. 미친놈이 아닌가.

그러니까, 거절당할 거다.

마음의 준비를 하고 있지만 기분은 계속 가라앉았다.

'아, 내가 왜 그랬지.'

태성은 그냥 창피해서 죽고 싶었다.

'망했다.'

"어, 야, 아직도 안 왔냐, 답장?"

슬슬 규진이 미안해하는 기색을 띠기 시작했다. 제멋대로 '자기' 따위를 휘갈겨 보냈으니 미안해할 법도 하다. 미사라면 장난으로 웃어넘길 걸 알았지만 답장이 오지 않는 건 정말 신경이 쓰였다.

'지금이라도 친구가 장난 쳤다고 해야 하나.'

다시 정정 문자를 보내려고 했을 때 막은 것은 병훈이었다.

"미쳤냐? 여기서 지금 발 빼면 너 진짜 찌질해 보여. 그거잖아, 그거. 새벽에 구여친한테 전화해놓고 씹힌 거 쪽팔려서 다음 날에 친구가 장난친 거라고 구라치는 거랑 비슷한 거."

"아, 진짜 너네, 아, 진짜."

태성은 엎드려 머리를 처박았다. 시간을 되돌리고 싶었다. 친구라는 녀석들이 웬수다.

"야, 좀만 기다려봐. 이 여자 누군데? 어디서 만났는데? 아까는 칼답이더니 이 여자 밀당 쩌네. 아니, 근데 왜 톡으로 안 하고? 어? 이 번호 너희 집 번호 아니……."

"아니야."

더 휘말리면 안 되겠다 싶어 단호히 끊어냈다. 하지만 '집'이라고 저장되어 있었으니 규진과 병훈이 그냥 넘어갈 리가 없었다.

"뭐? 집? 여자가 지금 태성이 집에 있어?"

"신경 좀 꺼……."

"야, 같이 사는 거야? 뭐야? 너 언제부터? 에이, 그럼 답장 좀 늦어도 상관없는 사이 아니야? 얘기 좀 해봐! 그냥 전화를 해!"

"야, 그래, 전화하자!"

규진과 병훈의 흥분은 꺾일 줄 몰랐다. 남의 속도 모르고 설레발을 쳐대는 친구들 때문에 태성은 미쳐버릴 지경이었다.

첫 문자는 몇 분 걸리지 않아 답장을 해줬으면서도, 미사는 30분이 넘도록 답장이 없었다.

그렇다면 씹은 거겠지? 씹힌 거지, 이거?

"야, 설명 좀 해보라니까."

"집 아니라고."

"근데 왜 집이라고 저장해놨어?"

"……별명. 집순이라서."

"뭐라는 거야? 집순이?"

말도 안 되는 소리로 얼버무리며 한숨을 연거푸 열 번쯤 쉬었을 때다. 휴대전화가 울렸다.

"왔드아아!"

규진이 냉큼 휴대전화를 빼앗아 높이 들어올렸다.

태성이 내놓으라며 낚아채려 했지만 병훈이 태성의 몸을 꽉 붙들어 매기까지 하자 당해낼 수가 없었다.

규진과 병훈은 태성에게 이번 사건이 얼마나 큰 의미인지 몰라 저렇게 장난으로 떠밀지만, 태성은 울고 싶을 지경이었다.

먼저 문자를 확인한 규진의 표정이 딱딱하게 굳었다.

"야, 뭐라는데. 뭐야. 뭔데."

고개를 쑥 내민 병훈이 태성을 뒤에서 껴안은 채 보챘다.

규진은 딱하단 눈으로 태성을 바라보았다. 예상했던 대답이었나 보다. 상처받을 것도 없는데 새삼 기분이 가라앉았다. 병훈이 슬슬 눈치를 보며 태성을 안고 있던 팔을 놓았다.

"야, 규진아, 뭐라는데."

규진이 긴 한숨을 내쉬다가 강의실이 떠나가라 큰 소리로 읊어댔다.

"'그러지 뭐, 자기.'래! 그러지 뭐라는데! 자기라는데!"

태성은 제 눈앞에 들이밀어진 휴대전화 액정을 멀뚱멀뚱 바라보았다.

[그러지 뭐, 자기.]

병훈과 규진이 키득대며 더 난리를 친다.

"드디어 연애하나 봐, 쟤."

"새끼 꼭 쳐라! 사진 없냐, 사진?"

소란함은 사라졌다. 휴대전화를 받아든 태성의 입가에 저절로 미소가 번졌다.

장난인 걸 알고 장난으로 받아준 것일 터다. 그런데 왜 이렇게 기분이 붕 뜨는 건지 모르겠다.

"너 꼭 보여줘야 돼! 제수씨 보여줘야 돼!"

"아, 시끄러워! 너 때문에 진짜 간 떨렸잖아!"

"잘됐으면 된 거지!"

친구들의 소란마저 즐거웠다. 행복하다.

태성은 얼결에 미사와 영화관 앞에서 만나기로 약속했다. 오전 내내 흐리던 하늘은 여전하다. 다행스럽게도 아직 눈이 쏟아질 기미는 없었다. 미사가 길을 잘 찾지 못할까 걱정했지만 그녀는 의외로 시간에 맞추어 나왔다. 영화관 앞 건물에서 기다린 지 10분쯤 지나서였다.

미사가 택시에서 내리며 손을 흔들었다.

"일찍 와 있었어?"

모자를 푹 눌러쓴 미사와 눈이 마주쳤다. 미사는 어두운 색깔의 청바지와 예전에 사준 카키색 니트를 입고 있었다. 아, 예쁘다. 두꺼운 파카도 과하게 껴입지 않아 맵시가 대단했다. 목도리와 장갑의 색깔이 조금 튀었지만 예쁘긴 마찬가지였다.

미사가 오면 문자에 대해 어떻게 해명해야 하나, 일단 장난이었다고 설명부터 해야겠지, 기분 나빠하면 어떡하지, 온갖 고민에 빠져 있었는데 평소와 다를 바 없는 미사의 표정을 보니 굳이 그럴 필요가 있나 싶어 생각을 고쳤다.

"전에 산 옷 입었네요. 잘 어울려요."

정말로 예쁘다. 자신의 취향은 역시 글러먹은 거였다.

"넌 밖에서도 보니 귀찮을 정도로 잘생겼네."

"……뭐가요? 갑자기."

태성은 미사가 어깨를 으쓱하며 턱짓하는 곳을 바라보았다.

몇몇 여자들이 미사와 태성 쪽을 바라보고 있었다. 익숙한 시선이었지만 왠지 모르게 불편했다. 태성은 미사의 모자를 성의 없이 문질렀다. 미사가 눈을 따라 움직였다.

"미사 씨가 예뻐서 보는 거죠."

"나야 원래 예쁘고."

"……할 말 없게 만드네."

잔뜩 긴장하고 기다렸는데, 미사의 이런 태도에 김이 샜다.

"우리 트레이드마크가 당당함이야. 그리고 네가 내 진가를 몰라서 그렇지. 아, 전에 얘기하지 않았어? 용운 님은 나한테 미인대회에도 나가보라고 했어. 능담들 중에서도 귀티가 난다고."

"……미사 씨는 겸손 같은 거 몰라요?"

"어, 그 표정 뭐야? 너 모르지? 내 이름도 용운 님이 지어주신 거야."

"이름을요?"

"아름다울 미(美), 춤출 사(娑). 아름답게 춤추어라."

"뱀 사(巳) 자 아니었어요?"

"너 호적 등본에 올릴 때 뱀 사 자 쓰는 사람 봤어?"

태성은 곧 납득했다는 듯 고개를 주억거렸다. 하긴, 뱀 사 자는 너무 노골적인 것 같다.

"뭐, 뱀 사 자로 쓸 때가 더 나다운 것 같긴 하다."

태성이 슬그머니 물었다.

"근데 용운 님, 이라고 했나, 전에도 들어본 거 같은데 친한가 봐요."

"응, 용운 님."

"누군데요?"

이번엔 미사의 눈이 둥그렇게 뜨였다.

"어, 너 용운 님 이름도 못 들어봤어?"

"잘 몰라요, 다른 일족들은."

"진 일족이라 한양 쪽, 아니, 서울 쪽에서는 꽤 유명한 분이신데. 하긴 넌 어려서 잘 모를지도 모르겠다."

"진이요?"

"응. 대단한 분이지."

그렇게 말하는 미사의 눈은 묘하게 개구쟁이 같았다.

태성에게는 용운이라거나 진 일족이라거나 하는 이야기가 다른 세상 얘기 같다. 만나본 적도 없고 만날 수 있을 거라고도 생각지 않았다. 생각해보면 미사는 그의 세 배에 이르는 세월을 살았으니, 적어도 세 배 이상의 경험을 했을 것이다.

괜히 새삼스러운 괴리감이 느껴져, 태성은 화제를 돌리기로 했다. 그가 가볍게 턱짓했다.

"뭐, 그래요. 그나저나 우리 일단 들어가요."

미사는 심드렁한 태성의 어투에도 크게 개의치 않는 기색이다. 태성은 문득 미사가 오늘 어떤 생각으로 그를 만나러 나온 걸까 궁금해졌다.

매점에서 그들은 짧게 승강이를 벌였다. 미사는 캐러멜 팝콘을 사자 고집을 부렸고, 태성은 갈릭이 더 좋지 않냐며 툴툴거렸다. 의견의 불일치는 아주 소소한 언쟁으로 번졌으나, 곧 그들은 매점 직원의 추천에 따라 캐러멜 반, 갈릭 반의 팝콘을 안고 영화관으로 향했다.

그들이 선택한 영화는 '주토피아'였다. 제목만 들어도 동물들이 넘쳐날 것 같은 애니메이션. 바이론 하워드, 리치 무어 감독의. 평소 유심히 감독의 이름을 기억하는 버릇이 있던지라 태성은 쉽게 외웠다.

내용은 주토피아에서 발생한 어떤 연쇄 사건을 다루는 수사관에 관한 것이다. 수사관이 자그마치 토끼와 여우다. 토끼 경찰관이 사건을 해결하는 과정에서 사설 직업군인 여우와 함께 주토피아의 평화를 지키기 위해 애쓰는데 생각보다 유치하지 않았다.

어쩌다가 이걸 보게 되었느냐 하면, 막상 영화를 보자고 말을 하긴 했는데 마땅히 볼 만한 것이 떠오르지 않은 탓이다.

지금 상영 중인 영화들 중 멜로가 아닌 영화는 몇 가지 없었고, 그나마 스릴러도 19금 딱지가 붙어 있었다.

"'배트맨 대 슈퍼맨'을 볼까요?"

이렇게 말했더니 미사는 배트맨이랑 슈퍼맨 쫄쫄이가 웃겨서 별로라는 말도 안 되는 이유로 거절했다. 19금 멜로 영화는 태성이 질색하며 거절했다. 가뜩이나 아직도 불쑥불쑥 '그날'이 떠올라 난감한 판에 엉덩이가 따가워서 가만히 앉아 있지를 못할 것이다.

영화관 밖에서 팝콘 반 통을 비우는 동안 고민하다가 선택한 것이 '주토피아'였다. 분위기를 보니 평이 좋은 것 같았다. 태성은 별 기대는 하지 않았다. 의인화한 동물들의 이야기가 재미있어봤자 아니겠나. 실제로 인간의 껍질을 쓴 동족들의 이야기가 재미없는 것처럼.

결론적으로 말하면 태성의 취향은 아니었다.

작품성이 없다거나 스토리가 지루해서 잠이 온다거나 하는 게 아니라, 그냥 별로였다. 미사에게 신경이 쓰여 제대로 집중을 못 하기도 했고, 영화가 상영되는 내내 '그러지 뭐, 자기.' 하고 답장을 보낼 때 미사는 어떤 표정이었을지, 그런 쓸데없는 생각만 들었다.

엔딩 크레딧의 부분에 이르러 목이 기린처럼 길고 엉덩이가 양동이만 한 가젤이 섹시 댄스를 추며 공연을 하는 장면이 나왔다. 태성은 기가 막혀서 웃었다. 아마 물 건너 가젤 종 일족이 보면 뭐라 할까. 인간들의 상상력이란 가끔은 이렇게 실소를 자아낸다.

"노래도 좋네."

미사는 생각보다 재미있게 본 듯했다. 심지어 그녀는 2차원의 캐릭터에 반하기까지 했다. 여우 남자 주인공인 닉에게.

"닉 완전 멋진 거 같아. 진짜 보는 내내 설렜다니까."

"설레기까지?"

괜히 뾰루퉁하게 받아친 태성이 영화 상영 내내 꺼두었던 휴대전화를 켰다. 부재중 전화가 한 통 와 있었다. 이부형제인 강서에게서였다. 태성의 눈매가 서늘하게 가라앉았다.

"뭐 해?"

"아니에요."

태성은 표정을 바꾸어 휴대전화를 주머니 속에 쑤셔넣었다.

영화관을 벗어나는 내내 미사는 벽에 걸린 주토피아의 포스터에서 시선을 떼지 못하며 연신 조잘거렸다.

"진짜, 어떻게 저렇게 멋있니?"

"재미있게 본 거 같으니 다행이네요."

"응, 진짜. 닉 너무 마음에 들어. 내 이상형이야. 여우가 그렇게 매력 있는 줄 몰랐어. 간사하고 못돼 처먹기만 한 줄 알았는데……."

"그래봐야 여우지."

왠지 좀 기분 나쁜데, 태성은 괜히 속이 좁아 보일까 봐 시큰둥한 체 대꾸했다. 미사는 신경조차 쓰지 않는 기색이었지만.

"또 보고 싶다."

"뭘 또 봐요."

"닉!"

태성이 화두를 돌렸다.

"영화 보는 거 좋아했어요?"

"아니? 별로? 왜?"

"되게 좋아하는 거 같아서."

"난 닉이 좋은 건데? 주디랑 닉이랑 케미가 장난이 아니지 않아?"

"여우랑 뱀은 천적이라던데."

"영화잖아."

"영화라도……."

미사가 수상하단 표정으로 그를 댕글댕글 바라보았다.

"어라? 네가 보자고 해서 본 거잖아."

"……그게 아니라."

"얼굴에 아주 심술보가 덕지덕지 붙었네?"

"심술은 무슨. 미사 씨가 어울리지도 않게 귀여운 걸 좋아한다니까 웃겨서 그러지."

"내가 귀여운 걸 좋아하는 게 왜? 예전에도 말했잖아. 새삼스럽다."

태성이 시큰둥 대꾸하자 미사의 얼굴에 장난꾸러기 같은 미소가 배기 시작했다.

"미사 씨한테 하나도 안 어울려."

"내가 네 핑발을 얼마나 좋아하는지 알잖아."

"……핑발?"

태성의 한쪽 눈썹이 슬며시 치켜올라갔다.

"응."

"그게 뭔데요?"

"핑크색 발바닥. 요즘 다들 줄여 말하잖아."

태성은 한숨이 목 끝까지 차오르는 기분으로 미간을 긁적였다. 이건 저를 무슨 애완동물 보듯이만 하고. 돌봐주는 건 이쪽인데 애 취급 당하는 것도 이쪽이다 보니 괜히 자존심이 긁히는 기분이다.

"오늘 밤에 만지게 해줘."

"싫은데요."

태성은 어깨를 으쓱하며 휘적휘적 앞서 걸었다. 미사가 "야, 좀 천천히 가." 하며 따라 붙었다.

'나도 참.'

태성은 내심 자조했다. 2차원 캐릭터를 질투하는 꼴이라니. 미사가 비웃을 만했다.

영화관이 있는 건물을 벗어났다. 영화를 보러 들어갈 때에는 초저녁이었으나 나오니 밤이었다. 부옇고 두꺼운 회색 구름이 자욱하게 깔려서 그렇게 어둡지 않았다. 하지만 바람은 몹시 차가웠다.

종종걸음으로 뒤따라오던 찬바람에 미사가 목도리를 어설프게 끌어올렸다. 태성이 되돌아가 그녀의 목도리를 둘둘 풀었다.

"다시 매줄게요."

미사의 시선이 그에게 향하는 게 느껴졌다. 태성은 미사의 시선을 피해 그녀의 턱 부근만 바라보았다. 미사는 태성이 다시 정성스레 둘러준 목도리를 만족스럽게 어루만졌다. 그 이상의 대화는 오가지 않았다.

가로등이 일정한 간격으로 서 있는 보도블록을 따라 걷는 길은 고즈넉한 정취가 가득했다.

막 아파트가 다시 눈에 들어올 무렵이었다. 태성이 멈춰 섰다. 그 바람에 미사도 덩달아 섰다.

"모처럼 밖에 나왔는데, 미사 씨."

"응."

"우리 술 한잔하고 가요."

"술? 어차피 인간들 술은 그렇게 취하지도 않을 텐데."

"취하려고 마시는 거 아니고, 이야기나 좀 하면서 시간 보내자는 거예요."

콧소리를 낸 미사가 양쪽 입꼬리를 당겨올렸다. 주토피아의 귀여운 토끼 암컷 주디처럼. 그 순간 태성의 눈엔 그리 보였다.

생각해보니 그 토끼 여주인공은 꽤 예쁘장했다.

아니, 미사가 조금 더 예쁜 거 같기도 하다. 많이 예쁘다.

……아니, 그냥 제 눈이 좀 이상한 게 맞다.

아파트 단지 근처의 작은 펍에 들어간 그들은 오크나무 디자인의 배가 불룩한 통의자에 마주 앉았다. 테이블은 아담하고 동그란 탁자였다.

"오늘 그런데 웬 바람이 불어서 영화를 보자 그랬어? 데이트 같네."

"영화 보고, 밥 먹고, 술 먹고, 같네가 아니라 맞죠."

겸연쩍다. 건성으로 답한 태성은 메뉴판을 보는 체 고개를 돌렸다.

"그보다, 뭐 먹을 거예요?"

"흐음, 데이트 신청이 맞다 이 말이지."

"데이트라고 생각하면 데이트인 거고, 아니면 아닌 거고. 마음대로 생각해요. 아니, 왜 그런 능글맞은 표정으로 웃어요."

애써 퉁명스러움을 고수하려 하지만, 썩 성공적이지는 못했던 것 같다.

다행스럽게도 때마침 종업원이 다가와 주문을 받았다. 그들은 간단하게 피시앤칩스 한 접시와 술을 시켰다. 미사는 보드카를 주문했다. 어차피 보드카든 맥주든 그들을 취하게 하기는 힘든 주종이다. 그들은 특별한 술에만 취하니까.

종업원이 물러나자 싱글대던 미사가 먼저 말을 걸었다.

"너 진짜 재미있다니까."

"제가 재미있다고 하는 사람은 미사가 처음이에요. 다들 재미없다 그러던데. 심심하다고."

"에이, 거짓말. 진짜 귀엽고 재미있는데."

뚱하게 미사를 응시하던 태성이 중얼거렸다.

"귀여운 거지. 그래, 나는 귀여운 것밖에 안 되지."

"응."

"멋진 건 여우 같은 놈들이 다 해먹는 거죠?"

이젠 숨길 생각도 없이 대놓고 중얼대는 태성의 태도에 미사는 끝내 소리 내어 웃고 말았다. 아까부터 눈에 빤히 보이는 질투를 하는데, 솔직히 가소롭기보다 귀여워 깨물어주고 싶다는 생각이 더 먼저 들었다.

미사는 머리를 반쯤 덮고 있던 털모자를 벗어 테이블 위에 내려놓았다.

"아하, 너도 수컷, 아니, 남자라 이거지. 응, 그렇지. 우리 태성이도 남자지."

놀리는 기색이 다분하다.

머리카락이 흘러내리기도 전에, 미사는 약하게 구불대는 긴 머리칼을 정돈해 까만 끈으로 묶었다. 창백하리만치 하얀 얼굴, 도회적인 이미지가 물씬 풍기는 눈매, 붉은 입술, 귀와 턱의 경계가 부드럽게 선명했다.

"아니, 뭐…….."

무심히 머리칼을 정돈하던 미사가 태성과 눈이 마주치더니 해사하게 웃어 보였다.

"왜 말을 하다 말아."

"뭘 새삼스럽게 물어요. 동서고금을 막론하고 수컷, 아니, 남자들은 다 똑같다고 했어요."

"응, 그래, 뭐 비슷한 면도 있겠지. 너도 그날 그랬고."

"여기 밖이거든요. 말조심 좀 해줄래요."

싱긋 웃은 미사는 당황해 벌게지는 태성의 요청을 간단히 묵살했다.

"내가 무슨 말을 했다고. 그리고 그럼 뭐 어때. 너랑 나 사이에."

"……미사 씨랑 나 사이가 뭔데요?"

"좋은 사이?"

뭘 기대했나. 저렇게 대꾸할 게 뻔했는데. 점점 김이 빠진다. 태성은 능청스러운 미사를 마뜩찮은 눈으로 응시하다가 긴 한숨을 내쉬었다.

500cc 맥주와 작은 잔에 담긴 보드카가 테이블에 놓였다. 보드카를 대번에 털어 삼킨 미사가 빈 잔을 망원경처럼 눈가로 가져갔다.

"이렇게 시간 보낸 기억이 까마득해서 그런가, 아니면 네가 잘 놀아줘서 그런가. 오늘 정말 기분 전환된다."

"요즘 이래저래 일이 많지만 그래도 가끔 바람도 쏘이고 해야죠."

"나쁘지는 않은데…….."

"그보다 미사는 웬 바람이 불어서 나왔어요?"

"나오라며."

태성이 맥주잔을 만지작거리며 대꾸했다.

"……사실 별 기대는 않았거든요."

미사는 뭉근하게 웃으며 "그래?" 하고 되물었다.

태성이 연락을 해온 것은 공교롭게도 미사가 용운을 직접 찾아가볼까 마음먹었을 때였다. 당연히 원래라면 영화를 보러 나가자는 제안을 거절했을 것이다. 그녀가 이번에 거절하지 않은 것은 그 우스꽝스러운 문자 때문이었다.

[영화 볼래? 자기?]

자기라니.

외출할 때까지만 해도 태성은 제정신이었다. 나간 지 몇 시간 만에 회까닥한 게 아니라면 누군가의 장난이 가미된 것이 분명할 터다. 태성 본인은 저렇게 보낼 리가 없으니까.

예상치 못한 깜찍한 장난에 헛웃음이 실실 샜다. 그래서 좀 고민을 했다. 한참 갈팡질팡하다가 마음을 바꾸었다. 태성의 장난을 받아주기로.

"자기."

……쿨럭. 테이블을 짚은 태성이 사레들린 기침을 반복했다. 미사는 능청스럽게 웃으며 그의 손등을 두드렸다.

"왜 그렇게 놀라, 자기."

잔기침을 연거푸 토해낸 태성의 귀가 약간 발개졌다.

"장난인 거 알잖아요."

"그런 게 어디 있어. 자기면 자기인 거지."

"하긴 자기 맞네요. 데이트도 했으니까."

"우리 그럼 사귀는 거야?"

정말이지, 한마디도 져주지 않는 미사가 야속했다. 태성이 기면 미사는 걷고 태성이 걸으면 미사는 뛴다. 태성이 뛰면 미사는 그 위에서 날고 있는 격이다.

"그럼 자기, 오늘 닉 보여줬으니까 특별히 하루만 사귀어줄까?"

"닉 때문이면 됐어요. 그딴 적선은 사양할래요."

"닉 때문이 아니라고 하고 사귀어줄까?"

태성은 아무리 생각해도 영화 선정에 문제가 있다고 생각했다. 미사의 화법도.

"지금 말 좀 이상하지 않아요? 닉 때문이 아니니까 사귀어줄래? 라고 물어봐야 하는 타이밍인데."

"거절의 여지는 주기 싫거든."

미사가 팔꿈치를 테이블 위에 대며 순하게 웃었다. 도회적인 외모를 지닌 탓에, 순수함보다는 묘하게 섹시한 분위기의 미소처럼 보였다.

"있지, 미사 씨. 그날 일은."

"그날? 아, 우리 잔 날."

"……아니에요."

뭐라도 말을 꺼내보려 했는데 미사가 너무 아무렇지도 않게 대답하니 할 말이 없었다.

그 화제를 꺼내봐야 자신이 말려들 뿐이라는 걸 감지한 태성이 잔을 홀짝였다. 알코올의 맛은 느껴지지만 취기는 딱히 오르지 않는다. 당연하다. 일족들을 취하게 하는 술은 특별한 바텐더에 의해서만 제조되니까.

한참 후, 태성이 운을 뗐다. 화제를 돌리기 위함이었는데 티가 나지는 않았을까 싶다.

"그 얘기는 그러면 그만하고, 견우 형한테서 들었는데 요즘 미사 씨네 일족이 문제가 좀 있다던데요."

"……."

"왜 저한테는 말 안 했어요?"

고의라고밖에 볼 수가 없는 건, 태성이 명백히 미사에게 물어본 적이 있기 때문이다.

"그냥. 너랑은 별로 상관없는 내 동족들의 일이기도 하고."

"상관이 없다고 하기에는 안일한 거 아닌가. 미사 씨가 내 집에 있잖아요."

"……."

"도와주겠다는 말, 빈말 아니었어요."

미사가 엷게 웃었다.

"이미 네 도움은 충분히 받고 있다고 생각해."

"하지만 미사 씨 상황을 헤쳐나가기엔 불충분하잖아요."

"네가 어디까지 나를 도울 수 있는데? 네가 조금 묘한 녀석이라는 건 나도 이미 알고 있지만 그것만으로는 어려운 일이야. 막말로 나는 위험해지면 널 미끼로 버리고 도망칠 수도 있는걸. 아마 그럴 거고."

"그런 건 상관없어요."

담담한 태성의 대꾸에 오히려 미사의 표정이 묘해졌다.

태성은 미사가 만나본 일족 중 가장 바보 같고, 가장 순진했다. 자기 목숨이 걸린 일에도 초연히 다른 사람을 먼저 생각한다는 건 착하다는 것으로는 설명이 되지 않는다. 그러나 그런 것과 별개로 미사는 태성에게 폐를 더 이상 더하고 싶지 않았다. 폐를 끼친다는 건 빚을 진다는 것과 비슷하다. 빚을 갚고 갚지 않고는 개인의 차이가 있겠지만 미사는 기본적으로 받은 만큼은 돌려줘야 한다고 생각하는 편이다.

지금으로도 충분하다.

태성은 이미 그녀의 행운이었다.

"넌 너무 무모한 거 같아. 어려서 혈기가 넘치는 건 좋지만 좋지 않은 버릇이야."

"그것도 저한텐 큰 문제가 아니라고요."

"죽을 수도 있는데 그게 어떻게 문제가 아니야? 그러면 너한테 있을 수 있는 큰 문제는 뭔데?"

"평생 아무 쓸모도 없는 반쪽짜리로 살다 죽는 거요. 미사 씨는 내가 약해서 쉽게 이런 말을 한다고 생각할지는 모르겠지만 사실, 함부로 말하는 편은 아니에요. 정말 그러고 싶다고 생각해서 이렇게 말하는 거예요. 미사 씨 일이 잘 풀렸으면 좋겠어요. 행복하기를 바라요."

미사가 결국 작게 웃음을 터뜨리고 말았다.

"나도야. 나는 나만 행복하면 돼."

"목적이 같으면 한 배를 탄 거니까 잘됐네요."

"너, 네가 외롭다고 해서 나 같은 뱀한테 기대는 거, 잘못 생각한 거야. 한참 잘못된 생각이라고."

저 말이 뭐라고 상처가 되는지, 얕은 한숨을 내쉰 태성이 어깨를 으쓱했다. 표정관리가 잘됐는지 모르겠다. 미사도 조용히 잔을 비워냈다.

"미사는 아직 나를 잘 몰라요."

"그러면 내가 뭘 모르는 건지 말이나 해주지그래."

"도와주겠다고 말하는 입장에서 일일이 설명하고 설득까지 해야 하나. 뭐 하나 쉬운 게 없는 여자야."

"너도 사서 고생하려는 타입이야. 솔직히 지난번에도 네가 내 집에 같이 가자고 하지 않았으면 너 그렇게 다칠 일도 없었을 텐데."

"잘 끝났잖아요."

"그게 잘 끝난 거야? 넌 피투성이가 돼서 돌아왔고, 나는 너를 버리고 도망쳤는데."

"그래도 괜찮다니까요. 저는 금방 회복됐고, 미사 씨는 다치지 않고 무사히 도망쳤고, 당신 동족들한테 들킨 것도 아니니까."

어쩌면 저렇게 직진일까. 어쩌면 태성은 미사가 생각한 것 이상으로 확고한지도 모르겠다. 기특하기도 하면서 설레기도 하고. 복잡다단한 심상에 빠지려는 미사의 기색을 읽어내기라도 한 것처럼 태성은 한층 더 가라앉은 목소리로 말했다.

"이건 알아줬으면 좋겠어요. 난 미사 씨랑 지내면서 이런저런 목표가 생긴 것만으로도 만족하고 있어요. 학교를 다니면서 시험 걱정을 하는 척하거나, 인간 친구들에게 맞춰서 취업 고민을 하는 척하는 건 미사 씨 말대로 허송세월 같은 거예요. 무리에서 떨어져나온 내가 딱히 혼자 할 수 있는 건 없고, 그래요, 솔직하게 나도 혼자인 건 싫으니까요. 다른 사람들과 가장 자연스럽게 섞일 수 있는 학교라는 제도를 선택했던 게 맞아요."

"아."

"물론, 그걸 후회하지는 않아요. 지금 친구들도 다들 착하고 잘해주고, 유쾌한 녀석들이니까."

"……."

"하지만 그래도 목적은 될 수가 없죠. 남들 다 하는 건 특별한 게 아니잖아요. 하지만 나는 미사 씨를 만나고서 누군가를 도울 수 있다는 사실을 알게 됐어요. 견우 형이나 애경 누나에게서도 늘 도움만 받았고, 친구들에게도 딱히 내가 도움을 줄 수 있는 게 없었고요."

"……흐응."

"……그렇게 얄미운 표정 짓지 말고 진지하게 좀 들어요."

"네가 나를 돕는 데에 네 나름대로 만족을 느끼고, 정말로 내가 행복하기를 바라서 한 몸 던진다고 쳐보자. 그다음에는? 단순히 날 돕는 게 네 목적이라면 그다음에는 아무것도 없잖아. 삶의 목표가 굳이 수치나 눈에 보이는 무언가일 필요는 없고, 일회성 목표를 계속 만들어내어 사는 것도 방식이라면 방식이겠지만 네가 바라는 건 그게 아니지 않아?"

잠깐 간격을 둔 태성이 덤덤히 수긍했다.

"맞아요."

"그러면 나를 시작으로 앞으로 불쌍한 녀석들만 찾아다니면서 구해주고 다닐래? 네 목숨보다 다른 사람들의 인생이 더 가치가 있다고 말하면서?"

"다른 사람들이 모두 나한테 미사 씨만큼의 가치가 있다는 말도 아
니고, 내 목숨보다 다른 사람의 목숨이 더 가치 있다는 식의 자기포기
발언도 아니에요. 뭐, 그렇게 들릴 수 있다는 건 인정해요. 하지만 해
명은 할 생각 없고."

태성의 어휘에 묘하게 걸리는 부분이 있었다. '해명'이라는 건 어떤
말에 대한 오해를 풀기 위해 상세히 설명한다는 뜻이 아닌가.

잠깐 빤히 그 뜻을 가늠하던 미사는 말꼬리를 잡지 않기로 했다.

"흐응……."

가느스름 눈을 뜨는데 태성이 그런 미사의 앞에 놓인 술잔을 채워
주며 말했다.

"그리고 미사 씨, 난 미사 씨를 도와준 이후에도 목적이 있어요."

"……뭔데?"

"아버지가 어떤 사람인지 알아는 보고 싶어요."

미사가 눈을 깜빡였다. 그 말은 또 의외였다.

"이런저런 일을 겪고 나니까 나도 내 아버지가 어떤 종인지, 어떤
사람인지 궁금해졌어요. 미사 씨의 말대로 내 정체성을 다른 사람을
위해 뭔가를 하는 걸로 규정하는 건 불쌍해 보인다는 걸 잘 알고."

이상하게도 그 순간 미사는 태성과 사준을 겹쳐 보고 말았다. 사준
이 제 생모를 찾고 있다는 이야기를 상기하며 비웃었던 것이 바로 오
늘 낮이었다.

"……찾으면?"

"그다음에 생각해봐야죠. 딱히 아버지라는 존재에 대해 낭만이 있
는 것도 아니니까. 어쨌든 나는 그래요. 미사 씨가 어떻게 봐도 상관
없어요. 선의가 어리석음이라고 부정당하는 세상이라도, 나만 좋으

면 되는 거 아닌가요.”

미사는 머릿속으로 떠올리던 힐난의 말들을 전부 흩어버렸다.

태성이 택한 인생이었다. 세상에 저런 바보가 있어 제 겨울에도 기적이 찾아올 수 있었던 것이다.

미사는 어깨를 으쓱하며 새로 채운 술잔을 홀랑 비워 넘겼다. 분위기가 무거워지기는 했지만 가끔은 이런 날도 나쁘지 않다, 그렇게 생각한 순간이었다.

“궤변이니 뭐니 치부해도 할 말 없지만 이미 미사 씨가 꽤 마음에 들어져서, 발 빼기는 늦은 것 같아요. 사실 지금 이렇게 말하는 데도 나 꽤 용기 낸 거예요.”

“응.”

“나 미사 씨가 좋아요. 미사 씨는 그러지 말라고 했지만.”

술잔을 매만지며 경청하던 미사의 눈이 태성에게 고정되었다.

태성은 용기를 냈다고 말하는 것치고는 심박도 정상, 표정도 평온, 어조도 평이했다. 미사는 가끔 태성에게서 ‘어른’의 얼굴을 본다.

‘어…….’

장난으로 넘기기에는 태성이 많이 진지했다. 슬그머니 시선을 피한 미사가 흘러내린 머리칼을 쓸어넘겼다. 곤란하네. 뭐라고 말해야 하는 거지.

그러나 침묵을 깬 건 그들의 대각 테이블에서 울린 휘파람 소리였다.

술 취한 남자들이 미사를 두고 수군대며 웃고 있었다.

미사의 심기가 불편해진 것을 알아차린 태성이 등받이에 팔을 걸치고 고개를 돌렸다.

“저기요, 지금 이 여자 화나면 안 되거든요. 지금 고백하는 중이니까. 조용히 응원이나 해주시면 좋겠는데.”

표정 하나 변하지 않고 던지는 태성의 말에 주위 테이블에서 웃음이 터졌다.

“잘생긴 형, 차이면 이쪽에도 기회 있어요? 누나 완전 예뻐요!”

천덕꾸러기처럼 생긴 청년이 큰 소리로 말했다. 다시 한 번 술집은 웃음소리로 떠들썩해졌다.

태성은 피식 웃으며 등받이에 등을 기대고 미사에게 물었다.

“그렇냐는데요. 나 싫다고 하고 저 남자한테 갈래요?”

미사는 잠자코 태성을 응시했다. 태성의 고백은 믿음을 달라는 것과 매한가지였다. 태성 같은 성격의 수컷이 잠깐 스쳐가는 연을 맺자 고백해오지 않는다는 건 그녀가 더 잘 안다.

미사도 태성이 좋다. 그의 침착함이 좋고, 귀여움이 좋고, 편안함이 좋고, 수줍은 섬세함이 좋다. 하지만 믿음이라는 건 그 홀로 오롯한 것이 아니다.

사준에게 완전한 믿음을 주었을 때부터 미사는 그와 형제의 우정을 나누었다. 용운에게 주었던 믿음은 경외심을 동반했다. 그렇다면 태성과 또다시 믿음을 나눈다면 그 믿음이 동반할 것은 어떤 감정이 될까.

전엔 겪어본 적 없는 어떤 일이 벌어질지 모른다. 태성이 수컷으로 보이기 시작한 순간부터 걷잡을 수 없는 사태의 전조는 시작된 것일 터다.

가슴이 묘하게 떨렸다.

태성의 나머지 반이 무엇이든 간에, 결국 그는 본체가 쥐인 자의 일족이었다. 그런 주제에 어디서 그런 용기가 나는 걸까. 태성의 배 속은 아마도 몽글몽글하고 단단한 용기로 가득 차 있을지도 모르겠다.

그런 찰나가 찾아오고는 한다.

시간이 멈추고, 순간이 편안하고, 모든 불행이 뒷전이 되어 순수하게 벗겨진 마음만 남는 시간.

미사가 의자를 밀어내고 자리에서 일어섰다.

"……?"

태성이 무어라 입을 열기도 전에 미사의 손이 태성의 목깃을 부드럽게 잡아끌었다. 허리를 숙여 눈을 맞춘다. 그녀의 까맣게 보이는 눈동자 안에 금빛 이기가 어려 있음을 알았다.

"어떻게 될지는 모르겠지만 지켜보자."

"그래도 긍정적인 거네요."

"응, 하지만 너도 염두에 둬. 만약 그런 날이 오면 나는 통째로 가질 거야."

태성은 비로소 언젠가 미사의 눈 안에 도사리며 번뜩이던 어떤 감정의 이름을 알아내었다. 그건 소유욕이었다.

"뱀들은 먹이를 잘라서 먹지 않잖아? 머리끝부터 발끝까지 전부, 먹어버리지."

나쁘지 않겠다는 생각이 먼저 드는 걸 보면 자신도 정말 어딘가 망가진 게 분명하다.

태성이 눈꺼풀을 반절 내리깔고 미소 지었다. 그 미소 위로 미사의 입술이 겹쳐졌다. 미사가 먼저 입 맞추는 것을 지켜본 남자들은 박수를 치거나 야유를 보내거나 하며 흥분해 떠들었다.

짧은 키스였다.

"말 바꾸면 잡아먹을 거야."

얼핏 실소한 태성이 낮게 갈라진 목소리로 말했다.

"으음, 미사 씨, 이거 하나는 꼭 짚고 넘어가야겠는데요."

“…….”

“지금 반은 받아준 거죠.”

불시에 닥쳐온 태성의 손이 미사의 뒷머리채를 끌어당겨 입 맞추었다. 미사가 가볍게 눌렀다 뗐던 입맞춤과 달리, 노골적인 키스였다. 미사는 당황했으나 피하지는 않았다.

박수를 치거나 야유를 하거나 휘파람을 부는 소리가 아스라이 멀어진다. 태성의 뜨뜻미지근한 숨결에마저 그녀를 혹하게 하는 향기가 배어 있다.

술도 취하지 못하게 하는 정신을, 그의 입술이 취하게 하는 기분이었다. 부드럽게 혀를 주고받다 말고 미사는 조용히 웃었다.

‘얜 정말 쥐가 아닌가 봐.’

자발적으로 뱀의 입안을 느끼고 싶어 하는 쥐가 있을 리가 없다. 다다만 입술이 닿는 곳마다 간지러운 기분이 든다. 미사는 눈을 감았다. 단순한 영화 관람에서 시작되었던 만남은 정말로 데이트가 되어버렸다.

입술이 떨어진 짧은 찰나를 빌어 고백했다.

“이대로 그냥 널 통째로 삼켜버릴 수 있으면 좋겠다. 맛있을 거야.”

“소름 끼치는 장난 하지 마요.”

미사는 가볍게 태성의 뺨을 어루만졌다.

“기왕 그러면, 너랑 내가 닉이랑 주디가 되어볼까?”

대답은 퍽 짜증스러운 어조로 돌아왔다.

“또 닉 얘기예요? 나 닉 싫은데.”

“왜?”

“그냥 아까부터 닉 이름만 들으면 좀 짜증이 나더라고요. 싫으니까 그런 거겠죠. 질투인 거 같기도 하고.”

태성은 어쩐지 여유로워 보이기까지 해서 미사의 자존심에만 스크래치가 났다. 장난기 많은 청년들 무리는 여전히 미사와 태성을 주시하고 있었다. 그들의 시선을 의식한 태성이 스스럼없이 미사의 머리를 문지르며 웃었다.

"……이제 일어날까요?"

미사는 술잔을 바닥까지 비워냈다.

나란히 걸어 돌아가는 길.

눈이 내렸다.

펄펄.

가로등이 깜빡거렸다.

"춥지 않아요?"

"손 시려."

태성이 손을 내밀었다. 미사가 냉큼 맞잡았다.

"네 심장소리 들려. 엄청 크게."

태성은 그녀의 손을 쥐고 따뜻한 주머니에 밀어넣었다.

"그러게요. 가슴이 뛰네요."

하얀 입김 속에 번지는 목소리는 평소보다 낮아서 더욱 귀가 기울었다.

태성의 집, 어느새 익숙해진 그의 보금자리로 돌아온 미사는 마지막으로 인사했다.

"오늘 고마워."

"침대에서 잘래요?"

"싫어."

"불편하잖아요. 무슨 짓 하자는 것도 아니고……."

"그래도."

"사서 고생하지 말고 침대에서 자요. 정 그러면 내가 소파로 갈 테니까."

"그것도 싫어."

짧은 승강이 끝에 거실의 불이 꺼지며 소소한 일탈이 끝났다.

깊디깊은 밤, 잠든 미사의 머리맡에 앉은 태성은 슬며시 미사의 머리카락을 어루만졌다. 안아다 침대로 옮겨주고 싶었지만 예민한 미사가 금방 깰 것이 자명했다.

통째로 먹어버릴 거야. 그런 소유욕의 대상이 된다는 건 어떤 기분일까.

'우리만이 사랑할 수 있고, 이전에 그 누구도 우리만큼 사랑할 수 없었으며, 이후에 그 누구도 우리만큼 사랑할 수 없음을 믿을 때 진정한 사랑의 계절이 찾아온다.'

떠오르는 구절을 지워내던 태성은 무심코 바랐다. 고개를 젖혀 어둔 천장을 응시하며 생각했다.

이 순간이 영원했으면. 그건 몹시 낯선 설렘이었다.

그날 밤, 그는 기분 좋게 밤잠을 설쳤다.

18
/
다가오는 그림자

상황이 극단적으로 치닫기 시작했다는 걸 감지한 일족들은 많았다. 하지만 정작 사 일족에게 다른 일족들로부터의 경고성 보복이 시작되었다거나 하는 일은 없었다. 아직까지 다들 조심스럽게 추이를 지켜본다는 입장인 것이다. 다만, 개중에도 정의감 투철한 이들로부터 협박에 가까운 공문이 전해진 건 예상 범위 내였다.

"그래, 오가는 놈들 잘 살펴봐."

사준은 조금 전, 서울 내에 소소하게 여러 무리로 포진해 있던 작(雀, 참새) 일족이 뭉쳐 자(쥐) 일족에게 빌붙었다는 소식을 담담히 흘려들었다. 지난번 추(비둘기) 일족이 당했다는 이야기에 경각심이라도 느낀 모양이지, 조소했다.

대개 집단으로 움직이며 공갈을 일삼는 건 저런 약한 개체들이 모여 이룬 무리들이다.

물론 그들의 머릿수는 무시할 수 없는 요소 중 하나이고, 그중 자 일족은 가장 수가 많아 까다로운 녀석들이므로 두고 볼 필요는 있다.

광일제약 회사 근처를 주시하는 일족들이 많아지고 있다는 걸 알면서도 사준은 평소와 다름없는 일상을 보냈다. 일정한 시간에 출퇴근을 하며, 간간이 지하에 숨겨둔 연구동을 찾아 둘러보고, 적당히 직원

435

들과 어울리며 간간이 거래처 사람들과 만나 식사를 하는 것이다.

"형님, 망원동 근처 싹 다 뒤지면 되지 않아요? 이번엔 내가 진짜 잘 잡을 수 있는데."

지난번, 미사의 아파트 단지 입구에서 형편없이 미사에게 밀려 작살이 났던 상윤은 근신령이 풀리자마자 조르르 달려와 졸랐다. 높은 곳을 싫어하는 만큼 사준의 고층 사무실 창가로는 얼씬도 않고 문가에 바짝 붙어 선 채다.

"망원 쪽으로 도망쳤다고 해서 미사가 그쪽에 있다는 말은 아니지."

그날, 곽현이 '분명 내가 죽였는데?'라고 주장을 해댄 미사의 동행에게는 기묘한 체취가 있었다. 재준이 먼저 도착해 사태 수습을 하고 뒤늦게 사준이 도착했을 때, 체취는 거의 사라진 후였지만 분명 사향이었다.

일처리를 허술하게 하는 편이 아닌 곽현이 '실수'라는 변명으로 두 번이나 일을 실패한 걸 빌미 삼아 물어뜯을 수도 있었지만 그러지는 않았다. 오히려 미사의 동행이라던 녀석의 흔적을 쫓아 미사를 발견할 수 있을지 모른다 생각했기 때문이다.

그러나 흔적은 가양대교 건너편의 커다란 사거리에서 끊겼다. 아무리 코가 좋고 감각이 예민하더라도 잡을 수 있는 게 있고 없는 게 있다. 흔적이 끊긴 것을 찾아낼 수는 없는 법이었다.

사준은 고민 없이 추적을 그쳤다. 솔직히 몹시 피곤했다.

곽현이 대체 무슨 속셈으로 미사를 놓아주고 미사의 동행을 놓아준 건지, 생각하는 것도 귀찮아 내버려두었다. 어차피 들쑤시다 보면 나올 테니까. 곽현은 진심으로 놓아주려 한 게 아니라며 항변했지만 이미 미사를 놓아준 전적이 있으니 믿음은 없다.

그래서 사준은 은밀히 상윤에게 지령을 내렸다.

"상윤이, 너는 앞으로 곽현이랑 같이 다니면서 그 녀석이나 보고 해."

"어, 왜요?"

상윤이 캡모자를 돌려쓰며 떫은 표정을 지었다.

"곽현 형 자꾸 이상한 짓 하니까 그냥 과리 님한테 던져버려요. 애먼 녀석들만 계속 죽어 나자빠지는데."

"계속 떠들면 너도 같이 던져줄 수가 있어."

"에이, 우리 형님, 농담도 참."

"고민 좀 해보자. 이제 어떻게 할지."

희미한 미소를 띤 사준이 그렇게 말하며 사무실 구석의 레코드들이 꽂힌 책장 앞에 섰다. 자연스럽게 판을 하나 꺼내어 전축에 끼웠다. 전축 바늘이 부드럽게 판 위에 내려앉자 옛날 노래라고 해도 이상하지 않을 팝송들이 잔잔하게 사무실을 채우기 시작했다.

"어떻게 할 건데요? 근데 미사 누나는 어떻게 하려고요? 정말로 미사 누나를 먹을 거예요? 화해 안 할 거예요?"

"그럴 수도 있고, 아닐 수도 있고. 화해할 수도 있고, 안 할 수도 있고."

"그런데 미사 누나가 뭘 그렇게 잘못했는데요?"

미사가 먹힐까 봐 걱정이 된다는 투로 말하면서도, 미사를 잡는다는 사실에는 조금도 의문을 느끼지 못하는 어린 밀뱀이 물었다. 사준은 어깨를 으쓱했다.

"우리 미사가 잘못할 게 뭐 있어. 그냥, 팔자가 박복한 거지."

"우와, 형 진짜 또라이."

사준은 상윤의 몰이해에 오히려 편안함을 느꼈다. 누군가 그의 속내를 이해한다 말하는 것이 더 불편할 만큼 그는 스스로를 감춘 채 살아왔다.

생의 첫 순간, 백발의 붉은 눈동자를 지닌 그자를 각인했던 그때부터 단 한순간도 스스로에게 진솔했던 적이 없다.

그의 세 번째 어미는 '바우'라는 이름을 가지고 있다.

불상을 등지고 앉아 있던 하얀 머리칼의, 적안의 남자.

이제는 매일 밤 꿈에서 그를 조롱하는 남자.

그의 목숨을 구해주었던 것은 용운이지만 사준은 늘 백발적안의 위대한 남자에게 사로잡혀 있었다. 사준은 살모하지 못한 살모종이었으며, 살모할 수 없는 살모종이었다. 그에 따른 열패감은 이루 말할 수 없었다.

지난 100여 년간, 그나마 그를 버티게 해주었던 것이 시영과 미사였다. 시영은 그가 가져본 적 없는 어미라는 존재를 대체하여 그의 안에 뻥 뚫린 구멍 안에 똬리 튼 능담이었으며, 미사는 때로는 죽이고 싶고 따로는 아껴주고 싶은, 갈피를 잡기 어려운 충동을 수시로 불러일으키는 여동생이었다.

사준은 하루하루를 살아나가는 데에만 열중하는 두 마리의 능구렁이 사이에서 제 본성을 죽이는 법을 배웠다. 잔인한 충동을 이겨내기 위해서 필요 이상의 살생을 하지 않기 위해 극단적으로 스스로를 절제했다. 미사가 보아왔던 점잖은 모습은 바로 그렇게 만들어진 가면이었다.

그러나 해가 넘어가고, 넘어가고, 넘어가고, 넘어가면서 욕망은 걷잡을 수 없이 커져갔다. 급속도로 진행되는 현대화보다도 빠르게 그를 갉아먹는 것이 본능이었다. 그의 과하게 뛰어난 특정 분야의 재능까지 그를 망가뜨리기 시작했다. 사준은 이 모든 것이 자신의 불완전함에서 비롯되었다 믿는다.

살모하지 못한 살모종이 어떻게 되는가에 관하여는 알려진 바가 없다. 제가 최초의 미완성된 살모종도 아닐진대, 워낙 살모종이 희소하여 달리 길을 찾을 수 없었다.

살모하지 못한 살모종을 어째서 살모종이라고 부르나?

만일 자신이 살모종이라 불릴 수 없다면, 자신은 무엇인가?

스스로에 대한 정의를 잃어버린 순간부터 끝은 정해져 있었다.

육친의 죽음은 그에게 조금도 영향을 주지 못했다. 시영을 잡아먹어보았으나 여전히 그는 불완전한 채다. 그러므로 사준은 인정해야 했다. 그가 정말로 살모본능을 일깨워야 할 대상은 생의 첫 순간 각인했던 백발적안의 괴물이었다.

피범벅이 된 시체를 무심한 눈으로 내려다보고 있었던, 부처와 같은 거만함으로 앉아 그를 조롱했던 괴물.

그래서 시작되었고, 그래서 움직이기 시작한 이야기다.

「날 죽이려면 과리쯤은 데려와야 할걸. 아, 이미 그놈은 죽었지.」

최초의 날, 그자가 그렇게 한 말을 기억했기 때문에 과리를 찾아 일깨우기까지 했다. 오직 그자의 말 한마디에 사로잡혀서.

과리는 용운과 바우에 의해 토막 나 죽어버린 구시대의 진(龍) 일족이다. 전설이라 치부될 수도 있을 만큼 까마득한 옛 사람을 찾을 엄두를 냈던 것은, 그와 동시대를 살았던 용운이 지금의 세상을 함께 살아나가고 있기 때문이다.

위험한 도박을 했다. 기록상으로 바우에 버금가는 일족들은 손에 꼽을 만큼은 있지만 그를 위해 바우를 잡아서 죽여줄 일족은 몇 없다. 가장 가까운 위대한 일족인 용운은 바우와 알게 모르게 정이 있었으며, 오(말) 일족의 가하람은 그의 산에서 무리들과 함께 칩거하는 자로 알려져 소재조차 드러나지 않았고, 랑(狼, 늑대) 일족의 안여는 바우의 추종자였다.

　그런 식으로 모든 선택지를 하나씩 지워내고 남은 것이, 오래전 용운과 바우에게 토막 나 살해당했던 진 일족 과리였다.

　전국을 뒤져 과리의 흔적을 찾아냈다. 과리의 토막 난 몸통은 어딘가에서는 석비처럼 사용되고 있었고, 어딘가에서는 바위처럼 굳어 있었으며, 어딘가에서는 말라비틀어진 나무밑동처럼 흉측한 모양을 하고 있었다.

　그것들을 하나둘 그러모아 온갖 실험을 했으나 성과는 없었다.

　다만, 위대한 일족은 스스로 되살아났을 뿐이다.

　십여 토막이 넘는 것들을 한데 모아 어느 창고에 쌓아둔 지 2년 즈음 되던 해.

　붉은 머리칼의 남자는 스스로 창고의 문을 열고 나왔다.

　사준은 그와 거래했다.

　「바우를 잡아다 주면, 당신의 나머지 조각들도 찾아주겠습니다. 세상이 많이 변했으니 정착이 어려울 테지요. 당신이 살아가는 데에 모든 지원을 해드려도 되겠습니까.」

　과리와 사준은 그렇게 맺어진 계약 관계다.

　"한동안 쉬더니 아주 기운이 넘치는 것 같은데, 과리 님이나 모셔와."

　"엑, 형, 그냥 전화로 하면 안 돼요? 나 무서운데. 용운 님을 놓친 이후로 과리 님이 엄청 예민하시다 들었어요."

　"그렇게 걱정이 많으면 금방 늙어."

　"늙어 죽는 게 먹혀 죽는 것보다 낫지 않겠어요? 진짜 미친놈이던데."

　사준은 이성적인 판단이 불러일으킨 극단주의로 미쳤다는 소리를 듣고 있는 중이지만, 유구한 세월을 살해당한 채 잠들었다가 깨어난 과리는 말 그대로 논리 없는 광인이었다.

과리는 '배가 부르니 너를 먹겠다.' 하며 애먼 사 일족을 벌써 여럿 잡아먹었다. 한 손으로는 꼽을 수 없을 만큼 죽였다. 또 어떨 때에는 '배가 고프니 굶어 단식을 하겠다.'는 헛소리를 하며 단식을 시작해 근처에서 감시하는 사 일족들을 공포에 떨게 했다.

또, 눈을 뜬 후의 서울 도심 풍경에 혼이 팔려 몇 날 며칠을 빌딩 꼭대기 층에서 꼼짝도 않고 볕만 쬐는 일도 있었다. 투신이라도 할 것처럼 건물에서 뛰어내리는 것을 인간들에게 두어 차례나 들켜서 뒷수습을 하는 재준의 불만이 특히나 높았다.

일족사기에 기록된 과리는 아주 포악하고 살생을 숨 쉬듯 즐기는 타락한 진 일족이라고 하였는데 실제로도 그토록 엉망이었다. 어디로 튈지 모른다는 것이 사준도 불만이다.

만일 과리가 바우에 대한 약속을 해주지 않았다면 사준은 그를 일깨운 직후, 아직 불완전할 때 용운에게 그를 팔아넘길 두 번째 플랜을 실행했을 것이다.

'용용이와 흰둥이를 다시 만날 수 있다면 환영이지. 오랜만에 재미있게 한판 하겠는걸.'

어디로 튈지는 모르나 싸움을 좋아한다는 것 하나만은 확실해서 다행인 상황.

상윤의 목소리가 한층 낮아졌다.

"그런데 만약에 과리 님한테 '그거' 들키면 어떻게 해요?"

왜 상윤이 저리 소리를 낮추는지 이해는 했다. 근방 어딘가에서 과리가 그들의 대화를 엿듣고 있다 해도 이상하지는 않을 테니까. 과리의 능력은 그들로서는 상상하기도 어려울 만큼 높은 곳에 있다.

사준은 대수롭지 않게 대꾸했다.

"그분의 변덕이 모두 결정하겠지. 겁먹고 괜히 더 일을 그르치지 말고, 그냥 나를 믿고 시키는 대로 해, 상윤아."

"아니, 뭐, 어차피 걸리면 우리 다 끔살이니까 믿는 건 믿는데. 정말 눈치 못 채실까요?"

"아직 자신의 기운도 제대로 헤아리지 못하고 있으니 당분간은 그렇겠지. 우린 적당히 빠질 타이밍이 올 때까지만 숨기면 괜찮아."

사준이 자상하게 웃었다. 그의 눈동자에 삽시간에 붉은 귀기가 어렸다. 상윤은 강인한 살모사의 붉은 눈동자를 올려다보다가 멈칫 정신을 차리고 고개를 끄덕였다.

"……형님이 그렇게 말하신다면야."

푹 마음을 놓은 기색이다.

'사준 행님도 참 대단하단 말이야.'

상윤은 가끔 사준의 말에는 묘한 힘이 있다는 생각을 하곤 했다. 희한하게도 같은 말이라도 사준이 뱉는 말에는 신뢰가 생긴다. 그런 재주가 있어 개인주의적인 뱀들이 이만큼이나 몰려든 것일 테지만.

"그러면 가봐. 근신 풀리자마자 또 들쑤시고 다니지 말고, 술 일족들이 요즘 근처에서 자주 보인다니까 적당히 조심하고."

"예, 형님, 알겠습니다!"

씩씩하게 대답하며 돌아가는 상윤을 등진 사준이 고개를 들었다. 머리가 아프다. 뇌에 구멍이 뚫린 것처럼 지끈댄다.

햇살에 눈이 시리다. 해가 저물고 있다. 저물어가는 해는 내일이 되면 여명이 되어 돌아오는데, 삶은 그렇지 않다. 삶은 한번 저물기 시작하면 영원의 밤에 갇힌다. 그리고 그의 삶은 저물고 있다.

어차피 전부 죽을 목숨이었다.

자조한 사준이 액자 속의 미사를 바라보았다. 미사가 행복하기를 바라고, 미사가 웃기를 바란다. 하지만 걸리적거린다면 적일 뿐이다. 언제나 타인보다 자신이 더 중요한 법이니까.

　자신은 바우를 죽임으로써 완벽해질 것이다. 완성된 자신의 곁에 수많은 이들의 칭송이 따르리라는 것을 의심하지 않았다.

　단축키를 누른 사준이 전화기를 귀에 가져다댔다. 몇 차례 울리던 연결음 끝에 괄괄하게 적대적인 목소리가 건너온다.

　— 이거 누구야. 염치랑 정신이 같이 집 나간 새끼야, 연락할 마음이 드냐?

　사준은 웃음으로 상대를 달래며 나른히 중얼거렸다.

　"염치 집 나간 김에…… 하나만 더 부탁하자. 망원동 근처에 사는 일족들 주소 다 수거해."

　짧은 통화를 마치고 휴대전화를 덮은 사준의 눈동자에 피로한 붉은 이채가 번지다가 촛불처럼 사그라졌다. 긴 그림자가 땅거미처럼 흉물스러운 다리를 벌리고 기어온다.

　고독에도 그림자가 있다.

19

/

생일 축하해

태어난 걸 유세로 여기는 날이 있다. 저 혼자만 특별히 태어난 게 아닌데, 그날 하루만큼은 무슨 실수를 해도 용서받을 수 있고 어떤 요구를 해도 상대로부터 관대한 대답을 받을 수 있는 날. 태성에게 있어친구들이 챙겨주는 생일은 그런 의미였다.

태성의 생일은 12월 11일. 그리고 오늘은 10일이다.

기말고사를 바로 코앞에 둔 생일파티는 착실한 대학생들을 번민에빠뜨린다. 대학생들의 생일에는 여러모로 술이 빠지기 힘들기 때문이다. 단순히 술이 문제냐 하면 그것보다는 음주 후에 엉망이 되는 생활패턴과 숙취가 더 문제다.

하지만 태성은 언제 마시든, 얼마나 마시든 보통의 알코올에 크게영향을 받지 않는 편이었다. 일족의 신체는 해독작용이 빠르기 때문에 전혀 취기가 오르지 않는 건 아니지만 취한다고 말하기도 뭣했다.

"오늘 술 마시는 거 알지?"

"시험기간인 거 잊었어?"

"원래 평소 실력으로 치는 게 진짜 시험 아니냐?"

태성처럼 잘 취하지 않는 체질도 아니면서, 인간 친구들은 어쩜 저러나 싶을 정도로 매사 유흥에 열정적이다.

오늘 술자리에는 병훈과 규진은 물론이요, 여학생 후배며 동기들도 기꺼이 술자리에 참석하겠다고 했다.

매해 있던 생일, 매해 비슷한 멤버. 그런 의미에서 진태성의 올해 생일 모임도 순조롭다. 단 한 가지, 진태성의 참석 여부만 빼면 말이다.

병훈이 강의실을 벗어나려는 태성을 휙 붙잡아 세웠다.

"야, 어디 가?"

"집 가지 어디 가."

"무슨 소리야, 가긴 어딜 가? 오늘 술자리 그거잖아. 네 생일 기념, 시험 건필 기념 마지막 술."

"언⋯⋯."

무심코 언제냐고 물으려던 태성은 두 달 전쯤 동기들과 선배들과 나누었던 이야기를 떠올리고 아차 했다.

태성의 생일은 늘 기말고사 시작 직전 무렵이었다. 바로 내일이다. 그래서 하루 일찍, 금요일인 오늘 모임을 갖자고 이야기했었다.

"그거 정말 하는 거였어? 오늘? 시험 닷새도 안 남았는데."

"나흘이나 남은 거지. 너 설마 까먹었냐?"

난감하게 미간을 구긴 태성이 이실직고했다.

"⋯⋯미안, 워낙 정신이 없었어. 오늘 진짜 모여?"

요 며칠 시험공부로 정신이 없었다. 정말로 시간이 어떻게 가는 줄 몰랐다. 병훈이 기가 막힌단 표정을 지었다.

"야, 무슨 말도 안 되는 소리로 빼려 그래. 작년에도, 재작년에도 네 생일날 우리 맨날 술 먹었잖아. 오늘도 저 앞에 팽전 하우스에다 아홉 명 자리 잡아놨는데. 12시까지 너 집에 못 가."

규진이 달려와 태성의 어깨를 휙 감았다.

"뭐야, 뭐야. 한두희 이미 정문에서 기다리고 있다는데, 너네 여기서 뭐 해?"

두희는 그들의 여자 동기 중 한 명으로, 이번에 태성의 생일 모임에 참석하기로 한 학우다. 병훈의 표정은 여전히 찡그려진 채였다.

"너 빼는 거 아니지?"

"빼려는 건 아냐."

그렇게 대답은 했지만 태성은 내심 당황한 상황이었다.

오늘 술자리 얘기를 들으니 아득한 현기증까지 이는 것 같다. 오늘 붙잡히면 대체 몇 시쯤 집에 가게 될 것이며, 내일 얼마나 더 피곤할까. 그리고 생일이라는 것이 큰 의미가 되지 않는다고 해도 미사와 함께 보내면 좋겠다는 생각을 하지 않을 수는 없었다.

'흐음……'

어제는 그 꿈까지 또 꾸었다. 붉은 눈의 맹수가 그를 잡아먹기 위해 어슬렁대며 걸어오는 꿈. 요 며칠 그는 그런 꿈으로부터 도망쳐 수화한 채로 미사의 품에서 잠들었다. 미사는 귀여운 걸 좋아하는 편이었는데, 특히나 그의 발을 아주 좋아했다.

태성은 그녀가 그를 보며 좋아하는 게 좋았다. 처음으로 쥐라서 다행이라는 생각이 들 만큼.

규진이 물었다.

"얘 안색이 왜 이러냐?"

"꾀병! 꾀병!"

"웬 꾀병?"

"됐어, 가자. 배연이도 기다리고 있어. 지수도 같이 온다더라."

병훈이 태성의 어깨를 떠밀었다. 이제 겨우 집에 가서 쉬나 했는데 새벽까지 붙잡혀 있게 될 모양이다.

거의 끌려가듯 친구들과 함께 정문으로 이동하는 동안 만난 동기들과 선후배들이 그의 생일을 축하해주었다. 태성은 기분 좋게 인사를 받아주었다. 선물을 주고 가는 녀석도 있었다.

규진은 신이 나서, 술 한잔할 녀석들은 다 땡전 하우스로 오라며 방가를 했다.

태성은 중간에 집에 전화를 걸었다. 기왕 이렇게 된 거, 친구들과 함께 시간을 즐겁게 보내는 게 맞았다. 하지만 통화 연결음이 한참을 울리고 음성사서함으로 넘어가도록 응답은 없었다. 조금 아쉽다.

대학가의 술집은 비교적 일찍 문을 연다. 태성의 학교 근처에는 오후 2시부터 여는 곳도 많다. 자리에 모인 선후배와 동기들은 모두 합쳐 여덟 명이었다. 태성은 학교 앞 골목 후미진 술집에 자리를 잡고 앉은 이들에게 인사했다.

시험을 앞두고도 하나같이 밝은 얼굴이었다. 같은 수업을 듣는 선배인 정우도 자리에 있었다.

"안녕하세요, 형."

"그래, 태성아. 내일이 네 생일이라며? 살아서 집 갈 생각 마. 시험이야 뭐 너는 그래도 잘 볼 테고."

"열심히 살아남아볼게요."

태성은 웃음으로 받아넘겼다. 내색은 않았지만 태성은 '선배'처럼 행동하는 이들이 어려웠다. 나이나 생김을 떠나서, 어쩐지 본가의 나이 많은 이부형제들이 떠오르기 때문이다.

"오빠오빠, 이쪽도 인사 좀 해주죠?"

배연과 지수도 있었다. 배연은 싹싹한 여후배로 그에게 종종 말을 붙여온 전적이 있어 그럭저럭 알고 있지만, 지수라는 아이는 얼굴과 이름만 대충 아는 정도였다.

여자 동기 두 명, 이솝과 두희도 있었다.

태성은 먼저 소파 안쪽 자리로 자리를 잡는 규진과 병훈을 따라 앉으며 차례로 인사를 건넸다.

미리 생일 축하해! 곧 생일 축하해! 여러 익살스러운 축하가 이어졌다. 하지만 그것도 잠시, 자기들끼리 금세 와자하게 시끄러워지기 시작했다.

"이따 저녁에 윤민이랑 경태도 온다고?"

"지금 알바 중이래. 아마 9시 반 넘어서나 올 수 있을 거라던데, 연락할 거야."

"어, 술 줘. 나 잔 비었어."

"오빠, 내가 따라드릴게!"

"근데 민이는 아직도 자취방에 있는 거야? 걔 근처면 불러."

"태성이 생일주는?"

"11일 넘어가는 자정에 딱 멕이자. 자정부터 시작이야."

태성은 반드시 자정 전에 도망가야겠다 마음먹었다. 취하지 않을 자신은 있지만 만취한 주정뱅이들의 뒷수습은 사양이었다.

찌개와 샐러드와 치킨 따위가 두서없이 세팅되었다. 빈 소주병이 늘어날수록 말 보따리는 더 커졌다. 마술주머니처럼 끝없이 이야기들이 쏟아져 나온다.

"야, 진짜. 이렇게 보니 좋네. 잘 살았어?"

수의학과 4학년 여걸이라 불리는 두희가 카랑카랑하게 웃으며 태성을 탁 때렸다.

두희는 동기 중 가장 태성을 스스럼없이 대하는 여자였다. 짧은 단발이 잘 어울리고 쌍꺼풀 없이 길고 커다란 눈을 가졌다. 태성과 겹치는 수업이 없어 이번 학기에는 처음 보았다.

"야, 병훈이한테 들어보니까 너 생일인 것도 까먹고 살았다며? 너 오늘 집 간다고 했으면 너희 집 쫓아가서 머리카락 다 뽑아버렸을 거야. 생일 축하한다?"

"고마워."

"됐고, 고마우면 마셔."

태성은 두희가 채워준 잔을 단숨에 털어넘겼다. 두희는 그 후에 몇 마디 더 하더니 선배인 정우의 부름에 조르르 달려갔다. 태성은 규진이 따라주는 한 잔, 병훈이 따라주는 한 잔까지 쉬지 않고 받아 마셨다.

바로 건너편에 앉았던 배연이 물개처럼 박수를 쳤다.

"오빠 괜찮아요? 그렇게 막 마셔도? 지금 10분 만에 세 잔 마셨는데."

어깨를 으쓱하던 태성이 그 옆자리의 지수라는 아이와 눈이 마주쳤다. 지수는 볼이 발갛게 변해 눈을 내렸다.

배연이 큰 소리로 말했다.

"오빠, 지수 알죠, 지수."

"안녕하세요, 오빠. 이렇게 술자리에서 뵙는 건 처음이네요."

"아아, 와줘서 고마워."

태성은 대강 미소로 얼버무렸다. 안다 하기도, 모른다 하기도 애매한 관계일 때에는 안다고 하는 게 낫다.

그러나 가끔은 조금의 관심이 귀찮은 상황을 불러올 때가 있다.

태성은 여러 차례 그와 같은 일을 겪은 전적이 있었던지라 의외로 이런 쪽에서의 눈치는 재빨랐다.

배연은 능청스레 태성의 빈 잔에 소주를 채우며 눈웃음쳤다.

"오빠, 우리 밥 사준다 했던 거 기억나요? 까먹었죠?"

"아, 그랬지."

건성으로 답한 태성이 의미 없이 미소를 지어 보였다.

민망하게도 지금 그의 머릿속은 미사로 꽉 차 있었다. 술을 마신 탓인지, 미사가 유달리 보고 싶은 것 같다.

사실 그는 이런 술에 취하지 않으므로 그냥 미사가 보고 싶은 것이다.

"이모! 이쁜 이모! 우리 소주 세 병 더요!"

규진이 젓가락으로 테이블을 통통 두드렸다.

술자리가 무르익어가며 언어 구사가 더 거칠어지고 거침없어지기 시작했다. 말술이라 유명한 정우도 살짝 벌게졌다.

태성은 영 오늘따라 흥이 나지 않았다. 그러나 그의 생일을 – 비록 구실이라고 할지라도 – 축하해주겠다고 모인 친구들 앞에서 내색할 수는 없는 노릇이다.

휴대전화를 흘끔거리고 있으니 규진이 눈치 없이 물었다.

"여자 연락 기다리냐?"

의표를 찔린 기분에 태성이 어깨를 움찔했다. 그걸 놓칠 규진이 아니었다.

"아, 그러고 보니까 너 그때 여자친구 맞지? 이따 12시 넘기면 생일인데, 여자친구도 부르지그래? 내일 만나기로 했어?"

그 말을 엿듣고 있던 정우가 끼어들었다.

"아, 그래, 태성이 너 여자 생겼다며?"

"여자는 무슨요."

"에이, 데이트 신청했다던데, 규진이가."

두희도 거들었다.

"어, 나도 들었는데. 연상이라며?"

"어…… 근데 그런 거 아니라……."

"야, 빼지 마. 빼지 마."

규진은 정말, 주둥아리가 촉새처럼 가볍다.

태성이 얼버무리며 넘어갔다. 그러자 건너편에 앉은 지수의 얼굴이 어두워졌다. 배연이 눈치 빠르게 정우의 관심을 끌어챘다.

"아, 정우 오빠, 오빠! 한 잔 받으세요! 예쁜 후배가 따라드려요!"

"얀마, 너무 넘치잖아."

"사랑이 넘쳐서 그래요! 얼른 드시고 극락 가시라고!"

"기집애가."

정우가 쭛 하고 혀를 차며 소주잔을 비워냈다. 배연이 박수를 쳤다. 역시, 이래야 오빠지!

"배연이 애쓴다, 애써."

병훈이 피식 비웃었다.

"야, 그래서, 미사 씨 얘기는……."

규진은 눈치 없는 놈이 되기로 작정한 것처럼 미사에 대해 캐물을 낌새를 보였다.

때마침 태성의 휴대전화가 울렸다. 양반은 못 된다고, 미사였다. 태성이 황급히 휴대전화를 주머니에 챙기고 일어섰다. 규진이 의미심장하게 웃으며 따라 일어섰다.

"야, 야, 미사 씨지. 제수씨지."

배연이 앙칼진 소리로 "아, 정말, 규진 오빠!" 하고 빽 소리를 질렀다. 하지만 규진은 배연이고 지수고 나발이고, 태성의 연애에만 관심이 지대한 모양이었다.

"잠깐 통화 좀 하고 올게."

규진에게 붙잡힌 태성은 혹여라도 전화가 끊길까 내심 전전긍긍했다. 규진이 위협적인 표정으로 부처처럼 웃었다.

"여기서 받아. 빨리!"

아주 난처했다.

본인은 모르고 있었지만 태성은 과내에서 인기가 많았다. 과내에서 가장 준수한 외모인 데다 성실하고, 다정하고, 진중한 이미지로 박혀 있으니 당연했다. 그 흔한 씨씨조차 해본 적 없었다.

그러니 이번에 태성에게 여자친구가 생겼다는 말은 태성의 생각보다 빠르게 퍼져나갔다. 수의학과의 신비가 하나 깨진 순간이었다.

아무리 태성이 애인 아니라고 부정해도 규진은 그대로 밀고 나갈 모양새다. 태성은 마지못해 전화를 받았다. 목소리를 최대한 낮추자 눈을 반짝이던 두희가 소리 없이 야유를 했다.

"네, 나예요."

– 오늘 늦어? 언제 와?

오오, 야, 쟤 얼굴 빨개진다, 쟤 귀 빨개져.

태성은 차라리 쥐구멍에 숨고 싶었다. 전화기 너머로 어렴풋이 들리는 낭랑한 목소리에 정우가 키득거리며 병훈과 눈짓을 주고받기 시작했다. 표정이 안 좋아지는 건 지수와 배연뿐이었다.

"아, 그게, 오늘……."

"태성이 오늘 못 갑니다, 제수씨!"

정우가 화통을 삶아 먹기라도 한 것처럼 목청을 틔워 말했다.

태성이 황급히 전화기를 내렸지만 상대는 선배인 정우였다.

"태성이 오늘 죽는 날이에요!"

정우가 물꼬를 트자 병훈도 규진도 난리였다.

"제수씨, 놀러 와요! 지금 학교 근천데 바쁘세요?"

"태성이랑 썸 타는 분이죠? 아니, 사귀는 건가? 뭐든지! 12시에 태성이 생일 되는데, 생일 같이 안 보내시렵니까! 술 한잔합시다!"

태성이 휴대전화의 마이크를 막으려 했지만 어차피 소용없을 터였다.

- 왜 이렇게 정신이 없어?

미사의 딱딱한 목소리에 정신이 번쩍 들었다. 태성은 규진을 뿌리치고 테이블을 벗어나며 다급히 말했다.

"미사, 잠깐만요."

두희가 그 꼬투리를 잡았다.

"오, 이름이 미사야? 내 이름만큼 특이하네."

"미안하다 사랑한다 아니냐? 악의는 없어요! 제수씨! 하하, 이런 농담 많이 들으시죠?"

"아, 진짜, 한두희 너 입 좀."

태성은 잔뜩 입술을 내민 배연에게 양해를 구한 후 강제로 돌파하듯 자리에서 벗어났다. 후회가 막급이었다. 처음부터 안쪽에 앉지 말았어야 했다.

뿌리치다시피 해서 허겁지겁 밖으로 나간 태성이 전화를 고쳐 받았다.

"미안해요, 미사."

- …….

"화났어요? 장난들이 심해서. 술자리가 있다고 해서 잠깐만 있다가 가려고……."

- 어머? 화? 화가 왜 나?

미사의 목소리가 평소와 묘하게 달랐다. 왜 그런가 했더니 뭔가 신경 쓰이는 것이 생긴 모양이었다.

- 생일이었어?

"아, 오늘은 아니고 내일요. 근데 시험기간이라."

- 그렇구나.

"그래서 오늘 늦을 것 같은데…… 최대한 일찍 일어나서 갈 거예요. 밥은 먹었어요?"

잠깐 고민하는 듯하던 미사가 불쑥 말했다.

- 걔네가 아까 나 부른 거야?

"아뇨, 신경 쓰지 마세요."

- 가도 돼?

이번엔 태성이 입술을 다물고 말았다.

- 가보고 싶어.

놀라기도 했지만, 그보다는 가슴이 두근거려서. 미사의 좋은 청각이 수화기 너머에서 빠르게 뛰는 제 심장소리를 듣지 못했길 바랄 뿐이다.

과리는 높은 곳을 좋아하는 용이다.

신이 아닌 사람에 속하는 일족에게 속성 따위를 붙이는 건 우스운 짓거리지만, 용운이 땅을 뒤엎는 데에 재주가 좋은 용이라면 과리는 바람을 당기고 푸는 데에 재주가 좋은 편이다.

용운과 바우에게 살해당했던 그의 토막 난 조각들이 기능하기 시작한 지 이제 겨우 석 달 남짓, 즉 다시 태어난 지 백일밖에 되지 않은 과리는 현대 문물에 대해서는 어린아이 수준의 지식밖에 가지고 있지 못했다.

그가 기존에 알고 있던 모든 것은 역사의 유물처럼 잊혔으므로.

다시 눈을 뜬 세계는, 무아로 존재하던 천년이 넘는 동안의 지루함만큼이나 따분했다.

「얼마 전에 작 일족들이 과리 님의 이야기를 물고 날아다니는 걸 몇 마리 잡았습니다. 일족회의가 열려 일을 더 키우는 건 아직 불완전한 과리 님께도 좋지 않을 테니 자중하시는 게 어떠실지.」

과리는 누구의 명령도 듣지 않는다. 조언을 빙자한 사준의 명령은 더더욱 가소로운 것이었다. 사준과 연을 이어붙여둔 것은, 그를 되살린 사준에 대한 고마움 때문은 결단코 아니었다.

과리는 투쟁하는 것을 좋아한다. 투쟁은 우월하다는 것을 증명하기 가장 좋은 방법이기 때문이다.

「일이 끝이 나면, 심장까지도 기필코 찾아내어 돌려드리겠습니다.」

아직 과리는 미완성이다.

용운과 바우가 대체 그를 얼마나 갈기갈기 찢어놓은 건지, 사준이 그동안 모은 과리의 조각 중에는 중요한 한 부분이 빠져 있다. 몸의 축이 되고 기운을 담아 가두는 심장이었다.

과리는 어디에 감춰져 있는지 모를 제 일부를 스스로 찾아내기에는 열의가 부족했고, 사준은 그럴 수 있는 깜냥인 듯했으므로 눈에 거슬리는 사준의 몇몇 행동을 용인했다.

사준의 목적은 과리가 궁극적으로 좋아하는 것인 싸움에 있기도 했으므로 구태여 싫다 할 이유도 없었다. 제 몸의 나머지 조각을 찾는 동안 너무나 달라져버린 현대의 세계를 구경하는 것도 나쁘지 않을 터.

분명 처음엔 그리 생각했다.

'아아, 심심해 뒈지겠도다.'

얼마 전, 모처럼 용운을 만나 한바탕 싸움을 벌인 날 이후로 과리의 지루함은 극에 달했다. 용운이 그렇게 도망쳐버릴 줄 누가 알았겠나.

'뭐, 원래 남 앞세우기 좋아하는 녀석이긴 했지. 변함이 없어, 변함이.'

마치 측량기로 잰 듯 마지막 한 보까지 맞추어 딱 떨어지게 만든 회색 건물들이 한때의 광야를 뒤덮고 있다. 창은 반짝반짝 눈이 부실 정도로 윤택한 빛을 반사했다.

아무리 익숙해지려 해도 낯설었다. 그는 오래전의 과리 그대로인데, 다른 세계에 떨어진 것처럼 모든 것이 변했다.

고토에 대한 막연한 그리움까지 느껴졌다.

전시의 횃불을 든 수만 병사처럼 한밤중에도 꺼질 줄 모르는 불빛들에 눈이 아팠다. 목교나 도개교가 아닌 어마어마하게 커다란 철과 쇠로 이어 만든 콘크리트 다리 꼭대기에서는 속이 뚫린 고철 안에 앉은 사람들이 보인다.

그 고철은 자동차라는 이름으로, 딱딱하면서도 물렁거리는 것 같은 까만 바퀴를 달고 굴러다니는 교통수단이라고 했다. 말보다 빨랐으나 그의 다리보다는 느렸다.

다리의 꼭대기에 걸터앉아 강바람을 쐬던 과리가 묘한 존재를 감지한 건 그 무렵이었다.

아무리 새까만 어둠이라도, 아무리 먼 거리라도 백 리 밖의 것도 식별할 수 있는 과리의 용안(龍眼)이 잔뜩 제 기운을 죽인 한 여자에게 닿았다. 처음에는 사준이 그를 감시하라 붙인 사 일족인 줄 알았다. '그 시건방진 녀석이 끝까지 거슬리게 구는군.' 하고 생각하며 무시하고 바람을 타려 하였다.

그러나, 까마득하게 먼 거리에 선 여자의 얼굴을 본 순간 계획이 바뀌었다.

저절로 눈길이 머물렀다.

'호오, 저 아이.'

분명 처음 보는 암컷임이 분명한데도, 기묘하게 낯이 익었다.

원체 관심 밖의 일을 염두에 두고 기억하지 않는 편이라 고생을 좀했지만 얼마 안 가 떠올릴 수 있었다.

사준의 사무실 액자에 끼워져 있던 사진의 주인공이었다.

「화공들의 실력이 몹시 늘었구나. 놀라울 정도야. 한데 이 여성은 네 암컷이냐?」

「그림이 아니라 사진입니다. 그대로 현실을 찍어 박제하는 기술입니다. 그 사진은 제 여동생이고요.」

「사진? 그건 뭐야. 그리고 여동생? 살모종의 암컷이 새끼를 한 마리도 아니고 두 마리나 낳았다니, 용기가 가상하다 해야 할지.」

「피가 통한 건 아니고 형제처럼 자라 그리 말하는 겁니다. 딱히 신경 쓰실 만한 아이는 아닙니다. 지금 집을 나갔는데, 곧 잡아올 생각이니까 그때가 되면 한번 만나보시죠.」

사준은 명백히 선을 그어 과리의 호기심을 차단했다.

과리 역시 사준에게 여동생이 있건, 사준이 바우를 제 어미라 생각하는 미친놈이건, 사준이 지금 다른 일족들을 들쑤시고 다니며 바우의 행적을 찾는 데에 혈안이 되어 있건 저와는 관계가 없다 여겼으므로 흘려넘겼다. 다만 가끔 뱀들이 '미사'라는 이름을 거론할 때가 있었는데, 그래서 이름만큼은 기억했다.

　사준은 그 이름에 대해 이렇게 말했다.

「용운 님이 미사라 이름지어주셨죠.」

　용운이 이름까지 지어줄 만큼 관심을 가진 아이라니 더 인상에 남았다. 낯도 꽤나 예쁘장했는데 과리 역시 일단은 수컷이다 보니 예쁜 것에 관심이 많은 편이다.

　지루하게 멈춰 있던 시간이 흐른다.

　바람이 불었다.

　그리고 바람이 잠잠해진 후, 다리의 조형 꼭대기에 서 있던 붉은 머리칼의 사내는 그 자리에 없었다.

"와."

　평소 점잖던 정우마저 입을 벌렸다.

'와, 씨, 와…….'

　안절부절못하고 그들의 눈치를 보는 태성과 달리 미사는 몹시 여유로운 웃음을 짓고 있었다.

　까만 머리칼을 가볍게 풀어내린 화장기 없는 얼굴이 조각처럼 또렷했다. 조그마한 얼굴에 눈코입이 다 들어가 있는 게 신기할 지경이라며 두희가 옆에 앉아 있던 병훈의 어깨를 팡팡 때렸다.

"아, 씨, 너도 그럼 다시 태어나든가!"

병훈이 언젠가 태성에게서 들었던 말을 그대로 따라 했다.

태성이 멋쩍게 경직된 분위기를 부드럽게 풀며 말했다.

"이쪽이, 미사…… 누나."

말을 뱉고 아차 했다. 미사는 자연스럽게 태성의 대학 친구들에게 인사했다.

"다들 반가워."

"아, 안녕하세요."

"죄송한데…… 와, 진짜 예쁘시네. 와, 와, 진태성 눈 높을 줄 알았어. 앉으세요!"

미사는 태성의 옆자리에 앉았다. 이리저리 돌아다니느라 바쁘던 두희가 티끌의 흠조차 없는 미사의 하얀 얼굴을 홀린 듯 바라보았다.

'뭐야, 이 언니. 연예인이냐고!'

그런 눈빛이었다.

까만 머리칼은 부드럽게 윤이 흘렀다. 빗어놓은 듯이 예쁜 이목구비, 또렷한 눈매가 인상적인 미사는 누가 봐도 미인이었다. 그것도 굉장한 미인이다.

"언니, 실례가 아니었으면 하는데…… 도자기 인형 같아요. 대박이야…… 진짜."

미사가 들어와 옷을 벗을 때까지만 해도 못마땅히 앉아 있던 배연과 지수도 눈인사를 했다. 지수는 울고 싶다는 얼굴이었다. 미사는 어쩐지 뾰족한 두 여자아이에게 잠깐 시선을 주었다 뗐을 뿐이다.

태성은 내심 예민했다. 미사가 선뜻 온다기에 그러라 하긴 했는데, 잘한 선택인지 잘 모르겠다.

미사는 의외로 자연스럽게 그의 대학 친구들과 어울렸다. 미사에게서 시선을 떼지 못하는 태성을 훔쳐보던 규진이 키득거렸다.

"와, 나 쟤가 저러는 거 처음 봐요, 형."

정우도 괜히 미사의 눈을 피하며 규진에게 속닥거렸다.

"아, 태성이 여자친구만 아니었으면."

미사는 원래 예쁘다. 늘 친친 감고 다녀서 그렇지 인간들의 저런 반응은 당연하다. 그런데 미사가 남선배의 관심까지 독차지하고 있는 걸 보니 속이 조금 쓰렸다.

정우가 점잖게 인사를 건넸다.

"저는 태성이보다 한 학번 위 선배인데, 조정우라고 합니다."

"반가워."

미사의 대놓은 반말은 태성의 선배에게도 자연스러웠다. 미사의 나이에 대한 의혹이 싹텄다. 병훈이 슬쩍 떠봤다.

"누나, 누나……? 나이가 몇이에요? 아, 다른 의도 아니고 호칭 때문에."

"그냥 누나라고 부르면 돼."

"누나, 연하 취향이에요? 나는 어때요? 태성이랑……."

태성의 눈이 도끼눈이 되는 것과 동시에 규진이 병훈의 뒤통수를 퍽 소리가 나게 때렸다.

"이 새끼가, 곱게 취하지."

하지만 미사는 웃기만 했다. 단발머리 두희가 미사의 잔에 소주를 채우며 물었다.

"언니야, 한잔 드려도 돼요? 연상이라던데 얼마나 연상이에요? 태성이가 이렇게 여자 앞에서 긴장하는 거 처음 봐요."

미사는 아무리 봐도 20대 후반 이상으로는 보이지 않았다. 20대 후반도 많이 쳐준 것이다. 뭐라고 대답할까 내심 관심을 두고 지켜보는

데, 미사는 의외로 유연하게 화제를 돌렸다.

"으음, 글쎄, 몇 살 같은데? 아, 아가씨는 이름이 뭐야?"

"한두희예요."

"한씨야? 본적이?"

"저 한양 한씨요."

"나는 청주 한씨인데."

"그래도 뭐, 친척인 셈 칠까요? 언니, 태성이랑 어떻게 만난 거예요? 소개? 진태성 쟤는 얌전한 고양이 부뚜막에 먼저 올라간다더니. 이렇게 예쁜 언니가 취향이었구나."

"태성이가 얌전한 고양이는 아니지."

의미심장한 말에 두희가 '오호?' 하는 표정으로 태성을 돌아보았다.

"오오오! 뭐야! 얌전하지 않단 말입니까, 누님? 어떤데요? 어때요?"

규진이 발간 얼굴로 박장대소를 하며 바람을 잡아댔다.

태성은 몹시 후회했다. 괜히 불렀다. 그냥 집에 있으라고 하는 거였는데.

미사가 팔꿈치로 슬며시 태성의 팔뚝을 건드리며 물었다.

"그나저나…… 태성이는 내가 취향이래?"

두희가 헤실거리며 묘하게 태성을 바라보았다.

'저게 무슨 말을 하려고.'

불안해진 태성이 끼어들어 말허리를 잘랐다.

"야, 한두희, 하지 마. 무슨 소리를 하려고."

"아니, 왜?"

"어머, 언니 말이 맞아. 왜? 내가 무슨 말이라도 했냐?"

콧방귀를 뀌면서도 발갛게 익은 태성을 놀리는 데 재미를 붙인 기

461

색이 역력하다.

태성은 타는 목을 감추기 위해 목덜미를 매만지며 한 손으로 술잔을 단번에 기울였다. 살살 눈웃음을 짓는 미사는 전혀 다른 사람 같았다.

"자, 그래서 내가 보기엔 이중에 내 자기가 있을 것 같은데, 어떤 친구야? 혹시 이 자리에 없니?"

쿨럭쿨럭, 태성이 사레가 들려 술을 흘린 것과 동시에 규진이 장난을 치며 두희의 입에 집어넣던 휴지를 떨어뜨렸다. 병훈의 시선이 미사에게 잠깐, 규진에게 길게 머물렀다.

"자기라니?"

선배인 정우는 어리둥절한 표정이었다.

배연을 비롯해 살짝 취기가 오른 두희도 동작을 멈추었다. 지수가 고개를 들고 미사를 빤히 바라보았다.

"자기 말이야, 나한테 영화 보자고 했던 내 자기."

미사의 말끝이 묘하게 날카로웠다.

병훈이 규진의 옆구리를 쿡쿡 찔렀다. 규진은 결국 두희의 정수리를 지지대 대신 짚고 일어서더니 미사에게 꾸벅 허리를 숙였다.

"누나! 잘못했습니다! 소인입니다!"

"돌쇠야, 네 녀석이냐?"

"예! 소인이 오지랖이 태평양이라……! 태성이가 잘되길 바라는 마음에 휴대전화를 몰래 손대고 말았습니다……!"

다른 사람들도 슬슬 상황을 알아차리고서 웃고 말았다. 미사도 한참을 웃었다.

"잘하였구나, 돌쇠야. 그날 덕분에 태성이랑 재미있게 보냈어."

미사의 칭찬에 규진의 콧대가 순식간에 높아졌다.

규진은 이상한 춤을 추기 시작했다. 나에게 고마워해라 하는 뻔뻔한 말을 중얼대며 히죽히죽 태성의 옆구리를 찔렀다.

태성도 어쩔 수 없이 웃고 말았다.

술자리는 무르익었다.

미사는 건너 자리에 앉은 여자아이 두 명이 못내 거슬렸지만 무시로 일관했다. 배연이라 불린 진한 화장의 여자아이는 내내 뭔가 불만스러운 얼굴이고, 지수라 불리며 간간이 누군가 걸어오는 말에만 대답하는 의기소침해 보이는 아이는…….

'저거 태성이 좋아하네.'

미사가 흐응 하며 콧소리를 냈다. 거의 만취 직전에 이른 병훈이 친한 체 들러붙으며 말했다.

"이제 30분만 있으면 태성이 생일인데, 우리 생일주 말아놔야지. 누나는 침 뱉을래요? 태성이가 먹나 보자."

태성이 벌건 병훈을 옆구리에 끼고 몇 대 때렸다. 놀리는 것도 한두 번이어야지.

미사가 답했다.

"그러게. 생일이라며 왜 나한테는 말 안 했어?"

"어? 누나, 몰랐어요?"

불만스러운 기색으로 두 사람을 흘기던 배연이 불쑥 말했다.

"언니, 태성 오빠 생일도 몰랐어요?"

규진의 반문과는 뉘앙스 자체가 판이하게 다른 어투였다. 배연의 냉랭한 투를 들은 이들은 당황스러운 표정을 지어 보였다. 미사는 말끄러미 배연을 돌아보았다.

"아, 그럴 줄 알았어요. 아직 엄청 잘돼가는 정도는 아니신가 보다. 하도 주위에서 몰아가서 당황하셨겠네요."

살풋 웃은 배연이 부러 능청스레 말을 맺었다. 배연은 지수가 태성에게 고백하지 못하고 지지부진하게 구는 걸 도와주기 위해 내일 첫 시험 공부까지 포기하고 이 자리에 있었다.

그런데 태성은 잘돼가는 여자를 초대했다. 태성도 조금쯤은 지수의 마음을 눈치챘을 거라고 생각했다. 적어도 지수와 잘될 생각이 있건 없건 간에 여후배가 자신에게 관심이 있다는 걸 알고 있다면 저렇게 대놓고 초대하는 건 좀 그렇지 않나.

배연은 내심 삐딱하게 툴툴거렸다.

'태성 오빠도 그렇게 안 봤는데 얼굴만 밝히고, 참 별로네.'

미사와 태성은 연인처럼 보이지는 않았다. 태성이 일방적으로 미사라는 예쁜 여자에게 신경을 쓰는 것 같다. 별것 아닌 말 한마디 한마디에 반응하는 태성은 처음 보았다.

후배들은 태성이 늘 여유롭고, 늘 성실하고, 늘 점잖고 침착한 선배라고 믿었다. 지난 2년간 쭉.

하지만 둘이 사귀는 사이가 아니라는 사실이 기분이 상할 대로 상한 지수의 마음을 달래줄 것 같지는 않다. 외려 더 망쳐진 것 같기도 했다. 태성이 따라다니는 여자라니. 게다가 솔직히, 태성이 속물처럼 보일 정도로 겉껍질만 번드르한 여자가 아닌가. 성형일지 알 게 뭐야?

'오빠들 진짜 멍청이.'

술 몇 잔에 얼굴이 벌게져 예쁜 언니 앞에서 헤벌레하다니. 하여간 남선배들이란.

배연이 과장된 미소를 지으며 손뼉을 쳤다.

"아, 맞아. 선물 가져왔어요. 더 취하기 전에 줘야지."

"아직 12시도 안 됐는데?"

464

"술 더 먹으면 까먹을 거 같아서. 지수랑 저랑 같이 돈 모아서 산 건데, 이거는 오빠 내년에 취준하면서 정장 입을 때 쓰시라고 넥타이핀 하나 샀고요, 이거는 향수예요. 향수는 지수가 골랐어요. 오빠랑 엄청 잘 어울릴 거 같아, 그치? 불가리 옴므 익스트림인데 한번 시향해보세요. 그리고 오빠, 여기 이거 액자인데 우리 단체 사진. 지수랑 저랑 오빠랑 규진 오빠랑 태일 오빠랑 지난번에 강촌 가서 놀았을 때 찍은 사진이에요."

"배연아……."

지수가 소극적으로 배연의 옷깃을 쥐었다.

지수는 배연의 적극적이고 당돌한 성격을 잘 알았다. 왜 갑자기 저렇게 분위기를 몰아가는지도 알았다. 지수는 차라리 조용히 이 생일 파티가 끝나고 어서 돌아가길 바랄 만큼 의기소침해져 있었다.

미사라는 이름의 어른스러운 여자에게는 어딜 견주어도 자신이 모자랐다.

그러나 배연은 거침없었다.

"두희 언니, 언니도 선물 사셨다면서요!"

"아, 뭐야, 벌써 주는 거야? 야, 나도 선물. 이거 규진이랑 돈 모아서 산 지갑인데 지금 네가 쓰는 거적때기보단 나을걸."

"아, 맞아. 야, 나도 가져왔다. 이거."

"아, 고마워."

"이거."

배연을 선두로 예정보다 빠르게 선물을 주고받는 시간이 되었다.

태성은 작은 쇼핑백들과 함께 건네지는 성의에 일일이 고마움을 표했다. 아무 선물도 가져오지 않았을 것 같던 정우까지도 근처 프랜차이즈 커피숍의 5만 원권 상품권을 선물로 주었다.

배연이 그때까지도 가만히 앉아 있기만 할 뿐인 미사를 향해 능청스레 물었다.

"아, 언니는 생일인 거 모른다 하셨죠. 선물도 준비 못 하셨겠다……."

"배연아, 그만해."

결국 지수가 모깃소리만 한 목소리로 배연을 뜯어말렸다.

이쯤 되니 두희도, 정우도, 규진도, 병훈도, 심지어 태성까지도 배연이 노골적으로 미사를 적대하고 있다는 것을 모른 체하기가 어려워졌다. 미사는 뜻 모를 눈으로 그런 배연을 말끄러미 바라만 볼 뿐이다.

규진과 병훈이 귓속말했다.

"야, 우리 실수한 거 같은데."

"맞네, 근데 좀 재밌겠다. 캣파이트 벌어지는 거 아니냐?"

"팝콘, 팝콘 가져와."

아무래도 안 되겠다 싶어 태성이 황급히 변명했다.

"미사 씨는, 아, 미사 누나한테는 내가 말을 안 했어."

말을 안 했다기보다, 생일이라는 것 자체를 완전히 잊고 있었다는 것이 정답이지만 우선은 그렇게 말했다.

배연이 건수라도 잡은 것처럼 더 공격적인 투로 말했다.

"아, 그렇게 가까운 사이는 아니셨나 봐요. 그런데 여기까지 불러서 그럼 좀 불편하시려나. 오늘 우리는 오빠 생일 의미 있게 만들어주려고 모인 건데."

자꾸만 찬물을 끼얹어대는 배연을 못마땅히 보던 정우가 한마디 했다.

"야, 배연이 너 말하는 꼬라지가 그게 뭐냐? 하여간, 술만 처먹으면 기집애들이. 그래, 너 지금 하는 짓 존나 의미가 있어 보이네."

"왜요, 예쁜 언니 편들어주는 거예요? 내가 뭐 못 할 말 했나?"

"너 좀 적당히 까불어라."

미사는 한쪽 팔꿈치를 테이블에 대고 턱을 괴었다.

'흐음.'

그녀의 표정에 이렇다 할 불쾌감은 없었지만 웃음도 없었다. 배연은 정우에게까지 대거리를 하기 시작했다. 정우가 정말로 화가 난 것처럼 표정을 구기기 시작하고, 분위기는 순식간에 폭풍전야처럼 고요해졌다.

미사도 못내 마음에 걸리던 차였다. 처음 통화를 했을 때까지만 해도 아무 생각도 없었다. 언제 오느냐 묻고 끊으려 했는데, 수화기 너머에서 들려온 '생일'이라는 말이 귀에 박혔다. 딱히 생일이라거나 무언가를 열성적으로 기념하지는 않는 편이지만 태성은 의외로 섬세한 구석이 있었고, 또 궁금했다.

그가 인간들 사이에서 생일을 축하받는 모습이나…….

어쨌든 그래서 이렇게 먼 곳까지 귀찮은 걸음을 한 것이다. 웬 엉뚱한 여자아이가 질투에 눈이 멀어 주제도 모르고 까불 줄은 몰랐지만.

생각해보면 태성은 분명 암컷들이 좋아할 만한 요소를 많이 갖추었다. 우선 그의 사향만 해도 그렇다.

왠지 조금 질투가 났다.

위태로운 정적 속에서 미사가 입술을 뗐다.

"글쎄, 내가 지금 당장 태성이한테 줄 수 있는 게 많지는 않지만…….."

"됐어요, 미사 씨. 신경 쓰지 마요. 그런 건…….."

태성이 끼어들어 만류하는 순간이었다.

467

"아니, 그래도 친구들보다는 더 좋은 걸 줄 수는 있겠네."

"……."

배연의 표정이 확 굳었다. 자신만만하게까지 들리는 미사의 호언은 태성마저도 갸우뚱하게 했다. 모두의 관심이 완전히 미사에게로 집중되었다. 친구들이 목을 쭉 빼고 미사의 자리 근처를 살폈다. 선물로 보이는 짐은 없었다.

배연이 눈치 빠르게 알아차리고 빈정거렸다.

"그래요? 궁금하다. 뭐 준비하셨는데요? 태성 오빠 좋아하시겠네."

"여기서는 좀 곤란한데."

"왜요? 언니, 태성 오빠가 못 가져와도 괜찮다고 하잖아요. 그냥 솔직히 말하세요."

"침대까지 가야지 줄 수 있는 거거든. 다 있는 데서 말하기는 좀 그렇잖아. 태성이 이미지도 있을 텐데."

"예? 뭐요? 네? 어……?"

예상치 못한 미사의 한마디에 싸울 것 같던 분위기는 온데간데없이 사라지고, 충격을 대변하는 침묵이 내려앉았다.

가장 먼저 침묵을 깬 건 선배인 정우였다. 정우가 휘이 휘파람을 불었다.

"와우."

규진의 얼굴이 태성보다 더 붉어졌다.

"뭐냐, 무슨 말 한 거야?"

두리번거리던 두희가 귓속말을 전해듣고는 깔깔거리기 시작했다.

태성만 이해하지 못했다.

"에?"

규진은 태성의 멍청하니 넋 놓은 얼굴을 바라보며 기침을 하는 체 말했다.

"방, 크흠, 잡, 크흠, 아, 크흠, 누님이, 크흠."

"뭐?"

지수는 더는 자리에 있지 못하겠단 듯 일어나 나갔다.

"저, 갑자기 일이 생겨서요. 태성 오빠, 정말 다시 한 번 생일 축하 드리고 다음에 봬요."

"어……?"

"야, 지수야! 잠깐만! 너 혼자 어디 가?"

멍청하니 앉아 있던 배연이 뒤늦게 지수를 뒤따라 나갔다. 병훈이 뒤늦게 양해를 구하고 배연과 지수를 따라 나갔다. 넋을 놓고 미사를 바라보던 정우가 헛기침을 하며 정리했다.

"뭐, 잠깐 자리 비운 애들은 그렇다 치고…… 고백하시는 게 박력이 넘치시네요. 미사 누나, 신여성이시네. 태성이 복도 많지."

"그렇지? 그런데 쟤는 아직 그걸 모르더라고."

미사는 뜻 모를 미소만 짓고 있었다. 규진이 조금 진지한 표정으로 말했다.

"누나, 그러면 태성이랑 이미 사귀는 거예요? 언제부터요?"

작게 웃은 미사가 고개를 저었다. 좀 과한 발언을 한 감이 있으니 태성을 위해서라도 수습은 해주어야 했다.

"비밀."

"에에에?"

"미사 씨, 장난 그만 쳐요. 진짜, 아…… 미치겠네. 다들 오해하지 마. 그런 거 아니…… 다들 그런 눈으로 보지 좀 마."

"아니긴."

"일부러 장난치는 거야. 원래 미사 씨가, 누나가 장난기가 많아서."

답지 않게 허둥거리는 태성을 보는 이들의 표정에 묘한 호기심이
떠올랐다.

취할 대로 취한 규진이 추잡하게 엉겨붙었다.

"누나, 나는 어때요, 나는?"

"이야아아! 누나아아! 나도! 누나, 나랑 만나요!"

태성은 없는 정신으로 앞에 놓인 술을 입안에 털어 넣었다. 태성에
게 슬며시 상체를 기울인 두희가 귓속말했다.

"너 좋겠다?"

길게 한숨을 내쉰 태성이 화끈거리는 얼굴을 덮어 가렸다.

'너네 지금 다 능구렁이한테 놀아나고 있는 거라고.'

이런 소란스러운 생일파티는 처음이었다.

하지만 기분은 좋았다.

태성은 슬그머니 미사의 손을 잡아 그의 주머니에 넣었다.

배연과 지수가 그렇게 가버리고 난 후에도 술자리는 어떻게든 지속
되었다. 아니, 오히려 분위기는 더 들떴다.

미사도 인간들 사이에 이렇게 섞여 웃으며 떠드는 게 참 오랜만이
었다.

"언니 술 세네요?"

술자리에 있던 다른 여자아이는 그녀에게 술을 계속 먹이려 했다.

"누나, 그래서 누나 친구 중에……."

끊임없이 자신의 외로움을 피력하는 태성의 친구라는 녀석들 두엇
때문에 피곤하기는 했지만 즐거웠다.

하지만 그것도 잠시, 취해가는 이들이 늘어나자 태성은 슬슬 불안한 눈을 했다.

"잠시만."

곧 미사는 자리에서 일어나 화장실로 향했다. 화장실에서는 먼저 자리를 떴던 두희라는 여자아이가 거울을 보고 있었다. 두희는 립글로스를 찍어 바르다 말고는 미사를 발견하고 알은체를 했다.

"언니도 많이 마셨나 봐요."

"조금?"

조금의 무리도 없이 말짱했지만 미사는 대충 맞장구쳤다. 미사가 화장실에 비치된 라디에이터 위에 엉덩이를 걸치고 앉자 두희가 물었다.

"화장실 가려고 오신 거 아니었어요?"

"아니, 잠깐 쉬려고."

두희는 미사를 몹시 마음에 들어 하는 내색을 감추지 않았다.

"언니 화장도 별로 안 한 거 같아. 입술이라도 바를래요? 안 발라도 예쁘지만."

"괜찮아."

두희는 대충 콤팩트까지 찍어 발라 상기된 뺨의 피부 톤을 정리하고는 파우치를 닫았다. 그리고 미사의 옆으로 다가와 섰다. 두희는 미사의 얼굴을 요모조모 뜯어보는 데에 노골적인 기색을 감출 생각도 않았다.

예쁘다거나 하는 얘기를 귀에 딱지가 앉도록 듣는 것보다 이런 눈빛이 더 부담스러운 법이다.

두희가 말했다.

"있잖아요, 언니."

"응."

"우리 오늘 좀 친해졌죠?"

인간들은 술 한 잔만 함께해도 친구가 된다고 믿는 순진한 면이 있다. 보통의 술로는 취하지 않는 미사로서는 크게 이해가 가지는 않았다. 친분이라는 게 그렇게 쉽게 쌓일까. 친분이라는 건 오랫동안 서로를 지켜봐오며 믿음을 줄 수 있는 상대라는 것을 확신한 후에야…….

거기까지 생각하던 미사가 입술을 매만졌다.

하긴, 사준과 태성만 두고 비교를 해도 다르다.

오랫동안 알았던 사준은 지금 그녀에게는 철천지원수와 비슷한 관계가 되었다. 안 지 얼마 되지 않은 태성은 아무 문제 없이 믿음이 가고 좋다. 어쩌면 친분이라는 건 생각보다 쉽게 생겨나는 것일지도 모르겠다.

미사는 조금 마음을 열어주기로 했다.

"꽤 친해진 거라고 하자. 이런 것도 인연인데."

"언니가 정말 좋은 사람 같아서 하는 말인데, 저는 태성이 참 좋아하거든요."

두희는 솔직하게 1학년 때 태성에게 반했었다고 이실직고했다. 태성을 아는 학과 여학우들 중 태성에게 흑심을 한 번도 품어보지 않은 여자는 몇 없을 거란 말로 합리화를 덧붙이면서.

지금도 여후배들은 태성의 성격을 잘 모르고 어떻게든 한번 기회를 만들어보려고 애를 쓴다고 했다. 대표적으로 배연과 지수 같은 후배들.

"인기 많을 수밖에 없지. 그 녀석 특별하잖아."

암컷을 홀리고 다니는 사향을 품고 있는 녀석이다. 인간들에게는 잘 감지가 되지 않을 테지만 미사는 늘 태성에게서 기분 좋은 냄새를 느꼈다. 어쩌면 정말로 그래서 자신도 홀려버린 걸지도.

두희는 미사의 말을 그녀 나름대로 해석하고 대꾸했다.

"그렇죠. 솔직히 태성이 같은 남자애 요즘 찾기 어려워요."

여자 동기들이 태성을 향한 마음을 접은 것은 태성이 확실히 모든 여지를 끊어버렸기 때문이다. 천성적으로 다정하지만, 그 이상 선을 넘으려 하면 태성은 놀라울 만큼 단호히 외면했다.

두희가 아무리 시원한 성격이라고 해도 제 마음을 짐작하면서도 모르는 체하는 짝사랑 상대를 대하는 건 어렵다. 두희는 그래서 반년 정도 혼자 애를 끓이다가 태성을 포기했다. 규진의 조언이 많은 도움이 되었다.

「그 녀석은 여자 만나는 걸 무서워하는 거 같던데. 말은 안 해도 부모님 문제도 있고 하니까 어쩔 수 없다고 봐.」

태성의 부모님은 그가 어릴 때 이혼했다고 암암리에 동기들 사이에 소문이 나 있다. 그래서 어릴 때부터 혼자 독립해서 살고 있다고. 하지만 두희는 그보다는 다른 이유가 있지 않을까 생각했다.

태성은 어쩐지 그들과는 전혀 다른 존재 같다는 느낌이었다.

태성과 이야기를 나누는 일은 즐겁다. 태성이 잘 들어주고, 잘 대답해주기 때문이다. 하지만 가끔 그 안에 숨은 의미를 파헤쳐 분석해보면, 태성을 두르고 있는 벽은 보통 사람은 이해할 수 없을 만큼 두꺼웠다.

두희에게는 어딘가 결핍된 남자를 만나, '내가 그 부분을 채워주겠다.'는 착한 여자 콤플렉스 따위는 없다. 세상에는 좋은 남자가 많다. 그 많은 남자들을 두고 왜 괜히 사서 고생을 하겠나. 아무리 태성이 잘생기고 다정한 남자라고 해도 아닌 건 아닌 거다.

그래서 두희는 친구로 남기로 했다. 다만, 언젠가 태성이 의지할 만한 여자를 만나기를 진심으로 바랐다.

"처음에 언니 얘기 들었을 때 엄청 놀랐어요. 저희 과 소문 엄청 빠르거든요. 특히나 규진이는 입이 진짜 싸서."

두희는 병훈과 규진을 통해 간간이 태성의 소식을 들어왔다. 그녀도 태성의 연애 소식에 이상한 기분이 들지 않았다고 하지는 못할 것이다. 배연의 무례라거나, 암암리에 태성을 짝사랑한다 소문이 난 지수가 뛰쳐나간 것도 어느 정도 이해는 되었다.

처음에야 아주 살짝 질투가 나긴 했지만 미사의 등장과 함께 불식되었다. 어쩐지 차가운 인상인데도 호감이 갔다. 규진의 장난도 자연스럽게 받아치며, 분위기를 망치려는 배연의 무례도 나름대로 재치 있게 넘기고.

"저 이번 시험 끝나면 학기 완전히 다 끝나서 졸업인데, 그전에 언니 한번 볼 수 있게 돼서 다행이에요. 그렇지만 좀 불안하기도 해요."

"왜?"

"언니가 너무 예뻐서?"

두희의 뺨이 블러셔라도 바른 것처럼 붉다. 두희가 미사의 손을 꽉 잡으며 말했다.

"태성이 쟤가 정말로, 진짜로 좋은 애예요."

"……."

"오늘 떠밀려서 나오신 거 같기도 해서 주제넘게 뭐라 말씀드리기는 좀 그런데. 오지랖도 싫고."

"태성이가 친구들을 잘 사귀었네."

"언니 성격이 좀 센 거 같아서 걱정이 되긴 해요. 태성이가 워낙 착해서, 예전부터 저거 홀랑 꽃뱀 같은 여자한테 빠지면 답 없겠다 싶었거든요. 왜, 선비 타입 있잖아요. 딱 그래요. 아! 물론 언니가 꽃뱀이

474

란 말은 아니고요. 진짜 언니도 좋은 사람처럼 보이고요."

두희가 허둥지둥 변명을 덧붙였다.

꽃뱀이라는 말에 목 안으로 웃음을 삼켰다. 우연인지, 감이 좋은 건
지. 굳이 여우 같은 여자라는 표현이 아니라 꽃뱀 같은 여자라 표현하
는 게 공교롭다.

두희는 미사가 기분이 상할까 걱정되는 사람처럼 슬며시 말을 돌려
가면서, 중간중간에 칭찬도 끼워 넣으면서 끝까지 저 하고 싶은 말을
다 했다.

"혹시라도 태성이가 여자를 잘 몰라서 실수하거나 해도 좀 봐주면
좋겠고……."

태성의 친구들은 늘 그녀를 보면 걱정하는 것 같다. 견우와 애경도
그렇고, 인간 친구들도 그렇고. 이유야 조금씩 다르지만.

정작 태성은 조금도 그녀를 무서워하지 않는데.

"그러면 태성이한테 능구렁이 같은 여자는 어떨 거 같아?"

한참을 듣다 뱉은 미사의 물음에 두희가 깔깔거리며 웃기 시작했
다.

"불여시보다는 능구렁이처럼 요모조모 요리하는 여자가 낫죠."

"그런가?"

"네, 태성이가 언니한테서 왜 그렇게 눈을 못 떼는지 알 것 같아요.
얼굴도 예쁘지만 진태성이 단순히 얼굴로 여자 보는 녀석이라면 이런
얘기도 안 했을 거예요. 나 지금 내가 언니한테 왜 이렇게 떠들고 있
는지도 모르겠다."

"취해서?"

"어머, 언니 농담도."

두희는 호탕하다 말해도 이상하지 않을 만큼 큰 소리로 웃었다.

미사의 눈에는 두희가 꽤 귀여워 보였다.

"네가 보기에는 태성이가 날 많이 좋아하는 것 같아?"

두희는 조금 노골적인 미사의 반문에 어설프게 웃으며 고개를 끄덕였다.

"계속 언니만 보던데요."

"……."

"잘됐으면 좋겠다. 연애는 다른 사람이 왈가왈부할 문제도 아니긴 하지만. 언니가 태성이랑 잘돼서 다음에 또 저희랑 같이 놀았으면 좋겠어요. 다음에 꼭 또 같이 봐요. 응? 응?"

미사는 오래도록 제게만 머물렀던 회색 눈동자를 떠올렸다. 태성과의 인연이 오래 이어진다면, 언젠가 태성이 이들의 삶에서 종적을 감출 때까지는 종종 마주칠 기회가 생길 터였다.

그러고 싶은지 아닌지는 잘 모르겠다. 하지만 그러면 좋겠다는 생각은 들었다.

"꼭 봐요, 꼬옥, 꼭이에요. 태성이 솔직히 졸업하면 우리랑도 연락 안 할 것 같은데 언니라도 붙들고 있어야겠어."

"그래."

의외로 학교라는 곳은 나쁘지 않은 곳이구나. 나도 다녀볼 걸 그랬나. 그런 쓸데없는 생각이 들었다. 좋아하고 싫어하고 질투하고 털어내는, 수많은 인간들의 감정을 단 몇 시간의 술자리에서 새삼스럽게 체험한 느낌이었다.

가만히 두희를 바라보던 미사가 가볍게 입술을 당겨 웃으며 말했다.

"……그보다, 두희야. 먼저 가봐."

"아, 언니는요?"

미사는 엷게 웃으며 손을 저었다.

"곧 나갈 거야."

두희는 종종걸음으로 화장실 밖으로 나갔다. 미사는 느리게 문고리를 닫아 잠갔다. 부러 그려낸 미소를 드리우던 입꼬리가 서서히 처졌다.

"······."

반쯤 열려 있는 화장실 문. 미사는 거울에 비친 뒤편의 창문에 시선을 고정했다.

미사의 낯빛이 서서히 어두워졌다. 움직일 수가 없었다. 보이지 않는 무언가에 꽉 붙잡힌 것처럼 숨이 막혔다. 불투명한 창문 너머로부터 가까워지는 실루엣에 소름이 끼쳤다.

'이거, 뭐야.'

두희가 태성을 좋아했다 고백할 무렵부터 조금씩 느껴지던 묘한 불길함이었다. 착각이라고 할 수 없을 만큼 선명하게 기류가 변했다. 그리고 자연적인 변화가 아니란 걸 알아차렸을 때에는 이미 미사는 꼼짝도 할 수가 없었다.

덜컹, 거센 칼바람이 창문을 때렸다.

일족, 그것도 강한 일족이 가까운 어딘가에서 제 기운을 억누르고 있다. 그녀의 동족은 분명히 아니었다. 족쇄처럼 조여오는 기운이 그녀를 잠식했다.

식은땀이 맺히기 시작했다. 미사는 차근차근 기억을 더듬었다. 태성의 집에서 나와 이곳에 오는 동안 혹시 모를 꼬리들을 치밀하게 살폈다. 실수로라도 사준이나 동족들과 마주치지 않기 위해서였다.

그런데, 지금.

'대체.'

그때, 화장실 문이 열리며 낯익은 손아귀가 문 앞에 서 있는 미사의 팔뚝을 움켜쥐었다. 부자연스럽게 정지해 있던 공기가 흔들린다.

"나와요."

태성이었다. 태성은 파랗게 질린 미사의 얼굴에 시선을 주었다가, 주위를 둘러보듯 살핀 후 그녀를 화장실 밖으로 끌어냈다.

"어서. 나오라고요."

역시나 태성도 느낀 것이다. 점점 가까워지고 있는 기운을.

"침착하게."

뒤돌아서면 정체 모를 무언가가 그들을 바라보고 있을 것만 같았다. 그건 시선이 아니었다. 공간 전체를 장악한 무언가의, 이루 설명할 수 없는 압도감이다.

"우리 먼저 갈게."

한창 이어지던 술자리는 태성의 갑작스러운 발언에 술렁였다. 무슨 일이냐 묻는 친구들에게 "일이 생겼어." 하고 평소보다 딱딱하게 대꾸한 태성이 미사의 어깨에 코트를 걸쳤다. 꼭 여며주는 것은 그 와중에도 잊지 않았다. 정우에게도 예의 바르게 "형, 오늘 와주셔서 고마워요. 먼저 일어나서 죄송해요." 하고 인사한 태성은 그대로 출구로 향했다.

멀뚱멀뚱 뜬 눈으로 소주잔을 입술에 가져가던 두희가 소리쳤다.

"야, 갑자기 어디 가는데?"

"나중에 보자."

미사는 제대로 인사조차 하지 못했다. 그길로 밖으로 나온 태성과 미사는 무작정 보도블록을 따라 걸었다. 잠시도 주춤하지 않았다. 먹자골목을 벗어나 사람들이 많은 대로변으로 향했다.

칼바람이 뺨을 때리는 것조차도 느껴지지 않았다. 한번 의식하기 시작하니 적의 기운이 더 선명하게 느껴지는 듯했다. 태성의 걸음은 숫제 달리듯 빨라지다가, 급기야는 뛰기 시작했다. 그들이 술잔을 나누던 술집에서 한참 떨어진 후에야 미사는 정신을 차렸다.

"너, 너도 느꼈지."

그녀보다 한 걸음 앞서 걷는 태성은 뒤도 돌아보지 않은 채 답했다.

"네."

태성의 가슴도 다른 의미로 펄떡이고 있다.

미사가 화장실에 간다며 일어난 지 얼마 지나지 않아서였다. 태성은 묘하게 공기의 흐름이 바뀌고 있다는 것을 알아차렸다. 태성은 약한 개체로 살아왔다. 적의와 살의에는 예민할 수밖에 없었다. 그러나 그보다 더 태성을 당혹케 한 것은 태어나서 처음으로 느껴보는 낯선 반감이었다.

공기 속에 스며든 비늘 내음. 그건 미사를 처음 만났을 때 단순히 사일족 특유의 기운이 불쾌했던 것과는 달랐다.

무작정 미사를 끌고 나온 것은, 그래야 한다는 본능의 신호가 있었기 때문이다.

태성은 빠르게 횡단보도를 건넜다.

"뭐였는지 알아? 뭐였어?"

"몰라요."

"저거……."

미사의 입술이 얼어붙었다.

제가 짐작한 것이 맞다면, 정말로 그들은 조금 전에 죽을 고비를 넘긴 것이다. 그녀보다 더 예민하게 정신을 차린 태성 덕분에.

미사는 분명히 저와 비슷한 기운을 느껴본 적이 있었다. 짜증이 난 용운의 곁에 있을 때 느끼곤 했던.

진.

미사가 느낀 것이 맞다면 상대는 진 일족이었다. 그러지 않고서야 저렇게 몸이 움츠러들 리가 없다.

용운은 단 한순간도 그녀에게 저러한 광범위한, 무차별 난사와 비슷한 존재감을 내보인 적이 없지만, 그 창문 너머의 실루엣은 진 일족이었다.

하지만 미사는 서울 근처에 용운이 아닌 다른 진 일족이 있다는 이야기는 들어본 적도 없다. 용운은 분명 아니다.

"일단, 잠깐, 시선 피할 데라도. 사람이 없는 곳으로, 아, 그러면 안 되는데."

태성은 겉보기보다 훨씬 당황한 모양이었다. 미사는 그녀를 꽉 쥐고 놓지 않는 태성의 손바닥에 땀이 흥건히 고여 있는 것을 알아차렸다. 어둔 골목 안으로 들어간 그들은 문 닫은 카페 앞에 섰다. 다행스럽게도 그 기운은 그들을 뒤쫓지 않았다. 적어도 미사와 태성이 느끼기에는 그랬다.

길을 지나던 한 연인이 태성을 보고 눈을 둥그렇게 떴다.

"렌즈인가 봐."

미사가 태성을 돌려 세웠다.

"미사, 이럴 시간 없……."

태성의 얼굴은 이미 식은땀에 젖어 있었다.

저도 이토록 두려웠는데, 반백 년 겨우 넘긴 어린 태성에게 그 기운은 아주 끔찍한 것이었을 터다. 미사는 거의 질주라도 한 것처럼 숨을 헐떡이는 태성의 목을 당겨 안았다.

"미사, 말했잖아요. 도망쳐야……."

"눈, 너, 지금 눈. 이리 와."

태성의 홍채가 붉게 물들어 섬뜩하게 빛나고 있었다. 미사의 어깨에 고개를 묻은 태성이 신음했다.

"진정이, 안 돼요."

미사가 더욱 세게 그의 얼굴을 끌어안았다.

태성의 눈동자가 다시 평소의 빛으로 돌아오는 데에는 상당한 시간이 걸렸지만 다행히 한밤중의 어두운 길목은 인적이 드물었다. 바람결에 현수막 흔들리는 소리만 들려도 흠칫하며 고개를 홱홱 돌려볼 만큼 긴장한 상태였음에도 미사는 조금씩 안정을 찾아갔다.

"나 올 때 굉장히 조심했어. 미행 같은 것도 없었고……."

"알아요. 미사 씨가 온 다음에 한참 있다가 나타난 거잖아요. 뭔지는 모르겠지만."

'진, 이었던 거 같아.' 하는 말이 목구멍까지 올라왔으나 삼켜졌다.

대체 뭐가 뭔지 모르겠다.

진 일족은 극도로 희귀한 이들이다. 그리고 영역에 대한 의식이 명확해서, 아마 또 다른 진 일족이 나타나 활개를 치려 한다면 용운이 가만히 있지 않았을 것이다.

그때, 태성의 주머니 속의 휴대전화가 징, 지이잉 하며 진동했다. 아까부터 계속 울리고 있었으나 경황이 없어 살피지 못했다.

"……네 친구들 당황했겠다."

"……괜찮아요. 집으로 가요."

"생일이 엉망이 됐네."

"제삿날 안 된 게 어디예요."

농담에도 웃을 수가 없었다. 입술을 꽉 당겨 문 미사가 태성의 팔을 꽉 움켜쥐었다.

뻣뻣한 고개를 돌려 그들이 가로질러온 대학가 저편을 응시했다. 듬성듬성한 네온사인과 꺼지지 않은 조명들이 도깨비불처럼 밤하늘 아래에서 아롱거린다. 벌써 꼬마전구로 벽을 장식해둔 가게들의 불빛 때문에 별 박힌 밤하늘이 땅에 내려앉은 것처럼 보였다.

점멸하는 불빛들 사이로 좋지 않은 예감이 스친다.

어째서인지 기운만으로 그들을 겁에 질리게 했던 '적'은 그들을 쫓아오지 않았다.

단순히 지나는 길이었을까.

그런 우연의 가능성을 헤아리게 될 만큼.

상가 건물 꼭대기에 쪼그려 앉은 과리는 두 마리의 기척이 멀어지는 방향을 가만히 바라보았다. 최대한 기운을 죽인다고 죽였는데도 역시 너무 가까웠던 걸까. 아니, 그보다는 살짝 흥분해서 기운을 갈무리하지 않은 탓이다.

지하로 숨어들어간 암컷을 쫓아가는 것은 쉬웠다.

과리는 기운을 광범위하게 뻗어, 어느 순간 빠르게 땅속에서 이동하는 것을 따라갔다. 역이라 쓰인 지하로부터 올라온 암컷은 어린 인간들이 요란히 웃고 떠드는 거리로 향하더니 어떤 건물로 들어갔다.

바로 따라 들어가지 않은 것은 근처의 요란한 풍경이 예민한 그의 오감을 흥분시켜서였다. 거리 곳곳의 스테레오에서 울리는, 별 음악 같지도 않은 기계음들이 뒤섞여 골이 아팠고, 고성을 지르는 이들, 휴대전화를 쥐고 떠들어대는 이들, 무엇 하나 과리를 편치 않게 했다. 감각이 예민하다는 건 때로는 불편한 일이다.

시험, 도서관, 술, 군대, 사랑 고백…… 수많은 목소리가 뒤섞여 있다.

솔직히 고백해서 과리는 잠깐 방향감을 잃기도 했다. 그는 늘 높은 곳에서 굽어내리는 존재였지, 이렇게나 인간들 사이에 가까이 있어본 적이 없었다.

그러던 와중 암컷이 들어간 건물에서 느껴지는 어떤 기운까지.

과리는 멀찍이서부터 느껴지는 불쾌감에 멈추었다.

그 안에 '무언가' 있었다.

암컷의 기운이 아닌 다른 존재의 기운은 나른하게 늘어진 짐승처럼 잠들어 있던 과리의 본능을 불러일으켰다.

저절로 살의가 일어나 흥분했다. 건물의 구조를 살피기 위해 한 바퀴 돌았다. 그때 제 존재를 들킨 것이 틀림없었다. 암컷 뱀과 또 다른 적은 꽁무니가 빠져라 도망쳤다.

과리는 채신머리없이 그들을 쫓아가는 대신 조금 전 느낀 기운을 곱씹었다. 익숙한 것 같으면서도 낯설다. 하도 오랫동안 죽어 있었던 탓에 머리가 나빠졌나. 기억을 더듬어보았지만 이거다 싶은 것이 없다.

'흐음…….'

과리는 사준이 그에게 내어준 오피스텔로 돌아갔다. 지금 그가 보금자리로 삼고 있는 곳이다. 처음에는 기계 같은 것들을 사용할 줄 몰라 애를 먹었지만 이제는 그래도 헤매지 않을 정도는 된다.

"오늘도 바쁘셨군요."

소파에 앉은 사준이 거무죽죽 가라앉은 눈빛으로 어둠을 꿰뚫고 과리를 응시했다.

과리는 사준이 제게 저런 식의 시선을 보낼 수 있는 유일무이한 뱀

일 거라고 생각했다. 사준이라는 녀석으로 말하자면 망가진 녀석이고, 그로부터 부서진 파편들 중에는 '생존본능'이라는 것이 포함되어 있을 것이다.

"뱀 비린내 난다."

노골적인 그의 불쾌감에도 아랑곳 않고 침묵하던 사준이 조용히 몸을 일으켰다. 그는 정녕 뱀 같아서, 동작 하나하나가 음습해 보였다.

"……가보겠습니다."

"대체 왜 여기 앉아 있었던 거냐?"

"아이들을 따돌리고 사라지셨다기에."

"그래서, 문제 있나?"

"문제는 아닙니다만, 무슨 일이 생기신 건 아닌지 염려가 되어서 말입니다."

과리는 사준의 차갑게 올라간 입꼬리를 응시했다. 한마디도 지지 않는 저 녀석은 어이가 없다 못해 귀엽기까지 하다.

스스로의 광기조차 억누르지 못해 하루하루 기형적으로 변하는 기운을 알면서도, 주위를 속이는 잔망스러운 짓을 멈추지 않았다.

과리는 진 일족이다. 진 일족은 기본적으로 정직과 약속을 중시한다.

정직하지 못한 사준도, 약속을 가볍게 여기는 사준도 마음에 들지 않기는 마찬가지였다.

"당분간 내 지루함을 달래기 위해 네 녀석의 장단에 맞춰줄 의향은 여전하니까. 내 나머지 몸이나 찾아와."

"노력 중입니다."

"그런 것치곤 요즘 너희 뱀 새끼들의 관심이 온통 이 몸 아니면 다른 하잘것없는 녀석들에게 쏠려 있던걸."

"멀티플레이가 중시되는 세상이니까요."

"멀티플레이? 그건 또 뭐냐."

"여러 가지를 동시에 하는 거죠."

"여유들이 없군. 산만해, 산만해."

시큰둥하게 대꾸한 과리가 뒷목을 매만지며 조금 전까지 사준이 앉아 있던 소파에 앉았다.

"아, 그런데 미사, 네 동생의 이름이었던가?"

막 뒤돌려던 사준이 멈추었다. 까맣게 가라앉은 사준의 눈동자가 느리게 내리깔렸다. 짧은 찰나, 왜 과리가 그런 질문을 하는 것인지에 대해 계산하는 내색이 역력했다. 과리는 의뭉 떨며 낄낄거렸다.

"그리 찾는다는 동족의 이름도 잊었어?"

"아니요, 미사가 맞습니다. 그건 왜 물으셨습니까?"

"네 동생은 왜 집을 나갔어? 다른 수컷이랑 사랑의 도피라도 한 거냐?"

멀리서 도망치는 모습만 보았을 뿐이지만 미사라는 뱀은 분명 함께 있던 수컷과 친밀해 보였다.

"보쌈 당했나?"

사준의 표정이 점점 굳어지는 것을 알았으나 멈출 생각은 조금도 없었다. 한참의 침묵 끝에 사준이 간드러지게 웃으며 답했다.

"저희 일은, 과리 님의 소관이 아니죠."

저리 대꾸할 줄 알았다.

과리가 손을 저었다. 물러나라는 그의 신호를 알아차린 사준이 몸을 돌렸다.

"어이, 꼬마 뱀아. 그리 독불장군처럼 살다가는 정말로 나락으로 떨어질 거다. 고독은 장생종들이 가장 경계해야 할 것이지."

"……과리 님도 혼자가 아닙니까?"

사준이 감히 그를 조소했다. 물끄러미 사준을 바라보던 과리가 비웃었다.

"철딱서니 없는 녀석."

원래부터 딱히 말해줄 생각은 아니었지만 저리 시건방진 걸 보니 아예 입을 다물고 싶어졌다.

20

/

과리

그날 이후로 태성은 눈에 띄게 불안해했다.

"미사 씨, 혹시 모르니까 커튼도 꼭 치고 있고요. 이상한 낌새 느껴지면 바로 전화하고요. 밖에 나갈 거면 그래도 전화하고……."

"너야말로 조심해. 네 학교 근처였잖아."

태성에 비하면 미사는 비교적 빠르게 정신을 차린 편이다. 무슨 일이 있었을 거라면 그날 밤에 있었을 것이다. 그 '괴이한 기운'의 일족과 그들의 거리는 건물의 벽 하나가 전부였다. 그 정도의 존재감을 지닌 자가 도망치는 그들을 추격하지 못했을 거라고는 생각지 않았다.

태성도 그에 관하여는 동감하는 듯했지만 마음을 놓지 못했다.

"괜찮아. 난 차라리 네가 학교를 안 갔으면 좋겠는데."

"시험기간이라서요."

보통 때도 아니고 기말고사 시즌이다.

미사도 더 고집하지는 않았다. 태성은 학교생활에 꽤 큰 의미를 두고 있었고 의외로 고집스러운 구석이 있었다.

"별일 없을 테니까 가봐."

태성의 어깨를 툭툭 두드려 떠밀었다.

"전화, 하면 받아요."

"그래."

미사는 태성의 태도에 묘하게 속이 따뜻해지는 느낌을 받았다.

분명 보호받아야 하는 사람은 태성 쪽인데도 미사는 때때로 그에게서 보호를 받는 기분을 느꼈다. 사준이 그녀의 주위를 맴돌며 챙겨주었을 때가 떠올라 속이 급속도로 식을 때도 있지만, 태성의 진심은 사준의 시커먼 속보다 훨씬 투명했다. 하긴 누굴 가져다대도 사준보다는 나을 거다.

그날도 마찬가지였다. 바짝 얼어붙은 그녀를 잊지 않고 챙긴 건 태성이었다. 극도의 불안감에 시달리면서도 그녀의 손을 놓지 않고 앞장서 걷던 뒷모습이 생각보다 오래 기억에 남았다.

'정말 그건 누구였을까.'

용운과는 여전히 연락이 닿지 않는다. 확인할 길이 없으니 답 없는 고민만 계속할 뿐이었다. 이쯤 되니 미사는 정말 그게 용운이었고, 자신이 과민해 오해를 해서 도망쳤던 건 아닐까 하는 생각까지 했다. 하지만 용운이라면 그렇게 무서운 느낌일 리가 없는데.

방문객이 초인종을 누른 건 그로부터 한 시간쯤 후였다.

딩동.

설거지를 하고 막 수건에 손을 닦고 있을 무렵이었다.

'뭐 놓고 갔나?'

"태성이야?"

무심코 현관으로 다가가던 미사가 멈춰 섰다. 문틈으로부터 기묘한 기운이 느껴졌다. 불길한 예감이라 해도 옳았다.

현관문 렌즈를 통해 바깥을 내다보는 미사의 안색이 창백하게 질렸다.

488

마치 그녀가 보고 있다는 것을 아는 것처럼, 뒷짐을 진 붉은 머리칼의 남자가 흰 이를 드러내며 웃었다.

"안녕?"

괜찮을 거라고 아무리 위로를 하더라도, 좋지 않은 예감은 언제나 들어맞는다.

기운을 갈무리하는 것은 섬세함을 요하는 귀찮은 일이었지만 신경을 쓰자면 못 할 것도 없었다.

과리는 제 얼굴만 보고도 새파랗게 질리는 어린 뱀 암컷을 배려해 – 정확히는 혹시라도 도망치면 귀찮을 터이므로 – 기운을 최대한 눌러 지웠다. 그럼에도 불구하고 뱀 암컷에게는 그다지 효용이 없는 듯했지만.

어쨌든 지금 당장 과리의 관심사는 뱀 암컷보다는 이 집을 둘러싼 공간에 밴 기묘한 기운이었다.

"……지난번엔 아주 열심히 달음박질하던데."

대충 묶은 붉은 머리카락은 말총을 연상시켰다. 장난기가 어린 듯한 눈동자는 쉴 새 없이 주위를 훑고 있었고 손톱도, 비늘도 보이지 않는 커다란 손은 날렵한 턱을 매만지며 의뭉스러운 분위기를 자아내고 있었다. 겉보기에는 20대 정도로 보이지만 실제로는 그보다 훨씬 나이가 많을 것을 안다.

미사는 간신히 물었다.

"누구세요."

"맞혀봐."

"그래야 해요?"

잔뜩 겁을 먹은 채로도 따박따박 묻는 태도가 꽤나 귀여웠다. 사준처럼 목숨 내놓고 사는 녀석에 학을 뗀 후라 그런지 미사라는 아이가 꽤 마음에 들었다.

예쁘기도 하고.

과리는 예쁜 것이 좋다.

"실수로라도 위대한 분의 면전에서, 실언하고 싶지 않아서 그래요."

과리는 낮게 웃음을 터뜨렸다.

"하기야, 너희 같은 하잘것없는 아이들에 비하면야 이 몸이 많이 위대하기는 해."

느닷없이 들이닥친 불청객으로 인해 미사는 반쯤 혼이 빠진 채였다. 적대감은 없지만 안심할 수 있는 상대도 아니었다. 태성이 학교에 간 후라 차라리 다행이었다. 기운을 거의 드러내지 않고도 이토록 살 떨리게 하는 존재감.

방문의 이유 불명, 정체불명, 적의마저도 불명이다.

"머리 굴리는 소리 들릴라. 보통 차라도 한 잔 대접하는 것이 도리가 아니더냐?"

"……"

"농담이야. 너는 네 오라비와 달리 반응이 재깍재깍이라 재미는 있네. 네 오라비가 나에 대해 너에게 이야기하지 않았던?"

'오라비'라는 단어가 귀에 박히는 순간 미사는 저도 모르게 긴장을 드러냈다. 망했다. 경종이 울린다. 사준과 연관되어 있다면 적이었다.

일순간 금빛으로 변한 그녀의 눈동자를 물끄러미 바라보던 과리가 손가락을 들었다.

그 사실을 의식해 반응하려 했을 때, 이미 과리의 손가락은 미사의 콧등을 쿡쿡 찌르고 있었다.

"내가 무슨 짓이라도 할까 봐. 까불기는."

"……사준이 보낸 건가요?"

"보내? 그거 불쾌한 말이구나. 그런 어린 녀석이 오라가라한다고 무거운 몸 끌고 뛰어다닐 만큼 형편없지는 않아. 그나저나."

"그러면 그때에도 저를 따라오셨던 거고요?"

경계심으로 날이 서기 시작한 미사의 눈빛에 과리는 진하게 웃으며 고개를 끄덕였다.

"그랬지."

흘러내린 붉은 머리칼을 쓸어넘기는 손짓은 관능적이었고, 눈동자에 고인 귀기는 소름이 끼쳤다. 그럼에도 당장 공격할 낌새는 없어서 ─ 아니, 그럴 낌새가 있다 한들 막을 도리가 없을 터이나 ─ 미사는 최대한 앉은 거리를 벌리는 것으로 미미한 반항을 그쳤다.

진 일족인 것은 이제 확실했다.

"지금은 너보다는 다른 데에 더 관심이 많으니 염려 놓거라. 그나저나…… 집주인은 어디 있느냐?"

"……제가 주인이에요."

"두 번 묻게 마라. 기운을 분별하는 것은 내게는 그리 어려운 일이 아니야."

이 집 안에 밴 일족의 기운은 두 종류였다.

하나는 눈앞의 뱀이고, 다른 하나는 처음 느낀 그 순간부터 과리의 신경을 건드리는 종의 것이다. 과리의 눈동자에 붉은 기가 스치는 순간 미사는 그대로 압살당하는 것 같은 환각을 느꼈다. 만일 그녀가 용운과 연이 닿지 않아 진 일족의 기본적인 생리에 대해 알지 못했다면 진즉 다 내팽개치고 도망쳤을 터였다.

"저를 잡으러 오신 거라면."

"아, 네 오라비가 너를 오매불망 그리기는 하더구나. 하지만 나와는 관계없는 일이야. 널 잡아다준다는 약속을 한 것도 아닌데, 너희 사정에 내가 끼어들 이유는 없지 않으냐?"

"그러면 왜…… 아니, 어떻게 이곳을 찾아오신 거예요?"

"그게 뭐 별거라고."

과리가 이곳을 찾아내는 건 쉬웠다.

처음 저 암컷 뱀을 발견했던 다리 건너의 도심 근방을 느릿느릿 소요하며, 묘하게 그의 신경을 건드리는 잔 기운이 남은 주위를 돌아다니는 것이 그가 한 노력의 전부다.

아파트라 불리는 거주촌 단지에 이르자, 기운은 조금 더 복잡하게 퍼졌지만 그만큼 더 선명해져서 산책이라도 한다는 생각으로 설렁설렁 돌아다니다 이 아파트 단지에 이르렀고, 길처럼 난 흔적을 따라 올라왔다.

오는 길에 걸리적거리는 기운을 가진 일족 두어 마리를 발견해 시궁창에 처박아버린 것은 이미 기억에서 지웠다.

"너희 같은 미물 두 마리가 도망쳐봐야 한번 이 몸의 눈에 띈 이상 손바닥 안이지. 그래서, 집주인은?"

"……말씀드린 것처럼……."

"또 한마디만 거짓을 입에 담으면 혀만 남기고 나머지 눈알과 사지를 질겅질겅 씹어줄 거야, 예쁜 아가야."

미사는 어쩌면 눈앞의 이자가 그녀가 알고 있는 일반적인 진 일족과는 전혀 다른 성질의 존재일지 모른다 확신하기 시작했다.

관용적인 용운을 대하듯 해선 안 되었다. 얼을 빼고 있을 수 없었다. 최대한 마음을 진정시킨 그녀가 조심스레 운을 뗐다.

"학교에 나갔어요. 죄송한데, 뭐라고 불러드려야⋯⋯."

"반오, 일성이, 과리, 부혼장, 뭐, 여러 이름이 있지만 일단 가장 흔히 불리는 이름은 과리이니 그리 부르도록 해."

미사는 제 귀를 의심했다.

"과리?"

"그래."

"과리요? 과 자, 리 자, 그렇게 과리요?"

떨림조차 멎은 미사를 뭉근한 시선으로 바라보던 과리가 길게 입술을 찢어 웃었다.

"보아하니 내 이름을 들어본 적이 있는 모양인데."

과리는 일족들 사이에 전해 내려오는 구전 설화 속의 인물이었다.

까마득한 고시절 하도 횡포를 부려 일족사회에서 축출당해 살해되었다고 알려져 있는 자. 아무리 눈앞의 남자가 진 일족이라고 해도, 너무 개연성이 없는 이름이었다.

죽은 이는 살아날 수 없으니까.

"⋯⋯용운 님과 사이가 안 좋았다던 그 과리요?"

"용운?"

"아, 아니구나."

"아, 용용이?"

미사가 막 저도 모르게 안도로 가슴을 쓸어내리는 순간, 과리가 웃음을 터뜨리며 뱉은 말이 조금 전보다 더 큰 충격으로 귀에 박혔다.

"용용이는 내 벗이지, 사랑하는 벗. 그래, 그러고 보니 너도 용용이를 알겠구나? 사이가 안 좋다니, 아니야. 그냥 서로 죽이고 싶을 만큼 좋아하는 거야. 어울릴 만한 상대가 별로 없으니까?"

"······맙소사."

미사는 그녀도 모르게 충격을 그대로 입 밖으로 내고 말았다.

설화 속의 과리가 맞다면, 이미 그를 현관 안으로 들인 순간 그녀는 죽은 목숨이었다. 차라리 이게 꿈이어야 개연성이 맞았다.

어제보다 오늘이 훨씬 추웠다. 태성은 단지에서 조금 떨어진 곳에 위치한 버스 정류장에 서 있었다. 시간은 넉넉했지만 아무래도 마음은 조급했다.

요즘 들어 부쩍 들리는 좋지 않은 소식들은 분명 범상치 않았다. 가는 길에 견우에게 연락을 해보았다. 견우는 바쁜지 전화를 받지 않았다. 차라리 다행인지도 모른다. 지난밤 느꼈던 이질적인 존재에 대해 묻고 싶은 마음이었지만, 사실 태성도 어떻게 설명해야 할지 알 수 없었던 탓이다.

버스를 기다리던 태성은 문득 느껴지는 비린내에 고개를 돌렸다. 피비린내가 바람 속에 섞여 있다. 혹시나 하여 그와 함께 정류장에 서 있는 이들을 돌아보았으나, 인간들은 느끼지 못한 게 분명해 보였다.

기다리고 있던 버스가 정차했다. 버스가 떠난 후에도 가만히 그 자리에 서 있던 태성은 텅 빈 정류장을 떠나, 왔던 길을 되짚어 걷기 시작했다. 그의 걸음은 점점 빨라졌고, 흔들리던 방향은 길을 잡았다.

단지로 이어지는 상가 뒤편의 골목에 이르러 태성은 입술을 굳혔다.

그에게 익숙한 동족의 기운이 짙게 남아 있었다. 그리고 피투성이

의 옷가지도. 근처의 맨홀이 비스듬 열려 있었다. 떨리는 다리에 힘을
주어 다가갔다. 유달리 한기가 짙어지는 듯했다. 맨홀 안의 어둠을 집
요하게 훑던 태성이 퍼뜩 놀라 뒷걸음질했다.

피투성이의 헐벗은 남자가 자신의 꼬리를 목구멍에 삼킨 모습으로
죽어 있었다.

뻣뻣하게 얼어붙은 채로.

태성의 눈은 가슴 한가운데를 도려낸 듯한 구멍을 분명히 보았다.
태성은 뒤돌아 달려갔다.

'미사!'

과리는 미사라는 여아가 꽤 귀엽지 않은가 했다.

처음 이런 곳까지 귀찮게 찾아온 이유는 이 뱀 암컷과 함께 있던 수
컷에게 관심이 생겨서였지만, 모처럼 어리고 예쁜 암컷과 이야기를
나누는 것도 기분 전환이 되었다.

제 앞에서 찍소리도 못 할 것처럼 굳어서는 따박따박 대꾸하는 것
을 놀리는 것도 의외로 재미가 있었고, 무엇보다도 미사라는 여동생
쪽은 사준보다 정갈하고 깨끗한 기운이라 기분이 좋았다.

"나? 내가 이래저래 죽이고 다니기는 했지만 그렇다고 아무거나 죽
인 건 아닌데. 내가 다른 녀석들과 어울릴 때 그 여파에 휩쓸려 죽은
녀석들이 꽤 있다고 듣기는 했어. 하지만 그런 것까지는 딱히 생각지
않아서 모르겠고."

설화, 아니, 권선징악의 신화에 가까운 과리의 이야기가 아무리 생
각해도 눈앞의 남자와 들어맞지 않아서 용기 낸 물음에 돌아온 답이

었다.

"아무거나 닥치는 대로 죽이고 다니셨다고 하던데."

"약한 것은 죽일 필요도 없지. 그렇다고 죽을 가치도 없다는 말은 아니다만."

"……."

"왜, 내가 무서우냐?"

과리는 이제 아예 대놓고 태성의 집을 이리저리 훑으며 돌아다녔다. 원래 산만한 사람인지, 아니면 정말 작정을 하고 집을 뒤지려고 하는 건지 모를 정도로 이곳저곳을 기웃대는 모습이 한량과 진배없었다.

뒷짐을 지고 걷는 걸음걸음마다 묻어나는 위압감에 미사는 태성이 학교에서 돌아올 시간을 가늠하며 입술만 씹었다. 해가 저물 즈음에야 오겠지만 눈앞의 불청객은 태성을 기다릴 기세였다.

과리가 왜 태성에게 관심을 보이는지도 모르겠다.

"사준과 같이 지내신다면서 왜 제가 아니라 태성이한테 관심을 두세요?"

"이런, 암컷들은 질투가 많지. 너도 질투하느냐? 너한테 더 관심을 줄까?"

"……아니, 사양해도 돼요?"

"사양하겠다면 나야 아쉽지만 별수 있겠느냐? 네 자유인걸."

"그렇게 말하시면 할 말이 없는데."

과리의 저런 태도도 그를 구전 설화 속의 악귀로 보이지 않게 한다.

일족들 중 가장 많은 살생을 저질렀다는 자가 저렇게 실없는 소리나 하는 이라니. 게다가 외려 그는 쓸데없는 살생을 즐기는 편이 아니라고 했다. 진 일족들의 본성이 그러하듯 그 역시 마찬가지라고.

"그 어린 수컷의 싹수가 궁금해서 말이야."

상대가 생각보다 온화한 태도를 고수하고 있어서, 미사는 조금 더 용기를 낼 수 있었다.

"……왜요?"

"왜냐고?"

"당신 같은 분이 관심을 둘 만큼 대단한 녀석이…… 아닌데요."

과리는 태성의 책장에 꽂힌 수의학 도서들을 손톱으로 쭈욱 긁어 훑다 말고 고개를 돌려 미사를 응시했다. 속을 알기 어려운 묘한 눈빛이었다. 목이 조인 것처럼 숨이 막혀오기 시작했다. 밭게 숨을 내쉰 미사는 재빠르게 눈동자를 내리깔았다. 그러고는 거의 숨도 쉬지 않고 재빠르게 말을 돌렸다.

"그리고, 그, 당신이 그…… 과리, 그분이시라면 왜 지금 저를 찾아오셔서, 왜…… 아니, 용운 님과 과리 님은…… 아니, 과리는 죽었다고…… 과리 님."

미사의 말에는 두서가 없었지만 과리는 충분히 이해했다.

"죽었지. 뭐, 죽은 것보다는 영면이 더 맞는 말이겠군. 이야기를 들어보니 재생하지 못하게 내 온몸을 토막 내어 숨겼다던데."

"하지만 지금……."

아무리 일족의 재생능력이 뛰어나다고 해도, 잘린 팔다리가 자라지 않는 것처럼 죽은 이는 살아날 수 없다. 그것이 기본 상식이었다.

"네 오라비가 내 잘린 몸들을 모아다 이리 되살아나게 해주었지."

"……."

"그게 뭐 별거겠느냐만. 내가 한 번 죽었다 살아났다는 게 그리 놀랍다면 흰둥이 얘기를 들으면 기겁하겠구나."

"흰둥이요?"

"흰둥이 있잖아, 걔, 왜……."

과리는 당최 이름이 기억나지 않는다는 듯 길쭉한 손톱으로 관자놀이를 긁적였다.

"아, 그래, 바우."

"……인의 바우요?"

"아, 그래, 그 흰둥이는 목숨이 수백 개였지. 내가 그렇게 살해당한 것도 용용이 때문이 아니라 그 흰둥이 때문이었어. 오죽이나 끈질기게 들러붙던지 그 망할 새끼는 죽여도 죽여도 다시 깨어나서 야, 오랜만이다, 이러면서 다시 달려드는데 나까지 소름이 돋을 지경……."

과리는 본인이 당했던 비극을 마치 남 일인 것처럼 떠들었다. 미사는 일족들의 상식 내에서도 탈상식에 가까운 과리의 이야기가 꿈같았다.

"하, 하지만 이곳은 용운 님의 영역이에요. 예전부터 이쪽 서울에 사는 진은 용운 님뿐이었는데. 과리 님께서는."

"그렇지. 하지만 아쉽게도 그 녀석이 코빼기도 비치지 않으니 말이야. 아, 내 걱정은 할 것 없어. 내가 더 강하거든. 그리고 영역 다툼 때문에 오만 데 부숴먹는 건 인 녀석들이나 하는 짓이고. 우리는 영역 다툼 같은 걸로 동족끼리 싸우지는 않아."

그쪽을 걱정한 게 아닌데. 과리는 상대의 말을 자기중심적으로 해석하는 버릇이 있는 것 같았다.

"용운 님에게 해코지하시려는 건 아니죠?"

"해코지? 왜? 내가 아까 말하지 않았느냐. 나는 해코지 같은 걸 한 역사가 없는 몸이야. 그리고 나는 용용이랑 노는 게 좋을 뿐이고."

일족들의 역사 속에 가장 커다란 횡액을 불러왔다는 남자는 진실로 스스로를 그리 여기고 있는 것 같았다. 웃음도 안 나는 이야기다.

순수한 살의, 순수한 본성, 순수한 욕망을 제외하고는 아무것도 담기지 않은 바닥없는 그릇 같았다.

미사는 커다란 벽걸이 TV 앞에 서서 "인간들은 꽤나 재주가 좋아." 하고 중얼거리는 과리를 피해 뒷걸음질했다.

"그리고 용용이랑은 조만간 다시…… 아, 예쁜 꼬마, 혹시 보복을 얘기한 거였던 게냐?"

뒤늦게 알아차렸다는 듯 덧붙인다. 미사는 아무런 대답도 않았으나 과리는 보일 듯 말 듯 비웃었다.

"말했잖으냐, 나는 강한 녀석들과 싸우며 노는 것을 좋아했을 뿐이라고. 나는 오히려 그때 용운이 내게 덤벼들었던 것이 즐거웠다고 기억하고 있는데…… 물론, 그러다 져서 험한 꼴을 보게 될 줄은 몰랐다만 것도 나름대로 귀여워. 오죽 내가 무서웠으면 그렇게나 싫어하는 인까지 끌어들였나? 해서. 보복이라는 건 가슴속에 그만큼 진득하고 시커먼 감정이 있어야 하는 거지. 이를테면, 그래, 네 오라비처럼. 아니, 그 보복이라는 감정은 외려 네게 더 걸맞으려나?"

"……."

"뱀 녀석들이 떠드는 이야기를 들어보니, 네 오라비가 너를 먹으려 했다지?"

"뭐, 제 동족이 그렇죠. 과리 님께서 관여하실 일은 아니지만."

"그러면 너는 왜 여기 처박혀 있느냐? 당한 만큼 갚아야 한다고 믿는다면 너야말로 네 오라비에게 달려들어 물고 뜯고 싸워야 뱀다운 것 아니냐. 너희는 앞에서는 웃어도 속으로는 칼을 품는 녀석들이니, 본성대로 살아야지."

의표를 찔린 것처럼 불편한 기분이었다.

"그리 허송하며 시간을 보내도 상관은 없겠지만 오랜 시간 뭉개면 너야말로 보복의 기회를 잃게 될 테니 부지런히 움직이는 게 좋을 거다."

"그게 무슨 말씀이신지."

"네 오라비가 제 명줄 깎아먹는 짓을 하고 있잖아."

"……."

"아, 몰라? 너희 별로 안 친하구나?"

미사는 무거운 입술을 다물었다. 과리의 추상적인 말을 단박에 이해했다고는 말하지 못하겠다.

그러나 최근 사준이 벌이고 다니는 일들이 얼마나 많은 일족들의 원성을 살지 알았고, 오래지 않아 사준이 험한 꼴을 보게 되리라는 것도 알았다. 과리라는 이 진 일족이 나타나기 전까지는 분명 조만간 사준이 끝장나리라 확신했다.

"하지만 과리 님이 사준을 도와주고 계시는 거 아닌가요?"

"그게 무슨 상관이냐. 그놈이 제 살을 깎아먹는 거랑 내가 그놈과 한 약조를 지키는 거랑?"

"무슨 약조인데요?"

사준이 진 일족과 무언가 거래를 할 수가 있는 입장일까, 그런 의문을 한껏 담아 되물었다. 과리는 막 무언가 운을 떼려다 말고 빤히 미사를 응시했다.

사준이 꽤 각별히 여기는 것과 별개로 미사는 정말로 아는 것이 하나도 없는 듯했다. 과리가 말을 돌렸다.

"이쯤 떠들었으면 되었으니, 이 집 주인에 대해 말해봐."

미사는 다시 불편한 기분을 맛보며 무릎만 만지작거렸다. 어째서인지 화제는 다시 태성으로 되돌아왔다.

"과리 님께서 신경 쓰실 필요 없는 자 일족이에요."

"자? 자라고? 그게?"

"네."

"그게 순혈의 자 일족이라고?"

'순혈'이라고 콕 집어 묻는 건 예상 밖의 일이었다.

미사는 순간 어떻게 대답해야 할지 몰라 입술을 다물었다. 입술이 파르르 떨렸다. 저절로 살갗에 비늘이 일어날 것만 같았다. 과리가 들어선 이후 실내 온도는 적어도 2도 가량은 더 떨어진 것처럼 서늘했다. 처음에는 의식하지 못했는데, 과리에게서 흘러나오는 한기 때문이었다.

미사는 과리를 끌어내 현관문 밖으로 밀어내고 싶은 충동에 시달렸다.

"그……."

그때였다.

빠르게 뛰는 듯한 발소리가 나는가 싶더니, 현관 도어록의 키패드 소리가 울렸다.

미사는 가슴이 덜컥하는 기분에 뒤돌았다.

"호오, 집주인이 오셨구나."

과리가 느긋하게 미사를 스쳐지나며 중얼거렸다.

"쉿."

미사는 이 공교로운 타이밍에 아연실색하여 먼저 뛰어나가 태성을 막으려 했다. 그러나 과리의 손이 미사의 팔뚝을 거칠게 움켜쥐었다. 얼어붙는 것 같다. 미사는 그 자리에 굳어 설 수밖에 없었다.

신발을 거의 내동댕이치다시피 달려들어온 태성이 소리쳤다.

"미사!"

태성은 숨이 턱 끝까지 찬 사람처럼 헐떡이고 있었다. 거실의 소파 테이블에 놓인 두 개의 찻잔을 발견하고 우뚝 섰던 그가 침실 문을 열어젖혔다.

과리가 태성을 마주 보았다.

"당신, 당신 누구야."

태성의 눈은 그 어느 때보다도 선명한 적안이었다.

"태성아, 너 학교는."

태성이 홱 미사를 당겼다.

"이리 와요."

과리에게 붙잡혀 있던 미사는 어쩔 줄 몰라 했으나 다행히 과리가 먼저 손에 힘을 풀어 놓아주었다.

"이거이거, 암컷부터 챙기다니. 어려도 수컷이라는 건가."

과리가 목 안으로 웃음을 삼키는 소리를 냈다. 태성으로 말하자면 그의 기준에서는 갓 태어난 아이라고 해도 과언이 아닐 만큼 어리다. 하지만 역시나 '종' 때문인지 어린 수컷은 그의 면전에서도 기세를 죽일 줄 몰랐다.

"당신, 누구신데 함부로 내 집에 들어왔냐고."

미사는 태성이 이렇게나 적대적으로 구는 건 처음 보았다. 굳이 상대를 가늠하지 않더라도 눈앞의 저자는 그들보다 훨씬 위대한 자였다. 태성은 이성을 잃은 것처럼 보였다.

미사가 떨리는 목소리로 만류했다.

"태성아, 이분……."

"그 암컷이 들여보내줬지. 미사라는 예쁜 이름의."

태성의 눈동자가 흘깃 미사에게 닿았다.

"전화하라고 했잖아요."

"그럴 새가 없었어."

입술을 꾹 다문 태성이 미사를 숨기듯 등 뒤로 밀어냈다.

오묘한 눈빛으로 태성을 위아래로 훑던 과리가 턱을 치켜들었다.

"이 몸이 과리시다."

"누군데요, 그게."

"과리라고. 과리 몰라? 과리. 저 암컷은 바로 알던데."

미사가 속삭였다.

"너, 진 일족의 과리 몰라?"

태성이 알 리가 없었다. 그는 일족사회에 대해 아는 것이 그다지 많지 않다. 서울 내에 거의 유일하다시피 한 진 일족의 이름이 용운이라는 것도 미사에게서 들은 후에야 알았다.

그런데 난데없이 튀어나온 불쾌한 남자가 으름장을 놓아대니 짜증이 날 수밖에. 태성이 신경질적으로 손을 저었다.

"아, 저는 그쪽 전혀 모르겠습니다만. 알아야 되는 겁니까?"

미사가 실색했다.

'어머, 애 살기 싫은가 봐.'

주눅 들지 않는 태도는 안전할 때에는 용기가 되지만, 그렇지 못할 때에는 무모함이 된다.

과리는 여유작약했다. 외려 즐기는 것처럼 보였다.

"너, 정확한 종이 뭐냐? 묘한 냄새가 나는데."

"……."

"따박따박 잘도 떠들더니 갑자기 왜 말을 못 하느냐? 저 뱀 암컷은 네가 자 일족이라더라. 하지만 네가 쥐라면 뱀 암컷인 저 아이와 같이 있을 수가 없지. 정신이 나간 게 아니고서야. 암컷이 내게 거짓말을 한 건가?"

어느새 훌쩍 다가온 과리의 손이 태성의 턱 끝에 닿았다. 공간을 장악한 살기는 숨조차 버거울 정도로 짙디짙었다. 태성은 붉어진 눈동자를 내려 제 턱에 닿은 과리의 손가락을 응시했다.

칼날처럼 길쭉이 솟아난 손톱이 턱 아래를 느리게 쓸었다.

"이거 참, 이상하단 말이야."

상대의 끝을 알 수 없는 강대함은 둘째치고, 당최 속을 짚어내기 어려운 반응이었다.

살의는 전혀 느껴지지 않지만 언제든지 살해당할 수도 있다는 것을 경각시키는 손짓, 눈빛과 표정에 태성은 침을 꼴깍 삼켰다.

"미사 씨는 거짓말하지 않았습니다. 서울 근교에 무리 지은 자 일족의 종주인, 화서 님이 제 어머니 되십니다."

"거짓말."

"아닌데요."

"네가 자라고? 보여봐라. 내 눈으로 우선 좀 봐야 믿기겠다."

미사가 겨우 숨만 내쉬고 있는 것을 흘낏 살핀 태성이 애써 미소를 그렸다.

"내가 왜요. 대체 누구시기에 남의 집에서 이렇게 무례하게 구시는지."

미사가 숨을 크게 들이켰다.

태성 스스로도 제 태도가 지나치게 사납다는 건 알았다. 그러나 발끝부터 그를 갉아먹는 불쾌감은 이루 말할 수 없는 것이었다. 본디 태성은 무모한 자가 아니었다.

과리의 손가락이 순식간에 펼쳐지더니, 태성의 목줄기를 한 움큼 쥐었다. 그 순간까지도 태성의 눈에 떠오른 붉은 투지는 사라지지 않았다.

과리가 태성의 머리를 밀어냈다. 동작은 분명 부드러웠는데, 태성의 몸은 놀라울 정도로 맥없이 밀려났다. 쾅 소리와 함께 벽장에 부딪친 태성이 기침을 뱉어냈다. 미사가 그녀도 모르게 새된 신음을 흘리며 달려갔다. 그러나 미사보다도 빠르게, 태성의 머리 위로 과리의 그림자가 드리워졌다.

태성의 적안이 과리를 물어뜯을 듯 노려보았다. 과리는 태성의 머리채를 끌어 젖힌 후 고개를 좌우로 갸우뚱거렸다.

"이거 맞는 것도 같은데, 아닌 것도 같고……."

"……."

"네 그 눈알, 아주, 내 투기를 끌어올리는데 말이야. 어린것이 그런 적안이라……."

뒷머리가 찢어져 태성의 등허리로 피가 뚝뚝 떨어졌다. 미사는 태성을 안듯 감쌌다.

"과리 님, 아무 이유 없이 해코지하는 분이 아니라고 하셨잖아요."

"아무렴?"

"그런데 태성이한테 왜 그러세요. 아직 반백 년밖에 못 산 어린 자 일족이에요."

"암컷아, 네 눈엔 저게 자로 보이냐?"

"자가 아니면요."

"그게 흥미가 생기니 지금 입을 열어보려 하는 것이지. 아니면 배 속을 열어주랴?"

태성의 목울대가 오르내리며 그르렁거리는 것 같은 소리가 났다.

"내가 뭐든."

태성의 고집스러운 반항은 미사의 애간장을 새카맣게 태웠다.

태성은 보통 얌전한 녀석이었다. 제 동족이 끌고 간다고 함부로 했을 때조차도 한심하게 당하고만 있었던 녀석이 아닌가. 그런데 지금 진 일족이라는 것을 알고도 왜 저러는 건지 당최 알 수가 없다.

그냥 수화를 해서 자 일족이라는 걸 증명해주면 될 것 아닌가. 그런데 왜.

사나운 목소리가 흘러나왔다.

"아, 진짜 짜증 나네. 이렇게 짜증 나는 거 처음이야. 미사 씨, 왜 저딴 걸 내 집에 들였어요?"

태성이 미친 게 맞나 보다. 미사는 말을 잃고 겁먹은 눈동자를 들어 과리를 올려다보았다.

과리가 웃기 시작했다.

"하하, 이 녀석 봐라? 암컷은 빠져 있어."

과리의 명령이 떨어진 직후였다. 무슨 일이 벌어진 건지도 모르겠다. 몸이 홱 쏠리고 시야가 어지러운 느낌이 났다. 정신을 차렸을 때 미사는 침실 밖 거실에 널브러진 채 엎어져 있었다. 소파에 부딪친 건지 머리에 둔통이 일며 어지러웠다.

"일어나."

과리의 명령에 비틀비틀 벽장을 짚고 일어서는 태성이 보였다.

끼이익.

그리고 문이 닫혔다.

"태성아!"

비틀거리며 일어선 미사가 달려가 문고리를 잡았으나, 문고리는 놀라울 정도로 차가웠다. 손가락이 순식간에 동상을 입고 얼어붙을 정도로. 차가운 한기가 방 안에서 새어나오기 시작했다.

'아.'

살갗을 에는 한기가 미사의 전신을 휘둘렀다. 문고리에 닿았던 손

506

을 타고 과리의 기운이 미사의 온몸 구석구석을 찌르듯 파고들었다. 입술 사이로 흐르는 숨은 입김처럼 부옜다.

'전화, 전화…….'

비틀거리며 태성의 집 전화기로 달려갔다.

머릿속까지 얼어붙는 듯하다.

용운에게 연락을 남겼던 적이 있으니 전화번호 기록이 있을 것이다. 비록 용운은 답을 되돌려주지 않았지만 그래도 지금 당장 떠오르는 사람은 그뿐이었다.

미사의 손끝이 파랗게 굳어갔다. 손톱 위에 눈꽃이 피어났다. 미사는 이토록 차가워서 종국에는 아무것도 느껴지지 않을 만큼 잔인한 추위를 느껴본 적이 없었다.

과리의 기운은 그 자체로 살아 있는 겨울 같았다. 전화기를 쥐었다. 얼어가는 미사의 손끝이 더듬더듬 움직였다.

기억이 나지 않는다.

'내가 뭘 하려고 했지?'

사준의 전화번호가 맴돈다. 왜 이런 순간마저 사준이 떠오르는지 모르겠다.

세 번째 버튼을 누르기도 전에 미사는 정신을 잃었다.

가끔 과리는 너무 오랫동안 죽어 있던 탓에 제 기억력이 잘못된 건 아닌지 의심을 한다. 본디 진 일족은 자긍심이 드높아 스스로를 의심하는 일이 없지만, 천년이 넘도록 토막 난 채로 세월을 흘려보냈다는 특수성을 떠올리면, 지금 이렇게 눈을 뜨고 살아 돌아다니는 것조차도 꿈이 아닐까 생각해볼 법한 것이다.

그러나 오늘 태성이라는 어린 녀석을 만난 순간부터는 달랐다. 잊었던 옛 감각들이 하나둘 깨어나는 것이 느껴졌다. 만족스럽게도.

눈앞의 '이것'은 분명 그가 아는 기운을 품고 있었다.

"빌어먹을."

들으라 하는 욕인지, 아니면 혼잣말인지는 모르겠으나 사납기도 하다. 태성은 비틀거리며 일어서다가 끝내 다시 주저앉았다. 과리는 놀리듯 태성의 이마를 손끝으로 툭툭 밀며 웃고 있었다.

과리가 그의 앞에 쪼그리며 속삭였다.

"나, 네놈에게 흥미가 아주 많아."

"전 그쪽한테 흥미 없습니다."

"지금은 널 죽일 생각이 없지만, 그 생각이 계속 없으리란 법은 없거든. 요즘 아주 심심해서."

"그건 그쪽 사정이지."

과리는 비딱하게 턱을 괴었다.

"내 짐작이 맞다면 너는 내게 깍듯이 해야 해. 네 아비와 내가 꽤 긴밀했거든. 그러니 이쪽만의 사정이라고 하지는 마려무나, 이 시건방진 새끼야."

태성의 입술이 작게 벌어졌다.

'뭐?'

하얀 입김이 신음을 대신해 흘러나왔다. 새하얀 기운이 섬광처럼 터졌다.

고층 사무실. 아로마 향초 여러 가지를 섞어 피워 달달한 내음이 떠도는 사무실이 노을에 잠겼다.

사준의 하루는 점점 짧아진다. 정확히는 그가 기억하는 하루가 짧아지는 것이다. 그는 근래에 사소한 여러 가지를 잊으며 살고 있다. 단순히 건망증이라고 말할 수 있을 정도이나, 사준은 완벽한 것을 추구한다. 메모를 하는 버릇이 생긴 건 그 때문이다.

그러나 수많은 것들을 잊기 시작했다 해도, 조금 전 들은 보고까지 잊을 만큼 기억력이 사라진 건 아니다.

사준은 조금 전 들은 기묘한 보고를 반추했다.

「과리 님이 망원동 근처에 나타나셨다가 또 금방 사라지셨습니다만.」

과리는 어디든지 갈 수 있고, 원하는 무엇이든 할 수 있다. 그럼에도 불구하고 그에게 사람을 붙인 것은, 그의 행적쯤은 알아둬야 한다고 생각했기 때문이다. 오늘도 과리는 유유자적 떠돌다 어느 순간 사라졌다.

하필이면 망원동. 사준은 얼마 전, 망원동 근처에 아는 이들을 풀어 혹 신경 쓸 만한 일족이 거주하는지를 알아보라 시켰다. 그리고 과리가 그곳에서 발견되었다가, 다시 사라졌다고.

'망원동?'

공교로운 일이다. 바로 어제 과리가 처음으로 미사에 대해 관심을 가진 것부터 하여 많이 공교롭다. 불쾌할 정도로.

지난밤, 과리는 미사의 냄새와 함께 묘한 사향내를 묻히고 돌아왔다. 부러 집착적으로 묻지는 않았지만 타이밍이 그를 의심하지 않을 수가 없게 만들지 않나.

끼이익, 문이 열렸다.

왼뺨이 푸르딩딩해 보일 만큼 차게 언 과리가 모습을 드러냈다. 얼음이 비늘처럼 반짝인다. 뱀 비늘이 아닌 용 비늘이 저와 비슷할 것이다. 붉은 머리카락은 대충 빗자루처럼 묶고 있어 단정해 보였지만 옷차림만큼은 아니었다. 팔뚝 자락이 뜯긴 흔적이 보였다.

'양반은 못 되시는군.'

문 앞을 지키던 비서가 당황하며 허둥지둥 따라 들어왔다.

"이렇게 막 문을 열고 들어가시면 안 됩……!"

사준의 눈동자가 순간 붉게 물들었다.

"괜찮으니 가봐."

그의 명령에 평범한 인간 비서는 순식간에 눈이 풀리더니 조용히 문을 닫고 나갔다.

사준은 그의 존재감에 스며든 한기에 내심 몸서리치며 일어섰다. 다정한 미소를 띠고.

"과리 님, 그런 꼴로 찾아오시면 어쩝니까."

"내 알 바 아니지."

과리는 성큼성큼 넓은 사무실을 가로지르더니 훌쩍 뛰어올라 책장의 꼭대기에 앉았다.

"거기 앉아 이야기하시려고요."

"너, 그리 능력 남발하는 것 좋은 버릇이 아니라고 조언해주는 이가 없더냐?"

"이미 죽어가는데 버릇 정도야."

"주객이 전도된 꼴이군. 남발해서 죽어가는 것과 죽어가니 남발하는 것의 차이를 전혀 이해를 못 하다니."

"어찌 한낱 미물이 위대한 분의 이해를 바라겠습니까. 그리고 그렇게 기운도 감추지 않고 보란 듯이 인간들 사이를 뚫고 오시면 이쪽은 어쩔 수 없이 더 남발하게 됩니다."

팔짱을 낀 과리가 눈높이를 낮추기 위해 허리를 수그리자 긴 붉은 머리칼이 흘러내렸다. 사준은 사무실 책상 앞쪽에 엉덩이를 걸쳤다.

"어디를, 다녀오셨습니까?"

"내게 달아놓은 뱀 머리들이 이르지 않더냐?"

"바람 같으신 분을 어찌 쫓겠습니까. 꽤 흥분하신 것 같은데."

"아무렴, 흥분했고말고."

"즐거운 일이 있으시다면 나눠주시지요."

"너는 내가 어딜 다녀왔을 거 같으냐?"

과리가 혀를 내밀어 입술을 핥았다. 오히려 그가 더 뱀 같았다. 하지만 사준도 이제는 어느 정도 알고 있다. 과리는 소문만큼 정신 나간 자도 아닐뿐더러, 이유 없이 약한 것들을 죽이는 데에 취미를 붙인 자도 아니다.

과리는 말 그대로 끊임없이 흐르기를 원하는 바람이다.

그렇게 강하면서. 그렇게 완벽하면서.

사준은 그래서 용운이 아닌 과리를 만난 후에야 진 일족의 위대함을 인정하게 되었다.

"세상에 태어난 것들은 전부 수명이 있지. 나 역시도."

"이미 헤아리기도 어려운 수명이니, 수명이라 말할 수 있는 범주를 떠났다 봅니다."

"내가 그러면 영생이라도 살 거란 말이냐? 아니지, 내 끝은, 내 재생력이 다할 때가 될 거다."

과리는 두서없이 떠들기 시작했다. 사준은 달리 묻고 싶은 것들이 수두룩하게 많았으나 참고 경청했다.

"나도 '영생'을 사나 의심했던 녀석이 하나 있긴 했어. 나처럼 신체가 재생하는 것이 아니라는 점에서, 아예 다시 태어난다는 점에서. 그놈이 스스로 제 목숨은 '개수'가 있다고 말하기 전까지는 정말 저놈이야말로 영생자라 생각했었지. 지금 내가 누굴 말하는 건지 알아?"

"인의 바우를 말하시는 걸로 듣립니다."

사준의 눈매가 서서히 날카로워졌다. 그걸 아는지 모르는지 과리는 드물게도 구구절절 늘어놓을 뿐이다.

"그랬지. 너는 그놈을 찾고 있다고 했으니 그 정도의 기본적인 사실은 알아두는 게 맞지. 사실 나는 그놈이 이 정도로 느낌이 감지되지 않는다면 죽은 거라고 내심 생각을 했었는데 말이야."

"생각이 바뀌셨습니까?"

잠깐 고민하는 듯하던 과리가 말했다.

"아니, 다만 오랜만에 그리워지지 뭐냐."

사준은 조금 당황했다. 감수성 어린 말은 과리와는 전혀 어울리지 않았다. 과리는 그다지 개의치 않는 기색이었다.

"저는 오늘에야말로 제게 달리 해주실 말씀이 있지 않을까 하여 지금 그 쓸데없는 이야기들을 들어드렸는데요, 그게 전부입니까? 대체 어디를 다녀오신 겁니까."

"내가 어디를 다녀왔는지는 모르겠지. 누구를 만났는지는 대강 짐작한 낯짝이니 그리 의뭉 떨지 마라. 궁금해 죽겠으면 궁금해 죽겠다고 이 몸의 도포자락이라도 쥐고 울며불며 매달려보든가."

"그보다 살아 있기는 합니까?"

"약한 것에 부러 해코지하지 않는다 번번이 말했지 않으냐?"

사준도, 과리도 '미사'의 이름을 입에 올리지 않았다. 사준은 과리의 입술 사이로 미사의 이름이 흘러나오는 것이 싫었고 그에게 더욱 미사가 각인되는 것이 싫어서였으나, 과리는 미사에게는 아예 관심이 없었기 때문이었다.

"매달리라면야 못 할 것은 없겠습니다만, 그러면 알려주실 거라고요?"

"아니, 그건 너야 모를 일이지."

조소를 숨기려 하는 사준의 얼굴은 내려다보는 각도에서는 잘 보이지 않았다. 그러나 공기의 흐름, 조그마한 숨소리, 심박, 그 모든 것들을 읽어내는 과리에게는 훤했다.

과리는 적의를 숨기는 사준과 조금 전까지 그에게 적의를 드러내던 태성을 번갈아 떠올려보았다. 아무리 생각해도.

'역시, 종 때문이겠지.'

생각할수록 유쾌하다.

과리가 비로소 용건을 꺼냈다.

"네게 시킬 일이 있어 찾아왔다."

"그러신 거라면 다음에는 번거롭게 이리 찾아오지 마시고 전화를 거시면 됩니다."

"복잡해."

"간단한데요. 전화를 걸어서."

"……."

"'제게 말해주시는 것' 말입니다."

서슬이 서기 시작한 사준의 음색은 과리의 코웃음에 금세 사그라졌다.

"죄송합니다."

사준이 물러섰다. 이것이 뱀의 한계다. 약육강식의 사슬 아래에 태어난 녀석들의 한계. 재미없다.

"자 일족 무리가 어디 있는지 아느냐?"

"자 일족은 무리가 여럿이지요. 남쪽에는 강원 쪽 무리도 있고, 서울 쪽 무리도 따로 파벌이 나뉘어 있고……."

"서울, 이라고 했던 거 같은데."

"누가 말입니까?"

사준이 자연스럽게, 그러나 정교할 만큼 정확하게 물었다. 무심코 대답하려던 과리가 낄낄거리는 쇳소리를 내며 웃기 시작했다. 과리는 폴짝 사준의 앞으로 뛰어내렸다.

"이리 보니, 따박따박 말대꾸하는 게 아주 닮아서 귀여워."

"감사할 뿐입니다, 그리 봐주시니."

"그래서, 서울의 자 일족, 그놈들이 어느 시궁창에 하찮은 몸뚱이를 비비고 있는지 아느냐?"

과리의 눈이 새빨갛게 빛났다.

사준은 숨막히는 질식감에 물러나려다가, 그가 책상 가에 걸터앉아 있다는 것을 깨닫고 침묵했다. 입을 쩍 벌린 과리가 아가리를 들이댔다. 사준은 꼼짝도 하지 않고 숨죽였다. 과리는 사준의 코끝을 아슬아슬하게 비껴 딱 소리가 나게 이를 맞물었다.

"응? 아느냐고, 이 어린 녀석아."

"모릅니다."

"모르면?"

"……알아봐드리죠. 하지만 자 일족들은 무리를 엄폐하는 데에 특화된 녀석들입니다. 그리고 근래 사회문제도 있으니, 그건 좀 여쭈어야겠는데요. 자 일족은 왜 갑자기 찾으십니까."

망원 근처에 사는 녀석들에 대해 찾아봤지만 나오는 게 없었다. 휘하 뱀들은 아니라 쳐도, 먼저 일을 맡겼던 정보상 녀석은 일처리가 확실한 편이었는데도 찾아내지 못했다.

그러니 만일 망원 근처에 누군가 있다 해도 별 보잘것없는 녀석이거나, 그 근방에 사는 것이 아닐 확률이 높다고 생각하고 있었는데. 과리의 반응이 기묘했다.

자 일족.

자 일족은 개체는 그리 강하지 않더라도 수가 많고 군집하는 이들이므로 호락호락한 녀석들이 아니었다. 과리에게 그런 것은 조금도 중요치 않을 테지만, 작(참새) 일족과 모종의 동맹을 주고받는다 보고된 자 일족을 아직까지 사준이 건드리지 않은 것은 그런 이유였다.

'……뭐, 오히려 좋은 기회인가.'

무슨 생각인지는 모르겠으나, 이용할 수는 있다.

"대신, 알려주시겠습니까."

"무얼? 본디 알고 싶은 게 있다면 명확히 물어야지 상대가 실수 없이 답해줄 수 있는 법이야."

사준이 길게 입술을 당겨 웃었다. 속은 뒤틀려 있었다. 끝까지 모른 체 의뭉을 떠는 눈앞의 이자를 죽이고 싶다.

"내 동생, 어디에 있습니까?"

"죽이려고?"

"아니, 보고 싶어서 말입니다."

과리가 크게 파안대소했다. 배 속에서 올라온 웃음소리는 쩌렁쩌렁 석양으로 물들어가는 사무실에 울려퍼졌다.

사준은 그의 웃음이 그치기를 기다리고, 기다리고, 기다렸다.

21
/
상태이상

비로소 깨달았다.

그녀는 스스로가 어른인 줄 알았다.

그만큼 강했고, 그만큼 나이를 먹었으며 누구도 그녀를 위협하지 못했다. 위험한 이들에게는 스스로 굽힐 줄도 알았다.

하지만 다시 생각해보면 미사는 어린 철부지였다.

좋지 않은 일이 생겼을 때 그녀는 늘 사준에게 이야기하곤 했다. 오늘은 이런 일이 있었어. 저런 일이 있었어.

누가 나를 공격했고, 누가 어디로 도망을 쳤어. 마음 터놓을 만한 이가 그뿐이라는 사실을 합리화하며 털어놓는 심리의 기저에는 늘 사준이 도와주겠지 하는 바람이 있었던 것도 같다.

사준은 스스로에게 주어진 역할을 다하는 데에 열정적인 사람이었고 늘 그랬기 때문이다. 차가운 한기 속에서 정신을 잃으면서 비로소 미사는 그 사실을 자각했다. 창피한 일이었다.

어른거리는 새까만 어둠 속에서 사준은 그녀를 바라만 보았다.

'내가 다른 무언가였다면 좋았을걸.'

그리 중얼거리면서 그녀를 외면했다.

어느 순간 나타난 어미 시영도 그런 사준의 곁에 앉아 물끄러미 그녀를 바라보았다.

'바보 같다니까.'

그렇게 놀리는 어미를 보자마자 눈물이 왈칵 쏟아질 것 같았다.

미사는 웅크렸다.

그렇다고 생각했다.

"……정신 차려봐요, 미사. 정신 들어요?"

의식이 돌아온 것은 그녀를 잡아 흔드는 태성의 손길에 의해서였다. 소스라치게 놀라며 깨어난 미사의 눈이 깜빡였다. 태성의 얼굴이 바로 코앞에 있었다.

"괜찮아요?"

눈에 띄게 안도한 태성이 미사의 찬 손을 쥐어 문질렀다.

괜찮냐니? 뭐가? 그리 생각했던 미사는 불현듯 밀려오는 공포감에 이를 꽉 물었다. 온몸이 얼어붙은 듯했다. 이런 식으로 몸 안에서부터 퍼지는 한기에는 익숙하지 않았다.

태성이 간신히 몸을 일으켜 앉은 미사의 어깨에 담요를 덮어주었다.

"미사, 여기요. 일단 잠깐만 그러고 있어요."

어떻게 된 거지? 입을 벌려 물으려 했지만 아무런 소리도 나지 않았다. 입술까지 얼어붙은 것이다. 쪼그려 앉아 그녀의 안색을 살피던 태성의 손가락이 미사의 뺨을 훑다가 입술에 이르러 힘이 들어갔다. 꾹 눌린 손끝으로부터 온기가 번져나간다.

"태성아…… 너 무사해?"

미사가 간신히 물었다. 태성이 희미하게 웃었다.

"아, 아아."

어쩐지 평소와는 다른 어른의 얼굴이다. 철부지 어린아이가 된 것처럼 미사는 무작정 팔을 벌려 태성의 목을 끌어안았다. 태성은 피하지 않고 그녀의 등을 두드렸다.

"다행스럽게도요. 나보다는 미사가 더 걱정이었는데."

"어떻게 된, 어떻게 된 거야?"

미사의 눈동자가 느리게 좌로, 우로 움직였다. 풍경이 낯설었다. 온 방 안이 얼어붙어 있었다. 그리고 과리는 없었다. 미사는 문득 태성의 뒷목이 핏자국으로 얼룩덜룩하다는 것을 깨닫고 신음했다.

"너는 괜찮은 거야? 어떻게 된 건데, 응?"

"자세한 설명은 좀 나중에 해요. 당장은 괜찮으니까 진정하고요. 그보다 움직일 수 있겠어요?"

"……몸에 힘이 안 들어가."

벌거벗은 채 북풍한설 속에 떨어진 기분이었다. 과장이기는 했지만 그만큼 추워서 꼼짝도 할 수가 없었다. 태성의 자상한 목소리가 귓바퀴에 내려앉았다.

"조금만 힘 내봐요. 정신 차려야 해요. 전혀 못 움직이겠어요?"

미사는 새삼스럽게 자조했다. 과리가 그녀를 죽이려 했던 것도 아닌데, 그녀는 그의 기운에 닿은 것만으로도 꼼짝도 못 하고 있다. 한 번 스며든 그의 한기는 체내에 남아 미사의 열을 꾸준히 앗아갔다.

미사는 진 일족에 대해 조금도 알지 못했던 것이다. 그들 일족의 살의 없는 강함이 얼마나 무자비할 것인지. 그녀가 아는 진 일족이란 매사 능글맞으면서 예의를 차리는 게 중요하다 점잔빼는 용운뿐이었으므로 어쩌면 당연한 일이었다.

"그 사람은 갔어요."

"추워, 추워."

"미사."

"추워서 죽을 거 같아."

"미사, 그러니까 좀 움직여봐요."

태성은 보채는 듯한 말을 하면서도 성급히 굴지는 않았다. 다만 창백한 미사의 얼굴을 감싸다가, 문지르다가, 조심스레 그녀의 이마에 입술을 댈 뿐이다.

온기를 나눠주기 위함인 듯 부드럽게 문지르며 호호 숨을 불었다.

"큰일 난 줄 알고 엄청 놀랐어요, 나도."

"어떻게."

"이건 내려놔요."

이마에 닿는 온기에 정신이 팔린 사이, 태성의 손이 미사의 왼손을 덮었다. 미사는 그때까지도 전화기를 쥐고 있었다. 이미 얼어붙어 쩌적대는 소리가 나는 차가운 플라스틱 덩어리. 태성이 전화기를 거실 한구석에 던지듯 밀어낸 후 미사의 찬 몸을 더욱 꽉 끌어안았다. 그역시도 생각보다 훨씬 차가운 미사의 체온에 놀란 듯이 짧은 신음을 흘렸다.

태성은 이 추위 속에서도 따뜻한 체온을 유지하고 있다. 미사는 그에게 더 바짝 붙어 안긴 채, 눈동자를 움직여 시각 정보를 받아들였다.

침실과 이어진 발코니의 새시가 열려 있었다. 저렇게 문을 열어두니 추운 거지 하고 생각하려던 찰나 무언가를 알아차렸다. 문이 완전히 얼어붙어 있었다. 그리고 저 바깥에서부터 흘러들어오는 겨울의 한파가, 과리의 기운으로 얼어붙은 방 안 공기보다 훨씬 따뜻했다.

"일단 나가는 게 좋겠어요."

태성의 집은 더 이상 따뜻한 보금자리가 아니었다. 그건 태성에게도 마찬가지일 것이다. 미사는 더 자세한 설명을 듣고 싶었지만, 어딘지 모르게 침잠한 태성의 눈빛에 고개를 숙이고 말았다.

　태성은 딱히 강한 능력을 지닌 편이 아니다. 본가의 도롱 노인의 말을 인용하자면 '재생에 모든 능력치가 몰려 있다.'고 했다. 그러나 단순히 일족들이 생각하는 '재생'이라는 개념이 아니라는 점에서 태성은 스스로가 정말 이상하다 생각할 때가 있다.
　미사가 멀쩡해 보이는 그를 이상한 눈으로 보는 것도 당연했다. 미사를 문가에 앉힌 후 짐을 챙겼다. 움직이는 내내 몸이 불편한 것을 참느라 힘이 들었다. 과리의 손톱이 찌르고 들어왔던 왼쪽 안와는 여전히 차가웠다. 시신경은 복구가 되었지만 평소보다 시력이 좋지 않았다.
　가방을 챙긴 태성이 미사에게 다가갔다. 미사의 얼굴은 거의 푸르스름해 보일 지경이었다. 평소 행동에서 추운 걸 싫어한다는 건 익히 알았지만, 미사의 체질은 정말로 추위에 약했다.
　가방을 내려놓은 태성이 그녀의 앞에 살짝 쪼그려 몸을 숙였다.
　"모자 똑바로 쓰고, 업혀요."
　"나를 업고 가겠다고? ……하지만."
　"난 괜찮다니까요. 이 정도는 괜찮으니까 어서."
　미사가 엉거주춤 팔을 뻗어 태성의 등에 업혔다. 태성이 살짝 인상을 썼다. 과리에게 밟히며 척추가 삔 듯했다. 통증을 삭이며 조금 기다리자 서서히 뼈마디가 맞붙는 것이 느껴지며 가라앉는다. 하지만 통증이 잠잠해지는 것 이상의 반감이 불이라도 붙은 것처럼 뜨겁다.
　"아파?"

미사의 질문에 엷게 웃으며 고개를 저은 태성이 내려놓았던 가방을 들었다. 태성은 그녀를 조금 더 바짝 당겨 붙이고 엉망진창이 된 얼어붙은 집을 등졌다.

몇 년을 머물던 집을 떠나는 여로가 고되다.

차도로 향하는 내내 태성은 거의 모든 질문을 묵살하다시피 했으나 한 가지만큼은 대답해주었다.

"어디를, 지금 어딜 가는 건데."

"규진이네요. 미사 씨 쓰러져 있을 때 연락했어요. 택시 타고 갈 거예요."

발칵 현관문을 열어젖힌 규진은 태성의 등에 업힌 미사를 발견하곤 눈을 깜빡였다.

"어, 왔…… 엥?"

"그래, 규진아. 신세 좀 진다."

"아니, 누나야? 미사 누나?"

규진은 폐인 꼴을 방불케 했다. 시험기간이라는 건 사람이 망가지기 아주 좋은 시기라며 머리도 이틀 내내 감지 않아 개기름이 흘렀다. 평소엔 쓰지도 않던 안경까지 걸치고 있었다.

태성은 미사를 방 안으로 데려가 침대에 눕혔다. 원룸의 작은 자취방에는 침대와 TV와 에어컨, 그리고 전공서적들이 꽂힌 책상 하나가 전부였다. 부엌마저도 방과 이어진 형태라 규진의 집은 몹시 어수선했다.

규진이 졸졸 따라붙었다.

"미사 누나도 오는 거였어?"

"아, 말 안 했나?"

"안 했거든!"

태성은 미사에게 이불을 덮어준 후 침대 맡에 엉덩이를 붙이고 앉았다. 이불 속으로 그녀의 손을 매만져보았다. 여전히 차갑다. 오는 내내 미사는 뼛속까지 스며든 한기에 신음하다가 결국 잠이 들었다. 인간의 몸으로는 동면하기 어려울 테니까, 정신을 잃은 거라고 해도 과장은 아닐 것이다.

"야, 야, 무슨 일이야? 너만 오는 거 아니었냐? 나 머리 안 감았는데!"

마치 제집인 것처럼 전기장판의 온도부터 높인 태성은 휘휘 규진에게 손을 저었다.

"조용히 좀 해. 누나 자잖아."

"아니, 그런데 누나를 왜 업고 오냐? 무슨 일이야, 진짜? 내 집에서 며칠 머문다기에 시험 준비 때문에 시간 아끼려고 하는 건가 했는데."

"그런 거야."

"아니, 근데 미사 누나는 왜?"

"야, 너 냄새 난다. 좀 씻어라."

"아쒸, 기다려!"

규진은 재빠르게 화장실로 달려갔다. 곧 샤워기 물소리가 났다.

태성은 미사의 뺨을 쓸어 문질렀다.

오는 동안 미사는 조그마한 목소리로 계속 사과했다.

「미안, 나 때문인 거 같아. 폐를 끼칠 생각은 없었는데.」

태성은 '아니다.'나 '그렇다.'의 답도 할 수가 없었다. 머릿속이 너무 복잡해서.

다만 확실한 것은 이제 이건 더 이상 미사의 문제가 아니게 되었다는 거다.

붉은 머리카락의 괴한은 명백히 태성에게 관심을 가지고 있었다. 그리고 그는 태성이 알지 못했던 태성 자신의 본질까지 꿰뚫고 있었다.

「……의 새끼지?」

태성이 그도 모르게 입술을 꽉 당겨 물었다.

샤워를 끝낸 규진이 튕기듯 달려나왔다. 머리를 푸들처럼 털어대며 작게 묻는다.

"야, 그래서, 설명이라도 좀 해보시지? 아, 머리 감으면 외운 거 다 날아가는데."

"그게 말이 되는 소리냐니까. 하여간."

"진짜라고. 징크스 모르냐, 징크스. 근데 시험기간 때문에 온 거면 누나는 왜 너한테 업혀왔어?"

규진은 죽은 듯 잠든 미사의 얼굴을 슬쩍 훔쳐보았다. 단아하기보다는 화려하게 반듯한 이목구비가 독보적이었다. 까맣고 긴 머리카락이 저렇게 여성스러워 보일 수가 없다. 태성도 잘생겼으니 선남선녀라고, 끼리끼리 만난다 생각해 흑심 같은 건 없지만 '하여간 대박이야.' 하는 생각을 하지 않을 수는 없었다.

잠깐 고민하는 듯하던 태성이 능청스럽게 대꾸했다.

"나랑 떨어지기 싫대."

'재수 없다! 재수 없어! 연애질은 다른 데 가서 해!'

규진이 눈을 부라리며 휴대전화를 찾았다. 단톡방에 태성의 저런 만행을 알려 널리널리 퍼뜨리리라. 그런 규진을 막은 건 태성이었다.

"질색하긴. 장난이고, 지금 누나가 몸이 좀 안 좋아. 내 집 보일러가

고장이 났는데.”

“아니, 진짜 같이 살았어? 진짜 동거였냐? 이 발랑 까진 놈아, 동거
였어?”

“그런 거 아니라고. 엄한 상상 하지 말고 보일러 온도 좀 올려봐. 다
른 애들한테 떠들지도 말고.”

“아, 일단은 알았어. 야, 누나 때문에 나 가슴 설레서 공부 못 해. 그
리고 누나가 여기 있으면 나더러 어디서 자라는 거야?”

규진의 말에 태성의 미간이 순식간에 좁아졌다.

“아니, 네가 왜 설레? 어쨌든, 그냥 며칠만 있을 테니까 불편해도
좀 봐줘. 너 어차피 시험기간엔 과방에서 살잖아.”

“뭐, 그렇기는 한데…… 도서관에나 가야겠다. 너는 시험 준비 안
하냐? 오늘 시험은 잘 봤냐?”

“못 갔어. 조교 누나한테 아프다고 연락해서 미뤘는데 교수님이 그
러면 리포트로 대체할 수도 있다더라.”

“아 씨, 존나 부럽네.”

그동안 태성이 성실하게 학업에 임해와 그나마 얻을 수 있었던 행
운이었다.

“오늘 과방에서 스터디 할 녀석들 있다는데, 너도 오려면 와.”

“전화할게.”

“먹을 거는, 아, 별로 없는데…… 뭐 시켜 먹든가. 근데 누나 진짜
괜찮은 거야? 야, 죽은 거 아니지? 내 집에서 시체 실려 나가는 거 아
니지?”

“헛소리하지 말고.”

“아니, 너무 꼼짝도 안 하니까 걱정돼서 그렇지. 아니, 근데 진짜 누
나도 여기 있을 거라고? 뻥이지?”

"미안."

"망할."

규진은 대충 사람 꼴만 챙기고 전공서들을 들고 밖으로 나갔다.

"엄한 짓은 하지 마라." 하는 헛소리를 하는 것도 잊지 않고.

태성은 규진을 배웅한 후에야 조금 시름을 놓았다. 미사는 여전히 정신을 차리지 못하고 있다. 미사의 몸이 쉬이 녹지 않는 것은 그녀의 기운 자체에 열기가 없기 때문일 것이다. 열기를 품은 정온의 기운을 가진 그와 다르게, 미사의 기운에는 온도가 없었다. 변온 동물인 그녀에게는 어쩌면 당연한 것일지도.

태성은 좀체 따뜻해지지 않는 미사의 손을 매만지다가, 조심스레 그녀의 옆에 누웠다. 그 역시도 지쳤다. 자꾸만 굳어지려는 표정을 풀었다.

태성은 지금 스스로가 이상상태 속에 있다는 걸 알았다. 무력감인지, 분노인지 모를 무언가가 머리 꼭대기까지 차 있다. 과리와의 만남은 태성의 안에 내재되었던 무언가를 건드렸다. 그런데 그게 뭔지 모르겠다.

태성은 미사가 그 상대의 정체를 공손히 알려주기 전부터, 자신의 동족이 쓰러져 있는 것을 발견한 순간부터, 허겁지겁 집으로 되돌아올 때부터 그의 존재를 어렴풋이 짐작했다. 그는 태성이 이길 수 없는 적이었다.

하지만 조금도 굽히고 싶은 마음이 들지 않는 적이기도 했다.

상대는 그를 아는 것처럼 말했다.

「아무렴, 종을 따라간다면 이래야지.」

그에게 살의를 감추지 못하는 태성을 비웃었다. 정말 강한 자였다. 아주 조금 기운을 풀어냈을 뿐인데, 온 방 안이 얼어붙고 불조차 켜지

525

않은 침대 스탠드가 터져나갔다.

「귀여운 반항심으로 똘똘 뭉쳐 있는 걸 보면, 역시 새끼라도 짐승 새끼라 이거야.」

그의 목덜미를 움켜쥔 과리의 손바닥은 차가웠고, 갈비뼈를 짓밟는 발은 묵직했으며, 뺨을 훑는 손톱은 날카로웠다. 제가 죽을지도 모른다는 걸 알면서도 태성은 생판 처음 보는 과리를 증오했다. 그렇게밖에 말할 수 없는 감정이었다.

「흥미롭네. 정말로 자인지, 아니면 내가 짐작하는 그것인지 내 눈으로 보고 싶어 그런다. 변해봐.」

「…….」

「재미없게 이리 버틸 거냐?」

「내가 왜 그쪽 말대로 해야 합니까?」

「죽고 싶어?」

「죽여보시든가.」

「저 밖의 암컷부터 죽여줄까?」

「…….」

그가 제 목숨을 가지고 위협을 했을 때에는 괜찮았다. 그런데 미사를 걸고넘어진 순간 정신이 번쩍 들었다. 스스로도 이해할 수 없을 만큼 무서워져서 태성은 혼란스러웠다. 그런 태성의 심경을 읽어낸 과리가 비웃을 때까지.

「저 암컷이 그리도 좋아? 네 암컷도 지킬 힘이 없으면서 그리 눈만 부라리면 쓰나. 얌전히 말을 들어야지.」

「……비열하네요.」

「비열이라니, 귀여운 말을 하는구나. 이 몸은 정정당당한 사람이라고.」

개소리. 대놓고 조롱하며 비웃고 싶은 말이었지만 태성은 꾹 참아 눌렀다. 처음에 그를 부르던 미사의 목소리가 사라지고, 미사의 기척이 잠잠한 것이 염려에 불을 지폈다.

아주 예민하게 감각을 곤두세우니 미사의 심장 박동이 느껴졌다. 하지만 점점 느려지고, 점점 작아졌다. 미사가 정신을 잃었거나, 겁에 질려 도사리고 있다고밖에 예상할 수 없는 상황이었다.

눈앞의 남자를 물어뜯고 싶었다. 그러나 장악당한 공간 속에서 태성이 할 수 있는 일이라곤 없었다. 태성의 몸에 돋아나기 시작한 갈색의 털과 쥐의 꼬리를 짓이기며, 그가 한 말은 한마디였다.

「이거 진짜 말이 안 되는데.」

과리는 태성의 아버지 쪽 종을 확신하는 것처럼 굴었지만 막상 쥐의 흔적을 보니 혼란스러운 내색이었다.

「……정말로 네가 자의 태를 빌어 태어난 아들이라면, 이거 정말 희한한걸. 내 감이 떨어진 건 아닌데.」

이미 그때 태성은 왼쪽 눈이 망가져 보이지 않았다. 자꾸만 내려앉는 오른쪽 눈꺼풀 사이로 휘날리는 붉은 머리카락만 망연히 바라볼 뿐이었다. 속은 뜨거웠다. 뜨거워 견딜 수가 없을 만큼 뜨거웠다. 태성의 살의를 읽어낸 남자가 걸음을 멈추고 비스듬 고개를 돌렸다.

길게 찢어진 입술이 신랄하게 비웃었다.

「분명, 뭔가 희한한 일이 벌어진 것은 같다만. 아무리 봐도 너, ……의 새끼지?」

태성은 가물가물한 의식의 번짐 속에서 그 말을 듣지 못했다.

정신을 차려보니 이미 과리는 없었고 미사는 쓰러져 있었다. 과리가 현관으로 나간 게 아닌 건지, 발코니의 창문이 열려 있었다. 창문을 닫으려 했지만 문틀까지 꽝꽝 얼어붙어 꼼짝도 않았다. 과리가 휩쓸고 지나간 그의 집은 남극보다 추웠고, 미사를 추운 곳에 둘 수는 없었다.

정신을 추스르고, 부상이 나을 때까지 조금 참다가 미사를 깨워 집을 나선 것이다.

미사가 눈을 뜨기를 기다리고 있자니 그 역시도 누적된 피로가 밀려왔다. 시험을 하나 놓쳤지만 그다지 중요하게 느껴지지 않았다. 태성은 동족들에게 연락을 해볼까 하는 선택지를 두고 잠깐 고민하다가 이내 포기했다.

그들에게 알린다면 태성을 돕는 시늉이야 하겠지만, 상대가 진 일족이었다는 걸 생각하면 해결이 가능하기나 한가 회의감이 들었기 때문이다.

태성은 차가운 미사의 몸을 끌어안았다. 가만 뒷머리를 어르다가 실수인 체 둥그런 이마에 입술을 문질렀다. 맨살에 닿는 온기에 정신을 차린 미사가 게슴츠레 눈을 떴다. 마음이 한결 놓였다.

"어디야, 여기."

"규진이 집이에요……."

미사는 부드럽게 그의 허리를 감아 안고 깊이 파고들었다.

"아."

커다란 뱀, 작은 쥐. 화려한 암컷, 초라한 수컷. 이런저런 수식으로 그녀와 자신을 나누어 설명할 수 있을 것이다. 하지만 가끔 태성은 그녀가 무엇인지조차 잊곤 한다. 몸을 녹여주기 위해서라는 말도 안 되는 변명을 붙여서 태성은 더욱더 세게 미사를 끌어안았다.

가는 목덜미에 얼굴을 묻고 어느새 익숙해진 그녀를 시향했다.

"미사 씨, 일어나면 나랑 할 얘기 많아요. 그러니까 조금만 더 쉬고 정신 차려야 해요."

뇌리로는 그자의 목소리가 맴돌았다.

「네 암컷도 지킬 힘이 없으면서.」

그도, 누군가를 지킬 수 있는 힘을 가지고 싶었다.

오직 한 사람 앞에 떳떳하고 싶은 마음으로.

그날 규진은 도서관에서 밤을 새우겠다 연락했다. 태성에게는 다행이다. 집주인을 쫓아낸 느낌이 없지 않았지만 나중에 밥이라도 한 끼 사 먹이면 될 것이다.

태성은 문득 처음 미사가 그의 집에 눌러앉았던 때를 떠올렸다.

그때 태성도 규진과 비슷했다. 미사를 받아주기는 했지만 왠지 모르게 불편해서, 학교 때문에 바쁜 시늉을 하며 매일 도서관에 늦은 시간까지 머물렀다. 중간에 미사가 눈치를 챈 것 같아 그만두었지만.

몇 달 지난 것도 아닌데 상황이 이렇게나 바뀌었구나 싶었다.

미사는 새벽에야 완전히 눈을 떴다. 꼬박 반나절을 얼어붙어 옴짝달싹못한 셈이다.

새벽녘에는 전기장판의 열기에 조금 못 미치는 수준까지 체온도 회복했다. 태성의 몸에서 흐르는 따뜻한 기운이 끊임없이 미사를 포근히 감싼 덕에 상태가 빠르게 나아진 것이다.

'아.'

냄새도, 어둠 속으로 보이는 풍경도 전부 낯설었다. 주위를 둘러보기 위해 고개를 들려는 미사의 머리 위에서 태성의 목소리가 울렸다.

"규진이 집이에요."

"……그래?"

미사는 비로소 태성의 집을 급히 떠나야 했던 순간을 떠올려냈다. 아직도 한기가 남아 몸이 움츠러들었다. 태성은 아무렇지도 않게 그녀를 더 세게 끌어안으며 이불을 여며 덮었다.

"조금 더 이러고 있어요."

"네 친구는?"

"시험 준비 때문에 오늘은 안 올 거래요."

태성이 미사의 뺨에 손을 대며 덧붙였다.

"그래도 처음보다는 따뜻해진 거 같은데. 배는 안 고파요?"

입맛이 있을 리가 없었다. 미사가 고개를 젓자 태성은 그러냐 말하며 가볍게 미소 지었다. 미사는 태성의 가슴이 뛰는 소리에 저절로 귀를 기울였다. 왠지 나른하게 기분이 풀어지면서 조금씩 정신이 맑아졌다.

미사는 무심코 태성의 상의 안쪽, 맨살에 찬 손을 가져다댔다. 그러자 태성이 깜짝 놀라 움츠러들었다.

"아."

"미안. 차가웠지."

미사가 손을 뗐다. 태성은 고개를 저으며 서늘한 기운이 남은 미사의 손을 제 배에 가져다대고 부드럽게 문질렀다. 미사는 자연스럽게 그의 팔뚝에 머리를 기댄 채로 숨을 골랐다.

지난 오후 있었던 일이 꿈처럼 아득하게만 느껴졌다.

"너는 시험 어떻게 된 거야?"

"몰라요."

"그러다가 망치는 거 아니야?"

"이미 반 정도 망친 거 같아요. 신경 쓰지 마요."

"그래도 괜찮아? 중요하다고 그랬잖아?"

"우리 안전보다 중요하지는 않아요."

태성이 단호하게 말했다. 미사는 자연스럽게 '우리'라고 말해주는 태성에게 묘하게 신뢰감이 들면서도 조금 더 미안해졌다. 한참을 생각에 잠겨 있던 미사가 조심조심 상체를 일으켜 세우며 물었다.

"그다음에는 어떻게 된 건지, 이제 말해줘."

"별일 없었어요. 그냥 그 사람이 아무 해도 안 끼치고 갔어요."

태성은 대강 그렇게 눙쳐 말하며 눈가를 매만졌다. 과리에게서 입었던 상처는 이미 씻은 듯 나았고, 미사가 깨길 기다리는 동안 시력도 완전히 회복이 되었다. 다만 가슴 쪽 어딘가에 갑갑함이 남았을 뿐이다. 아마도 과리의 기운을 가장 가까이서 받은 여파가 남은 것일 터다.

미사는 아무 일도 없었다는 이야기를 믿지 못하겠다는 듯 그를 바라보았다.

태성은 미사가 보내는 불신의 눈빛에 마지못한 것처럼 몸을 일으켜 앉았다.

"조금 다쳤는데 금방 나을 정도였어요."

"어딜 다쳤어. 그러고 보니까 너 뒷머리에서도 피 났었는데."

미사의 손이 더듬더듬 태성의 뒤통수를 어루만졌다. 태성은 강아지가 된 것 같은 기분에 기분 좋게 웃었다. 이런 상황에서도, 사심 없는 손길 한 번에 기분이 누그러진다니 정말 이상한 일이다.

"피 조금 났다고 죽는 것도 아니고, 재생이 워낙 빠르니까요."

"아무리 빨라도."

"제 능력은 그쪽에 특화예요."

"그렇다면 다행인데."

미사는 벌어진 상처 하나 남지 않은 태성의 뒤통수를 문지르다가 수긍한 것처럼 손을 내렸다. 아무리 일족이라도 상처가 난다면 보통 하루 이틀은 아무는 데에 시간이 필요한데, 태성은 정말 신체 회복 부분에서는 발군인 듯했다.

떨어져나간 미사의 손이 아쉬워서 태성은 뒤통수를 긁적이며 웃었다.

"미사, 조금 더 쉬게 두고 싶은데 말 나온 김에 얘기 좀 해요."

태성은 미사가 잠든 내내 많은 고민을 했다.

과리라는 그자가 했던 말도, 제 동족들이 그를 도울 수 있을지도, 다시금 오갈 데를 잃어버린 미사를 어떻게 해야 할지도, 누구에게 도움을 청해야 적당할지도.

"그 남자가 누구인지 안다고 했었죠."

"실제로 아는 사이는 아니야."

"그 남자가 사준이라는 미사 씨 오빠랑 관계가 있다는 얘기부터, 설명해줄 수 있어요?"

사준의 이름이 태성의 입에서 나오자마자 미사는 풀이 죽었다. 스스로의 나약함에 치가 떨렸다. 그렇게 뒤통수를 맞고도 위기의 마지막 순간에 떠올린 것이 사준이라니. 만일 정신을 잃지 않았더라면 정말로 사준에게 연락해 도움을 청했을지도 모를 일이다.

오래된 습관이 그토록 무서운 것이라는 걸 미사는 그때 깨달았다.

"진 일족들은 약속을 지키는 사람들이야. 그리고 과리 그자가 사준과 뭔가를 약속한 것 같았어."

"이미 서울 쪽에는 미사가 아는 진이 한 분 있다지 않았어요?"

태성은 서울 근교를 어떤 형태로 나누어 두 명의 진 일족이 어우러져 사는지도 알아야 한다고 생각했다. 그들의 행동반경을 위해서다.

"수도권 일대에는 용운 님 한 분뿐이었어."

"하지만 어제 본 사람은요."

"과리."

미사는 침대에서 벌떡 일어나 머리를 쓸어넘겼다. 그녀 역시 아까의 상황을 생각하면 혼란스러운 것투성이라서 선뜻 입이 떨어지지 않는 모양이었다. 태성이 그를 등진 미사의 가는 손목을 잡아 돌렸다.

"미사."

무심코 태성을 내려다보던 미사가 살짝 손끝을 오므렸다. 언제부턴가 태성은 '미사 씨'라 부르기보다 '미사' 하고 부르는 일이 많아졌다. 호칭 따위야 아무래도 상관없다고 생각했기에 의식하지 않았는데, 불현듯 그가 부르는 제 이름에 사로잡히는 기분이 들었다.

태성의 눈은 언제나처럼 침착했고, 언제나보다 더 어른스러웠다. 오므라든 미사의 손끝을 응시하던 태성이 부드럽게 고개를 기울였다.

태성의 이마가 손바닥에 닿는가 싶더니 곧 부드러운 입술이 손끝을 가볍게 눌렀다. 장난이라도 치는 것처럼 가볍게 입술로 물었다 놓는다.

"괜찮아요. 그냥 아는 것만 말해줘요."

"간지러워."

"그래요?"

낮게 웃은 태성이 고개를 들었다. 미사는 그의 회색 눈동자를 물끄러미 바라보다가 무릎으로 침대를 디디고 기다시피 해 그의 허벅지에 마주 앉았다.

"너, 너무 여유로워서 얄미워."

"무거운데."

"……."

"계속 그렇게 볼 거예요? 나 지금 귀 빨개진 거 같아서 좀 민망한데. 이럴 때 아니잖아요."

장난이 아니었다. 어둑어둑한 와중에도 잘 보였다. 웃고는 있지만 슬슬 그녀의 허리를 더듬는 손이 가볍지 않았다. 미사가 물을 때까지.

"왜 화 안 내? 나 때문에 너도 곤란해졌다고."

태성은 좀 묘한 표정을 했다. 그는 지금 미사에게서 풍기는 느낌이 뭘까 잠깐 고민하다가 가장 근접한 단어를 골라 반문했다.

"미사, 잘못했다고 혼난 다음에 사과하고 싶어서 그런 거예요?"

"아닌데."

"그럴 거 같았어요. 그냥 그렇게 말하는 게 좀 낯설어서. 미사가 왜 자기 탓이라고 하는지 사실 잘 모르겠는데, 나는 그게 미사 탓인 거 같지는 않아요. 상황이 지금 최악 비슷하게 흘러가긴 했지만 그래도 최악까지는 아닌 거 같고."

"……."

"그리고 오히려 나는 내가 제대로 못 지켜줘서 미안하고, 그래요. 나한테 실망하지 않으면 좋겠어요."

미사는 피식 웃었다.

"네가 어떻게 진을 이겨. 여름이 되면 비가 내리고 겨울이 되면 눈이 내리는 것처럼 당연한 건데. 너는 비나 눈한테 실망하기도 해?"

미사의 말은 옳았다. 당연히 불가능한 것에는 기대조차 않았을 테니 실망도 없었을 터다. 그러나 머리가 안다고 가슴도 그리 느끼라는 법은 없었다.

태성은 한참을 침묵하다가 가장 이해가 쉬운, 진실에 근접한 진심을 내뱉었다.

"좋아하니까요."

태성의 목을 두르고 있던 미사의 팔에 살짝 힘이 들어갔다.

"그러니까 당연히, 잘 보이고 싶은 거죠. 많이 생각하고 하는 말이에요."

"……."

"뭐, 미사는 그냥 귀엽다고만 보는 것 같은데."

"아니, 그건, 음……."

직설적으로 던져진 고백에 미사가 그녀도 모르게 입술을 당겨 물었다.

"혼혈이 싫다고 해도 괜찮고, 내가 약해서 매력이 없다고 해도 괜찮고, 그냥 어차피 별 의미도 없는 집을 떠나게 됐다고 해도 괜찮아요. 다행히 수조는 비어 있어서 보니랑 클라이드 걱정에 전전긍긍할 이유도 없고. 그래서 나 지금 진지하게 하는 말인데, 이 자세, 굉장히 도발적이거든요."

태성의 마지막 음성이 살짝 쉰 것처럼 갈라졌다. 그게 미사에게는 의외로 섹시하게 들렸다.

"미사가 잘 버틸 수 있게 도와주고 싶다고 했던 것도 거짓말 아니라고 했잖아요. 미사는 진 일족들만 약속을 잘 지킨다고 생각하는 모양인데, 저도 제가 한 말에는 책임지고 싶어요. 그리고 상황을 먼저 들어봐야, 저도 미사한테 정리해서 알려주죠."

"싫지 않아."

두서없는 대답에 말을 멈춘 태성이 미사의 허리를 꽉 쥐었다 풀었다. 미사가 또박또박 말했다.

"네가 혼혈인 것도 상관없고, 네가 약한 것도 상관없어. 널 좋게 생각하니까, 너한테 폐가 되는 게 싫은 거지."

"언제는 폐 아니었고?"

"그때에는 너 별로였으니까."

미사는 장난스럽게 받아치는 태성의 말에 작게 웃으며 고개를 저었다.

"그리고 나 알파 타입 수컷들 별로 안 좋아해."

이미 그런 놈들은 수두룩하게 겪어보았다. 알파 타입의 수컷과 감정을 가지게 되면 늘 어느 한쪽이 종속되는 결과가 생겨나고, 대개가 그건 암컷인 그녀 쪽이었다.

미사는 누군가에게 종속되어야 하는 상황을 몹시 끔찍하게 여겼으므로, 번번이 오래가지 못하고 싸우고 다투다가 피투성이 파국을 맞곤 했다.

생각해보면 사준에게 의지하기 시작한 것도 사준이 보통의 알파 타입과는 많이 다른 녀석이었기 때문일지도 모르겠다. 그는 언성 한번 높이는 일 없는 독특한 알파 타입이다. 무력이나 힘이 아닌, 묘한 카리스마로 동족들을 끌어모아왔는데 미사는 아주 가끔 사준의 그런 재능이 무서울 정도라고 생각했다. 힘 자랑 한번 하지 않고.

알파 타입들은 이러니저러니 해도 믿을 수가 없다는 것이 미사의 지론이다.

그리고 태성은 그 반대이고.

말하고 나니 분위기가 또 묘해졌다. 미사는 조금 머쓱해져서 슬그머니 화두를 돌렸다.

"그건 그런데 규진이, 그 친구한테는 뭐라고 하고 여기 온 거야?"

"시험기간에 학교 오가는 시간 단축하려고 한다고요. 믿는 것 같지는 않았는데."

"나는?"

태성이 잠깐 멈칫하더니 슬쩍 미사의 시선을 피했다.

"미사가 저를 너무 좋아해서, 떨어지기 싫어한다고요."

"미쳤어? 누굴 수컷 꽁무니나 따라다니는 여자로 만들어?"

진심 어린 정색에 태성이 웃기 시작했다.

"그러게요. 그런데 그때에는 정말 할 말이 생각이 안 났어요."

변명이랍시고 덧붙인 게 전혀 변명 같지가 않았다.

결국 미사는 화제를 돌리고도 본전도 찾지 못한 기분에 사로잡혀야 했다. 분위기는 그래도 처음보다 훨씬 부드러워졌고, 수시로 엄습하던 긴장감도 누그러졌다. 긴장감은커녕, 뚱한 기분에 아랫입술을 살짝 삐죽이며 과리에 대해 이야기를 해주려는 찰나였다.

"우선은 뭐, 네가 아까 물어본 과리 님에 대해 얘기를 해주자면……."

"정말 이 자세로 계속 있을 거예요?"

태성은 정말로 신경이 쓰였나 보다. 미사가 비로소 의식하고 몸을 틀어 내려오려는 찰나였다. 미사의 몸이 홱 뒤집혔다. 시야가 잠깐 어지럽다 싶었는데 정신을 차리고 보니 그녀는 낮은 원룸의 천장을 향해 누워 있었다. 그리고 태성의 얼굴이.

"규진이가 침대에서 이상한 짓 하지 말랬는데……."

태성은 농담처럼 중얼거리더니 미사의 목덜미에 얼굴을 묻고 긴 한숨을 내쉬었다.

'미사가 무사해서 정말 다행이에요.'

태성의 입술이 귓불 바로 아래에 닿았다.

"진짜 멍청하죠. 정말 걱정했어요."

"……."

"정말 아까 놀랐어."

"……."

"많이 놀랐는데, 그래도 별일 없어서 다행이에요."

뭐라 답하기도 전에 옮겨온 입술이 미사의 입술에 닿았다 떨어졌다. 미사는 그것이 키스와 닮아 있다는 걸 알아차렸다.

"해도 돼요?"

허락을 구하듯 물었으나, 그 즉시 진짜 키스가 밀려왔다.

입맞춤이 입술 위로 떨어진다. 미사는 매달리듯 그녀의 몸을 당겨 안는 그의 목을 끌어안았다. 홀려버린 것처럼, 피하고 싶지 않았다.

나도 네가 무사해서 다행이라 생각한다고.

입맞춤으로 대신 답했다.

나란히 누운 미사와 태성은 걱정일랑 없는 사람들처럼 편안히 서로를 마주 보았다. 언제부터 이런 게 자연스러워졌는지는 모르겠으나, 태성은 잠깐이라도 이야기가 끊긴 침묵이 찾아올 때마다 미사의 뺨이며 콧등에 입술을 맞댔다. 그건 예상할 수 있는 자연스러움의 범주에 속했고, 미사는 오히려 그가 가만히 있으면 허전하게 느꼈다.

"어릴 때, 과리에 대해서 못 들어봤어? 설화처럼 어린 일족들한테 다들 가르쳐주던데."

미사도 어미인 시영에게서 들었다. 듣고서 믿기지가 않아서 용운을 찾아가 떼를 쓰듯 물어본 적도 있었다. 정말로 시영이 해준 이야기 속의 용운이 용운 님이냐고. 그럴 때마다 용운은 조금 씁쓸한 표정을 지어서, 어느 순간부터는 묻지 않았다.

"어릴 때 제 주위에 이런저런 것들을 가르쳐주는 어른이 없었어요.

도롱 옹께서 간간이 돌봐주기는 하셨고, 민아 누나, 아, 제 누나예요. 민아 누나가 가끔 제 실수를 바로잡아준 게 전부였어요. 거의 혼자 자랐으니까."

"그런 것치고는 넌 사회성이 좋아 보이던데. 인간들이랑도 잘 지내잖아."

태성은 희미하게 웃으며 조금씩 정상 체온을 찾아가는 미사의 손등을 매만졌다. 딱히 대답할 것 같지가 않아서 미사는 설명을 이어나갔다.

"내가 들은 이야기는 그래. 과리라는 이름의 진 일족이 성질이 아주 나빠서 세상에 해악을 끼치고 다녔다고 했어. 워낙 강하고 포악해서 아무도 막지 못했대."

"처음 들어요."

"진 일족들은 책임감이 강한 사람들이라고 하잖아. 동족이 저지른 일을 해결하는 건 동족이라고 생각한 진 일족이 과리를 막기 위해 갔는데, 싸우다 죽었다고 해."

"저런. 실화예요?"

"과장도 좀 섞여 있을 거라고 생각은 해. 어쨌든 용운 님은 마르미라는 진 일족과 친분이 있으셨던 것 같은데, 그 때문에 나서게 되셨나 봐."

"용운이라는 이름은 미사 씨가 아는 그 사람이고요?"

미사가 고개를 끄덕였다.

"엄청나네."

태성으로서는 용운의 나이가 몇인지 도저히 상상도 가지 않았다. 자 일족의 평균 수명도 반천 년은 된다고 하니, 진 일족은 분명 그들보다는 오래 살 것이다. 하지만 구전설화 속의 사람이 동시대를 살고 있다니. 당최 믿기지가 않는 이야기다.

"그때 용운 님과 인 일족의 어느 호랑이가 같이 과리와 싸워 이겼다고 했어. 죽였다고 들은 것 같은데, 아마 죽인 건 아니었던 건지도 모르겠네. 그 남자가 사칭하는 걸 수도 있겠지만 어쨌든."

미사는 스스로를 과리라고 소개했던 붉은 머리칼의 남자를 떠올리며 저도 모르게 어깨를 떨었다. 미친 소리로 치부하기에는 분명 그자는 희소하기 그지없는 진 일족이었고, 용운을 친근하게 여기는 내색을 했다.

"그게 그자였다고요."

"일단은 그분이 그렇게 말했으니까."

"왜 그분이라고 불러요?"

"정체가 뭐든 간에 진인걸."

이상하리만치 공손한 미사의 태도에 태성은 못내 불쾌한 기분을 느꼈지만 딱히 화두로 끌어올리지는 않았다.

"그래요. 일단 당사자일 수는 있겠네요."

"그렇게 쉽게 믿는 거야?"

"못 믿을 것도 없다고 생각은 해요. 죽는다고 전부 끝나는 게 아니니까."

태성의 말은 비논리적이며 모호했다. 미사가 눈을 깜빡거리며 설명을 요하는 기색을 띠자 태성은 빙그레 웃으며 덧붙였다.

"그냥, 일단 본인이 그렇게 말했다고 하니까요."

미사가 왜 이상하다는 표정을 짓는지 알고 있었다.

솔직하게 말해줄 수도 있었지만 지금 태성은 다른 생각에 잠겨 있었다. 과리라는 자는 태성이 무언지 안다는 식으로 말하는 것을 넘어서, 마치 그에게 피와 살을 내어준 부모를 아는 것처럼 굴었다.

조금 더 자신이 정신이 있었다면 붙잡고 물었을 터였다.

예상치 못한 순간에 던져진 이야기였기 때문에, 그 역시도 매우 혼란스러웠다.

"미사를 그때 보고 따라왔던 거고, 제가 머무는 곳은 어떻게 찾아왔는지는 모르겠다고 했죠. 일단 그자는 저한테 굉장히 관심을 보이던데, 무슨 이야기 들은 거 없어요?"

"너에 대해 물어본 게 전부였어. 네 종이 뭔지, 너는 어디에 있는지. 그런데 넌 어떻게 알고 일찍 온 거야?"

태성은 조금 속이 식는 것을 느끼며 입술을 다물었다.

그의 동족은 아마도 과리에게 살해당했을 것이다. 태성은 제 동족이 여전히 그의 근방을 지키고 있는 줄도 몰랐는데, 어떻게 그자가 자일족의 감시자를 찾아내어 죽인 건지 모를 일이다. 어쩌면 그 동족이 실력이 없었거나 운이 나빴던 것이겠지. 아니, 어느 쪽이든 운이 나빴던 것이 맞다.

태성은 미사가 자는 동안 본가에 연락해 시체들의 위치를 알렸다. 지금쯤이면 그의 본가에서도 피살당한 동족의 시신을 수습했을까 싶었다.

"버스 정류장에 서 있는데 뭔가 느낌이 안 좋아서요. 혹시나 하고."

"처음에 과리가 찾아왔을 때에는, 그냥 내가 도망쳐버리면 될까 생각했어."

미사는 숨김없이 말했다.

"그런데 자꾸만 너한테 관심을 가지길래, 이게 내가 도망친다고 해결될 일이 아닌가 보다 당황스러워지더라."

"나 때문에 미사가 위험해지면 싫지만."

"원인을 따라 거슬러 올라가면 결국 나 때문인 건 맞아. 아니라고 고집부릴 생각은 없어."

그렇게 말하는 미사의 목소리는 조금 힘이 빠져 있었다.

미사는 태성이 이마에 입 맞추도록 내버려두었다. 태성은 그녀의 손에 깍지를 꼈다.

"뭐라도 괜찮아요."

미사가 빚지는 마음을 가지게 되는 것까지도 좋았다. 자신이 이런 이기적인 마음가짐을 가지게 될 줄은 몰랐지만, 그의 마음은 온전히 기뻐하고 있었다. 괜찮다는 말 역시 추호의 숨김 없는 진심이었다.

"뭐라도 난 괜찮아요. 미사도 무사하고, 나도 그러니까."

"그리고 지금 막 생각이 났는데, 아마도 지난번에 서울 가스 폭발 사고라고 커다랗게 뉴스에 나왔던 거 기억나?"

"들은 거 같아요."

"그게 진 일족과 관련이 있을지도 모른다고 했었어. 사실 그 정도 규모라면 충분히 가능성이 있는 추측인데 나는 용운 님이 그럴 리가 없다고 생각해서 깊이 생각하지 않았거든. 그런데 진 일족이 한 분 더 있었다면…… 그리고…… 아마 그런 거면, 사준이 정말 이번에 일을 크게 만들려고 한 게 맞는 거 같아."

가만히 듣던 태성이 침대에서 일어나 탁자에 놓인 규진의 노트북을 들고 왔다.

자연스럽게 비밀번호를 푼다. "비밀번호 알아?" 하는 미사의 질문이 끝나기도 전이었다. 태성은 "친한 친구인걸요." 하고 웃으며 인터넷을 켰다.

"이렇게 마음대로 써도 돼?"

"미사는 내 휴대전화 마음대로 썼잖아요. 똑같지."

붉은 미립자로 인해 달이 붉게 보였다는 그날 밤에 벌어진 사건을 검색했다. 사진과 영상은 거의 다 내려져서 없었지만 간간이 개인 홈페이지 같은 웹사이트에 당시 상황이 있었다.

조작이 아니라면 정말로 처참했다. 그 정도의 사고라면 일족이 관여했다 하는 것도 이상하지 않을 것이다.

사진의 밤하늘에는 불그스름한 달이 배경처럼 박혀 있었다. 붉은색.

태성은 자연스럽게 그 붉은 남자를 떠올렸다.

태성의 허벅지에 턱을 괴고 함께 노트북 화면을 들여다보던 미사가 "흐응." 하는 의미 불명의 콧소리를 냈다. 태성은 곰곰이 생각에 잠긴 표정으로 미사의 뒷머리를 어루만졌다.

"혹시, 저, 그 용운이라는 사람 만나볼 수 있어요?"

미사는 태성이 진심이라는 걸 알아차렸다. 또 다른 진이 나타난 것부터 시작해 미사도 사태 파악을 위해 용운의 조언을 듣고 싶은 마음은 굴뚝같았지만 태성이?

"그분을 만나고 싶다고?"

"일단은, 네."

"지난번에 한번 연락을 했는데 받지 않으셨어."

"다른 방법 없어요?"

태성의 물음에 미사가 잠깐 고민하는 것처럼 눈을 내리깔았다.

"있을지도 몰라."

"그러면 한번 알아봐줘요. 나도 애경 누나한테 연락을 해봐야겠어요. 여기는 오래 있기 그러니까, 가능하면 애경 누나한테 머물 곳도 부탁해보고……. 별일 없는 게 좋고, 별일 없어야 하지만……."

주먹을 쥐었다 펴며 고개를 갸웃하던 태성이 묘한 눈으로 텅 빈 자신의 손을 내려다보았다.

"왜 그래?"

"아뇨, 좀, 음, 이상해서."

무엇이 이상하냐 물었지만 태성은 자세히 말해주는 대신 "괜찮겠죠, 뭐." 하고 두리뭉실하게 넘겼다.

미사는 편안히 베개에 머리를 뉘며 얕은 한숨을 내쉬었다. 혼자가 아니라는 건 생각보다 많은 위로가 되는 일이었다.

"좀 더 쉬어요."

다정하게 속삭이는 태성의 목소리가 어쩐지 평소보다 가라앉은 듯했다.

무언가 잘못되었다는 걸 깨달은 건 이튿날 아침이었다. 미사는 TV가 요란하게 떠들어대는 소리에 잠에서 깼다. 낯선 집에서의 숙면은 조금도 편안하지 않아서, 정신은 금세 맑아졌다. 좁은 집 안을 울리는 건 뉴스 앵커의 보도뿐이었다.

고개를 돌리니 태성의 뒤통수가 보였다. 태성은 딱딱한 바닥에 이불을 펴고 앉아 있는데 분위기가 심상치 않았다.

"잠은 좀 잤어?"

미사가 잠긴 목소리로 물었다. "네." 하는 힘없는 목소리가 되돌아왔다. 뒤도 돌아보지 않고 TV만 보고 있다. 미사는 의아하게 눈을 돌려 화면을 응시했다.

단정하게 차려입은 앵커의 허리 부근으로 흰 글자의 속보가 느리게 흘러갔다.

[망원역 근처 아파트 단지, 부실공사 의혹. 지난 새벽 건물 상층부가 함몰해서 큰 주목을 받고 있다. 구조대에 의해 발견된 사상자는 현

재까지 총 아홉 명으로 밝혀졌고, 계속해서 구조작업이…….]

말문이 막혀 아무 소리도 낼 수 없었다.

태성은 이른 아침부터 친구들이 연락을 해와 난리를 치는 바람에 잠에서 깼다. 그 친구들은 태성이 규진의 집에 와 있다는 걸 알지 못하고 있었다. 그들의 염려가 타당하게도 사고가 났다 알려진 단지는 바로 태성의 아파트였다.

바로 어제 그런 일이 있었는데, 그와 전혀 관계가 없다고 할 수는 없을 것이다. 사상자가 아홉이나 났다는 문구가 계속 뇌리를 떠돌았다. 떨리는 손으로 리모컨을 눌러 TV를 껐다.

"좀, 곤란하네요."

조금 전부터 느껴지는 미사의 시선을 의식한 태성이 겨우 소리 냈다. 폐부가 유달리 뜨겁게 느껴졌다. 아니, 실제로 그랬다.

조심조심 침대에서 내려온 미사는 그의 등에 매달리듯이 기대었다. 그녀 나름대로의 위로였다. 그러다 조금 놀란 것처럼 몸을 뗀다.

"태성아…… 너 왜 이래?"

미사는 깜짝 놀라 손을 떼고 그의 옆자리로 옮겨와 앉았다. 태성은 팔뚝을 매만지며 마른 입술로 웃었다.

"괜찮아요, 열이 좀 나서."

미사는 괜찮다고 할 수 없는 수준의 고열에 깜짝 놀라 다시 그의 맨 팔을 만져보았다. 얼굴에는 붉은 기가 돌고 있고, 팔다리는 펄펄 끓는 물에 담갔다 뺀 것처럼 뜨거웠다. 전신이 그럴 것이다.

"갑자기."

일족들의 몸은 기본적으로 튼튼하다. 가끔 바이러스에 몸이 상할 수는 있지만 이 정도까지 심해지는 일은 드물었다. 애초에 몸 상태가 좋지 않아지면 본체로 돌아가 육체를 재구성하면 말끔하게 낫는다.

태성이 그걸 모를 리가 없었다.

"수화해. 어차피 지금 너랑 나밖에 없잖아."

태성은 화끈거리는 눈가를 꾹 누르며 웃을 뿐이었다.

"장난 안 칠 테니까 수화해. 바보처럼 왜 참고 있어?"

미사의 채근에도 태성은 고개를 돌려 암전된 TV에 시선을 둘 뿐이었다.

"태성아."

미사가 어르듯이 다시 불렀다. 태성은 침대를 짚고 일어서며 고개를 저었다.

"신경 쓰지 마요."

미사는 쑥 높아진 태성의 얼굴을 좇기 위해 고개를 젖혔다. 태성은 서 있는 것도 버거워 보였다.

비틀거리던 그는 결국 침대에 걸터앉아 조금 날카롭게 반복했다.

"괜찮다니까요."

"안 괜찮아 보여."

눈가를 문지르는 태성의 입술이 찡그려지는 것이 보였다. 태성이 허리를 숙이며 뇌까렸다.

"안 돼요."

처음에는 무슨 말인지 몰랐다.

뭐가 안 된다는 건지.

그러나 태성은 거두절미한 말 한마디를 내뱉은 것을 끝으로 침묵했고, 미사는 혹시나 하는 추측을 물을 수밖에 없었다.

"안 된다고?"

"……수화가, 안 돼요."

"뭐?"

말도 안 되는 소리였다.

태성과 같은 하위종은 인간으로 변하지 못하는 경우가 있을지언정, 본체로 돌아가지 못하는 일은 거의 없다.

"해보려 했는데, 새벽부터, 그런데, 안 돼서."

띄엄띄엄 중얼거리는 태성의 목소리에는 그 스스로도 감추지 못한 당혹 비슷한 것이 묻어 있었다. 평소의 침착을 유지하려 안간힘을 쓰는 것이 눈에 보였다. 왜 갑자기 그러는 거냐고 멍청한 질문은 하지 않았다.

지금 가장 당혹한 것은 태성일 테니까.

"괜찮아요. 잠깐 그런 거겠죠."

정작 그렇게 말하는 태성은 조금도 괜찮아 보이지 않았다.

22
/
혼자이기 싫은 날

태성은 그날부터 꼬박 이틀을 앓았다. 규진이 그를 응급실에 데려가야 한다고 난리를 쳤다.

"아니, 내 방에서 시체 실려 나가는 거 싫다니까 왜 이젠 네가 고집이야? 학교 갔다 오는 길에 병원 한번 다녀오라니까? 10분도 안 걸리잖아!"

규진의 말처럼 대학교 근처인 만큼 대학병원도 가까웠다. 외출을 삼가는 것도 아니고, 꾸역꾸역 시험을 보고 돌아와 시체처럼 널브러지는 태성을 답답해하는 것도 당연했다.

규진은 이제 미사가 좀 익숙해졌다고 그녀에게까지 짜증을 냈다.

"아니, 누나는 남자친구가 이 정도로 멍청하게 굴면 강제로라도 보내야죠."

남자친구라는 대목에도, 강제로라도 병원에 보내야 한다는 대목에도 수긍할 수는 없었으나 아무 말도 않았다. 혼나는 건 익숙지 않았다.

태성이 인간들의 병원을 방문하지 않는 이유가 명백해서 미사는 한숨만 내쉴 뿐이었다. 규진이 없을 때 '네 동족들한테라도 연락해보는 건 어때.'라고 넌짓 조언도 해보았으나 태성이 거부했다.

다행히 그리 이틀을 버티고 나니 태성은 조금씩 열이 떨어져 안정되기 시작했다. 학교를 다녀오는 일 말고는 아무것도 하지 못할 만큼 ─ 그나마 학교도 규진이 업고 가다시피 했다 ─ 앓았던 터라 얼굴은 창백했다. 그리고 이상하게도 색소가 빠지는 것처럼 그의 머리카락도 회색빛이 감돌기 시작했다.

처음에는 제 눈이 착시를 일으킨 걸까 생각했는데, 커튼을 걷고 창 안으로 쏟아지는 햇살 아래 비추니 분명했다. 새치 하나 없는데도 회색빛처럼 보였다. 그의 눈 색처럼 신비롭게. 그건 비단 미사만 눈치챈 게 아닌 듯이 규진도 '너 새치냐?' 하고 농담처럼 물었다.

열이 정상체온에 가깝게 떨어진 사흘째 되던 오후, 애경이 소식을 전해왔다.

─ 아파트 단지 사건, 한사준이야. 이번에는 자 일족들을 건드리려는 거라고 말이 많더라. 타이밍 좋게 네가 거기 없어서 다행이야, 정말.

굳이 새로운 소식이라 할 만한 내용도 아니었다. 태성은 별다른 말을 덧붙이지 않고 고맙다고 말한 후 몇 가지 다른 이야기를 나누고 끊었다.

태성은 고민이 많아 보였다. 미사는 그녀답지 않게 조심스레 물었다.

"너 아직도야?"

태성은 여전히 수화를 하지 못했다. 고열이 문제가 아니었다.

혹시 과리를 만났을 때 그에게서 무슨 짓을 당한 건 아닐까 하는 생각도 들었다. 수화 능력을 상실하게 만든다는 이야기는 들어본 적 없지만, 만일 그런 거라면 일시적인 것일 터다. 그게 아니라면.

태성이 더 걱정할까 싶어 소리 내서 말하지는 않았다.

549

어쨌든 태성은 조금씩 제 페이스를 찾아가기 시작했다. 시험에 몰두하겠다는 의지가 역력한 데다, 미사도 다른 곳에 신경을 쏟는 게 나쁘지 않다고 판단해 내버려두었다.

태성이 어떻게든 스스로를 추스르려 애쓰는 와중, 미사는 그녀가 할 수 있는 다른 일을 생각해보았다.

이제는 '왜 용운 님과 연락이 닿지 않나.' 하고 고민하고 있을 것이 아니라, 반드시 용운을 찾아야 했다.

그녀는 어제 태성이 도서관에 간 틈을 타서, 큰마음을 먹고 용운이 머물고 있는 것으로 기억하는 홍대 근처를 찾아가보기도 했다. 그러나 수첩에 적힌 집 주소에 도착해 한참을 기다려도 용운은 나타나지 않았다.

용운은 꼭 땅으로 꺼지기라도 한 것처럼 사라졌다.

미사는 포기하지 않고 다른 방법을 모색했다. 용운은 사회적으로 아무런 영향력도 없고 활동도 하지 않는 미사와는 다르다. 요 몇 년간 마이너 음악에 심취해 뮤지션놀이를 하고 있었다.

국악과 서양 쪽 음악의 퓨전이라나 뭐라나. 인간들은 용운의 날티나는 생김새와 갭이 느껴지는 풍부하고 천재적인 국악 음악 지식이 매력적이라고 말했다.

용운이 속한 밴드가 마니아들 사이에서는 꽤 유명하다고 들은 기억이 나서 미사는 인터넷으로 관련 기사를 찾아보았다.

[뮤지션 구름, 갑자기 실종? 공연 취소의 내막!]

구름은 용운의 가명이었다.
'실종?'

역시나 뭔가 이상하다. 미사는 포기하지 않고 웹을 뒤졌다. 사생팬도 있는 모양인지 미사도 알지 못하는 용운에 대한 신상정보가 인터넷에 쭉 널려 있었다.

서울 태생, 33세, 작곡가, 주로 사용하는 악기는 키보드, 장구, 해금 등.

[우리 구름 오빠. 지난봄 전라도 엑스포에서 깜짝 공연 당시 찍은 사진.]

용운의 사진도 올라와 있다. 미사는 오랜만에 보는 용운의 얼굴에 들썩대는 가슴을 가라앉혔다.

한참을 헤맨 끝에 미사는 용운에게 개인적인 용도의 SNS가 있다는 걸 알아냈다. 아무래도 한미사라는 이름으로 SNS에 가입하기는 꺼려졌던지라, 가명으로 아이디를 만들어 SNS로 용운에게 연락을 시도했다.

하지만 이틀이 지나도록 답장은 오지 않았다.

대체 어떻게 해야 연락이 닿을 수 있을까 하던 와중이었다. 띠링 하는 소리가 나며 답장이 도착했다. 도착한 메시지는 간결했다.

[오늘, 5시, 홍대 만남의 광장. XX 카페.]

발신인 용운의 아이디였다.

'용운 님!'

미사는 급히 시계를 돌아보았다. 3시다.

그녀에게는 휴대전화가 없었고 규진의 집에는 전화기가 없었다. 도서관에서 돌아온 태성이 확인할 수 있도록 낡은 식탁 위에 쪽지를 하나 남겼다.

[나갔다 올게.]

홍대 앞은 유명한 만큼 사람들로 붐볐다. 얼마 전에도 한번 용운을 찾아 이 근방을 방문한 기억이 남아 있는지라, 방향을 잡는 건 어렵지 않았다. 미사는 조용히 카페로 향했다. 워낙 사람이 많으니 어지간해서는 눈에 띄지 않을 테지만 조심해서 나쁠 것은 없었다.

약속 장소로 지정된 카페 앞에 도착한 미사는 얼어 터진 손을 비볐다. 장갑도 끼고 나올 걸 그랬다. 태성의 향기가 남은 목도리를 고쳐 매고 차양 아래 기대어 섰다.

쇼윈도 너머로 카페 시계를 훔쳐보았다. 아슬아슬하게 5시를 넘기지 않은 시각이었다.

용운은 아주 감쪽같이 기운을 숨길 수 있는 사람이니, 작정한다면 미사가 알아차리지 못하는 순간 다가올 수 있지만 굳이 그러지는 않을 터였다. 용운으로 말하자면 단 한 번도 사냥 대상이 된 적 없는 위대한 일족이었다. 진 일족을 사냥 대상으로 볼 수 있는 이가 있을까.

'……용운 님은 과리라고 자칭하는 사람이 나타난 걸 아실까?'

진 일족 중 하나가 자아도취로 인해 자신이 오랜 옛 이야기 속의 '그' 일족이라고 주장하는 것일지도 모른다는 생각도 하고 있다.

오늘 용운과 이야기를 나눠보면 보다 확실해질 터였다. 태성이 수화하지 못하게 된 것도, 어쩌면 그 붉은 머리칼의 진 일족이 무슨 짓을 한 것일지도 모르니까. 진 일족이 할 수 있는 거라면 용운이 해결할 수도 있을 것이다.

그런데 이상한 일이었다.

5시가 지나고, 시곗바늘이 조금 더 기울어 5분이 되고 10분이 되도록 용운은 나타날 기미가 보이지 않았다. 용운은 약속에 굉장히 철두철미한 편이다.

오늘, 5시, 이곳.

날이 몹시 추워서 점점 체력이 떨어지는 게 느껴졌다. 오도카니 서서 기다리기는 힘든 추위였다.

"들어가 있지 않고. 춥잖아."

미사는 불쑥 가까워진 낯익은 기운을 알아차리고 고개를 돌렸다. 어울리지도 않는 비니를 쓴 곽현이 긴 코트를 휘날리며 걸어오고 있었다. 미사의 입술이 벌어졌다.

"기다리게 해서 미안한데 나도 몰래 빠져나오느라 고생 좀 했거든. 인사쯤은 하지 그러냐."

'곽현?'

저게 대체 왜 여기에, 하다가 아차 하며 깨달았다.

"이런 미친."

그녀가 도망치려고 하는 순간, 곽현이 휴대전화를 들어 보였다.

"이런 미친이 인사야? 야, 한미사, 너 도망가면 나 전화한다. 누구한테 할지는 알지?"

미사는 분명 용운의 SNS를 통해 답장을 받았다. 그런데 왜 곽현이 이 자리에 있나. 이미 곽현은 그녀가 이 자리에 있을 걸 알고 있었다는 투라 더 이해할 수가 없었다.

곽현이 미사의 손목을 잡아채더니 카페 안으로 끌고 들어갔다.

"얘기 좀 하자."

추운 겨울의 커피숍은 붐볐다.

따뜻한 난방시설이 구비된 실내를 찾아 들어온 커플들 사이에 미사와 곽현이 마주 앉았다. 모델처럼 키가 큰 곽현의 존재감은 인간들 사이에서는 독보적일 수밖에 없어서, 그들의 테이블로 시선들이 향하는 게 느껴졌다.

미사는 곽현과의 만남 자체가 혼란스러운 데다, 무슨 속셈으로 이러는지 알 수가 없어 몹시 초조해졌다. 1초에도 수차례 번민했다. 곽현이 있는 것을 보면 아마 상윤도 있을 것이다. 그러니까 그냥 도망치면…….

"나 혼자야."

곽현이 마치 미사의 생각을 읽어내기라도 한 것처럼 말했다. 그게 또 기분이 더러웠다.

곽현은 커피를 한쪽으로 치우고 그 자리에 아무런 장식도, 특징도 없는 휴대전화를 내려놓았다.

"그렇게 멍청한 표정으로 보고 있으니까 설명해야 할 것 같잖아. 이 휴대전화, 복제폰이야."

"……."

"진의 용운, 그자의 휴대전화를 복제한 거지."

"뭐?"

"시간 없으니까, 그렇게 귀엽게 놀라는 거 놀리거나 하는 거 다 생략하고."

용운의 휴대전화를 사 일족인 그들이 어떻게 복제를 한다는 말인가. 기술이 좋아져서 사준이 그런 정도의 해커까지 고용을 할 수가 있

554

었다 할지라도, 만일 원래의 휴대전화로 오던 연락이 다 빼돌려질 경우 용운이 이상하다고 느낄 것이다.

그는 미사처럼 사회 활동을 않는 사람이 아니라 외려 활발하게 하는 사람이라 주고받을 연락도 많을 테니까. 그리고 무엇보다도 용운의 실종…….

미사의 목이 뻣뻣하게 굳었다.

"용운 님…… 한테, 무슨 일 생긴 거야? 사준이 무슨 짓을 한 거야? 너희 그런 거야? 정신 나갔어? 너네."

"하나씩 물어. 그리고 말이 되는 소리를 해. 우리가 무슨 수로 진 일족을 잡아? 그분들 발끝도 못 따라가는 녀석들 수십 마리 모여봤자지."

"용운 님은 어디 있어."

"내가 아냐."

"이 휴대전화는 뭔데. 그러면 내가 보낸 연락을 사준이 받은 거야?"

"아니, 이 단말기는 내가 쭉 가지고 있었어. 새 임무를 받아서."

곽현은 최근 사준 무리에서 조금씩 열외가 되고 있었다.

이상할 일도 아니었다. 워낙 의심이 많은 족속들이다.

미사와 사준이 갈라선 후 최초로 미사와 마주쳤던 곽현이 그녀를 놓쳤다. 그때에도 한때 그가 미사를 좋아했었다는 이유로 일부러 놓아준 것 아니냐는 의혹이 있었는데 얼마 전 미사의 주거지에서 얼토당토않은 일까지 벌어졌다.

미사와 함께 있었던 그 정체 모를 수컷을 잡아 죽였다 했는데 그 시체가 감쪽같이 사라진 것이다. 그 수컷에게 배어 있던 독특한 기운과 향기는 어딘가로 이어져 있었고 결국은 또다시 곽현이 놓쳤다는 결론에 이르렀다.

이쯤 되니 사 일족들은 '곽현이 의도적으로 미사를 돕고 있다.'는 저들끼리의 결론을 냈다. 하지만 꼭 그것만으로 상황이 어려워진 것은 아니고, 진짜 이유는 복합적인 것이었다.

곽현은 현재 사준 휘하에 있는 무리들 중에서 유일하게 사준에게 묘한 위화감을 느끼고 그 사실을 제기한 뱀이었다.

동족상잔이야 흔한 일이라지만 곽현은 기본적으로 동족에게 잔인한 짓을 하는 것을 내켜하지 않았다. 이상하게 사준에게는 거역하기가 힘들어 시키는 대로 움직이고는 있지만 틈틈이 그에게 조언했다.

「이 정도만 하지그래.」

다른 뱀들은 사준의 행동 원인 자체에는 별 관심이 없다. 그들은 최근 포악함으로 점점 높아가는 자신들의 위상에 만족할 뿐이다. 하지만 곽현은 일이 이쯤에서 갈무리되기를 바라는 편이었다.

「정말로 미사를 죽이기라도 할 거야? 시영 님이야 그렇다 치고. 꼭 그럴 필요는 없잖아. 네 그 병도, 차라리 방울뱀 반치를 찾아가서 치료를 부탁하는 게 어때.」

그는 사준이 겪고 있는 '변화'가 질병이라 판단했다. 어쩌면 그 부분이 더 사준의 심기를 거스른 걸지도 모른다. 이미 무리라는 틀에 묶여 사준의 곁을 떠날 수는 없지만 사준의 행보가 도를 넘는 것을 지켜보기도 힘들었다.

그런 일이 반복되다 보니 지금과 같은 상황이 되었다. 사 일족 내에서 최우선으로 치는 문젯거리들로부터 떨어져, 지난번 과리와의 한판 이후 사라져버린 용운의 추적 임무를 맡게 된 상황.

말이야 임무지, 한낱 사 일족이 무수히 오랜 세월을 살아남아 제 기운을 갈무리하는 데에 거의 완벽한 수준을 구사하는 진 일족을 추적할 길이 있을 리 만무했다.

결론적으로는 좌천 비슷한 것이었다.

"사준이 이걸, 가져왔더라고."

추 일족의 둥지를 털었던 그 이튿날이었을 것이다. 원래의 단말기는 현재 광일제약의 정보부서에 있는 뱀이 정보를 찾아내기 위해 샅샅이 뒤지는 중이었다.

"어떻게."

"몰라. 사준이 원래 우리한테 설명해주는 타입은 아니잖아."

"아무리 그래도."

"너한테는 조금 달랐지만."

사준은 미사를 유리구슬 속의 인형처럼 다루었다. 미사를 이루는 세계는 사준이 가장 많은 지분을 차지했고, 그것을 깨부수는 것을 원치 않았다. 사준은 모든 사 일족들의 계획에서 미사를 제외했고 미사는 아무것도 모른 채 보호 속에 살았다.

당사자인 미사가 인정하지 못하더라도.

때문에 곽현은 내심 미사에게 희망을 걸고 있었다.

이미 사 일족은 해(돼지) 일족들의 원한을 샀고, 추(비둘기) 일족들을 이유 없이 학살했으며, 신(원숭이) 일족들 중 몇 명을 잔인하게 고문해 죽였다는 이유로 사회의 문젯거리가 되고 있었다. 일을 벌였다면 수습도 이쪽의 몫이다.

뭘 어디부터 얘기해야 할까 생각하던 곽현은 미사에게 밴 은근한 사향내를 깨닫고 콧잔등을 찡그렸다. 그 수컷의 체취였다.

"말 꺼내기 전에 하나 묻자. 그때 데려왔던 수컷은 뭐야?"

"너한테 말할 것 같아?"

"그놈 시체, 네가 가져간 건 아니지?"

시체? 미사는 못 들을 소리를 듣기라도 한 것처럼 눈살을 찌푸렸다.

마치 태성이 죽기라도 했었다는 것처럼 들렸다.

"멀쩡히 살아 있는 사람한테 시체라니, 웃기지도 않네."

"……진짜 살아 있냐?"

"네가 죽이기라도 했다는 거야?"

"죽였는데."

곽현이 팔짱을 끼고 의미심장한 표정으로 미사를 응시했다. 곽현은 확신했다. 분명 그는 수컷의 숨통을 끊었다.

상윤이 미사에게 호된 꼴을 당해 아파트 단지 앞이 아수라장이 되었다는 이야기에 마음이 조급했던 건 사실이지만 죽지도 않은 걸 죽었다고 오판할 만큼 등신은 아니었다.

"네가 실수했나 보네."

"너도 알잖아? 나 그런 실수 잘 안 하는 거."

생각해보면 그 남자는 처음부터 이상했다. 뭔가 믿는 구석이 있나 싶을 정도로.

"시끄럽고, 용건이 뭐야. 이거 함정이야?"

"함정 아니고 나는 네가 사준과 화해했으면 해서."

"……"

"그놈이 지금 자기 스스로도 통제를 못 하는 지경이거든. 상식적으로 이건 좀 이상하고 말도 안 된다고 생각하고. 결국 사준이 그…… 다른 어머니라는 사람을 찾아도 뭐가 달라질까 싶고. 우리한테는 좋은 일이 하나도 없잖아."

미사의 눈빛에 서슬이 섰다.

"그 녀석의 어미는 죽었다고 했어."

"알아."

"그리고 그 새끼가 시영의 뒤통수를 쳤지."

"그랬지."

"그런데 무슨 어미?"

곽현도 자세히는 알지 못한다. 그러나 대충 짐작만 할 뿐이다. '각인'이라는 것. 길게 설명하기에는 여유가 없었다.

곽현이 무어라 입술을 떼려던 찰나 미사가 재차 물었다.

"진 일족은 왜 끌어들였어?"

그것이 용운을 의미하는 것이 아님은 곽현도 대번 알아차렸다. 곽현이 씁쓰름한 표정을 지었다.

"뭐, 난 처음엔 불가능할 줄 알았거든. 그딴 설화 누가 믿냐."

"과리, 과리야? 진짜로 그 과리 맞아? 그게 가능해? 과리는 용운 님이 사준과 내가 어릴 때 해줬던 이야기에 나오는 그 진이잖아."

사준이 과리의 토막들을 찾아다니는 것을 광일제약 내에서 그를 따르던 측근들은 오래전부터 알았다. 과리의 몸통 거의 대부분이 한반도에 흩어져 있었지만 개중에는 바다 속에 잠겨 있었던 것도 있다.

사준이 그 하나하나를 어떻게 찾아냈는지는 모르겠다. 처음에 뱀들은 그냥 재미있는 보물찾기를 한다는 심정이었을 뿐이다. 토막 난 머리를 발견한 후에야, 머리와 몸통이 저절로 재생해서 살아 있는 무언가로 변하기 시작한 후에야 알았다. 몇 년 걸리지 않아 그 덩어리들은 다시 유기체가 되었다.

이미 그때는 늦은 뒤였다. 사준도 위험성을 모르는 것이 아니라 과리의 심장만큼은 안전한 금고에 가두어 돌려주지 않았으나 그 안전장치가 얼마나 갈지는 아무도 모른다. 바로 발밑의 지뢰라고 해야 할까. 지금 그들의 상황은 그렇다.

일족들에게 전해 내려오는 과리의 이야기는, 포악한 폭군과 같다.

실제의 과리는 의외로 한량 같은 구석이 있었지만 그럼에도 불구하고 속을 알 수 없고 가늠할 수 없는 진 일족이었다.

"사준이 너를 공격했던 거, 의도한 건 아닐 거야. 아마."

"아마라니, 남의 목숨이라고 아주 쉽게 말하네. 네가 내 목숨을 귀하게 여겨주길 바란 적은 없지만."

"농담이 아니라, 요즘 사준은 좀 이상하다고."

곽현의 목소리가 한층 낮아졌다.

최초의 이상은 사준이 동족들에게 이유 없는 살의를 보인 것부터였다. 어느 날, 사준이 동족을 먹었다. 그 동족은 허물벗기 시기도 아니었으며 이름을 알릴 만큼 오랜 시간을 묵은 것도 아니었으므로 그 일은 회자되지 않고 묻혔다.

그런데 그런 일이 띄엄띄엄, 조금씩 간격을 좁히며 반복되더니 이렇게 커다란 사건을 벌이기까지 했다. 사준은 그것이 '살모종이기 때문이다.'라고 했다. 곽현은 살모종이 아니었으므로 이해할 수 없었다.

"누가 그놈을 옆에서 좀 잡아줘야 해."

"용운 님은 어디 있어. 다른 일족들이 곧 너희를 잡아 족치려 할 텐데 여유부릴 때가 아니지 않아?"

"쉽게는 안 당하지."

곽현이 비웃었다. 과리가 지금 사준에게 속고 있다는 걸 알아차리기 전까지는, 사 일족들은 그다지 위험하지 않다. 아직은 그렇게 생각한다.

미사가 다 식어가는 커피를 벌컥벌컥 들이켰다. 목이 타서 마셨는데, 조금도 갈증이 가시지 않았다.

"대체 너는 왜 사준의 뒤꽁무니를 따라다니는 건데? 너희 전부 다이러다간 이쪽 사회에서 배척당할 거라는 거 몰라?"

"그러게."

"나 지금 농담으로 묻는 거 아니야. 너희 다 미친 거 같아."

곽현도 그 질문에는 딱히 답할 수 없었다. 한 가지 확실한 건 사준에게는 저절로 수긍되는 묘한 분위기가 있다는 것이다. 배제되지 않고 뭉친 사 일족들은 하나하나가 신기하다 할 만큼 사준에게 매혹되었다. 짜증 날 정도로 뛰어난 능력을 지닌 재준도 사준에게 이끌려 스스로 부하가 되기를 자처했다.

곽현은 빠르게 사준의 아래로 몰려드는 뱀들을 보며, '우리도 무리의 체계가 잡히고 규모가 커진다면 사회에서 조금 더 나은 입지를 차지할 수 있겠구나.' 하는 생각으로 사준을 도왔다.

갑자기 일이 이렇게 될 줄 알았겠는가.

"그럴 의도는 없었어. 근데 이게 일이 점점 커지더라고."

"아아, 그러셨어요. 멍청한 거 굳이 인증 안 해도 멍청한 거 알아."

"비꼬지 마. 나도 고민해서 너한테 연락한 거야. 사준, 엄청 세져서 이제는 뭐."

산 것을 마구잡이로 죽이기 시작하면서 사준은 눈에 띄게 강해지고, 눈에 띄게 난폭해졌다. 저보다 100년은 훌쩍 더 묵은 양모인 시영을 그리 먹어치운 것을 보면 답이 나오지 않나.

'살모종'이라는 스스로의 근본에 집착하는 것을 알아 시영을 잡아먹을 때만 해도 그러려니 했는데…….

"망원동 습격한 건 누구야."

"재준이."

"작정을 하고 일을 쳤네."

"어떻게 우리가 갈 거 알고 도망쳤냐? ……아, 잠깐만."

곽현은 주머니에서 울리는 진동 소리에 또 다른 그의 휴대전화를 꺼냈다. 용운의 휴대전화를 복제한 단말기와는 전혀 다른, 별 스티커가 붙은 낡은 전화기였다.

화면을 확인한 곽현이 "아, 양반은 못 된다니까." 하고 중얼거리더니 정리했다.

"나 지금 잠깐 다시 살펴본다고 하고 나온 거라 시간 별로 없으니까 간단히 마무리하자."

"……."

"난 사준 녀석 배신할 생각 없지만 그렇다고 해서 네가 안 좋은 일을 당하는 것도 싫어. 철없이 모인 동족들이 아예 이쪽 사회에서 매장당하는 것도 싫고. 나는 사준이 이상해지는 게 정신적으로 불안정해서라고 생각해. 너보다 심하게 불신감에 시달려온 녀석이잖아. 생각 바뀌면 그 SNS로 연락해. 내 휴대전화는 도청당하니까. 한동안 이 휴대전화 내가 가지고 있을 거고, 당장 보고할 생각도 없어."

"너 단순히 이게 지금 사준과 내 문제라고 생각해?"

"이제는 누구의 문제든 상관없다고 생각해."

"속만 편한 명청이였어? 너?"

자리에서 일어난 곽현이 씨익 이를 드러내며 웃었다.

"그러니까 예전에 너 좋아했던 거 아니겠냐. 어쨌든 나도 마음이 급하다고. 이번에 자 일족들의 거처를 찾기 시작한 걸 보니 또 조만간 큰 원망 한번 살 것 같아서. 이미 적들이 수두룩한데, 자처럼 머릿수 많은 놈들 건드렸다간 골치 아파진단 말이야."

그 말에 미사는 순간 말을 잃었다.

'자 일족?'

어째서일까 깊이 생각할 이유도 없었다. 과리는 태성의 종을 알고 있다. 구태여 보복이냐고 물을 필요조차 없이 명백해 보였다.

"자는 왜?"

"뭐가 왜야?"

"이제는 자까지 건드리려고?"

곽현은 노코멘트 하겠다는 듯 입술에 지퍼를 거는 시늉을 했다.

그에게서 달리 대답을 듣는 건 포기하는 것이 나아 보였다. 미사가 입술을 꾹 물었다. 뒤숭숭하고 꺼림칙한 느낌에 얕은 한숨을 내쉬며 고개를 든 미사가 물었다. 곽현은 꽤 똑똑한 편이다.

"곽현."

"어."

"그런데 너 혹시, 다친 데도 없고 기운도 멀쩡한데 갑자기 수화가 안 되는 동족 얘기 들어본 적 있어?"

"너 수화가 안 돼?"

"내 얘기 아니야. 대답이나 해."

"너 동족 친구 없잖아."

중얼거리던 곽현은 미사의 목도리에 남은 묘한 향기를 크게 들이켜며 비웃었다.

"누군지는 모르겠지만 일족 중에 그런 놈이 있다면 그건 병신이지."

미사는 무의식적으로 태성의 망원동 아파트로 향했다가, 중간쯤에야 자신이 엉뚱한 곳으로 가고 있다는 걸 깨달았다. 규진의 빌라는 다른 노선의 지하철을 타야 했다.

귀갓길이 길어져버린 것은 당연했다. 설상가상 미사는 규진의 집 위치조차도 긴가민가했다. 똑같이 생기거나, 조금 닮거나, 조금 다른 빌라들이 어둠 속에 서 있다. 골목이 복잡했고, 근방을 자주 오간 기억이 없으므로 헤매는 것은 당연했다. 그러나 오래 헤매지 않을 수 있었던 것은 태성의 향기 덕분이었다.

태성의 냄새가 얕게 배어 남은 골목을 찾아 걸었다. 익숙해져버린 것처럼 자연스럽게 좇아 골목골목을 걷다 보니, 규진의 빌라가 나왔다. 불은 전부 꺼져 있었다.

집에 돌아왔을 때 태성은 녹초가 되어 있었다. 내색하지 않으려 안간힘을 쓰고 있지만, 그는 부정할 수 없을 만큼 지독한 우울증에 시달리는 중이었다. 과리라는 진 일족을 만난 후로 모든 것이 바뀌었다. 어째서인지 그는 수화할 수 없었고, 그건 마치 스스로의 쓸모를 잃어버린 것만 같았다.

무기력했다.

저 앞까지 함께 돌아왔던 규진은 중간에 어느 여선배의 전화를 받고 달려나갔다. 태성은 홀로 규진의 방으로 돌아왔다. 방은 텅 비어 있었고, 태성의 속은 그보다 더 싸늘히 비어가는 듯했다.

'어디 갔지.'

갈 데가 없는 여잔데 어딜 나갔을까. 바람이라도 쐬러 간 걸까 싶어 한동안 기다렸지만 오지 않았다.

태성은 멍하니 앉아만 있었다. 아무도 없는 낯선 자취방에 앉아 책도 펴지 못했다. 무언가를 먹을 생각도 들지 않았다. 미사의 귀가가 늦어질수록 그런 생각이 움텄다.

돌아오지 않으려나?

그동안 미사는 늘, 태성의 집을 지키고 있었다. 고작 몇 개월이라고 해도 매일 그랬다. 잠깐의 산책 후에도 미사는 집에 있었고 학교에 다녀온 날도, 이유 없는 외출을 하고 난 후에도 마찬가지였다.

태성은 이마를 문질렀다.

언젠가 그녀가 했던 말을 떠올리지 않았다면 거짓말일 것이다. 자신의 몸을 지키기 위해 필요하다면 기꺼이 웃으며 그를 버릴 것이라고, 그러니 너무 의미 두지 말라고.

그때에는 그래도 상관없다고 생각했는데, 막상 이렇게 쓸모없어진 후에 고독이 일순간 엄습해오니 스스로도 주체하지 못할 만큼 감정의 격랑이 일었다.

과리가 그랬다.

제 암컷조차 지키지 못하는 수컷.

엄밀히 말해 미사는 그의 암컷이 아니고 그는 미사의 수컷이 아니지만, 태성에게는 유달리 가시 같은 말이었다. 스스로의 무력함을 객관적으로 인지하고 있었기 때문에, 딱히 유년 시절부터 들어온 비난과 그 성질이 다르지 않을 터인데도.

계단을 오르는 발소리가 난 건 그가 이 암담한 현실에 수몰되기 직전이었다.

문이 열렸다. 복도의 불빛이 한 줄기의 햇살처럼 가는 직선으로 뻗어와 그의 무릎을 비추었다.

"불이라도 켜놓고 있지 그랬어."

현관에서 신발을 벗고 안으로 들어온 미사가 목도리를 풀었다.

태성은 망부석처럼 서서 그녀를 바라만 보았다. 미사가 의아한 얼굴로 다가왔다.

"왜 그래?"

한참이나 말없이 미사를 바라보던 태성이 비틀거리며 다가가 미사의 손목을 낚아 쥐었다. 미사의 맥이 빨라지는 것이 느껴졌다. 비로소 실체가 눈앞에 있다는 것을 실감했다.

"어디 갔다 온 거예요?"

미사는 아픈 듯 눈살을 찡그리며 그를 올려다보았다. 태성의 목소리에 어딘지 날이 서 있었다. 당황스러웠다.

"일단 좀 놔. 옷부터 갈아입게."

"어디 갔다 온 건데요? 지금 몇 시인지 알아요? 12시예요."

"아직 12시 안 넘었어."

"곧 넘어가요. 이 시간에 왜 그렇게 돌아다니는데요? 누구 만나고 온 건데요."

평소와 판이하게 다른 태성의 물음은 거칠었다.

미사는 붙잡힌 손목을 내려다보았다. 태성은 팔뚝에 새파란 힘줄이 돋을 만큼 힘주어 쥐고 있었다. 그렇다고 해서 쉽게 부러지거나 하지는 않겠지만 통증까지 느끼지 못하는 건 아니라.

'얘 왜 이러지.'

미사도 이 난데없는 추궁에 슬슬 불쾌해지기 시작했다.

낌새를 알아차린 태성이 그제야 알아차렸다는 듯 손에 힘을 풀었다. 하지만 손목을 놓는 대신 손바닥을 미끄러뜨려 손깍지를 낀다. 태성이 한숨 비슷한 목소리로 미사를 당겨 안으며, 중얼거렸다.

"미안해요, 안 오는 줄 알았어요."

"안 오다니……?"

"아예 가버린 줄 알고."

"쪽지 남겼잖아. 저기에."

미사의 조금 볼멘 듯한 목소리에 태성은 눈길조차 주지 않았던 낡은 탁자 위에 시선을 주었다.

"못 봤어요."

"그러면 내 탓은 아니네."

"하지만 봤더라도."

"......"

"뱀들은 거짓말을 하니까요."

미사는 조금 허탈한 목소리로 말하며 태성의 몸을 밀어냈다.

"난 너한테 말을 안 한 적은 많지만 거짓말을 한 기억은 별로 없는데."

"......"

"왜 그래, 갑자기?"

가뜩이나 곽현에게 낚인 게 창피해서 이걸 어떻게 말해야 할까 싶어 고민이 많았는데, 태성까지 피곤하게 하니 미사도 이래저래 기분이 가라앉고 말았다.

코트를 벗어 걸었다. 옷걸이 앞에 선 미사의 등이 따뜻한 온기에 감싸였다.

"의심해서 미안해요."

"......"

"그냥, 요즘 이런저런 생각이 많다 보니까, 내가 이제 미사 씨한테 쓸모없다 느껴질 수도 있을 것 같고."

태성은 진심으로 안도한 목소리였다. 그 말인즉, 진심으로 의심했었다는 뜻이다.

그 대목에서 미사는 서운함보다는 다른 것을 먼저 생각했다.

태성의 의심은 합리적이고 타당한 것이었다. 태성은 사실 이제 도피처를 제공한다는 점에서도 크게 효용이 없다. 규진이라는 녀석의 자취방은 장기적인 피난처가 될 수도 없을뿐더러 순수한 인간의 보금자리이니 오래 머물 만한 곳도 아니다.

미사는 왜 자신이 떠나야겠다는 생각을 하지 않았을까 의문해보았다. 그러나 마땅히 스스로가 납득할 만한 답은 내려지지 않았다. 생각은 얼마 이어지지 못했다. 허리를 안은 태성의 손이 날이 서기 시작하는 그녀의 신경을 다독이는 듯했다.

비스듬 고개를 돌린 미사가 농담조로 말했다.

"내 난로를 두고 내가 어디 간다고. 아직 추운데."

"……."

"오늘도 안 돼? 네가 지금 예민해서 그런 것 같은데 쓸데없는 생각이나 하고 있을 때야?"

태성은 미사를 안은 손에 힘을 풀지 않고 천천히 뒷걸음질했다. 미사는 거부 없이 이끌려 몇 걸음 따라 걸었다. 집은 좁았고, 금세 태성의 오금에 침대가 닿았다. 침대 위에 걸터앉은 태성은 어느새 미사를 올려다보는 각도가 되었다.

기싸움이라도 하듯이 서로를 마주 보는 시간이 길어졌다. 어둠에도 익숙한 눈이라는 건 이래서 불편하다. 검은 장막을 엄폐물 삼아 시선을 돌리거나 피하는 것조차 불가능했다.

"무력해요. 미사가 나한테 너무 많은 걸 느끼게 해요."

"……."

"지켜주고 싶은 생각이 들다가도, 내가 정말 무력한 것처럼 느껴져서 짜증 나."

가끔 미사는 태성이 지나치게 제게 의존하는 건 아닌가 하는 느낌을 받을 때가 있다. 처음에는 그녀의 기분을 거스르지 않기 위해서인 건 아닌가 생각했다. 하지만 납작한 저자세도 아니고, 그렇다고 사무적인 태도도 아닌, 획정할 수 없는 교묘한 경계선상에서 태성은 명백히 호의적이었다.

때때로 미사가 이질감을 느낄 만큼.

그래서 물었다. 순전히 악의 없는 의문이었다.

"내가 네 암컷으로 보여?"

그걸 받아들이는 태성이 상처를 받을지언정, 미사에게는 이 문제가 꽤나 흥미롭다고 생각했다. 그건 미사가 태성에게 가진 호의, 태성과 함께 해온 일, 태성에게 가끔 혹하는 순간순간의 기억들과는 관계없었다.

"너는 스스로가 지금 무슨 생각인지도 모르잖아."

가볍게 태성의 뺨을 어르며 이마에 입술을 맞대고 속삭였다.

"외로워서 기대는 거야말로 가장 너를 나약하게 보이게 해."

"내가 외로워서 미사한테 기댄다고 말하는 거예요?"

"전쟁 이후 세대는 다 어리다는 이야기지."

태성의 손이 그의 뺨을 가볍게 두드리는 미사의 손을 꽉 움켜쥐었다.

"어린 녀석이라고 무시하는 거, 좀 그만해요. 그리고 아직 미사 어디 다녀왔는지 이야기 안 했어요."

"너한테 일일이 다 말할 필요는 없잖아."

"듣고 싶어서 그래요."

"키스할까?"

의미 없이 던진 한마디에 약속된 침묵이 찾아왔다.

그 적막은 초대객처럼 그들의 입술 사이에 내려앉았다. 태성의 목울대가 짧게 떨렸다. 미사는 자신이 도망갔을까 두려웠다는 것을 온몸으로 드러내는 어린 태성이 귀여웠다. 잊을 만하면 한 번씩 그녀의 보호본능을 자극하는 이런 태도 때문에, 태성을 버리지 않고 함께 버텨볼까 하는 생각이 더 굳어지는 것도 같다.

시커먼 속을 감추고 벼르는 녀석들이 태반인 사회에서 태성처럼 순진한 수컷은 몇 없을 것이다. 어쩌면 그건 태성의 단점일지도 모르지만, 그래서 미사는 태성을 믿을 수 있었다.

태성은 간신히 목소리를 냈다. 가여울 정도로.

"놀리지 마요. 말 돌리지도 말고."

"거절이야?"

"조금 있다가. 듣고 나서요."

키스하지 않겠다고는 하지 않는다. 태성이 갈등에 휩싸여 흔들리는 것이 너무나 잘 보여서, 미사는 목 안으로 웃으며 짤막하게 실토했다.

"용운 님 SNS로 연락이 와서, 갑자기 만나러 가게 됐어. 홍대……."

말을 매듭지을 수 없었다. 목마른 입술이 달려들어서. 다급하지는 않았지만 미사는 마른 태성의 입술에서 목마른 갈증을 여실히 느꼈다. 태성은 한순간도 그녀에게 호감 이상의 무언가를 호소하지 않았음에도, 온전한 집중과 관심을 받는다는 것은 썩 불쾌한 기분은 아니었다.

그의 목에 팔을 감고 허벅지에 기대어 앉았다. 침대로 기울어지던 두 몸뚱이는 어느새 전복되어 미사가 태성의 무게에 짓눌린 자세가 되었다. 그런 와중에도 태성은 부끄러울 정도로 거친 숨을 내쉬며 그녀의 몸을 안아 가두었다.

인사하듯 오가던 혀는 다투듯 격렬해졌고, 너의 숨, 나의 숨 분별되던 호흡은 뒤엉켜 누구의 것인지 알 수 없게 되어버렸다.

약간의 흥분감이 고양되어 태성의 몸을 꽉 끌어안았다. 질식하지 않기 위해 아주 잠깐의 틈을 허용했을 때 미사는 밭은 숨 사이로 핀잔했다.

"아…… 이야기 듣고, 나서라더니."

"들었잖아요."

"끝까지 말 안 했는데."

태성은 미사의 이마와 콧등에 입을 맞추며 고개를 저었다. 의미를 알 수 없었다. 다만 태성의 입맞춤이 외설적이고 성적인 느낌보다는, 영역 낙인으로서의 의미처럼 느껴진다는 것만 어렴풋 짐작해냈을 뿐이다.

"내가 좋아?"

"네."

"내가 도망친 줄 알았어?"

"……그랬어요."

"도망쳤으면 어떻게 했을 거야?"

미사가 가볍게 그의 입술을 물었다 놓으며 속살거렸다. 태성은 시험이라도 하는 듯한 그녀의 질문에 몹시 마음이 상한 얼굴이었다.

하지만 미사는 조금도 개의치 않고 반복했다.

"속았구나 하고, 상처받을 거야?"

"……."

"기다릴 거야?"

미사는 가끔 그런 잔인한 면이 있다. 상대방을 전혀 배려할 줄 모르는 사람도 아니면서, 의표를 찔러 상처를 내는 말을 서슴없이 한다.

아마도 그건 그녀에게는 '전혀 상처가 되지 않는' 말이기 때문일 것이다. 상처를 주고 싶어 한다기보다는 그 말을 들은 상대의 반응이 주는 즐거움이 조금 더 크기 때문에, 침묵하지 않는 것이다.

태성은 미사의 긴 검은 머리칼을 손끝으로 쓸었다. 그녀가 도망친다면 어떻게 해야 할까. 덩그러니 방에 앉아 있던 몇 시간 동안 전혀 생각하지 않았다곤 못 할 것이다. 다만, 그의 상상은 하나부터 열까지 말 그대로 실현이 불가능한 상상일 뿐이다. 그녀를 잡아둘 힘이 그에게는 없다.

집을 제공해준다는 역할마저 불가능해진 지금, 그는 자신이 그녀로 인해 잃은 것들보다 잃은 것으로 인해 그녀에게 해주지 못할 것들을 먼저 생각하고 있다.

"날 먹어달라고 할까."

한참 후에야 뇌까리듯 중얼거린다. 혼잣말에 가까웠다.

미사는 조금 놀란 눈으로 그를 올려다보다가, 목을 들어 그의 눈꺼풀에 입 맞추었다.

"기분 좋은 제안이네. 너는 달콤하니까."

태성이 처음으로 웃음을 터뜨렸다. 조금 전까지의 불안과 걱정과 무력감이 일순간 아무래도 좋을 것들로 화했다.

한참을 침대 위를 뒹굴며 엉겨붙었다. 중간에 귀신같은 타이밍으로 전화를 걸어온 규진 때문에 분위기가 산산조각 나기 전까지.

키스는 이제 부끄러운 것도, 낯선 것도 아니게 되었다. 서로의 종이 무엇이든 간에 맞닿아 있는 순간만큼은 하나의 개체일 뿐이었다.

아쉬운 시간을 흘려보낸 후에야 미사는 좁다란 욕실로 향했다. 순서가 좀 뒤바뀌긴 했지만 씻을 차례다.

뒤따라온 태성이 욕실 앞에 서서 물었다.

"만났어요?"

"아니, 함정이었어."

세수를 하다 말고 얼굴에 하얀 거품칠을 한 미사가 시큰둥하게 답했다. 태성의 표정이 더 이상해졌다.

"함정이요? 무슨 일이에요."

"용운 님이 아니라 내 동족 중 한 명이었는데 싸우거나 하지는 않았어. 사람이 많은 곳에서 만나서 잠깐 이야기만 나누고 온 거야."

"미사 동족이었는데, 부른다고 나간 거예요?"

태성은 결코 그런 상스러운 단어를 입 밖에 낼 것 같지는 않았으나, 표정만 보면 '한심아.' 하고 말하는 것 같았다. 미사는 미지근한 물로 세안을 마쳤다. 태성이 팔을 뻗어 수건을 건넸다.

"아니, 말했잖아, 용운 님 아이디로 연락이 왔다고. 용운 님이 나오실 줄 알았는데 아니었다는 거지."

욕실을 벗어나던 미사가 문득 생각난 것이 있다는 듯 걸음을 멈추었다.

"기억 나? 내가 살던 아파트 갔을 때 만났던 애. 그 친구는 자기가 너를 확실히 죽였는데 네가 살아 있는 게 이상하다고 하더라."

"⋯⋯그때 그⋯⋯."

"응, 그 녀석."

미사는 가만 태성의 반응을 살폈다.

그날 태성은 미사의 등을 떠밀었다. 도망칠 수 있다는 듯이, 함께 움직이는 것보다 갈라지는 것이 낫다는 논리로 뒤에 남았다. 하지만 그 후 어떻게 된 건지 태성은 제대로 이야기해주지 않았다. 분명 다쳤는데 상처가 빠르게 아물고 있었다는 것은 둘째치고, 태성이 수화하지 않고 도주하기는 굉장히 어려운 일이었을 것이다.

곽현은 그렇게 호락호락하고 허술한 녀석이 아니었다.

"그 사람이 또 무슨 해코지는 않았고요?"

말을 돌리는 걸까. 아니면 별로 중요하지 않은 곽현의 오해이기 때문인 걸까. 표정만으로는 알 수 없었다. 생각해보면 태성은 재생능력이 미사 자신보다도 대단한 편이다. 아마, 그래서 구사일생으로 도망칠 수 있었던 것인지도.

미사는 더 캐묻지 않기로 했다.

"않았어. 그리고…….."

"그리고요?"

"사준이 지금 너희 무리를 찾고 있대."

최근 사 일족들이 이리저리 들쑤시고 다니는 걸 생각하면, 전혀 의외의 소식은 아니었을 텐데도 태성은 많이 놀란 얼굴이었다. 어쩌면 자신 때문에 그런 일이 벌어졌다고 생각하는 것도 같았다.

예견하지 못했던 것은 미사도 마찬가지였던지라, 침묵했다.

미사는 떨리는 태성의 손등만 만지작거렸다.

"……저 때문에요?"

글쎄. 누구 때문인지는 모르겠다. 어쩌면 태성 때문일 수도 있다. 어쩌면 태성과는 관계가 없을 수도 있고. 하지만 '무언가 때문'이 맞다고 해도 당장 그들이 얻어낼 수 있는 정답은 없을 것이고, 어떤 정답도 위로가 되지는 않을 것이다.

미사는 다시 한 번 물었다.

"아직도 수화가 안 돼?"

맥락 없이 던져진 질문에 태성은 침대에 걸터앉아 휴대전화만 만지작거릴 뿐이었다.

미사는 허공에 시선을 둔 태성의 옆모습을 응시하다 문득 깨달았다. 상대를 막론한 다정함은 아무나 지닐 수 없는 '선(善)'이었다. 미사의 기준에 그 선이 어딘가 어그러진 형태를 띠고, 질기고, 무의미한 것이라고 해도. 미사 본인이 그의 선심에 가장 커다란 혜택을 받은 사람이었다.

언젠가 했던 생각.

'저런 녀석은 또 없겠지.'

어쩌면 그것이 최초의 자각인지도 모르겠다.

23
/
꿈

까치집 머리가 따로 없다. 떡질 대로 떡진 머리를 한 규진이 현관에 이르자마자 바닥에 엎어졌다.

"누우나아아아."

규진은 사교성이 좋은 편이었다. 처음에는 데면데면하게 구는 듯하더니, 며칠 사이에 볼 꼴 못 볼 꼴 다 보였다며 스스럼없이 엉겨들었다.

초대도 받지 않고 찾아온 미사에게 침대를 내어주는 것도 아무렇지 않아 보였다. '어차피 시험기간이라서 집에 잘 안 들어와요.' 하는데, 고맙다기보다는 정말 허술한 녀석이구나 하는 감상이 먼저였다.

또, 규진은 가끔 멍청하니 미사의 얼굴을 감상하는 걸 감추지 않아서 웃겼다. 그마저도 시험이 본격적으로 시작되고 인간의 몰골을 잃어가기 시작하자 사라졌지만.

"시험 잘 봤어?"

"망했죠. 망했어요."

규진을 뒤따라 들어온 태성은 휴대전화만 보고 있었다.

미사는 대수롭지 않게 규진의 옆구리를 발로 밀어내며 태성에게 다가갔다.

"태성이는 시험 잘 봤어?"

규진이 계속 대신 답했다.

"쟤도 망했죠."

"왜 네가 대답해?"

"차별 너무한다."

"내일이 끝이라고 했지?"

"내일 시험은 대체과제로 점수가 나오니까 정확히는 오늘이 끝이에요. 누나아아, 나 누나 친구 소개 좀."

어째서인지 기분이 저조한 얼굴로 휴대전화만 보고 있던 태성이 퉁명스럽게 뱉었다.

"누나 왕따야."

미사의 눈이 슬며시 찢어졌다. 태성은 그러다 미사와 눈이 마주치자 장난스럽게 웃어 보인다.

미사의 눈이 언뜻 그의 손에 들린 휴대전화로 향했다.

규진이 또다시 나불거리기 시작했다.

"누나, 내일 병훈이 시험 다 끝나면 같이 술 마시러 갈래요?"

"태성이랑 같이 간다면 안 갈 이유 없지."

고개를 든 규진이 목이 꺾여라 태성을 바라보았다.

태성은 이미 침대 옆에 가방을 내려두고 앉아 있었다. 물끄러미 제 친구를 바라보던 규진이 손가락을 까딱거렸다.

'어디 건방지게 삿대질이야.'

발로 밀어주려던 미사가 생각을 바꾸어 규진의 옆에 쪼그려 앉았다.

규진이 속닥거렸다.

"누나, 쟤 요즘 왜 저래요?"

태성의 귀가 얼마나 좋은데, 작게 말하면 들리지 않을 거라고 생각하는 모양이었다. 미사는 어깨만 으쓱했다.

"너 거지 같아. 머리 냄새 난다."

규진이 새빨개진 얼굴로 "시험기간이었잖아요!" 하고 항변하며 좁은 화장실로 도망쳤다. 미사는 그 뒤통수에 대고 낭랑하게 비수를 박아주었다.

"망했다며."

규진까지도 빵 터져 키득거리는 소리가 나는데, 정작 태성은 웃지 않았다.

"왜 그래?"

미사는 침대 위에 드러누운 태성의 곁으로 기어올라갔다. 태성은 그의 가슴팍에 엎드리는 미사에게 한번 시선을 주었다가 들고 있던 휴대전화를 내밀었다. 미사는 액정 위에 떠 있는 짧은 문자를 발견하곤 혀를 찼다.

[네가 우리 무리의 위치를 팔아넘긴 것이 아니라면, 이쪽이 알아서 할 일이다.]

태성은 그제 즈음 미사로부터 '사준이 자 일족의 거처를 찾고 있다.'는 이야기를 듣고서 오랜만에 동족들에게 연락을 넣었다.

그러나, 아니나 다를까, 며칠 만에 되돌아온 답은 냉담하기만 했다. 아니, 오히려 태성이 마치 뱀에게 그들의 보금자리를 팔아넘긴 것이 아니냐는 식이다. 우스운 건 그 문자를 받자마자 한 생각이 '정말 이제 신경을 쓰지 않아도 되는 걸까.' 하는 것이었다는 거다.

만일 이대로 수화하지 못한 채 살아야 한다면 사실 태성은 이제 자 일족이라고 할 수도 없을 것이었다. 어쩌면 그를 버리고 방치하다시피 한 그의 혈연들을 염려해줄 이유가 없다. 스스로의 이기심에 환멸이 들지만 그는 지금 당장 제게 닥친 문제만으로도 버거웠다.

과리라는 그 남자의 마지막 말이 뇌리에 진득하니 들러붙어 떨어지지 않았다.

그의 아버지 종에 대해서. 다시 한 번 만나 묻고 싶은 마음과 피해야 한다는 생각이 첨예하게 대립각을 세웠다.

태성은 화장실로 달려간 규진을 의식하고 한층 낮은 목소리로 물었다.

"미사는 어떻게 할지 생각해봤어요?"

목소리는 다정했고, 눈빛은 감추지 않은 호의로 넘쳐흘렀다.

휩쓸리듯 해버린 고백 이후로 태성은 미사를 대함에 장애물처럼 놓여 있던 일말의 주저를 내버렸다.

"……아무래도, 곽현을 철석같이 믿기는 그래서. 하지만 괜한 말을 한 건 아닐 거라고 생각해. 당장 나보다는 너희가 위험한 것 같은데."

"어쩔 수 없죠. 잠깐 안아도 돼요?"

미사는 코웃음 쳤다.

"안 돼. 그나저나 정말 너희 무리도 꽉 막혔네. 무리 짓는 녀석들은 이런 게 문제야. 무리 밖에서 해주는 이야기에는 귀를 기울일 줄을 모르거든."

"그러게요. 미사도 너무 냉담하네요."

"나 말고 네 동족, 아니, 네 가족들 말이야. 어쩌면 네가 나랑 같이 있어서 더 오해를 받는 걸지도 모르겠다."

태성이 납득한다는 듯 고개를 끄덕이다가, 기습적으로 미사의 늘어진 몸을 당겨올렸다. 가볍게 콧등에 입 맞춘 후 슬쩍 욕실을 본다. 규진을 의식하는 것이다. 미사가 어이가 없다는 표정으로 태성의 이마를 짝 때리자 태성이 힘없이 웃었다.

"……좀 봐줘요. 나 우울하다니까."

"놔. 네 친구 나오면 또 잔소리 해. 쟤 주파수 너무 시끄러워."

"이미 우리 사귄다고 떠들고 다녀요, 쟤가."

규진은 정말 웃기는 녀석이다. 뭐, 그럴 빌미를 주기는 했지만, 이미 미사와 태성이 교제 중이라 굳게 믿는 모양이다. 미사는 규진과 단둘이 있은 적이 거의 없지만 어쩌다 둘만 남게 되면 '대체 저 속 모를 녀석 어디가 좋아요?' 하는 호기심 넘치는 질문에 시달려야 했다. 규진의 말을 가만히 듣다 보면 미사는 정말 태성과 교제하는 기분이 들었다.

"눈속임으로 그 정도면 됐지."

"그래도. 눈속임 아니고 내가 좋아하는 건 진짜인걸요."

미사의 손을 꽉 힘주어 쥐었다 놓은 태성이 빙그레 웃었다.

"그리고 미사, 나 본가에 좀 다녀와야 할지도 모르겠어요."

내색은 않지만 태성은 자 일족이 사준의 눈에 든 것이 자신 때문은 아닌가 의심하고 있는 듯했다.

"강서 형한테 말을 했는데, 안 믿네요. 웬만하면 그냥 연락으로 끝내고 싶은데 지금 몸도 이렇고, 차라리 가서 제 몸 상태도 좀 살펴볼 겸, 조언도 좀 구하고 할까 봐요."

"굳이 그래야 해?"

미사는 그가 동족들에게 돌아간다는 데에 반감을 느끼는 스스로에게 내심 놀랐다. 무리를 짓는 종인 만큼 동족에 대한 기본적인 애착이 있으리라는 걸 이해하고, 지금 태성의 수화 능력 상실 상태가 보통 일이 아니라는 걸 머리로 인지하고도 그랬다.

"아무것도 않고 있다가 후회하는 것보다는 최대한 뭐라도 하는 게 나을 거 같아요. 잠깐만 갔다 오는 거예요."

"같이 가줄까?"

"미사 씨가 같이 갔다가는 난리 날걸요."

태성이 목 안으로 웃음을 삼키며 미사의 머리를 헝클었다. 그가 부드럽게 입술에 입 맞추었다. 미사는 어미 새의 키스를 받듯이 얌전히 쏟아지는 키스를 받았다.

"아놔!"

하필이면 그 타이밍에 규진이 방해한 게 흠이었다.

"누나, 아무리 그래도 풍기문란은 좀 아니죠! 남의 집에서!"

"왜 나한테만 그래?"

"그럼이 누나가 태성이를 깔아뭉개고 있는 거 같은데요!"

"너는 옷부터 입지그래."

태성이 되레 규진에게 핀잔을 주었다. 규진은 축축하게 젖어 허리 아래에 수건만 한 장 두른 채였다. 퍼뜩 정신을 차린 그가 재빠르게 서랍으로 달려가 셔츠를 꺼내 몸을 끼웠다. 그 모습이 마치 날다람쥐 같았다.

규진에게 관심 없다는 듯 시선을 되돌린 미사가 태성에게 물었다.

"그러면 얼마나 걸려? 나 재랑 둘이 있어야 돼?"

"잡아먹지 마요."

미사의 얼굴을 바짝 끌어당긴 태성이 당부하듯 속삭였다. 규진은 기가 막힌다는 표정으로 "임자 있는 누나한테 관심 없거든!" 했지만 미사도 태성도 그 말이 문자 그대로의 의미라는 것을 잘 알아 웃을 뿐이었다.

규진이 수건으로 젖은 머리를 털며 건들건들 다가왔다.

"그나저나 어딜 가?"

"내일 잠깐, 집에."

"밤에는 오지? 위험한 거 아냐, 그 동네?"

규진은 태성의 집이 '망원동'이라고 생각하는 모양이었다. 태성도 미사도 그의 착각을 내버려두었다.

"잘 모르겠네."

"내일 술 마시러 가자니까."

"되면."

미사가 빤히 규진의 장딴지를 응시하자, 태성이 슬며시 손을 뻗어 미사의 머리를 이불에 파묻으며 "뭘 그렇게 봐요." 중얼거린다.

규진이 비웃었다.

"야! 진짜 웃긴 놈이네, 저거!"

태성은 어깨를 으쓱하며 "바지 입어." 하고 퉁명스럽게 말할 뿐이었다.

깜찍해라, 미사가 그렇게 속살거리며 태성의 손등을 꼬집었다.

인간의 몰골을 잃었던 규진은 샤워 한 번으로 꽤나 번듯해졌다.

약속이라도 있는 것처럼 거울 앞을 떠나지 않으며 조언을 구한다.

"누나, 이 옷 어때요, 이 옷?"

규진은 키가 크고 덩치도 태성보다 조금 더 컸다. 그런 주제에 오죽이나 애교가 많은지 같이 있으면 미사까지도 유쾌해질 정도였다.

"괜찮네."

"이건요?"

"괜찮아."

"이거랑 깔맞춤인데 어울려요?"

"괜찮은데?"

규진이 팩 토라진 표정으로 미사를 흘겼다.

"누나, 너무 건성인 거 아니에요? 좀 돕고 삽시다."

대놓고 툴툴댄다. 하지만 정말로 미사의 눈엔 규진이 보여주는 옷이 색깔만 다르고 거의 비슷해 보였다.

시험기간이라 바쁘다더니, 오늘 밤엔 여자를 만나러 가겠다 설레발이었다.

규진은 여자의 안목을 믿겠다며 끈덕지게 물어왔다. 미사는 귀찮을 뿐이었다.

"이거랑 좀 어울려요? 너무 어려 보이지 않나?"

그런 미사의 심기를 알아챈 건지 태성이 장난기 어린 투로 끼어들었다.

"미사 누나한테 물어봐야 소용없어."

"왜? 야, 그래도 여자 눈이 더 정확하지."

"까만 거, 그게 제일 마음에 들죠?"

자리에서 일어난 태성이 규진의 책상에 기대어 앉으며 턱짓했다. 확실히, 까만 게 가장 예뻐 보인다. 미사가 고개를 끄덕이자 태성의 얼굴에 웃음기가 번졌다.

"누나는 까만색 성애자야."

"아닌데."

"맞아요."

"네가 어떻게 알아."

"누나 옷 사 입히려고 옷가게 갔을 때 기억 안 나요? 해녀복이나 입고 다니는 게 나을 정도였다고."

규진은 야유를 해대며 "사랑싸움이냐, 우우." 하는 이상한 소리를

583

냈다.

미사는 슬쩍 눈살을 찌푸렸다.

그러건 말건 상관없다는 듯 규진은 다시 산만하게 옷을 뒤적이기 시작했다. 홀렁 벗었다가 쑤욱 팔을 끼워 입는 동작이 오죽 빠른지, 방 안은 빠르게 난장판이 되었다.

미사가 퉁명스레 중얼거렸다.

"정말로 까만 게 제일 깔끔해 보여서 그런 거야."

"어련하겠어요."

그러는 사이 말쑥한 캐주얼 차림을 한 규진이 지갑을 챙겨들었다. 거의 바람처럼 그는 사라졌다. 이쯤 되니 이 집이 규진의 집인지조차 헷갈릴 정도였다. 미사는 포근한 적막을 음미하다가 태성의 등에 매달리며 소곤거렸다.

"네 친구들 참 성격도 좋아."

"좋죠."

"병훈인가 하는 걔도 그렇고 말이야."

그제는 시험에 치이고 있던 병훈이 전화를 통해 미사에게 신나게 인사를 했다. 규진과 함께 과방에서 밤을 새울 거라면서 미사에게까지 '누나도 같이 공부할래요?' 하는 쓸데없는 소리를 떠들어댔다. 그런 친구들이 없었던 미사는 "나도 인간들이랑 친하게 지내볼걸." 하는 아쉬움을 표했다.

태성은 "됐어요." 하고 드물게 퉁명스러운 대꾸를 하며 노트북을 열었다. 그러더니 조금 짜증 난 목소리로 중얼댄다.

"정우 형이 누나 번호 물어보더라."

미사는 눈을 둥그렇게 뜨고 고개를 갸우뚱했다.

"그게 누군데?"

"이거나 봐요."

태성은 노트북으로 그의 동족들이 거주하는 지역의 뉴스를 한번 훑었다. 아직까지 별다른 사고는 보고되지 않았다.

하긴, 곽현도 사준이 자 일족들을 찾고 있다고만 했지 당장 그들을 어떻게 하겠다는 이야기를 한 건 아니었다.

자 일족의 본거지는 도롱 노인의 결계 안에 숨어 있다.

사준이 아무리 강해도 고작 200년 더 묵었다고 했던가, 도롱 노인의 결계를 쉽사리 간파하지는 못할 것이다. 하지만 그 과리라는 자는 무시할 수가 없다.

이어 태성은 망원동의 지역 뉴스를 살피며 말했다.

"그래도 여기 오래 있을 수는 없어요. 일단 규진이가 다음 주에 집으로 내려가니까 좀 더 있으라고는 했지만."

'망원동 아파트 단지 부실공사'라는 헤드라인이 눈에 띈다.

작년 이맘때에는 규진과 병훈과 함께 내년 이야기를 하며 꿈에 부풀었던 것도 같은데, 올해는 어째 다사다난함이 지나쳐 우스갯소리로도 '운 없는 해였다.'고 말하기도 민망했다.

"미안."

물끄러미 화면을 바라보던 미사가 짤막하게 사과했다. 태성은 갑작스러운 사과에 고개를 끄덕거리다가 되물었다.

"뭐가요?"

"그냥."

"됐어요, 뭐 미사 탓할 생각 없으니까. 미사 책임도 아니고."

과리가 한바탕 집을 쑥대밭으로 만든 것이야 과리의 관심이 명백히 태성에게 있었으므로 상관없다지만, 사 일족이 집단으로 태성의 아파트에 해를 가한 것은 그래도 마음에 걸렸다.

"……오늘도 안 돼?"

미사는 다시 묻고 말았다. 아직도 수화하지 못하는 것이냐고.

처음에는 스스로에게 상처를 내고 상처의 회복 속도를 가늠하며 안절부절못했으나, 태성은 이제 빠르게 적응하고 있었다. 처음부터 반편이였는데 이제 와 더 하찮아진다 해서 충격을 받고 우울에 빠져 있을 이유도 없었다.

"걱정하지 마요. 나 괜찮으니까."

당장 닥친 거주 문제부터 해결을 해야 한다. 동족들에게 한 번 더 손을 벌릴 수도 있겠지만 좋은 소리는 듣지 못할 것이 뻔해서, 염치없다는 걸 알더라도 견우에게 도움을 청해볼까 하는 생각도 하고 있다.

"그런 얼굴 하지 말래도요. 본가에 의사가 있어요. '자'들의 생태에 대해 잘 아는 사람이에요. 가서 자세히 알아보면 수가 날 수도 있고."

"넌 대형종도 아닌데 왜 그러지, 대체."

"너무 걱정 마요. 당장 일 생기는 거 아니면."

애써 아무렇지도 않은 채 대꾸한 태성이 부엌으로 향했다.

"뭐 먹을래요?"

냉장고를 연다. 명백히 대화를 회피하는 모양새라 미사는 더 말을 잇지 못하고 중얼거렸다.

"하여간, 손이 은근히 많이 가……."

과리의 기운에 노출된 직후 앓았던 것은 미사였다. 과리의 냉기는 그야말로 미사에게는 치명적이었기에 크게 고생을 했다.

하지만 태성은 그녀보다 더 가까운 곳에서 과리와 접촉했음에도 불구하고 그녀가 정신을 차릴 때까지는 아무렇지도 않았다고 했다. 그런데 고열을 앓더니 수화 능력을 잃어버렸다. 수화하지 못하는 건 답답하다. 태성이 평소에도 인간형의 모습으로 있는 시간이 길었기에 굳이 불편을 느낄 이유가 없다 위로하지만, '안' 하는 것과 '못' 하는 것은 분명 체감이 다를 것이다.

"원래 좀 모자랐잖아요. 그냥 이번에 더 심해졌나 보죠."

어찌 보면 수화한 상태에서 인간의 모습으로 변하지 못하는 것보다는 나을 수 있다. 태성은 인간들과 함께 사회 활동을 하는 것을 자신의 정체성으로 삼고 있었으니까. 태성이 그 사실을 반길지 아닐지는 모르겠지만.

"너 향도 옅어지는 거 같아. 대체 머리는 왜 자꾸 그렇게 연해지지?"

그게 미사의 걱정을 가장 크게 부채질하는 것이었다. 수화는 선택 사항이므로 제하고, 그 밖의 모든 면에서 태성은 평소와 크게 다르지 않았다.

그러나 두 가지 확실한 변화가 생겼다. 간간이 미사의 허기를 자극하던 태성의 체취가 옅어지고 있다는 것이다. 머리 색깔도 규진이 새치냐 물을 만큼 점점 희게 바래는 것 같다. 아직 미미한 수준이라 태성은 아직 잘 느끼지 못한 모양이지만, 미사는 확실히 알았다.

이쪽은 염려를 하는데도 태성은 얄밉게 태연히 굴었다.

"이대로 그냥 인간이 되려나. 별일만 안 생기면 이대로 사는 것도 괜찮을 것 같은데."

"그렇게 쉽게 할 소리는 아니잖아."

"농담이에요. 봐요."

부엌에서 돌아 나온 태성이 침대 맡에 놓인 책을 들었다. 600페이지가 넘는 두꺼운 양장 도서였다. 규진의 이름이 대문짝만 하게 쓰인 그 책을 물끄러미 바라보던 태성이 하드커버의 표지 가장자리를 꽉 쥐어 보았다. 두꺼운 책이 마치 종잇장처럼 찌그러져 찢어졌다.

587

"이렇게 아직 근력은 남아 있잖아요. 보통 인간이 이런 거 어떻게 해요. 역도 선수도 아니고."

멀뚱히 바라보던 미사가 물었다.

"이거 네 책 아니지 않아?"

그제야 아차 한 얼굴로 태성이 허둥거리며 책 표지를 펼쳐 꾹꾹 눌렀다. 그러나 한번 찢어진 게 붙을 리가 없다.

시험이 마무리가 된 셈 친다 해도 걱정이 덜어지는 건 일시적일 뿐이다. 규진은 슬슬 취업을 준비해야 하는 나이였다. 연애를 하고 결혼도 빨리 하고 싶지만 현실적인 가장 큰 문제는 취업이다.

시험 끝난 당일로 약속을 잡아 오늘 두 번째 만남을 가진 소개팅녀는 일찍이 졸업해 취업을 준비하고 있는 사람이었다. 자연스럽게 화제는 규진의 취업 문제로 넘어갔다.

「꿈도 중요하지만 생활을 하려면 어느 정도의 안정적인 수입은 있어야 하니까요. 요즘 사회가 그렇잖아요.」

그냥 소개팅이었을 뿐인데 여자는 선이라도 보러 나온 것처럼 조건을 따져댔다. 첫 만남에서의 수수함은 그다지 찾을 수가 없어서 꽤 커다란 실망감이 뒤따른 건 자연한 수순이었다.

그냥저냥 취업에 대한 이야기를 나누고 사회에 대한 이야기로 빠진 순간, 이미 소개팅은 그냥 지인끼리의 만남의 장으로 전락한 것이다.

마음 편히 술을 마셨다. 상대 여자도 그에게 잘 보일 생각은 없었던지 내숭 없이 잔을 비웠다. 그러다 보니 원래 그다지 술이 세지 않았던 규진은 자정도 되기 전에 만취했다.

술값을 여자가 계산했는지, 자신이 계산했는지도 가물가물했다. 무작정 집으로 가야겠다 싶어 비틀대며 귀가한 규진은 현관문을 열자마자 엄습하는 어둠에 한숨을 내쉬었다.

'외롭다. 외로워.'

태성이 침대 아래 잠들어 있는 것을 발견하고 없는 정신으로 '애가 왜 내 집에 있지?' 하고 생각했다. 그러다가 한참이나 기억을 더듬어 댄 끝에 '아, 시험기간 동안 내 집에서 지낼 거라고 했지.' 하고 떠올려 냈다.

태성에게 정말로 질투가 나는 이유는 별게 아니었다. 태성은 시험 기간에 학교를 오가는 시간을 아끼겠다는 핑계로 그의 자취방에 들어 앉았는데 ─ 아무래도 그건 거짓말인 것 같지만 ─ 미사라는 예쁜 누나도 함께였다. 대체 저 누나는 왜 따라왔냐 묻자 '누나가 내게서 떨어지려 하지 않아.'라는 기가 막힌 대답을 했다.

그렇게나 여자에 관심도 없는 체 굴었던 녀석이 어느 날 꿰찬 여자가 그렇게나 예쁜 연상녀라니, 질투가 나지 않을 리가 없다. 물론, 태성이 연애를 시작한 것 자체는 축하할 일이라고 생각하는 것도 사실이지만.

화장실에서 물소리가 난다.

'아, 쉬 마려워.'

규진은 어지러운 시야를 다잡고 바지를 벗었다. 물소리에 집중할수록 화장실에 가고 싶은 충동이 더 커졌다.

팬티만 입은 규진이 엉덩이를 긁으며 화장실 문을 열었다. 그의 집 화장실 문고리는 잠가도 잘 잠기지 않고 잠기지 않은 채로도 회전감이 몹시 뻑뻑했는데, 오늘도 마찬가지였다. 끽끽, 잘 열리지 않는 문고리를 강제로 뜯듯 돌려 연 규진은 토기까지 올라오는 걸 느꼈다.

달칵, 문이 열리자마자 규진은 재빠르게 변기 앞에 섰다. 샤워커튼 너머에서 물소리가 들린다는 걸 알아챘지만 아무 생각도 없었다. 그러다가 변기 커버가 내려와 있는 걸 발견하고 눈살을 찡그리며 커버를 올렸다.

시원하게 소변을 보고, 물을 내리고, 손을 씻었다. 그런데 어디선가 시선이 느껴지는 듯했다.

'그러고 보니 왜 태성이 녀석은 물을 틀어놓은 거야.'

투덜대며 고개를 돌린 순간, 규진이 발견한 것은 태성이 아니었다.

"끄…… 으아아! 으아아! 으아!"

뒷걸음질하던 규진이 맨바닥에 미끄러져 엉덩방아를 찧었다. 그가 넘어지면서 칫솔 통이며 입욕제를 넣어둔 바가지가 뒤집어졌다. 와장창창.

요란한 소음 때문에 잠에서 깬 태성이 급히 다가오는 기척이 났다.

"무슨 일이에…… 어?"

샤워커튼으로 몸을 가리고 숨은 미사가 당황스러운 눈으로 규진과 태성을 번갈아 보았다.

허옇게 질린 규진이 발발 떨며 얼굴만 살짝 내민 미사를 바라보았다. 샤워 중이었던지 흠뻑 젖은 머리칼에서 물이 뚝뚝 떨어졌다. 그런데 그게 문제가 아니라…….

"끄아아아!"

팬티만 입은 규진은 그대로 눈을 까뒤집고 기절했다. 뒤늦게 상황을 알아차린 태성이 문간에 서서 난감한 표정을 지었다.

"미사, 미사…… 눈요. 그리고 목에…….."

비늘…….

태성은 차마 그 단어를 입에 담지 못하고 삐끔거렸다. 뒤늦게 알아차린 미사가 재빠르게 목덜미를 매만졌다.

비늘이 돋아 있던 목덜미가 순식간에 흰 살결로 돌아왔다. 그러나 이미 규진은 기절한 후다. 미사는 "어머, 쟤 어떡해." 하고 중얼거리며 재빠르게 수건으로 몸을 닦았다. 미사도 당황하기는 마찬가지였다.

미사는 새벽녘이 되도록 도통 잠이 오지 않아 따뜻한 물로 몸을 풀고 있었다.

규진이 생각보다 일찍 돌아온 건 사실 큰 문제는 아니었다. 미사는 샤워 중이었고, 문을 잠갔으며, 방에는 태성밖에 없으니 규진도 누가 화장실을 사용하고 있는지 당연히 알 것이라 생각한 터였다.

그런데 예상을 깨고 규진은 미사가 기분 좋게 긴장을 풀고 있는 화장실에 쳐들어왔다.

별생각 없이 '여기 사용하는 사람 있는데.' 하고 한마디 해주려고 샤워커튼 너머로 얼굴만 살짝 내밀었는데, 그때까지 제 목덜미에 검은 뱀 비늘이 남아 있고 눈동자가 길쭉이 변해 있었다는 것을 의식하지 못했다.

규진이 거품을 물고 기절한 것도 그 때문일 터였다.

새벽부터 벌어진 사달에 태성이 이마를 짚었다.

"미사…… 왜 그렇게 덜렁거려요."

"아니, 애가 자기 집처럼 편하게 있으라고 했잖아. 그래서 좀 편하게 있었는데……."

규진의 반응은 샤워 중인 여자를 발견한 남자의 반응이 아니었다.

괴물을 본 목격자의 반응이지.

미사의 눈이야 렌즈라고 어찌저찌 속일 수도 있을지 모르겠지만, 목덜미의 비늘은 해명이 불가능했다.

차라리 규진이 기억이라도 잃어줬으면 했지만 그런 운에 기댈 수는 없다. 잠이 싹 달아났지만 피곤까지 가신 건 아닌지 태성은 조금 까칠한 투로 핀잔을 주었다.

"사고도 골고루네, 진짜."

"얘 술 많이 마셨는데, 술에 취해 헛것 봤다고 생각하지 않을까?"

미사가 젖은 머리칼을 수건으로 털어내며 바닥에 눕힌 규진을 바라보았다.

"술 마시고 집도 못 찾아올 만큼 취한 것도 아닌데, 그렇겠어요?"

"화내지 마. 미안해. 그런데 나 문도 잠갔는데 얘가 강제로 열고 들어온 거란 말이야. 무례한 건 얘고. 그냥 비늘은 보디페인팅이라고 하고, 눈은 렌즈라고 하면 안 되나?"

"그 렌즈 보여달라고 하면, 각막이라도 뜯어주려고요?"

"말 또 곱게 안 하지."

"……미안해요. 지금 좀 피곤해서."

태성이 긴 한숨을 내쉬었다.

"미사, 기억조작 같은 건 못 하죠?"

"난 그런 거 잘 못 해. 시도는 해볼 수 있는데."

"못 하면 하지 마요. 내 친구 잘못되는 건 안 되니까."

정신계 능력은 섬세함을 요구한다. 기억을 조작하거나, 지우거나, 행동을 이끌어내는 식의 조종도 가능하지만 그만큼 세밀해야 했다. 자칫 엉성하게 머릿속을 건드렸다가는 완전히 정신이 나가버리거나, 당하는 사람의 머릿속이 엉망진창이 되어버릴 수도 있다.

태성은 미사의 정체가 발각되는 것을 원치 않았지만 그만큼 규진이 다치는 것도 바라지 않았다.

"일단 술에 취했으니까, 개꿈이라고 하자. 내일, 개꿈이라고 하면."

"나 안 취했어요!"

기절한 것처럼 눈을 감고 있던 규진이 버럭 소리를 친 건 그때였다.

태성이 한숨을 내쉬었다. 미사에게 허술하다고 타박을 놓을 군번이 아니었다. 당연히 기절한 줄 알았던 규진이 깼을 줄은 몰랐다. 미사가 깜짝 놀라며 태성의 팔을 붙잡는 것과 동시에 규진이 상체를 벌떡 일으키더니 고래고래 소리쳤다.

미사가 조금 떨떠름한 얼굴로 중얼거렸다.

"일어나 있었어? 근데 왜 자는 척해."

태연한 의식이 드러나는 어조에 규진은 더욱 희게 질렸다.

"뭐야, 뭐야. 저 누나 눈, 눈 아까 진짜 이상했어. 진태성, 너 저 누나랑 지금 나한테 무슨 짓 하려는 거야?"

태성은 가타부타 뭐라 변명해야 할지조차 몰라 신음만 삼켰다. 이게 아닌데.

"……미사, 책임져요. 진짜 이게 뭐야."

규진이 겁에 질리는 것도 당연하다. 뱀 비늘로 덮인 사람의 목덜미와 짐승처럼 갈라진 금색 눈동자를 보고 기절했는데, 태성과 미사가 그를 두고 이렇게 저렇게 떠든 내용들을 생각하면 오해할 만도 했다.

"……머리를 때리면 기억상실증 걸리고 그러지 않을까. TV에서는 자주 그런 거 걸리던데."

"농담하지 말고. 규진이 겁먹잖아요. 규진아, 네가 상상하는 그런 거 아니야."

"뭐야, 내가 상상하는 게 뭔 줄 알고. 날 새우잡이 배에 팔아치우려고! 내 장기 떼다 팔려고! 기억을 조작? 그건 또 뭐야! 나한테 무슨 짓 하기만 해봐!"

규진은 엉덩이 걸음으로 재빠르게 침대 가로 도망치더니 자기 코트를 뒤져 휴대전화를 꺼내어 들었다.

"아, 너 그러면 내가 홀랑 먹어버린다?"

미사가 농담으로 사태를 더 악화시켰다.

"미사, 지금 애를 더 겁줘서 어쩌려고요."

태성이 다가갔다.

"규진아."

"오, 오지 마!"

"잠깐, 잠깐만, 진정하고 휴대전화 내려놔봐."

"겨, 경찰서에 전화할 거야?"

규진에게서 두 걸음 남짓한 거리를 두고 멈춘 태성이 한숨을 푹 내쉬었다. 그러고는 미사에게 말했다.

"미사, 애 좀 묶어야 될 것 같은데. 도와줘요."

규진이 펄떡펄떡 생선처럼 뛰는 건 당연한 일이었다.

말로 해결이 가능한 상황이 아니었다. 술에 좀 취했던 규진은 이성적인 판단 자체가 불가능한 상태였고, 단순히 미사를 발견한 것 이상으로 그들의 대화를 들은 규진을 말로 속여넘기기는 어려워 보였다.

태성은 미사에게서 뻗어 나온 금빛 기운에 묶여 다시 게거품을 물고 2차로 눈을 까뒤집은 규진을 미안한 얼굴로 바라보았다.

─ 고객이 전화를 받을 수 없어 소리샘으로……

태성이 휴대전화를 닫았다. 하필이면 견우도, 애경도 전화를 받지 않았다. 야행성도 아닌 그들에게 밤에 연락하는 게 큰 실례라는 걸 알아서 내심 긴장을 했는데, 긴장한 만큼 난처함도 커졌다.

"안 받아?"

기억을 지우는 일은 전문가에게 맡겨야 했다.

미사도 그래도 며칠 머물며 정이라도 들었는지 규진을 바라보는 눈빛에 약간의 애석함이 배어 있었다.

혹시라도 견우와 애경이 뒤늦게나마 확인하고 연락을 주지 않을까, 내심 기대했던 태성은 시간이 흐를수록 초조해졌다.

전화번호부를 쭉 내리던 태성은 아래쪽에 저장된 이름 하나를 발견하고 고민에 빠졌다.

[민아]

강서보다 더 폐를 끼치고 싶지 않은 이가 있다면 민아였다. 하지만 상황이 난감했다.

"그 개들이 자고 있으면, 일단 내일까지만 얘 이렇게 묶어놓고 해 뜨면 해결하는 게 낫지 않아?"

"내 친구예요. 그리고 이 집도 규진이 집인데 집주인을 어떻게 그렇게 대해요."

"이미 이렇게 묶은 시점에서 집주인 취급은 물 건너간 거 같은데. 그렇지, 규진아."

"미사, 이럴 때 보면 진짜 악당 같아."

"어쩌겠어. 이미 걸린걸."

정신을 차린 규진이 다시 왁왁거렸다.

입에 손수건까지 물려버려 제대로 소리조차 지르지 못했다. 규진의 공포감이 더해가는 것을 느낄수록 태성의 속은 더 차가워지기만 했다. 결국 보다 못한 태성이 규진에게 다가가 말했다.

"규진아, 진짜 다치게 하려는 거 아니니까, 소리 지르거나 그러지 마. 그러면 수건 빼줄게."

태성은 자신까지 악당이 된 것 같다는 생각을 했다. 어쩌면 악당이 된 게 맞을 것이다. 의도는 전혀 없지만 당하는 사람 입장에서 의도는 중요하지 않다는 걸, 태성은 선험으로 알고 있다. 목 안이 깔깔하다.

"어떻게 하려고?"

"제 이부형제한테 연락을 했어요."

"……도와준대?"

"기다려봐야죠. 어쩔 수 없으니까."

차분히 오가는 미사와 태성의 중얼거림에 규진이 왁왁거리던 것을 멈추고 고개를 끄덕였다. 태성이 침에 흥건히 젖은 손수건을 빼내자 규진이 프하! 하고 숨을 토했다.

그 즉시 고함이 튀어나왔다.

"야, 이거 지금 무슨 짓이야! 이거, 이거 뭐야? 나 지금 뭐에 묶인 거야? 너랑 누나랑 뭐야? 하, 술이 다 깨네."

"……그냥, 규진아. 편하게 있어."

"마법사야? 아니, 아니, 아까 눈이 이상했는데. 그거 마법사들이 마법 쓸 때 번뜩번뜩하는 그거예요, 누나? 이거 꿈이지? 꿈 맞아?"

미사는 뜬금없는 규진의 말에 작게 웃고 말았다.

"얘 진짜 유쾌해서 좋아."

태성이 무어라 대답해야 할지 말을 고르는데 진동 소리가 나며 문자 도착을 알렸다. 생각보다 빠른 답이 놀랍지는 않았다. 태성이야 인

간사회에 적응하며 밤과 낮 생활을 그들의 패턴에 최대한 맞추었지만
그들 무리는 본디 야행성이다.

[오랜만이야. 무슨 일이니?]

큰 갈등이 찾아왔다. 태성은 바로 답장하지 못하고 머뭇거리다가
침대 맡에 앉았다.

"있잖아, 규진아."

"야, 가까이, 가까이 오지 말라니까! 무섭잖아!"

"……아니, 난."

태성은 말을 멈추었다.

생각해보면 규진이 보이는 저런 반응은 당연하다. 무얼 바라는 걸
까. 어떤 대응을 기대했던 걸까. 그리고 어쩌면 미사의 저런 태도가
일족으로서는 당연한 것인지도 모른다.

태성은 결국 규진을 설득하는 대신 자취방을 나섰다.

"……미사, 잠깐 나 전화 한 통 하고 올게요."

어깨가 축 늘어진 태성의 발소리가 멀어졌다. 미사는 이번 사태를
불러온 데 대한 최소한의 책임감으로 규진을 감시했다. 규진은 태성
과 미사가 그에게 해를 끼칠 생각이 없다는 것을 이해했는지 한결 얌
전해졌다.

대신 더 떠들썩해졌다.

"누나, 이거 대체 뭐예요. 뭐냐고요. 뭐야뭐야, 뭐냐고!"

"넌 왜 사람이 있는 화장실 문을 발칵발칵 열어젖히니, 그러게."

"사람은 맞아요? 아니, 나 이런 거 처음 봐. 이거 영화 아니지? CG
아니죠?"

"사람은 맞아. 인간은 아니지만."

"사람이나 인간이나 똑같잖아요!"

미사가 손가락으로 규진의 이마를 아프게 튕겼다. 딱. 규진이 이불에 이마를 비비며 신음했다.

"와, 때렸어요?"

"네가 태성이 상처 줬잖아."

"내가 언제! 지금 목숨의 위협을 느낀 건 난데! 누나랑 태성이가 나 두고서 이상한 말 했잖아요. 놀라, 안 놀라!"

"태성이가 널 해칠 리가 없잖아. 네 친구인데 왜 몰라."

규진은 도무지 이 상황이 이해가 되지 않는다는 눈빛을 하고서도, 그 말에만은 선뜻 반박하지 못했다. 사실 그는 지금도 이게 꿈인 걸까 스스로의 인지능력을 의심하고 있었다.

태성은 그가 아는 친구들 중 가장 착한 녀석이었다. 욕심도 없고, 침착하고, 가끔 이해가 가지 않는 행동을 할 때가 있긴 하지만 그래도 다른 사람을 배려하는 게 몸에 밴 녀석이었다.

"아니, 그렇기는 하지만…… 사람이 맞긴 하냐고요. 농담이 아니라. 아니, 이걸 물어보는 내가 등신 같은데."

"사람이나 인간이나 똑같은 말이라고 했지. 근데 너, 침팬지나 고릴라들도 사람과라고 말하는 거 알아?"

미사가 중얼거렸다. "수의대생들이면, 그런 거 안 배우나?" 하고 혼잣말을 더한다.

인간이 사람이라고 생각하는 건 인간뿐이다. 사람과에는 수많은 짐승들이 포함되어 있다. 일족은 그중 하나다.

"어차피 네 기억 정리하면 다 잊게 될 거야. 무서웠던 기억도 사라질 거야."

"아니, 그건 또 무슨 소리야! 그런 게 가능해요? 그보다 누구 마음
대로 내 기억을 어쩌고저쩌고 하는 거예요?"

"너 그러면 오늘 일 기억하면서 태성이한테 예전처럼 친근하게 굴
수 있어?"

"미쳤어요?"

"그럼 너 이제 태성이랑 친구 안 할 거야?"

규진이 입술을 다물었다.

솔직히 무섭다. 하지만 무서운 것과 별개로…….

'아니, 왜 내가 왕따라도 시킬 것처럼 말하는 거야!'

미사의 이야기를 듣고 있으면 마치 그가 태성에게 무언가 잘못한
것처럼 느껴졌다. 규진은 꿈인지 현실인지, 만취해서 보는 환각인지
도 모를 이 상황에 저항하는 대신 닥치는 대로 떠들기 시작했다.

"누나 처음 봤을 때부터 진짜 너무 예뻐서 의심했는데. 진짜 이게
인간의 미모란 말이야? 하고요."

"고마워. 근데 내 원래 몸은 더 예뻐."

"원래 몸이요?"

"나 뱀이거든."

"미쳤네."

"진짠데?"

"미친 게 분명해."

"사실 나는 너도 한입에 꿀꺽 잡아먹을 수 있는데, 태성이가 말려서
참은 거야. 그러니까 태성이 상처 주지 않으면 좋겠어. 사실 태성이
가 나를 만나고 고생을 많이 했어. 그것도 자업자득이라면 자업자득
이겠지만."

규진의 머릿속에 파노라마 같은 영화의 장면들이 스쳐지나갔다. 보통

영화에서는 그렇게 진행이 된다. 악당이 이렇게 솔직하게 진실을 불고, 주인공이 '그런 걸 내게 다 말해줘도 되나?' 하고 빈정거리면 악당은 '넌 오늘 여기서 죽어.' 하고.

"……안 들린다. 난 못 들었다. 나는 꿈을 꾸는 거다. 나는…….."

"그런다고 현실이 현실이 아니게 되지는 않거든. 규진이도 참 귀여워."

"안 들려, 난 안 들려. 난 지금 술 먹고 뻗어 있…… 아니, 근데 누나, 뭐요? 뱀요? 말이 돼요?"

"보여줄까? 어차피 네 기억 다 지울 거라 사실 난 보여줘도 상관없는데."

규진은 거의 백지장처럼 희게 질렸다.

"아니, 아, 으, 아니, 으아아, 으아아아."

"무슨 소릴 그렇게 괴상하게."

"나 좀 풀어봐요. 나 좀."

"풀어주면 도망치게."

"당연하죠!"

규진이 침대 위에서 바둥거렸다. 미사가 쓸쓸히 웃으며 말했다.

"태성이가 너희 친구들한테서 많이 위로받으며 지내는 것 같으니까, 몇 년만 더 친구 해줘. 어차피 너희가 태성이를 아무리 좋아해도 오래는 못 갈 테니까."

미사가 무슨 말을 하는 건지 조금도 이해하지 못한 채로도 대답은 재깍 나갔다.

"아니, 아니, 아으아니, 태성이도 그러면 뱀, 뱀이에요?"

"그건 아니야. 궁금하면 이따가 태성이 오면 직접 물어봐."

"대답 좀 시원하게 해주면 덧나요? 아, 근데 오래 못 갈 거라는 건 뭐예요?"

규진이 급기야 침대에 뻣뻣하게 누워 몸을 흔들다 말고 짜증을 내기 시작했다. 미사가 쭉 찢어져 어둠 속에서도 형형한 금색 눈동자를 한번 보여주자 다시 깨갱한다.

효과적인 입막음 방법이었다. 태성이 보면 왜 또 규진을 겁주느냐며 핀잔을 놓았을 테지만 아무러면 어떤가. 지금 태성은 없는데.

'그나저나 통화가 꽤 오래 걸리네.'

규진은 멍하니 허공만 바라보고 있다. 어찌 되었건 간에 미사가 원인이 되어 발생한 사건이다. 미사는 약간의 책임감을 느꼈다.

"……태성이가 몇 살인지 알아?"

"생일 지났으니 이제 스물여섯. 나랑 동갑이에요, 쟤."

"네 두 배는 먹었을걸."

인간들과는 오래 섞여 살 수 없는 것이 일족들의 숙명이다. 그들의 노화는 대개 급작스럽게 이루어진다. 노화와 죽음이 아주 가까운 곳에 접붙어 있어서 대개 '늙기 시작한다.'고 하면 '죽어간다.'는 뜻과 상통했다.

태성은 수명이 다할 때까지 저렇게 젊을 것이다. 아마 그건 규진이나 병훈이라는 태성의 친구들이 늙은 노인이 될 때까지일 수도 있다. 어떤 형태로든 10년 이상 지속되기 어려운 인연이니, '내 친구 잘못되는 거 못 봐요.' 하고 쐐기를 박는 태성이 안타까웠다.

"……예? 배요? 두 배? 두 살이 아니라?"

"네 귀, 진짜 이상한 필터가 달린 거 같아."

"뻥이죠? 누나, 이야아아! 구라가 아주 수준급이십니다! 한 구라 하시네요! 씨팔, 꿈을 꿔도 뭐 이런 지랄맞은 꿈을 꾸냐, 난!"

과장된 어조로 부정하는 규진을 바라보던 미사가 한숨 섞인 웃음소리를 냈다.

"태성이 볼 때 이상하다는 생각 해본 적 없어?"

"……와 나……. 진짜 와 나, 이게 무슨 날벼락이야. 그러면 뱀파이어? 뱀파이어예요?"

걸리는 것이 전혀 없지는 않았다. 태성은 사실 '보통 사람'의 범주에 넣기 어려운 녀석이었다. 외모를 떠나서 분위기 같은 것도. 한때 태성을 좋아했던 두희는 그런 말을 한 적이 있다. '쟤, 우리랑 같은 사람 아닌 것 같아.' 그때 대수롭지 않게 지나갔던 말이 왜 지금 오버랩되는지.

규진이 넋 나간 얼굴로 중얼거렸다.

"꿈이다. 이건 꿈."

한참이나 입술을 깨물던 규진이 침대에 얼굴을 푹 묻었다. 꿈이라기에는 살갗으로 와 닿는 감각이 너무 선명하다. 자각몽 한번 꿔본 적 없는데, 꿈이라고 생각해도 깨지 않는 것이 더 이상하다. 그리고 미사에게서 거짓의 기미를 찾아낼 수 없어서, 은연중 그녀의 말이 그럴듯하다고 생각하는 자신이 이상했다. 홀린 기분이었다. 싹 날아갔던 취기가 둑 터진 듯 밀려와 어지러웠다.

'숨 안 막히나.'

그렇게 생각할 만큼 단단히 묶여 엎어진 채 꼼짝도 못 하는 그가 불편해 보여서 뒤집어주려던 찰나였다. 규진이 고개를 번쩍 들고 미사를 바라보았다.

"꿈이라 치고, 그냥, 물어보는데…… 진짜로, 진짜로 오래 친구 못해요?"

"……."

"태성이랑 친구 오래 못 한다고요?"

미사는 멀뚱멀뚱 규진을 응시했다. 규진의 목소리가 울먹임과 닮았다는 것을 알아차린 것은, 조금 그와 길게 눈을 마주친 후였다.

"아니, 내가 지금 기겁하게 놀라긴 했지만 절교할 생각은 없거든요. 씨팔, 이게 꿈인지 아닌지 알 게 뭐야 싶기도 하고 그런데."

"……."

"친구 오래 못 해요? 왜 그렇게 말해요."

미사는 조금 감명 깊었다는 것을 인정했다.

그녀는 100년이 넘도록 살며 그 누구도 곁에 남기지 못했다. 용운은 그녀가 추종했던 일족이었고, 사준은 결국 그녀를 배반했다. 용운을 제외하고 사준이 떠나가고 나니 이제 누구도 그녀를 찾지 않는다.

하지만 태성은, 겁먹은 채로도 그를 잃기 싫어하는 훌륭한 친구를 두었다. 그러니 대단하지 않을 수가 있을까. 태성은 수화를 할 수 있든 없든 간에, 그의 종이 무엇이건 간에, 그가 강하건 약하건 간에, 자신보다는 훨씬 나은 사람이었다.

현관문 열리는 소리가 났다.

"미사, 도와줄 사람들이 근방이라고 하는데 미사를 불편해할 것 같아요."

왜 한참 지나고도 오지 않나 했더니, 밖에서 그의 일족들을 기다린 모양이었다.

"나 불편하다고 나가래?"

"그건 아닌데, 작(참새)이에요."

"자가 아니라?"

고개를 갸우뚱하던 미사는 곧 납득했다는 표정으로 고개를 끄덕였다.

"나올래요?"

태성이 들어오자 규진이 버럭 소리를 치기 시작했다.

603

"너 나랑 친구 안 해? 너, 나중에 나 모른 체할 거냐? 야, 이 배신자 새끼야!"

현관으로 나가려던 미사가 고개를 돌려 규진을 바라보았다. 고작 스무 해 조금 더 산 녀석이 눈물콧물 가관이었다. 태성은 갑자기 변한 규진의 태도에 영문을 모르겠다는 표정을 지었다. 미사가 어깨를 으쓱했다.

"겁을 좀 줬더니, 저렇게 됐네."

"……규진이 괴롭혔어요? 내가 그러지 말랬잖아요."

"괴롭힌 건 아니야. 그냥, 있을 때 잘하라는 말 비슷하게 조언해준 것뿐인데. 어차피 기억 지우면 까맣게 잊어버릴걸."

"그래도."

입술을 당겨 물고 태성을 노려보던 규진이 그렁그렁한 눈으로 말했다.

"야, 네가 내 친구, 내 친구가 맞으면 최소한 네가 스스로 설명을 해줘야지 될 거 아니야! 그리고 진짜냐고, 너 진짜 나중에 나 모르는 척할 거냐고!"

서러움이 잔뜩 묻어난 음색이었다. 술기운에 격앙되기까지 해서, 조금만 더 괴롭혀주면 규진은 몸부림치며 흐느낄 기세다.

"아니, 씨, 진짜, 가뜩이나 취업도 그렇고 살기 팍팍한 세상에, 씨발, 우정마저 없으면 이 드러운 세상……."

태성은 꼼짝도 못 하고 선 채 그런 규진을 바라보았다. 그의 얼굴이 울 것처럼 어두워졌다.

"미사, 나 나간 동안에 술 더 먹이고 그런 건 아니고요?"

"아니야, 쟤 혼자 저렇게 흥분해서 저래."

"……나가 있어요. 오른쪽 계단으로 내려가는 게 좋을 거예요. 미안해요. 추우니까 코트 단단히 여며 입고. 끝나면 내가 데리러 갈게요."

미사는 규진에게 다가가는 태성의 뒷모습을 물끄러미 바라보다 말했다.

"태성아, 쟤 정말 좋은 애다."

희미하게 웃은 태성이 작게 중얼거렸다.

"알아요."

그러건 말건, 규진은 할 수만 있다면 태성에게 안겨 울 것처럼 목 놓아 고성을 지르고 있었다.

태성이 다가가도 아까처럼 '오지 마!'라고 소리치는 일도 없었다.

"너, 이 새끼, 배신 때리는 거냐? 너 이 새끼."

그렇게 중얼거리는 규진의 등을 다독이며 태성이 작게 말했다.

"고마워."

빌라 입구로 다른 일족의 인기척이 가까워졌다. 미사는 조용히 현관문을 닫고 걸음을 옮겼다.

기억을 지우고 정리하는 작업은 시전자에 따라 다르지만, 그렇게 오래 걸리지는 않는다.

미사는 빌라 1층의 복도 끝 창가에 기대어 서서 태성이 내려오기를 기다렸다.

얼마 지나지 않아 코트를 걸친 태성이 계단을 내려왔다.

"춥죠. 규진이는 이제 자고 있으니까 괜찮을 거예요. 새벽에 있었던 일만 정리했으니까."

"네 동족들이랑 작들이랑 친한가 보네."

"상부상조하는 거죠. 무리 일족이니까 유대감도 있다 하고."

태성은 마치 남 일처럼 말했다. 그 스스로도 의식하지 못하는 것처럼 보여 미사는 딱히 지적하지 않았다. 확실히 작 일족은 자 일족만큼 이나 허약한 개체이나 빠른 소식통과 움직임으로 유명했다. 참새들이다 보니 수가 많기도 해서 아마 이 근방에도 몇 있었던 모양이었다.

"실력은 보장한대?"

"그런 것 같아요. 능숙해 보였어요."

태성의 눈시울이 조금 벌겠다.

"……요즘 내가 너한테 계속 미안한 일만 만드는 것 같네."

한밤의 이런 소동들도 전부 미안한 일이었다. 엷게 웃은 태성이 미사의 차가운 뺨을 만져보더니, 부드럽게 끌어안았다.

"태성아?"

"대체 어떻게 한 거예요, 규진이한테."

"살짝 겁만 줬다니까."

"고마워요."

"네 친구 겁 줘서?"

처음에 그를 괴물 보듯 했던 규진은 마지막까지 '너 진짜 배신할 거냐? 배신할 거야?' 하고 미련을 놓지 못했다.

태성은 이렇다 저렇다 자세히 설명해줄 수 없었지만 그것만으로도 많이 가슴이 저몄다. 언젠가 그들의 삶에서 자연스럽게 퇴장해야 한다는 건 이미 그가 가장 잘 알고 있었다. 오늘 규진은 그 점을 지적해 그러지 말라 외친 것이다. 본인이 무슨 말을 하는지조차 모른 채로 떠든 것 같지만.

견우가 늘 그랬다.

「동족들과 어울려야지.」

그냥 심심풀이처럼 인간들과 교류하는 것은 나쁘지 않지만, 그래도 마음을 주는 것은 동족이어야 한다고 했다. 수명이 다르고 종이 다르고 이해의 폭이 다르기 때문에. 선택이 아니라 필수적인 것이라고.

"미사는 인간이 아니라 다행이에요."

왼 귓가에 닿는 물기 어린 음성이 괜스레 짠하다. 미사가 씁쓸하게 웃었다.

"바보 같아."

태성이 고개를 저었다.

"얼굴 차갑네요. 추웠죠."

정확히 무얼 고마워하는지는 알 수 없었지만, 태성이 정말로 고마워하고 있다는 것은 느껴져서 미사는 참 아이러니하다고 생각했다. 그녀는 미안한데 태성은 고마워하는 이 순간이.

미사는 자신은 결코 규진 같은 친구를 갖지 못할 것을 확신할 수 있었다. 그녀는 태성 같은 친구가 되어줄 수 없을 테니까, 당연한 일이다.

그래서 태성이 더 욕심이 나는 걸지도 모르겠다.

이튿날 숙취에서 깨어난 규진은 부스스한 까치집 머리를 하고, 퉁퉁 부은 눈으로 거울을 보며 말했다.

"엥, 내 눈 왜 이렇게 팅팅 부었지? 태성아, 나 어제 혹시 술 먹고 집에서 라면 먹고 잤냐? 아, 누나! 보지 마요! 지금 내 얼굴 최고 못생겼으니까 지금은 아니야! 아니, 표정들이 왜 그래?"

언제나처럼 요란히.

태성은 평소와 다름없는 미소로 그의 요란함을 받아 놀렸다.

"그러게 누가 술 그렇게 마시고 바로 뻗으래."

"아, 진짜, 나 어제 집에 대체 어떻게 온 거냐?"

"기어서."

"아, 진태성 말하는 거 개싸가지."

미사는 조금 안타깝다는 생각을 했다.

24
/
그리고 시작

광일제약 콘크리트 건물의 음습한 지하.

사준이 손바닥에 묻은 살점을 핥았다. 비린내가 코끝을 찔러왔다. 음미하듯 숨을 깊이 들이쉬었다 뱉었다. 사준은 감고 있던 눈을 떴다. 온 바닥이 피로 뒤덮여 있었다. 피에 젖은 깃털들이 썩어가고, 토막 난 뱀의 몸통이 쓰레기처럼 쌓여 있다.

혀끝으로 입술을 핥으니 단맛이 난다. 핏물에 젖은 머리칼을 쓸어 넘겼다. 마르지 못한 핏방울이 튀었다. 그의 눈매가 괴기하게 일그러졌다.

이곳은 광일제약의 지하 깊숙한 곳에 위치한 거대한 요새다. 공기도, 빛도 닿지 않는 어둠이 고적하게 내려앉았다. 전라로 선 그의 온몸은 뱀의 비늘 같은 무늬로 뒤덮여 있었다. 쉽게 가라앉지 않았다.

눈에 익은 부하의 노란 다이아몬드 무늬 몸통이 보였다. 사준은 그 시체를 깔고 앉았다. 살의, 충동, 광기, 그 어떤 것으로도 그를 표현할 수는 없었다.

살모의 종이 살모하지 못하였을 때 어떤 일이 벌어지는지 누구도 그에게 가르쳐주지 않았다. 사준은 스스로 배워나가고 있다. 그에게는 시간이 얼마 남지 않았다. 그것은 예지였다.

그들은 얼마 전, 북선이라 불리는 묘(卯, 토끼) 일족을 만났다. 그자는 아주 드물게도 예지 능력을 지닌 이였다. 북선은 사준이 저어하던 미래를 정확히 짚어냈다.

「너는 결국 혼자가 될 거야.」

어쩌면 저주인지도.

끼이이이.

문이 열렸다. 희끄무레한 빛이 스며들었다.

어둠을 읽어내는 눈동자가 느릿하게 문을 향했다. 곽현은 참혹한 꼴을 면치 못한 광경에도 눈살을 찌푸리지 않았다. 다만 사준이 의자 대신 삼은 노란 다이아몬드 무늬 가죽을 지닌 동족의 이름을 떠올렸을 뿐이다.

한참을 경계하듯 문 앞에 섰던 곽현이 조심스레 물었다.

"정신 차렸어?"

"늘."

"웃기네."

곽현이 마른 수건을 내밀었다. 팔에는 흰 가운도 하나 걸려 있었다. 사준은 피 묻은 얼굴을 쓸어 닦았다. 목과 팔다리를 가볍게 훔쳐내는 것만으로도 수건은 처음부터 붉었던 것처럼 질척하고 퀴퀴한 색으로 물들었다.

가운을 걸친 사준의 발이 찌걱거리는 핏물을 밟고 걸었다.

곽현은 갈무리되지 않는 사준의 기운을 피해 물러섰다. 사준은 고작 200년 묵은 뱀이라기에는 타고난 기운이 대단했다. 어쩌면 그보다 더 나이가 많을 수도 있다고, 사준이 스치듯 말한 적이 있는데 신빙성이 있었다.

"갈무리 좀 하지, 올라갈 거면."

"신경 꺼."

스스로의 기운을 다루지 못하는 편도 아닌데, 흘러넘치기라도 하는 것처럼 늘 새어나온다.

기운이 저렇게 샌다면 신체를 유지하는 데에 무리가 가는 것이 정설이다. 하지만 사준에게는 예외인 것처럼 보인다. 가끔 곽현은 사준이 그들에게 무언가를 숨기고 있다는 느낌을 받곤 한다.

"미사는 찾았어?"

곽현이 움찔했다.

"……미사는 왜 그렇게 끈질기게 찾아. 미사한테 그래봐야 네가 제정신이 되는 것도 아니잖아."

곽현의 빈정거림을 사준은 코웃음으로 튕겨냈다.

사준의 '어미의 각인'은 태어난 순간 이루어졌다. 백발에 붉은 눈을 했던 사내.

그 사내의 이름은 '바우'였다. 백발적안의 괴인. 그 하나만이 사준의 목표였다.

어릴 때에는 알지 못했다. 갈증이 그저 본성인 줄 알았다. 하지만 시간이 지날수록 선명해지는 백발적안 남자의 기억은 어느 순간 그를 발끝부터 집어삼켰다. 노도처럼 들이닥친 깨달음이었다.

세상에서 가장 위대한 각인이었다. 살모하지 못한 반편이가 스스로를 완성하기 위해 이룩해야 할 가장 큰 가치.

살의는 그의 통제를 떠났다.

작은 벌레를 죽였다. 공원의 개를 죽였다. 어떤 사람을 죽였다. 작은 벌레를 먹었다. 공원의 개를 먹었다. 어떤 사람을 먹었다. 살의를 견디지 못하고 살아 있는 것을 하나씩 목구멍 안으로 쑤셔넣었다. 시영과 미사와 함께 사는 동안에는 그럭저럭 감당해낼 수 있었던 본능이 현대화의 삭막함 속에서 더욱 버석하게 일어났다.

어쩌다 하루, 몇 달에 한 번, 참을 수 없는 결핍감을 몰고 오는 꿈을 꾸었다.

어느 사당에서 세계를 처음 마주했던 순간. 피바다가 된 사당의 낡은 마루 위에서 그는 불상을 등에 업은 백발적안의 사내를 홀린 듯 올려다본다. 시체의 배를 뚫고 나온 어린 살모사는 제 어미의 살점을 먹을 기회조차 없었다.

꿈은 점차 잦아졌다. 몇 달에 한 번이 한 달에 한 번이 되었다. 한 달에 한 번은 보름에 한 번, 보름에 한 번은 일주일에 한 번……. 그렇게 매일매일, 시간이 지날수록 그는 그를 잃어버렸다.

제 손으로 귀한 동족들을 죽이고 꿀꺽꿀꺽 먹었다. 일족들이 금기시하는 인간 살해조차도 그의 은밀한 오피스텔에서는 왕왕 이루어졌다.

처음에는 시영을 잡아먹으면 나을 줄 알았다. 시영만으로는 충족되지 않고, 오히려 더 휑하니 허전해지는 기분에 미사까지 목표로 삼았다. 미사는 시영의 일부에서 태어난 것이니까. 아마 미사까지 먹어버리면 완벽할 거라고.

하지만 이젠 아닌 것 같다.

이젠 스스로에게 의심이 든다. 오락가락한다.

사준은 느릿이 고개를 젖혀 전등이 높게 달린 천장을 올려다보았다. 부옇게 불빛이 번진다. 곽현의 목소리가 아득하게 울린다.

"아, 근데 그날 봤던 붉은 눈 녀석, 자 일족이라는 건 확인했다."

일전 과리가 일러주었던 망원동의 주소는 진짜였다. 자 일족의 사생아라는 하찮은 수컷이 홀로 사는 아파트. 그들이 찾아갔을 때 이미 집은 비어 있었지만 미사의 냄새와 기운은 짚어낼 수 있었다.

그동안 바로 다리 하나 건너편에서 살고 있었다는 것이 우스웠다. 등잔 밑이 어둡다더니.

"알고 있었어."

"알았어? 그런데 왜 말을 안 하고 사람을 뺑이를 돌려."

"과리에게서 들은 거니까. 재확인 작업이지."

사준의 목소리가 느린 메아리처럼 피바다를 울렸다.

"그나저나…… 곽현, 아직도 우리 미사가 좋은 거야?"

"……왜, 그렇다고 말하면 내 의견을 참작이라도 해줄 거야? 여태까지 그렇게 개무시해놓고서는."

"우리 미사가 예쁘기는 해. 여전히 예쁘지?"

순간 등줄기가 오싹해진 곽현이 입술을 다물었다.

"그래, 미사랑 무슨 얘기를 했어?"

얼마 전에 미사를 만나고 온 것을 들키기라도 한 걸까. 꼬리가 붙은 것이 없다는 것은 여러 차례 확인했다. 용운의 홈그라운드인 홍대 쪽으로 장소를 정한 것도 그곳으로 향했다는 자취가 남았을 때 변명하기 위함이었다. 대비는 철저했다.

되짚어보니 걸릴 것이 없었다. 마음을 놓았다.

"뭐라는 거야."

"뭐, 여전히 예쁘니까 네가 그렇게 감싸주려고 하는 거겠지?"

"비꼬지 마. 그래, 말 나온 김에 그냥, 너 미사랑 대화라도 좀 해봐."

"시영을 죽인 시점에서 이미 그 건은 물 건너갔어."

"그러게 왜 그랬어."

사 일족은 가뜩이나 많은 일족들의 배척을 받고 있었다. 그들은 살생이 아니라 당당히 살아나갈 사회를 위해 사준의 아래에 뭉쳤다.

사실 사준을 만나기 전까지만 해도 별로 관심 없던 문제였다. 왜 그의 생각에 동조하게 되었는지는 모르겠지만, 사준과 이야기를 하고 있으면 그냥, 그의 뜻이 옳게 들렸다.

분명히 상대를 매료하는 능력이 있는 녀석이다. 그러니 대화를 통해 미사를 꾀어낼 방법도 분명 있었을 것이다. 사준은 유달리 미사에게만큼은 다른 행동방식을 보여왔다.

예전에는 미사를 온실 속의 화초처럼 끼고돌며 다른 일족들과의 관계도 슬며시 잘라내어 고립시키더니 이제는 잡아먹으려 들지 않나. 아니, 정확히 잡아먹으려는 건지, 잡아 가두려는 건지는 잘 모르겠다.

사준이 유달리 미사를 각별히 차별하고 있다는 것만 알 뿐.

곽현은 무심코 몇 달 전의 일을 떠올렸다. 미사가 탈피기에 들어가던 날, 그는 사준과 함께 있었다. 시영을 찾아갔을 때에도 함께였다. 곽현은 사준이 시영을 먹을 거라고 예상하지는 못했다. 그랬다면 막아보는 시늉이라도 했을 터다.

예고조차 없이 터진 일이었다. 사준은 예년처럼 방문해, 최초로 시영을 공격했다.

오래 걸리지도 않았다. 300년 더 묵은 능담의 머리가 터져 고꾸라지기까지. 그러고도 쉽게 죽지 않아 꿈틀거리는 그녀를, 사준은 해체했다. 말 그대로 해체라고밖에 할 수 없는 살해였다. 그리고 재생하기 전에 꾸역꾸역 삼켜냈다.

거대한 사준의 몸통이 울퉁불퉁하게 움직이던 모습이 여즉 눈에 훤했다. 저러다 사준의 몸통을 뚫고 시영이 튀어나오기라도 할까 그런 걱정까지 했었다.

기가 막힌 건, 그렇게 처먹어놓고 사준이 남긴 한마디다.

「이걸로는 부족해. 아닌 줄은 알았지만.」

후회 한 점 없는 목소리였다.

「아니라고 생각했다면서 왜 굳이 그랬어?」

「내 종이 이런 걸 어떻게 해.」

엷게 웃은 사준은 '100년을 참았으니 많이 참은 거지.' 하는 소름 끼치는 말로 모든 걸 종식했다.

그래, 분명 사준이 저지른 동족상잔은, 시영에 한해서는 살모종이기 때문에 합리화가 된다. 하지만 미사는? 그 직후 미사까지 공격했다는 말을 들었을 때에는 정말 돌았나 했다.

비열하다는 말보다 사준의 정신상태를 염려하는 발언이 먼저 터져 나온 건, 사준이 그만큼 덜떨어진 놈은 아니었기 때문이다. 아니, 그렇게 믿었기 때문이다.

사 일족들은 이상하게 사준을 믿는다. 미사에게서 '왜 그놈을 따르냐.'는 질문을 들은 후 비로소 곽현도 조금 이상하다 싶어 다른 녀석들에게 물었다. 상윤은 '이유가 무슨 상관이냐?' 하는 태도였고, 재준은 '리더십이 있으니까.' 하는 어울리지 않는 겸손한 대답을 해왔다.

그 어느 것도 납득 가는 답은 아니었다. 하지만 더 나은 대답을 얻을 수는 없으리라.

"적당히 사건들을 좀 축소하는 게 나을 거 같아. 요 근래에 이 주변에 깔린 녀석들 동태도 심상치 않고."

「살모의 종은 살모하는 것으로 완성된다.」

사준의 주장은 이해할 수 없는 범위에 있다.

정말로 살모만이 살모종을 완성하는 일일까. 그러한 통념이 사준만의 것이 아니라서 살모의 종들이 자식을 많이 낳지 않는다는 것도 안다. 낳더라도 암컷이 새끼를 버리고 도망치는 일이 비일비재하다 했다.

하지만 그래도 그게 '법칙'일 리는 없다. 살모종이 살모하는 본성이

있다는 이야기는 들었지만, 살모하지 못해 미쳤다는 이야기는 들어본
적이 없으니까.

사준의 입꼬리가 쭈욱 찢어져 호선을 그렸다.

"홍대에서 미사랑 커피 마시면서 그런 얘기 했어?"

곽현은 얼어붙었다. 탁하게 변한 사준의 기운에 숨이 막힌다.

"내가 아랫놈들이 뭘 하고 다니는지 모를 거라고 생각했어? 응? 곽
현?"

"아……."

"그래서, 미사랑 몸이라도 비볐어? 왜 이렇게 미사한테 껄떡거리느
라 정신을 못 차리지? 네가 그러니까 자꾸 밀려나는 거야."

뭐라 말해야 할지 몰라 얼어붙은 사이, 적절한 타이밍에 전화벨 소
리가 끼어들었다.

'포에버'. 낯간지러운 제목의 외국곡 멜로디라고 기억한다. 언젠가
부터 바뀐 사준의 벨 소리다. 음악 소리가 안개처럼 떠돈다.

사준이 손을 내밀었다. 곽현이 덜덜 떨리는 손으로 주머니 속에 넣
어두었던 사준의 휴대전화를 건넸다.

"그래, 재준아. ……그래, 아아, 찾아냈어? 화서 무리?"

사준이 서늘히 굳어진 입매를 끌어당겼다.

"곽현은 글쎄……. 한동안 찾지 않는 게 좋을걸."

곁눈을 곽현에게 향하는 사준의 웃는 얼굴이 소름 끼쳤다.

어둑한 지하의 암실을 채우던 메아리는 이내 멎었다.

옥상에 선 과리의 붉은 머리칼이 펄펄 흩날렸다. 등 뒤에서 불어오

는 바람이 거세다. 과리의 눈매는 파충류의 것처럼 날카로워 본능적인 거부감을 심어주는 묘기가 감돌았다. 난간 끝에 위태롭게 서서 크게 팔을 벌리는 모양새가 마치 한 마리의 독수리 같았다.

"아아아아."

찬탄 어린 신음이 흘렀다.

과리는 이런 바람이 너무나 좋았다.

그는 아주 오래전, 제 몸통을 토막 내어 산천초야에 흩어버린 용운과 바우로 인해 헤아릴 수 없이 많은 시간을 잃었다. 사준이라는 녀석이 재주도 좋게 제 몸통의 토막 난 일부를 모으지 않았더라면 지금도 토막 난 채로 영면에 들어 있었을 것이다.

사준의 노고 덕에 잃어버린 신체를 복구했다. 팔다리가 새로 나고, 이가 새로 돋고, 잃어버린 갈비뼈가 다시 굳는 과정에서 의식도 깨어났다.

'하지만 너무 많이 바뀌었단 말이야.'

심심하고, 낯설다. 그 두 가지 감정 모두가 과리에게는 어울리지 않는 것이었다. 요즘 들어 부쩍 느낀다. 있어야 할 곳이 아닌 곳에 선 기분이다.

오랜 적들이 없어진 탓인지 예전처럼 신이 나지 않았다. 자신의 상실. 과리는 객관적으로 지금의 심리상태를 그렇게 평했다.

가장 중요한 심장을 되찾지 못해서 이리 속이 껄끄러운가. 차이가 꽤 크다. 예전의 기운을 완벽하게 되찾았다면 그가 괴팍하고 칼로 자른 듯한 건물들로 가득한 좁은 도시에서 용운 한 마리를 찾아내지 못할 리가 없으니까.

'녀석이 이빨이 빠졌군. 흰둥이를 찾으러 갔나?'

용운은 대놓고 나서기보다 다른 녀석들을 앞세우며 품위를 찾아대는 버릇이 있다. 그의 기억 속 싸움에서도 그렇다. 용운은 본인이 직접 전면에서 싸우는 대신 인 일족인 바우를 끌어들여 공격했었다.

'그러고 보니 흰둥이 녀석도 당최 느껴지지가 않는데. 그놈이 죽었을 리는 없고.'

사준은 과리가 용운과 바우를 싫어할 거라 생각하지만 그 반대다. 용운과 바우는 그에게 있어서는 전우다. 그 둘의 감상과는 관계없이. 싸우는 건 싸우는 거고, 다 같이 모여 달밤 아래 술이나 한잔 기울인다면 그보다 더 즐거울 수 없을 것이다.

그때, 끼이익, 옥상 문이 열리는 소리가 났다.

과리는 뒤도 돌아보지 않은 채로 말했다.

"용용이는 찾았느냐?"

구둣발 소리가 바로 지척까지 다가와 멈추었다.

사준은 손을 뻗으면 바로 과리의 등에 손이 닿을 거리에 멈춰 섰다. 어느새 샤워를 다 마치고 반듯하게 넘겨 올린 머리칼이 높이 부는 바람에 흐트러졌다.

"아니요."

"빨리 찾아내. 지루해서 이 몸 돌아가시겠다고."

"용운 님이 작정하고 몸을 숨기시면 찾기 어렵습니다."

"네 무능함을 잘도 떠드는구나."

"여유를 가지세요. 현대인들은 여유가 없어서 사회문제라고 말이 많습니다."

과리가 낄낄거리며 웃었다.

"현대인? 내가?"

"지금 시대를 살고 계시니까, 현대인이죠."

과리가 깊이 숨을 들이켰다. 새로이 재생된 폐부로 스며드는 공기가 만족스럽다.

"살아 있다라, 살아 있지. 살아 있어. 그런데 이리 재미없게 살아 뭐해."

"여유를 가지세요."

순간, 어마어마한 기운이 압축된 공기처럼 사준을 향해 쏘아졌다. 어느 정도 예상은 하고 있었음에도, 사준은 한참을 밀려가다 겨우 막아 멈췄다. 넘겨 올린 머리칼이 흐트러졌다.

사준은 먼지 앉은 가슴팍을 탁탁 털었다.

"너는 존경심을 좀 배워야겠구나."

"이미 충분히 존경하고 있습니다. 이 이상 존경하다간 제 뼈까지 과리 님에게 바칠지도요."

"옛 시절에는 배상배례의 격식부터 물러나는 방식, 목소리의 속도, 음색, 그 하나하나까지 가르침을 받아 행하는 이들이 많았지. 요즘 너희처럼 시건방진 녀석들은 출세할 수가 없었거든."

사준이 약간의 간격을 두고 목소리를 끌어냈다.

"출세라…… 지금보다 더 출세한다면 좋기야 하겠습니다."

과리는 사준의 주위로 새어나오는 기묘한 흐름의 기운을 읽어냈다.

"그런데 네 녀석은 그렇게 하루 종일 '유지'하고 있는 건가? 그릇도 작은 놈이 별짓을 다 해 제 명을 당기는구나."

"무슨 말을 하시는지 모르겠습니다."

사준이 의뭉 떨었다. 눈에 뻔히 보이는 걸 시침 떼는 꼴이 사준이 저를 꽤 무시하고 있다는 것이 드러났다. 그러나 과리는 발끈하는 대신 관심을 껐다.

어차피 저와는 관계없을 일이다.

"용운 님의 흔적은 찾지 못했지만, 자 일족의 거점은 찾았습니다."

일순간 옥상의 공기의 흐름이 멈추었다. 난간에 위태롭게 일어선 과리가 폴짝 뛰어 사준의 앞에 섰다.

먼 거리를 한 걸음처럼 좁혔다.

"안내해."

살의라는 말로도 표현할 수 없는 일그러진 기운이 대류를 엉망진창으로 뒤흔들었다. 사준은 조용히 눈을 깔았다.

"저는 함께 가지 못할 듯합니다. 따로 할 일이 있어서."

"위치만 말해."

"청운산 중턱입니다."

"그게 어딘데? 지명만 딸랑 말하면…… 아니, 아니지, 어느 방향인지만 말해라. 도시째로 엎어버리면 될 일이지."

"그러면 문제가 됩니다. 차를 준비했으니 타고 가시면 근방까지 모셔다드릴 겁니다. 산 중턱쯤에 무리 짓는 종들이 거대한 자연결계를 걸어두었습니다. 그 안에서 한번 찾아보십시오. 원하신다면 아랫놈들 몇 붙여드릴 수도 있지만, 요즘 과리 님이 못 쓰게 만든 제 동족들이 한 손으로는 헤아릴 수가 없다 보니."

사준의 뼈 박힌 말에 과리가 괴괴하게 웃으며 배를 두드렸다.

까부는 몇 마리 잡아먹은 걸로 겁을 먹어 꼬리를 말았다는 게 이상하진 않았지만 가소로웠다. 게다가 장기말도 아니고 '못 쓰게 만든'이라니. 뱀들은 이래서 별로지.

"차? 그 굴러다니는 거, 그 느려터진 거?"

"1층 정문 앞에서 이미 대기 중입니다, 휴대전화는 챙겨가시면 좋겠는데요. 무슨 일이 생길지 모르니."

막 건물 아래로 뛰어내리려던 과리가 돌연 몸을 돌렸다.

주머니에 손을 넣고 비스듬 고개를 기울여 요모조모 뜯어보듯 사준의 얼굴을 훑기 시작했다. 해부하는 것 같은 눈동자였다. 사준은 비즈니스적인 미소를 지우지 않고 조용히 시선만 내렸다.

"한데 말이야, 흐음, 너는 뭘 하려고?"

빙긋 웃은 사준이 공손히 답했다.

"지난번에 아쉽게 놓친 동생을 찾았습니다. 뭐, 오랜만에 상봉이나 해볼까 하고요."

"아, 미사 아가. 그 아이에게도 안부 전해줘."

"예."

과리는 가뿐히 고층빌딩 아래로 뛰어내렸다.

뛰어내린 이도 범인이 아니고, 그런 뒷모습을 바라보고 있는 자도 범인이 아니다.

사준은 미동 없이 기다렸다.

얼마 지나지 않아 아래에서 비명 같은 소음과 함께 쿠쿵 지반이 진동했다.

비명이 빌딩 꼭대기까지 기어올라오는 기분이다.

비로소 사준은 난간으로 다가갔다. 아래를 내려다본 그가 혀를 차며 실소했다. 움푹 꺼진 건물 앞의 도로가 일시에 아수라장이 되었다.

사준은 엉망진창이 된 건물 입구를 무표정하게 내려다보다가 뒤돌았다. 무엇이 중요하고, 무엇이 중요하지 않은지 분별할 힘을 잃어버린 것 같다. 아니, 꽤 오래전부터 그랬다. 그래도 상관없다고 생각한다.

서울 근교의 야트막한 산.

기와집 주변에는 단풍나무가 단정하게 심겨 있었다. 바닥이 낙엽으로 뒤덮여 불그죽죽하다. 계절의 흐름이 무딘 이곳은, 비바람이 몰아치는 일도 없고 태풍에 휩쓸리는 일도 없는, 항시 아름다운 쥐들의 낙원이다.

상아색 한복 저고리와 주홍색 치마를 입은 검은 머리칼의 여인이 정원을 거닐고 있었다. 비단 장식이 치마저고리를 스치는 소리가 사각사각, 낙엽 부서지는 소리 속에 섞였다. 여인은 반질반질하고 모양이 예쁜 단풍잎을 발견하고 주워들어 살폈다.

'소정이에게 가져다줄까. 이건 다온이에게.'

연한 갈색의 눈동자가 다정한 생각을 담고 부드럽게 휘었다. 책갈피로도 쓰면 좋겠다 싶은 예쁜 단풍잎을 한 장, 한 장 주워들다 보니 어느새 손이 번잡해졌다.

마지막으로 허리를 숙여 누르스름한 빛이 어린 주홍빛 단풍잎을 들어서 호호 불어 먼지를 털어낸 민아가 생각했다.

'이건 강서에게 줘야지.'

민아는 대궐 같은 이곳의 종주인 화서의 맏딸이었다. 차기 자 일족의 후계자로 추앙받는 300년 조금 더 묵은 친칠라다. 그녀에게는 일곱 명의 아들과 딸이 있고, 스무 명 남짓한 여동생과 남동생이 있다.

민아는 형제나 혈족 대부분과 교류하지는 못했고, 특별히 친하거나 신경 쓰이는 동생들 몇에만 마음을 썼다. 소정도, 다온도, 강서도 그녀가 아끼는 동생들이었다.

그런데 양반은 못 된다고, 얼마 떨어지지 않은 아치문을 넘어 새까만 정장을 입은 훤칠한 사내가 다가왔다.

"강서 왔니? 그렇잖아도 네 생각을 하고 있었는데."

민아가 반갑게 강서를 돌아보았다. 얼마 전 머리를 바짝 깎아 더 매서운 인상이 된 강서는 외출복 차림이었다.

"어디 나갔다 오는 길이야?"

"도롱 옹께서 부르셔서 잠깐."

민아는 조금 착잡하게 고개를 끄덕였다.

요즘은 화서도, 도롱 노인도 건강이 좋지 않았다. 자 일족들은 다른 일족보다 최고 수명이 짧은 축이었다. 평균 4, 500살 즈음 되면 약한 자 일족들은 명운을 다한다.

화서가 700살이 넘었고, 도롱 노인은 1,000살이 더 되었으니 슬슬 세대교체가 필요하지 않느냐는 여론이 무리 내에서 일고 있었다.

"건강은 어떠셔?"

"많이 쇠약해지셨지만 옹 본인은 여전히 큰소리만 떵떵거리시지요."

"하여간, 약한 소리를 할 줄 모르신다니까."

살포시 웃음기를 머금은 민아가 고개를 저었다. 그녀는 지난 며칠간 강서를 괴롭히던 '그 문제'에 대해 묻기로 했다.

"태성이는 어떻게 하기로 했어? 결정이 났어?"

강서의 표정이 어두워졌다.

태성이 뱀과 함께 있다는 이야기는 암암리에 일족 내에 퍼졌다.

좋지 않은 소문이라 입단속을 하려 했지만 쥐들은 밤이면 이야기를 옮기는 녀석들이다. 근래에는 사 일족들이 기행을 보여서 뱀들에게 아주 경계심이 높을 때다.

사정을 아는 일족들 몇이 머리를 맞대고 상황을 논의하고 있었다. 특히나 강서는 자 일족을 지키는 행동대장으로서 막대한 책임감을 느끼고 있었다.

"얼마 전에 작 일족의 밀정이 이야기를 하던데."

"……."

"왜 그러셨습니까. 제게 맡기지 않고요."

민아는 사흘 전쯤 새벽, 직접 연락을 해온 태성을 위해 작의 대장에게 직접적인 연락을 넣은 적이 있다. 부러 비밀로 하려는 것은 아니었으나, 구태여 떠들 일도 아니지 싶어 입을 다물고 있었다. 언젠가 강서가 알 거라고는 생각했다.

물론, 강서가 지금 불쾌해하는 건 다른 이유 때문일 터다.

"너는 태성이를 미워하잖니."

"그놈을 누가 좋아해요."

"그렇게 말하지 말래도."

강서는 물러나지 않았다.

"누님이 그 녀석을 감싸는 것까지 왈가왈부하지는 못하겠지만 내가 그놈을 경멸하는 것은 막지 마십시오. 그 배은망덕한 자식에게는 관용조차 베풀 필요 없어요."

"……정말 큰일이야. 형제가 그리 데면데면해서."

"누님이 무른 겁니다. 한사준 그 미친 살모사 새끼와 이쪽이 얽히는 건 당연히 피해야 할 일입니다. 그놈의 행동이 우리까지 위험에 빠뜨릴 수 있다는 걸 그놈이 모른다면 정말로 죽을 때까지 패버려도 모자라죠."

"뱀들에게 연좌라는 건 그다지 의미가 없다던걸."

"우리는 사특한 뱀이 아니지 않습니까."

강서는 퉁명스러운 태도를 버리지 않았다.

"그리고 어디서 말도 안 되는 소리를 주워듣고는 사준이 이쪽을 노릴지도 모른다고? 제가 우리 거점을 팔아넘기지 않았다면 뱀들이 어찌 도롱 옹의 결계를 뚫고 예 닿겠습니까."

민아는 말을 아꼈다.

한사준은 분명 문젯거리로 급부상했다.

지난 한 달 동안 당한 것만 꼽아도 신(원숭이) 일족 몇 명과 작(참새) 일족, 묘(猫, 고양이) 일족, 동족인 사 일족의 몇몇 뱀들이 있다. 신 일족의 용수의 제보에 따르면 얼마 전에는 술(개) 일족의 근거지까지 들어가 그들의 축제를 방해하기도 했다고 한다. 진(용) 일족도 휘말렸다는 뜬소문까지 있었다.

이제까지는 자 일족도 사 일족의 횡포를 묵과했다. '이제까지는'이라는 건, 이제부터는 상황이 다르다는 것이다.

'과리'라는 이름이 들리기 시작한 것만큼은 간과할 수 없었다.

화서는 그 때문에 지금 신 일족의 종주를 찾아간 것이다.

"그 소문은 좀 알아봤니?"

"아마도."

'붉은 용이 돌아왔다.'

처음엔 무슨 뜬구름 잡는 소리냐 여겼지만, 사람 셋만 모여도 허상이 진실이 된다고 하였다. 이미 귀 얇은 일족들 사이에서 과리의 재래는 기정사실이 되어가고 있다.

진 일족 '과리'. 오래전부터 난폭하여 인간과 짐승을 제물 삼기를 일삼았다 알려진 진의 일족이었다. 지금 대의 일족들 사이에서는 거의 전설처럼 구전되는 존재였다.

"과리는 죽었다고 알았는데."

"죽은 게 아니라, 조각난 채 영면당했던 거라 들었습니다."

"누구에게서?"

"화서 님께서 예전에 언뜻."

아주 오래전, 지나치게 포악해 인세에 해악을 끼치는 진 일족 과리의 횡포를 막기 위해 두 명의 진 일족, 용운과 마르미가 움직였다. 그들에게 조력한 것이 막강한 백호 바우였다.

용과 호랑이는 본디 함께 움직이지 않는다. 그들은 기본적으로 서로를 싫어한다는데, 그래도 손을 잡았을 정도이니 과리가 어느 만치 위협이 되었는지 증명해준다.

과리를 제압하는 과정에서 마르미는 완벽하게 비늘 하나까지 남지 않도록 녹아 죽었다 전해졌다. 부상을 입은 진 일족인 용운과 인 일족인 바우는 가까스로 과리를 산산이 찢어 바다와 산과 평야에 묻었다고 했다. 재생을 막기 위함이었다.

그 싸움의 대가로 용운은 반천 년 깊은 암굴에서 스스로의 회생을 위해 긴 잠에 빠졌다 하였으며, 바우는 후유증으로 정신병질에 시달리다 어느 순간 사라졌다.

그런데 과리라는 이름이 다시 떠오르다니. 또 다른 재앙이 시작될 조짐이었다.

"일이 커지는 건 피할 수 없겠구나."

"사의 종주가 뭐라 지껄일지 궁금하군요."

"한사준의 개인적인 움직임이니 사 전체에 책임을 묻고 의심을 씌울 수는 없지."

상황이 아주 복잡해지고 있다.

"그 암컷 뱀도 한사준에게 쫓기는 입장이라지 않았니. 최근 사건의 관련자라도 일단은 적의 적이라면 아군이라잖아. 우리에게 해를 끼칠 의도도 없어 보이는데 만나서 이야기를 나눠봐야 하지 않을까?"

"이미 결론 났습니다. 관련자들과는 얽히지 않는 걸로."

하지만 민아는 포기하지 않았다. 외려 어떻게 강서를 설득해야 할까 고민하는 얼굴로 시선을 내렸다.

민아의 눈 끝에 차갑고 낡은 총 한 자루가 걸렸다. 언젠가 화서가 그에게 선물로 준 것이라 알고 있다. 강서는 그 총을 몹시 소중히 여겼다. 강서는 오랜 세월을 갈고닦은 만큼 능력도 대단하지만, 무기를 다루는 능력도 제법이었다.

살생을 일삼거나 하는 악한이 아니라도 염려가 될 때가 있다.

"되도록 다투지 않는 방향을 찾아봐. 사 일족과 맞붙어서 우리가 이득 볼 게 없어. 강서야, 나는 네가 그 총을 웬만하면 사용하지 않았으면 좋겠어."

저도 모르게 총신을 매만지고 있던 강서가 입술을 비틀었다.

태성을 옹호해주는 민아는 이해할 수 없는 영역의 선인이다. 때때로 그는 민아의 자질도 의심할 수밖에 없었다.

그들 일족에게 있어 태성은 탈상식적인 존재다. 아무리 선천적으로 위기의식이 모자란 놈이라고 해도 사 일족이 어떤 존재인지 모를 만큼 얼치기는 아니라고 생각했다. 그런데 이런 시국에도 뱀과 어울리고 있다니. 어디 변명의 여지가 있다고 그를 감싼다는 말인가.

얼마 전엔 죽은 동족까지 나왔다. 태성의 짓은 아니라지만 태성을 감시하다 변을 당한 것이다.

막 몸을 돌리려던 강서가 문득 생각난 것처럼 휴대전화를 꺼내 내밀었다.

"……그리고. 전에 궁금해했었던, 그 암컷."

민아는 강서가 보여준 사진 한 장을 눈여겨보았다. 까만 머리칼의 예쁜 미인이 태성과 나란히 걷고 있다. 태성과 함께 지낸다는 미사라는 암컷의 생김새를 궁금해했던지라.

"이렇게 생겼구나. 옷을 하도 껴입어서 잘 안 보이기는 하지만 예쁜 것 같네."

민아는 강서의 외투 앞섶에 단풍잎을 꽂아주었다.

"……어쩔 수 없구나. 조심히 다녀와."

강서는 대차게 돌아갔다. 멀어지는 강서의 뒷모습을 바라보는 민아의 낯색이 어두워졌다.

저 앞에서 자그마한 쥐들이 뛰놀고 있었다. 아직 인간의 껍질을 쓰는 법을 배우지 못한 어린아이들이었다. 강서를 피해 벽으로 바짝 붙던 쥐들이 민아의 시선을 깨닫고 팔짝거리며 쨱쨱거렸다. 민아는 살짝 손을 흔들어 인사해주었다. 하지만 속은 심란하기만 했다.

민아는 긴 산통 끝에 얼룩덜룩한 멍을 달고 태어났던 어린아이를 떠올렸다.

늘 손끝의 가시처럼 아픈 아이다.

- 2권에서 계속.